Zum Buch:

Eine luxuriöse geheime Hochschule, die sich der hohen Kunst des Mordens verschrieben hat und in der Studenten lernen, wie sie ihre verdienstvollsten Opfer am besten »auslöschen« können. Auf dem Campus dieses »Poison-Ivy-League«-Colleges – dessen Standort selbst denjenigen, die dort studieren, unbekannt ist – könnte man sich als Übungsziel eines Klassenkameraden wiederfinden …

Zum Autor:

Rupert Holmes' erster Roman »Where the Truth Lies« gehörte zu den Top-Ten-Debütromanen der Booklist und wurde mit Colin Firth und Kevin Bacon in den Hauptrollen verfilmt. Sein zweiter Roman, »Swing«, war der erste Roman mit einer eigenen hinweistragenden Musik. Er ist auch der Autor/Sänger mehrerer Billboard-Top-Ten-Hits, darunter sein Billboard-Nummer-eins-Multi-Platin-Klassiker mit einem denkwürdigen Twist-Ende: »Escape (The Piña Colada Song)«.

RUPERT HOLMES

HOW TO MURDER YOUR BOSS

McMASTERS HANDBUCH ZUM MORDEN

KRIMINALROMAN

Übersetzt aus dem amerikanischen Englisch von Karin Dufner

HarperCollins

Die Originalausgabe erschien 2023 unter dem Titel
Murder Your Employer: The Mc Masters Guide to Homicide
bei Avid Reader Press, New York.

1. Auflage 2024

Deutsche Erstausgabe

Umschlaggestaltung von zero-media.net, München
Umschlagabbildung von FinePic®, München
Gesetzt aus der Stempel Garamond
von GGP Media GmbH, Pößneck
Druck und Bindung von GGP Media GmbH, Pößneck
Printed in Germany
ISBN 978-3-365-00768-6
www.harpercollins.de

Druckprodukt mit finanziellem
Klimabeitrag
ClimatePartner.com/15109-2009-1001

MIX
Papier
FSC FSC® C014496

HOW TO MURDER YOUR BOSS

McMasters-Fernkursus
Morden – aber richtig

Lektion: *Wie ermorde ich meinen Chef?*

Auszug aus den Aufzeichnungen von
Harbinger Harrow

Rektor der McMasters-Akademie für
Angewandte Kunst
Vorsitzender der Auswahl-
und Wahrheitskommission
Professor emeritus des Lehrstuhls für
Schöne und Schwarze Künste
Vorstandsmitglied des Internationalen
Fachverbandes Mordiologie

Herausgeber: RUPERT HOLMES

Dem unbekannten Liquidator
Möge dir niemals das Lob zuteilwerden,
das du dir so redlich verdient hast.

Glossar der Angewandten Kunst

LIQUIDATION: Unser bevorzugter Begriff für »Mord« {vulg.}, obgleich einige jüngere Mitarbeitende inzwischen den Terminus »Bereinigung« als weniger drastisch empfinden. Während wir die Verwendung der Verbform »liquidieren« empfehlen, ist »bereinigen« als Alternative nicht zulässig.

EXEKUTANT: Bevorzugte Bezeichnung für die Person, deren Liquidierung (oder »Exekution« {vulg.}) auf unsere Initiative zurückzuführen ist. Der Terminus »Opfer« ist unserer Ansicht nach zu subjektiv gewählt und könnte Hintergründen und Motiven nicht in ausreichendem Maße Rechnung tragen. Auch wenn es unter Umständen angebracht sein kann, diesen Ausdruck im Kontext eines wissenschaftlichen Vortrags oder Fachbuchs (so wie dem hier vorliegenden) zu verwenden, raten wir von einem Einsatz in der mündlichen Kommunikation ab. Sollte das Gespräch aufgezeichnet und der Mitschnitt später vor Gericht abgespielt werden, hat der Begriff »Exekutant« eindeutig einen positiveren Klang als »Opfer«. In diesem Zusammenhang möchte ich noch anmerken, dass die Bezeichnung **KANDIDAT/KANDIDATIN** ebenfalls gestattet ist.

EXEKUTOR: Dieser Begriff bezeichnet Sie – einen planmäßigen Ablauf natürlich vorausgesetzt. Denken Sie stets daran, dass wir in der McMasters-Akademie die Betonung auf die dritte Silbe legen (»Ex-ek-U-tor«). Durch nichts verrät sich der Neuling auf dem Campus schneller als dadurch, dass er sich selbst als »EX-ekutor« bezeichnet. Studenten, die eine Karriere als Profikiller anstreben, sind hiervon ausgenommen.

LIQUIDATOR: Jede Person, die ihre Abschlussprüfung an der McMasters-Akademie abgelegt hat und für fähig und würdig befunden wurde, die Liquidation eines Kandidaten durchzuführen, oder dies bereits erfolgreich getan hat.

MORDIOLOGE: Ein nicht diplomierter Exekutor (oder eine Exekutorin) früherer Tage, dem es trotz eines fehlenden Abschlusses an der McMasters-Akademie gelungen ist, seine (bzw. ihre) Liquidation/-en in der Praxis zu verwirklichen. Diesen bemerkenswerten, allerdings bedauerlicherweise in Vergessenheit geratenen Amateuren wurde das Diplom in Anerkennung ihrer bahnbrechenden Beiträge postum und ehrenhalber verliehen. Zu den herausragenden Persönlichkeiten auf dieser Liste gehören Mrs. Bess Weiss (Bess Houdini), Buffalo Bob Smith, First Lady Lucretia Rudolph Garfield, Colonel Harland David Sanders, Ihre Majestät Viktoria Königin von England und Kaiserin von Indien, Dale Carnegie und Joan Sutherland.

DER FEIND: Dieser Begriff bezieht sich *niemals* auf den Kandidaten/die Kandidatin, sondern ausschließlich auf die Mächte, die sich gegen die Absolventen der McMasters-

Akademie verschworen haben. In diese Kategorie fallen Polizeikräfte – sowohl kommunaler als auch bundesweiter Natur –, Angehörige der Staatsanwaltschaft und die wissenschaftlichen Mitarbeiter forensischer Labors, sofern diese nicht uns unterstellt sind. Von der Anwendung dieser Bezeichnung ausgenommen sind Angehörige des FBI, da ein bemerkenswert hoher Prozentsatz dieses Personenkreises zu unseren Absolventen zählt.

Lieber Tod als Sklaverei.

– Harriet Ann Jacobs
Autorin und Bürgerrechtlerin

Gut, meinetwegen.
Aber von wessen Tod ist hier die Rede?

– R. M. Tarrant
Rektor der McMasters-Akademie 1937–1941

Es ist ein Leichtes,
seinen eigenen Arbeitgeber zu feuern.
Man braucht dazu nur ein wenig
brennbares Material und ein Streichholz.

– Guy McMaster
Akademiegründer

VORWORT

Sie haben sich also entschlossen, einen Mord zu begehen.

Glückwunsch. Schon durch den Kauf dieses Buches haben Sie den wichtigen ersten Schritt hin zu einem erfolgreichen Tötungsdelikt unternommen und können stolz auf sich sein. Alle ihre Zeitgenossen würden Sie bejubeln. Sofern sie je davon erfahren sollten.

Denn dieses Buch wird dafür sorgen, dass es dazu nicht kommt.

Bis dato stand einem Neuling auf dem Gebiet der Liquidation nur die Möglichkeit offen – stets beobachtet vom Auge des Gesetzes –, stümperhaft zu dilettieren. Studiengänge (ganz zu schweigen von einschlägiges Grundwissen vermittelnden Lehrbüchern) waren für den ernsthaft an der Thematik interessierten Anfänger schlichtweg nicht verfügbar. Sollten Sie versucht sein, eine Bibliothekarin nach Literatur zum Thema Kriminalistik zu fragen, wird diese Sie frohgemut zu Regal 363.2 schicken. Die dicken Wälzer, die Sie dort erwarten, behandeln Themen wie Forensik und die Analyse von Beweismitteln. Fragen Sie dieselbe Bibliothekarin nach einer Anleitung, wie sich das Ableben ihres Vorgesetzten am besten beschleunigen ließe, wird sie Ihnen wohl mit banger Miene den Weg zum Ausgang weisen. Wahrscheinlicher jedoch ist es, dass sie Ihnen gleich den Sicherheitsdienst auf den Hals hetzt.

Angesichts der schwerwiegenden Folgen, die ein Scheitern in diesem Bereich nach sich ziehen kann, ist die McMasters-Akademie für Angewandte Kunst schon seit Jahren die erste Adresse für Liquidatoren und solche, die es werden wollen. Allerdings sind die an der McMasters-Akademie gelehrten Kenntnisse bis zum heutigen Tage nur einigen wenigen Begüterten zugänglich. Denn schließlich ist es nicht leicht, einen Studienkredit für eine Hochschule zu bekommen, die nicht nur ihre eigene Existenz abstreitet, sondern ihren Studenten außerdem beibringt, wie man seine Mitmenschen erfolgreich der ihren beraubt.

Beklagenswerterweise erhält die McMasters-Akademie deshalb auch keine Zuwendungen aus sonst häufig sprudelnden Geldquellen wie dem Bildungsetat der Regierung der Vereinigten Staaten, und das, obwohl nicht wenige unserer Absolventen eine gehobene Stellung in Washington bekleiden. Dass die McMasters-Akademie aus diesen Gründen finanziell auf sich allein gestellt ist, schlägt sich leider auch in unseren Studiengebühren nieder.

Zum Glück können wir jedoch den Vorteil für uns verbuchen, dass Unterbringung und Verpflegung unserer Studierenden vom *Le Guide Michelin* schon seit vielen Jahren mit drei Sternen bewertet werden (ein erfreulicher Umstand, der indes geheim bleiben muss).

All dies vorausgeschickt, vertrete ich unserem Vorstand gegenüber schon seit Jahren die Auffassung, dass es an der Zeit ist, einige Grundsätze unserer Lehranstalt auch ausgewählten Mitgliedern einer gebildeten Öffentlichkeit zugänglich zu machen. Das Werk, das Sie nun in Händen halten, verkörpert gewissermaßen meinen Lebenstraum. Kurz gesagt überreiche ich Ihnen mit diesem Band ein »Werkzeug des Friedens«, das es Ihnen ermöglichen soll, auch für Ihren intendierten Kandidaten (oder die Kandidatin) ein »Ruhe in Frieden« herbeizuführen. Dabei hoffe ich inständig, dass die hier ausgeführten Kurseinheiten Sie dazu beflügeln werden, in Ihrem Denken über das bloße Luftschloss eines Wunschtraums hinauszuwachsen. Denn nur so kann es Ihnen gelingen, jemandem, der es wirklich verdient hat, nicht nur in Ihrer Fantasie, sondern auch im wahren Leben ein Happy End zu bereiten.

*

»Den Soundso könnte ich umbringen« ist ein Satz, den wohl jeder von uns schon einmal ausgesprochen hat – aber nur die allerwenigsten setzen diese Absichtserklärung auch in die Tat um.

Falls Sie zu denen gehören, die dieses Lehrbuch zurate ziehen, weil Sie noch nicht sicher sind, ob ein Mord die beste Lösung Ihrer Probleme darstellt, möchte ich Sie bitten, eine solche Entscheidung niemals leichtfertig zu treffen. Immerhin ist ein Mord ein lebensveränderndes Ereignis, *nicht zuletzt für Ihre Zielperson.* Deshalb sollten Sie sich, bevor Sie zur Tat schreiten, stets die Fragen stellen, die wir unseren Studienanfängern als »Die vier Schritte der Gewissenserforschung« eindringlich ans Herz legen.

#1: Ist dieser Mord wirklich nötig?

Oder: Gibt es tatsächlich keinen anderen Weg, Abhilfe zu schaffen? Manche Menschen wenden sich nämlich rasch der vermeintlich einfachsten Lösung zu, ohne Alternativen in Erwägung zu ziehen. Wollen Sie Ihren Vorgesetzten beseitigen, ohne zuerst zu versuchen, seinen Sohn oder seine Tochter um den Finger zu wickeln? Wie dumm wäre es doch, wenn Sie sich eine »Straftat« mit allen damit einhergehenden Risiken und Mühen aufhalsten, nur um feststellen zu müssen, dass Sie sich die Arbeit eigentlich hätten sparen können. Das wäre dann wohl sicher eine Übertötung im wahrsten Sinne des Wortes.

#2: Haben Sie Ihrem Kandidaten ausreichend Gelegenheit gegeben, sich zu bessern?

Gehen Sie in sich. Haben Sie Ihrem Kandidaten die Chance eingeräumt, Läuterung zu suchen und ein neues und anderes Leben anzufangen? Sie werden in der Nacht nach dem Mord besser schlafen, wenn Sie wissen, dass Sie Ihrem Kandidaten am Vortag die Möglichkeit eröffnet haben, am nächsten Morgen lebendig aufzuwachen. Sollte besagte Person sich jedoch weigern, an sich zu arbeiten, können Sie guten Gewissens aktiv werden. Wenn Ihnen jemand durch sein Verhalten keine andere Wahl lässt, als ihn umzubringen, handelt es sich nämlich nicht um ein Tötungsdelikt, sondern nur um einen Selbstmord wider Willen.

#3: Könnten durch Ihre Tat auch Unschuldige zu Schaden kommen?

Fragen Sie nicht nur, wem die Stunde schlägt, sondern auch, wer das Glöckchen hören und trauern würde. Falls die Antwort »Niemand« lautet, sollten Sie das als zündenden Funken werten (insbesondere dann, wenn Sie eine Tötung durch Stromstoß planen). Also die umgekehrte Frage:

#4: Wird diese Liquidation positive Folgen für das Leben anderer haben?

Letztlich sollte jeder Absolvent der McMasters-Akademie zu dem Schluss kommen, dass die Welt nun ein schönerer Ort ist, weil seine Zielperson nicht mehr auf Erden wandelt.

Wenn Sie die Punkte #1, #2 und #4 mit »Ja« und Punkt #3 mit »Niemand« beantworten können, haben Sie meine volle Zustimmung, jetzt weiterzulesen. Ich gebe Ihnen denselben Rat mit auf den Weg wie der Gründer unserer Lehranstalt damals mir: »Bedenke stets, dass Recht und Gerechtigkeit nicht zwangsläufig dasselbe sind.«

*

Nach einigen ausführlichen Debatten und Überlegungen sind wir zu dem Ergebnis gelangt, dass es wohl am zielführendsten ist, Sie entlang der Spuren früherer Absolventen über die verschlungenen Pfade der McMasters-Akademie zu geleiten: **Achtung:** Nicht alle der in den nun folgenden Beispielen aufgeführten Personen waren erfolgreich. Niemals sollten Sie eine Methode als allein selig machend einstufen, ohne sich zuvor mit den Folgen der darin lauernden Fehlerquellen vertraut gemacht zu haben. Neben den Schilderungen, die den Sieg des Todes über das Leben feiern, gibt es nämlich auch solche, die Irrtümer und deren Konsequenzen aufzeigen. Denn in diesem Fall zahlt ein Absolvent der McMasters-Akademie einen Preis, der mindestens so hoch ist wie der seines Kandidaten.

Da die Sorge um die Anonymität unserer Absolventen und Lehrenden bei uns an erster Stelle steht, werden wir, wenn möglich, nicht die echten Namen (oder Pseudonyme) der jeweiligen Studierenden verwenden. Und zwar, obwohl uns die geschilderten Begebenheiten in die Fünfzigerjahre des 20. Jahrhunderts entführen werden – in den Augen vieler die Blütezeit unserer guten alten Alma Mater –, was heißt, dass die Betroffenen nicht mehr befürchten müssen, durch diese Enthüllungen das Augenmerk des Gesetzes auf sich zu ziehen. Was mich selbst betrifft, war das Schicksal erstaunlicherweise gnädig mit mir und hat mir Gesundheit, genug Zeit und außerdem einige aufmerksame Helfer geschenkt. So ist es mir gelungen, unterstützt von meinen umfangreichen Aufzeichnungen, die meine eigenen Erinnerungslücken überbrücken, die Tatorte so mancher Verbrechen jener Tage zu rekonstruieren.

Dennoch werde ich meine ansonsten eher überschwängliche Art hinter einem anonymen Erzähler in der dritten Person tarnen (obwohl ich wohl der Erste wäre, der »Das war ich!« rufen würde, wenn sich denn die Gelegenheit böte). Sollte meine Erzählung also eine auktoriale Perspektive einnehmen und die intimsten Gedanken oder vertraute Momente anderer preisgeben, die ich unmöglich aus erster Hand kennen kann, wundern Sie sich nicht. In den meisten Fällen beziehe ich mich auf Informationen, welche mir die Beteiligten (häufig in meiner Rolle als ihr Lehrer) anvertraut haben. Weitere Quellen sind die detaillierten Berichte der Personalwerber und weiterer Außendienstmitarbeiter, die unsere Akademie beschäftigt. In meinen Anmerkungen zu Personen, die uns an der McMasters-Akademie besonders verhasst sind, werde ich mich nach Kräften um wissenschaftliche Neutralität bemühen und mir meine Abneigung möglichst nicht anmerken lassen.

Einige mögen nun einwenden, dass Fallbeispiele aus den Jahren kurz nach dem Zweiten Weltkrieg keine ausreichende Vorbereitung auf einen Mord in der heutigen Zeit darstellen. Darauf möchte ich antworten, dass die Prinzipien, nach denen eine Liquidierung nach der McMasters-Methode durchgeführt wird, trotz der technischen Fortschritte des Feindes so zeitlos sind wie das Haiku von Issa, die Gefängnisskizzen von Piranesi oder Beethovens letzte Quartette. Ja, die Tür zum Goldenen Zeitalter aufzureißen, fühlt sich eher an, als fegte ein frischer Windstoß die abgestandene kalte Buchhaltermentalität der modernen Forensik hinweg, die wir gerne auch als »Larifari« bezeichnen.

Außerdem dürfen Sie sich nicht wundern, wenn Ihnen die in diesem Band aufgeführten Personen unbekannt sind. Wir in der McMasters-Akademie legen großen Wert auf unsere mangelnde Berühmtheit. Denken Sie nur an die sagenumwobenen Mordiologen längst vergangener Zeiten: Nero, die Borgias, Dr. Crippen … selbst die verurteilte Lizzie Borden. Und dann halten Sie einen Moment inne. Was haben all diese angeblich so begnadeten Mörder gemeinsam?

Antwort: Sie haben schon einmal von ihnen *gehört*! Skandalös!!! Wenn Sie nur etwas aus diesem Vorwort gelernt haben, sollte es nämlich der Grundsatz sein, dass lediglich der *im Verborgenen* tätige Liquidator ein erfolgreicher ist! Ich könnte Ihnen Geschichten über die unzähligen Absolventen der McMasters-Akademie erzählen, die inzwischen die Welten der Unterhaltung, des Sports und der Politik bevölkern. Aber das darf ich nicht, denn anderenfalls würden diese Menschen alle vor Gericht landen und vermutlich zu lebenslänglicher Haft verurteilt werden. Es ist ein lästiger, aber unvermeidlicher Nachteil für unsere Akademie, dass wir unsere vielen erfolgreichen Absolventen nicht zu Werbezwecken einspannen können. Wie heißt es immer so schön auf unserem Campus? »Hinter jedem unaufgeklärten Mord steckt ein Absolvent von McMasters.«

Nicht jeder besitzt die Disziplin, diese Prinzipientreue durchzuhalten, denn einige Menschen brauchen nun einmal das Rampenlicht. Sie brüsten sich mit ihren Taten, schreiben Briefe an die Presse oder hinterlassen eindeutige Beweise, die förmlich nach einer Festnahme schreien. Derartige Bewerber lehnen wir in McMasters strikt ab! Sollten Sie sich also nach Schlagzeilen sehnen oder gar Masochist mit einer Sehnsucht nach Strafe sein, müssen Sie, aller guten Absichten zum Trotz, jetzt aufhören zu lesen.

In diesem Werk werden auch einige idyllische Örtlichkeiten in unserer verwinkelten Campusanlage vorgestellt: die halb mit Holz verkleideten Lädchen und die Picknicktische am Ufer eines malerischen Teichs mit dem Namen Mead Mere. Unsere prachtvollen Gärten mit Pflanzen der dekorativen und der giftigen Art. Unsere funkelnden Brunnen und leuchtenden Säulengänge sowie den sonnigen Badestrand.

Und nicht zu vergessen ein Distellabyrinth, Sportplätze, heimelige Häuschen für die Mitglieder des Lehrkörpers und ein dichter Wald, der Finsterwolde heißt. Dennoch soll dieser Band kein Campusführer sein (unser *Bebilderter Wegweiser* kann zu einem moderaten Preis bei »Der Kleine Buchladen am Platz« in »Mussels Kolonialwarenladen« und bei der Studentenvereinigung erworben werden. Nach dem Abschluss besteht die Möglichkeit, sich, eine Rückgabe des Buches vorausgesetzt, einen Teil des Kaufpreises erstatten zu lassen.). Es handelt sich vielmehr um meinen bescheidenen Versuch, den Teilnehmern dieses Lehrgangs das Leben auf dem Campus anhand der Erfahrungen unserer Absolventen greifbar zu machen. Der Prozess des hier geschilderten Eintauchens in unsere Methodik und Lehrinhalte soll als illustrierendes Beispiel dienen.

Zum Abschluss möchte ich – obwohl wir hier mit dem Wort »Urteil« vorsichtig umgehen – betonen, dass die Studenten der McMasters-Akademie nicht nur viele praxisorientierte Lektionen erwarten. Nein, es gibt außerdem zahlreiche befruchtende philosophische Erkenntnisse zu gewinnen, ganz gleich, ob man seine Zeit nun in den Gebäuden unserer Akademie oder mit dem Studium des hier vorliegenden Werkes verbringt. Ich hoffe, dass dieser Kursus der werten Leserin und dem werten Leser einen tieferen und erhellenden Einblick in die erstaunliche Vergänglichkeit des menschlichen Lebens vermitteln kann. Denn am Ende dieses Lehrgangs soll die Fähigkeit stehen, jeden Tag so zu leben, als sei es der letzte Tag Ihres Widersachers.

BETRACHTUNGEN ZUR ZIELSETZUNG DIESES WERKS

Bereits seit Milliarden von Jahren, also seit das Leben – unstrittig der zentrale Aspekt jeden Tötungsdelikts – auf dieser Erde wimmelt, seit die erste kühne Amöbe in einer bahnbrechenden Götterdämmerung den ersten Fuß an Land setzte, fest entschlossen, entweder ein Huhn oder ein Ei zu werden, ja, seit diesem geschichtsträchtigen Moment ist es die unerschütterliche Bestimmung der Starken, über die Schwachen zu herrschen. Allerdings hat sich die Welt im Laufe der vergangenen Jahrtausende, in krassem Widerspruch zu den Erkenntnissen Darwins, zu einem Ort entwickelt, an dem die *Un*geeignetsten nicht nur überleben. Nein, sie gedeihen sogar prächtig, und zwar mit dem Ergebnis, dass sie immer wieder ihnen eigentlich überlegene Menschen im Wettlauf überholen. So hat sich inzwischen ein Gesellschaftssystem herausgebildet, in dem geistig minderbemittelte und begabungsfreie Vorgesetzte allzu oft gegenüber ihren beträchtlich klügeren Untertanen, sprich Mitarbeitern, weisungsbefugt sind. Wir in der McMasters-Akademie betrachten das als eine Umkehr der natürlichen Ordnung, als »Devolution der Menschheit« sozusagen, wobei der »sadistische Chef« unserer Auffassung nach das größte Übel unserer modernen Zeit verkörpert. Deshalb will die McMasters-Akademie all jenen, die unter der Knute eines solchen Unterdrückers ächzen, voller Stolz ihre helfende Hand reichen.

Obwohl der Großteil der Erde von Wasser bedeckt ist, gibt es dort auch zahlreiche Schuhgeschäfte, in denen vielfach nur der Inhaber, eine Verkäuferin und eine Kassiererin tätig sind, die hier einmal Jackie heißen soll. Und so kehren allabendlich kreuz und quer auf unserem gewaltigen Planeten die Mitarbeitenden von Schuhgeschäften zurück ins traute Heim, wo sie ihren Familien, von der eigenen Person ganz zu schweigen, die Stimmung bei Tisch verderben und für allgemeine Verdauungsstörungen sorgen. Im Laufe der Mahlzeit kommen nämlich unweigerlich die neusten Kränkungen aufs Tapet, die der verhasste Inhaber/Chef sich heute wieder hat einfallen lassen. Ergebnis ist, dass besagter Despot bald genauso viel Raum in den Tischgesprächen des fraglichen Paares einnimmt wie ein gewisser Mr. Hitler bei der Konferenz von Jalta.

Natürlich betreffen gegen den jeweiligen Vorgesetzten gerichtete unterdrückte Wut und brodelnder Hass keineswegs nur die Angestellten von Schuhgeschäften. Sie sind der Stoff, aus dem Meutereien auf hoher See, Gefängnisaufstände und Intrigen hinter Klostermauern gemacht sind.

Wenn die Debatte trotz des nur mäßig brennenden Kaminfeuers in der holzvertäfelten Bibliothek unseres Dozentenwohnheims wie so häufig hitzig werden sollte, vergleichen wir gerne unsere Fälle. Dabei beleuchten wir vergangene Katastrophen, Triumphe und Beinahe-Treffer, immer auf der Suche nach einer allumfassenden Theorie, um sie in die McMasters-Methode einfließen zu lassen. Bei solchen Gelegenheiten vertrete ich häufig den Standpunkt, dass es auf Erden kein größeres Unheil, ja, keine unberechenbarere Naturgewalt gibt als den sadistischen Arbeitgeber.

Um Kipling zu zitieren: »Wir wissen, was Himmel und Hölle gefällt, was dem König beliebt, weiß kein Mensch auf der Welt.« Es ist wichtig, Kipling stets im Gedächtnis zu haben, und wenn auch nur deshalb, weil wir alle vermutlich nie jemanden kennenlernen werden, der Rudyard heißt. Außerdem findet sich nirgendwo im Lehrplan unserer Akademie eine Liquidation, anhand derer sich das Konzept des persönlichen Opfers für eine gute Sache besser aufzeigen ließe als am Tyrannenmord. Wer in den Zeiten des Feudalismus einen Monarchen vom Thron stürzte, dem waren die Lobeshymnen aus den Kehlen der Leibeigenen auf den Äckern des ganzen Landes gewiss. Und daran hat sich bis heute nichts geändert.

Für diesen Band habe ich drei Studierende desselben Abschlussjahrgangs ausgewählt, um an ihrem Beispiel die möglichen Herausforderungen und Fallstricke zu illustrieren, die sich im Rahmen der Liquidation eines unterdrückerischen Vorgesetzten ergeben können. Sie sollen hier Cliff Iverson aus Baltimore, Maryland, und Gemma Lindley aus Haltwhistle, Northumberland, England, heißen. Dritte im Bunde ist eine Frau, die wir für den Moment Dulcie Mown, damals wohnhaft in Hollywood, Kalifornien, nennen wollen.

Wir werden mit Mr. Iverson beginnen, da er ein Student mit Stipendium war, was heißt, dass seine Studiengebühren von einem Gönner übernommen wurden. Daraus leitete sich für den Stipendiaten die Pflicht ab, Tagebuch über seine Bildungserfolge zu führen, damit der dem jungen Cliff unbekannte Wohltäter einen Überblick über seine Fortschritte bekam (und beurteilen konnte, ob sich seine Investition auch lohnte). Darum liegen uns zum Glück die Aufzeichnungen von Mr. Iverson vor, weshalb wir diese Chronik eines Studiums an der McMasters-Akademie aus erster Hand mit Ihnen teilen können. An späterer Stelle werden wir uns den einzigartigen Erfahrungen von Gemma und Dulcie widmen. **Eine traurige Anmerkung am Rande:** Leider sind die Lektionen, die einen das Scheitern, der grausamste aller Schulmeister, lehrt, häufig schmerzlich erworben und prägen sich deshalb am lebhaftesten ins Gedächtnis ein. Aus diesem Grund möchte ich Sie schon im Vorfeld darauf hinweisen, dass es *nicht allen hier aufgeführten Studierenden* gelang, ihre Mission erfolgreich abzuschließen.

In diesem Zusammenhang ist hinzuzufügen, dass alle drei bei ihrer Ankunft weniger Wissen über unsere Akademie besaßen, als selbst Sie es aktuell besitzen. Denn während Sie schon allein durch die Auswahl dieses Bandes ein messerscharfes Urteilsvermögen an den Tag gelegt haben und offenbar die Absicht verfolgen, sich die Methode McMasters mit Bedacht und zumindest einem Quantum an böswilligem Vorsatz anzueignen, traf das auf den jungen Cliff Iverson ganz und gar nicht zu. Er trat sein Studium in einem Zustand der Unwissenheit an, den man wohl kaum als glückselig bezeichnen kann.

I

AUS DEM TAGEBUCH VON CLIFF IVERSON

Obwohl ich mich eigentlich nicht für sonderlich eitel halte (vielleicht abgesehen davon, dass ich häufiger an mich selbst denke, als es vermutlich angebracht wäre), war ich sehr mit mir zufrieden: Es war mir nämlich gelungen, einen wunderbaren Mordplan zu entwerfen, insbesondere wenn man dabei bedachte, dass ich noch nie zuvor in Erwägung gezogen hatte, jemanden umzubringen.

In meinem ersten Jahr am California Institute of Technology (Caltech) strebte ich anfangs einen Master in Luftfahrtdesign und englischer Literatur an, was man in etwa damit vergleichen kann, als wollte man an der Musikhochschule Juilliard Klavier und gleichzeitig Feldhockey studieren. Allerdings war ich ein mittelloses Waisenkind, weshalb man mir bald mitteilte, dass mein überaus großzügiges Stipendium nur dazu gedacht war, meine Fähigkeiten auf dem Gebiet der Luftfahrttechnik weiterzuentwickeln. Mein Vorhaben, mich auch der unsterblichen Welt der Literatur zu widmen, stand leider nicht auf dem Programm.

Vermutlich gibt es viele Menschen wie mich, die

feststellen, dass sie zwar über eine spezielle Begabung verfügen, allerdings nur eine stille Freude daran haben, ohne wirklich dafür zu brennen. Das Problem ist nur, dass die meisten von uns ihren Lebensunterhalt verdienen müssen, vermutlich ein wichtiger Grund, warum es auf dieser Welt studierte Urologen gibt. (Falls mein Wohltäter, der diese Aufzeichnungen liest, zufällig studierter Urologe sein sollte, danke ich ihm für seine Nachsicht und packe sofort meine Sachen.)

Vom Caltech wechselte ich irgendwann ans MIT, und von dort aus war es kein weiter Weg zum Flugzeughersteller Woltan Industries, ein Schritt, der mich zum Mörder machen würde. Daran war nicht allein das MIT schuld. Auch Woltan als Unternehmen kann man eigentlich nichts vorwerfen. Wenn da die nicht unternehmenseigenen Einstellungskriterien für Abteilungsleiter wären, von denen einer mein direkter Vorgesetzter Merrill Fiedler ist. Und Fiedler muss sterben.

Bitte glauben Sie mir, dass sinnloses Morden meiner Natur grundsätzlich widerstrebt. Doch in Fiedlers Fall ist ein Mord alles andere als sinnlos.

Ich habe keine Ahnung, ob Sie mich persönlich kennen, verehrter Wohltäter. Falls nicht, lassen Sie mich nur sagen, dass mein Äußeres von einigen als »streberhaft«, von meiner kurzsichtigen Tante hingegen als »ansprechend« bezeichnet wird. Jedoch spielt das im Zusammenhang mit diesen Aufzeichnungen nur eine geringe Rolle, denn an dem Tag, als meine Beziehung mit der McMasters-Akademie in einem U-Bahnhof in Midtown Manhattan begann, war mein Gesicht unter der tief in die Stirn gezogenen Krempe eines altmodischen Filzhuts, einer Perücke und einem falschen

Bart, beides struppig und grau, sowie einer Pilotenbrille verborgen. Meine eigentlich schlanke Gestalt war ausgepolstert wie ein Kaufhaus-Weihnachtsmann, denn ich trug unter dem Mantel eine lange Steppweste, die den vier Nummern zu großen Trenchcoat restlos ausfüllte.

So elegant wie Oliver Hardy, wenn er ein Tänzchen mit Stan Laurel aufs Parkett legt, schlängelte ich mein neues unbeholfenes Ich den Parcours entlang, also erst durch das Drehkreuz und dann die Betonstufen hinunter zum Bahnsteig für die Züge in nördlicher Richtung. Dort stellte ich zu meiner Zufriedenheit fest, dass sich meine Zielperson genau dort befand, wo ich sie haben wollte: Merrill Fiedler, geschniegelt, gebügelt, Anfang fünfzig und eine wandelnde Erfolgsgeschichte. Derzeit hielt er sich im Auftrag des Woltan-Werks Baltimore, wo er als mein direkter Vorgesetzter fungiert hatte, wegen einer Sitzung in New York auf. Im Moment stand er an einem Zeitungskiosk am südlichen Ende des Bahnsteigs und blätterte in einer Zeitschrift. Ich hatte, so präzise wie möglich, nur wenige Meter von ihm entfernt Posten bezogen, denn die Verwirklichung meines Vorhabens setzte voraus, dass Fiedler sich genau dort befand, wo die Züge nach Uptown in die Haltestelle einfuhren. Bis die Bahn das andere Ende des Bahnsteigs erreicht haben würde, stand sie nämlich schon fast, was ein kurzes und schmerzloses Ende weniger wahrscheinlich machte.

Ja, ich weiß, ich habe eben ein gutes Herz.

Außerdem war es schließlich der Zug, der Fiedler den Todesstoß versetzen würde, hielt ich mir zum wohl hundertsten Mal vor Augen, wohl wissend, dass es sich um eine der faulsten Ausreden der Weltgeschichte handelte.

Doch obwohl ich mich mit Mordplänen trug, hatte ich eigentlich alles andere als eine Mörderseele. Pistolen, Messer, Gifte ... All das waren Waffen, zu deren halbwegs erfolgreichem Einsatz mir entweder die Kaltblütigkeit oder die Erfahrung fehlt. Gifte und alle Distanzmethoden, die mir sonst noch eingefallen waren, hatte ich auch aus dem Grund für mich verworfen, weil sie mir zu kühl und berechnend erschienen und die gründliche Planung erforderten, zu der nur ein wahrer Psychopath in der Lage ist. Und da hatte ich die zündende Idee, Fiedler einfach einen kräftigen Schubs zu versetzen. Ja, das war vermutlich zu schaffen. Insbesondere deshalb, weil ich in den letzten Jahren oft hatte an mich halten müssen, wenn Fiedler wieder einmal einen hilflosen Mitarbeiter schurigelte. Ein Stoß, ein Schubs, ein kleiner Rempler – das erschien mir keine sehr gebräuchliche Methode zu sein, jemanden ins Jenseits zu befördern. So ein Verhalten bildete doch meist die Vorstufe zu einer guten alten Kneipenschlägerei, bis jemand, der etwas zu sagen hatte, »Jetzt aber Schluss damit, Jungs, so was gibt es bei uns nicht!« rief. Nach all den Demütigungen, Herabwürdigungen, Beleidigungen und abfälligen Seitenhieben war ein kleiner Schubs doch etwas, das einem niemand verübeln konnte.

Daran fiel einzig und allein aus dem Rahmen, dass dieser Schubs genau dann zur Anwendung kommen würde, wenn Fiedler an der Bahnsteigkante stand, während gerade der IRT-Zug in den Bahnhof raste.

Also war es der Zug, der Fiedler umbringen würde.

Ein weiterer Vorteil dieser Methode bestand darin, dass man für das Mitführen eines Schubses keine amtliche Genehmigung brauchte. Mit einem Schubs ließen sich keine

Beschusstests durchführen, weshalb man ihn auch nicht bis zu seinem Ursprung zurückverfolgen konnte. Er verursachte weder eine Eintrittswunde, die Rückschlüsse auf den Schusswinkel erlaubte, noch verräterische Schmauchspuren. Ja, ein Bluterguss konnte zurückbleiben, doch meine viel zu großen Lederhandschuhe würden den wahren Umfang meiner Hände verschleiern. Ganz zu schweigen von meinen Fingerabdrücken.

Trotz dieser Schlichtheit handelte es sich eigentlich um eine ziemlich gut durchdachte Mordmethode. Für etwaige Zeugen auf dem Bahnsteig war ich ein kräftig gebauter Mann mit Trenchcoat, der mindestens fünfundzwanzig Kilo mehr wog als mein wahres Ich. Mein Gesicht wurde von Hutkrempe, dunkler Brille, grauem Haar und ebensolchem Bart getarnt. Zugegeben, ich machte vielleicht eine lächerliche Figur und war womöglich sogar ein Mann, an den sich Zeugen erinnern würden. Aber mit meinem wirklichen Äußeren gab es nicht die geringsten Übereinstimmungen. Ich spähte über den Rand meiner Sonnenbrille und überlegte, wer wohl als Zeuge infrage kam. Ein paar Schritte entfernt focht ein unscheinbarer Mann mit Schlapphut und Gesichtszügen, so hart und dunkel wie Onyx, einen Kampf der Titanen mit einem Kaugummiautomaten aus. Neben der Treppe, die ich gerade hinuntergekommen war, stand eine ältere Nonne. Und links von mir brütete ein gedrungener, muskulöser Mann über dem Kreuzworträtsel einer Boulevardzeitung und leckte dabei immer wieder einen Bleistiftstummel ab.

Irgendwo in den Tiefen des Tunnels erklang ein durchdringendes metallisches Kreischen wie von einem Blechschwein, das an Ketten durch ein eisernes

Schlachthaus gezerrt wird. Inzwischen konnte ich meinen eigenen Herzschlag hören und spürte, wie er an meinen Handgelenken und Schläfen pulsierte. Dank meiner Recherchen wusste ich, dass das ohrenbetäubende Kreischen elf oder zwölf Sekunden lang andauerte, bevor der Zug nach Norden in den Bahnhof raste. Wenn ich das Undenkbare wirklich tun würde, musste es jetzt sein. Nie wieder würde ich meine Zielperson in dieser idealen Position vorfinden, und zwar einzig und allein dank meiner eigenen Genialität.

Wie gerne hätte ich nun Gelegenheit gehabt, Fiedler dieselben Worte ins Ohr zu flüstern, die ich ihm an jenem demütigenden Nachmittag auf dem Mitarbeiterparkplatz von Woltan entgegengeschleudert hatte. Als ich mich am fraglichen Tag meinem Wagen näherte, hatte ich nämlich gesehen, dass Fiedler, die Arme verschränkt und flankiert von zwei Männern vom Werkschutz, am Heck Posten bezogen hatte. Offenbar hatten die drei den Kofferraum aufgebrochen und außerdem einige der schmucklosen, schwarz-gelb gestreiften Ordner ausgebreitet, die bei Woltan dem Abheften von Bauplänen dienten. Diese Ordner vom Firmengelände zu entfernen, war streng verboten. Obenauf erkannte ich verschiedene Flugblätter der American Communist Party, damit alle Kollegen sie begutachten konnten wie auf einem Flohmarkt. Natürlich hatte Fiedler mir die Sachen untergeschoben, und nun teilte er mir in wichtigtuerischem Ton mit, ich hätte gegen die in meinem Vertrag aufgeführte Geheimhaltungspflicht verstoßen. Jacek Horvarth und ich seien ab heute nicht mehr Mitarbeiter dieses Unternehmens. Es sei bereits ein Bericht per Telex nach New York und München gegangen. Bald werde mein

Ruf so vollständig ruiniert sein, dass ich in dieser Branche keinen Fuß mehr auf den Boden kriegen würde.

Als ich meine eigene Stimme hörte, erkannte ich sie selbst nicht wieder. »Was Sie anderen Menschen antun, Fiedler«, ich geriet ins Stocken, »eines Tages wird man es Ihnen gebührend heimzahlen.« *Ja, dem hatte ich es aber gezeigt!*

»Ich habe bereits das, was mir gebührt«, erwiderte Fiedler kühl. »Nämlich einen Posten als Ihr Vorgesetzter. Und manchmal müssen Vorgesetzte eben unpopuläre Dinge tun. Chirurgen schneiden Menschen auf. Generäle schicken Leute in den Tod ...«

»Wir sind weder Patienten noch Soldaten!«, unterbrach ich ihn mit lauter Stimme. »Wir arbeiten nur hier. Und als wir hier angefangen haben, hat uns niemand gewarnt: ›Eigentlich stellen wir Sie nur deshalb ein, weil wir in unserem Unternehmen einen Abteilungsleiter haben, dessen Ego wichtiger ist als das Wohlergehen der ganzen Firma.‹ Oder glauben Sie etwa, dass dieser Laden ausdrücklich einen Menschenschinder gesucht hat und Sie eben die besten Referenzen mitbrachten? Hoffentlich verpasst Ihnen eines Tages jemand eine richtige Abreibung, damit Sie endlich kapieren, dass anständige Leute Ihretwegen Angst haben, zur Arbeit zu gehen.« Ich betrachtete meine Kollegen, die reglos bei ihren Autos standen und sich plötzlich sehr für ihre Schuhe zu interessieren schienen. Wenigstens wurde Cora nicht Zeugin dieses Tiefpunkts in meinem Leben. Allerdings lag das nur daran, dass ihr eigenes Leben bereits vorbei war.

»Die Ergebnisse sprechen für sich und für mich«, entgegnete Fiedler mit einer Selbstgewissheit, die mich zur Weißglut reizte. »Wir sind die Nummer eins in dieser Region.«

»Alles, was wir an Positivem erreicht haben, hätten wir auch ohne Sie geschafft. Die Fünfzigerjahre werden für sämtliche Unternehmen wie unseres den Aufschwung bringen. Ihre einzige Leistung besteht darin, dass Sie uns das Leben zur Hölle gemacht haben!« Als ich drohend einen Schritt auf ihn zutrat, stellten sich mir die Wachleute in den Weg. »Sie haben es mit Woltan gut getroffen. Aber Sie würden auch als Leiter eines Gefängnisses oder einer Anstalt glücklich werden. Alles, solange Sie nur der Boss sind!«

Doch nun, auf dem Bahnsteig, hatte Fiedler keine Leibwächter mehr. Bald würde der Zug uns, insbesondere Fiedler, erreicht haben. Die geschwungenen Gleise, die vom Tunnel in den Bahnhof führten, wurden bereits vom langen Strahl des Frontscheinwerfers beleuchtet. Gleich würde ich zum Mörder werden.

Wer hätte gedacht, dass mein Leben einmal eine solche Wendung nehmen würde? Bis jetzt hatte ich nur ein einziges Mal ein Gesetz verletzt, und zwar die Regel, dass man zum Steak keinen Weißwein trinkt. Was würde Cora wohl von mir denken, wenn sie mich nun hätte sehen können, in dieser lächerlichen Kostümierung und im Begriff, das Unaussprechliche zu tun? Ich schob meine Zweifel beiseite und stellte mir stattdessen die entsetzten Passagiere an Bord der von mir entworfenen W-10 vor, wenn es plötzlich totenstill in der Kabine wurde. Der Strom fiel aus, und alle Fluggäste waren rettungslos verloren, denn die Stabilisatoren blockierten, sodass sich die Nase der Maschine ganz langsam zum Erdboden dreitausend Meter unter ihnen ausrichtete. Wenn ich jetzt zögerte, würde ich nie wieder Gelegenheit haben, diese unschuldigen Menschen zu retten.

Inzwischen spähte mein Opfer ungeduldig in den Tunnel

und konnte die Ankunft des Zuges, der ihn umbringen würde, offenbar kaum erwarten. Während ich mich von hinten an ihn heranschob, liefen in meinem Kopf in rasender Geschwindigkeit Bilder des Schadens ab, den er bereits angerichtet hatte oder noch anrichten würde. Schubs ihn! Für Cora. Für meinen Freund Jack Horvarth, der tot in einer vermüllten Grünanlage aufgefunden worden war. Für alle Mitarbeiter, deren Leben Fiedler ruiniert, und alle Seelen, die er erstickt hatte. Für die Kinder, die einmal in eine W-10 steigen würden, voller Vertrauen, dass ihre Eltern wussten, was sie taten, als sie die Tickets kauften. Wut stieg in mir hoch, bis es nicht mehr nur um Fiedler ging, sondern um alles, was in dieser Welt im Argen lag. Und die einfache Lösung des Problems bestand darin, diesen aufgeblasenen Fatzke kräftig anzurempeln, wenn der Zug in den Bahnhof einfuhr.

Ich wusste nicht mehr, was ich tat, als ich die Schulter senkte und Fiedler mit der geballten Wucht meines Körpers rammte wie ein Footballspieler. Im Moment des Zusammenpralls wurde ich Teil der Gemeinschaft derer, die schon einmal getötet haben. Angefangen bei Kain bis hin zu dem Soldaten, der seine Heimat verteidigt, dem Justizmitarbeiter, der bei der Hinrichtung den Hebel betätigt, und dem Kind, das einen Tausendfüßler zertritt. Einige taten es mit dem Segen der Gesellschaft, sodass heute Denkmäler von ihren Namen zeugen. Andere wurden von ihren Mitmenschen verflucht und in anonymen Gräbern verscharrt.

Aus meinem Blickwinkel konnte ich Fiedlers Gesicht nicht sehen. Der Rückstoß schleuderte mich nach hinten wie eine Kugel bei einer Karambolage auf dem Billardtisch, und Schreckensschreie drangen an mein Ohr. Ich fühlte mich seltsam unbeteiligt am Geschehen. Mein einziger Gedanke war, diesen Bahnsteig so schnell wie möglich hinter mir zu lassen und die Treppe hinauf und durch das nächstbeste Drehkreuz zu eilen. Genau nach Plan verdrückte ich mich durch die Drehtür am anderen Ende des Bahnhofs in die personell chronisch unterbesetzte Abteilung mit den Sonderangeboten im Untergeschoss des Kaufhauses Brandt's, wo ich mich durch ein Labyrinth von Wühltischen zu der Tür durchschlängelte, die in die Herrenumkleide führte. In einer der winzigen Kabinen schlüpfte ich aus den Handschuhen, entledigte mich des Mantels, Barts, der Perücke und Steppweste und ließ alles kühn auf der Holzbank zurück. Falls jemand, was recht unwahrscheinlich war, einen Zusammenhang zwischen diesen Kleidungsstücken und dem bedauerlichen Unfall in der U-Bahn herstellte, würde man mich ganz gewiss nicht damit in Verbindung bringen, denn ich hatte alles erst am Vortag in verschiedenen Läden für Army-Restbestände in weit auseinanderliegenden Orten der Stadt gekauft. Ich nahm mir einen Moment Zeit, um mein Haar zu glätten und meine Züge im Spiegel der Umkleidekabine zu begutachten. Das war nicht das Gesicht eines Mörders, dachte ich. Keine triumphierende Miene, nur das traurige Wissen, dass mein Leben nie wieder sein würde wie zuvor.

Ich verließ die Umkleide und täuschte im Vorbeigehen Interesse an einem Ständer mit wollenen Krawatten vor, als hätte ich es überhaupt nicht eilig. Dann betrat ich entschlossen die Rolltreppe, die mich ins Erdgeschoss brachte. Als mich ein atemloser Verkäufer mit einer Wolke Herrenparfüm besprühte, wimmelte ich ihn mit einem lässigen »Danke, aber heute nicht!« ab. Dann spuckte mich die niemals stillstehende Drehtür des Kaufhauses hinaus auf den Gehweg, wo ich mich gesenkten Hauptes in den wogenden Strom der Passanten einreihte. Sie alle waren in ihrer eigenen Mission unterwegs, aber gewiss nicht in einer, wie ich sie gerade vollbracht hatte. Ich beneidete sie, weil ihre Last nicht so schwer war wie meine. Mein noch so junges Geheimnis lastete auf mir wie ein bleierner Rucksack, den ich zu dem von längst vergangener Pracht zeugenden Van Buren Hotel and Ballrooms schleppte, wo ich Quartier bezogen hatte. In meinem Zimmer angekommen, stellte ich fest, dass ich um einiges erschöpfter war als erwartet. In einem Zustand, den man beschönigend als Ohnmacht bezeichnen könnte, fiel ich auf die dünne Überdecke meines viel zu kleinen Bettes und schlief in dem beruhigenden Wissen ein, den perfekten Mord begangen zu haben.

Kurz darauf läutete das Telefon in meinem Zimmer.

Ich griff nach dem Hörer. Wie ich mir dabei vor Augen hielt, wusste niemand auf der ganzen Welt, dass ich mich in diesem Hotel eingemietet hatte, weshalb der Anruf nicht privat sein konnte. »Ja?«

»Hier ist die Rezeption, Mr. Williams.« (Williams war der unauffälligste Name, neben Smith und Jones, der mir eingefallen war. Ein Name, den die Leute leicht vergaßen, solange man mit Vornamen nicht Ted wie der Baseballspieler hieß.) »Einige Detectives von der Polizei sind auf dem Weg zu Ihnen. Eigentlich sollte ich es Ihnen nicht sagen, aber das ist ein Service für unsere Gäste. Falls Sie gefragt werden sollten, haben Sie es nicht von mir.«

Ich hörte, wie sich draußen auf dem Flur die Aufzugtüren öffneten, und ehe mir ein harmloser Grund einfiel, warum die New Yorker Polizei einen Ortsfremden aufsuchen sollte, und das nur wenige Minuten, nachdem dieser einen Mord begangen hatte, wurde schon dreimal ziemlich rüde an die Tür gehämmert. Darauf folgte ein: »Polizei, Mr. Iverson! Aufmachen.«

Mein Gott, dachte ich – auch ich habe meine spirituellen Anwandlungen, wenn die Umstände stimmen –, die kennen meinen echten Namen! Mein Mund wurde schlagartig so trocken, als hätte mir jemand eine Tasse Mehl in den Rachen geschüttet. Woher konnten die nur wissen, wer ich war? Der einzige andere Weg aus diesem Zimmer führte über die Feuertreppe acht Stockwerke nach unten. Und da mir Flucht als Beweis meiner Schuld ausgelegt werden konnte, versuchte ich, all meinen Mut zusammenzunehmen. Nur um festzustellen, dass da keiner war. Als ich, ein gezwungenes Lächeln auf den Lippen, die Tür öffnete, spürte ich, wie meine Mundwinkel nervös zuckten. »Ja?«, fragte ich, um den Tonfall eines mustergültigen Bürgers bemüht.

Vor mir stand ein schwarzgesichtiger Mann mit Schlapphut und im grauen Anzug. Seine billige Krawatte sah aus wie das widerwillig überreichte Geburtstagsgeschenk einer entfremdeten Ehefrau. Er hielt mir ein Mäppchen hin, das offenbar einzig dem Zweck diente, eine Marke mit dem Siegel der Stadt New York vorzuzeigen. »Captain Dobson«, sagte er, womit er mir das Lesen ersparte. »Das ist Sergeant Stedge.«

Stedge war ein gedrungener, muskulöser Mann, der die Nähte seines Anzugs aus Kunstseide zu sprengen drohte. Seine Krawatte war mit der von Dobson identisch, ein Hinweis darauf, dass er entweder eine Affäre mit dessen entfremdeter Ehefrau hatte oder seine Krawatten im selben

Laden kaufte. Und zwar von dem Wühltisch mit dem Schild »Alles für einen Vierteldollar«. Hinter seinem linken Revers lugte der Griff eines Polizeirevolvers hervor, der dort in einem schlecht sitzenden Schulterhalfter steckte.

»Wo haben Sie sich in der letzten Stunde aufgehalten?«, kam Dobson ohne Umschweife auf den Punkt.

Die Verzweiflung nahm unaufgefordert an meinem Tisch Platz. War es immer so einfach, einen Mörder zu schnappen? Ein Satz, und schon war man mitten im Verkaufsgespräch. »Im Wochenschau-Filmtheater in der Grand Central Station.«

»Und was haben Sie sich angeschaut?«

Ich tat, als müsste ich nachdenken. »Äh, einen Trickfilm mit Tom and Jerry, die Nachrichten, einen Reisebericht über Marokko, einen lustigen Kurzfilm mit den Three Stooges und einen Bericht über die Glasbläserei.«

»Hat Sie jemand dort gesehen?«, wollte der Sergeant wissen.

»Nein, ich bin ja aus ...

Moment.« Spontaneität vortäuschend, drehte ich mich zu der winzigen Kommode um, die meinem schmalen Bett gegenüberstand. »Hier«, verkündete ich und wies auf meine Uhr, die Brieftasche und ein Stückchen aus dünner roter Pappe. »Ich habe noch meinen Kartenabriss.«

Dobson hatte den Blick nicht von meinem Gesicht abgewandt, und ich war ziemlich sicher, dass hier keine Liebe auf den ersten Blick im Spiel war. »Wollen Sie eigentlich nicht wissen, warum ich mich für Ihren Aufenthalt interessiere?«, erkundigte er sich mit aufrichtiger Neugier. »Wenn ich jemanden nach seinem Alibi frage, kommt normalerweise die Gegenfrage nach dem Warum.«

»Tja, ich habe angenommen, dass im Hotel ein Verbrechen geschehen ist und Sie deshalb mit allen Gästen sprechen«, erwiderte ich lässig. »Aber ja, natürlich würde ich gerne wissen, worum es geht.«

Dobson griff nach dem Kartenabriss. »Jemand hat heute Ihren Chef direkt vor eine U-Bahn gestoßen.«

»Oh, mein Gott!«, rief ich aus. Möglicherweise war es nicht die gelungenste Interpretation dieses Satzes.

»Der Film mit den Three Stooges war sicher sehr komisch«, fuhr er fort. »Keine Ahnung, wie viele Leute ihre Karten als Souvenirs aufbewahren würden. Wenn Sie das Ticket voller Fussel in Ihrer Hosentasche entdeckt hätten, könnte ich das ja verstehen. Doch hier liegt es, ordentlich bei Ihrer Uhr auf der Kommode, obwohl gleich daneben ein Papierkorb steht. Welchen Grund hatten Sie, diese Eintrittskarte aufzuheben, wenn nicht den, sich ein Alibi zu verschaffen?«

»Das weiß ich auch nicht. Haben Sie noch nie Ihre Taschen ausgeräumt, ein altes Kaugummipapier gefunden und es nicht sofort weggeworfen?«

»Nein, eigentlich nicht«, antwortete Dobson. »Aber das kann auch an mir liegen. Jedem Tierchen sein Pläsierchen.« Aus seiner Brusttasche zog er eine Klarsichthülle, die eine Pilotenbrille enthielt. Sie war mit der identisch, die ich am Vortag gekauft hatte.

Ich war erledigt. Wenn Dobson genug wusste, um mir diese Sonnenbrille zu zeigen, hatte er mich bestimmt durchschaut. Ich überlegte, ob sie mich gleich hier an Ort und Stelle festnehmen würden. Ich hätte nämlich gerne noch ein letztes Bier getrunken, bevor ich ins Gefängnis musste. Im Todestrakt gab es ganz sicher kein Bier. Und gewiss keines vom Fass. Plötzlich erschien mir lebenslange Haft mit einem

Arbeitsplatz in der Gefängnisbibliothek wie ein Urlaub im sonnigen Madrid.

Mein Blick wanderte zum Fenster meines Hotelzimmers.

»Unten an der Feuertreppe steht einer unserer Männer«, teilte Dobson mir hilfsbereit mit. »Nun also zu dieser Brille. Und Ihrer ... Verkleidung.« Sein Tonfall setzte das Wort in Anführungszeichen. »Wissen Sie, eine gute Tarnung wäre zum Beispiel, wenn man sich den Bart abrasiert, den man fünf Jahre lang getragen hat. Oder wenn eine Nonne plötzlich Lippenstift und Lidschatten benutzt. Selbst ein langweiliges Äußeres kann hilfreich sein. Denn alle, die man um eine Personenbeschreibung bittet, antworten dann mit ›Normal‹, und damit kann ich überhaupt nichts anfangen. Aber wenn ein Mann beobachtet wird, der in einem U-Bahnhof eine Sonnenbrille trägt. Dazu auch noch einen ausgepolsterten Mantel, einen Hut und einen falschen Bart ... Tja, ich weiß dann zwar immer noch nicht, wie derjenige aussieht, aber sobald ich seine Verkleidung finde, habe ich ihn.«

»Ich habe keine Ahnung, wovon Sie reden.«

»Sie haben heute am frühen Morgen eine Eintrittskarte für das Wochenschau-Filmtheater gekauft und sind geblieben, bis sich die Stunde mit den Kurzfilmen wiederholte. Dann sind Sie in Ihre schlaue Verkleidung geschlüpft. Und zu guter Letzt haben Sie Fiedler irgendwie auf den Bahnsteig gelockt. Dafür kriegen Sie von mir eine glatte Eins. Anschließend haben Sie Ihr hinterhältiges Verbrechen begangen. Und danach sind Sie ins Untergeschoss von Brandt's gelaufen, um dort Ihre Verkleidung wieder loszuwerden. Schon mal von Ladendieben gehört?«

Sergeant Stedge antwortete an meiner statt. »Bei Brandt's kommt es öfter vor, dass Leute etwas stibitzen, damit in eine Umkleidekabine gehen, dort das Preisschild entfernen und das Diebesgut dann am Körper verstecken. Deshalb postiert das Kaufhaus als Kunden getarnte Detektive in der Nähe der Umkleiden. Diese halten Ausschau nach Personen, die beim Herauskommen ein wenig dicker sind als beim Hineingehen.«

»Aber ein Freund von mir«, erklärte Dobson weiter, »er heißt Dave Vlastnoff, ein pensionierter Polizist, der bei Sentry Security arbeitet, hat einen beleibten, bärtigen Mann die ansonsten menschenleere Umkleide betreten sehen. Als der einzige Kunde eine Minute später wieder erschien, war er glatt rasiert und um einiges schlanker. Er ist Ihnen auf der Rolltreppe gefolgt und hat Sie, eine geniale Idee, mit einem neuen Herrenparfüm besprüht, das es nur bei Brandt's gibt.«

»Ich will einen Anwalt«, stieß ich mühsam hervor.

»Das hat meine kleine Schwester auch immer gesagt, aber gekriegt hat sie einen Klempner«, entgegnete Dobson. »Übrigens haben Sie in Ihrer Eile, die sonderbare Kostümierung loszuwerden, offenbar zuerst die Handschuhe ausgezogen und dabei einen makellosen Fingerabdruck auf dem rechten Glas der Sonnenbrille hinterlassen. Also: Ein Mann in einer albernen Verkleidung schubst Ihren ehemaligen Chef vor eine einfahrende U-Bahn. Ihre Fingerabdrücke befinden sich auf der Sonnenbrille und in der Kabine, wo Sie sich umgezogen haben. Ein professioneller Wachmann folgt Ihnen von den Umkleiden bis hierher. Und außerdem haben wir einen Polizeihund, einen Labrador, in die Hotelhalle bringen lassen. Er ist ganz versessen auf das Parfüm, mit dem man Sie eingesprüht hat, und will Sie jetzt unbedingt kennenlernen.«

»Der Name ist Wanderlust«, ergänzte Stedge hilfsbereit. »Der des Parfüms, meine ich. Der Labrador heißt Roscoe.«

Ich setzte mich aufs Bett, ohne es zu bemerken. »Ich habe nichts zu sagen.«

»Aber ich«, entgegnete Dobson. »Sie sind festgenommen, und zwar wegen des versuchten Mordes an Merrill Fiedler.«

»Versucht?« Ich sprang auf. »Er ist nicht tot?«

Dobson und Stedge wechselten einen Blick, in dem sich unendliches Mitleid malte, während mir klar wurde, dass der Satz »Er ist nicht tot?« vor Gericht gegen mich verwendet werden konnte. Ja, es war eine wundervolle Nachricht, dass ich nicht auf dem elektrischen Stuhl landen würde. Doch dass ich nun wegen versuchten Mordes ins Gefängnis musste, während Fiedler quicklebendig war und weiter eine Bedrohung für seine Mitmenschen darstellte, war fast ebenso niederschmetternd.

Dobson wandte sich an seinen Assistenten. »Wenn man die Indizienbeweise und den eindeutigen Vorsatz bedenkt, wie viele Jahre, glaubst du, kriegt er?«

Stedges Achselzucken drohte die Nähte seines Sakkos zu sprengen. »Zwanzig vielleicht. Und wenn es nach mir ginge, ohne Möglichkeit einer vorzeitigen Entlassung. Diese Freizeitmörder sind eine öffentliche Gefahr. Es könnte noch jemand dabei zu Schaden kommen.«

Ich beschloss, dass ich nichts mehr zu verlieren hatte, und hielt Dobson mit schicksalsergebener Miene die Handgelenke hin. Links auf rechts. »Dann los, legen Sie mir schon Handschellen an«, sagte ich so mutlos wie möglich. Stedge schien mit meiner Entscheidung einverstanden, doch als er die Handschellen aus der Hosentasche nehmen wollte, machte ich einen Satz vorwärts und riss ihm mit der bereits ausgestreckten rechten Hand die .38er aus dem locker sitzenden Schulterhalfter. »Okay, und jetzt keine Bewegung, alle beide. Dann muss ich Ihnen auch nicht wehtun«, warnte ich. »Ich verlasse jetzt rückwärts und die Waffe auf die Tür gerichtet dieses Zimmer. Sie beide bleiben hier, während ich mit dem Aufzug in die Vorhalle fahre.« In Wahrheit plante ich, die Feuertreppe zum Ballsaal im ersten Stock zu nehmen, wo es sicher einen Zugang zur Hotelküche gab. Dort konnte ich durch den Lieferanteneingang die Straße erreichen. Aber das würde ich den Polizisten natürlich nicht unter die Nase reiben.

»Äh, Cliff, die Waffe ist noch gesichert«, wandte Stedge freundlich ein.

Automatisch schaute ich in Richtung Waffe, als Dobson schon das Wort ergriff. »Nein, der Sergeant will Sie nur veräppeln. Revolver haben keinen Sicherungshebel.«

»Die Smith and Wesson Model 40 schon«, protestierte Stedge.

»Das ist eine Griffsicherung.«

»Die Waffe ist trotzdem gesichert«, beharrte der Sergeant. »Ach, und Cliff? Die Waffe ist auch nicht geladen. Dafür aber die vom Captain.«

Als ich mich umdrehte, stellte ich fest, dass Dobson mit einer identischen .38er auf mich zielte. »Der Sergeant macht sich gern einen Spaß daraus, Verdächtige mit seiner ungeladenen Waffe zu einer Dummheit zu verleiten. Denn der Versuch, einem Polizisten die Dienstwaffe abzunehmen, ist ein weiterer Schuldbeweis.«

Ich richtete die Waffe auf das Badezimmer und drückte ab. Ein demütigendes Klicken ertönte.

»Geben Sie meinem Sergeant die Waffe zurück, und wir

werden diesen peinlichen Zwischenfall nicht in unserem Bericht erwähnen«, schlug Dobson vor.

Ich reichte Stedge seinen Revolver. »Ich hatte nie vor, auf Sie zu schießen«, sagte ich, als ob das die beiden interessiert hätte. »Es gibt nur einen einzigen Menschen auf der Welt, den ich umbringen will, und ich dachte, ich würde vielleicht eine zweite Gelegenheit kriegen, wenn ich Ihnen entwische.« Ich musterte die reglosen Mienen der Polizisten. »Aber das können Sie nicht verstehen.«

»Natürlich können wir das«, widersprach Dobson. »Fiedler ist ein Dreckskerl, der seinen Mitarbeitern Druck macht oder sie manipuliert, und zwar aus purem Sadismus, sexuellem Lustgewinn oder weil es seiner Karriere förderlich ist. Manchmal gelingt ihm sogar der große Wurf, und er schafft drei Fliegen auf einen Streich. Er hat Sie nicht nur um eine vielversprechende Karriere gebracht, sondern auch um eine Frau, die Ihnen etwas bedeutet hat, und außerdem um einen sehr engen Freund. Weiterhin vertuscht er einen gefährlichen Fehler, der ihm bei einer Änderung Ihres Entwurfs unterlaufen ist, was früher oder später für viele unschuldige Menschen tragische Folgen haben wird. Was sonst könnte einen anständigen Burschen wie Sie dazu treiben, jemanden ermorden zu wollen?«

Ich war wie vom Donner gerührt. »Woher … Wie haben Sie das in so kurzer Zeit in Erfahrung gebracht?«

»Oh, wir beobachten Sie schon seit Wochen. Als Sie Fiedler gestoßen haben, waren wir auf dem Bahnsteig.« Er wies auf Stedge. »Der Sergeant hier war der heldenhafte Fahrgast, der Fiedler von den Schienen gezogen hat.«

Ich sah Stedge an. »Dann hätte ich besser zuerst Sie umgebracht«, sagte ich erbittert.

Offenbar fanden die beiden Männer das amüsant. Dann jedoch schlug Dobson einen ernsteren Ton an. »Also, erzählen Sie mal, Cliff. Keine Spur von Reue?«

Nun ging es darum, trotz dieses Fiaskos das Gesicht zu wahren. »Nur deshalb, weil ich es nicht richtig hingekriegt habe.«

Wieder wurde ich überrascht, diesmal von Dobsons Reaktion. Denn er klopfte mir mit der flachen Hand zwischen die Schulterblätter, als wollte er mir gratulieren. »Das ist die richtige Einstellung!«, begeisterte er sich. »Wenn man vom Pferd fällt, muss man sofort wieder in den Sattel steigen.«

»Wobei der Reitsport übrigens wundervolle Gelegenheiten bietet, jemanden umzubringen«, ergänzte der Sergeant vergnügt.

Die beiden schienen ausgesprochen zufrieden mit mir zu sein, so als hätte ich erfolgreich irgendeinen sonderbaren Initiationsritus absolviert. »Was ... sind Sie denn für komische Polizisten?«, stammelte ich.

»In Ihrem Fall die besten, denen Sie begegnen konnten. Wir wurden exkommuniziert.«

»Dann haben Sie mir also einen falschen Ausweis gezeigt?«

»Echt, aber abgelaufen. Dreiundachtzigstes Revier, Bushwick.«

Stedge nahm einen stählernen Flachmann aus der Brusttasche. »Ein Mann ist in unserer Obhut ums Leben gekommen. Also hat man uns verstoßen«, erklärte er. »Es handelte sich um einen wohlhabenden Kinderschänder, der die richtigen Geschworenen bestochen hat und deshalb freigekommen ist. Wir mussten ihn nach Hause in sein

Landgut in Alpine, New Jersey, fahren, doch in Edgewater wollte er unbedingt Pause machen. Dort machen die Leute nämlich immer Pause, wenn sie vorhaben, von den Palisades-Klippen zu fallen.« Stedge lächelte, als sei das Erklärung genug. Dann ging er in das winzige Badezimmer, wo er ein Glas vom Waschbeckenrand nahm.

»So ... Werde ich jetzt nicht verhaftet?«, fragte ich. Unzählige Engelsflügel streichelten mein Gesicht, als ich aus dem Abgrund ins strahlende Licht emporstieg. »Was ist mit Fiedler?«

»Ich habe ihm meine Marke gezeigt und ihm gesagt, in letzter Zeit würden immer wieder Leute vor die U-Bahn gestoßen«, erwiderte Dobson. »Wir seien dem Täter bereits auf den Fersen.«

»Was ja auch stimmte«, fügte Stedge hinzu und schüttete den Inhalt des Flachmanns ins Glas.

»Dann darf ich also gehen?«, hakte ich ungläubig nach.

Dobsons Gesichtszüge verfinsterten sich wieder. Offenbar war sein mimisches Repertoire damit erschöpft. »Damit Sie wieder genauso stümperhaft zuschlagen wie gerade eben? Das können Sie vergessen. Sie brauchen dringend ein wenig Unterricht.«

Der Sergeant zog eine Viertelliterflasche Early Times aus der Tasche und goss die mir unbekannte Flüssigkeit aus dem Flachmann mit einem ordentlichen Schluck Bourbon auf. Nachdem er mit dem kleinen Finger umgerührt hatte, reichte er mir das schmuddelige Zahnputzglas. Ich starrte darauf. »So hübsch serviert. Woher weiß ich, dass das kein Gift ist?«, erkundigte ich mich.

»Gar nicht. Sie müssen uns einfach vertrauen«, antwortete Dobson.

»Wirklich sehr unhöflich von mir, an Ihnen zu zweifeln, obwohl wir einander schon seit so vielen Minuten kennen!«, entgegnete ich in gespielt vorwurfsvollem Ton. »Wenn Sie mir vorhin, als ich dachte, dass ich verhaftet bin, einen Becher mit Gift gegeben hätten, hätte ich ihn vermutlich ausgetrunken.«

»Es handelt sich um eine mildere Version von K.-o.-Tropfen«, erwiderte Dobson. »Mit unserer Hilfe werden Sie es gerade noch durch die Vorhalle und in ein Taxi schaffen. Danach überlassen Sie alles uns. Wie in Alice im Wunderland: durch die Falltür.«

Am meisten beschäftigte mich in diesem Moment, dass Fiedler zwar noch lebte, allerdings auch nichts von meinem Wunsch ahnte, ihn zu töten. Wenn ich mich weigerte, diesen beiden Ex-Polizisten zu gehorchen, konnten sie mich jederzeit verraten. Und das wäre dann das Ende meiner Mordpläne gewesen. Wahrscheinlich war es deshalb das Beste, Dobson und Stedge Kooperation vorzuspielen, die nächste Gelegenheit zur Flucht zu nutzen und zum zweiten Schlag gegen Fiedler auszuholen – vielleicht sogar buchstäblich. Ich trank das Gebräu mit der Begeisterung eines Dr. Jekyll, der erfahren hat, dass ein Mann namens Hyde gerade Erbe eines Vermögens geworden ist.

»Oh, und wenn Sie aufwachen«, fügte Dobson hinzu, »wird Ihr Kopf bandagiert sein, damit Sie nicht sehen können, wo Sie sind. Geraten Sie nicht in Panik. Unsere neuen Studenten befürchten beim Aufwachen manchmal, dass sie erblindet sind. Oder sogar noch etwas Schlimmeres.«

Wovon redete der Mann? »Studenten …?«

»Alles zu seiner Zeit«, antwortete Dobson. »Nutzen Sie Ihre Chance.«

II

Da der junge Cliff während seiner Anreise zur McMasters-Akademie sowohl buchstäblich als auch im übertragenen Sinne im Dunkeln tappte, werde ich seine Ankunft hier in knappen Worten schildern. Sobald er in der Lage ist, seine Umgebung wahrzunehmen, übergebe ich wieder an sein Tagebuch. –HH

Neulinge in der McMasters-Akademie müssen zunächst vor dem prunkvollen Haupttor innehalten, für alle Außenstehenden der einzige Eingang in dem fast drei Meter hohen eisernen Zaun, der unsere nahezu fünfhundert Hektar umfassenden Ländereien umschließt. Jede schwarze Eisenstange dieses Zauns, enger gesetzt als das Gitter an der Tür einer Gefängniszelle, wird von einer rasiermesserscharfen Spitze gekrönt, deren Form der Spielkartenfarbe Pik nachempfunden ist. Der spielerische Aspekt mag scherzhaft gemeint sein, doch diese Spitzen erfüllen ihren Zweck ausgezeichnet.

In regelmäßigen Abständen entlang des Zauns aufgestellte Schilder warnen vor Hochspannung. Drei tote Eichhörnchen und eine ebensolche große Krähe dicht dahinter sollen dieser Mahnung Nachdruck verleihen. (Man braucht nicht eigens zu erwähnen, dass die Tiere nach ihrem natürlichen Tod fachkundig ausgestopft wurden. Wir an der McMasters-Akademie dulden weder Grausamkeiten gegenüber nichtmenschlichen Lebewesen noch ihr Einspannen zu unlauteren Zwecken.)

Auf der linken Seite unseres reich verzierten Tors ist ein unverwechselbares Wappen zu sehen: ein umgedrehtes ägyptisches Anch-Kreuz, eigentlich das Symbol des Lebens, flankiert von einer ernst dreinblickenden Katze und einer Eule. Auf der rechten Seite liefert eine Bronzeplakette die Erklärung für den abschreckenden Charakter des Zauns: MCMASTERS HEIM FÜR GEISTESKRANKE STRAFTÄTER. Diese Information dient dem Zweck, Neugierige gleichermaßen zufriedenzustellen und zu vergraulen. Außerdem entbehrt sie nicht eines Körnchens Wahrheit und enthält sogar ein kleines Wortspiel. Denn schließlich tragen sich unsere Studenten eindeutig mit strafbaren Absichten. Und da unsere Lehrenden sie in diesen Bemühungen unterstützen, könnte man ein wenig an ihrer geistigen Gesundheit zweifeln. Doch obwohl der Wahnsinn an der McMasters-Akademie Methode hat, folgt unser Lehrplan den Gesetzen der Logik und ist dem Fortkommen unserer Studenten zuträglich.

Wenn Sie die McMasters-Akademie persönlich aufsuchen, werden Sie dieses Tor aller Wahrscheinlichkeit nach niemals von außen sehen, denn Bewerber legen nur die erste Etappe der Reise selbstständig zurück, indem sie sich von ihrem Teil der Welt zum nächsten Hafen oder Privatflugplatz begeben. Von dort aus werden sie – betäubt und mithilfe eines Kopfverbands vorübergehend ihres Augenlichts beraubt – zu uns begleitet. Dabei wird alles unternommen, um ihre Wahrnehmung in Bezug auf Reisezeit und -route zu verwirren. Wer ganz in der Nähe wohnt, ist vielleicht länger unterwegs als jemand, der von der anderen Seite des Erdballs stammt. Vor einigen Jahren, in den späten Vierzigern, gab es sogar einmal einen bedauernswerten Studenten, den man auf eine viertägige Reise an Bord eines Frachters schickte. Darauf folgte ein dreistündiger Flug mit einer gecharterten Maschine, die schließlich auf demselben Flugplatz landete, wo er zuvor gestartet war. Den letzten Abschnitt der Reise legte er mit einem Pferdewagen zurück. Diese Fahrt war allein deshalb umso bemerkenswerter, weil der fragliche Student nur etwa zwanzig Kilometer südlich der Akademie lebte.

Viele unserer Studienanfänger wähnen sich irgendwo in Großbritannien, denn obwohl die Mitglieder unseres Lehrkörpers aus aller Herren Länder stammen, ist die Atmosphäre hier bewusst britisch gehalten. Das liegt wohl hauptsächlich daran, dass der Großteil der Gebäude, der kleinen wie auch der großen, die sich auf dem Gelände der McMasters-Akademie verteilen, ursprünglich zu einem gewaltigen Landgut in Derbyshire namens Oxbane gehörten. Bei dem dortigen Herrenhaus im gotisch-viktorianischen Stil handelte es sich um eine umfangreiche Erweiterung der Residenz aus dem 17. Jahrhundert, die wiederum auf den Sandsteinfundamenten einer normannischen Festung errichtet worden war.

Wie der Akademiegründer Guy McMaster in den Besitz dieses Familienanwesens kam, ist eine grausige Geschichte, die wir an dieser Stelle lieber nicht erzählen wollen. Mir hat er sie an einem Totenbett gebeichtet. (An wessen Totenbett genau wir standen, als Guy sich seiner Leistung rühmte, ist seine Privatangelegenheit.) Jedenfalls ließ Guy den Familiensitz nach dem Kauf umgehend abtragen, Stein für Stein nummerieren und alles an den jetzigen streng geheimen

Standort schaffen. Ebenso wie die Wassermühle samt Mühlrad, das Häuschen des Gärtners, Stallungen und Verwaltung, die Gästehäuser und Nebengebäude, die Kapelle, den Pavillon im nachgeahmten griechischen Stil und vieles andere mehr. Guy benannte das Herrenhaus und seine bewaldete Umgebung in »Gut Ulmenburg« um und baute alles im nahezu identischen Grundriss wieder auf. Auf seinen zahllosen Reisen rund um den Globus, auf denen er das Vermögen seiner Familie mehrte, machte sich Guy einen Spaß daraus, architektonische Spielereien mitzubringen, die ansonsten womöglich der Abrissbirne zum Opfer gefallen wären. So schmückte er weiter das alte Anwesen aus, wie ein gewöhnlicher Millionär es vielleicht mit der aufwendig gestalteten Anlage seiner Modelleisenbahn tut.

So wie aus der Farm der Familie Bronck mit den Jahren »Bronck's Land« und irgendwann später »die Bronx« (*sic*) wurde, war Guy McMasters umgesetztes Landgut bald als »McMasters« bekannt (zumindest den wenigen, die es kennen durften). Nachdem die mit dem Umzug Betrauten allesamt Opfer einer Reihe unvermeidlicher Unfälle geworden waren, beschränkte sich der Kreis der in die geografische Lage der Akademie Eingeweihten auf einige enge Vertraute. Wie ich allerdings gerne einräume, erleben wir hier vier sich deutlich voneinander unterscheidende Jahreszeiten, und wer einmal durch den Schnee zu seinem stärkenden Frühstück im Speisesaal gestapft ist, wird Ihnen bestätigen, dass wir uns vermutlich nicht in der Nähe von Palm Springs befinden.

An dem Tag, um den es hier geht, stoppte der hochschuleigene Kombi mit den holzvertäfelten Seitentüren vor dem Haupttor. Am Steuer saß Captain Dobson, der ein begeisterter Autofahrer war. Nun wandte er sich an seinen Sergeant. »Bist du so gut und übernimmst das Knöpfedrücken, Carl?«, sagte er. »Ich verabscheue dieses Theater, und außerdem habe ich mein heutiges Losungswort vergessen.«

»Wird gemacht, Captain«, erwiderte Stedge, der Dobson in Gegenwart Dritter stets mit seinem Rang ansprach, obwohl man Jim Dobson diesen Titel schon vor Jahren entzogen hatte.

»Und pass auf, dass du nicht an den Elektrozaun kommst«, warnte er. »Der hat ordentlich Schmackes.«

Der Sergeant stieg aus und war froh, sich die Beine vertreten zu können. Währenddessen drehte Dobson sich zu seinem Fahrgast um, der mit seinen Mullbinden um den Kopf an die Titelfigur des Films *Der Unsichtbare* erinnerte. Allerdings ohne Augenlöcher. »Fast da, Iverson!«

»Bin ich endlich hübsch, wenn der Verband abkommt, Doktor?«, fragte Cliff, allerdings gedämpft durch die Bandagen. Diese hatten zwar am Mund eine kleine Öffnung, damit er mit einem Strohhalm etwas trinken konnte, machten das Plaudern aber dennoch zu einer Herausforderung.

Gleich vor dem Zaun war in Taillenhöhe ein kleiner grüner Kasten angebracht. Stedge drückte auf den Knopf mit der Aufschrift »Sprechen«.

Cliff, das Gehör wegen der mangelnden optischen Wahrnehmung geschärft, nahm eine blecherne Stimme wahr: »Ja?«

»Da ist ein Klopfen«, lautete Stedges Antwort.

»Wahrhaftig, wenn einer Höllenpförtner wäre, da hätte er was zu schließen«, entgegnete die blecherne Stimme. »Wer seid ihr?«

»Thomas de Quincey«, nannte Stedge den Namen des berühmten Shakespeare-Essayisten.

»Hallo, Sergeant. Ist die Luft rein?«

»Ja, Mr. Pashley.«

»Wen bringen Sie uns?«

»Mich selbst, Captain Dobson und einen Neuling. Sonst niemanden.«

Mit einem elektrischen Surren und einem beeindruckend tiefen Knarzen öffneten sich die schwarzen Torflügel. Nachdem Stedge rasch zum Wagen zurückgekehrt war, fuhr Dobson durch das Tor, das sofort hinter ihnen zuschnappte wie der Bügel einer Falle. Der rotbraun gepflasterte und mit Backsteinen eingefasste Weg führte weiter in ein dichtes Wäldchen.

Die letzte Etappe der Reise hatte aus einer vierzigstündigen Autofahrt mit nur wenigen Ruhepausen und einer kurzen Nacht in einem Motel bestanden. Normalerweise hätte man weder Dobson noch Stedge eine lästige Aufgabe wie das Begleiten eines neuen Zöglings zugemutet, doch Cliffs Fall lag anders als bei den übrigen Studenten, die sich zum Großteil freiwillig angemeldet hatten. Das hieß, sie hatten gewusst, worauf sie sich einließen, und bezahlten selbst für das Privileg, hier studieren zu dürfen. Wer die Studiengebühren nicht vollumfänglich tragen konnte, machte von dem Ratenzahlungsprogramm der Hochschule Gebrauch. Voraussetzung dafür war die Aufnahme einer unveränderlichen Klausel in das Testament des Betreffenden, in der er eine ansehnliche Summe einer Organisation mit dem wenig aufschlussreichen Namen »Ehemaligenstiftung« hinterließ.

Nach etwa anderthalb Kilometern Fahrt durch den Wald blieb Dobson ruckartig stehen. »Okay, lass es uns hier erledigen«, murmelte er. Cliff fragte sich besorgt, was genau wohl mit »es« gemeint war, und das mulmige Gefühl wuchs, als man ihm aus dem Auto half und er kurz darauf das Aufschnappen eines Klappmessers hörte. »Immer mit der Ruhe, Cliff«, beschwichtigte Dobson, der seine Angst spürte. »Da wir das Tor hinter uns haben, nimmt der Sergeant Ihnen jetzt die Bandage ab.« Der Mull wurde geschickt aufgeschlitzt und in einem Stück entfernt.

*

AUS DEM TAGEBUCH VON CLIFF IVERSON

Ich kann nicht sagen, wie lange die Reise dauerte, verehrter Gönner, denn ich stand unter Drogen und verlor immer wieder das Bewusstsein. Waren es drei Tage? Sechs? Ach, wie die Zeit rast, wenn man K.-o.-Tropfen intus hat! Ich weiß noch, dass wir irgendwann auf dem Wasser waren, aber ob wir auf einem See, über einen ruhigen Teil des Atlantik oder mit einem Schaufelraddampfer namens Natchez Queen den gewaltigen Mississippi hinunterfuhren, konnte ich beim besten Willen nicht feststellen.

Die Bandage wurde aufgeschnitten und fiel mir vom Gesicht. Nach der langen Dunkelheit musste ich im grellen Licht blinzeln, aber ich konnte erkennen, dass wir in der Nähe eines Birkenhains standen. Da ich nun auch die Nase frei hatte, stürmte die frische Waldluft auf mich ein und füllte meine Nüstern. Fichten, Birnen, faulende Falläpfel …

»Möchten Sie eine letzte Zigarette?«, fragte Stedge.

»Nicht, wenn darauf die Worte ›Anlegen, zielen, Feuer‹ folgen«, platzte ich ängstlich heraus. »Meine Augen gewöhnen sich gerade an das Licht, und eigentlich wollte ich noch den nächsten Sonnenaufgang erleben.«

Die gedankenlose Bemerkung brachte Stedge einen tadelnden Blick von Dobson ein. »Der Sergeant wollte damit nicht sagen, dass Sie danach nie wieder eine Zigarette rauchen können. Allerdings ist das Rauchen für Studenten auf dem Akademiegelände nicht gestattet. Zigaretten und deren Kippen sind für die Polizei nämlich wichtige Indizien und können Sie verraten. Lippenstiftabdrücke, der Markenname, Tabakflecken oder zuordenbare Asche, ein verlorenes Streichholzbriefchen, all diese Dinge sind schon vielen zum Verhängnis geworden. Außerdem kann Rauchen tödlich sein.«

Ich hoffte, dass mich diese beiden sonderbaren Polizisten endlich zu jemandem bringen würden, der mir erklärte, was hier gespielt wurde. Bis jetzt musste ich mich nämlich auf ihr Wort verlassen, dass ich nicht entführt worden war ... und dabei kam ich mir eindeutig vor wie ein Entführungsopfer. Allerdings hatten sie sich in den letzten anderthalb Tagen, in denen sich Benommenheit und Drogennebel langsam wieder gelegt hatten, als erstaunlich angenehme Reisebegleiter entpuppt. Als ich ein wenig auf Fiedler und sein Schreckensregime bei Woltan Industries schimpfte, schienen sie fast so gut über die Sachlage im Bilde zu sein wie ich selbst. Sie wussten sogar, dass Fiedler vermutlich auch hinter dem unerwarteten Selbstmord von Cora Deakins steckte, einer jungen Mitarbeiterin bei Woltan, die mir sehr viel bedeutet hatte. Außerdem war er auch schuld an dem Tod meines Kollegen und Freundes Jacek »Jack« Horvarth.

In diesem Teil des Waldes standen die Bäume so dicht beisammen, dass sie näher zu kommen schienen. Die Blätter hatten einen bräunlichen Stich, der fast ein wenig gelbsüchtig wirkte ...

Plötzlich sauste etwas auf mich zu, als hätte ich mit der Brust das Band auf der Ziellinie durchbrochen. Im selben Moment ertönte rechts von mir ein lauter Knall. Als ich mich umdrehte, stellte ich fest, dass sich ein Pfeil in den weißen Stamm einer Birke gegraben hatte. Die Zielfedern zitterten noch, fast wie in Furcht ... Aber natürlich war ich es, der sich fürchtete. Das Herz in meiner beinahe durchbohrten Brust pochte wie wild.

Mein Entsetzen wuchs, als ich einen uniformierten Trupp auf uns zukommen sah. Die Männer trugen marineblaue Turnhosen und Trikothemden, die Frauen Gymnastikanzüge mit leuchtend roten Gürteln und Hemdblusenkragen. Ihr Anführer war ein kräftig gebauter rotbärtiger Mann, den ich auf Anfang dreißig schätzte. Er hatte einen beeindruckenden Bogen in der rechten Hand. »Sehen Sie! Hier hätten wir den Jagdunfall!«, verkündete er in melodiösem Akzent, an seine Gefolgsleute gewandt. »So einfach, so bedauerlich und doch so verzeihlich! Bei welcher anderen Gelegenheit können Sie an einem sonnigen Tag einen vergnüglichen Spaziergang unternehmen, ausgerüstet mit Waffen, die einzig und allein dem Töten dienen, und überdies ausgestattet mit einer behördlichen Genehmigung, das auch zu tun? Wenn Sie im Gebüsch neben Ihrem Haus einen Fremden mit einer doppelläufigen Flinte bemerken, würden Sie doch die Polizei rufen, oder? Und jetzt ziehen Sie dem Fremden eine rote Schirmmütze und eine Jägerweste an ... und schon haben Sie einen Naturburschen!« Er verfiel in ein schrilles

Falsett. »Ich ... ich habe ein Rascheln im Gebüsch gehört und abgedrückt. Und dabei war es nur der gute alte Trevor, der sein gerade geschossenes Rebhuhn holen wollte!«

Ich empfand das Gelächter der Gruppe als ärgerlich. Und da mir das Herz noch immer bis zum Halse klopfte, blickte ich den Bärtigen finster an. »Hey!«, schrie ich.

»Ja?«, erwiderte er. Offenbar hatte er mich bis jetzt gar nicht wahrgenommen.

»Sie hätten mich umbringen können!«

Der Bärtige lächelte mich verdutzt an. »Nun ... natürlich.«

Die anderen kicherten. Nur eine junge Frau schwieg. Sie hob sich von der Menge ab, weil sie Gefühle zu haben schien, weil ihr kurzer roter Wuschelkopf ein zart gebräuntes Gesicht umrahmte – und weil sie sich eben von jeder Menge abgehoben hätte. Ich wusste, dass ich mich den Rest meines Lebens an sie als »die Frau, die mich nicht ausgelacht hat«, erinnern würde.

Nun hob sie die Hand und wandte sich an den Bärtigen. »Aber ich glaube, dass einige von uns noch nicht gut genug sind, um ein Ziel aus dieser Entfernung zu treffen, Trainer Tarcott.« Ihr Akzent schien britisch zu sein, allerdings klang sie nicht nach Oberschicht, sondern hatte eine charmante Satzmelodie, so als hätte sie gerade in eine Pflaume gebissen.

»Man braucht nicht gut genug zu sein, Gemma. Sonst noch jemand?«

Während der Bärtige sich zu der Gruppe umdrehte, speicherte ich in meinem Gedächtnis ab, dass die junge Frau Gemma hieß. Offenbar war ich gerade in eine sonderbare Sportstunde geraten – oder diese an mich.

Als sich keine Freiwilligen meldeten, seufzte der Trainer auf. »Also gut. Dann eben wie immer Mr. Sampson.«

Er machte einem schlanken Mann etwa in meinem Alter Platz. Dieser hatte mehr blondes Haar, als außerhalb eines Opernhauses als angemessen galt, und einen britischen Akzent, der mich an einen Märchenbuchschurken mit dem Namen Prinz Bösewicht denken ließ. »Ihr müsst nur in der Lage sein, einen Pfeil so weit zu schießen, dass ihr es getan haben könntet«, teilte er seinen Kommilitonen in herablassendem Ton mit. »Ladet eure Zielperson zu euch nach Hause ein und stellt eine Sonnenliege für sie auf, nachdem sie ein paar ordentliche Gin Tonics intus hat. Dann wartet ihr, bis niemand sonst in der Nähe ist. Ihr entfernt euch etwa zweihundert Meter und schießt ein paar Pfeile auf ein Ziel ganz in der Nähe der Stelle, wo euer Opfer gerade friedlich vor sich hin döst. Diese Pfeile dienen dem Zweck, später von der Polizei gefunden zu werden. Dann lasst ihr den Bogen fallen, als habe ein Aufschrei euch erschreckt. Ihr hastet zu eurem schlafenden Opfer, wobei ihr automatisch die Fußabdrücke eines rennenden Menschen erzeugt. Und zu guter Letzt stoßt ihr eurer schnarchenden Zielperson einen Pfeil mitten ins Herz.«

Sampson schien ziemlich mit sich zufrieden und ließ den Blick über die Gruppe schweifen, als rechnete er mit Applaus. Da keiner kam, verzog er leicht schmollend das Gesicht und fuhr fort. »Achtet darauf, Gummihandschuhe zu tragen, nicht nur, um keine Fingerabdrücke in der Mitte des Schafts zu hinterlassen, wo man einen Pfeil eigentlich nicht halten würde, sondern auch um beim Zustechen einen festeren Griff zu haben. Nach der Tat braucht ihr die Handschuhe nur zusammen mit einer Heckenschere neben ein Blumenbeet zu legen und panisch die Polizei anzurufen, wie ihr es eingeübt habt: Ich habe doch nur einen Pfeil in die Luft geschossen, Sergeant. Und er ist runtergefallen. Oh, mein Gott, ausgerechnet dort!«

»Aber wie bringt man sein Opfer zum Einschlafen?«, erkundigte sich Gemma. Inzwischen entdeckte ich einen Hauch von Karibik in ihrem schnarrenden britischen Akzent und auch ihrem Äußeren. »Da setzt man doch ziemlich viel voraus, oder nicht?«

Der Sergeant hatte aufmerksam zugehört. »In den Toxikologieseminaren bei Monsieur Tissier werden Sie lernen, dass nichts über ein paar ordentliche Banana Daiquiris mit Joghurt geht«, beantwortete er nun die Frage. »Bananen enthalten Tryptophan, Kalium und Magnesium, was die Zielperson schläfrig macht. Das Kalium bewirkt, dass das auch so bleibt. Joghurt wiederum trägt Melatonin, Tryptophan und Kalzium bei, und um das Ganze abzurunden, wird auf Barbados ein vierundachtzigprozentiger Rum gebrannt, den man auch als K.-o.-Tropfen verwenden könnte. Übrigens das Leckerste, was Sie je im Leben trinken werden.«

»Oder danach«, ergänzte Tarcott. »Danke für die Erklärung, Sergeant! Ich grüße Sie, Captain! Besuch aus der großen Stadt, wie ich sehe.« Er wies mit dem Bogen auf mich. »Gehört er zu uns?«

»Das wird sich noch herausstellen, Trainer«, erwiderte Dobson. »Wenn der Rektor ihn unter die Lupe genommen hat, wissen wir mehr.«

Anstelle einer Antwort klatschte Tarcott nur einmal laut in die Hände. »Also, Leute. Zurück in die Unterkünfte und umziehen«, befahl er und rannte in schnellem Tempo voraus und einen Waldweg entlang. Die Studenten folgten ihm gehorsam.

Wie so viele Männer im Laufe der Jahrhunderte blickte

ich ihnen nach, um festzustellen, ob Gemma sich noch einmal zu mir umdrehen würde. Und in derselben bewährten männlichen Tradition war ich sehr enttäuscht, als sie es nicht tat.

Der Captain, der Sergeant und ich kehrten zum Auto zurück, und wir fuhren noch einen guten halben Kilometer, bis wir ein gewaltiges mit beigefarbenem Kies bestreutes Oval erreichten. Dieses erstreckte sich wie eine Fußmatte vor den riesigen Toren eines Gutshauses. Obwohl sich meine Augen inzwischen ans Licht gewöhnt hatten, traute ich ihnen kaum und stieß einen leisen Pfiff aus.

»Wahrscheinlich haben Sie noch nie ein Anwesen wie Gut Ulmenburg gesehen.« Offenbar meinte Dobson das Haus. »Und es bekommen auch nur wenige Menschen die Gelegenheit dazu.«

Und was, mein verehrter Gönner, an den sich diese Niederschrift wendet, war mein spontaner Eindruck von diesem Landgut, zu dem Sie mich haben bringen lassen? Der Kröterich von Krötinhall, so lautete mein erster Gedanke, auch wenn dieser Vergleich ziemlich hinkte. Allerdings kannte ich nur wenige andere Bücher, in denen ein riesiger Kasten im gotischen Stil eine Rolle spielte. (Ich war ohnehin kein großer Leser. Als Kind hatte ich bereits die ersten neun Seiten von Der Glöckner von Notre Dame geschafft, bis mir klar wurde, dass die Geschichte von einem echten Buckeligen und nicht von Football handelte.)

Der Abluftingenieur in mir begann sofort die schlanken Schornsteine zu zählen, die sich aus den zahlreichen Dächern der Villa erhoben. Doch Dobson und Stedge scheuchten mich durch einen Lieferanteneingang links von den prunkvollen Toren in einen Empfangssaal, wo geschäftiges Treiben herrschte. Wir schlängelten uns an etwa einem Dutzend elegant gekleideter Personen vorbei, die anscheinend einen Termin in diesem Gebäude oder dessen Umgebung wahrnehmen wollten. Nachdem wir eine breite Treppe passiert hatten, die eines Opernhauses würdig gewesen wäre, erreichten wir drei miteinander verbundene Räume, in denen Hausdiener in dunkelgrauen Uniformen gerade Klappstühle und Rednerpulte abbauten. Sie würdigten uns keines Blickes und hatten nur Augen füreinander. Zu guter Letzt standen wir vor einer doppelflügeligen Tür, die in vergoldeten Buchstaben die Aufschrift »Büro des Rektors« trug. Dobson öffnete sie und winkte mich in ein Vorzimmer, wo ein Chesterfield-Sofa stand.

Eine Frau im Tweedkostüm, deren strenger Dutt von einem Bleistift durchbohrt wurde, blickte von einer Aktenschublade auf und schenkte uns ein freundliches Lächeln. »Guten Tag, Captain Dobson.« Ich war anscheinend unsichtbar.

Die steinerne Miene des Mannes drohte sich fast zu einem Lächeln zu verziehen. »Guten Tag, Dilys. Das hier ist Mr. Iverson. Er hat um drei einen Termin bei Rektor Harrow, falls das noch passt.«

»Bis dahin sind es noch zwei Minuten«, entgegnete sie und wies mit dem Kopf auf eine wie eine Berghütte geformte Kuckucksuhr. Sie hatte mehr Türen als das Bühnenbild von Schlafzimmergäste, ein Stück, das ich einmal in New York gesehen hatte. Nachdem Dobson grußlos gegangen war, nahm Stedge Platz, offenbar um mich zu bewachen, und blätterte dabei in einer italienischen Modezeitschrift.

Offen gestanden war ich froh, ein paar Minuten Zeit zu haben, um mich zu sammeln und meine Gedanken zu ordnen, denn diese sonderbare Umgebung und meine Situation gaben mir weiterhin Rätsel auf. Die Fenster des Vorzimmers boten Blick auf eine breite Terrasse und einen prachtvollen Brunnen mit mehreren Etagen. Dahinter erstreckte sich ein langer, makellos gepflegter Rasen. Das Licht spiegelte sich in einigen Teichen. Zu meinem Entsetzen stellte ich fest, dass am Brunnen eine Frau stand und jemandem den Kopf unter Wasser drückte. Eine Gruppe von Männern und Frauen in Blazern beobachtete das Ganze mit wissenschaftlicher Neugier. Vielleicht ist es ja eine Taufe, dachte ich, optimistisch wie immer.

Nach mehr als einer Minute ließ die Frau die untergetauchte Person (ein Mann, wie ich erkannte) wieder an die Oberfläche. Eine ältere Dame, offenbar hatte sie die Leitung inne, reichte ihm ein Handtuch. Dann wies sie auf Mund und Nase des sich abtrocknenden Probanden. Die Täterin und der noch nach Luft schnappende Ertränkte nickten sachlich.

Im nächsten Moment schoss der lange ersehnte Kuckuck aus der Uhr hervor und piepste die dritte Stunde. »Mr. Iverson, der Rektor wird Sie jetzt empfangen«, verkündete die Frau namens Dilys freundlich.

III

AUS DEM TAGEBUCH VON CLIFF IVERSON

»Nun, lassen Sie sich doch einmal anschauen«, begann der seriös wirkende Herr in einem der Situation gänzlich unangemessenen leutseligen Ton. Er saß hinter einem massiven Schreibtisch am anderen Ende des Raums und legte den Messingfüllfederhalter weg, den er in der Hand hielt, obwohl er offenbar nicht geschrieben hatte. Dann erhob er sich, um mich zu begrüßen. Der Rektor trug eine anthrazitfarbene Hose mit grauen Nadelstreifen, eine taubengraue Doppelreiherweste mit abgerundetem Revers und ein offenes schwarzes Sakko. Bei seinem Anblick musste ich an einen Arzt mit Praxis in Londons Harley Street denken, nicht dass ich je in der Harley Street oder überhaupt in London gewesen wäre. (Außer, ich befand mich aktuell in London, was ich indes bezweifelte.)

Der Weg, um seine ausgestreckte Hand zu erreichen, war nicht gerade kurz. Das Büro des Rektors (Ich nahm an, dass es sich hier um den Rektor handelte, denn das Schild auf seinem Schreibtisch trug die Aufschrift »Rektor Harbinger Harrow«) war ein riesiger Raum. Hohe, in kleine Einzelscheiben unterteilte Fenster nahmen die gesamte

Wand zu seiner Rechten ein. Gegenüber erhoben sich vier Meter emporragende Bücherregale, die man nur mithilfe einer Bibliotheksleiter erklimmen konnte. An der Wand hinter seinem Schreibtisch hingen Diplome, Urkunden und Auszeichnungen. Darum herum waren gerahmte Briefe und Fotografien angeordnet, die Harrow mit verschiedenen Berühmtheiten zeigten. Einige davon erkannte ich sogar: Gene Autry, der singende Cowboy, der Vorsitzende der UNO Dag Hammarskjöld, der ehemalige Vizepräsident John Nance Garner, Filmregisseur Frank Capra, Komiker Danny Kaye, Rundfunkprediger Rex Humbard und die Schauspielerin Loretta Young.

Harrow winkte mich zu einem der beiden Kapitänsstühle vor seinem Schreibtisch. »Machen Sie es sich doch bequem. Wie war die Reise?«

Ich setzte mich. »Tja, das ist recht schwer zu sagen«, antwortete ich ausweichend.

Der Rektor schmunzelte über seine eigene dumme Frage. »Natürlich. Wie unachtsam von mir. Ich kann mir denken, dass es höchst verwirrend war. Zumindest hoffe ich das. Nun, inzwischen wissen Sie sicher, warum Sie hier sind.«

»So ungefähr. Während der letzten Etappe, als ich wach war, haben wir uns ein wenig unterhalten, damit die Zeit schneller verging. Captain Dobson und der Sergeant waren offenbar darüber im Bilde, dass ich versucht habe, einen ...« Es gelang mir nicht, das Wort auszusprechen.

»Einen Mord zu begehen«, beendete Harrow den Satz. »Obwohl wir diesen Begriff hier nicht verwenden. Außerdem sind Sie an Ihrem Vorhaben gescheitert, und das wiederum ist etwas, das wir auf gar keinen Fall dulden können.«

»Bei den beiden klang es, als hätte ich nur die Wahl, entweder mitzukommen oder mich in Manhattan … äh … zu meiner Tat zu bekennen.« Dabei ließ ich die dritte Möglichkeit unerwähnt, obwohl sie meinen Wünschen am nächsten kam, nämlich aus diesem Irrenhaus zu verschwinden und mich nach Baltimore zu verdrücken, wo Fiedler weiterhin seinen Mitmenschen das Leben zur Hölle machte oder es zumindest gefährdete.

»Und hat Dobson Ihnen den Sinn und Zweck unserer Einrichtung genau erklärt?«

»Er sagte nur … Tja, anfangs dachte ich, er will mich auf den Arm nehmen. Wir waren schon eine Weile gefahren, und da meinte er zu mir, hier könnte ich meinen Abschluss im Abschießen machen.«

Der Rektor lächelte gekünstelt. »Und hat er Ihnen auch erklärt, warum er Sie hierherbringt?«

»Ja«, antwortete ich. »Um zu verhindern, dass ich noch einen stümperhaften Mordversuch begehe.«

»Genau.«

»Also … ich verstehe noch immer nicht ganz.« Ich rutschte auf meinem Stuhl herum. »Ist das hier eine Besserungsanstalt für erfolglose Mörder? Eine Klinik für mordlüsterne Irre? Denn ich möchte eines klarstellen: Ich bin kein Serienkiller. Es gibt nur einen einzigen Menschen auf der Welt, dem ich, nun ja, Sie wissen schon, Schaden zufügen will.«

»Einige wenige Glückliche werden mit einem Talent für die Angewandte Kunst geboren. Doch die meisten müssen ihr Metier von der Pike auf erlernen. McMasters wurde gegründet, um diese Nachfrage zu befriedigen«, führte der Rektor mit einem Anflug von Stolz in der Stimme aus.

»Schließlich sollte keine Zielperson Gefahr laufen, durch die Hand eines Dilettanten ums Leben zu kommen.«

Es wurde kurz an die Tür geklopft, und die Frau namens Dilys kam mit einem Tablett herein, das sie auf Harrows gewaltigem Schreibtisch abstellte. Darauf befanden sich eine Kristallkaraffe mit passenden Gläsern und eine Mappe, die sie vor den Rektor legte. »Mr. Iversons Akte«, verkündete sie und ging hinaus.

Harrow schlug die Mappe sofort auf und studierte die erste Seite. »Hmmm, ja, Waise mit neun Jahren.« Er musterte mich erstaunlich mitfühlend. »Tragischer Unfall. Es tut mir wirklich aufrichtig leid.« Er wandte sich wieder meinem Lebenslauf zu. »... aufgewachsen bei Tante und Onkel, beide inzwischen verstorben ... noch einmal herzliches Beileid. Keine Geschwister. Gute Noten, MIT mit einem Weiss-Stipendium ... California Institute of Technology ... magna cum laude ... und dann Woltan Industries, wo Ihre derzeitigen Schwierigkeiten ihren Anfang nahmen.« Etwas in den Unterlagen schien sein Interesse geweckt zu haben. »Speläologie?«

»Höhlenforschung«, erklärte ich. »Ich seile mich auch gern von Bergen ab, wobei es nicht darum geht, den Gipfel zu erreichen, sondern wieder heil unten anzukommen.«

»Sie haben ziemlich viele Hobbys. Das hätte ich von einem Technikgenie nicht erwartet. Wasserpolo am Caltech ... ausgezeichnet, wir suchen nämlich einen Torwart. Baseball in der Unimannschaft. Und Sie spielen auch Klavier?«

»Stride Piano, das ist eine Unterform des Ragtime. Ich habe es mir selbst beigebracht, da ich einen Idioten als Klavierlehrer hatte. Aber ich glaube, ich bin nicht schlecht.« Warum ich all diese Fragen beantwortete, verehrter Gönner?

Weil meine Gefängniswärter denken sollten, dass ich bereit war, diesen Wahnsinn mitzumachen.

»Keine romantischen Beziehungen von Bedeutung?«, kam schon die nächste Frage. »Wirklich nicht?«

»Ich bin kein Mönch. Aber am College habe ich tagsüber gebüffelt und abends gearbeitet, um Kost und Logis zu bezahlen. Also hatte ich weder Zeit noch Geld für Restaurants oder Tanzlokale. Bei Woltan hatte ich mich erst vor Kurzem so gut eingearbeitet, dass ich anfangen konnte, an zwischenmenschliche Kontakte zu denken. Und schon wurde ich aus heiterem Himmel ... gekündigt.«

»Gab es da jemanden, der Ihnen wichtig war? Zwischenmenschlich?« Als ich nicht sofort antwortete, warf er einen Blick in meine Akte. »Cora Deakins?«, sagte er schließlich.

Also wussten sie auch über Cora Bescheid.

Als dem Rektor klar wurde, dass ich nicht bereit war, mit einem Fremden, ganz gleich wie gediegen er auch gekleidet sein mochte, das Thema Cora zu erörtern, fuhr er fort. Ich hoffte, dass wir bald am Ende dieses sonderbaren Vorstellungsgesprächs angelangt sein würden. Offenbar fand er mein Steckenpferd spannend, im Louden Park von Baltimore, unweit von Fort McHenry, Kriegsdenkmäler zu restaurieren und durch Moos, Algen und Verschmutzung unleserlich gewordene Grabinschriften wieder entzifferbar zu machen. Es war eine friedliche, meditative Arbeit, umgeben von grüner Natur. Ich wollte den Grabmalen ihre Stimme zurückgeben, damit die Namen der Soldaten und ihr Opfer nicht in Vergessenheit gerieten. Eine willkommene Abwechslung zu den Anforderungen bei Woltan.

Doch als Rektor Harrow die düstere Andeutung fallen ließ,

dass uns das Interesse an der Grabpflege offenbar verbinde, entgegnete ich spitz, ich hielte nur alte Grabsteine instand, sorge jedoch nicht für die Errichtung von neuen.

Harrow wies auf die Kristallkaraffe und die Gläser, welche die Frau namens Dilys auf seinem Schreibtisch abgestellt hatte. »Sherry?«, erkundigte er sich. »Ein Solera Del Duque, wie man mir sagte, obwohl ich da meine Zweifel habe.«

Der Mann hat eine Schraube locker, dachte ich, daran änderte auch die luxuriöse Umgebung nichts. Eigentlich machte ich mir nicht viel aus Sherry. Doch um den Fluchtplan umzusetzen, der mich schon seit einigen Minuten beschäftigte, musste ich mir ein wenig Mut antrinken, denn ich war viel zu nervös. Während der Rektor mit zittriger Hand zwei Gläser mit bernsteinfarbener Flüssigkeit füllte, fügte er ein wenig traurig hinzu: »Tja ... es tut mir schrecklich leid, dass Sie so weit gereist sind, nur um das hören zu müssen, Cliff, aber ich habe viele Jahrzehnte lang die besten und ehrgeizigsten Mordtalente unserer Zeit angeleitet und unterstützt. Wenn es um Mörder geht, weiß ich auf Anhieb, dass ich gerade keinen vor mir habe.« Er bedachte mich mit einem bedauernden, aber anteilnehmenden Blick. »Es ist nicht persönlich gemeint, aber Ihnen fehlen einfach die Eigenschaften, die einen Liquidator auszeichnen. Nach dem letzten Fiasko sind Sie nur mit knapper Not entkommen, und zwar ausschließlich dank des Einschreitens von Captain Dobson und seinem Sergeant. Auch einen zweiten Versuch würden Sie grandios an die Wand fahren, was nur Wasser auf die Mühlen der mordophoben Eiferer dieser Welt wäre.« Er reichte mir mein Glas, als sei es ein Trostpreis. »Kopf hoch. Viele wertvolle Menschen sind außerstande, einen Mord zu begehen. Und dennoch führen sie ein erfülltes Leben, obwohl sie nicht in der Lage sind, das eines anderen zu beenden. Und was Ihren unerträglichen Vorgesetzten angeht, werden Sie wohl ›Leben und leben lassen‹ zu Ihrem Motto erklären müssen.« Er hob sein Glas. »Bevor wir miteinander anstoßen, möchte ich Ihnen mitteilen, dass es sich bei Ihrer Unternehmung um eine Wahnsinnstat handelte, für die Ihnen schlicht und ergreifend das Talent fehlt. Wenn Sie mir schwören, dass Sie in Zukunft die Finger davon lassen, werde ich den guten Captain Dobson anweisen, Sie umgehend nach Hause zurückzubringen. Sie sind aus den tiefsten Abgründen emporgestiegen und werden von nun an mit einem guten Gewissen weiterleben können.« Als er mein Glas sacht mit seinem berührte, ertönte das warme Klimpern teuren Kristalls. »Was halten Sie davon, Cliff?«

Ich richtete mich kerzengerade auf. »Es klingt vernünftig, was Sie da sagen, Sir, und ich bin sicher, dass ich nicht sonderlich begabt bin. Aber meine Entscheidung steht schon seit Monaten fest. Merrill Fiedler muss sterben, und wenn es mich selbst das Leben kostet.«

Als ich das Glas an die Lippen führte, schoss die Hand des Rektors mit bemerkenswerter Geschwindigkeit nach vorne, sodass das Gefäß quer durchs Zimmer flog und neben einem Kartentisch am Fenster zerschellte. Ich starrte ihn verdattert an.

»Verzeihung«, entschuldigte er sich. »Mir blieb nichts anderes übrig. Der Sherry ist vergiftet.«

»Sie hätten mich umgebracht?«, schrie ich, außer mir vor Zorn und Empörung.

»Oh, ja, so unerfreulich das auch sein mag. Ich schäme mich ganz schrecklich«, erwiderte Harrow in gespielter Reue. »Sie sind hier, weil Sie einen anderen Menschen töten *wollten. Und dennoch sind Sie entsetzt, weil ich beinahe das Gleiche mit Ihnen gemacht hätte?« Sein Tonfall wurde schneidend. »Ich will Ihnen reinen Wein einschenken, junger Mann. Sie werden weder mit Captain Dobson nach Hause zurückkehren noch die Gelegenheit erhalten, es sich anders zu überlegen. Ihr Schicksal war in dem Moment besiegelt, als Sie von unserer Existenz erfuhren. Wenn Sie sich bewähren, werden Sie Ihren Abschluss machen und Ihre Liquidierung durchführen. Danach werden Sie guten Grund haben, Ihre Tat und unsere Existenz geheim zu halten, so gern Sie auch an Ihre Zeit hier zurückdenken mögen. Sollten Sie hingegen den Anforderungen der McMasters-Akademie nicht genügen, werden Sie selbst das nächste Opfer sein.« Der Rektor gestattete sich ein grausiges Lächeln. »Nicht, dass es uns Freude machen würde, Sie zu ermorden. Doch Sie wären in diesem Fall eine Bedrohung für alle Absolventen unserer Lehranstalt. Also heißt es für Sie, wie ich fürchte, schwimmen oder untergehen. Trinken wir darauf, dass es Ihnen gelingen möge, sich oben zu halten.«*

Mein Mund war staubtrocken geworden. »Soll das heißen, wenn ich scheltere ...?«

»Ja, ich fürchte, in diesem Fall müssten wir Sie liquidieren. Einen anderen Ausweg gibt es nicht. Wenn ein Student erst einmal unseren Campus betreten hat, hat er nur zwei Alternativen: Entweder verlässt er uns als examinierter Absolvent oder in einer hübschen Urne. Allerdings bringt diese Herangehensweise auch zwei Vorteile mit sich. Erstens beträgt unsere Abschlussrate annähernd dreiundachtzig Prozent.«

»Oh, mein Gott«, ächzte ich entsetzt – und in der Hoffnung, dass es sich bei diesem Geräusch nicht um meinen

Schwanengesang handelte. »Und wie lautet der zweite Vorteil?«

Harrow stellte sein unberührtes Sherryglas weg. »Falls wir uns gezwungen sehen sollten, Sie zu beseitigen, wäre es ein Tod erster Klasse. Ohne Vorwarnung, schmerzlos und in einer Sekunde vorbei. So wie ich es mir wünschen würde, wenn meine Zeit ...«

Er wurde von einem Klopfen an der Tür unterbrochen. Dilys trat, gefolgt von einem Hausdiener, ein, der mit Besen und Kehrblech bewaffnet war. Sie selbst hatte einen Bücherstapel bei sich und trug ein breites Lächeln auf dem Gesicht. »Ich habe ein Glas klirren hören. Darf ich gratulieren?«

»Ich denke schon. Und natürlich haben Sie, tüchtig wie immer, sofort einen dienstbaren Geist mitgebracht.«

Sie schmunzelte wissend. »Nun, ich nahm an, dass in diesem Zimmer in jedem Fall Aufräumarbeiten nötig sein würden.« Als ihr Blick mich streifte, fühlte ich mich wie eine Leiche im Wartestand. Sie wies auf die Bücher. »Ich habe einen Teil von Mr. Iversons Pflichtlektüre mitgebracht. So spart er sich den Weg zum Buchladen, denn schließlich hat das Semester bereits angefangen.«

»Oh, Sie sind einfach wundervoll! Mr. Iverson, ich möchte Ihnen meine treue Mitarbeiterin Dilys Enwright vorstellen.« Dilys nickte mir freundlich zu, worauf Harrow ihr den dicksten Band abnahm und ihn mir mit einer ehrfürchtigen Geste hinhielt. »Das ist für Sie, Mr. Iverson. Unsere Bibel, in der allerdings weniger Morde vorkommen als in der Heiligen Schrift. Die Grundregeln der erfolgreichen Liquidierung aus der Feder von Guy McMaster persönlich. Der Ehrlichkeit halber muss ich hinzufügen, dass Kollege Duer vor einigen

Jahrzehnten eine weiß Gott dringend nötige Überarbeitung vorgenommen hat. Das Kapitel ›Pferde und Kutschen‹ wurde vollständig gestrichen, und ein anderes zum Thema Dienstboten war schon zu Guys Zeiten höchst fragwürdig. Das hier ist die neunte Auflage und wurde erst im letzten Jahr gedruckt. Bitte beachten Sie«, er schlug das Buch ganz hinten auf, »den Anhang, verfasst von einem gewissen H. H. Ohne mich brüsten zu wollen, wurde er inzwischen ausführlich kommentiert.«

Ich nuschelte, ich würde das Buch mit Interesse lesen. In Wahrheit jedoch galt meine Aufmerksamkeit einem ganz bestimmten Spazierstock im Schirmständer neben dem Kamin des Rektors, ein Utensil, das mir vielleicht die Flucht aus diesem Irrenhaus erleichtern würde.

Wehmütig blätterte der Rektor die übrigen Bücher durch. »Ich fürchte, Sie werden viele dieser Werke nicht zu schätzen wissen, auch wenn sie im ersten Semester zur Pflichtlektüre gehören. Die Grundlagen des Mordens von Chitham ... Alle hassen dieses Buch, mir ging es zu meiner Zeit jedenfalls so, und bei Ihnen wird es nicht anders sein. Auch wenn Sie es für unwichtig halten mögen, nehmen die meisten erfolgreichen Liquidierungen auf die eine oder andere Weise darauf Bezug. Dann hätten wir da noch Die Todesursache und der Weg dorthin von Langenus, Tredici Passi Di Evitare von Kardinal Rafael Dorando in einer neuen Übersetzung der dreizehn zu vermeidenden Schritte, die der Sprachgewalt seiner Eminenz endlich gerecht wird. Und zu guter Letzt Problemfaktor Polizei: Erkenntnisse und Lösungsansätze – Ihr Reisebegleiter Captain Dobson hat diesen alten Schinken zum Glück auf den neuesten Stand gebracht.« Er wandte sich an Miss Enwright. »Bitte lassen Sie diese Bücher in

Mr. Iversons Unterkunft bringen. Ich werde ihn jetzt auf dem Campus herumführen und möchte, dass wir dabei die Hände frei haben.«

Dilys Enwright erwiderte, das lasse sich mühelos einrichten, worauf Harrow zur Tür ging. »Kommen Sie mit. Das Semester hat schon vor Wochen angefangen, weshalb Sie viel nachholen müssen. Ich fürchte, Ihr vermasselter Versuch in New York zeigt, wie viel Sie noch zu lernen haben. Mir graut schon davor, was Ihr Gönner sagen würde, sollte ich melden, wie entsetzlich Sie versagt haben.«

»Mein Gönner?«, wiederholte ich. Und dabei hatte ich in meinem Leichtsinn angenommen, dass ich gerade im Begriff war zu verstehen, was hier gespielt wurde.

»Oh, ja. Ohne ein Stipendium könnten Sie sich ein Studium an der McMasters-Akademie niemals leisten. Wir sind bestens über Sie informiert, mein Junge, denn wir beobachten Sie schon seit einer Weile unauffällig, und zwar auf Bitte Ihres Wohltäters. Erst nach Ihrem übereilten Fehltritt auf dem Bahnsteig sahen wir uns zu einem außerplanmäßigen Eingreifen gezwungen.«

Verständnislos schüttelte ich den Kopf. »Jemand bezahlt dafür, dass ich hier bin? Wer ...?«

»Darüber können wir uns während unseres Spaziergangs unterhalten.« Er wich dem Hausdiener aus, der immer noch die Glasscherben vom Parkett fegte. »Außer, Sie hätten lieber doch noch einen Sherry.«

IV

AUS DEM TAGEBUCH VON CLIFF IVERSON

Kurz darauf führte mich der Rektor den gepflasterten Weg durch den Garten entlang, der hinter der gewaltigen Terrasse des Herrenhauses begann. Sosehr ich mich auch bemühte, Interesse zu heucheln, fühlte ich mich dennoch wie auf einer Stadtführung durch das schöne Paris, an deren Ende mich die Guillotine erwartete.

»Also, das beeindruckende Gebäude dort hinten, das mit dem hohen Säulengang, beherbergt unsere naturwissenschaftliche Fakultät. Das Chemielabor befindet sich sicherheitshalber im Untergeschoss. Gleich dahinter liegen die Giftgärten.« Er lächelte spöttisch. »Wie Sie sicher verstehen werden, müssen wir sie strikt von den Küchengärten trennen. Ein Windstoß könnte die falschen Samen in die Beete mit den grünen Bohnen tragen ... nicht auszudenken! Die Hecken mit den todbringenden Blüten und Beeren erstrecken sich den Hügel hinauf bis zum Gipfel, wo wir den größten Pilzgarten der Welt angelegt haben.«

»Ist das zu fassen!«, begeisterte ich mich, obwohl es mir rätselhaft war, was daran so wundervoll sein sollte.

Nach einigen Anmerkungen zu den Vorzügen des Grünen Knollenblätterpilzes im Vergleich zur spitzhütigen Variante wies Harrow auf ein mit Holz verschaltes Gebäude in unserer Nähe. Die Sonne spiegelte sich so hell in den hohen Fenstern, dass es mich in den Augen blendete.

»Unser Speisesaal, untergebracht in den umgebauten Stallungen des alten Guts Oxbane.« Er verzog das Gesicht. »Für das Mittagessen sind Sie zu spät dran. Sie könnten den High Tea in Chadleigh House einnehmen oder sich in der Markthalle ein Käsebrot mit Gürkchen kaufen. Auch bei der Studentenvereinigung könnten Sie einen Happen bekommen, damit Sie bis zum Abendessen ... Ach!« Er wies auf ein blitzblankes weißes Wägelchen, das sich auf einer geteerten Nebenstraße näherte. Ein fröhliches Bimmeln war zu hören. »Sie mögen doch sicher Eiscreme?«

Der strahlend blaue Himmel, der idyllische Campus des Todes, die schmucken Studenten in ihren Blazern und ihre Kommilitoninnen in Faltenröcken und Mokassins, das alles schien mir ebenso unwirklich wie die seltsamen Ereignisse der vergangenen Tage. Und der Eiscremewagen mit den geschwungenen Stoßstangen, der nun vor uns anhielt, war sozusagen das Tüpfelchen auf dem i. Ein Fahrer in strahlend weißer Dienstkleidung sprang heraus, eilte zum Heck des Fahrzeugs und betätigte den silberfarbenen Griff der Eiskiste, sodass der Dampf von Trockeneis in die warme Nachmittagsluft aufstieg.

»Guten Tag, die Herren.« Der Fahrer war ein pausbäckiger junger Mann, der aussah, als hätte er eine Schwäche für seine eigene Ware. Er hob die Hand grüßend an den Schirm seiner Mütze. »Eine kalte Leckerei an einem heißen Tag? Das ist meine letzte Runde für heute.«

Der Rektor kramte in seiner Westentasche. »Das geht auf mich, keine Widerrede. Ich muss Ihnen beichten, dass ich gerösteten Mandeln nicht widerstehen kann. Und Sie, Iverson? Man hat mir gesagt, Amerikaner bevorzugten Kokosraspel.« Dieser Mann hätte mich gerade beinahe vergiftet, und nun plauderten wir vergnügt über Eiscreme, was dem Ausdruck »Gute Miene zum bösen Spiel machen« eine ziemlich düstere Note verlieh. Doch da Dobson und Stedge mir meine gesamte Barschaft abgenommen hatten, bedankte ich mich für seine Großzügigkeit und bat um einen Vanilleriegel mit Schokoüberzug.

Der Eisverkäufer zog ein bedauerndes Gesicht. »Tut mir leid, aber Sie sind heute, wie gesagt, die Letzten. Ich habe nur noch«, er spähte in die eisige Grotte, »Eis am Stiel da, und zwar ausschließlich Wassereis.«

Harrow schmollte. »Tja, wenn es nichts anderes gibt ... Welche Geschmacksrichtung empfehlen Sie denn?«

»Orange ist das Meistgekaufte, denn etwas anderes führen wir nämlich nicht. Für Sie auch Orange, mein Freund?« Bald quälte ich mich damit ab, das Eis aus dem Einwickelpapier zu schälen, das immer wieder an der mit weißem Reif bedeckten Oberfläche kleben blieb. »Passen Sie auf, dass Ihnen die Zunge nicht festfriert«, warnte der Verkäufer mit einem freundlichen Lachen. »Einmal ist ein Student fünf Minuten an einem Schokoladeneis hängen geblieben, bis es geschmolzen war.«

Lächelnd öffnete ich den Mund, um in das Eis zu beißen, als ein Aufschrei des Rektors mich innehalten ließ. »Essen Sie das bloß nicht!«, rief er, entriss mir das Eis und drehte es im Sonnenlicht prüfend hin und her, um die Eiskristalle zu begutachten. »Mit der Oberfläche stimmt doch etwas nicht«, wandte er sich mit wissenschaftlicher Neugier an den Verkäufer.

»Gemahlenes Glas, Sir, durch und durch«, verkündete der mondgesichtige Verkäufer stolz. »Das kann man unmöglich von den Eiskristallen im Eis selbst unterscheiden. Und das Scharren an der Zunge hätte er auf die Kälte zurückgeführt. In wenigen Minuten wäre er elendig an inneren Blutungen zugrunde gegangen.«

Am liebsten hätte ich dem Verkäufer einen Kinnhaken verpasst, dachte mir dann aber, dass es sinnvoller war, meinen berechtigten Zorn als Ablenkungsmanöver zu nutzen. Also spielte ich auf Zeit, während Harrow weiter mit dem Mann sprach, der offenbar ebenfalls Student war. »Erstklassiger Plan«, brummelte er.

Der Mann lächelte breit. »Danke, Sir. Ich weiß, dass meine bisherigen Leistungen vielleicht zu beanstanden ...«

»Erstklassiger Plan, aber eine miserable Umsetzung!!!«, zischte Harrow abfällig. »Sie sind eine Schande für die McMasters-Akademie. Wie konnten Sie sich einen Kommilitonen aussuchen, der noch gar nicht richtig angekommen ist? Ich habe das Spiel nur mitgemacht, weil ich neugierig war, wie weit Sie gehen würden. Wie Ihnen gewiss nicht unbekannt ist, gilt bei uns die Regel, kurz vor dem Todesstoß innezuhalten. Wie beim Karate oder beim Fechten. Richten Sie Ihren Degen auf das Herz Ihres Gegners, aber stechen Sie ihn nicht nieder. Das ist ein weiterer und sehr dunkler Fleck auf Ihrer ohnehin nicht sonderlich weißen Weste, Terhune. Sie bewegen sich auf sehr dünnem Eis, und zwar in einer Hölle, die schon im letzten Semester für Sie gefroren war!«

»Oh, aber, Sir«, protestierte der Mann und sprang dabei

von einem Fuß auf den anderen. »Es war doch schlau eingefädelt! Wie ich zugeben muss, war ich selbst überrascht, dass er den Köder so rasch geschluckt hat. Ich wollte ihn gerade warnen, als Sie eingeschritten sind. Außerdem wusste ich nicht, dass er Anfänger ist.«

Sechs Jahre an einer der besten technischen Hochschulen der Welt, dachte ich, und dieses kleine Engelchen bezeichnet mich als Anfänger. Wenn das so weiterging, würde ich noch mit einem süßen Mädchen aus der Studentenverbindung den Erstsemesterball besuchen.

Rektor Harrow nahm ihm diese Ausrede nicht ab. »Er ist noch nicht einmal seit einer Stunde hier, Terhune. Kennen Sie überhaupt seinen Namen? Jeder Idiot kann einen Fremden umbringen. Wenn das Ihre Absicht ist, brauchen Sie uns genauso wenig wie wir Sie. ›Unbeteiligte Person‹ gehört zu den verabscheuungswürdigsten Begriffen im Wörterbuch von McMasters. Wir ermorden niemanden, gegen den wir keinen Groll hegen.«

»Aber wir töten doch unsere Mitstudenten – oder wir versuchen es zumindest, Sir«, setzte Terhune an.

»Soldaten spielen auch Krieg mit echter Munition, und dennoch verfolgen sie nicht das Ziel, ihre eigene Armee zu dezimieren, bevor sie den Feind stellen. Woher haben Sie den Wagen?«

»Aus dem Fuhrpark. Es ist ein alter Chevy-Pick-up, in den ich ziemlich viel Arbeit gesteckt habe.«

»Ein Jammer, dass Sie nicht Fälscher werden wollen. Denn dafür scheinen Sie wenigstens Talent zu haben.«

Der junge Mann hielt mir die Hand hin. »Cubby Terhune. Es tut mir sehr leid, dass ich versucht habe, dich umzubringen. Hoffentlich nimmst du es mir nicht übel.«

»Sie brauchen sich seinen Namen nicht zu merken, Mr. Iverson«, flüsterte der Rektor so laut, dass Cubby es hören konnte. »Er ist nur wegen seines Geldes hier, aber wenn er so weitermacht, wird er bald aus unserer Mitte gerissen werden.«

»Das ändert nichts daran, dass dieser Schwachkopf mich ermorden wollte«, antwortete ich melodramatisch. »Eigentlich hat er eine Abreibung verdient.« Als ich zu einem, wie ich hoffte, glaubhaften Schwinger ansetzte, duckte Terhune sich automatisch. Mein linkes Bein knickte unter mir weg, und ich stürzte zu Boden.

»Haben Sie sich verletzt?«, erkundigte sich Harrow besorgt.

»Schon gut«, erwiderte ich, Schmerzen vortäuschend. »Knieprobleme. Eine Verletzung aus der Highschool-Zeit. Ein kräftiger Ruck, und es fühlt sich den restlichen Tag an wie Gummi. Wahrscheinlich hat das tagelange Sitzen im Auto die Sache nicht besser gemacht.«

Cubby half mir auf und stützte mich, als ich mühsam ein paar Schritte ging. »Sollen wir eine Trage holen und Sie ins St. James bringen?« schlug Harrow vor. »Das ist unsere Krankenstation«, erklärte er, als er meinen fragenden Blick bemerkte. »Vesta Thripper ist nicht nur Inhaberin des Lehrstuhls für Erotizid, sondern auch examinierte Krankenschwester. Sie wird Sie im Handumdrehen verbinden.«

Ich lehnte ab. »So schlimm ist es nicht. Wenn Sie mir vielleicht einen Spazierstock leihen könnten ... Ich glaube, ich habe vorhin einen in Ihrem Büro gesehen, der recht stabil aussah. Nicht den Knüppel oder den Stockdegen, nur den einfachen hölzernen mit dem gebogenen Griff.«

Der Rektor befahl Cubby, sofort den Stock aus seinem Büro zu holen. Dann bot er mir die Hand und führte mich über den großen viereckigen Platz, der von Gebäuden im georgianischen und im Tudorstil gesäumt wurde wie ein Monopoly-Spielbrett gegen Ende der Partie. Natürlich brauchte ich die Hilfe des Rektors gar nicht, sondern hatte es nur auf den Stock abgesehen, den Terhune gerade herbeischaffte. Seit ich diesen im Büro des Rektors bemerkt hatte, überlegte ich, wie ich ihn wohl am besten an mich bringen konnte, was auch der Anlass für meinen nicht sehr eleganten Sturz war. Ich musste diesem Hort des Giftefeus entfliehen und Fiedler erledigen, bevor der Schweinekerl womöglich wegen seiner Nahtoderfahrung in der New Yorker U-Bahn ins Grübeln geriet.

Der Rektor und ich setzten uns auf eine Bank mit Blick auf ein mit einer Arkade versehenes Gebäude auf der anderen Seite des Platzes. Über dem Torbogen waren die Worte »Roebuck Auditorium« eingemeißelt. (Ich ertappte mich bei der Frage, ob die McMasters-Akademie dem Kaufhausgründer Mr. Sears wohl bei der Beseitigung seines früheren Geschäftspartners Roebuck geholfen hatte. War die Stiftung dieses Gebäudes womöglich seinem schlechten Gewissen geschuldet?) An uns zog ein Strom von Passanten vorbei, der auch in jede städtische Einkaufsstraße gepasst hätte. Alle grüßten den Rektor freundlich, der die Geste mit einem väterlichen Lächeln und einem fröhlichen Winken erwiderte. Was die Herkunftsländer anging, spiegelte die Studentenschaft die Vereinten Nationen wider. Die meisten von ihnen waren zwischen zwanzig und dreißig. Doch es waren auch einige kurz vor dem Rentenalter dabei, die einen nicht minder frischen und aufgeweckten Eindruck machten. Offenbar hielt Morden jung.

Einige Studierende hofften offenbar, ihrem Ziel in der Rolle einer Femme fatale oder eines Casanovas schneller näher zu kommen. Demzufolge war der Anteil schöner Menschen, die hier, in die eleganteste Mode gewandet, über den Platz stolzierten, als befänden sie sich auf dem Laufsteg, nicht weiter verwunderlich. Doch es waren auch einige rotwangige Schulmädchen und Durchschnittsstudenten dabei.

»Ein gesellschaftlicher Schmelztiegel«, merkte der Rektor an. Offenbar konnte er Gedanken lesen, was nicht gerade von Vorteil für mich war.

»Doch sie sind alle so gut angezogen«, wandte ich ein. »Wie ich annehme, brauchen sich Mittellose gar nicht erst zu bewerben.« Da ich gezwungen gewesen war, mir mein Studium zu erarbeiten, war ich zugegebenermaßen noch immer ein wenig neidisch auf diejenigen, die es leichter gehabt hatten als ich.

»Weit gefehlt«, widersprach der Rektor. »Die Studiengebühren werden individuell berechnet. Wer gut betucht ist, muss bluten.« Er sah mich an, um festzustellen, ob ich sein Wortspiel auch zu schätzen wusste. Meine reglose Miene (schließlich hatte ich ja offiziell Schmerzen) schien ihn zu enttäuschen. »Diese Flexibilität ermöglicht es uns, begabten, aber finanziell eingeschränkten Bewerbern ein Stipendium anzubieten. In diesen Fällen übernehmen wir auch die Kosten für eine erstklassige Garderobe, denn manchmal steht oder fällt bei einer erfolgreichen Liquidation alles mit der passenden Kleidung. So abgedroschen es auch klingen mag, geraten wohlhabend wirkende Zeitgenossen seltener ins Visier der Strafverfolgungsbehörden.«

Als ich den beeindruckenden Campus um mich herum betrachtete, kam ich aus dem Staunen nicht mehr heraus.

»Aber all das hier kann man doch unmöglich allein aus Studiengebühren finanzieren.«

»Nun, dank unseres Curriculums sind viele Absolventen zu beträchtlichem Wohlstand gelangt«, räumte der Rektor ein. »Sie vergessen nur selten, sich dafür erkenntlich zu zeigen. Ebenso wenig, wie wir ihre Adressen vergessen.«

»Sie unterstützen sie bei einem Verbrechen, um sie anschließend damit zu erpressen? Wie reizend.« Ich befürchtete schon, zu sarkastisch gewesen zu sein, aber der Rektor schien sich nicht daran zu stören.

»Wie alle Colleges halten wir Verbindung zu unseren Ehemaligen, in der Hoffnung, dass sie bereit sind zu geben, was sie mühelos entbehren können. Wenn es unseren Absolventen gelingt, das auszulöschen, was zwischen ihnen und ihrem Glück oder ihrer materiellen Sicherheit steht, und danach ein erfülltes, produktives Leben zu führen, ermutigen wir sie, ihren Korpsgeist in Form regelmäßiger kleiner Spenden auszudrücken. Wir nehmen auch gerne Vermächtnisse und Erbschaften an oder greifen, wie in Ihrem Fall, auf persönliche Gönner zurück.«

»Wie kann ich denn einen Gönner haben?«, protestierte ich, eine Frage, die mich auch weiterhin beschäftigt, während ich Ihnen diese Zeilen schreibe, verehrter Wohltäter. »Ich habe keine reichen Freunde oder Verwandte.«

»Wir wollen es einmal so ausdrücken, dass Sie dank des Vertrauens und der finanziellen Unterstützung einer Person, die anonym bleiben will, im Begriff sind, jemandes Untergang zu werden ... Mehr darf ich Ihnen dazu nicht sagen. Ach, Miss Mown, hätten Sie einen Moment?«

Die lebhaft wirkende Frau, die dem Ruf des Rektors folgte, war schätzungsweise Mitte dreißig, auch wenn sie mit ihrem knabenhaften Haarschnitt jünger wirkte. Sie trug ein ärmelloses Abendkleid aus blauem Taft und dazu weiße Handschuhe bis zu den Ellbogen, eine völlig unpassende Aufmachung für diesen Ort und diese Tageszeit. »Miss Mown, darf ich Ihnen unseren Neuzugang vorstellen?«, begann Harrow in förmlichem Ton. »Cliff Iverson. Und das, Sir, ist Dulcie Mown. Sie ist erst seit sechs Wochen hier und spricht auf McMasters an wie Kaliumzyanid auf Schwefelsäure.«

»Oh, ich lerne schnell«, antwortete sie mit einem charmanten, wenn auch eindeutig aufgesetzten Lachen. Irgendwie kam sie mir bekannt vor, aber mein Gedächtnis ließ mich im Stich.

Der Rektor wies auf ihre Abendgarderobe. »Ein reizendes Kleid. Doch wenn ich mich recht entsinne, findet heute Nachmittag kein Ball oder Empfang statt.«

»Das ist für das Seminar ›Grundlagen der Strategie‹«, erwiderte sie. »Nur eine Hausaufgabe, auch wenn sich die Methode nicht wirklich für meine Zwecke eignet. Obwohl es sicher auch dafür Anwendungsbereiche gäbe. Ich komme gerade vom Schießstand, wo Abendhandschuhe einfach nicht wegzudenken sind. Sie verhindern das Hinterlassen von Fingerabdrücken und schützen gleichzeitig Hände und Arme vor Schmauchspuren.« Aus ihrem Abendtäschchen förderte sie einen Revolver Kaliber .22 zutage. »Ich wollte feststellen, welchen Einfluss Satinhandschuhe auf meine Treffsicherheit haben. Zu dick und rutschig. In Zukunft nehme ich wieder Ziegenleder.«

»Ja«, pflichtete Harrow ihr bei. »Beinahe hätte ich jetzt angemerkt, es handle sich hierbei um eine der Gelegenheiten, bei denen man sein Opfer nicht mit Glacéhandschuhen *anfassen sollte, aber ich habe es mir gerade noch rechtzeitig verkniffen. Aber wieso tragen Sie an einem sonnigen Nachmittag ein Abendkleid?«*

Sie rückte die Träger zurecht. »Tja, ansonsten kann man ja schlecht mit Abendhandschuhen herumspazieren, ohne sich verdächtig zu machen. Das Kleid soll den Zweck der Handschuhe verschleiern. So könnte ich meiner Zielperson einen Besuch abstatten unter dem Vorwand, ich sei gerade auf dem Weg zu einem nicht existierenden Empfang. Und mein Opfer schöpft keinen Verdacht, bis ich plötzlich die Waffe zücke.«

Für mich gehörte Dulcie genau zu der Sorte von Frauen, die ständig Empfänge besuchten, ob sie nun stattfanden oder nicht.

Der Rektor drehte sich zu mir um. »Kontext ist alles, Mr. Iverson. Nähern Sie sich Ihrem Opfer nie mit einem Messer, außer Sie sind gerade dabei, das Besteck zu polieren. Hantieren Sie nie mit einer Axt, wenn Sie nicht beabsichtigen, Brennholz zu hacken. Und ziehen Sie nie in Gegenwart Ihres Opfers Gummihandschuhe an, ehe Sie Ihr Gegenüber nicht in dem Glauben gewiegt haben, dass Sie Geschirr spülen oder einen Luftröhrenschnitt setzen wollen.« Er wandte sich wieder an Dulcie. »Und was haben Sie anschließend mit den Handschuhen vor, meine Liebe? Auch wenn Ihre Hände und Arme keine Schmauchspuren aufweisen, haften gewiss welche an den Handschuhen.«

Dulcie seufzte auf. »Ist das Ihr Ernst? Natürlich würde ich sie in einer Schüssel mit Essig waschen. So werden die Nitrate zerstört.«

»Genau«, lobte der Rektor. »Aber was machen Sie dann mit dem Essig?«

»Ich füge drei Viertel Öl, zwei zerkleinerte Salatköpfe, Walnüsse und Mandarinenspalten hinzu und serviere das Ganze beim Leichenschmaus meines Opfers.«

»Das ist reine Poesie«, begeisterte sich der Rektor. »Obwohl es vermutlich genügen würde, den Essig wegzukippen und die Schüssel mit borsaurem Natron zu reinigen. Spitzen Sie die Ohren, Mr. Iverson! Miss Mowns Denkweise entspricht exakt unserem Ansatz.«

Dulcie Mown war offenbar eine Vorzeigestudentin. Sie hätte auch als Mannequin arbeiten können. Bald verabschiedete sie sich, um ihr nächstes Seminar nicht zu verpassen, und ließ mich verzweifelt zurück. Ihre schlagfertigen Antworten hatten mir drastisch vor Augen geführt, wie wenig ich dem Standard der McMasters-Akademie genügte. Falls die Hochschule wirklich Säuberungen durchführte, wäre es für mich wohl weniger gefährlich gewesen, einen stümperhaften Mord zu begehen, mich schuldig zu bekennen und zu hoffen, dass ich zu lebenslänglich und nicht zum Tode verurteilt wurde.

Aber woher kam sie mir nur so bekannt vor?

*

Wir wollen das Tagebuch des jungen Mr. Iverson kurz unterbrechen –HH.

Um die Frage zu beantworten, die Cliff Iverson solches Kopfzerbrechen bereitete, sollte ich an dieser Stelle etwas erklären. Denn niemand war bestürzter als »Dulcie Mown« selbst, als sie feststellen musste, dass sie mit einer gefärbten Kurzhaarfrisur, ungeschminkt, mit verändertem Akzent und mit einem neuen Namen niemand auf dem Campus als den berühmten Hollywoodstar Doria Maye erkannte.

Natürlich ist »Doria Maye« nicht ihr wahrer Künstlername (denn der wäre Ihnen sofort ein Begriff). Und natürlich war ihr wahrer Künstlername auch nicht ihr echter Geburtsname, sodass ihre Identität in mehreren Schichten verschleiert wurde. Doch so viele Jahre auch seit den hier geschilderten Ereignissen vergangen sein mögen, legen wir an unserer Lehranstalt den größten Wert auf die Privatsphäre unserer Studenten (und auf absolute Verschwiegenheit gegenüber den Strafverfolgungsbehörden). Ganz genau wie wir es auch bei Ihnen täten, falls Sie sich an der McMasters-Akademie immatrikulieren sollten.

Ich hatte Miss Maye darauf hingewiesen, dass eine Enttarnung nicht nur ihren Studienerfolg, sondern auch ihre geheime Mission gefährden könnte. Außerdem seien die Angehörigen des Lehrkörpers auch nur Menschen und deshalb nicht dagegen gefeit, sie womöglich bevorzugt zu behandeln. Ihr Einwand lautete, der letzte Punkt stelle für sie kein Problem dar, denn schließlich sei sie Bevorzugung schon seit Jahren gewohnt. Zu guter Letzt war sie jedoch einverstanden, auf ihren Prominentenstatus zu verzichten, sich das Haar abschneiden und färben zu lassen, einen melodischen Südstaatenakzent anzunehmen und – ach, du meine Güte – ein ganz normales Menschenkind zu werden.

Als sie in der McMasters-Akademie eintraf, begleitete ich sie persönlich zu Haus Blauer Fingerhut, einem der wenigen frei stehenden Häuschen, nur einen guten halben Kilometer von Mead Mere entfernt. »Ach wie idyllisch, von außen sieht es aus wie eine bescheidene Bauernkate«, flötete sie beim Anblick des strohgedeckten Daches und trat ein. Aber schon im nächsten Moment weiteten sich ihre Augen vor Entsetzen. »Es sieht auch von innen aus wie eine bescheidene Bauernkate. Sie erwarten doch nicht etwa ernsthaft von mir, dass ich hier wohne?«

Ich ließ einen bewundernden Blick über den in die Wand aus grob behauenem Stein eingelassenen offenen Kamin, das gemütliche Kastenbett mit seiner bunten Steppdecke und den Tisch und Stuhl aus rohem Holz in der winzigen Kochecke schweifen. »Das ist eine unserer charmantesten Unterkünfte, meine Liebe, ein historisches Originalstück.«

Dulcie war außer sich. »Als ich mich für ein frei stehendes Häuschen entschieden habe, dachte ich eigentlich an einen Bungalow mit zwei Schlafzimmern, Ankleidezimmer, Hausbar, Badezimmer und Gästetoilette. Und wo bitte ist der Pool?«

»Sie nehmen den Pendelbus Nummer drei zum Badepavillon.«

Daraufhin verkündete Dulcie, sie müsse das Häuschen von ihrem Innenausstatter Mr. Arnold von Grund auf umgestalten lassen. Leider jedoch kam ich nicht umhin, ihr zu erklären, dass Mr. Arnold in diesem Fall nach Abschluss der Arbeiten beseitigt werden müsse.

»Könnte man ihn stattdessen nicht auspeitschen?«, fragte sie. »Falls das möglich wäre, würde er vielleicht sogar mit dem Preis runtergehen.«

*

AUS DEM TAGEBUCH VON CLIFF IVERSON

In diesem Moment kehrte zu meiner Erleichterung endlich ein atemloser Cubby mit dem erbetenen Stock zurück. Er hielt ihn mir mit der Begeisterung eines Apportierhundes hin, so als wünschte er sich nichts sehnlicher, als dass Harrow ihn werfen und dabei »Hol das Stöckchen!« rufen würde. Erfreut stellte ich fest, dass der Stock tatsächlich über einen Gummipuffer verfügte, denn dieser war unabdingbar für meinen Plan.

Cubby blickte zu Harrow auf, als erwartete er, dass dieser ihm zur Belohnung einen goldenen Stern auf die Stirn klebte. »Kann ich sonst noch etwas tun, Sir?«

»Sie können sich bessern, Mr. Terhune! Wenn Sie in Professor Redhills Seminar ›Gifte und Allheilmittel‹ besser aufgepasst und in Monsieur Tissiers Kurs ›Berühmte Henkersmahlzeiten‹ die Ohren gespitzt hätten, würden Sie wissen, dass gemahlenes Glas nur einem Menschen gefährlich werden kann, der an Angina leidet. Und nun bringen Sie Ihren Eiscremewagen zurück in die Abteilung ›Fahrkünste‹ und helfen der Werkstatt, ihn wieder in seinen unauffälligen Urzustand zurückzuversetzen.«

Während Cubby davoneilte, begleitete Harrow mich zu meinem Quartier. Dabei schimpfte er unablässig vor sich hin. »Was diesen Terhune angeht, bin ich mit meinem Latein am Ende und rechne mit dem Schlimmsten.«

»Ich fürchte, ich werde mich auch nicht geschickter anstellen«, erwiderte ich, was mein voller Ernst war.

»Sie sind kein freiwilliger Bewerber, sondern ein geförderter Quereinsteiger. Da wir das wissen, geben wir Ihnen Zeit, sich einzugewöhnen. Ihr Tutor im Hedge House wird Sie in allen praktischen Dingen unterstützen. Außerdem überwacht einer Ihrer Kommilitonen Ihre Fortschritte. Zu Ihrem eigenen Besten und auch in unserem Interesse.«

»Und wer genau ist das?«, erkundigte ich mich.

»Tut mir leid, aber wenn Sie das wüssten, könnten wir uns kein unvoreingenommenes Bild von Ihnen machen. Außerdem ist es sinnvoller, wenn Sie in Gegenwart dieser Person nicht jedes Wort auf die Goldwaage legen.«

Wunderbar, dachte ich. Denn jetzt musste ich mich vor jedem meiner Mitstudenten in Acht nehmen.

Ein Kiespfad führte uns vom Platz weg und an einigen Gebäuden mit strohgedecktem Dach vorbei. »Bücher und Gemischtwaren« verkündete ein an der Fassade baumelndes hölzernes Schild. Der Weg wurde breiter und endete an einigen kreisförmig angeordneten Häuschen, die eine große Wiese und einen gewaltigen unregelmäßig geformten Teich säumten. An den Ufern des Gewässers betrauerten einige Weiden ihr Alter. Der Baustil der Häuser neigte zum Ländlichen. In einem Fall war er buchstäblich geneigt. »Die Studenten nennen diesen Bereich ›die Markthalle‹«, erklärte der Rektor. »Obwohl es sich dabei eigentlich nur um einen Pavillon handelt.« Er wies auf eine windschiefe Stahlkonstruktion am anderen Ende des Teichs, deren geschwungene Säulen ein Glasdach mit Uhr stützten. Darunter boten einige Händler ihre Waren feil. »Einer unserer beliebtesten Treffpunkte«, fügte Harrow hinzu. »Im Lauernden Wolf bekommt man Bier vom Fass und etwas für den kleinen Hunger. Im Kolonialwarenladen, das ist der mit den blauen Fensterläden, kann man sich auch einen Picknickkorb herrichten lassen. Dieses asiatisch anmutende Gebäude beherbergt den Jade-Flower-Blumenladen. Manche der Studenten schwören auch auf die würzigen Käsetorten, die man Pizza nennt. Man erhält sie im Scarpia, unserem romantischen italienischen Restaurant in der winzigen Villa auf der anderen Seite des Mere.«

»Des Mere?«, hakte ich nach.

»Der vollständige Name des Teichs lautet Mead Mere. Er ist zwar nicht sehr tief, eignet sich jedoch großartig, um das Ertränken und Ähnliches zu üben.«

Als ich zum Teich schaute, war es, als sei ein Wunsch in Erfüllung gegangen, denn ich bemerkte die junge Frau, die mich im Wald als Einzige nicht ausgelacht hatte. Inzwischen hatte sie die Sportkleidung mit einer kurzärmeligen Bluse und einem Trägerrock vertauscht und warf mit einer anmutigen Bewegung eine Angel aus.

Der Rektor war meinem Blick gefolgt. »Das ist Gemma. Sie angelt leidenschaftlich gern. Man hat mir erzählt, sie sei früher mit ihrem Vater häufig zum Fliegenfischen gegangen. Wir setzen Bachforellen im Mere aus, doch man muss sie wieder ins Wasser werfen. Schließlich gibt es keinen Grund, ein Leben zu beenden, wenn man weder Hunger noch Streit hat.« Gemma sammelte ihre Ausrüstung ein und verabschiedete sich mit einem Winken von einer Frau mit gerötetem Gesicht, die einen Strohhut trug und die auf dem Teich paddelnden Schwäne mit Brotstückchen fütterte.

»Und das ist Miriam Webster, die beschlossen hat, sich ›Mim‹ zu nennen, denn sie hat einen Kerl mit einem schauderhaften Nachnamen geheiratet. Allerdings hat sie inzwischen einen triftigeren Grund, ihn liquidieren zu *wollen. Und das da drüben ist Toma Sasaki, Inhaber des Lehrstuhls für Mathematik. Seine Monografie* Der Tod und die Relativierung des Zeitbegriffs. Band eins *ist ein Standardwerk.« Sasaki hatte zwar weißes Haar, aber ein jugendliches Gesicht. Er war gerade dabei, die idyllische Szene mit Wasserfarben festzuhalten. »Vermutlich werden Sie bei ihm ›Die Statistik der Vergeltung‹ hören. Und dieser Bursche mit der Haarmähne à la Lord Byron, der sich da im Gras rekelt, ist Matias Graves, englische und spanische Literatur.« Graves, schätzungsweise Ende dreißig, war in die Korrektur von Hausarbeiten vertieft. Es wunderte mich, dass ein noch junger Mann, ich schätzte ihn auf höchstens zehn Jahre älter als mich selbst, sich freiwillig in diese Einöde zurückzog ... wo immer wir uns auch befinden mochten. Ob die Angehörigen des Lehrkörpers das Akademiegelände wohl verlassen durften, wenn ihnen danach war?*

Mittlerweile hatten wir ein kleines Dorf erreicht, das an die Markthalle angrenzte. Hier drängten sich winzige Läden und Buden aneinander, als könnten sie so besser tratschend die Köpfe zusammenstecken. Kurze, enge Straßen, kopfsteingepflasterte Höfe und Seitengassen, die meine Neugier weckten, verwandelten dieses beschauliche Städtchen in ein Labyrinth. Eine Pfandleihe, die in einen Roman von Charles Dickens gepasst hätte, stellte hinter gewölbten, in kleine Scheiben unterteilten Fenstern die verschiedensten Kuriositäten zur Schau. Im nächsten Moment trat ein junger Mann mit langem blondem Haar aus der Tür. Es war der Student aus dem Seminar im Bogenschießen, der so neunmalklug auf die Fragen des Trainers geantwortet hatte. In der Hand hielt er eine Mahagonischatulle von der Größe eines klappbaren Schachbretts.

»Na, etwas versetzt, Mr. Sampson?«, erkundigte sich der Rektor.

»Ich habe meine alten Musikinstrumente gegen neue chirurgische Instrumente eingetauscht.« Als er die Schatulle öffnete, kamen verschiedene schimmernde Skalpelle und Sonden auf einem Bett aus Knautschsamt zum Vorschein. »Jack the Ripper, stirb vor Neid.«

»Tot ist er inzwischen gewiss«, erwiderte der Rektor. »Ob Neid die Ursache war, wissen wir allerdings nicht.«

»Ich dachte, diese Gerätschaften würden mich mehr inspirieren als meine Klarinette und mein Saxofon, obwohl ich mit beiden schon die Rhapsody in Blue zerstückelt habe.« Er bedachte mich mit einem nicht gerade freundlichen Blick. »Du bist der Neue, den unser Trainer beinahe aufgespießt hätte, richtig? Mein Name ist Simeon Sampson. Ich könnte jetzt sagen, dass wir bestimmt gute Freunde werden, doch hier werden die Studenten im Verhältnis zueinander benotet. Also muss ich der Ehrlichkeit halber gestehen, dass ich alles Menschenmögliche tun werde, damit du scheiterst. Was, wenn mich der erste Eindruck nicht täuscht, nicht allzu schwierig werden dürfte.«

Ich war froh, ihn von hinten zu sehen, und als Gemma vom Mere her auf uns zukam, besserte sich meine Laune beträchtlich. Der Rektor winkte sie heran, als habe er meine Gedanken gelesen. Los, mach schon, verrat mir ihren Nachnamen, dachte ich, und prompt tat er mir den Gefallen.

»Gemma Lindley, das hier ist Cliff Iverson. Er ist heute erst angekommen.«

»Ich weiß«, antwortete Gemma in einem gleichmütigeren Ton, als mir lieb war.

»Ich muss Sie um einen Gefallen bitten«, fuhr Harrow fort.

»Eigentlich hätte ich ja auch Mr. Sampson fragen können, aber er war ein wenig, tja, Sie wissen schon ...«

»Aufgeblasen wie immer?«, schlug Gemma vor.

Der Rektor schmunzelte. »Nun, er ist beinahe so klug, wie er selbst glaubt. Ich wollte Mr. Iverson zum Hedge House begleiten, aber wir wurden von Cubby Terhune aufgehalten, und nun bin ich ziemlich spät dran. Hätten Sie etwas dagegen, ihm den Weg zu zeigen? Sie wohnen doch auch dort, richtig?«

»Ich wünschte, ich könnte mir Hedge House leisten«, erwiderte sie lachend. »Ich bin im Studentinnenwohnheim untergebracht, aber das ist nicht weit. Allerdings habe ich um fünf Gump, das ist drüben beim Taubenschlag.« Der letzte Satz war für mich ein böhmisches Dorf. Aber ich hätte ihr auch hingerissen zugehört, wenn sie mir die Logarithmentafel vorgelesen hätte.

»Nun, Mr. Iverson stört es sicher nicht, wenn Sie übernehmen. Was, Cliff? Wie geht es übrigens dem Knöchel?«

»Knie«, verbesserte ich. »Solange ich den hier habe, komme ich klar.« Ich hob den Stock ein wenig, wobei ich hoffte, dass er ihn nicht zurückverlangen würde.

»Betrachten Sie ihn als Ihren, bis Sie ihn nicht mehr nötig haben. Und falls Sie Hilfe oder Rat brauchen, können Sie sich an den Tutor von Hedge House, den sympathischen Mr. Champo Nanda, wenden.«

»Ein ungewöhnlicher Name«, merkte ich an.

»Er stammt aus Rangoon. Waren Sie je in Burma?«

Während ich verneinte, meinte Gemma grinsend: »Und Sie sind sicher, dass Sie sich nicht gerade dort befinden?« Der Rektor lachte leise auf. »Was unseren derzeitigen

Aufenthaltsort betrifft, weiß ich nur, dass wir nicht in Tobago sind«, fügte sie hinzu. »Ich bin zwar in England geboren, aber ich habe die Familie meiner Mutter dort besucht. Die Luft dort riecht nach Gewürzen und Weihnachtssternen.« Sie atmete die Sommerbrise ein. »Eindeutig nicht Tobago.«

Gerade wollte ich mich bei Harrow erkundigen, ob einige privilegierte Studenten den Standort der Akademie kannten, aber er marschierte bereits davon. »Wir sehen uns beim Abendessen!«, rief er mir noch fröhlich zu.

Nicht, wenn es nach mir geht, dachte ich. Bis dahin wollte ich längst verschwunden sein.

»Dann also auf zum Hedge House«, verkündete Gemma und setzte sich in Bewegung. Ich hinkte hinter ihr her und entschuldigte mich, weil ich wegen meiner (vorgetäuschten) Knieverletzung nicht schneller vorankäme. Ihre Antwort lautete nur, kein Problem. Dann herrschte Schweigen.

»Was ist denn ›Gump‹?«, versuchte ich es nach einer beklommenen Pause, die mich an meine Teenagerzeit erinnerte.

»Das ist unser Spitzname für ›Garderobe, Make-up und Prothesen‹«, erwiderte sie knapp.

Ich zählte bis fünf und unternahm einen erneuten Anlauf. »Bist du schon lange im McMasters?«

Diesmal befürchtete ich schon, dass sie gar nicht reagieren würde. »Ein bisschen mehr als zwei Wochen«, sagte sie schließlich, ohne mich anzusehen.

»Und was hat dich hergebracht?«

»Ein Auto mit Captain Dobson am Steuer«, entgegnete sie.

»Von woher?«

Sie blieb stehen. »Pass auf, wenn du von mir erfahren willst, wer ich war und wen ich liquidieren will und warum ...

darüber spreche ich nicht, solange es keiner der Dozenten von mir verlangt. Einige Leute hier wollen über nichts anderes reden, aber ich nicht. Ein einziges Semester hier hat mich meine gesamten Ersparnisse gekostet. Ich bin nicht zum Feiern hier, sondern zum Studieren. Natürlich zeige ich dir gerne, wo du wohnen wirst, aber nach unserem Abschluss werden wir uns nie wiedersehen.« Sie hielt inne. »Falls wir je lebend hier rauskommen.«

Ich hatte den Eindruck, dass Gemma nicht nur Gesprächen den Garaus machen konnte, sondern durchaus fähig war, einen Gegner zur Strecke zu bringen. Wer mochte sie so grausam behandelt haben, dass sie keinen anderen Ausweg sah, als eine Akademie für Mörder zu besuchen? Ihr hartes Auftreten schien nicht zu ihren weichen Gesichtszügen zu passen. Aber vielleicht war sie ja genauso kaltblütig und auf ein einziges Ziel fixiert wie ich. Die rote Haarmähne, Grund für meine positive Voreingenommenheit, konnte einfach nur eine Laune der Natur sein.

Das Gefühl, dass ein Mord für mich der letzte Ausweg war, war mir bislang völlig fremd gewesen. Doch andererseits gab es ja auch gequälte Seelen, zum Beispiel Cora, die Selbstmord als einzige Rettung betrachteten. Aber bewies mein Mordversuch an Fiedler nun, dass nicht alle Mörder zwangsläufig Ungeheuer sein mussten? Oder hieß das einfach nur, dass ich mein Leben lang ein Ungeheuer gewesen war, ohne es zu ahnen?

Die schmiedeeiserne Uhr auf dem Dach der Markthalle schlug. »Entschuldige, ich muss zum Gump«, sagte Gemma. »Hedge House ist gleich um die Ecke.« Sie entfernte sich raschen Schrittes. Nun ließ sie mich heute schon zum zweiten Mal stehen, ohne sich umzuschauen.

V

AUS DEM TAGEBUCH VON CLIFF IVERSON

Bereits wenige Minuten nach dem Beginn meines Gesprächs mit Rektor Harrow war in mir der Entschluss gereift, aus der McMasters-Akademie zu fliehen. Der vergiftete Sherry, Cubby Terhunes todbringendes Eis am Stiel und die Aussicht, für ein Scheitern im Studium mit dem Tode bestraft zu werden, hatten mich in der Entscheidung bestärkt, dass es das Vernünftigste war, mich so schnell wie möglich aus dem Staub zu machen. Allerdings erschien es mir ratsam, Kooperationsbereitschaft vorzutäuschen, bis der richtige Moment gekommen war. Und so wurde ich der Form halber in der mir zugedachten Unterkunft vorstellig.

Hedge House hätte als altmodische Frühstückspension in einem lauschigen neuenglischen Städtchen durchgehen können. Fast rechnete ich mit einem drehbaren Ständer für Postkarten an der Rezeption. Doch stattdessen empfing mich eine matronenhafte Frau, die wie eine kleinere Version von Mahalia Jackson aussah. Sie trug einen Tweedrock, eine Bluse mit steifem Kragen und eine hellblaue Strickjacke, an der noch die Krümel eines Muffins hafteten.

»Sie müssen Cliff sein.« Sie blickte von ihrer mit Papieren

bedeckten Theke auf und begrüßte mich mit einem Lächeln. »Ich bin Mrs. Forage ... Das reimt sich auf Porridge. Ach herrje«, seufzte sie auf, als sie meinen Stock bemerkte. »Niemand hat mir gesagt ... Ich habe Sie in der obersten Etage untergebracht, und hier gibt es keinen Aufzug.«

Ich versicherte Mrs. Forage, mein Leiden sei nur vorübergehender Natur, weshalb die Treppe mir keine Mühe bereiten würde. Was selbstverständlich der Wahrheit entsprach. Mit sichtlicher Erleichterung nahm sie einen Schlüssel vom Schlüsselbrett und führte mich durch einen kleinen, plüschig ausgestatteten Salon, der als Vorhalle diente. Auf einer Pinnwand aus Kork bemerkte ich eine Karteikarte mit der Aufschrift »Der Gedanke des Tages« und einem handgeschriebenen Text darunter:

> Wenn ein Mensch stirbt, weil ihn eine Kugel in die Brust trifft,
> ist es Mord.
> Wenn ein Mensch stirbt, weil ihm ein Meteorit auf dem Kopf landet,
> ist es Schicksal.
> Also nehmen Sie keine Kugeln. Nehmen Sie Meteoriten.
> Begehen Sie keinen Mord. Spielen Sie Schicksal.
>
> – Guy McMaster

Ich folgte Mrs. Forage eine schmale Treppe hinauf, die früher vermutlich für Dienstboten gedacht gewesen war. Auf der zweiten Etage tat ich, als brauchte ich wegen meines Knies eine Pause, während Mrs. Forage anmerkte, in diesem Jahr dauere der Sommer aber ganz besonders lang. Schließlich *hatten wir den dritten Stock erreicht, wo sie mich zum Zimmer 3E begleitete.*

»Ihr Zimmer geht nach Süden hinaus. Die meisten mögen das, insbesondere wenn wir einen so schönen Sommer haben wie in diesem Jahr. Sie teilen sich ein Badezimmer mit Ihrer Nachbarin Miss Jäeger.« Sie wirkte ein wenig verlegen. »Normalerweise versuchen wir, unsere Studenten nach Geschlechtern getrennt unterzubringen, aber da Sie spät kommen, ist 3E unser einziges freies Zimmer. Die Badezimmertür lässt sich von beiden Seiten verriegeln. Aber klopfen Sie sicherheitshalber zwei oder drei Mal an, bevor Sie reingehen, okay? Und achten Sie darauf, das Bad so zu hinterlassen, wie Sie es vorgefunden haben, und entriegeln Sie die Tür zur anderen Seite, wenn Sie fertig sind.«

Ich schwor Mrs. Forage feierlich, das Badezimmer stets in tadellosem Zustand zu hinterlassen. Denn mit ein wenig Glück würde ich mich in wenigen Minuten ohnehin für immer verabschieden.

»Jeden Tag kommt ein Putzdienst, aber wir erwarten von unseren Studenten, dass sie ihre Zimmer selbst in Ordnung halten. Falls ich etwas vergessen haben sollte, sprechen Sie mich einfach zwischen acht und siebzehn Uhr darauf an, ja?«

Das für mich vorgesehene Zimmer war klein und praktisch eingerichtet. Das Bett war zwar nicht groß, doch an der Matratze gab es nichts auszusetzen. Die Bettwäsche war aus ungebleichter Baumwolle, die Überdecke von schwerer Qualität. Außerdem gab es im Zimmer noch einen Schreibtisch im Missions-Stil, einen Stuhl und einen kompakten Ledersessel zum Lesen. Auf einer Kommode mit Spiegel stand ein Radio aus braunem Bakelit. Neugierig, welche Sender ich wohl empfangen konnte, schaltete ich es ein. Während die Röhren warm wurden, öffnete ich den kleinen Wandschrank, wo ich zu meiner Überraschung ein halbes Dutzend Hemden, die entsprechende Anzahl Hosen und einige Sakkos vorfand, alles in meiner Größe, ebenso wie die Schuhe und Turnschuhe auf dem Regalbrett darüber.

Ich kehrte zur Kommode zurück und zog die oberste Schublade auf. Unterhemden und Boxershorts, alles ordentlich gefaltet. Die Schublade darunter enthielt Socken und blaue Turnhosen.

Dank des Wunders der Glühemission (ich hatte mich im Studium auch mit Frequenzbereichen befassen müssen), gab das Tischradio inzwischen Musik von sich. Irgendetwas aus dem Barock. Ich wartete auf das Ende des Stückes, in der Hoffnung, dass ein Ansager den Namen des Senders oder gar der Stadt nennen würde.

Neben dem Radio lag eine Ledermappe, in die das Wappen der McMasters-Akademie eingeprägt war. Ein handschriftlicher Zettel war außen darangeheftet:

> *Mr. Iverson, willkommen! Genießen Sie Ihren ersten Tag auf dem Campus. Falls Sie Fragen oder Probleme haben, finden Sie mich in den Zimmern 2A & B oben an der großen Treppe. Bitte klopfen Sie zuerst an die Tür von 2A und warten Sie, da ich möglicherweise gerade im Gespräch mit einem anderen Studenten bin.*

Die Mitteilung war auch unterschrieben:

> *Champo Nanda. Tutor der männlichen Studenten, Hedge House.*

Ich klappte die Mappe auf. Auf der rechten und linken Seite steckten verschiedene bedruckte Blätter und Broschüren. Auch ein ›Lageplan des Campus‹ gehörte dazu, der mir jedoch keine Hilfe war, da er die Umgebung der Anlage nicht zeigte. Die Fluchtroute, die ich nehmen wollte, kannte ich ja bereits. Der Speiseplan erinnerte mich daran, dass ich Hunger hatte.

Mahlzeit	**Tage**	**Uhrzeit**	**Ort**	**Anmerkungen**
Frühstück (englisch)	Mo.–Sa.	7–9:30	Speisesaal	Schulkleidung
Frühstück (europäisch)	Mo.–Sa.	6–10	Aufenthaltsraum	Schulkleidung
Mittagessen	Mo.–Sa.	12–14	Speisesaal, Wintergarten, bei schönem Wetter westl. Terrasse	Schulkleidung, Lunchboxen müssen bis 10 bestellt werden.
High Tea	Mi. & So.	16–17:30	Chadley House Library	

Abendessen	Mo.–Fr. Sa. So.	19:30–21:30 20–22 s.h. unten	Great Hall Ballsaal, Herrenhaus	Sakko- und Krawattenpflicht für Herren, Damen bitte angemessene Kleidung Samstags: Tanznachmittag zu Musik vom Band im Ballsaal
Sonntagsbrunch	So.	9–13:30	Wintergarten	Gesellschaftskleidung
Sonntag Abendessen	So.	s.h. Anmerkung	Mead Mere	Speisen können rund um Mead Mere käuflich erworben werden*

ALKOHOL

Ausufernder Konsum wird an der McMasters-Akademie nicht gern gesehen, da Ihr Studium einen klaren Kopf verlangt. Jeden Abend um neunzehn Uhr wird im Salon ein eigens kreierter Cocktail (ein Glas pro Person) serviert. Außerdem wird Monsieur Tissier einen passenden Wein aus unserem gut bestückten Weinkeller auswählen, den man Ihnen (ein Glas pro Person) beim Abendessen zum Hauptgang reicht. Im »Lauernden Wolf« am Ufer des Mead Mere wird Bier vom Fass ausgeschenkt (ein halber Liter pro Gast).

ANMERKUNG ZU DEN FINANZEN

Studenten, deren Konto bei der Finanzverwaltung von McMasters leer oder auf einem niedrigen Stand ist, können sich für die Arbeitseinsätze am Sonntagnachmittag (Küche, Garten, Büro etc.) melden, die wöchentlich an der Pinnwand der Studentenvereinigung ausgehängt werden. Als Aufwandsentschädigung wird anschließend im Aufenthaltsraum neben dem Küchengarten ein Abendessen in Selbstbedienung, bestehend aus einer kräftigen Suppe, Brot und Salat, ausgegeben. Allerdings weist Dr. Pinckney, Inhaber des Lehrstuhls für ärztliche Kunst, darauf hin, dass es der Gesundheit zuträglich und zudem geistig anregend wirkt, ein oder zwei Abendessen pro Woche ausfallen zu lassen.

Unter dem Plan der Essenszeiten entdeckte ich eine mehrere Seiten starke Broschüre, deren blaugrauer Einband die Worte »McMasters-Akademie – Regeln und Vorschriften« trug. Sie stammte aus dem vergangenen Jahr. Ich wollte sie schon aufschlagen, als mir einfiel, dass ich gar keinen Grund hatte, mich mit den hiesigen Reglements zu befassen. Schließlich würde ich in wenigen Minuten gegen das wichtigste, wenn auch unausgesprochene Gebot an der McMasters-Akademie verstoßen: Du sollst nicht gehen.

Inzwischen erklang aus dem Radio eine weitere Barockkomposition, in Tempo und Stimmung identisch mit der ersten. Die Stimme eines Radioansagers fehlte. Als ich einen anderen Sender einstellen wollte, entpuppte sich der einzige Knopf am Radio als eine Mischung aus Lautstärkeregler und Ein/Aus-Schalter. An der Rückseite des Bakelitgehäuses klebte ein Hinweisschild:

BEDIENUNG DES TISCHRADIOS

Um das 5. Brandenburgische Konzert *von Bach zu hören, Radio einschalten.*

Um das 5. Brandenburgische Konzert *von Bach NICHT zu hören, Radio ausschalten.*

Ich entschied mich für »aus« und suchte das Zimmer nach Anzeichen darauf ab, wo auf dieser Welt (und das meinte ich durchaus wörtlich) ich mich befand. Arktis, Antarktis und Wüstengebiete konnte ich zwar mit Sicherheit ausschließen, doch mehr war nicht festzustellen. Weder das neutrale Briefpapier oder die Stifte, ja, nicht einmal die Glühbirnen in der Nachttischlampe lieferten Hinweise auf den Hersteller. In der obersten Kommodenschublade lagen eine Zahnbürste mit hölzernem Griff, ein Rasierer und ein Set, bestehend aus Kamm und Haarbürste, alles ohne Aufdruck. Ein Markenname wäre so schön gewesen. Falls es mir gelingen sollte, den elektrischen Zaun der Akademie zu überwinden, hätte ich nur zu gerne gewusst, ob ich mich hinter dem Eisernen Vorhang, auf der Straße ins Nirgendwo oder irgendwo in einer grünen Aue befand.

Neben dem Bett stand eine Karaffe mit einem darübergestülpten Glas. Ich schenkte ein, leerte es und füllte es zum zweiten Mal, wohl wissend, dass Essen und Trinken, beziehungsweise das Fehlen von beidem, über mein Weiterleben entscheiden würden, sollte mir die Flucht glücken. Schließlich hatte ich keine Ahnung, wie viele Kilometer mich vom nächsten Unterschlupf trennten. Außerdem besaß ich keinen Penny, da der Sergeant mir zu Beginn der Reise die Brieftasche abgenommen hatte. Ein

Hinken vortäuschend, stieg ich die schmale Treppe hinunter und winkte Mrs. Forage, die kaum von ihren Papieren aufblickte, lässig zu. Dann ging ich den Weg zurück, den ich mit Gemma Lindley und dem Rektor genommen hatte. Ich wollte zum Hauptgebäude, das laut Captain Dobson den Namen Gut Ulmenburg trug.

An einer Schweizer Berghütte im Miniaturformat, die ich unterwegs passierte, prangte ein Schild »Mussel's Kolonialwaren am Mere«. Vielleicht hätte ich dort ja etwas Essbares auftreiben können – und wenn ich es hätte stehlen müssen –, aber leider war bereits geschlossen. Also würde ich mit leerem Magen aufbrechen und hoffen müssen, dass einige der grünen Wipfel rings um das Anwesen zu Apfel- oder Birnbäumen gehörten. Jedenfalls hatte ich nicht vor, mit meinem Abschied zu warten, bis ich mich besser vorbereiten konnte. Meine Hände umklammerten den Spazierstock mit Laufgummi. Nur der Himmel wusste, wie lange ich ihn behalten durfte. Außerdem hatte ich zum Glück belauscht, wie Stedge das heutige Losungswort benutzte, an das Captain Dobson sich nicht mehr erinnert hatte. Morgen würde es womöglich nicht mehr gültig sein.

Inzwischen waren kaum noch Studenten unterwegs. Vermutlich waren sie in ihren Zimmern, erledigten ihre Hausaufgaben oder zogen sich gemäß Speiseplan zum Abendessen um. Sobald ich das Haupthaus hinter mir hatte, hörte ich auf zu hinken und hastete die lange Auffahrt entlang, die mich zum elektrisch abgesicherten Tor des Campus führen würde.

Während mein Kopf bandagiert gewesen war, hatte ich meine übrigen Sinne wiederentdeckt. Nachdem Sergeant Stedge der Lautsprecherstimme am Tor das Losungswort genannt hatte, war das Auto etwa zwei Minuten lang auf einer ebenen Straße bis zu dem Birkenhain gefahren, wo ich von meinen Bandagen erlöst worden war. Auf dieser Strecke hatte ich keine scharfen Kurven oder Abzweigungen wahrgenommen und war deshalb sicher, dass diese Straße mich zu dem Tor und Zaun bringen würde, die beide, nach Dobsons Worten zu Stedge zu urteilen, »ordentlich Schmackes« hatten.

Abgesehen vom gelegentlichen Klopfen eines Spechtes war es still im Wald. Ich hörte weder Menschen im Unterholz noch das Brummen eines Automotors aus der Ferne.

Es war mir gelungen, mir den Wortwechsel zwischen Sergeant Stedge und dem Pförtner namens Pashley einzuprägen. Auch dass es sich bei Stedges Decknamen »Thomas de Quincey« um eine literarische Anspielung handelte, war mir nicht entgangen. Auf der Suche nach einer moralischen Rechtfertigung dafür, Fiedler in die ewigen Jagdgründe zu befördern, hatte ich nämlich de Quinceys Essay mit dem Titel Der Mord als schöne Kunst betrachtet gelesen.

Nun sah ich das Tor zum ersten Mal mit eigenen Augen und musste zugeben, dass ich beeindruckt war. Als ich gehört hatte, wie es sich öffnete, hatte ich mir etwas Funktionales und Schmuckloses vorgestellt, nicht so einen prunkvoll gestalteten Eingang. Die eng beieinanderstehenden rasiermesserscharfen Spitzen am oberen Rand der Zaunpfähle wirkten tödlicher als Glassplitter oder Stacheldraht. Ich fragte mich, ob vielleicht irgendwo ein Ast über den Zaun ragte, der mir als Kletterhilfe dienen konnte, eine Möglichkeit, auf der einen Seite hinauf- und auf der anderen wieder hinunterzusteigen. Aber Pech gehabt, was allerdings wohl auch besser so war, denn im Bäumeklettern *war ich nie sehr gut gewesen. Bei einem Sturz unmittelbar über dem Zaun wäre ich gewiss aufgespießt worden.*

Ein Schild bestätigte mir, dass der Zaun unter Strom stand. Ich hatte nur wenig Lust auf ein Experiment, ob die Folgen für mich ebenso fatal sein würden wie für das tote Eichhörnchen, das davor in Frieden ruhte.

Deshalb hoffte ich verzweifelt, dass die Gegensprechanlage, die Stedge benutzt hatte, entweder zu beiden Seiten des Zaunes oder direkt an der Außenseite angebracht war. Und zu meiner Erleichterung stand der grüne Kasten aus Metall nur etwa einen halben Meter entfernt auf einem hüfthohen Pfosten. Für jemanden, der versuchte, den Arm durch die Stangen zu stecken, ohne diese zu berühren, wäre er unerreichbar gewesen, weshalb der Spazierstock mit seinem gebogenen Griff und dem Ende aus Gummi nun mein wertvollster Besitz war. Er verlängerte nämlich nicht nur meine Reichweite, sondern besaß zudem den Vorteil, dass Holz ein schlechter Stromleiter war. Die Gummikappe saß an der Spitze des Stocks wie das Tüpfelchen auf dem i und rundete die Sache ab. Wenn ich den Stock nur am Laufgummi festhielt, war ich gegen die Stromladung des Zauns gefeit.

Vorsichtig schob ich den Griff des Stocks zwischen den Gitterstäben hindurch und führte ihn an dem Pfosten der Gegensprechanlage vorbei, sodass das Ende des gebogenen Griffs auf die Vorderseite des Geräts zeigte. Als ich den Stock langsam zurückzog, ertönte eine laute Rückkopplung, wie vorhin, als ich mit verbundenen Augen im Auto gesessen hatte. Voller Hoffnung ließ ich den Knopf wieder los.

»Hallo, wie kann ich Ihnen behilflich sein?«, schnarrte die Stimme des Mannes, den Stedge mit Mr. Pashley angesprochen hatte.

Wieder zog ich den Stock an mich und versuchte, Sergeant Stedge nachzuahmen: »Da ist ein Klopfen!«

»Wahrhaftig, wenn einer Höllenpförtner wäre, da hätte er was zu schließen«, erwiderte die Stimme. »Wer seid Ihr?«

»Thomas de Quincey.«

»Sergeant Stedge ...?«, drang Pashleys Stimme aus der Gegensprechanlage. Er klang verwundert.

Ich unterdrückte einen Fluch, denn ausgerechnet jetzt musste mir der Stock von der Sprechtaste rutschen, und ich mühte mich ab, um sie wieder herunterzudrücken. Wegen des unbequemen Winkels flutschte mir der Stock aus der Hand wie ein Stück Seife beim Duschen und landete auf der falschen Seite des Zauns im Gras. »Sergeant Stedge? Wann sind Sie denn wieder nach draußen gegangen?«, hörte ich Pashley fragen.

Zum Nachdenken war keine Zeit. Rasch steckte ich den Arm durch die elektrisch gesicherten Gitterstäbe, packte den Stock am Laufgummi und zerrte ihn zurück auf meine Seite. Erst als ich den Gummi in der Hand hielt, wurde mir klar, dass ich womöglich nur um Haaresbreite einem tödlichen Stromschlag entgangen war. Ich drückte wieder auf die Sprechtaste.

»Captain Dobson hat mich damit beauftragt, entlang unseres Zauns nach Sicherheitslücken zu suchen. Dabei habe ich mich offenbar ausgesperrt. Wären Sie bitte so gut, mich wieder reinzulassen, Mr. Pashley?«

Mit einem elektrischen Surren schwangen die schwarzen Torflügel auf. Ich floh hinaus, fort von McMasters und zurück ins Reich der Vernunft. Zum ersten Mal, seit Dobson und Stedge an die Tür meines Hotelzimmers geklopft hatten, fühlte ich mich wieder wie ich selbst. Wie ein freier Mensch.

Kurz betrachtete ich die Gegensprechanlage auf der Seite des Zauns, die Teil der freien Welt war, und drückte wieder auf die Sprechtaste, diesmal mit dem Daumen. »Danke, Mr. Pashley. Ich komme jetzt rein. Sie können hinter mir zumachen.«

Wenige Sekunden später schlossen sich die Torflügel und sperrten mich aus … Gott sei Dank! Im nächsten Moment bemerkte ich das Schild mit der Aufschrift »MCMASTERS HEIM FÜR GEISTESKRANKE STRAFTÄTER«. Werbung log offenbar nicht immer, dachte ich.

Ich beschloss, den Stock als Waffe zu behalten, und lief los, so befreit und dennoch voller Angst wie ein Todeskandidat, der versehentlich entlassen worden ist und befürchtet, dass der Irrtum auffliegen könnte. Dabei blieb ich stets am Straßenrand, nur für den Fall, dass es nötig werden sollte, rasch im Unterholz in Deckung zu gehen. Welches Gebäude, das nicht zu McMasters gehörte, würde ich wohl als Erstes sehen? Denn ganz gleich, wo der Campus sich auch befand, irgendwann würde er an öffentlichen oder privaten Grund angrenzen müssen.

Da ich an der Uni ein wenig Dauerlauf trainiert hatte, wurde mir rasch klar, dass ich dieses hohe Tempo nicht so lange durchhalten konnte, wie mir lieb war. Allerdings war es bald Essenszeit, und dann würde mein leerer Platz im Speisesaal sicherlich auffallen. Außerdem gab es da noch eine Reihe von Fragen, die mich beschäftigten: Welche Zukunft erwartete mich nach meiner Flucht? Waren Dobson, Stedge und Harrow die Einzigen, die von meinem Mordversuch an Fiedler wussten? Oder fahndete die echte Polizei schon nach mir? Verhielt ich mich womöglich undankbar, werter Gönner? War ich gerade im Begriff, ein

Luxusversteck mit Parkanlage, eleganten Restaurants, einem urigen Pub und ausgesprochen interessanten Frauen gegen zwanzig Jahre in einem Zellenblock einzutauschen? Zusammengesperrt mit Schlägertypen und überdies ohne eigenes Badezimmer …

Ein Auto!

Ich spitzte die Ohren und wünschte mir, es möge sich doch um ein Flugzeug oder um Donnergrollen handeln. Aber nein, verdammt. Es war eindeutig ein motorisiertes Fahrzeug, das sich mir von hinten näherte. Also aus der Richtung von McMasters. Zum Glück beschrieb die Straße hier eine Linkskurve, sodass mir ein paar Sekunden blieben, bevor das Auto in Sicht kam und ich womöglich entdeckt wurde. Ich machte einen Satz und versteckte mich im Wald hinter dem dicken Stamm einer Eiche.

Dort überlegte ich, nach Atem ringend, welche grausigen Konsequenzen mir wohl wegen meiner Flucht aus der Akademie drohten. Wenn McMasters schon all jenen Studenten, die den akademischen Anforderungen nicht genügten, die Höchststrafe in Aussicht stellte – was blühte dann wohl einem Abtrünnigen wie mir? Schließlich war ich ja nun ein Mitwisser, was die inhaltliche Ausrichtung dieser Lehranstalt anging. Obwohl ich mich selbstverständlich bereits vor meinem Ausbruch mit diesem Aspekt befasst hatte, wurde mir nun, da es kein Zurück mehr gab, das volle Ausmaß des Risikos erst so richtig bewusst. Und das machte mir eine Heidenangst.

Als meine Ohren feststellten, dass der Wagen, dessen Motorengeräusch sie wahrnahmen, mit abnehmender Distanz immer langsamer wurde, steigerte sich meine Furcht ins Unermessliche. Im nächsten Moment hörte ich ein Ächzen der Zündung und das ersterbende Stottern des Motors. Stille. Dann ein erneuter Startversuch. Ach, herrje, musste dieses Auto ausgerechnet hier und jetzt eine Panne haben?

Oder war es vielleicht ein Geschenk des Himmels?

Eine Tür wurde zugeknallt, Schritte scharrten, eine weitere Tür öffnete sich, und Metall knirschte auf Metall. Jemand fluchte. Offenbar ging mein Verfolger nicht unbedingt mit Bedacht oder methodisch vor. Allmählich wagte ich zu hoffen: Womöglich war der Fahrer ja gar nicht hinter mir her. Die McMasters-Akademie war gewiss kein hundertprozentiger Selbstversorger, was hieß, dass regelmäßig Waren angeliefert werden mussten. Bitte, bitte, lass diesen gestrandeten Autofahrer einen Unbeteiligten sein, der gerade von einer solchen Anlieferung zurückkehrt! Konnte ich vorgeben, dass ich per Anhalter unterwegs war? Es war wohl das Beste, erst mal einen Blick zu riskieren. Also spähte ich vorsichtig um den Baumstamm herum.

Ach du grüne Neue, das war ja Cubby Terhunes vermaledeiter Eiscremewagen! Und ja, da war auch Cubby selbst, der, durchgeschwitzt und rot im Gesicht, aus einem Benzinkanister den Tank nachfüllte.

Ich musste diesen Wagen in meine Gewalt bringen. Als ich mich umschaute, entdeckte ich den abgebrochenen Ast einer Eiche, der als Waffe gewiss mehr Drohpotenzial hatte als mein Spazierstock. Natürlich hatte ich nicht vor, ihn gegen Cubby einzusetzen – obwohl es der Gerechtigkeit halber angebracht gewesen wäre, denn schließlich hatte er sich mächtig ins Zeug gelegt, um mich zu ermorden. Doch obwohl ich ihn auch unbewaffnet in einem Kampf sicher *besiegt hätte, würde eine Waffe meinen Forderungen mehr Nachdruck verleihen. Jede Minute zählte, bevor man meine Abwesenheit in McMasters zur Kenntnis nahm.*

Zum Glück war Cubby mit dem Auffüllen des Tanks beschäftigt, weshalb ich keine Mühe hatte, mich ihm unbemerkt zu nähern, bis ich schließlich fast unmittelbar hinter ihm stand. »Ter-HUNE!«, knurrte ich, so unheilverkündend ich konnte.

Der junge Bursche wirbelte erschrocken herum. Sein Blick wanderte zu dem Knüppel in meiner Hand. »Bitte bring mich nicht um«, flehte er mit leiser Stimme.

»Mach den Tank voll«, befahl ich. Dabei hielt ich einen Sicherheitsabstand, denn immerhin hatte er einen Benzinkanister in der Hand. Womöglich besaß er auch ein Streichholz.

»Der Kanister ist leer«, erwiderte Cubby, als habe er meine Gedanken gelesen, und drehte ihn auf den Kopf, um seine Harmlosigkeit unter Beweis zu stellen.

»Wie viele hast du noch davon?«

»Vier. Ich habe sie in der Gefrierkammer versteckt. Benzin gefriert erst bei minus 73,3 Grad. Und schließlich weiß nur der Himmel, wie weit es hier in dieser Einöde zur nächsten Tankstelle ist.«

»Du hast auch keine Ahnung, wo wir sind?«

»Wir Studenten wissen es alle nicht. Bitte töte mich nicht, es ist nicht nötig.«

»Wirf mir die Autoschlüssel zu. Sofort!« In manchen Situationen kann es erfrischend sein, seine Mitmenschen zu schikanieren.

Cubby machte ein verlegenes Gesicht. »Sie stecken. Ich habe nicht daran gedacht, sie abzuziehen. Bitte nimm mich mit! Ich bin jetzt schon seit zwei Semestern auf Bewährung und ein absoluter Versager. Die wollen mich exmatrikulieren, und mir ist klar, was das bedeutet. Deshalb bin ich abgehauen.«

»Wie hast du das geschafft?«, fragte ich, wobei mich weniger sein Fluchtweg als die Möglichkeit interessierte, dass er vielleicht einen Suchtrupp auf seine Fährte gelockt hatte.

»Ich habe den Eiscremewagen zurück zu der Verladezone gefahren, wo die Lieferungen von draußen abgegeben werden. Das Tor dort ist handelsübliche Massenware, steht allerdings auch unter Strom. Und da hatte ich einen Geistesblitz: Weil die Reifen des Wagens aus Gummi bestehen, konnte mir nichts passieren, solange ich keinen metallischen Gegenstand berührte. Und deshalb habe ich das Tor einfach umgefahren.« Er blickte mich bittend an. »Du könntest Unterstützung gebrauchen. Ich spreche ein wenig Italienisch und Deutsch. Wer weiß, in welchem Land wir hier sind.«

»Warum ist dir niemand gefolgt?«, hakte ich nach, während ich zur Fahrerseite des Wagens hinüberging.

Ein stolzer Ausdruck malte sich auf Cubbys Gesicht. »Ich habe vor meiner Flucht den Rest des Puderzuckers, den ich für das Eis mit dem gemahlenen Glas gebraucht hatte, in die Tanks der Autos der Fakultät für Fahrkünste geschüttet. Gewöhnlicher Zucker ist unzuverlässig, aber mit Puderzucker klappt es prima. Die werden das Präsidium verständigen müssen.« Ängstlich ließ er den Blick die Straße entlang schweifen. »Ich wette, Stedge kreuzt gleich mit seinem Motorrad hier auf. Er freut sich über jede Gelegenheit, auf diesem Ding so richtig Gas zu geben.«

»Stell den Kanister zurück in die Gefrierkammer, und dann steig ein«, hörte ich mich zu meinem tiefen Bedauern sagen.

Cubbys Augen weiteten sich ehrfürchtig. »Oh, danke, du wirst es nicht bereuen ...«

»Aber ein bisschen dalli, verdammt!« Ich nahm auf dem Fahrersitz Platz und startete den Motor, und schon waren wir unterwegs.

»Schafft diese Kiste mehr als hundert Sachen?«, fragte ich. »Es könnte nötig werden.«

»Keinen Schimmer«, erwiderte Cubby. »Welche Höchstgeschwindigkeit mag hier wohl gelten?«

»Höchstgeschwindigkeit!«, schrie ich fassungslos auf. »Herrgott, ich weiß ja nicht mal, ob ich auf der richtigen Straßenseite fahre!«

Während ich das Gaspedal des behäbigen Eiswagens durchtrat, überlegte ich mir, dass wir irgendwann hundertprozentig auf irgendein Straßenschild stoßen würden, wenn wir einfach weiterfuhren. Dann würden wir wissen, in welchem Teil der Welt wir uns befanden. Ein Schild mit Angabe eines Tempolimits von neunzig wäre zum Beispiel ein Hinweis auf ein Land, in dem das metrische System galt, oder auf gewisse Teile von Texas. Außerdem beschäftigte mich die Frage, ob es gut oder schlecht für mich war, von der Polizei wegen einer Geschwindigkeitsübertretung angehalten zu werden. Wenn ich in Sachen McMasters auspackte, würden Dobson und Stedge sicherlich nicht zögern, meinen gescheiterten Mordanschlag auf Fiedler publik zu machen, denn schließlich hatten sie ihn ja mit eigenen Augen beobachtet.

Die Straße beschrieb weiter eine Linkskurve, und ich bemerkte begeistert, dass wir uns tatsächlich einem Schild näherten. Was darauf stand, war mir eigentlich egal: »Slippery When Wet«, »Ende der Autobahn«, »Deviazione« – alles konnte eine wertvolle Information sein.

Die Aufschrift lautete:

Slow 放慢
Hospital Zone 醫院區

»Tja, wenigstens ist es in Englisch«, merkte Cubby hoffnungsfroh an.

»Und in Chinesisch. Glaubst du, wir sind in irgendeiner britischen Kronkolonie? Hongkong vielleicht?«

»Schon möglich … Oh, nein.«

»Was?«

Wenn der eine »Oh, nein« und der andere »Was?« sagt, kann man mit Sicherheit davon ausgehen, dass darauf keine gute Nachricht folgt. Cubby spähte in den Seitenspiegel. »Stedge ist hinter uns«, warnte er. »Er ist noch ein gutes Stück entfernt, aber ich kenne sein Motorrad. Du musst schneller fahren.«

»Wenn auf dem Schild ›Krankenhaus‹ steht, ist da sicher auch eines. Dort können wir um Hilfe bitten.« Im nächsten Moment sahen wir links von uns auf einer Anhöhe ein V-förmiges Gebäude aus Beton. Ich bog in Richtung des Tores ab, das im Gegensatz zu dem von McMasters weit offen stand.

»Steig aus!«, wies Cubby mich an. »Lauf rein und hol Hilfe. Ich lenke Stedge ab, um Zeit zu gewinnen! Vielleicht weiß er noch nichts von deiner Flucht und jagt nur mich und den Eiscremewagen.« Da das ziemlich vernünftig klang, stoppte *ich vor dem Eingang, und Cubby rutschte hinters Steuer. »Schließlich warst du bereit, mir zu helfen, obwohl ich dich vergiften wollte. Versprich nur, dass du versuchst, mich rauszuholen, falls sie mich schnappen sollten.«*

Ich schwor es, worauf Cubby den Wagen zurück auf die Straße lenkte. Hinter ein Schild geduckt, beobachtete ich, wie Stedge, über den Lenker seiner Triumph gebeugt, vorbeiraste. Sobald er weg war, betrachtete ich neugierig die Vorderseite des Schildes.

Die Aufschrift lautete nur:

VETERANS' HOSPITAL
医院的老战士的

Eine Abzweigung in der Auffahrt brachte mich zu einem Seiteneingang, der, wie ich glaubte, in die Notaufnahme führte. Ein Glück, denn ich hatte nicht vor, mich länger als unbedingt nötig im Freien aufzuhalten. Womöglich hatten Dobson und seine Leute sich ja an Stedges Fersen geheftet.

Die Seitentür wurde von einer Kiste mit der Aufschrift »Verbandsmull« offen gehalten. Ich trat ein und landete in einem kurzen Flur mit Linoleumboden, Neonröhren und blässlich grünen Wänden. Ein sehr hoch gewachsener Mann mit weißem Chirurgenkittel, Kappe und Maske schrubbte sich gerade gründlich die Hände, während eine Schwester Talkumpuder auf ein Paar Gummihandschuhe gab. Nachdem der Arzt sich die Hände abgetrocknet hatte, steckte er sie tief in die Handschuhe, welche die Schwester ihm hinhielt. Dann marschierten die beiden durch eine doppelflüglige Tür mit der Aufschrift »Operationssaal 2«.

Während ich überlegte, was ich jetzt tun sollte, wurde mir zunehmend klar, dass ich keine Zeit verlieren durfte, wenn ich Cubby nicht gefährden wollte. Frechheit siegt, sagte ich mir deshalb, ging zum Waschbecken, nahm eine Chirurgenmaske aus einem Spender aus Metall und angelte mit einer hölzernen Zange ein Paar kochend heiße Handschuhe aus einer dampfenden Wanne, die auf Englisch und (vermutlich) auch auf Chinesisch mit dem Wort »Steril« beschriftet war. Nachdem ich beides angelegt hatte, schlüpfte ich auch durch die doppelflüglige Tür.

Drinnen wurde gerade operiert. Trotz des blendend grellen Lichts konnte ich ausmachen, dass der hoch gewachsene Chirurg und die Krankenschwester sich inzwischen zu einem Narkosearzt gesellt hatten, der aufmerksam ein Beatmungsgerät überwachte. Das unverwechselbare Pumpen und Zischen erinnerte mich an ein nicht exakt schlagendes Metronom. Während ich weiter ins gleißende Licht blinzelte, hörte ich, wie ein beleibter Chirurg und eine OP-Schwester leise über Fäden, Tupfer und Gaze sprachen. Die Schwester, der ich in den Raum gefolgt war, hängte einen Beutel mit Hämoglobin an einen Ständer. Ein dritter Chirurg stand parat, um beim Absaugen zu helfen.

Ich räusperte mich. »Verzeihung«, sagte ich.

Alle Anwesenden drehten sich zu mir um. »Wir operieren gerade, Sir«, verkündete die Schwester neben dem dicklichen Chirurgen streng und mit starkem Akzent.

Für Diplomatie reichte die Zeit nicht, weshalb ich kein Blatt vor den Mund nahm: »Mir ist klar, dass Zeitpunkt und Ort höchst ungünstig gewählt sind, doch eine Einrichtung, gleich ein Stück die Straße hinauf, die sich selbst als Heim für geisteskranke Straftäter bezeichnet, ist in Wirklichkeit eine Internatsschule für zukünftige Mörder. Einer meiner Mitstudenten riskiert gerade sein Leben, damit ich Ihnen davon Meldung machen kann. Ich weiß nicht, welches Schicksal ihm droht.« Natürlich war mir klar, wie absurd das klang. Ganz gewiss würde man annehmen, dass ich aus genau der eben genannten Einrichtung entsprungen war, womit man eigentlich sogar recht gehabt hätte. »Natürlich bin ich bereit, mich einer Befragung durch einen psychiatrischen Sachverständigen zu unterziehen«, fügte ich deshalb hinzu. »Er soll feststellen, ob ich an Paranoia oder an Wahnvorstellungen leide. Glauben Sie mir, ich finde selbst, dass sich das ziemlich wirr anhört. Dennoch muss jemand die Behörden verständigen.«

Der leitende Chirurg antwortete, ohne in seiner Arbeit innezuhalten. »Schwester Brumley, wären Sie bitte so freundlich, den bedauernswerten Gentleman hinauszubegleiten?«, sagte er in einem klebrigen, nasalen Südstaatenakzent.

»Doktor, ich brauche dringend Ihre Hilfe«, beharrte ich.

Der assistierende Chirurg, der mit dem Absaugschlauch, zog seufzend seine Gesichtsmaske herunter. »Mr. Iverson«, erwiderte er in schneidendem Ton. »Sie haben dasselbe Zeitgefühl wie ein Vertreter für Präservative auf einer Wöchnerinnenstation. Darf ich Sie um Ruhe bitten, damit wir unsere Übung fortsetzen können.«

Es war Rektor Harrow.

Da sich meine Augen endlich an die Lichtverhältnisse gewöhnt hatten, stellte ich fest, dass oberhalb des Operationssaals Studenten in stadionähnlichen Bankreihen saßen. Als der beleibte Chirurg ebenfalls die Maske abnahm, kamen eine rosige Nase und ein struppiger weißer

Schnurrbart zum Vorschein. »Nun gut, wenn wir schon einmal unterbrochen worden sind ...«, meinte er mit dem unverkennbaren Akzent der Einwohner von Alabama, »... können Sie sich jetzt aufsetzen, Bob.«

Bob, offenbar der Patient, richtete sich prompt auf dem Operationstisch auf und spitzte die Ohren, während der beleibte Chirurg fortfuhr. »Lassen Sie sich durch diese lästige Störung nicht von dem ablenken, was ich Ihnen hier nach bestem Wissen und Gewissen verdeutlichen möchte: Auf unserer ganzen wunderschönen Welt gibt es keinen Ort, der sich besser für eine Liquidierung eignet als ein erstklassiges, vollständig ausgestattetes Krankenhaus, wo an jedem Tag, an dem die Sonne aufgeht, unzählige Menschen aus den seltsamsten Gründen den Löffel abgeben, ohne dass jemand auch nur im Traum daran denkt, die Polizei zu rufen.«

Oh, Grundgütiger, dachte ich. Sie sind alle aus McMasters! Ich wirbelte herum und wollte durch die Doppeltüren nach draußen fliehen, musste jedoch feststellen, dass mir ein grinsender Sergeant Stedge den Weg versperrte. Neben ihm stand Cubby Terhune und zuckte entschuldigend die Achseln.

Rektor Harrow zog noch einmal die Maske herunter. »Mr. Iverson, bitte nehmen Sie bei den anderen Studenten Platz. Dort oben bei Simeon und Miss Webster.«

Als ich mich zu Stedge umdrehte, ließ dieser seinen Kaugummi knallen und legte die Hand lässig auf das Halfter, in dem sein Colt steckte. Schlagartig waren meine Zielstrebigkeit und Selbstachtung wie weggeblasen. Dasselbe galt für den Tatendrang, die mir auf meiner Flucht Flügel verliehen hatte.

In diesem Augenblick, verehrter Gönner, wäre mir keine Herausforderung zu groß gewesen, um daran zu scheitern.

VI

AUS DEM TAGEBUCH VON CLIFF IVERSON

Ich stolperte hinauf zu den Sitzreihen, wo die Studenten offenbar eine vorgetäuschte Operation verfolgten, und ließ mich auf einem Gangplatz in der dritten Reihe neben Simeon Sampson nieder. Die Frau namens Miriam Webster, die ich beim Schwänefüttern am Mere beobachtet hatte, saß hinter mir. Sie beugte sich tröstend zu mir vor. »Du bist nicht der Erste, der versucht, vorzeitig abzureisen, Schätzchen. Nimm es dir nicht zu Herzen.«

»Kläglich versagt«, lautete Simeons aufmunternder Kommentar.

Unterdessen sprach der Chirurg aus den Südstaaten weiter. »Für diejenigen unter Ihnen, die noch bei der Sache sind: Wer hat einen Vorschlag, wo sonst man eine Zielperson auf derart professionelle Weise und ohne Gegenwehr in den Zustand der Bewusstlosigkeit versetzen könnte?«

Der Rektor wandte sich an die Zuhörerschaft. »Bestimmt möchte Dr. Pinckney nicht den Eindruck erwecken, man solle sich bei Liquidierungen im Krankenhaus auf die Notaufnahme und die Operationssäle beschränken. Auch Einzelzimmer eröffnen ungeahnte Möglichkeiten! Doch nun wollen wir schauen, wie Mr. Helkampf und Miss Lindley sich geschlagen haben.« Er blickte sich um. »Sind sie hier bei uns? Wegen der Chirurgenmasken ist das nicht zu erkennen.«

Doc Pinckney konnte sich einen Einwurf nicht verkneifen. »Tja, ist das nicht ein klarer Beweis für meine Ausführungen? Nicht einmal der Rektor weiß mit Sicherheit, wer sich in diesem Raum aufhält! In einem Krankenhaus kann man sein Gesicht hinter einer Maske verbergen und mit einer Kappe tarnen, ob man blond oder glatzköpfig ist.« Er lüpfte seine eigene Kappe, worauf eine zerzauste weiße Mähne zu sehen war. »Dazu ein locker sitzender Kittel, um die atemberaubende Figur zu verstecken, Handschuhe, die Fingerabdrücke vermeiden – und kein Mensch auf dieser Welt wird deswegen stutzig werden. Selbst wenn Sie eine chirurgische Säge in der Hand hielten, würde sich niemand wundern.« Zur Betonung zog er die buschigen Augenbrauen hoch. »Und nun, Mr. Helkampf, Miss Lindley, geben Sie sich bitte zu erkennen.«

Der Arzt und die Schwester, denen ich in den OP gefolgt war, nahmen Masken und Kappen ab und schlüpften aus ihren Kitteln. Der falsche Chirurg war ein hochgewachsener junger Mann von etwa Mitte dreißig. Während er oben am Scheitel vor der Zeit kahl geworden war, wuchsen ihm über beiden Ohren dichte dunkle Haarbüschel, mit denen er aussah wie ein gruseliger Zirkusclown. Und für mich stellt die Beschreibung »gruseliger Zirkusclown« alles andere als einen Widerspruch dar.

Bei der Schwester mit dem Namen Lindley handelte es sich natürlich um Gemma. »Beide anwesend, Rektor Harrow«, meldete sie vergnügt und zwinkerte dem Studenten namens

Helkampf zu. Dieses freundschaftliche Zeichen an ihren Begleiter versetzte mir einen Stich ins Herz, als hätte man mir einen vergifteten Dolch mitten hinein gestoßen.

»Bitte schildern Sie uns, wie Ihr Plan aussah, bevor wir von Mr. Iversons hysterischem Anfall unterbrochen wurden.«

Als meine Mitstudenten zu kichern anfingen, glühten meine Wangen. Helkampf wies auf mich. »Tja, dieser Blödmann hat mir, ohne es zu wollen, einen Gefallen getan. Denn eigentlich war es meine Absicht, für Ablenkung zu sorgen, indem ich einen Knallkörper quer durch den Operationssaal werfe. Nun hat Iversons dramatischer Auftritt die allgemeine Aufmerksamkeit gebündelt, und während Sie sich mit ihm befasst haben, habe ich die Schläuche von Sauerstofftank und Äthertank vertauscht. Wenn sich der Zustand des Patienten durch die Überdosis Äther verschlechtert hätte, hätte der Anästhesist folgerichtig die Sauerstoffzufuhr erhöht und den Zustrom des Äthers gedrosselt – zumindest hätte er geglaubt, das zu tun. Bis der Sauerstoff vollständig abgestellt gewesen wäre. In der daraus entstehenden Panik wäre ich hinausgestürmt, angeblich um einen dieser neuartigen Defibrillatoren zu holen. Draußen hätte ich den Kittel in die Wäschekammer gehängt, woher ich ihn überhaupt erst hatte. Und dann wäre ich als völlig an diesem tragischen Zwischenfall unbeteiligter Zivilist aus dem Gebäude spaziert.«

Der Rektor wandte sich an Pickney. »Doc? Ihr Urteil?«

Pickney runzelte die Stirn. »Sie würden allen Ernstes in einem Operationssaal unweit der Tanks mit Äther und Sauerstoff einen Knallkörper zünden?«

Helkampf lächelte selbstbewusst. »Mit einem Feuer

würde ich die Liquidierung meiner Zielperson doppelt so wahrscheinlich machen.«

»Ich werde mal so tun, als hätte ich das nicht gehört«, herrschte der Rektor ihn an. »Wenn es sich nicht um eine Simulation handeln würde, hätten Sie uns alle umgebracht. Wir können nicht dulden, dass Sie aus rein selbstsüchtigen Gründen kaltblütig eine ganze Mannschaft tüchtiger Ärzte mit in den Tod reißen. Wie Guy McMaster zu sagen pflegte: ›Ein Mord ist ein ehrenwertes Ziel, heiligt jedoch niemals alle Mittel!‹«

Bob, der den Patienten auf dem OP-Tisch spielte, mischte sich in die Debatte ein. »Aber Jud«, wandte er sich an Helkampf. »Was, wenn ich – das heißt dein Stiefvater – nicht sterben, sondern den Rest meiner Tage im Koma verbringen würde? Damit wäre dir nicht sehr geholfen, wenn du beabsichtigst, sein Vermögen zu erben.«

»Oh, mein Stiefvater besitzt gar kein Vermögen«, erwiderte Jud. »Was ich brauche, ist eine wasserdichte Kunstfehlerklage gegen das Krankenhaus. Dann gäbe es nämlich etwas, das ich erben könnte. Die größten Abfindungen gehen meist an die Opfer, die zwar überleben, aber für den Rest ihres Lebens auf Maschinen angewiesen sind. Ein Koma würde zudem ausgezeichnet zu ihm passen.« Er grinste tückisch. »Dann wäre er nämlich ein vegetierender Vegetarier.«

Die Rohheit ließ mir die Haare zu Berge stehen, und auch meine Sitznachbarn schnappten angewidert nach Luft.

»Falsch, falsch und noch mal falsch«, tobte der Rektor. »Ersparen Sie uns Ihre Geschmacklosigkeiten, Helkampf. Sie verstoßen damit gegen die Grundsätze der McMasters-Akademie. Unser Ziel ist eine schnelle und saubere Liquidierung.«

»Hinzu kommt, dass der Herr Kommilitone die Gesetzeslage verkennt«, wandte ich ein, obwohl ich mich an meinem Platz fühlte, als stünde ich, eine Eselsmütze auf dem Kopf, am Pranger.

Vermutlich wissen Sie nicht, mein sehr geheimnisvoller Gönner, dass ich mich mit Komas besser auskannte, als mir lieb war. Nach dem Verkehrsunfall meiner Eltern war mein Vater einige Wochen lang bewusstlos gewesen. Und so hatte ich, damals vierzehn Jahre alt, die letzten Tage seines Lebens damit verbracht, mir Wissen über das Erbrecht im Zusammenhang mit Komas anzueignen, bis sein Tod und der darauffolgende Bankrott eine weitere Lektüre überflüssig machten.

»Was soll das heißen?« Helkampfs Tonfall war eiskalt und drohend. Zum ersten Mal, seit ich Platz genommen hatte, wandte Stedge den Blick von mir ab. Vermutlich war es leichtfertig von mir, Helkampf herauszufordern. Doch ich kochte noch immer vor Wut, weil mich ein Wicht wie Cubby Terhune zum Narren gehalten hatte. Außerdem ärgerte es mich, dass Gemma offenbar ein freundschaftliches Verhältnis zu diesem Jud Helkampf unterhielt. Und zu guter Letzt musste ich mich der Tatsache stellen, dass dieses Seminar möglicherweise die letzte Lehrveranstaltung meines Lebens war, weshalb es mir viel bedeutete, mir zumindest einen Teil meiner Würde zurückzuerobern. Auch wenn es mein Schwanengesang sein sollte.

»Verzeihung, aber welchen Umstand genau hat Jud verkannt?«, erkundigte sich der Rektor. Doch ich richtete meine Antwort direkt an Helkampfs eng beieinanderstehende Augen.

»Falls der Patient im Koma liegt«, erklärte ich ruhig,

»fließen sämtliche sich aus einem Gerichtsverfahren ergebende Entschädigungszahlungen auf ein Treuhandkonto, das ausschließlich für den Lebensunterhalt des Kranken verwendet werden darf.«

Harrow konnte sich ein Schmunzeln nicht verkneifen. »Er hat recht, Mr. Helkampf. All Ihre Müh und Plag wären vergebens gewesen.«

»Nicht, wenn ich ihn zum zweiten Mal liquidiere«, beharrte Jud starrsinnig. »Mein Stiefvater kann sein Testament nicht ändern, wenn er im Koma liegt, richtig, Sir? Und nachdem ich den Prozess in seinem Namen gewonnen habe, wird dieses Treuhandkonto zum Teil seines Vermögens, das er, welches Pech für ihn, mir vermacht hat, denn ich war ja jahrelang sein treu ergebener Stiefsohn.« Zu spät dachte er daran, sein Grinsen zu unterdrücken.

Der Rektor betrachtete ihn argwöhnisch. »Stille Wasser gründen offenbar tief, Sir. Bei Ihrer Anmeldung haben Sie uns die Situation völlig anders dargestellt.«

Jud zuckte zusammen. Sein glänzender Schädel und die dunklen Haarbüschel zu beiden Seiten ließen ihn aussehen wie ein Straußenei in einem Adlernest. »Oh, ich plane ja nicht wirklich so etwas, Rektor Harrow. Ich habe nur die Aufgabenstellung dieser Übung bearbeitet.« Er lächelte maskenhaft. »Pfadfinderehrenwort.«

Der Rektor schien nicht überzeugt. Er wandte sich an Gemma. »Und Ihr Plan, Miss Lindley?«

Gemma wirkte, als hätte das Gespräch ihr Unbehagen verursacht. Allerdings machte sie auf mich schon den ganzen Tag den Eindruck, als fühlte sie sich nicht wohl in ihrer Haut. »Meine Umsetzung der Aufgabenstellung bestand darin, unserem Opfer Luft zu injizieren.«

Dr. Pinckney stöhnte auf. »Diese Methode wird eindeutig überbewertet.«

»Eine Spritze mit sechzig Milliliter Fassungsvermögen, verabreicht in die Arteria vertebralis, die direkt zum Gehirn führt.«

Pinckney hakte die Daumen in die Hosenträger. »Nun ja, das würde seinen Zweck erfüllen.«

Gemma zog eine riesige Spritze aus der Tasche ihres Kittels. »Ich würde mich neben den Kopf des Patienten stellen und fragen, ob sonst noch jemand fände, dass dessen Füße sich gerade blau verfärben. Während alle die Füße begutachten, injiziere ich ihm Luft in den Hals und täusche dabei vor, dass ich seine Atemmaske und die Schläuche überprüfe.«

Bob, der »Patient«, hatte einen Einwand. »Aber du hättest trotzdem eine große Spritze in der Hand. Was, wenn jemand sie sieht?«

»Oh, ich würde sogar darauf achten, dass man sie sieht«, antwortete sie gelassen. Obwohl mir das Blut in den Adern gefror, konnte ich nicht anders, als sie zu bewundern. »Sobald ich dir die Luft gespritzt habe, Bob, würde ich die noch immer leere Spritze in dieses Röhrchen mit Atropin tauchen.« Sie förderte eines aus ihrer Schürzentasche zutage. »So als wollte ich eine Injektion in dein Herz vorbereiten, nur für den Fall, dass der Anästhesist das anordnen sollte. Man würde mich als vernünftig und vorausschauend betrachten. Todesursache wäre ein Hirnaneurysma, und die Mordwaffe«, sie schwenkte die Spritze, »wäre randvoll mit Atropin.«

»Und wie würdest du die Anmerkung zu den blauen Füßen begründen?«, hakte ich nach.

»Seine Zehen sind natürlich wirklich blau. Der Federhalter

an meinem Klemmbrett wird nämlich absichtlich auf meinen Handschuh ausgelaufen sein, sodass die Tinte, als ich beim Umbetten auf den OP-Tisch seine Füße berührte, ganz aus Versehen mit seiner Haut in Kontakt gekommen ist. Nur so viel, dass es meine besorgte Nachfrage rechtfertigt.« Das war das längste Gespräch, das wir bis jetzt geführt hatten. Ich stimmte in das lobende Gemurmel der anderen Studenten ein, doch Gemma protestierte. »Nein, ihr versteht nicht ganz. Das ist nur eine Gedankenübung. Ich könnte so etwas nie tun.«

Es wurde totenstill im Raum.

»Pourquoi pas?«, erkundigte sich Harrow, obwohl es in seiner Muttersprache genügend Synonyme für »warum« gegeben hätte. Trotz seiner gezierten Ausdrucksweise malte sich aufrichtige Besorgnis in seinem Blick.

»Zu viele Menschen wären beruflich ruiniert, nur weil ich mein selbstsüchtiges Ziel durchsetzen wollte«, sagte Gemma. »Außerdem würde es ein schlechtes Licht auf das gesamte Krankenhaus werfen. Ich habe früher in einem gearbeitet. Ein Todesfall wie dieser kann das Vertrauen der ganzen Gemeinde schädigen und Menschen von lebenswichtigen Operationen abschrecken.«

Diese emotionale Herangehensweise gefiel Doc Pinckney offenbar gar nicht, denn er unterbrach, indem er sich an die Anwesenden wandte. »Nun, mir ist klar, dass die meisten von Ihnen sich nicht zum Arzt berufen fühlen. Dennoch dürfen Sie nicht vergessen, dass Ihre Zielperson narkotisiert wäre, sodass sie weder Schmerzen noch Leid verspürt. Es geht nur um einen Übergang von einem chemisch ausgelösten Schlaf in die ewige Ruhe. Und das fasst für mich die Quintessenz des wichtigsten Gebots zusammen, auf das Sie bei der Lektüre von Die Grundlagen einer erfolgreichen Löschung *immer wieder stoßen werden: ›Beseitige andere so, wie du selbst beseitigt werden möchtest.‹«*

Eine Glocke läutete, und die Studenten strömten, froh, einen langen Tag hinter sich zu haben, aus dem Raum. Ich war nicht sicher, ob ich mich ihnen anschließen sollte. Galt ich noch als Student, oder hatte ich mich als hinterlistiger Verräter und Enttäuschung für die McMasters-Akademie und meinen wohltätigen Gönner enttarnt?

Und welches Schicksal hielt die McMasters-Akademie für Angewandte Künste für Abtrünnige wie mich bereit?

»Kommen Sie, Mr. Iverson, Sie sterben sicher fast vor Hunger«, sprach der Rektor mich an. Als er meinen verdatterten Blick bemerkte, fügte er spöttisch hinzu. »Das ist übrigens eine Beobachtung, kein Werturteil.«

VII

AUS DEM TAGEBUCH VON CLIFF IVERSON

Draußen in der Dunkelheit lauerte ein kastenförmiger gelber Schulbus mit der Aufschrift »Linie 6: Labors – Unterkünfte – Studentenvereinigung«. Offenbar hatte die Sonne Feierabend gemacht, während wir über medizinischen Fragen brüteten. Ich setzte mich ganz nach hinten auf einen Fensterplatz, um in Ruhe meine Wunden lecken zu können, doch Cubby, mein persönlicher Verräter, ließ sich neben mir nieder und entschuldigte sich erneut für seine Versuche, mich gleich zweimal an einem Tag zu unterminieren. Wie ich bereits vermutet hatte, hatten wir während unserer vermeintlichen Flucht die Ringstraße von McMasters nie verlassen. Wenn wir noch ein wenig weitergefahren wären, hätten wir irgendwann die Ladezone erreicht, wo die Anlieferungen abgegeben wurden. Danach kam ein Sicherheitstor zu einem Gebiet, auf dem derzeit Baumaßnahmen stattfanden, und dann ging die Runde weiter bis zurück zum Haupttor. Offenbar war auch die Ringstraße selbst mit einem Elektrozaun versehen, der wie ein konzentrischer Kreis parallel zu dem Inneren mit dem Haupttor verlief.

»Aber wenn die Ringstraße nur rund um den Campus

führt und ebenfalls eingezäunt ist, wie kommt man dann von außen hinein?«

»Angeblich existiert eine Tunnelverbindung. Bestimmt haben sie dich auch auf diesem Weg hergebracht.«

»Und die Schilder auf Englisch und Chinesisch?«

Wie Cubby mir erklärte, waren die Labors für die praktischen Übungen nach dem Vorbild einer Filmkulisse angelegt und sollten eine natürliche Umgebung nachstellen. Es gab hier Imbisslokale, Kunstgalerien, das Wartezimmer eines Zahnarztes, ein Börsenparkett, den Balkon eines Penthouse in Manhattan, ja, eigentlich sämtliche räumlichen Gegebenheiten, unter denen die Studenten ein Szenario für die vorgeschriebene Abschlussarbeit im Liquidieren vorbereiten konnten. Heute hatte eine medizinische Vorlesung in einem Operationssaal stattgefunden, weshalb der Rektor sich den Spaß gemacht hatte, das Hinweisschild eines Militärkrankenhauses auf Taiwan anzubringen. Die morgige Übung würde im nachgebauten Speisewagen des Schnellzugs Super Chief, etwa drei Stunden vor der Ankunft in Chicago, stattfinden.

»Wie hast du es geschafft, ausgerechnet in der Nähe meines Verstecks so zu tun, als sei dir das Benzin ausgegangen?«, erkundigte ich mich missmutig.

»Du hast mich zuerst bemerkt, richtig? Ich hätte einfach so oft und unter großem Radau einen leeren Tank vorgetäuscht, wie es nötig gewesen wäre, um mir von dir den Wagen wegnehmen zu lassen. Cliff, du hast am Tor das falsche Losungswort genannt. Die wenigen Lehrkräfte, die nach Belieben kommen und gehen können, verfügen über mehrere Losungswörter, die sie nach jedem Einsatz ändern. Als ich Sergeant Stedge begegnet bin, der sich gerade mit seinem

Motorrad an die Verfolgung machen wollte, habe ich mich anerboten, dich an seiner Stelle aufzusammeln. Er ist mir als Verstärkung nachgefahren, nur für den Fall, dass ich scheitern sollte. Dir habe ich es zu verdanken, dass ich für meinen Einsatz und mein Eingreifen Leistungspunkte bekommen habe und in Harrows Gunst gestiegen bin. Das werde ich dir nie vergessen. Auch nicht, dass du bereit warst, mich auf deine Flucht mitzunehmen.«

Im nächsten Moment kam Simeon Sampson den Mittelgang entlang und verkündete so laut, dass es auch sicher alle hörten: »Danke, dass du uns vor den bösartigen Studenten in McMasters gewarnt hast. Sicher wird jeder hier an Bord dir seine Dankbarkeit auf seine eigene Art und Weise zeigen.«

»Wann hast du das letzte Mal jemandem geholfen, Sim?«, schimpfte Cubby.

»Wie hat es der erste Liquidator der Menschheitsgeschichte so treffend ausgedrückt? ›Bin ich meines Bruders Hüter?‹« Im nächsten Moment malte sich ein verächtlicher Ausdruck auf Simeons ebenmäßigem Gesicht. »Wer davonläuft, gefährdet unser aller Sicherheit. Wenn es nach mir ginge, würdest du sofort rausfliegen.«

Ich wandte meine Aufmerksamkeit dem Fenster zu. Der Mond hatte sich hinter dichten Wolken verzogen, sodass die Scheinwerfer des Busses sich in die Dunkelheit bohren mussten, um uns den Rückweg zum Hauptgebäude zu weisen. Eine widerspenstige Windböe fegte einige lose Blätter von den gleichmütigen Ästen der Bäume, an die sie sich mit Leibeskräften geklammert hatten. Bald konnte ich die hell leuchtenden Gaslaternen rings um den quadratischen Platz und die zahlreichen davon abzweigenden Straßen ausmachen. Offenbar handelte es sich bei der Staubstraße, auf der wir uns befanden, um einen Schleichweg zwischen Labors und Campus, auf dem man um einiges kürzer unterwegs war als auf der weit geschwungenen Ringstraße. Bald sah ich, von unten angestrahlt, die fröhlich plätschernden Brunnen vor Gut Ulmenburg. Der Bus bog in die gepflasterte Straße ein, die entlang am Mere und vorbei an den Bungalows und Wohnhäusern führte.

Schließlich stoppte der Bus vor Hedge House. Als alle aufstanden, bemerkte ich, dass Gemma neben Jud Helkampf gesessen hatte und nun mit ihm ausstieg. Vielleicht war das hier ja die nächste Haltestelle zu ihrer Unterkunft. Möglicherweise aber war sie mit diesem Menschen befreundet. Und zwar trotz seiner Ohrenschützerfrisur, seines verstörenden Grinsens und seiner abartigen Mordpläne.

»Und was stimmt mit dem da nicht?«, erkundigte ich mich leise bei Cubby.

»Helkampf?«, antwortete dieser. »Keine Ahnung, warum der hier ist.«

»Aus demselben Grund wie alle anderen.« Selbst Gemma, fügte ich in Gedanken hinzu.

»Nein, du hast mich nicht richtig verstanden, Cliff. Ich weiß, dass er fähig ist, einen Mord zu begehen. Aber was will er hier in McMasters noch lernen? Meiner Ansicht nach ist er der geborene Sadist.«

Wir stiegen beide aus. Der Abend war zwar kühl, doch für den Moment windstill. Die Gaslaternen mit ihrem goldenen Schein ließen mich an England, Irland oder Beacon Hill denken. Ich war erstaunt, als ein junges Paar händchenhaltend an uns vorbeischlenderte. Offenbar waren romantische Beziehungen auf dem Campus nicht verboten.

Was mich natürlich wieder an Gemma Lindley denken ließ. Als ich beschlossen hatte, aus der McMasters-Akademie zu fliehen, hatte ich bedauert, dass ich sie niemals wiedersehen würde. Und nun war sie hier. Nur wenige Meter von mir entfernt.

Als ich nach ihr rief, drehte sie sich erwartungsvoll um. »Ach, hallo«, erwiderte sie erfreut, doch während ich näher kam, bemerkte ich die Enttäuschung in ihrem Blick. »Oh, ich dachte, es wäre Jud. Du hast einen ereignisreichen Tag hinter dir, was?«, fügte sie hinzu.

Ich verzog das Gesicht. »Ich fühle mich wie ein Kadett an seinem ersten Tag in West Point. Seit meiner Ankunft machen sich alle über mich lustig. Nur du warst so freundlich, mich nicht auszulachen.«

»Meine Eltern haben mir beigebracht, dass es nicht nett ist, über Leute zu lachen, die das nicht lustig finden«, erklärte sie. »Außerdem gehen die meisten Witze im Leben auf unsere eigenen Kosten.« Als sich ein kalter Windstoß rüde zwischen uns drängte, erschauderte sie und klapperte automatisch mit den Zähnen, was ich, nun, sehr niedlich fand. Aber sie blieb sachlich. »Das ist der Grund, warum ich hier bin und mich eingeschrieben habe. Und der ist wahrhaftig nicht zum Lachen.«

»Ich kann mir dich nicht als Mörderin vorstellen.« Warum sagte ich ihr so etwas? »Den meisten Studenten, die ich bis jetzt kennengelernt habe, traue ich es zu. Was mich selbst betrifft, weiß ich inzwischen, dass ich in der Lage bin, es wenigstens zu versuchen. Aber du ... Dein Plan vorhin im OP war wirklich schlau, doch ich frage mich, ob du nicht wie eine hochbegabte Medizinstudentin bist, die feststellt, dass sie eigentlich kein Blut sehen kann.«

Seltsamerweise lachte sie nun wirklich. »Stillgestanden, Kadett. Du kannst mir nichts erzählen. Auch wenn ich im ersten Semester am McMasters studiere, sprichst du hier mit einer Veteranin.«

»Ich verstehe nicht ganz.«

»Ich habe bereits gemordet.« Sie entfernte sich in einem Tempo, das mir offenbar mitteilen sollte, dass meine Gesellschaft nicht länger erwünscht war. Aber eigentlich hätte ich mir denken können, dass dieser Tag noch eine Niederlage für mich bereithielt.

Bei meiner Ankunft im Hedge House war Mrs. Forage gerade dabei, Nachrichten in die Postfächer der Bewohner einzuordnen. »Muckt Ihr Knie immer noch?«, erkundigte sie sich. »Einmal hatte ich den Eindruck, dass auch Ihr anderes Knie angegriffen ist, und habe mir ein wenig Sorgen gemacht.« Ich versicherte ihr, die Schmerzen hätten sich gelegt und würden vermutlich nicht wiederkehren.

In meinem Zimmer sah alles unverändert aus. Nur das Bett war aufgedeckt worden, und am Fußende lagen ein zusammengefalteter blauer Pyjama und ein gleichfarbiger Morgenmantel mit weißen Paspeln. Außerdem saß Rektor Harrow an meinem Schreibtisch, was mir Grund zur Sorge gegeben hätte, wäre da nicht sein Lächeln gewesen.

»Ich dachte, nach diesem aufreibenden Tag wäre es eine gute Tat meinerseits, Ihnen ein förmliches Abendessen im Speisesaal zu ersparen und Ihnen zu gestatten, es in Ihrem Zimmer einzunehmen.« Als er eine große Serviette mit Jacquardmuster lüpfte, kamen ein silbernes Tablett mit einer Auswahl von Kanapees, eine ebenfalls silberne Terrine mit einer noch dampfenden grünen Suppe und eine Kristallkaraffe mit einem strohgelben Wein zum Vorschein,

die in einem kleinen Silberkübel auf gestoßenem Eis stand. »Ein einfaches Mahl, doch Girards Potage de Cresson setzt den Standard, an dem alle anderen sich messen lassen müssen. Ich beneide Sie schon um Ihren ersten Löffel.«

Den ersten Löffel meiner Henkersmahlzeit?, fragte ich mich. »Dann möchten Sie bestimmt etwas davon versuchen«, sagte ich in möglichst beiläufigem Ton.

Der Rektor lachte vergnügt auf und erhob sich. »Ja, natürlich. Suchen Sie mir ein Kanapee aus ... ganz gleich, welches.« Ich tat es, worauf der Rektor es, ohne zu zögern, verspeiste. Während ich ihn abwartend musterte, hatte ich ein schlechtes Gewissen, weil ich Harrow so misstraute, dass ich selbst seinen Tod billigend in Kauf genommen hätte. Doch wenn die Worte, die er nun aussprach, sein Schwanengesang sein sollten, wurden sie, den Mund voller Räucherlachs und Crème fraîche, geäußert. »Wir sind Ihnen überhaupt nicht böse, Mr. Iverson. Ihr Fluchtversuch kam für uns nicht unerwartet, insbesondere nachdem Sie um den Spazierstock gebeten hatten. Allerdings würden wir Sie nie so kurz nach Ihrer Ankunft liquidieren, nicht zuletzt deshalb, weil es schlecht fürs Geschäft wäre, die Studiengebühren für einen Stipendiaten entgegenzunehmen und ihn am Tag seiner Einschreibung umzubringen. Dennoch ist nun der Zeitpunkt da, die ›Vier Schritte der Gewissenserforschung‹ mit Ihnen durchzugehen. Erstens: Ist der Mord, den Sie planen, notwendig?«

»Für mich ist er das«, entgegnete ich selbstbewusst und stopfte mir ein Kanapee mit Eiersalat und Pancetta in den Mund. Inzwischen war es mir fast egal, ob ich vergiftet werden sollte, denn wenn ich noch länger auf Essen verzichtete, hatte ich so oder so nicht mehr lange zu leben.

»Falls mir die Flucht gelungen wäre, hätte ich sofort den nächsten Anschlag auf Fiedler verübt. Doch wenn ich eines hier gelernt habe, dann, dass ich in dieser Hinsicht absolut unfähig bin. Woran sich womöglich nichts ändern lässt.«

»Aber haben Sie wirklich alle anderen Alternativen ausgeschöpft? Wird wirklich kein Mensch Ihr Opfer betrauern? Und wird es dieser verlotterten Welt ohne ihn tatsächlich besser gehen?«

Ich bejahte jeden Punkt. Der Rektor nickte, schenkte sich etwas Wein ein und trank, um mir zu zeigen, dass keine Gefahr drohte. Dann füllte er mein Glas. »Ausgezeichnet. Inzwischen haben Sie sicher verstanden, dass es nur drei Wege gibt, der McMasters-Akademie den Rücken zu kehren. Durch Flucht, was, wie Sie selbst gesehen haben, nahezu unmöglich ist. Außerdem wären wir gezwungen, Sie aufzuspüren. Zweitens, indem Sie als gescheiterter Student Ihr irdisches Dasein beenden. Oder indem Sie nach dem Abschluss Ihrer Ausbildung in die Welt hinausziehen, um Ihr Meisterstück abzuliefern. Meiner Ansicht nach handelt es sich bei Möglichkeit drei bei Weitem um die reizvollste. Was meinen Sie, Cliff?«

Verehrter Gönner, seit man mich bei Woltan vor die Tür gesetzt hatte, bin ich auf mich allein gestellt gewesen. Aufgewachsen bin ich bei meinen einzigen Verwandten, einer gütigen Tante und einem mürrischen Onkel. Im College habe ich mich, zum Teil aus finanzieller Notwendigkeit, mit voller Kraft dem Studium gewidmet. Und im Anschluss daran habe ich sofort bei Woltan angeheuert, wo nicht mehr die Lehrbücher, sondern die Arbeit mein Leben bestimmten. Jack Horvarth, mein Ingenieur für Antriebstechnik, war ein guter

Freund, aber eher eine Art Ersatzvater … und inzwischen war er ja tot. Außerdem haben Fiedlers Behauptungen, ich sei ein Radikaler (meine politischen Überzeugungen beschränken sich darauf, dass ich Jimmy Stewart gern als amerikanischen Präsidenten gesehen hätte), dafür gesorgt, dass meine ehemaligen Kollegen nun alle einen Bogen um mich machten.

Nun jedoch verfüge ich – dank Ihrer geheimnisvollen Großzügigkeit – über Mentoren, die mich in einer Kunst unterweisen wollten, und über Mitstudenten, mit denen mich ein gemeinsames Ziel verbindet. Vielleicht werde ich sogar den einen oder anderen Freund gewinnen.

Aus diesem Grunde habe ich beschlossen, die McMasters-Akademie nicht mehr als luxuriöses Gefängnis zu betrachten, sondern als wundervolle und unverhoffte Möglichkeit, als zweite Chance, unverdient zwar, aber dennoch dankend ergriffen. Wer immer Sie auch sein mögen, Sie haben mir diese einmalige Gelegenheit eröffnet, ein besserer Mensch zu werden und gleichzeitig Fiedler zu vernichten. Darum bin ich es Ihnen schuldig, mir von jetzt an größere Mühe zu geben.

Nach einem letzten Schluck Wein wandte ich mich deshalb den Lehrbüchern zu, die mein Besucher mir auf dem Schreibtisch hinterlassen hatte. Einer der Bände erregte sofort meine Aufmerksamkeit, denn er schien genau auf meine Mission zugeschnitten. Der Einband bestand aus schwarzem Leder mit goldener Prägung. Ein ausdrucksstarkes, kunstvolles Muster erinnerte an den spitzzackigen Zaun der Akademie, und die Blumen, die sich darum rankten, trugen gefährliche Dornen. In zwei einander diagonal gegenüberliegenden Ecken prangte das Emblem »McM«. Dazu das sonderbare Symbol, das mir bereits am Haupttor aufgefallen war.

Als ich das Buch aufschlug, fühlte ich mich (zumindest stellte ich es mir so vor) wie ein Archäologe bei der Öffnung eines Grabmals, an dessen Eingang eine Inschrift alle verflucht, die so leichtfertig sein sollten, es zu betreten.

Ich tat es trotzdem.

»Wie beseitige ich meinen Chef?« lautete der Text auf der Titelseite. Als Verfasser wurde Guy McMaster genannt, doch außerdem zählte eine Liste eine Reihe weiterer Mitwirkender an diesem Werk auf, bei dem es sich offenbar um eine Neuauflage handelte. Zu den Erwähnten gehörten Rektor Harbinger Harrow, Captain (a. D.) James Dobson, NYPD, und ein gewisser R. M. Tarrant. Ich stürzte mich auf die Einleitung. Bereits die ersten Sätze stammten eindeutig aus der Feder von Rektor Harrow, denn sie klangen genauso, wie er sprach. Ich schreibe sie hier für Sie nieder, damit Sie wissen, welche Herausforderungen mich erwarten.

»Wir halten es für angebracht, Sie bereits in einem möglichst frühen Stadium Ihrer Ausbildung mit einer schlechten Nachricht zu konfrontieren: Wer die Absicht hegt, seinen Vorgesetzten zu liquidieren, begibt sich auf eine gefährliche Reise. Denn obwohl es sich um eine der anspruchsloseren Aufgaben zu handeln scheint, die sich einem Absolventen der McMasters-Akademie stellen, ist sie doch so riskant wie sonst nur wenige andere.

Oh, da lobe ich es mir doch, den eigenen Zahnarzt zu ermorden (eigentlich ohnehin gar keine so schlechte Idee). Oder irgendeinen Sachbearbeiter bei der Kraftfahrzeug-Zulassungsstelle! Nichts leichter als das.

Aber den eigenen Vorgesetzten …«

Im nächsten Moment verloschen schlagartig die Lichter, und das Leuchtzifferblatt der Uhr auf meinem Nachtkästchen zeigte Punkt zweiundzwanzig Uhr an. Da ich nun im Licht dieses Zifferblatts weiterschreiben musste, möchte ich mich für meine unleserliche Handschrift entschuldigen. Im Moment schien mir Schlaf die zweitbeste Sache der Welt zu sein. Die beste wäre natürlich eine Gelegenheit gewesen, besagte Welt von Merrill Fiedler zu befreien. Danke, dass Sie mir diese nie dagewesene und unverhoffte Möglichkeit eröffnet haben. Ich werde mir Mühe geben, Sie nicht zu enttäuschen – und Fiedler nach Kräften Schaden zuzufügen. Gute Nacht.

VIII

Cliff Iverson ging davon aus, dass Gemma Lindley und Doria Maye (alias Dulcie Mown) sich bereits gut an der Akademie eingewöhnt hatten. Deshalb hätte es ihn sicher gewundert zu hören, dass alle beide noch vor wenigen Monaten ebenso wenig von der Existenz unserer Lehranstalt geahnt hatten wie er selbst. Da wir die Fortschritte dieser beiden Frauen im Rahmen dieses Textes verfolgen werden, möchte ich Ihnen nun (kurz umrissen) ihre erste Begegnung mit den Grundsätzen von McMasters schildern. –HH

Gemma Lindley stand im hinteren Teil des im nachgeahmten jakobinischen Stil ausgestatteten Speisesaals in Little Bavington in der englischen Grafschaft Northumberland. Sie griff in die rechte Tasche ihrer Wildlederjacke und berührte das zusammengefaltete Bewerbungsformular, um sich selbst Mut zu machen. Vorne auf der Bühne wurde gerade Adele Underton, Verwaltungschefin des St. Ann's Hospital, für ihre neue Erfindung geehrt: einen ambulanten Pflegedienst, der Kranke und Senioren zu Hause aufsuchte.

»Ich muss mich bei Ihnen allen bedanken«, begann Underton mit einem überraschend unkultivierten Akzent. Sie drehte die Plakette aus Messing und Mahagoni so, dass sich das Scheinwerferlicht darin fing. Die elegant gekleideten Anwesenden blickten von dem Mandelpudding auf ihren

Tellern hoch und in Richtung Bühne. »Ich bedanke mich für diese Ehre. In Wahrheit jedoch ist unser Pflegedienst das Ergebnis der Bemühungen vieler Hände.«

Gemma knirschte mit den Zähnen. *Es gab keine vielen Hände. Ich habe das ganz allein geschafft.*

»Und obwohl es schon immer mein Traum war …«

Lügnerin. Es war mein Traum.

»… mussten wir alle gemeinsam an einem Strang ziehen, um ihn auch wahr werden zu lassen.«

Gemeinsam, da lachen ja die Hühner!

»Deshalb nehme ich diese Würdigung nicht nur für mich …«

Du hast sie als Allerletzte verdient!

»… sondern auch im Namen all derer entgegen, die ich aus Zeitgründen hier nicht aufzählen kann …«

Du könntest dir ruhig die Zeit nehmen, wenigstens mich zu nennen: »Meiner Mitarbeiterin Gemma Lindley, für ihren Einfall und die Umsetzung sowie ihre herausragenden Leistungen.« Für die du jetzt die Lorbeeren einheimst.

»… also vielen Dank an alle Mitstreiterinnen und Mitstreiter und insbesondere an Sie, die sich heute Abend hier versammelt haben, um dieses wundervolle Ereignis …«

Gemma musste ständig daran denken, wie hart sie gearbeitet hatte. Das Wissen, Gutes zu tun, war ihr einziger Lohn gewesen, und das hatte sie auch nicht weiter gestört. Bis sie festgestellt hatte, dass Adele allein sämtliche Lorbeeren einheimste. Eine Frau, die sie, Gemma, mit dem ehernen Griff einer Gefäßklemme umklammerte.

»… und nun wünsche ich uns allen einen wundervollen Abend!«, verkündete Adele, begleitet von einer letzten Runde Applaus.

Um einen Menschen zu frittieren, bräuchte man einen großen Zuber mit Öl, richtig? Soll ich sie hineinlegen und dann das Öl langsam zum Sieden bringen? Oder werfe ich sie lieber aus großer Höhe in das bereits brodelnde Fett? Natürlich ordentlich in Eigelb gewendet und gemehlt. Allein das Geräusch wäre ein Ohrenschmaus!

Gemmas Hand schloss sich um das Bewerbungsformular. Vor drei Monaten hatte sie die Einladung von Julia, einer Cousine ihres verstorbenen Vaters, angenommen, sie in ihrem neuen Zuhause in Italien auf einem Hügel unweit von Livorno zu besuchen. Julia hatte die ländliche, inzwischen jedoch luxuriös ausgestattete Villa gekauft, nachdem ihr Mann Lymon nach vielen Jahren Ehe überraschend verstorben war. Gemma fand es bewundernswert, wie mutig Julia ihr Leben wieder selbst in die Hand nahm. Sie hatte Lymons Sammlung antiker Blasinstrumente an das British Museum gespendet und ihr durchgeplantes, abgesichertes Leben als Anwaltsgattin gegen die Küche, den Wein und das Sonnenlicht der toskanischen Küste eingetauscht. Und gegen viele neue männliche Nachbarn, die um einiges jünger waren als *la splendida Giuliana*.

Nach einigen Gläsern Vermentino zu viel hatte Gemma ihrer Freundin anvertraut, in welch abgrundtiefe Verzweiflung sie ein Leben unter der Fuchtel der gnadenlosen Adele Underton stürzte (allerdings hatte sie ihr dunkles Geheimnis für sich behalten, den Grund also, warum Adele sie in der Hand hatte). Julia hatte geantwortet, sie habe damals in einer ähnlichen Situation einige sehr hilfreiche Kurse an einem College belegt.

»War das *nach* Lymons Tod?«, erkundigte sich Gemma.

»Nein, davor. Allerdings hat dieses Studium mein neues

Leben im positiven Sinne beeinflusst, ja, es eigentlich erst möglich gemacht.« Und dann hatte sie kein Blatt vor den Mund genommen und Gemma erklärt, wie ein Sabbatjahr und ein wenig Abstand zum Krankenhaus ihr gewiss einige Möglichkeiten aufzeigen würden, sich aus ihrer derzeitigen Misere zu befreien.

Nach der Verleihungsfeier kehrte Gemma nach Hause zurück. Sie wusste, dass ihre Mutter bereits tief und fest schlief, denn diese war Chefköchin in der Kantine einer nahe gelegenen Fabrik namens Imperial Chemical Industries und musste während der Woche bei Morgengrauen aufstehen, um das Backen der Brote zu beaufsichtigen. Gemma setzte sich an den Küchentisch, entfaltete das Bewerbungsformular, entfernte die Kappe von ihrem Federhalter und füllte die für Namen, Adresse, Telefonnummer, Beruf, monatliches Einkommen und geschätztes Vermögen vorgesehenen Felder aus. Dann kam die nächste Aufgabe:

Erläutern Sie die Ihrer Abschlussarbeit zugrunde liegende Motivation.

Julia hatte ihr gesagt, was das Wort »Abschlussarbeit« in diesem Zusammenhang zu bedeuten hatte. Und die Antwort, die Gemma nach kurzer Überlegung niederschrieb, kam aus tiefstem Herzen.

Erpresserinnen haben es nicht verdient zu leben.

IX

Leon hatte Doria Maye noch nie zuvor warten lassen. Für sie war Leonid Kostas Empfangsbereich nur die vorletzte Station auf dem Weg von ihrem Bungalow auf dem Studiogelände zu Kostas palastähnlichem Büro, wo die Flügel der fast sieben Meter hohen Türen aus Mahagoni offen standen, um sie willkommen zu heißen, und der knapp eins siebzig große Studioboss sie mit ebenfalls offenen Armen empfing. »Da ist sie ja!«, pflegte er auszurufen. »Der strahlendste Diamant in meinen Kronjuwelen, meine Göttin. Doria, mein Liebes, komm rein. Wie immer freue ich mich sehr, dich zu sehen.«

Allerdings schien das heute anders zu sein, denn die Türen waren geschlossen. Und das blieben sie auch, während Doria sich im Vorzimmer die zehn Zentimeter hohen Absätze in den Bauch stand.

»Er hat mich für drei bestellt«, beklagte sie sich bei Kostas Empfangsdame. »Um zwanzig nach drei war ich da. Und jetzt ist es halb vier. Also warte ich schon seit einer halben Stunde.«

Die Empfangsdame blickte von ihrer Zeitschrift auf. »Verzeihung, haben Sie etwas gesagt, Miss Maye?«, fragte sie. »Ich fürchte, ich war gerade in Gedanken versunken.«

»Sehr tief kann es ja nicht gewesen sein«, merkte Doria an. »Wie lange soll ich noch hier warten? Da waren ja einige meiner Ehen schneller vorbei.«

»Ich denke, wir werden beide dafür bezahlt, hier die Zeit totzuschlagen«, entgegnete die Empfangsdame leutselig, womit sie sich auf ungebührliche Weise mit Doria auf eine Stufe stellte. Sie beugte sich wieder über ihre Zeitschrift und hob erst um zwanzig vor vier wieder den Kopf, um auf die Uhr zu schauen. »Mr. Kosta wird Sie jetzt empfangen«, verkündete sie.

Da keine Gegensprechanlage oder Ähnliches zu hören gewesen war, konnte sich Doria eine Frage nicht verkneifen: »Hat er Sie etwa angewiesen, mich genau bis zu diesem Moment schmoren zu lassen?«

»Ich würde Ihnen raten, jetzt reinzugehen«, lautete der einzige Kommentar der Empfangsdame.

Doria erhob sich und ging auf die Tür zu. Sie war nicht sicher, ob Kosta ihr von innen öffnen oder ob die Empfangsdame sie ihr aufhalten würde. Da beides nicht eintrat, tat sie es selbst, obwohl es wegen der schweren Türflügel ein wenig mühsam war.

Leon Kosta saß am Schreibtisch und las ein Drehbuch. Da seine Füße auf der gewaltigen Schreibtischplatte ruhten, waren seine Schuhsohlen das Erste, was Doria begrüßte. »Hast du das Drehbuch von der Paramount gelesen, das ich dir geschickt habe?«, begann er, ohne aufzublicken.

»Das heißt wohl, dass ich mich setzen soll, oder?«, erwiderte sie und steuerte auf einen Stuhl vor dem Schreibtisch zu.

Kosta ließ das Manuskript sinken. Sein Gesicht hätte zu einem Fischer am Mittelmeer, einem erfolgreichen Schwarzmarkthändler in Izmir oder zu einem Filmmogul in Hollywood gepasst. Er hatte in seinem Leben alle drei Stationen durchlaufen.

»Hat es dir gefallen?«, fragte er.

Sie zögerte. »Es ist … Leon, es ist wundervoll. Ich habe den Roman vor zwei Jahren gelesen, und die Bearbeitung von Hal gefällt mir sogar noch besser als das Original, wenn das überhaupt möglich ist. Mit nur wenigen Änderungen hat er erreicht, dass wir Ember besser verstehen.«

Leon griff nach dem Roman, der auf seinem Schreibtisch lag. *Ember Morgan kommt nach Hause*. Das inzwischen berühmte Bild auf dem Einband zeigte die Titelheldin, wie sie am Straßenrand im Scheinwerferlicht eines nahenden Lastwagens stand. In ihrer grün und schwarz gestreiften Bluse und dem schwarzen Satinrock wirkte sie sehr selbstbewusst. Neben ihren Lackschuhen mit Riemchen stand eine Reisetasche. Inzwischen war die Illustration in den Schaufenstern sämtlicher Buchhandlungen und auf Ständern mit Taschenbüchern im ganzen Land zu sehen.

Ein Funkeln stand in Leons Augen. »Wäre die Rolle etwas für dich?«

»Mehr als das …« Sie hielt inne. »Sie ist mir auf den Leib geschrieben. Auch wenn ich Ember optisch vielleicht nicht ähnle, aber Edith kann mich ja an den richtigen Stellen auspolstern. Vergiss nicht, für *Wenn Männer weinen* habe ich mir sogar die Haare rot färben lassen. Also wird die Veränderung niemanden überraschen. Das Flittchen mit dem weichen Herzen war früher meine Paraderolle. Ich glaube, das Publikum würde mich gern noch ein letztes Mal als seelenvolles leichtes Mädchen sehen.«

»Ganz deiner Ansicht.« Als er einen Humidor aus Mahagoni öffnete, stieg ihr der Geruch von spanischer Zeder in die Nase. »Zigarre?«, fragte er.

Sie war ein wenig verdutzt. »Äh, nein. Danke.«

Kosta wählte eine kastanienbraune Habano aus. »Paramount will, dass ich dich für *Als Mason Miss Dixon traf* an sie ausleihe. Aber dann könntest du diesen Film nicht drehen, der wie für dich gemacht ist.«

»Ja, das ist er, Leon«, antwortete sie und schlug den dankbaren Ton an, den sie sich für *Die Romanzen der Florence Nightingale* zugelegt hatte. »Schließlich gehörte die einzige Linse, vor der ich in den letzten acht Monaten gestanden habe, zur Lupe meines Hautarztes. Also solltest du mir endlich etwas zu tun geben. Warum also willst du mich an ein anderes Gestüt verleihen?«

Schlechter hätte sie es gar nicht ausdrücken können. Es war, als hätte sich die Macht, die Edgar Allen Poe einst als den »Teufel der Verkehrtheit« bezeichnet hatte, plötzlich ihrer Zunge bemächtigt.

Kosta köpfte seine Zigarre mit einer Miniatur der Guillotine, die er für die erste Szene von *Waterloo* hatte anfertigen lassen. »Wie ich gehört habe, soll Marc Danner ja ein richtiger Hengst sein.«

Die aufgestaute Frustration nach einem Jahr Zwangspause brach sich schließlich Bahn. »Leon, wir haben in Utah gedreht, mitten in der Einöde. Immerhin warst du es, der uns dorthin geschickt hat. Marc hat jede Nacht das Drehbuch umgeschrieben und versucht, eine Rolle zu ändern, die eigentlich für Laraine Day gedacht war. Bei Morgengrauen sind wir in einem Wohnwagen, der kleiner war als dein Schreibtisch, den neuen Text durchgegangen. In dieser Enge war es praktisch unmöglich, *keinen* Sex zu haben.«

Als Leon nach einem massiven Feuerzeug griff, befürchtete sie schon, dass er es nach ihr werfen könnte. »Drei Jahre!«, rief er aus. »Drei Jahre predige ich jedem Schauspieler und jedem Regisseur in diesem Studio, dass er Respekt vor dir haben und auch nicht im Traum daran denken soll, eine Affäre mit dir zu beginnen. Ich habe allen die Ohren damit vollgejammert, nicht einmal ich, King Kosta, könnte dich knacken … und dann vögelst du den neuen Produktionschef von Republic!«

»Aber das war doch, Monate bevor er den Posten bei Republic gekriegt hat. Damals war er nur Autor! Sex mit einem Drehbuchautor zählt nicht, das ist ja kaum mehr als Onanie! Woher sollte ich denn wissen, dass er einen Job bei einem anderen Studio landen wird? Es war nur ein One-Night-Stand, und das im wahrsten Sinne des Wortes, da der Wohnwagen so winzig war, dass wir stehen mussten. Und wie dir sicher schon aufgefallen ist, hat er mir keine Rollen angeboten, seit er bei Republic angefangen hat. Kannst du mir denn nicht verzeihen? Ich hatte ja keine Ahnung, dass jemand davon erfahren würde. Nur er und ich wussten Bescheid …«

»*Er* selbst war es, der es mir erzählt hat!«, donnerte Kosta. »Und nicht nur mir. Durch dich stehe ich jetzt da wie ein verfickter *Eunuch*!«

»Ich glaube, ›verfickter Eunuch‹ ist ein Widerspruch in sich«, entgegnete Doria, während sie sich fragte, ob es etwas gab, zu dem sie nicht bereit gewesen wäre, um diese Rolle zu ergattern. Sie erforschte gründlich ihre Seele – zum Glück ohne Ergebnis. »Tja, dann wollen wir uns doch an *ihm* rächen, oder?«, raunte sie verschwörerisch. »Wir gehen miteinander aus, bis die Gerüchteküche ins Brodeln gerät. Und dann verbreite ich überall, für mich sei Leonid Kosta der einzige wahre Mann unter den Bossen.« Sie kicherte. »Der Held, dem ich rettungslos verfallen bin. Das klingt doch gut. Findest du nicht?«

»Soll das heißen, dass du jetzt mit mir ins Bett gehen würdest?«

»Mit Vergnügen«, schnurrte sie, wohl wissend, dass diese Verheißung niemals wahr werden würde.

Er zündete die Spitze der Zigarre mit dem Tischfeuerzeug an, zog rasch daran und pustete den Rauch über den Schreibtisch, direkt in ihre beeindruckenden Augen. »Warum sollte ich jetzt mit dir schlafen? Ich schlafe mit erfahrenen Huren, mit eifrigen jungen Dingern und mit Stars. Du hingegen stehst kurz davor, Vergangenheit zu werden.«

»Nur weil du böse auf mich warst und mich deswegen auf Eis gelegt hast. Aber hier bin ich. Aufgetaut und bereit, Cäsar zu geben, was dem Cäsar gebührt. Du kamst und hast erobert. Doch wenn ich erst Ember spiele, werde ich ein Star sein, der deinen großen Auftritt verdient hat.« Sie setzte ein gekünsteltes Lächeln auf, um zu verbergen, dass es sie innerlich schüttelte.

Ohne auf ihr verlockendes Angebot zu achten, schenkte er sich aus einer silbernen Karaffe ein Glas Wasser ein, öffnete eine Tablettendose aus Zinn, die auf seinem Schreibtisch stand, und schluckte einige blaue Tabletten. Nachdem er das Gesicht verzogen hatte, nahm er das Drehbuch von der Paramount und hielt das Feuerzeug an die untere rechte Ecke, bis es Feuer fing. »Du wirst diese Rolle niemals spielen, ›Doria Maye‹, alias Doris May Taplow. Ich habe dir das Drehbuch nur zu lesen gegeben, damit du siehst, was du verloren hast.«

Doria sah zu, wie sich die brennenden Seiten im Todeskampf an den Rändern einrollten. Kosta warf das brennende Drehbuch in den Papierkorb, goss Wasser aus der Karaffe darüber, um die Flammen zu löschen, und zog dann ein anderes Drehbuch aus der Schreibtischschublade. »Du stehst bei diesem Studio die nächsten sechs Jahre unter Exklusivvertrag. Ich habe nur die Pflicht, dir zwei Filme im Jahr anzubieten, die du natürlich ablehnen kannst. Hier hätten wir den ersten.« Er schob ihr das Drehbuch über den Schreibtisch hinweg zu.

»Was ist das?«, fragte sie so bang wie eine junge Mutter, der man die in Windeln gewickelte Brut des Satans überreicht.

»Es basiert auf einem hübschen Kinderbuch, das bald herauskommt. Der Verlag hat es mich vorab lesen lassen. Es geht um eine kluge Spinne und ein Schwein, das sterben soll. Ich habe mir fast die Augen ausgeheult, und allmählich wird es Zeit, Disney ein bisschen Druck zu machen. Du brauchst die Rolle nur zu sprechen. Vor der Kamera bist du zwar nicht zu sehen, aber ein Film ist ein Film.«

»Ich würde die Spinne sprechen?«

»Oh, nein, die Spinne ist nichts für dich. Die stirbt nämlich am Ende des Films, und ich möchte gern eine ganze Serie daraus machen. Du sprichst das Schwein. Ich bringe dich so groß raus wie Francis, den sprechenden Esel.«

Es malte sich tatsächlich ein Lächeln auf seinem sonst so versteinerten Gesicht. Doria wusste, was die Stunde geschlagen hatte. »Ich verstehe. Und jeder, der meine alten Filme anschaut, soll in Zukunft lachen und sagen: ›Hey, diese Stimme kenne ich doch! Sie ist das sprechende Schwein!‹ So wie man Bert Lahr nicht mehr sehen kann, ohne an den feigen Löwen im *Zauberer von Oz* zu denken. Niemand wird mir mehr eine ernsthafte Rolle geben!« Bemüht, ihre Würde – oder wenigstens ein Teil davon – zu wahren, stand sie auf. »Ich mache von meinem Recht Gebrauch, das Angebot abzulehnen.«

»Tu, was du nicht lassen kannst. Weißt du, Engelchen, in dieser Stadt wimmelt es nur so von grauenhaften Drehbüchern, und ich habe vor, dir jedes Einzelne von ihnen anzubieten. Eine gute Rolle bekommst du erst, wenn dein Vertrag mit mir abgelaufen ist und du längst in Vergessenheit geraten bist ... oder über meine Leiche.«

Doria ließ ihre innere Kamera langsam über die Totale von Leons Leiche gleiten. Dann machte sie auf dem Absatz kehrt und marschierte hinaus. Die Tür hinter sich zuzuknallen, entpuppte sich angesichts der riesigen Türknäufe als schwieriges Unterfangen. Sie zerrte erst an dem einen, dann an dem anderen und stürmte durchs Vorzimmer.

»Sie müssen den Agenten wechseln, Miss Maye.«

Doria blieb ruckartig stehen und drehte sich um. Bis auf die Empfangsdame, die gerade die königsblauen Rittersporne auf dem Podest neben Doria zurechtrückte, war niemand da.

»Haben Sie mit mir gesprochen?«, fragte die Schauspielerin.

Die Empfangsdame antwortete mit ruhiger Stimme, allerdings ohne sich von den Blumen abzuwenden. »Offenbar könnten Sie die Hilfe meines Verlobten gebrauchen. Er ist einer der erfolgreichsten jungen Agenten in der Stadt.«

Doria hatte genug von diesen Vertraulichkeiten. »Und weil er so gut ist, muss seine zukünftige Frau als Empfangssekretärin arbeiten?«

»Ich mache das nicht wegen des Gehalts, sondern wegen der Informationen, die ich hier für ihn aufschnappe. Diese Wände können reden, Miss Maye, und ich höre ihnen zu.«

»Für welche Agentur arbeitet Ihr Verlobter?«, erkundigte sich Doria.

»Roger Holland Associates.«

Doria lachte auf. »Roger Holland ist ein Widerling, wie er im Buche steht.«

»Da stimme ich Ihnen zu. Ein ekelhafter und schmieriger Zeitgenosse. Doch die Umstände haben sich geändert.«

»Sie wollen doch nicht behaupten, dass er plötzlich ein Herz hat!«

»*Hatte.* Es wurde wissenschaftlichen Zwecken gespendet. Letzten Monat ist er während einer Urlaubsreise nach Patong unter ziemlich fragwürdigen Umständen verstorben. Mein Verlobter organisiert gerade die Agentur neu. Hier ist seine Karte. Und Sie sollten das hier zu der Besprechung mitnehmen.« Sie reichte Doria einen Gegenstand, der wie eine winzige Spielkarte aus Samt aussah. Auf der einen Seite waren die Umrisse eines Pik-Ass eingeprägt, auf der anderen die Buchstaben McM. »Er wird es Ihnen erklären, wenn Sie sich treffen.«

»Ich verstehe nicht ganz«, erwiderte Doria. »Ist das irgendein Casino oder eine Ferienanlage?«

»Nein«, antwortete die Empfangsdame und tätschelte ein letztes Mal den Rittersporn. »Ein Ort, wo man Ihnen beibringen wird, die Rolle Ihres Lebens zu spielen.«

X

AUS DEM TAGEBUCH VON CLIFF IVERSON

Verehrter Gönner (von nun an werde ich Sie mit »verehrter X« ansprechen, da mir an einer Beziehung auf Augenhöhe gelegen ist): Heute war mein erster ganzer Tag an der McMasters-Akademie. Er begann mit der üblichen Verwirrung, die ich stets beim Aufwachen an einem unbekannten Ort empfinde, da ich mich zunächst in meinem heimischen Schlafzimmer wähne. Dann frage ich mich immer, wer wohl während der Nacht mein Fenster an eine andere Wand versetzt und meine Kommode dorthin gerückt hat, wo eben noch die Tür war. Nach einer Weile beginnt mein Verstand Stück für Stück die Karten des Blatts zu sortieren, das man mir am Vortag gegeben hat. Und so erinnerte ich mich (in diesem Fall) an die außergewöhnlichen Umstände, die mich an meinen derzeitigen Aufenthaltsort geführt haben: ein geschmackvoll, wenn auch schlicht möbliertes Wohnheimzimmer auf einem idyllischen Campus, der sich in die üppig grüne Landschaft einer mir unbekannten Gegend schmiegte. Draußen begrüßte die selbstbewusst leuchtende Morgensonne einen neuen Tag in meinem neuen Leben. Außerdem wies einer ihrer Strahlen hilfsbereit auf das dünne Notizbuch, das jemand in der Nacht unter meiner Tür durchgeschoben hatte.

Rasch sprang ich aus dem Bett, schlüpfte in meinen über den Schreibtischstuhl ausgebreiteten Morgenmantel und hob das Büchlein neugierig vom Teppich auf. Es ähnelte den kleinen Schulheften mit hellblauem Umschlag, die sonst dem Verfassen von Aufsätzen dienen. Mein Tutor hatte eine Nachricht des Inhalts daran geheftet, alle Studenten müssten als Teil ihrer Aufnahmeprüfung die Hintergründe ihrer geplanten Abschlussarbeit vernünftig begründen. In meinem außergewöhnlichen Fall stünde diese Abhandlung jedoch noch aus. Das Heft war leer, bis auf die Frage, die oben auf der ersten Seite stand:

Erläutern Sie die Ihrer Abschlussarbeit zugrunde liegende Motivation unter Berücksichtigung des moralischen Aspekts.

Die nachfolgende Antwort wurde der Akte von Cliff Iverson entnommen – HH

Wenn meine Mutter mir aus dem Grab etwas zurufen könnte und wenn sie wüsste, was ich in letzter Zeit so angestellt habe, würden ihre Worte sicher »Oh, gütiger Himmel, Cliff, was ist nur aus dir geworden?« lauten. »Warum willst du dein Leben dem Ziel weihen, einen anderen Menschen von dieser Erde zu tilgen? Hat unser Tod, als du noch sehr jung warst, dich womöglich gegenüber all jenen verbittern lassen, die weiterleben durften?«

Meine Antwort würde wie folgt lauten: »Sprich nicht über mich, Mom. Erzähl mir lieber, wie es im Himmel ist. Und wo, um alles in der Welt, ist Dad?« Ich weiß, ich sollte mit solchen Dingen keinen Scherz treiben. Doch in den letzten Tagen hat sich mein Leben in eine so absurde und gleichzeitig bedrohliche Richtung entwickelt, dass mir vermutlich nicht viel anderes übrig bleibt, als zu lachen, bis mir die Tränen kommen. Insbesondere deshalb, weil ich das Thema Tränen schon vor Monaten eigentlich mehr oder weniger abgehakt habe.

Sie können mir glauben, dass mir die Vergänglichkeit der menschlichen Existenz durchaus bewusst ist. Ebenso wie die Tatsache, dass grundsätzlich nur ein Leben pro Person ausgeteilt wird. Doch wie man im Laufe der Jahre erfahren muss, gibt es auf dieser Welt auch Leute, die ihren Mitmenschen besagtes Leben nehmen oder es ihnen zumindest bis zur Unerträglichkeit vergällen. Und viel zu oft sind es ausgerechnet diese Leute, die Erfolg haben und es zu etwas bringen.

Möglicherweise mache ich es mir ja zu leicht, aber meiner Ansicht nach kennen die meisten von uns zumindest eine Person, die in ihnen den folgenden Gedanken auslöst: »Eigentlich könnte ich niemals jemanden umbringen, obwohl ... vielleicht ...«

Und so eine Person ist für mich Fiedler.

Für gewöhnlich reicht die Drohung mit der Todesstrafe oder lebenslänglicher Haft, um uns daran zu hindern, den einen Mord zu begehen, den wir ansonsten für gerechtfertigt halten könnten. Doch wie wir am Beispiel von Selbstmördern sehen, die sich einer sofortigen Exekution durch eigene Hand unterwerfen, genügt sogar diese ultimative Strafe in manchen Fällen nicht, um jemanden von seinem Vorhaben abzuschrecken.

Wenn ein vernünftiger Mensch also unter gewissen Umständen bereit ist, sich umzubringen, weil ihm das Leben nicht mehr lebenswert erscheint – dann sollte ihn doch eigentlich nichts daran hindern, stattdessen jemand anderen umzubringen, der ihm und seinen Zeitgenossen die Freude am Leben nimmt oder dieses sogar gefährdet. »Könnten Sie Hitler töten?«, das wäre eine spannende Frage. Und sind da nicht viele kleine Hitlers, die sich zum Herrscher über unser Schicksal aufschwingen? Welche Armee beschützt uns vor denen?

Drei Schritte waren nötig, um Fiedler in diesen Zusammenhang einzuordnen. Und allein der zweite reichte aus, um die Notwendigkeit seines Ablebens schlüssig zu begründen: Fiedler stellte eine Gefahr für das Leben unschuldiger Menschen dar.

»Fiedler, die W-10 weist nun eine Reihe von potenziell lebensbedrohlichen Konstruktionsfehlern auf«, meinte ich deshalb zu ihm.

Fiedler blickte von dem Sofa auf, wo er gerade eine Zeitschrift las. »Machen Sie die Tür zu«, wies er mich an. Nachdem ich das getan hatte, fuhr er fort: »Sie kommen ein wenig spät damit, denken Sie nicht?«

»Mein Entwurf war absolut fehlerfrei«, entgegnete ich, zornig wegen seines Versuchs, die Schuld auf mich abzuwälzen. »Doch durch die von Ihnen vorgenommenen Anpassungen hat sich das geändert.«

»Machen Sie sich nicht lächerlich«, erwiderte er. »Wir verkaufen die Vögel. Es wird Testflüge geben. Vielleicht meldet jemand ein Problem. Dann bieten wir Reparaturen vor Ort an. Zu einem Aufpreis natürlich.«

Ich senkte die Stimme. »Oder ein von uns gebautes

Flugzeug fällt vom Himmel und reißt alle Passagiere an Bord in den Tod, und zwar nach dem grauenhaftesten freien Fall, den ein Mensch je erlebt hat. Einschließlich der Besatzung, deren technisches Wissen reicht, um zu erkennen, dass sie keine Chance haben und nichts tun können, als zu beten und zu hoffen, dass in der Religion, für die sie sich irgendwann einmal entschieden haben, ein Leben nach dem Tode vorgesehen ist.«

Fiedlers nächster Fehltritt ereignete sich, als mein Produktionsingenieur Jack Horvarth in Ellwood Park aufgefunden wurde, und zwar mit einem Alkoholpegel von 2,9 Promille und einer Kugel mitten im Herzen. Obwohl niemand Fiedler des Mordes bezichtigte, wusste ich es besser. Und so nahm mein Plan, ihm das Lebenslicht auszublasen, immer konkretere Formen an.

Doch bevor es dazu kommen konnte, geschah die Sache mit Cora. Offenbar haben Sie in der McMasters-Akademie bereits etwas über sie in den Akten. Der Klarheit halber möchte ich hinzufügen, dass Cora Deakins bei Woltan die Abteilung Beschaffung leitete. Jede Materialanforderung bedurfte ihrer Genehmigung, ganz gleich, ob ich nun eine Kiste Notizblöcke oder Hamilton-Nockenwellen für einen Versuch benötigte. Trotz ihrer eher zurückhaltenden und unauffälligen Art war sie vermutlich eine der wichtigsten Mitarbeiterinnen des Unternehmens, obwohl man in der Chefetage tunlichst darauf achtete, sie das nicht wissen zu lassen.

Ich mochte sie auf Anhieb. Und zwar sehr. Bestimmt gibt es so etwas wie Liebe auf den ersten Blick, auch wenn die meisten Menschen das eher im Nachhinein als im tatsächlichen Moment erkennen. Ich aber glaube eher daran, dass es ist, als sähe man jemanden plötzlich in einem anderen Licht. Schlagartig wird einem klar, dass die Kollegin, der man schon seit Monaten immer wieder auf dem Flur begegnet, die Frau ist, mit der man sein Leben teilen will. Und dabei hat man noch am Vortag kaum einen bewussten Gedanken an sie verschwendet.

Cora, deren Gesichtszüge und Mienenspiel bei mir stets eine wohlwollende Reaktion ausgelöst hatten, hatte einen Heidenspaß daran, mich wegen der seltsamen Einkäufe zu hänseln, die wir Ingenieure von ihr absegnen ließen. Wie zum Beispiel die zwanzig toten Truthähne, die Jack Horvarth und ich (beide angeschnallt an einem Ende des Windkanals bei Woltan) in das Gehäuse unseres neuesten Triebwerks schleuderten, um festzustellen, ob die W-10 einen in die Propeller geratenen Schwarm Wildgänse überstehen würde. Cora wurde nicht nur Zeugin unseres schmutzigen Experiments – sie meinte, man bräuchte uns jetzt nur noch zu teeren, denn gefedert seien wir ja schon –, sondern genehmigte auch die von uns angeforderten Reinigungsmittel, um den widerlichen Geflügelgeruch zu beseitigen. Nachdem literweise Fichtennadelöl, Zitronenöl und Nelkenöl nichts genützt hatten, riet sie zu Preiselbeergelee, Kartoffelpüree und einer Füllung aus Maronen. Da meine Abende nun nicht mehr vom Büffeln für Prüfungen und einer Nebentätigkeit zur Finanzierung meines Studiums bestimmt waren, hatte ich die Muße, mich der gewaltigen Lücken in meinem Privatleben zu besinnen. Und so wähnte ich mich glücklich, auf Cora getroffen zu sein, vielleicht eine Befreiung aus meiner misslichen Lage und noch viel mehr.

»Ein wenig Melton-Epoxidharz für die Tragflächenmodelle,

zehn Zentner-Displayständer ... und vielleicht haben Sie am Wochenende ja Lust, sich einen Film anzuschauen ... und, ach, ja ... ein neuer K-5-Kompressor.«

»Ein Film?«, fragte sie. »An welchen hätten Sie denn gedacht?«

Glaubte sie etwa, ich wollte einen bestellen? »Alles, was Sie interessiert. Es braucht nichts Künstlerisches zu sein. Geld spielt keine Rolle. Außerdem kriegen Sie eine eigene Tüte Popcorn und müssen nicht teilen.«

Sie starrte auf ihr Klemmbrett. »Aber Sie kennen mich doch gar nicht.«

»Genau darum geht es ja. Ich will Sie kennenlernen.«

»Indem wir zwei Stunden lang nebeneinandersitzen, ohne uns anzusehen oder auch nur ein Wort zu wechseln?«

»Nun, ich habe eine Todesangst vor beklommener Stille«, erwiderte ich gleichzeitig aufrichtig und flapsig. »Und wenn gerade ein Western läuft, fällt es nicht so auf.«

Soweit ich feststellen konnte, fand sie mich eher amüsant als bedrohlich, und ihre Antwort fiel dementsprechend aus: »Ich mache Ihnen einen Vorschlag: Sie suchen einen Film aus, den Sie wirklich gern sehen wollen. Das wird mir eine Menge über Sie verraten.«

»Das heißt wohl, dass ein Trickfilmfestival mit Popeye eher nicht infrage kommt?«, erkundigte ich mich.

Sie schmunzelte ein wenig. »Das liegt ganz an Ihnen. Und ich bestimme das Restaurant, in das wir nach dem Kino gehen, was Ihnen etwas über mich verraten wird. Denn es wird kein teures Lokal sein, und wir teilen uns die Rechnung.«

»Oh, ich muss Geld ausgeben?«, witzelte ich. »Ach, herrje, ich weiß nicht so recht.«

Wir verabredeten uns für den nächsten Samstag, der mir am Montag Lichtjahre entfernt zu sein schien. Also noch genug Zeit, kalte Füße zu bekommen, wie es mir oft passierte, je näher ein bedeutender Tag rückte. In der restlichen Woche hatte Cora keinen Grund, meinem Büro im Woltan-Tower einen Besuch abzustatten, und deshalb beschloss ich am Samstagmittag, sie anzurufen, um mein Taktgefühl unter Beweis zu stellen. Vielleicht hatte sie ja eine ganz besonders anstrengende Woche hinter sich und wollte die Verabredung lieber verschieben. Womöglich fragte sie sich ja auch, so wie ich, worüber wir außerhalb der Arbeit miteinander reden sollten. Natürlich hätte ich ihr Zögern verstanden, ebenso wie sie umgekehrt meines. Wenn da von meiner Seite welches gewesen wäre. Allerdings wurde gemunkelt, dass Merrill Fiedler sie ein oder zwei Mal ausgeführt hatte. Ob sie wohl befürchtete, ich könnte mit den exklusiven Lokalen nicht mithalten, die er sich dank seines Spesenkontos leisten konnte? Ganz sicher. Also gut. Sollte sie doch mit Fiedler ausgehen, wenn ihr dieser Typ Mann gefiel. Was wollte ich nur von einer Frau, die sich von Merrill Fiedler den Hof machen ließ, beeindruckt von seiner teuren Armbanduhr, seinem Privatbüro und seinem Heer von Stenotypistinnen. Wahrscheinlich glaubte sie, zu gut für mich zu sein, und fühlte sich von mir bedrängt. Am besten rief ich sie also an, um sie zu fragen, ob sie absagen wolle. Ich schlug ihre Nummer im Telefonverzeichnis der Firma nach. Ihr Anschluss war unter »Mr. und Mrs. J. Deakins« eingetragen, was mich vermuten ließ, dass sie bei ihren Eltern wohnte. Außer, Cora war die »Mrs.« in »Mr. und Mrs. J. Deakins«, doch dann wäre es ziemlich unmoralisch von ihr gewesen, sich an einem Samstagabend mit mir zu treffen.

Eine raue Männerstimme antwortete. »Ja?« Er klang, als hätte er eine Halsentzündung.

»Verzeihung«, entschuldigte ich mich, ohne zu wissen, warum. »Mein Name ist Cliff Iverson. Ich arbeite bei Woltan. Könnte Cora vielleicht ans Telefon kommen?«

»Nein, kann sie nicht«, erwiderte er. Dann ließ er offenbar das Telefon fallen, denn ich hörte, wie es mit einem Klappern auf einer Holzfläche landete. Er hob den Hörer wieder auf. »Ich bin ihr Vater ...« Er bekam einen Hustenanfall.

»Nun, kann ich ihr vielleicht eine Nachricht hinterlassen?«

»Nein, können Sie nicht. Sie ist nämlich tot.« Ich hörte ein Aufstöhnen, wie ich es nie wieder im Leben hören will. »Sie ist tot«, sagte er noch einmal und legte auf, bevor ich auch nur einen Ton herausbrachte.

Am Montag wussten die meisten ihrer Freundinnen bei Woltan, dass Cora Selbstmord begangen hatte. Das Wort »Nembutal« wurde getuschelt. Offenbar habe sie in letzter Zeit an Schlafstörungen gelitten.

Mir ging ihr Tod sehr zu Herzen. Ich weiß, wie albern und melodramatisch das klingt, und außerdem finde ich es abstoßend, sich in die Tragödien anderer Menschen hineinzudrängen. Und dennoch war es, als ob ein Teil meiner Zukunft mit ihr gestorben wäre. Lächerlich. Doch die Zeitpläne für den Entwurf und die Produktion der W-10 hatten keine Gnade mit der Trauer eines Mannes, den mit Cora nur eine »Verabredung, die hätte sein können«, verband. Mein Mitarbeiter und väterlicher Freund Jack Horvarth sorgte dafür, dass ich genug harte Nüsse zu knacken bekam, um mich abzulenken. (Das war, bevor Fiedler die kostendämpfenden Änderungen vornahm, mit denen er den Vorstand von Woltan beeindrucken wollte.)

Etwa zwei Wochen später ging ich mit Keefe Maguire, dem Leiter der Abteilung Tragwerksbau, auf ein (wie ich dachte) ruhiges Feierabendbier. Keefe sollte in die kleine Niederlassung unseres Unternehmens in Dortmund versetzt werden, wie er sagte, also mitten in ein deutsches Industriegebiet, prima geeignet für Leute, die eine Schwäche für qualmende Schlote hatten. Er hatte meine Entwürfe stets mit Sorgfalt behandelt, und deshalb lud ich ihn auf ein Gläschen zum Abschied ins nahe gelegene Shandon Star ein. Aus Keefes erstem Whiskey, gefolgt von einem Bier Marke Rheingold, wurden rasch drei, was mich in seinen geröteten, tränennassen Augen leider zu seinem Vertrauten machte. Bald sprachen wir über Coras Selbstmord. Vermutlich lag es daran, dass mich ihr Tod noch immer beschäftigte, denn ein einziges Bier genügte, um mir die Zunge zu lösen. Ich erwähnte ihren Namen.

Keefe nickte mit vielsagender Miene. »Da gibt es etwas über Cora, das du wissen solltest«, teilte er mir mit schwerer Zunge mit. »Letzten Monat sind ich und ein paar Jungs aus dem Büro Fiedler in einem Striptease-Schuppen begegnet. Er saß an der Bar, gab drei Professionellen Gingerale zu Champagnerpreisen aus und kippte dabei einen Gimlet nach dem anderen hinunter. Der Kerl war betrunkener als ich jetzt.« Diese Worte erinnerten Keefe daran, sich die nächste Runde zu bestellen. Diesmal kippte er den Whiskey gleich in sein Bierglas und trank einen großen Schluck. »Wahrscheinlich war es ihm peinlich, von mir dabei erwischt zu werden, wie er Bardamen bezahlte. Also ...« Als er sich viel zu dicht und vertraulich zu mir herüberbeugte, stellte ich fest, dass ihm Bierschaum am Mund klebte, als hätte er die Tollwut. »... hat er mir zwei Fotos gezeigt. Von Cora. Splitterfasernackt in seinem Büro.«

Am liebsten hätte ich Keefe das weltmännische Grinsen aus dem Gesicht geprügelt, und das, obwohl er mir bis jetzt immer sympathisch gewesen war. Wenn Fiedler in diesem Moment hereinspaziert wäre ... nur der Himmel weiß, was ich mit ihm gemacht hätte. »Du hättest mir das nicht erzählen sollen«, stieß ich mit zusammengebissenen Zähnen hervor. »Wenn Fiedler das rauskriegt, könnte es dich den Job kosten.«

Er knallte das Bierglas auf die Theke wie den Hammer eines Richters. »Warum, zum Teufel, glaubst du, dass ich versetzt werde?«, brüllte er so laut, dass der Gast links von ihm am Tresen ein Stück weiter rutschte. »Sobald Fiedler am nächsten Morgen aufwachte und ihm die Sache mit dem Foto wieder einfiel, hat er angefangen, meinen Abschied zu planen. So geht er immer vor. Wenn du zu viel weißt oder nicht mehr sein Vertrauen genießt, schiebt er dich auf Nimmerwiedersehen irgendwohin ab. Was Cora betrifft, hat sie ihm die Mühe abgenommen.«

Dann berichtete mir Keefe (inzwischen hatte ich mir auch einen Whiskey bestellen müssen), Fiedler habe sich ihm gegenüber damit gebrüstet, er besitze ein seine »hypnotischen Fähigkeiten« unterstützendes Mittel, das er anderen gerne ins Glas schmuggle. Das Ergebnis fotografiere er dann, um seine Gäste damit unter Druck zu setzen – also nicht etwa, um die Bilder in das Album seiner schönsten Erinnerungen einzukleben.

Für mich war das Fiedlers vierter Fehltritt. Doch wie Ihnen an der McMasters-Akademie bekannt ist, gelang es ihm, mich in Misskredit zu bringen, bevor ich mir einen Mordplan ausdenken und diesen verwirklichen konnte. Ironie des Schicksals war es, dass er von meinen Gefühlen für Cora gar nichts ahnte. In Fiedlers Augen war ich einfach nur der Mensch, der zu viel über die Schwächen der W-10 und seine Schuld daran wusste. Denn ich und Jack waren als Einzige in der Lage, die Folgen seiner Änderungen zu erkennen und diese auch zu beweisen, ohne erst einen tragischen Unfall abwarten zu müssen.

Bei der Planung eines Flugzeugs, eines U-Bootes oder einer Brücke geht man wissentlich einige notwendige, aber fachlich begründete Kompromisse innerhalb einer bestimmten Toleranzspanne ein, bei denen man jedoch stets die möglicherweise auf die schwächsten Punkte von Leitwerk und Rumpf einwirkenden Kräfte berücksichtigen muss. Fiedlers Änderungen hingegen waren – wie der Mann selbst – oberflächlich und schlampig und gingen einfach von der Voraussetzung aus, dass es schon nicht zu Problemen kommen würde. Nur, dass es eben hin und wieder doch zu Problemen kommt. Und falls mehrere Probleme gleichzeitig eintreten sollten, dann bitte, bitte niemals auf dreitausend Metern Flughöhe.

Sobald ich Fiedler darauf ansprach, schlug er gnadenlos zu, indem er vertrauliche Firmenunterlagen von Woltan in meinem Auto und Horvarths Spind deponierte, uns fälschlicherweise einer für uns folgenschweren kommunistischen Weltanschauung bezichtigte und damit unsere berufliche Laufbahn sowie unsere Glaubwürdigkeit nachhaltig zerstörte.

Der Schaden, den Fiedler angerichtet hat, kann nie wiedergutgemacht werden. Doch wenn ich mich diesmal geschickter anstelle, könnte ich zumindest verhindern, dass er für den Rest seines Lebens weiter Unheil stiftet. Aber wie? Einfach indem ich dafür sorge, dass besagter Rest seines

Lebens um einiges kürzer bemessen ist, als er selbst es derzeit vermutet. Je schneller ich zuschlage, desto besser, denn schließlich besteht an Menschen und Projekten, die Fiedlers Machenschaften zum Opfer fallen könnten, kein Mangel.

Während ich diese Zeilen schreibe, bin ich zu dem Schluss gelangt, dass meine Methode, Fiedler – wie lautet noch mal das an der McMasters-Akademie gebräuchliche Wort? – zu »liquidieren«, die Welt außerdem auf die Konstruktionsfehler der W-10 aufmerksam machen muss. Und zwar so, dass man in der Chefetage von Woltan aufmerkt und etwas unternimmt, bevor die W-10 zum ersten Mal auf einem Linienflug eingesetzt wird.

»Aber Horvarth wird nicht wieder lebendig, wenn du Fiedler umbringst«, habe ich den zu erwartenden Einwand meiner Eltern im Ohr. »Das wäre nichts anderes als Auge um Auge.«

Worauf ich nur entgegnen kann, wie sehr ich bedauere, dass Fiedler nur zwei Augen besitzt.

Mehr kann ich Ihnen heute Morgen auf Ihre Frage nicht antworten. Ich habe einen langen Tag vor mir und muss jetzt los. Dennoch hoffe ich, dass Sie mich nun besser verstehen.

Clifford Iverson
Hedge House

XI

AUS DEM TAGEBUCH VON CLIFF IVERSON

Verehrter X.: Mein erstes Semester erweist sich als ebenso idyllisch, hektisch und unwirklich, wie es sich schon am ersten Tag abgezeichnet hat.

Wie meistens in den Anfangstagen an einem neuen College machte ich einige Bekanntschaften, was eher dem Stundenplan, der Sitzordnung und der Unterbringung geschuldet war als der persönlichen Vorliebe. Inzwischen ist mir Dulcie Mown recht sympathisch (obwohl die Feststellung, dass ich »von ihr beeindruckt« bin, es wohl besser treffen würde). Allerdings ist mir noch immer nicht eingefallen, warum sie mir so bekannt vorkommt, und zwar aus der Welt jenseits des Elektrozauns, der diese Akademie umgibt.

Die meisten meiner Mitstudenten verfahren nach dem Motto »Leben und leben lassen«, was angesichts der Ausrichtung unseres Studiums ein wenig lachhaft ist. Jud Helkampf (der durchgedrehte »Chirurg« aus dem Praxisseminar) und der blonde Simeon Sampson sind offenbar ganz unabhängig voneinander zu dem Schluss gekommen, dass ich ihren Zielen hinderlich bin. Eigentlich würde mich das amüsieren, müsste ich nicht befürchten, dass sie versuchen könnten, dieses Hindernis, also mich, dauerhaft aus dem Weg zu räumen. Nur Gemma Lindley bleibt mir weiter rätselhaft. Seit sie mir anvertraut hat, sie habe bereits einen Mord begangen, scheint sie mich bewusst zu meiden.

Eines Tages nach dem Seminar im Gonzago-Pavillongebäude fragte ich sie, ob sie Lust habe, am Samstagabend mit mir im Scarpia zu essen. Schließlich war der Speisesaal an diesem Tag geschlossen, sodass die Studenten sich selbst verpflegen mussten. Sie lehnte ab, ohne sich auch nur zu bedanken. Also begnügte ich mich mit einer Pizza aus der Trattoria, die ich mir mit dem allgegenwärtigen Cubby Terhune, der auf demselben Flur wohnt, und meinem Tutor Champo Nanda teilte. Anschließend wandte ich mich Kapitel drei von Wie beseitige ich meinen Chef zu. Es zählte sämtliche Fallstricke auf, die ein derartiges Vorhaben bereithielt. Wie zum Beispiel: »Der Beruf des Opfers darf bei einer Löschung keine Rolle spielen: 1.) Setzen Sie einen Elektriker niemals unter Strom. Seine Empfindlichkeit könnte durch wiederholte Schläge abgenommen haben. 2.) Vergiften Sie niemals einen Apotheker, denn er besitzt sicher sowohl das Fachwissen als auch die Möglichkeit, sich ein Gegenmittel zu verschaffen …« Und so ging es immer weiter, was eine ziemlich entmutigende Wirkung auf mich hatte.

Dank meines auf beschämende Weise gescheiterten Versuchs, Fiedlers Leben zu beenden, war ich bei meiner Ankunft an der McMasters-Akademie ein Semester höher eingestuft worden. Außerdem hatte June Felsblock, die Leiterin des Studentensekretariats, in meiner Abwesenheit bereits die meisten meiner Wahlfächer für mich ausgesucht.

Ich lernte sie, eine Ehrfurcht gebietende und auf seltsame Weise reizvolle Frau, an meinem ersten Vormittag in ihrem Büro im ersten Stock des Haupthauses kennen.

»Ja, leider musste ich den Großteil Ihrer Kurse für Sie festlegen«, bestätigte sie mir. »Allerdings handelt es sich bei den meisten ohnehin um Pflichtveranstaltungen.« Sie warf einen Blick in meine Akte und fügte in vergnügtem Ton hinzu: »Ach, Sie haben Wie beseitige ich meinen Chef *im Hauptfach. Sehr spannend. Und glauben Sie nicht, ich hätte nicht selbst schon mehr als einmal mit diesem Gedanken gespielt.« Lachend schaute sie sich im Zimmer um, als vermutete sie versteckte Mikrofone. Dann studierte sie meinen Stundenplan.*

IVERSON, CLIFF J.	Semester 1	Rekrut (Stipendium)	Hauptfach: Liquidierung, Chef	Studien-	Leiter	Rektor	Harrow
	Montag	Dienstag	Mittwoch	Donnerstag	Freitag	Samstag	Sonntag
7	Sport	→	→	→	→	→	Ausschlafen!
8	Frühstück	→	→	→	→		
9	Schrift	Sprache I		Angewandte Elektronik	Sprache I		Sonntags-Brunch 9-13.30
10		Pflanzengifte (Pavillon)		Giftiges Kleingetier (Teich)		Sabbat Morgen-Kiddusch (opt.)	Gottesdienst (opt.)
11	Präsidium	Grundlagen der Löschung	G.d.L.	G.d.L.	Präsidium	Spiel & Spaß nach Jahreszeit (akt. Tipps & Tricks beim Tennis)	Sonntags-Brunch (Ende 13.30)

12	Mittagessen	→	→	→	→	→	
14	Kunst & Literatur	Die Liebe zum Detail	K&L		K&L		Versammlung (Vorlesung, Diavortrag, Konzert, Theaterstück, Film) Anwesenheitspflicht
15	Hauptseminar Liquidierung, Chef Rektor Harrow		N. N.	Sport & Spiel (Sportkleidung)	Hauptseminar Liquidierung, Chef Rektor Harrow	GMP	
16			High Tea (opt.)	Dusche		High Tea (opt.)	
17		Mittel & Wege, Praxisübung		M&W, Praxisübung	Erolizid (Vesta Thripper), einmalige Beratung	Freizeit	Freizeit
19.30	Abendessen	→	→	→	→	Menü & Tanz, Ballsaal	Kein Abendessen
21					Waldlauf auf Ankündigung (verpflichtende Teilnahme)		

»Ich bin nicht ganz sicher, ob mir Griechisch als Wahlsprache zusagt«, begann ich.

»Oh, das ist unser beliebtester Sprachkurs«, wies sie mich zurecht. »Es klingt für alle exotisch, und niemand erkennt es. Manchmal habe ich den Verdacht, dass die alten Griechen die Wörter spontan erfunden haben. Außerdem ist die Schrift für die meisten Sprecher anderer Sprachen unleserlich.«

Das Seminar zum Thema Schrift war für mich der nächste Knackpunkt, und ich wies June Felsblock darauf hin, dass ich bereits über einige Erfahrung im Zeichnen verfügte.

»Hier geht es um Urkundenfälschung und verwandte Fachgebiete«, erklärte sie mir geduldig. »Wussten Sie, dass die Polizei, wenn sie Ihre Unterschrift mit einem Stift nachfahren, mit absoluter Gewissheit schlussfolgern wird, jemand habe versucht, Ihre Unterschrift zu fälschen? Sehr hilfreich, sofern Sie den Eindruck erwecken wollen, dass man Ihnen eine Straftat unterschieben will.«

»Aber wozu muss ich eine Unterschrift fälschen können, wenn ich jemanden beispielsweise mit dem Auto überfahren will?«, wagte ich dennoch einen durchaus nachvollziehbaren Einwand.

Ein Hauch von Missbilligung huschte über die klaren Gesichtszüge der Dekanatssekretärin. »Wir an der McMasters-Akademie haben uns dem Ziel verschrieben, unsere Absolventen mit einer umfassenden Allgemeinbildung ins Leben zu entlassen. Wie können Sie eine ganze Symphonie verstehen, wenn Sie nur wissen, was die Oboe spielen soll? Selbst der schlaueste Plan kann fehlschlagen, was Improvisationen auf dem Schlachtfeld nötig macht. Und zwar weit weg von dem Schutzraum, den McMasters Ihnen bietet.«

Nun war nur noch ein Eintrag übrig, der für mich drängende Fragen aufwarf. »Was ist denn ... äh ... Erotizid?«

June Felsblock grinste verschwörerisch. »Ich glaube, es ist wohl das Beste, die Erläuterung des Lehrstoffs Vesta Thripper zu überlassen. Es handelt sich in diesem Stadium um einen reinen Einführungskurs im Zusammenhang mit Ihrer Abschlussarbeit. Sie werden sicher Spaß daran haben. Professor Graves unterrichtet das Seminar für Frauen, und die Dozenten Laurel und Thorpe beraten diejenigen, die ihre Talente lieber am anderen Ufer ausleben wollen, wenn Sie verstehen, was ich meine. Mir ist klar, dass dieser Ansatz ziemlich progressiv ist. Doch für einige zählen Romantik, Begierde, Verführung und gebrochene Herzen zu den spitzesten Pfeilen im Köcher von McMasters. Vergessen Sie nie, dass Amor bewaffnet und gefährlich ist, Mr. Iverson!« Spöttisch zog sie die Augenbrauen hoch.

Ich schluckte. Vermutlich errötete ich auch. Jedenfalls war ich so verängstigt wie ein Fußsoldat, der gerade erfahren hat, dass Fallschirmspringen zu seiner Grundausbildung gehört. So entschlossen ich auch war, auch diesen Schritt zu tun, wenn es sein musste, wechselte ich lieber das Thema. »Gibt es auch Seminare, die draußen im Freien stattfinden?«, erkundigte ich mich. »Ich habe zu viele Jahre in fensterlosen Labors verbracht.«

»Oh, Trainer Tarcott stellt sehr hohe sportliche Anforderungen. Wenn es Zeit für Ihre Abschlussarbeit ist, werden Sie ausgezeichnet in Form sein. Außerdem habe ich Sie für den Kurs ›Pflanzengifte‹ im Pavillon und außerdem für Unterrichtseinheiten in der Menagerie eingetragen. Das ist unsere tierische Version der Giftgärten. In der Wasservilla haben wir derzeit einige Quallen und Blaufrösche, die Sie

sich nicht entgehen lassen sollten. Viele unserer Studenten haben eine Schwäche für kleine Tierchen, die töten können.«

Als ich feststellte, dass ich auch für den Waldlauf eingetragen war, beichtete ich June Felsblock, dass Laufen nicht zu meinen Stärken gehörte.

Meine Naivität brachte sie zum Schmunzeln. »Sie verstehen nicht ganz«, teilte sie mir mit. »Bei der Spurensuche kommt es nicht auf Geschwindigkeit an.«

Ich bin mir voll und ganz dessen bewusst, verehrter X, dass ich in Sachen Mord kein Naturtalent bin. Doch wie ich bald feststellte, unterschieden sich viele Lehrveranstaltungen nicht groß von denen am MIT und am Caltech: Vorlesungen, heruntergeleiert zum hypnotischen Takt des Scharrens von Kreide auf der Tafel und basierend auf dem vom jeweiligen Dozenten verfassten oder bearbeiteten Lehrbuch. Allerdings hatte der Inhalt der meisten Kurse und außerplanmäßigen Veranstaltungen nur wenig mit dem an einer gewöhnlichen Universität vermittelten Wissen gemein. »Waffen des Alltags« (ein einwöchiges Blockseminar im Rahmen der Einheit »Grundlagen der Liquidierung«) beschäftigte sich mit Gerätschaften aus dem Haushalt, die als tödliche Waffen zweckentfremdet werden konnten. Eine ganze Stunde widmete sich ausschließlich dem Pfannenwender. Wir Studenten erfuhren außerdem, dass die Wahrscheinlichkeit, einen tödlichen Unfall zu erleiden, im Badezimmer um einiges höher war als an Bord einer Linienmaschine. Was Cubby Terhune wiederum zu dem Schluss führte, eine Flugzeugtoilette müsse dann wohl der gefährlichste Ort des Universums sein.

Was das Universum selbst betraf, verfügte McMasters

über ein bescheidenes, allerdings vollständig automatisiertes Observatorium, komplett mit dem potenziell fatalen Zusammenspiel von sich drehenden Kuppeln, rotierenden Stegen und Zahnrädern. Die angesehene Astronomin Signe Childs, gerade mal eins fünfzig groß und mit einer riesigen eulenartigen Brille auf der Nase, demonstrierte uns, wie man ein unbewachtes Teleskop – die Schutzkappen auf Filtern und Linsen natürlich zuvor entfernt – so ausrichtete, dass es später genau auf die Sonne zeigt. »In einem exakt berechenbaren Moment«, erklärte sie uns mit starkem schwedischem Akzent, »wird ein gebündelter Sonnenstrahl ungebremst durch das rechtwinklig positionierte Okular scheinen und sich auf den Punkt richten, den Sie in Brand zu setzen wünschen. Und zwar, wenn Sie, der Brandstifter, schon längst über alle Berge sind. Bis auf das hilfreiche Licht der Sonne bleiben am ›Tatort‹ keinerlei Spuren, wie zum Beispiel die eines Brandbeschleunigers, zurück. Und für die Polizei wird – anders, als Shakespeare sagte – die Schuld nicht bei uns, sondern bei den Gestirnen liegen.«

Das Studentenleben entpuppte sich als gleichzeitig angenehm und anstrengend. Denn stets bestand die Möglichkeit, dass sich ein Picknick, ein Spaziergang durch die Natur, ein Footballspiel oder ein Tanzabend unvermittelt in eine unangekündigte Unterrichtsstunde verwandelte. Eine vermeintlich romantische »Kusszeit« im Praxislabor, in der Freiwillige Autos ohne Motoren auf einer nachgebauten Klippe mit Blick auf das künstliche Lichtermeer einer Stadt parkten, war irreführenderweise als »Kennenlernabend« unter Aufsicht der Abteilung Erotizid angekündigt worden. Rasch jedoch wurde daraus ein Lehrstück der Abteilung Fahrkünste, in dem wir lernten, wie man die Parkbremse außer Gefecht setzte, damit die untreue Freundin gemeinsam mit dem verräterischen besten Freund in den Abgrund stürzte. Ein weiteres geparktes Auto, diesmal mit beschlagenen Scheiben, diente Dr. Ward Pinkerman als Demonstrationsobjekt, um zu zeigen, wie man einen Auspuff so manipulierte, dass er zwei von außerhalb des Fahrzeugs umschaltbare Ausgänge bekam. Einer davon zeigte ins Wageninnere, nur für den Fall, dass die untreue Freundin bei kaltem Wetter und laufendem Motor mit dem verräterischen besten Freund im Auto knutschen sollte. So schwang in unserem Alltag stets der eigentliche Sinn und Zweck der McMasters-Akademie mit, so wie es an einer kirchlichen Hochschule mit der Religion oder an einer Militärakademie mit der Kriegsführung der Fall gewesen wäre.

Rasch erkannte ich, dass die Studenten der McMasters-Akademie durch zwei parallel verlaufende Bildungswege geschleust wurden, von denen der eine die von June Felsblock erwähnte Allgemeinbildung zum Ziel hatte. Deshalb fand ich mich zum Beispiel in einem Seminar mit dem Titel »Siegreich kombinieren« wieder, einem Wahlpflichtkurs zum Thema Nummernschlösser und Safe knacken, auch wenn ich nicht wusste, wie mir diese Fähigkeit beim Mord an Fiedler hätte nützlich sein sollen. (Der Vorteil war, dass ich eine Werkbank mit Gemma teilen konnte, die sich aus mir unbekannten Gründen brennend für dieses Fachgebiet interessierte.)

Was das zweite Bildungsziel betraf, herrschte die unausgesprochene Übereinkunft, dass alle Studenten hier eine ganz bestimmte Person im Blick hatten. (Mein Tutor hat mir erzählt, die Akademie würde niemals wissentlich einen Serienmörder aufnehmen. Auch keinen Bewerber, der, nur so ein Beispiel, einen prinzipiellen Groll *gegen alle Sachbearbeiter der Kfz-Zulassungsbehörde hegt). Wie sich herausstellte, diente mindestens die Hälfte der zu besuchenden Lehrveranstaltungen dem Zweck, eine Vorgehensweise für die eigene »Abschlussarbeit« zu entwerfen. Wie ich bereits erwähnt habe, handelt es sich dabei um den hier gebräuchlichen Terminus für die außerhalb des Campus durchzuführende krönende Liquidierung. Um die Umsetzung dieses Ziels zu gewährleisten, arbeitet ein Angehöriger des Lehrkörpers direkt mit dem jeweiligen Studenten zusammen. Ich hatte das Glück, Rektor Harrow als Studienleiter zugeteilt zu bekommen. Da er selbst nur wenige Seminare gibt und lediglich dem Vorstand und der Vizerektorin Erma Daimler (außerdem Finanzvorständin der Akademie) Rechenschaft ablegen muss, verfügt er über die nötige Zeit, meiner Ausbildung ausreichend Aufmerksamkeit angedeihen zu lassen. Außerdem zeigte er gütigerweise Verständnis dafür, dass ich noch Zeit bei der Eingewöhnung brauchte, denn schließlich hätte ich mich ja nicht freiwillig eingeschrieben.*

Meine eigene Einstellung, verehrter X, folgt inzwischen dem Grundsatz »Keine halben Sachen«, denn schließlich bin ich Ihnen zu großem Dank verpflichtet. Sie haben einen großzügigen Treuhandfonds für mich eingerichtet, und ich bin entschlossen, so wenig wie möglich davon auszugeben. Inzwischen nehmen meine Pläne, Fiedler zu liquidieren, nämlich Gestalt an, und ich vermutete, dass ich dazu ein bescheidenes Kapital benötigen werde. Also habe ich eine Teilzeitstelle als Helfer in der Küche des Speisesaals angenommen, um meine Schulden bei Ihnen abzuarbeiten.

Dank dieser Tätigkeit bin ich auch in den Genuss einiger wertvoller spontaner Unterrichtseinheiten durch den

Küchenchef M. Girard Tissier gekommen, dessen Wissen über Gifte schier grenzenlos ist. Einmal nach dem Abendessen, ich kratzte gerade angebrannten Zuckersirup aus einem der großen Kupfertöpfe, erfuhr ich, dass ungekochte Kidneybohnen tödlich wirken können, wenn man sie in ausreichender Menge zu sich nimmt. Beim Freischrubben der beiden Backrohre von angetrocknetem Lammfett belauschte ich zudem, wie Girard seinen Souschef Arnaud zurechtwies: »Non, mein Guter. Fluorwasserstoffsäure mag bei Berührung weder brennen noch sonst schmerzhaft sein. Dennoch frisst sie sich durch das Gewebe und verätzt den Knochen. Es widerstrebt mir, einen Menschen bei lebendigem Leibe zu filetieren, solange es humanere Methoden gibt.« Auch der Gedanke, Bleiacetat als Süßungsmittel zu verwenden, hat etwas für sich. Ein bisschen Kaliumpermanganat zum Neutralisieren, und schon hat man giftige, aber leckere grüne Kartoffeln für die Kartoffelpastete am St.-Patrick's-Day.

Da die Arbeit in der Küche ein kleines Taschengeld abwirft, kann ich mir abends vor dem Schlafengehen meistens ein frisch gezapftes Bier im Lauernden Wolf leisten, großzügig eingeschenkt von Wilfred Mussel, dem Wirt, der auch den Kolonialwarenladen betreibt. Da nur ein Bier pro Kopf erlaubt und Trinkgeld hier unbekannt ist, handelt es sich um ein vergleichsweise kostengünstiges Vergnügen. Und wenn ich mich von Mussel oder meinen Mitstudenten überreden lasse, ein paar »Rag«-Nummern auf dem in der Ecke versteckten Klavier zu spielen, geht das Bier meistens aufs Haus.

Im Wolf habe ich mich auch mit einigen anderen Studenten angefreundet. Einige empfinden es als befreiend, darüber zu sprechen, was sie an die McMasters-Akademie *geführt hat und was sie nach ihrem Abschluss diesbezüglich unternehmen wollen. Jeder vertraut darauf, dass sein Geheimnis bei den anderen sicher ist, denn schließlich verbindet uns ein gemeinsames Ziel. Jedenfalls erörtern Dieter Seidel und Enzo Gentilini bei einem Glas des leichten, aber würzigen Biers gern ihre Gedanken mit mir. Dieter ist zweiter Oboist bei den Leipziger Philharmonikern und würde gerne erster werden, ein Posten, den derzeit der unmusikalische Neffe des Generalmusikdirektors besetzt. Enzo ist Postbeamter auf Sizilien und möchte den örtlichen Caporegime liquidieren – und zwar, ohne gleich eine Vendetta gegen sich und seine Familie loszutreten –, denn dieser handelt mit Drogen und hat Enzos Sohn erst süchtig gemacht und ihn dann in den Tod getrieben. Die beiden sind unterhaltsame und gutmütige Menschen, und es macht Spaß, mit Ihnen ein Glas zu trinken. Dasselbe gilt für die rotgesichtige »Mim« Webster, deren fröhliche Art mich stets auf andere Gedanken bringt, wenn ich mich einsam oder traurig fühle. Cubby Terhunes Freundschaft kann manchmal ein wenig erdrückend sein, aber seine unverdrossenen Bemühungen machen ihn beinahe sympathisch, wenn er mir nicht gerade wieder auf die Nerven fällt.*

Vielleicht sollte ich noch hinzufügen, dass der Lauernde Wolf früher, das heißt schon im 17. Jahrhundert, wirklich ein bis auf halbe Höhe mit Holz vertäfelter Pub mit niedrigen Deckenbalken und schiefen Wänden war. Außerdem kann man sich dort für eine Nacht eines der kleinen, aber blitzsauberen Zimmer mieten, um seinen privaten Neigungen nachzugehen. Eines Abends zu Anfang des Semesters sah ich Gemma mit Jud Helkampf, dem gruseligen Clownverschnitt, an einem Tisch vor dem Kaminfeuer sitzen. Gemma trug beim Sprechen eine ernste Miene zur Schau, während Jud ihr nur mit halbem Ohr zuzuhören schien. Stattdessen wanderten seine stumpfen Augen immer wieder zu der schmalen Treppe hinüber, die nach oben führte. Als er eine knappe Bemerkung machte, die ich leider nicht verstehen konnte, war Gemma offenbar um eine Antwort verlegen. Helkampf zuckte nur säuerlich lächelnd die Achseln, worauf Gemma aufstand und ging.

Ich kippte mein restliches Bier hinunter, verabschiedete mich rasch von meinen Freunden und folgte ihr. Sie steuerte raschen Schrittes auf ihre Unterkunft zu. Um sie aufzuhalten, hätte ich ihr etwas nachrufen müssen, und ich wusste nicht, was ich in diesem Fall hätte sagen sollen. Als mein Gönner stimmen Sie mir sicherlich zu, dass mir derzeit eine College-Romanze gerade noch gefehlt hätte. Der Ausdruck allein klingt schon albern, denn schließlich habe ich mein Studium bereits vor Jahren abgeschlossen. Also gab ich mein spontanes Vorhaben aus Gründen der Vernunft, wenn auch mit Bedauern, auf und kehrte zurück in mein Zimmer, wo mich das für mich inzwischen kostbarste Gut erwartete: eine fest schlafend verbrachte Nacht.

Während der Woche beginnt mein Tag für gewöhnlich um sechs Uhr dreißig. Ich klopfe an die Badezimmertür, um mich zu vergewissern, dass meine Nachbarin den Raum nicht gerade benutzt. Einmal ganz zu Anfang hatte ich vergessen, die Verbindungstür zu ihrem Zimmer abzuschließen, und Audrey Jäeger kam herein, als ich gerade den Morgenmantel ablegen und unter die Dusche gehen wollte. Ich hatte sie zwar schon öfter im Hedge House und auf dem Campus gesehen, aber bis jetzt nicht gewusst, dass es sich bei ihr um meine Badezimmergenossin handelte.

»Entschuldige, tut mir leid«, sagte ich zu der lockigen Audrey, die einen identischen Morgenmantel trug, wie ich einen anhatte. Sie begann, sich Tropfen in die Augen zu träufeln, die gerötet waren, als hätte sie geweint. »Ich heiße Cliff Iverson. Ich glaube, wir teilen uns dieses Badezimmer.«

»Nicht mehr lang«, erwiderte Audrey mit Grabesstimme.

»Nun, es war nicht meine Idee …«, wollte ich protestieren.

»Das sollte nur heißen, dass ich nicht mehr lange hier oder überhaupt auf dieser Welt sein werde«, antwortete sie und griff nach der neben dem Waschbecken liegenden Haarbürste. »Ich habe noch nie im Leben irgendetwas richtig gemacht. Meine Eltern haben mir den Abschluss an einer Privatschule mehr oder weniger erkauft, denn ich war eine miserable Schülerin. Allerdings habe ich das nicht bedacht, als ich mich hier eingeschrieben habe. Und nun habe ich mich vor lauter Dummheit selbst zum Tode verurteilt, obwohl ich doch eigentlich jemand anderen verurteilen wollte. Geschieht mir ganz recht, dass ich eine Dosis meines eigenen Gifts abgekriegt habe.« Mit diesen Worten schloss sie die Tür hinter sich.

»Ich freue mich auch, dich kennenzulernen. Bestimmt werden wir uns prima verstehen«, antwortete ich an die zufallende Tür gewandt.

Jeden Morgen um sieben gehe ich die Treppe hinunter in den gemütlichen Salon, wo die in Sportkleidung gewandeten Bewohner von Hedge House sich Tassen mit einem dampfenden Getränk von der Anrichte nehmen. Unweigerlich steckt Trainer Tarcott irgendwann seinen Kopf zur Tür herein und ruft etwas wie: »Wer hat heute Morgen Lust auf zwei Runden Dauerlauf?«, was ihm ein kollektives Aufstöhnen einbringt. »Also auf zur Boccia-Anlage und *zurück!« Und schon hetzen wir hinter dem Trainer her und einen der vielen Trampelpfade entlang, die den Campus durchziehen. Bald brennt mir von der Anstrengung die Kehle, und ich fröstle im Morgennebel.*

Auch wenn die hiesige Studentenschaft bei ihrer Ankunft höchst unterschiedliche körperliche Voraussetzungen mitbrachte, sind wir – dank Tarcott, der über einen beachtlichen Sprachschatz verfügt, um uns zu Hochleistungen anzuspornen – inzwischen so gut in Form wie nie zuvor. Wir sind durchtrainiert und muskulös, und wenn gutes Aussehen allein töten könnte, hätte die McMasters-Akademie ihr Bildungsziel inzwischen längst erreicht. Allerdings ist mir aufgefallen, dass die offenbar dem Untergang geweihte Audrey Jäeger häufig nicht mithalten kann und sich den letzten Platz oft mit einem keuchenden Cubby Terhune teilt.

Nach dem Sport dusche ich, ziehe mich um und lasse mir ein Hörnchen und einen starken Milchkaffee im Morgenzimmer des Haupthauses schmecken. Auf das opulente englische Frühstück, das im Speisesaal gereicht wird, verzichte ich lieber. Anschließend breche ich zum ersten Seminar des Vormittags im Haus der Naturwissenschaft auf. Hierbei handelt es sich um das modernste Gebäude auf dem Gelände der McMasters-Akademie, einen Flachbau, der über den im zweiten Untergeschoss angesiedelten Chemielabors errichtet ist.

Eigentlich hatte ich gedacht, dass ich dank meiner Vorbildung in Elektrotechnik meine Mitstudenten rasch im Fach Angewandte Elektronik eingeholt haben würde. Allerdings ist »angewandt« hier das Schlüsselwort, denn an der McMasters-Akademie will man keine zukünftigen

Elektroingenieure und Elektriker heranziehen, sondern Fachleute für das Töten mit Stromstößen.

Das Blockseminar wird von einer Dozentin namens Silvana Sparchese unterrichtet, die sich mit »Sparks« (Fünkchen) anreden lässt und jeden, der sie »Silvie« nennt, mit Drahtspulen und Kabeln bewirft. An jenem Morgen trug sie wie immer einen grünen Mechanikeroverall (der vor allem ihrer Bequemlichkeit diente). Die Stunde drehte sich um das von Gangstern in Hollywoodfilmen gern bediente Klischee, vor der Tat das Radio aufzudrehen, um die beim Misshandeln oder Töten des Opfers erzeugten Geräusche zu übertönen; in ihren Augen eine eher problematische Vorgehensweise. Sei das Radio zu laut, verkündete sie, werde es vermutlich einen erbosten Nachbarn oder Vermieter auf den Plan rufen und sei deshalb nicht anzuraten, wenn man zum Beispiel im Begriff sei, jemanden zu ertränken. Sie sprudelte ihre Ideen schneller hervor, als wir sie mitschreiben konnten. »Natürlich ist es ein Vorteil bei einer Versenkung in der Badewanne, dass man, wenn alles scheitert, zur Tarnung einfach das Radio ins Wasser werfen kann. Allerdings hat mir ein inzwischen in der Entwicklungsabteilung von Bell Labs beschäftigter Absolvent berichtet, dass bald ein mit einer Neun-Volt-Batterie betriebenes Transistorradio auf den Markt kommt. Mit neun Volt könnte man nicht einmal einen Goldfisch umbringen, okay? Die gute Nachricht lautet, dass Plattenspieler auch weiterhin eine Steckdose brauchen und deshalb in jeglicher Hinsicht die bessere Wahl sind. Beim Radio läuft man nämlich Gefahr, dass die der Verdeckung dienende Musik unvermittelt durch eine Nachrichtenmeldung oder eine überraschende Pause von vier Takten unterbrochen werden könnte. Bei einem tragbaren Plattenspieler hingegen sucht man sich die den finsteren Absichten entsprechende Musik aus und kann nötigenfalls immer noch auf den guten alten Wechselstrom oder Gleichstrom zurückgreifen, okay?«

Als ich mich umschaute, sah ich, dass alle emsig mitschrieben: die reiche Erbin Prisha Sunder, die beabsichtigte, ihren mittellosen Verlobten und ihre spirituelle Beraterin aus dem Weg zu räumen, da die beiden ein Verhältnis miteinander hatten. Auch zwei Drittel der Callaghan-Drillinge, Faith (Glaube) und Charity (Güte), waren anwesend – ihre Pläne für ihre abwesende Schwester Hope (Hoffnung) verliehen dem Wort eine völlig neue Bedeutung. Außerdem saßen da meine vom Pech verfolgte Mitbewohnerin Audrey und der Dichter José Régio, dessen stümperhafter Einsatz in meiner Wasserpolomannschaft ihn zu klagenden Sonetten über die Bedeutungslosigkeit des Siegens an sich veranlasst hatte. Der Balletttänzer Illarian Volkov, ein Zweimetermann, der dem derzeitigen Direktor des Ballets Russes de Monte-Carlo an den Kragen wollte, gehörte ebenfalls zu meinem Mitstudenten. Und dann war da noch der zierliche Milton Swill, dessen flammend rotes Haar ein Feuerwehrauto vor Neid hätte erblassen lassen und über den ich kaum etwas wusste.

Nur ein einziger Federhalter im Raum stand still, und zwar der von Simeon Sampson. Stattdessen lehnte das Schreibgerät lässig an den Lippen seines Besitzers, dem es Freude zu machen schien, den Gelangweilten zu mimen.

Wie Sparks beteuerte, war eine Wagner-Oper ein ausgezeichnetes Mittel zum Überdecken von Geräuschen, denn nur wenige Menschen könnten die Schreie des Opfers von Brünnhildes Kriegsgeheul in Die Walküre, vorgetragen von einem Kontraalt, unterscheiden. Sie hob zudem hervor, dass der Rhythm and Blues einige ungeahnte Möglichkeiten eröffnete. »Amateure, die nicht geerdete Mikrofone und Elektrogitarren mit ein und demselben Verstärker verbinden? Bei einem Konzert im Freien, wo jederzeit ein Sommerregen losbrechen kann?«, rief sie aus. »Sich so eine Chance entgehen zu lassen, wäre doch kriminell, okay?«

Um Ihnen, verehrter X, das auf dem Campus herrschende Konkurrenzdenken zu illustrieren, hier ein kleines Beispiel: Im Rahmen einer Hausarbeit für Angewandte Elektronik verschaffte sich Simeon einen Plattenspieler von Columbia, geeignet für diese neuen Langspielplatten, welche die Plattenfirmen inzwischen herausbringen. Unter Anwendung von Methoden, die er Rektor Harrows Buch Einbruch ohne Bruchstelle entlehnt hatte, ersetzte Simeon mein Tischradio durch diesen Plattenspieler, so als hätte man die veraltete Technik ausgetauscht. Dann versteckte er sich unter dem Bett, wohl wissend, dass ich jeden Moment vom Abendessen zurückkehren würde. Außerdem hatte er den Lautstärkeregler von seinem Metallstift gelöst, diesen auf die Zwei-Uhr-Position verstellt und den Regler wieder so angebracht, dass er in der Acht-Uhr-Position zu stehen schien. Ergebnis war, dass die eingestellte Lautstärke niedriger schien als die tatsächliche.

Bei meiner Ankunft war ich froh über den Anblick eines Geräts, mit dem man etwas anderes abspielen konnte als die Brandenburgischen Konzerte. Also setzte ich die Nadel auf die Platte und regulierte die Lautstärke auf eine scheinbar sozialverträgliche Höhe. Ravels sonst fast nicht zu hörende, aber rhythmische Einleitung begann. Während ich die ersten

Minuten des Bolero normalerweise kaum wahrnehmen konnte, ohne die Lautstärke zu ändern, trat das Flötensolo nun so klar und deutlich wie nie hervor. Ich legte mich aufs Bett, ließ das eindringliche Thema über mich hinwegbranden und gönnte meinem überstrapazierten Verstand eine kleine Ruhepause.

Etwa zehn Minuten später wurde mir klar, dass das sich schrittweise, aber unausweichlich steigernde Crescendo selbst für die größten Anhänger von Ravel viel zu laut geworden war. Jeden Moment würden meine Mitbewohner an die Tür hämmern und sich über den Lärm beschweren. Ich sprang vom Bett auf und machte einen Satz zum Plattenspieler, eine Abfolge hastiger Bewegungen, die übertönte, dass Simeon unter dem Bett hervorschlüpfte und mir das Ende eines hölzernen Kleiderbügels wie ein Messer zwischen die Schulterblätter rammte. Der Aufprall traf mich so unvermittelt, dass ich auf die Knie stürzte.

Während ich nach Atem und Fassung rang, stellte Simeon den Plattenspieler ab. Ein grinsender Champo Nanda kam aus dem Badezimmer, wo er das Experiment heimlich beobachtet hatte. »Genau nach Plan ausgeführt. Einfach, aber wirksam. Der Bolero hat eben das gewisse Etwas.«

»Man muss den Bolero einfach mögen«, pflichtete Simeon ihm angeberisch bei.

»Außerdem haben Ravel und Toscanini Ihnen einen Großteil der Arbeit abgenommen. Sie haben sich Bonuspunkte verdient. Aber ich fürchte, für Sie bedeutet das einen Punktabzug, Cliff.«

»Ich verstehe das nicht, Simeon«, beklagte ich mich, denn schließlich hatte ich eine Woche lang seine Hänseleien und verächtlichen Blicke über mich ergehen lassen müssen.

»Ich habe zu den meisten hier ein gutes Verhältnis. Warum benimmst du dich mir gegenüber so verdammt mies?«

Simeon zog den Stecker des Plattenspielers, klappte den Deckel zu und nahm das Gerät wieder an sich. »Ich bin hier, weil ich mich bewusst dafür entschieden habe. Du bist hier, weil man dich dazu verdonnert hat. Und wenn es hart auf hart geht, habe ich lieber einen Freiwilligen an meiner Seite als jemanden, der nur mit halbem Herzen bei der Sache ist. Du könntest mich mein Leben kosten.«

Zehn Tage später kehrte Simeon in seine Räumlichkeiten in der obersten Etage von Hedge House zurück. Offenbar gehörte er zu den Privilegierten hier, denn er verfügte über eine Suite mit Arbeitszimmer und eigenem Bad. Einer der Vorteile, die ihm sein Anschlag auf mich eingebracht hatte, bestand darin, dass er den Plattenspieler einen Monat lang behalten durfte. An jenem Abend fand er eine 78er-Schallplatte auf dem Plattenteller vor. Dazu eine Nachricht auf dem Briefpapier von Champo Nanda, und zwar mit dem folgenden Wortlaut: »Habe gehört, dass Sie ein Fan von Doris Day sind. Diese Vorabpressung habe ich gerade von einem Absolventen aus Hollywood bekommen. Ich dachte, sie könnte Ihnen gefallen.«

Simeon studierte das Etikett: »Doris Day – It's Been a Long, Long Time*«. Da er nichts Auffälliges daran erkennen konnte, stellte er den Plattenspieler auf 78 Umdrehungen ein und spielte die Platte ab, während er sich zum Abendessen umzog. Nach etwa zwei Minuten sang Doris: »… Kiss me once, then kiss me twice, then … klick, klick …«*

Als Simeon klar wurde, dass das immer so weitergehen würde, wenn er nichts dagegen unternahm, hob er den Tonarm mit den Fingern an. Im nächsten Moment raste eine schwarze Wand auf ihn zu und schleuderte ihn quer durchs Zimmer, wo er, von einem Stromschlag getroffen, benommen auf dem Boden liegen blieb.

Ich trat aus seinem Arbeitszimmer. »Es war ganz einfach«, meinte ich zu Simeon, der sich die taube rechte Hand rieb und die angesengten blonden Härchen auf seinen Fingerknöcheln betrachtete. »Ich habe diese Platte von Doris Day zwischen den Big-Band-Aufnahmen entdeckt, die hier bei den wöchentlichen Tanzveranstaltungen abgespielt werden. Nachdem ich das Lied auf Magnetband überspielt hatte, habe ich es zwei Stunden lang im Labor bearbeitet, bis es klang, als bliebe die Platte nach zwei Minuten und zwölf Sekunden hängen. Die überarbeitete Version habe ich dann mithilfe der Plattenschneidemaschine im Tonstudio auf eine Acetatplatte übertragen. Anschließend habe ich den Tonarm neu verkabelt, sodass die von mir an die Höhenverstellschraube gelötete Büroklammer einen absichtlich frei liegenden Draht berührt, sobald er einen Winkel von neunundzwanzig Grad ab Ausgangsposition erreicht. Und so wurde der Tonarm selbst unter Strom gesetzt.«

Der selbstgefällige Fatzke gab ein Stöhnen von sich, das Musik in meinen Ohren war. »Wo hast du das gelernt?«, fragte er.

»In einem dreitägigen Praxisseminar mit dem Titel ›Klingt wie ein echter Kracher‹«, erklärte ich geduldig. »Es befasste sich mit den praktischen Anwendungen von Tonaufnahmen. Natürlich kenne ich mich dank meines Berufs mit Verkabelungen aus. Du kannst mir dankbar sein, dass ich so menschenfreundlich war, einen Fehlerstromschutzschalter einzubauen, der die Stärke des Stromschlags begrenzt hat.

Ansonsten ...« Ich wandte mich an Champo Nanda, der hinter mir eingetreten war. »... tja, es würde wohl jeder nach dem Tonarm greifen, wenn die Platte hängen geblieben ist. Nur dass der Tonarm in diesem Fall ... eine tödliche Waffe war.«

Champo Nanda half Simeon auf die Füße. »Genau wie Sie es in Ihrer Projektbeschreibung geschildert haben, Cliff. Ausgezeichnete Arbeit, es Mr. Sampson mit gleicher Münze heimzuzahlen.«

»Nun, ich war mir einfach sicher, dass er sich die Platte anhören würde«, erwiderte ich bescheiden. »Jeder liebt doch Doris Day.«

XII

AUS DEM TAGEBUCH VON CLIFF IVERSON

Verehrter X, seit meinem erfolgreichen Racheakt gegen Simeon scheint sich das Blatt für mich gewendet zu haben. Dank der Gerüchteküche auf dem Campus verbreitete sich die Nachricht, dass ich Sampson zurechtgestutzt hatte, wie ein Lauffeuer. Im Gegensatz zu früher erntete ich keine neugierigen Seitenblicke mehr, sondern wurde stattdessen meist mit »Hallo, Cliff!« begrüßt. Kurz darauf erhielt ich eine Einladung, am Tisch des Rektors zu Abend zu essen, wie Cubby mir versicherte, eine ganz besondere Ehre. Offenbar handelte es sich um eine Auszeichnung für die Leistungen, die ich am Vortag in »Perücken, Make-up und Prothesen« erbracht hatte, ein Thema, für das ich, offenbar dank meiner Erfahrung im Bereich Flugzeugdesign, ein Händchen hatte. Da ich schon häufig die Nasen von Düsenjets aus Gips oder Ton modelliert hatte, war es nicht weiter verwunderlich, dass mir auch die falsche Nase für mich selbst gut gelang. Allerdings vermutete ich außerdem, dass Harbinger Harrow mir auf diese Weise seinen guten Willen und außerdem zeigen wollte, dass er an meine Fähigkeiten glaubte und mich hiermit offiziell in die Gemeinschaft aufnahm.

Während der Woche füllt sich der Große Speisesaal jeden Abend um halb acht mit dem fröhlichen Stimmengewirr von Studenten und Lehrenden, die sich unter den achteckigen Kronleuchtern an den wie Mosaiksteine im Raum verteilten ebenfalls achteckigen Tischen versammeln. Über der doppelflügeligen Tür, die zur Küche führt, befindet sich eine Empore, von wo aus verborgene Lautsprecher den Saal mit Musik fluten.

Das Bedienungspersonal trägt die scharlachroten und schwarzen Uniformen der McMasters-Akademie. Jeder Tisch ist mit Orchideen, schwerem Silberbesteck, Platztellern aus Limoges-Porzellan, Leinenservietten, Weinkaraffen aus Kristall und Butterstückchen auf einem Bett aus Eis eingedeckt, sodass man sich an den Speisesaal eines Kreuzfahrtschiffes erinnert fühlt.

Tisch eins stand auf einem mit Samt bezogenen Podest genau in der Mitte der südlichen Wand, wo ein Stuhl, der größer war als die anderen, freien Blick auf alle Anwesenden bot. Meine Vermutung, dass das der Stuhl des Rektors war, erwies sich als richtig. Eine Platzkarte dirigierte mich zu einem Stuhl nur zwei Plätze rechts von ihm. Zu unseren Tischgenossen gehörten Trainer Tarcott, Champo Nanda, Professor Matias Graves, der aussah wie ein junger spanischer Adeliger, und June Felsblock, die beeindruckende und vollbusige Dekanatssekretärin.

Rechts von mir saß eine Frau mit der Ausstrahlung einer Matriarchin, in deren Adern eindeutig blaues Blut floss, denn ich konnte sehen, dass sich ihre Venen unter der Haut abzeichneten wie bei einem Diagramm des menschlichen Gefäßsystems. »Cliff Iverson, wie ich annehme«, sagte sie, hielt mir die Hand hin und zog sie aber, offenbar nicht an einer Berührung interessiert, sofort wieder zurück. »Erma Daimler, Vizerektorin und Finanzchefin der McMasters-Akademie. Wie ist das werte Befinden?«

»Ich verhungere«, gestand ich.

»Ja, es ist eine große Verantwortung, beide Posten gleichzeitig zu bekleiden, doch ich komme zurecht«, erwiderte sie, als hätte ich mich auch nach ihrem erkundigt, und winkte einen Kellner heran, an dessen Revers drei winzige Pik-Asse prangten. Ein Hinweis auf jahrzehntelange Dienste. »Anton, dieser Student muss etwas essen«, verkündete die hagere Erma. »Bringen Sie uns bitte sofort den Brotkorb und die Vorspeisenplatte, Anton.«

»Es ist mir ein Vergnügen, Rektorin Daimler«, antwortete Anton.

»Nein, es ist Ihre Aufgabe«, verbesserte sie ihn, worauf er hastig den Rückzug antrat.

Mein Tutor (der mich darüber aufgeklärt hatte, dass es auf Burma keine Vor- und Nachnamen gibt ... vielleicht wollte er auch nur einfach nicht Champo genannt werden, da sich das nach einem streitlustigen Mitglied der Marx Brothers anhörte) versuchte mich ins Tischgespräch einzubeziehen. »Unser Trainer hat gerade wieder einmal beteuert, das Schwert sei mächtiger als der Stift.«

»Und für gewöhnlich schärfer«, fügte der Trainer hinzu.

»Allerdings lässt sich ein Füllhalter leichter in einer Reisetasche verstauen und eignet sich wunderbar zur Verabreichung von Gift«, wandte der Lehrstuhlinhaber für englische und spanische Literatur ein. »Außerdem darf man die Wirksamkeit eines gut formulierten falschen Liebesbriefs oder eines Erpresserschreibens nicht unterschätzen.«

»Was studieren Sie denn im Hauptfach, Mr. Iverson?«, fragte Erma Daimler, ohne sich wirklich für die Antwort zu interessieren.

»Chef«, antwortete June Felsblock an meiner statt, während Anton mit einem Korb voller Brötchen erschien. Sie waren so frisch, dass ihr Duft mir schon vom anderen Ende des Tisches in die Nase stieg. »Ein Fach, das sich zunehmender Beliebtheit erfreut.«

»Wahrscheinlich ein Nachkriegsphänomen«, entgegnete Erma. »Nun, da man sich nicht mehr bedingungslos dem Militär und der Industrie unterordnen muss, um den Krieg zu gewinnen. Die Welt verändert sich, ein Umstand, an den ich den Rektor fortwährend erinnern muss.«

Felsblock griff nach einem dampfenden Brötchen und bestrich es großzügig mit Butter. »Hmmm, das Liquidieren des eigenen Chefs hat inzwischen die Beseitigung des beruflichen Mitbewerbers oder des Anlageberaters überflügelt. Natürlich bleiben alle drei noch immer weit hinter der Liquidierung des Ehepartners zurück.« Sie wandte sich an mich. »Das war mein Hauptfach, und auch das meines Mannes Dale.« Ihr Blick wanderte zu einem schauerlichen Buntglasfenster, das eine Darstellung von König David, flankiert von seinen beiden berühmtesten Opfern, zeigte: Goliat und Uria, Batsebas Ehemann. »Er und ich kannten uns bei unserer Ankunft noch nicht und waren nur von dem Wunsch beseelt, die grausamen und lieblosen Menschen loszuwerden, die wir einst geheiratet hatten. Und ehe wir uns versahen, entstand zwischen uns eine Campusromanze ... ja, so etwas kann geschehen, Mr. Iverson! Mondscheinspaziergänge auf dem Boot Hill. Castorbohnenpflücken im Frühjahr, unser erster Kuss unter dem jakobäischen Vordach des Pavillons, der die giftigen Raupen des Pfauenspinners beherbergt ...« Sie hielt inne. »Manchmal spreche ich zu offen über mein Glück.«

Rektor Harrow kam atemlos hereingehastet und nahm seinen Platz ein. »Entschuldigen Sie die Verspätung. Wo steckt denn Girard?«

Wie auf ein Stichwort näherte sich ein zierlicher Herr im Frack dem Tisch. Seine schmalen Schultern waren etwa gleich breit wie seine Hüften, und er hatte sein glänzendes Haar und den Schnurrbart offenbar passend zu seinem Anzug gefärbt. »Bienvenue, mon capitaine!«, rief er so überschäumend wie ein frisch entkorkter Champagner aus. »Mille fois pardon.«

»Er ist Franzose«, klärte Daimler mich auf, nur für den Fall, dass ich gedacht haben könnte, dass Tissier einfach nur sonderbar sprach. Natürlich wusste ich bereits einiges über ihn, weil ich während meiner Arbeitseinsätze in der Küche die Ohren gespitzt hatte, doch wir waren einander bis jetzt nicht offiziell vorgestellt worden.

Rektor Harrow wirbelte zu mir herum. »Mr. Iverson, darf ich Sie mit dem Mann bekannt machen, in dessen Hände Sie in den letzten Monaten nicht nur Ihre Geschmacksnerven, sondern auch Ihr Leben gelegt haben: Monsieur Girard Tissier, unseren Küchenchef, der auch Vorlesungen zum Thema Giftstoffe hält. Preisträger der silbernen Kochmütze und Chevalier de l'Ordre du Mérite agricole.« Tissier stand vor Stolz stramm. »Außerdem Teilhaber am Le Carcajou in Paris, bis zu dem schicksalhaften Tag, an dem sein Geschäftspartner ihm widersprach ... sodass Girard ihm eine ausnahmsweise unbekömmliche Mahlzeit zubereiten musste. Können wir servieren lassen, mon brave?«

»Entschuldigen Sie mich einen Moment, bevor Souschef Arnaud noch versucht, le poulet für das Coq St. Veteran selbst zu enthaupten. Was Saucen betrifft, ist er ein Genie, doch beim Schlachten veranstaltet er ein schauerliches Gemetzel.«

Während Tissier sich rasch entfernte, erhob sich der Rektor und klopfte mit seinem Löffel ans Wasserglas. Sofort wurde es still im Saal. »Guten Abend«, begann er mit sonorer, beachtlich tragender Stimme. Im nächsten Moment jedoch bemerkte ich das Mikrofon, das wie ein Damoklesschwert über seinem Kopf hing.

»Guten Abend, Rektor Harrow«, antworteten die Anwesenden im Chor.

»Wir wollen einen Moment den Kopf senken und in uns gehen.« Ich fand es höchst seltsam, dass an einer Einrichtung mit der inhaltlichen Ausrichtung von McMasters ein Tischgebet gesprochen wurde, doch alle senkten den Kopf, und viele falteten auch die Hände. »Himmlischer Vater«, fuhr Harrow feierlich fort, »der allen Geschöpfen auf dieser Erde das Leben geschenkt hat und es dann für angebracht hielt, uns auch den Tod zu schenken ... Wir danken dir für die Gaben, die wir nun empfangen werden. Gib uns unser täglich Brot – wobei ich hinzufügen möchte, dass das Hörnchen heute einfach köstlich war, also Kompliment nicht nur an unseren Schöpfer, sondern auch an den Bäcker – und vergib uns unsere Sünden, wie auch wir, natürlich erst nach der Liquidierung, denen vergeben, die sich gegen uns versündigt haben. Mögen wir alle bald an den Gräbern unserer Zielpersonen beten. Amen.«

»Amen«, wiederholten die Anwesenden.

Nachdem auch die persönlichen Gebete in verschiedenen

Sprachen und Religionen verklungen waren, erfüllten wieder geselliges Stühleknarzen und leises Stimmengewirr den Saal. Doch der Rektor sprach weiter. »Das wird heute ein Arbeitsessen.« Sofort erhob sich ein allgemeines Aufstöhnen. »Ich dulde keinen Widerspruch, danke. Im Laufe dieser Mahlzeit wird man den Versuch unternehmen, Sie zu vergiften.«

»Ach, herrje«, murmelte Trainer Tarcott leise. »Jede gottverdammte Woche. Kann man denn nicht einmal in Ruhe zu Abend essen?«

»Ich glaube, wir an diesem Tisch sind ausgenommen«, wandte Graves ein. »Bis auf Cliff vielleicht.«

»Einige Zutaten der heutigen Mahlzeit«, verkündete der Rektor, »besitzen das Potenzial, Ihr Leben zu beenden, sollten sie in ausreichender Menge aufgenommen werden, da es kein Gegenmittel gibt. Vergessen Sie nicht, dass es nicht genügt, den Namen eines Giftes zu kennen und zu wissen, wie man es sich beschafft. Die psychologischen Aspekte der Verabreichung sind nicht zu vernachlässigen. Bedenken Sie das heute Abend bei der ›mündlichen Prüfung‹.« Der Ausdruck löste bei Erma Daimler ein kurzes Schnauben aus. »Wer glaubt, den giftigen Bestandteil erkannt zu haben, möge aufstehen und meinen Namen rufen. Dem ersten Studenten, der das Gift identifiziert, erhöhe ich die Punktzahl seines schlechtesten Prüfungsergebnisses um hundert Punkte. Ein beachtlicher Preis. Bei einem Ratefehler wird die Punktzahl des besten Prüfungsergebnisses um sechzig gesenkt. Sollten Sie erkranken und sich trotz unserer größten Bemühungen nicht erholen, werden wir in einer gefühlvollen Zeremonie am kommenden Sonntag Ihrer gedenken und Ihren heldenhaften Einsatz trotz Ihres *schlechten Geschmacks im Jahrbuch der McMasters-Akademie erwähnen.« Offenbar erwartete er Gelächter, doch es herrschte nur eisiges Schweigen. Aber schließlich ist es in der Unterhaltungsbranche eine Binsenweisheit, dass Todeskandidaten nur schwer zu begeistern sind.*

»Das ist ein Scherz, oder?«, raunte ich Champo Nanda zu.

»Wie immer schwer zu sagen«, antwortete der Tutor in leicht gequältem Ton.

»Nun denn«, versicherte Rektor Harrow seinem Publikum. »Ein tödlicher Ausgang ist höchst unwahrscheinlich. Die Dosis sollte Sie nicht umbringen.« Er wandte sich an Tissier, der inzwischen zurückgekehrt war. »Es wird sie doch nicht umbringen, oder?«

Tissier bewegte die ausgebreitete Hand hin und her.

»Es wird Sie nicht umbringen«, wiederholte der Rektor. »Außerdem haben wir ein Gegenmittel hier.« Wieder beugte er sich zu Tissier hinunter. »Wir haben doch ein Gegenmittel, richtig?«, fragte er leise.

Der Franzose zuckte die Achseln.

»Und das Gegengift steht parat«, bestätigte der Rektor. »Und nun ist es Zeit fürs Jüngste Gericht.«

Auf dieses Stichwort kam eine Kolonne von Kellnern im Zickzackkurs aus der Küche in den Speisesaal marschiert. Jeder war mit einer knochenweißen Porzellanterrine und einem passenden Schöpflöffel ausgerüstet. Der kleinwüchsige Girard bat mit einer Handbewegung darum, das hängende Mikrofon noch ein Stück hinunterzulassen. Als er hineinsprach, klang er, als kommentierte er eine Modenschau. »Das heutige Abendessen besteht aus einem Consommé, zubereitet aus dem patentierten Rindfleischfond, für den ich beim Festival von Lyon 1947 den ersten

Preis gewonnen habe. Frischer Estragon aus Frankreich, kombiniert mit englischer Ringelblume, ergeben, beides abgeseiht, eine schlichte, aber abgerundete Brühe, die Sie auf die darauffolgenden Gänge vorbereiten wird. Bon appétit!«

An unserem Tisch schöpfte Anton, der Oberkellner, mit respektvoller Miene nur mir allein die dampfende hellbraune Brühe auf den Teller. Als Champo mich zum Essen aufforderte, tat ich es vorsichtig. Im Gegensatz zu den Früchten von Tissiers genialen Fähigkeiten, an denen ich mich wochenlang hatte erfreuen können, fand ich das braune heiße Wasser auf meinem Teller nicht sonderlich beeindruckend.

»Nun?«, fragte Rektor Harrow. »Was meinen Sie?«

»Sie wärmt«, antwortete ich diplomatisch.

Erma Daimler wandte sich an Tissier. »Offenbar muss man die Küche für den erfolgreichen Einsatz eines Kochherds loben.«

Der Chef de Cuisine beobachtete die Tische im Saal mit Argusaugen. Allerdings schien der Verzehr der Suppe keine sofortigen Folgen zu zeitigen. Nur der mittelprächtige Geschmack gab Anlass zu einigem Murren. Offenbar würde das todbringende Gericht erst noch serviert werden, denn Gift konnte unmöglich so fade sein.

Der Rektor beugte sich zu mir hinüber. »Sie könnten auf Ihren guten Anfang hier aufbauen, indem Sie sich in dieser Übung auszeichnen, lieber Iverson. Das nicht vorhandene Aroma der Suppe müsste Ihnen eigentlich einen Hinweis liefern. Bedenken Sie ...«

Ein lautes Poltern erklang, als ein Stuhl mitsamt dem darauf sitzenden Studenten umkippte. Der schlanke junge Mann mit dem flammend roten Haar umklammerte seinen

Bauch. Es war Milton Swill, den ich aus dem Seminar Angewandte Elektronik wiedererkannte.

Eine beeindruckend attraktive junge Frau, die ein schmal geschnittenes Cocktailkleid aus einem metallisch schimmernden Stoff trug, erhob sich von ihrem Platz, ging zu dem Gestürzten hinüber, goss eine Flüssigkeit auf eine Serviette und hielt sie ihm unter die Nase.

Unterdessen fiel am anderen Ende des Raums der nächste Student, und zwar Cubby Terhune, der ebenso auf dem Boden landete.

Außerdem trugen Simeon Sampson und Jud Helkampf zu dem Tumult bei, indem sie nahezu im selben Moment aufsprangen. »Rektor Harrow!«, riefen sie.

Der Rektor stand auf. »Gleichzeitig an der Ziellinie?«

Gemma, die am gleichen Tisch gesessen hatte, fuhr von ihrem Stuhl hoch, um Cubby ein Glas Wasser zu bringen. »Jud wusste es zuerst!«, widersprach sie dem Rektor. »Er hat es Simeon erzählt, und der hat sich sofort gemeldet.«

Simeon sah sie verständnislos an. »Das ist nicht wahr!«

»Doch! Sie hat recht!«, schrie Helkampf.

»Aber, aber, wir wollen sehen«, meinte der Rektor. »Also, Mr. Helkampf, wie lautet Ihr Ergebnis?«

»Das Gift ist in den Salzstreuern«, verkündete der junge Mann mit den bauschigen Haarbüscheln über den Ohren.

»Und was führt Sie zu diesem Schluss?«

»Die Küche würde niemals eine derart fade Suppe servieren lassen. Anfangs habe ich an der Empfänglichkeit meiner Geschmacksnerven gezweifelt, doch dann habe ich mich dabei ertappt, wie ich automatisch nach dem Salz griff, etwas, das ich hier bis jetzt noch nie getan habe. Im nächsten Moment wurde mir klar, dass heute überhaupt zum ersten

Mal Salz und Pfeffer auf den Tischen stehen. Eigentlich hätte es mir schon früher auffallen müssen, doch ein Salzstreuer wirkt auf einem Tisch nicht weiter ungewöhnlich. Also habe ich abgewartet, ob sonst jemand das Salz benutzt, und Swill hat es getan.«

»Wie zuvorkommend von ihm«, merkte Harrow spöttisch an und fügte an mich gewandt hinzu: »Vergiften Sie niemals Ihre Zielperson. Die Zielperson soll das besser selbst tun. Verstanden?«

»Ja, Sir, verstanden«, erwiderte ich in demselben gekünstelt lässigen Ton, in dem ich auch »Alles in Ordnung« oder »Kein Grund zur Sorge« hätte sagen können.

Inzwischen sprach Harrow den immer noch stehenden Simeon an. »Möchten Sie uns vielleicht mitteilen, um welches Gift es sich handelt?«

Simeon schüttete sich etwas von dem »Salz« auf die Handfläche. »Nun, zwischen den Salzkörnern befinden sich einige farblose Kristalle. Deshalb tippe ich auf das gute alte Zyankali. Nur eine Frage, Monsieur Tissier: Warum habe ich nicht den für Zyankali typischen Geruch von Bittermandeln wahrgenommen?« Ich empfand diese Frage als aufgesetzt. Offenbar wollte Simeon nur mit seinem Wissen angeben.

»Wie viele hier im Raum haben überhaupt je Bittermandeln gerochen?«, seufzte Tissier auf. »Was für ein Geruch ist das eigentlich? Einige sagen, Arsen röche nach alten Turnschuhen. Und einer von zehn Menschen kann Zyankali gar nicht riechen. Das ist génétique.«

»Wie geht es unseren Opfern, Vesta?«, erkundigte sich der Rektor bei der attraktiven Frau im silbrigen Kleid. Später erfuhr ich, dass Vesta Thripper die einzige examinierte Krankenschwester der Welt war, die außerdem

von der Modelagentur Eileen Ford vertreten wurde. Ihre Augenbrauen und Lippen waren schmale Linien, gekrönt von einer hohen Stirn. Und außerdem war nicht zu übersehen, dass Milton Swill seine Magenkrämpfe als geringen Preis für das Vergnügen betrachtete, von ihr aus nächster Nähe den Puls gefühlt zu bekommen. Ich fragte mich, ob ihm wirklich elend oder er nur vor Hingabe schwach geworden war.

»Sie werden sich beide wieder erholen«, verkündete Vesta mit melodischer Stimme. »Es war nur eine kleine Dosis, die außerdem von der Suppe verdünnt wurde. Ich habe ihnen ein wenig Amylnitrat und eine Kohletablette verabreicht. Ein großes Glas Milch und eine Mütze voll Schlaf, dann sind sie morgen wieder wie neu.«

Der Rektor bedankte sich im Namen der Schule bei Monsieur Tissier dafür, dass er wegen dieser Übung von den Grundsätzen seiner Kunst abgewichen war. Die überflüssigen Salzstreuer und die uninspirierte Suppe wurden wieder entfernt. Dann trug dieselbe feierliche Prozession aus Kellnern die richtige Suppe auf, während man Swill und Terhune aus dem Saal geleitete. Tissier kündigte stolz seine Suppe aus Pilzklößchen vom Schillerporling in heißer Tinte vom Tintenfisch mit in Thymian gerösteten Schalotten, Rainfarn und Gundermann an.

Ich beobachtete, wie Gemma Jud zur Feier seines Sieges rasch umarmte, bevor sie wieder am Tisch Platz nahm. Es wollte mir nicht in den Kopf, was sie an diesem prinzipienlosen Gesellen fand. Aber meiner beschränkten Erfahrung nach gab es bei jedem Paar etwas, das die beiden zusammenschweißte; man musste sie nur ein wenig besser kennenlernen. Wenn man ihre vertrauten Gespräche belauschte und ihre Kommoden, den Wandschrank oder den Schuhkarton ganz hinten auf dem obersten Regalbrett durchwühlte, bis man ihre Bedürfnisse und Ängste kannte, ging die Gleichung für gewöhnlich auf.

Nachdem die richtige Suppe verkostet war, nahm Tissier erfreut die Begeisterungsstürme am Tisch des Rektors entgegen. Mutig geworden durch einen zweiten Schluck von dem kräftigen Haut-Brion, der dazu gereicht wurde, beteiligte ich mich am Gespräch. »Ich muss zugeben, dass Ihre Beschreibung der Suppe einfach schauerlich klang. Aber sie ist …« Vergeblich suchte ich nach dem richtigen Wort. »Ich habe noch nie im Leben etwas dergleichen gegessen.«

»Noch nie im Leben?«, hakte der Franzose neugierig nach.

»Nein, noch nie.«

Tissier klopfte mit den Knöcheln auf die Tischplatte. »Genau das ist es, was ich Trainer Tarcott immer predige, denn der beharrt darauf, les sports lieferten das optimale Umfeld für eine Liquidierung. Doch die wirksamste méthode zur Tarnung von Giften ist und bleibt meiner Überzeugung nach die cuisine exotique. Je mehr die Gäste erwarten, dass man sie überrascht und ihre Geschmacksknospen mit ungeahnten Aromen kitzelt, desto leichter lässt sich eine todbringende Zutat hineinschmuggeln. Wem der Ruf vorauseilt, ein experimentierfreudiger Koch zu sein, der hat beim Vergiften praktisch freie Hand.«

»Ich stimme zu«, ließ sich Rektor Harrow vernehmen. »Wir alle haben eine Vorstellung davon, wie Hühnchenpastete, New England Clam Chowder oder Würstchen mit Bohnen schmecken sollen. Doch was, so frage ich Sie, erwarten wir uns von Seeteufel an Wilder Möhre in einer Sauce aus Schwarzem Bilsenkraut? Sie brauchen Ihren geltungssüchtigen Gästen nur weiszumachen, sie seien die

Ersten, die Girards Aspik vom Rind auf Confit vom Kugelfisch in Sauce pourri kosten dürfen, und sie werden unter Einsatz ihres Lebens um eine Portion kämpfen – und selbiges natürlich verlieren.«

»Das ist ja schön und gut, wenn man ein Händchen fürs Kochen hat«, wandte ich ein. »Ich hingegen kriege ja nicht einmal eine Schale Cornflakes hin.«

»Würde es Ihnen wirklich nicht gelingen, zwanzig Kirschsteine zu zermahlen und auf diese Weise Zyanid zu erhalten? Oder Myristicin aus einer frischen Muskatnuss herzustellen?«, meinte Tissier aufmunternd zu mir. »Sie könnten auch Aprikosen mitsamt ihren giftigen Steinen in einen Mixer geben. So hätten Sie ein toxisches Püree, das sich für die Verarbeitung in den verschiedensten Süßspeisen eignet.«

»Und mit welcher genau würden Sie Ihren Gästen das giftige Püree servieren?«, erkundigte ich mich.

Der Franzose überlegte und zuckte dann die Achseln. »Ich halte es da mit Marie-Antoinette: Sollen sie Kuchen essen.«

Die Tischrunde mochte das lediglich amüsant finden, doch mir hatte Rektor Harrow im Laufe dieses Abendessens geschickt wichtiges Wissen zugespielt, das ich im Dienste meiner Mission, diese Welt von Merrill Fiedler zu befreien, zur praktischen Anwendung bringen konnte.

XIII

Womöglich werden Sie den Inhalt unseres nächsten Kapitels als inhaltlich weniger inspirierend und beflügelnd empfinden als seine Vorgänger, was jedoch der verabscheuungswürdigen Natur des Menschen geschuldet ist, um den es hier gehen soll. Außerdem stützt sich die Passage mehr als die übrigen Kapitel stark auf externe Quellen, wie zum Beispiel auf Gespräche mit anderen Mitarbeitern bei Woltan Industries –HH.

Während Cliff Iverson studierte, um der Liquidator zu werden, der er eigentlich nie hatte sein wollen, fuhr Merrill Fiedler fort, die Träume seiner Mitmenschen zu vernichten und ihre Hoffnungen im Keim zu ersticken, wie es ihm nun einmal im Blut lag.

Fiedler war bekanntermaßen stolz auf seine äußere Erscheinung. Für Joan Beeson hingegen war »Stolz« inzwischen zum Fremdwort geworden. Obwohl er sie um neun Uhr vormittags zu sich zitiert hatte, saß er nicht an seinem Schreibtisch, als sie schüchtern an seine Bürotür klopfte.

»Herein!«, rief er ihr stattdessen aus seinem privaten Badezimmer, dem Einzigen seiner Art im Woltan-Tower, zu. »Es ist offen.«

In einen seiner langen Frotteebademäntel gehüllt, trat er aus dem Bad und tupfte sich mit einem goldfarbenen Velourshandtuch den rotbraunen, von silbrigen Fäden durchzogenen Bürstenschnitt trocken. »Pünktlich wie die Maurer«, stellte er fest. »Immer hereinspaziert.«

Joan blickte sich um, voller Sorge, jemand am Empfang könnte beobachtet haben, dass ihr Chef sie in mehr oder weniger unbekleidetem Zustand empfing. »Ich kann auch später wiederkommen, Mr. Fiedler«, schlug sie vor. Fiedler hatte verfügt, dass sie ihn während der Bürozeiten mit »Mr. Fiedler« anzusprechen hatte.

»Sei nicht albern«, wies er sie zurecht. »Wenn Woltan nicht will, dass die Angestellten mich im Bademantel sehen, soll man mich nicht so lange arbeiten lassen, dass ich hier schlafen muss.« Das war seine Begründung gegenüber der Firmenleitung gewesen, warum er ein Sofabett im Büro brauchte. Fiedler verbrachte so oft die Nacht in der Firma, dass ihn jeder, der es nicht besser wusste, tatsächlich für einen hart arbeitenden Manager gehalten hätte. »Schließlich siehst du mich nicht zum ersten Mal im Bademantel – oder ohne.«

Obwohl man diesen Satz als Einleitung zu einer Verführungsszene hätte deuten können, ging es in Fiedlers Sexleben ebenso wenig um seine Liebe zu Frauen, wie der Lincoln-Tunnel zwischen New York und New Jersey zu Ehren eines amerikanischen Präsidenten erbaut worden war. Fiedler kam es eher drauf an, seine Machtfülle unter Beweis zu stellen, indem er seine Mitmenschen nach Kräften schikanierte oder sie dazu zwang, das Unerträgliche zu ertragen. Das konnte sich etwa dadurch äußern, dass er seine Affäre mit Janice aus der Telefonzentrale beendete und dafür eine mit Shari aus dem Schreibbüro begann, was hieß, dass Janice die Anrufe ihrer Nachfolgerin durchstellen musste. Dann wieder ruinierte er nur so nebenbei den guten Ruf von Cliff Iverson, während er gleichzeitig in einer Fachzeitschrift dessen Forschungsergebnisse für sich beanspruchte. Wenn er einen guten Tag hatte, brachte er sogar beides unter einen Hut. Und dazu noch vieles mehr.

Eigentlich hätte er am liebsten den Bademantel fallen gelassen und sich vor Joans Augen angekleidet, hätte nicht noch ein gelblicher Bluterguss seinen Rücken geziert. Er war nämlich vor zwei Wochen auf einem U-Bahnhof in New York von einem Spinner angegriffen worden und dabei gegen eine Säule geprallt. Zwei Polizisten in Zivil hatten verhindert, dass er vor den herannahenden Zug stürzte, und nun ließ sich die Beule mit dem Verblassen Zeit. Joan Beeson durfte auf keinen Fall sehen, dass auch er verwundbar war.

Das Wenige, was Fiedler über den Flugzeugbau wusste, hatte er als Mechaniker bei der Air Force gelernt. Da er nach dem Angriff auf Pearl Harbor nur wenig Lust gehabt hatte, seine militärische Karriere fortzusetzen, hatte er eine Stelle bei Woltan angetreten. Und zwar deshalb, weil dieses Unternehmen im Auftrag der Regierung tätig war, was wiederum seine erneute Einberufung zum Wehrdienst verhinderte. Während die meisten Männer kriegsbedingt anderweitig beschäftigt waren und die Laufbänder bei Woltan dank der Rüstungsaufträge auf Hochtouren liefen, hatte Fiedler sich mühelos an den Wehruntauglichen und den arbeitenden Frauen vorbeigedrängt. Inzwischen jedoch spuckten die Hochschulen alljährlich eine neue Generation frisch ausgebildeter Jungingenieure aus, die alle auf einen Posten bei Woltan spekulierten. Dennoch war es Fiedler gelungen, seinen Posten zu verteidigen, und zwar, indem er sich auf seine wahren Talente verließ: die Fähigkeit, das Selbstwertgefühl und den Tatendrang seiner Untergebenen nach Kräften zu untergraben und ihre Fehler an die große Glocke zu hängen, ihre Leistungen hingegen als seine eigenen zu verkaufen.

Wenn es um Frauen ging, hatte Fiedler noch weitere Taktiken auf Lager. Diejenigen, die er nach seinen engstirnigen Maßstäben als unscheinbar und wenig ansehnlich einstufte, wurden öffentlich gedemütigt. Mit ihren attraktiveren Geschlechtsgenossinnen hatte er hingegen andere Pläne. Und nun gehörte auch Joan Beeson zum Kreis seiner ehemaligen Gespielinnen, die er als Kollateralschäden am Wegesrand zurückließ.

Er winkte sie zu seinem Klappbett, das momentan als Sofa hergerichtet war. Das Möbelstück war mit einem dunklen, rauen Wollstoff bezogen. Eigentlich hätte Leder besser zu Fiedler gepasst, doch er saß gerne nackt darauf und mochte es nicht, wenn seine Haut auf der Sitzfläche kleben blieb. Das fühlte sich irgendwie unprofessionell an.

Fiedler schlängelte sich an dem taillenhohen antiken Globus vorbei, der auf einem schmiedeeisernen Gestell im mediterranen Stil neben dem Sofa stand, und ließ sich neben seiner Besucherin nieder. »Tja, Joanie, meines Wissens erwarten dich in Michigan ja große Dinge«, verkündete er in gekünstelt neidischem Ton. »Vermutlich hat man dir gestern Abend Bescheid gegeben.«

»Bist du wahnsinnig geworden?« Entsetzen und Fassungslosigkeit malten sich in ihrem Blick. »Wie soll ich denn nach Michigan ziehen? Ich kann nicht aus Baltimore weg.«

Er legte den Arm um sie. »Ach, mach dir keine Sorgen. Ich bin mindestens viermal im Jahr geschäftlich in Michigan. Wir könnten einander auch weiterhin sehen.«

Sie wischte seinen Arm beiseite wie eine von einer niedrigen Decke baumelnde Spinnwebe. »Glaubst du im Ernst, es liegt daran, dass ich dich nicht mehr sehen könnte? Ich habe einen kranken Mann und ein Schulkind. Außerdem Verwandte und Freunde. In Michigan kenne ich keine Menschenseele.«

»Es ist nicht einfach nur Michigan, Joan«, wandte er bedeutungsschwer ein. »Sondern Lansing. Die Hauptstadt des Bundesstaates. Außerdem verdienst du, soviel ich weiß, an diesem neuen Posten viel mehr, als eine Frau hier je bekommen könnte.«

Sie starrte ihn entgeistert an. »Das habe ich dir zu verdanken, richtig?«

»Nein, die Entscheidung wurde in New York getroffen.« Er zog ein reumütiges Gesicht. »Vermutlich hätte ich denen nicht sagen sollen, wie wacker du dich hier schlägst.« Es war nur ein halbherziger Versuch, und er wusste, dass er es auch besser hätte hinkriegen können. Allerdings hatte er keine Lust, sich mehr ins Zeug zu legen. Er wollte nur, dass diese Frau aus seinem Büro, diesem Bundesstaat und seinem Leben verschwand. Eigentlich hatte er sie schon seit Monaten satt. »Ohne dich wird es hier nie mehr so sein wie zuvor.«

»Das kannst du nicht zulassen, dafür weiß ich zu viel über dich«, protestierte sie, was natürlich genau der Grund war, warum er es zuließ.

»Joanie«, erwiderte er, wohl wissend, wie sehr sie diese Anrede hasste. »Sicher hast du schon einmal von Polaroid-Kameras gehört. Sie sind noch nicht sehr verbreitet. Das sind Sofortbildkameras. Baxley vom Sicherheitsdienst hat mir eine davon in diesen Globus eingebaut. Die Linse ist hier oben im Polarkreis, siehst du?« Er drehte den antiken Globus, der ein Stück höher war als die Couch, bis der Nordpol direkt auf Joan zeigte. »Wenn ich die Kamera einschalte, macht sie eine Viertelstunde lang ein Foto pro Minute. Baxley habe ich erklärt, ich bräuchte sie, um festzustellen, ob neugierige Zeitgenossen in meinen Konstruktionsplänen herumschnüffeln.«

Er nahm einen braunen Umschlag vom Couchtisch und reichte ihn ihr. Neugierig, was es wohl enthalten mochte, öffnete Joan das Kuvert und förderte vier Schnappschüsse zutage. Diese zeigten sie bei einem Akt, der in einigen Bundesstaaten, einschließlich Maryland und Michigan, aus Gründen der Sittsamkeit verboten war. Fiedler hatte in seiner Bescheidenheit darauf verzichtet, ebenfalls ins Bild zu kommen.

»Du kannst sie ruhig zerreißen«, schlug er ihr freundlich vor. »Ich habe noch welche mit besserer Bildqualität.«

Ihr wurde übel wie so oft, wenn sie mit ihm zusammen gewesen war. »Es waren die Drinks. Oder jemand hat mir etwas ins Glas getan«, protestierte sie, als sei sie ihm eine Erklärung schuldig. »Ich wusste einfach nicht, wie ich Nein sagen sollte. Um meiner Familie willen flehe ich dich an, uns nicht zu einem Umzug zu zwingen.«

Er band den Gürtel seines Bademantels zu einem Doppelknoten, wie sie aus Erfahrung wusste, ihr Stichwort, sich zu verabschieden. »Schau, Joan, wir hatten beide unseren Spaß …«

»Ich kann mich nicht an irgendwelchen Spaß erinnern.«

Fiedler war erleichtert. Wenn sie erst anfingen, ihn zu beleidigen … »Dann wirst du mich wahrscheinlich weniger vermissen, als ich gedacht hatte.« Als er ihr die Tür aufhielt, achtete er beim Schließen darauf, dass das Türblatt sie mit einem sanften Schubs gegen das Hinterteil aus dem Raum beförderte.

Das war ja um einiges reibungsloser gelaufen als die Sache mit Cora. Diese hatte nicht nur Gnade vor seinem kritischen Blick gefunden, sondern außerdem seinen Verdacht geweckt, sie könnte gerade im Begriff sein, sich in Iverson zu verlieben. Und das kam überhaupt nicht infrage. Bei den letzten beiden Malen hatte er sie offen unter Druck setzen müssen, damit sie mit ihm schlief. Und dann hatte sie sich die Fotos zu sehr zu Herzen genommen.

Woher sollte er denn wissen, wer sich umbringen würde und wer nicht?

Er meldete sich per Gegensprechanlage bei Meg, die ihre Stelle nur deshalb behielt, weil er sich nicht für sie interessierte. »Ist Eric Gottschalk schon da?«

»Ja, Sir.«

»Schicken Sie ihn rein. Und keine Anrufe.«

Es klopfte an der Tür, und Fiedler bat Gottschalk herein. Es ärgerte ihn, dass der bebrillte junge Mann den Laborkittel nicht ausgezogen hatte, so als unterbräche er nur kurz eine wichtigere Aufgabe.

»Eric«, begann er. »Setzen Sie sich.«

Immer noch im Bademantel, steuerte Fiedler auf seinen Schreibtisch zu. »Falls Sie noch einen Moment zum Umziehen brauchen ...«, fragte Gottschalk.

Mit einer wegwerfenden Bewegung wies Fiedler auf den niedrigen Stuhl gegenüber dem Schreibtisch.

»Geht es um meine Aktennotiz wegen des Konstruktionsfehlers bei der W-10?«, erkundigte sich Gottschalk.

»Es gibt keinen Konstruktionsfehler bei der W-10«, verbesserte ihn Fiedler. Gemeint war das bereits von Pan Am, BOAC und Turkish Airlines bestellte Flugzeug, von dem jedoch noch kein einziges Exemplar gebaut worden war.

»Ich habe letztens in den Grundrisszeichnungen einige Anmerkungen meines Vorgängers Clifford Iverson entdeckt«, entgegnete Gottschalk. »Bei dem aktuellen Entwurf führen sämtliche Leitungen für Höhenruder und Querruder durch die Ladeluke, nicht durch einen separaten Kanal darunter, wie eigentlich von Iverson beabsichtigt. Sollte aus irgendeinem Grund die Ladeluke weggesprengt werden, müsste der Pilot eine einhundertdreißig Tonnen schwere Maschine steuern, ohne den Sinkflug irgendwie beeinflussen zu können.«

Er wartete auf Fiedlers Antwort. Doch dieser schlug nur eine Akte auf, die auf seinem Schreibtisch lag. Die beiden Glasfronten in Fiedlers Eckbüro boten freien Blick auf die ebene Landschaft rings um Baltimore, und Schreibtisch und Stuhl standen genau dort, wo die beiden Scheiben sich trafen. Wenn man Fiedler auf einem absichtlich in Couchtischhöhe gehaltenen Stuhl gegenübersaß, schien der Mann im Himmel zu schweben, während von dem umliegenden Fabrikgebäude und den niedrigen Hangars nichts zu sehen war. Da die Sonne um diese Zeit direkt hinter Fiedlers Kopf stand, konnte Gottschalk seinen Gesichtsausdruck nicht ausmachen.

»Eric?«, fragte dieser nun, als hätte er die Antwort nicht schon gekannt. »Waren Sie je Mitglied der Pan-Pacific Student Union?«

Gottschalk verstand nicht ganz. »Im College. Aber was hat das mit dem Konstruktionsfehler zu tun?«

Fiedler lächelte. »Wir reden jetzt von *Ihren* Fehlern. Ist Ihnen klar, dass das Justizministerium die Pan-Pacific Student Union in seine Liste der verfassungsfeindlichen Vereinigungen aufgenommen hat?«

Der junge Mann nahm die Brille ab und fing an, sie zu polieren. »Ich habe mich nie an irgendwelchen Aktionen beteiligt, sondern nur einen Freund zu ein paar Veranstaltungen begleitet.«

»George Bridwell«, las Fiedler von dem Blatt Papier in seiner Hand ab. »Richtig?«

Gottschalk rutschte auf seinem Stuhl herum. »Ja.«

»Und Sie beide wohnen derzeit zusammen?«

»Ja. Wir teilen uns die Miete.«

»Soweit ich weiß, hat die Wohnung doch nur ein Schlafzimmer?«, hakte Fiedler in gespielter Arglosigkeit nach.

Gottschalk zuckte zusammen. »Im Wohnzimmer steht ein Klappsofa. Wir werfen jeden Monat eine Münze, wer das Bett kriegt. Offenbar habe ich mehr Glück als er.«

»Das kann ich mir denken. Mr. Bridwell hat eine andere Hautfarbe als Sie, richtig?«

»Na und?«

»Nicht, dass das weiter von Bedeutung wäre. Und Sie sind beide überzeugte *Junggesellen*, oder?« Fiedler ließ das Wort einen Moment in der Luft hängen. »Also leben Sie mit einem Nichtweißen in einer Zweizimmerwohnung zusammen. Das macht Sie in einem Unternehmen, das Aufträge vom Verteidigungsministerium bekommt, zum Sicherheitsrisiko. Wenn es erst einmal in Ihrer Akte steht, wird es Sie überallhin begleiten.«

»Also bin ich gefeuert«, stellte Eric fest. »Und außerdem ruiniert.«

»Nein«, erwiderte Fiedler. »Ich bin schon seit einer Weile im Bilde und beabsichtige, es so lange wie möglich für mich zu behalten. Allerdings wissen Sie hoffentlich zu schätzen, welches Risiko ich damit eingehe. Als Gegenleistung erwarte ich von Ihnen, dass Sie mich über sämtliche Fälle von mangelnder Loyalität gegenüber Woltan unter Ihren Kollegen informieren. Außerdem werden Sie alle Ihre klugen Einfälle zuerst mit mir besprechen, bevor Sie jemand anderem davon erzählen.«

Es wurde so still im Raum, dass Fiedler Gottschalk schlucken hören konnte. Er schenkte seinem Mitarbeiter ein Glas Wasser ein, das Gottschalks trockener Mund offenbar dringend nötig gehabt hatte. »Ich ... werde es Ihnen nie vergessen, dass Sie mir noch eine Chance geben, Sir«, antwortete er schließlich.

»Außerdem möchte ich, dass Sie diesen nicht vorhandenen Konstruktionsfehler bei der W-10 vergessen. Falls Sie auf weitere Anmerkungen von Iverson stoßen sollten, würde ich sie nicht ernst nehmen. Er und sein Komplize Jack Horvarth wurden am Firmentor mit Regierungsdokumenten im Kofferraum ertappt.«

»Davon wusste ich nichts.«

»Sie haben ganz richtig gehört. Man hat sie aufgehalten, bevor sie Schaden anrichten konnten. Um Woltan eine Schlammschlacht zu ersparen, habe ich ihnen angeboten, freiwillig zu kündigen. Mitbewerber wie AirCorp hätten die Situation sonst weidlich ausgenutzt. Jedenfalls hat die Schande Horvarth offenbar in den Tod getrieben, und Iverson ist spurlos verschwunden. Im Moment zählt nur, so viele Bestellungen wie möglich für die W-10 an Land zu ziehen. Falls wir nach der Auslieferung Grund zur Sorge haben sollten, können wir immer noch eine Produktwarnung herausgeben.«

Fiedler erhob sich und wies auf die Tür. Im Gehen hielt Gottschalk noch einmal inne. »Noch einmal danke, dass Sie mich eingestellt haben, obwohl Sie so viel über mich wussten«, sagte er schüchtern.

»Keine Ursache«, entgegnete Fiedler. »Ich habe Sie nämlich eingestellt, *weil* ich so viel über Sie wusste.«

Als er wieder allein war, legte er die nackten Beine auf den Couchtisch und träumte von dem Tag, an dem jeder in diesem Unternehmen auf die eine oder andere Weise mit ihm im Bett liegen würde.

Schließlich griff er zum Telefon. »Janice«, sagte er zu der Telefonistin, die auf der Innenseite ihres rechten Oberschenkels ein schmetterlingsförmiges Muttermal hatte. »Verbinde mich mit Shari Dougan. Sie ist Sekretärin in der Buchhaltung.«

»Sie ist noch mehr als das«, erwiderte Janice. »Ich stelle dich durch.«

Ihm war schon aufgefallen, dass sie sich standhaft weigerte, ihn mit Mr. Fiedler anzusprechen. Er hatte sich ihr gegenüber ziemlich scheußlich benommen. Selbst für seine Verhältnisse.

»Hallo, Shari am Apparat«, meldete sich eine verführerisch rauchige Stimme.

»Shari, hier spricht Merrill Fiedler. Kommen Sie sofort in mein Büro. Und frischen Sie vorher Ihr Make-up auf.«

»Sie sind ja so ein Witzbold«, entgegnete sie und wartete auf eine Antwort. Aber Fiedler hatte bereits aufgelegt. Beim Aufstehen vom Sofa schlug er sich die von seinem Abenteuer in New York zurückgebliebene Beule an. Das tat immer noch weh und würde wohl noch ein paar Wochen so bleiben.

Ansonsten war das Leben schön.

XIV

Im Folgenden befassen wir uns mit den Fortschritten von Gemma Lindley und Doria Maye (alias Dulcie Mown), bevor wir uns wieder den Aufzeichnungen von Cliff Iverson zuwenden –HH

Da Gemma weder einen Gönner hatte noch Vermögen besaß, konnte sie sich kein Einzelzimmer im Hedge House wie Cliff und auch keine Bauernkate wie Dulcie leisten. Das Studentinnenwohnheim, das dem Standard einer Jugendherberge entsprach, diente denen als Unterkunft, die Mühe hatten, die Studiengebühren zusammenzukratzen. Gemma teilte damals ein Zimmer im dritten Stock mit drei anderen Frauen. Allerdings gilt in den Seminarräumen und im Speisesaal der McMasters-Akademie absolute Gleichbehandlung, weshalb sich tagsüber wenigstens für einige Stunden niemand benachteiligt zu fühlen braucht.

Die stets freundliche Miriam Webster hatte das Bett rechts von Gemma, getrennt durch einen kleinen Tisch. Gemma hatte bei der Verlosung der Betten Glück gehabt und einen Schlafplatz mit Blick auf Mead Mere und die schmucken Läden und kopfsteingepflasterten Gassen des sonderbaren kleinen Dorfes ergattert. Draußen war es dunkel, und Gemma lag auf dem Bett und betrachtete die blauen Lämpchen in den Weiden, die das Ufer des großen Teichs säumten. Wie ein zweiter Sternenhimmel spiegelten sie sich in der schwarzen Wasserfläche des Mere. Rings um die Cafés und Pavillons waren Lichterketten gespannt, die einen warmen goldenen Schein verbreiteten. Weitere Ketten aus winzigen Birnchen umgaben das gesamte Dorf wie ein Zaun aus leuchtendem Maschengeflecht.

Inzwischen war es einige Wochen her, dass sie gegenüber Cliff Iverson zu redselig – viel zu redselig – gewesen war. Sie hatte ihm gebeichtet, dass sie bereits einen Mord begangen hatte. Obwohl sie ihn mochte und spürte, dass er ein guter Mensch war, ging sie ihm seitdem möglichst aus dem Weg und beschränkte Gespräche und Blickkontakt auf ein Minimum. Sie fragte sich, ob ihr Unbewusstes versuchte, jegliches mögliches Interesse an ihm im Keim zu ersticken. Schließlich war ihre Zeit an der McMasters-Akademie zu kostbar, um eine Affäre einzugehen, die womöglich (wie auf dem Campus gemunkelt wurde, stillschweigend geduldet) in einem von Vesta Thrippers »Rendezvouszimmern« enden würde. Warum nur hatte sie Cliff ihr Geheimnis anvertraut?

»Ihr Geheimnis ist bei mir sicher«, hatte Adele Underton vor einem Jahr im St. Ann's Hospital zu ihr gesagt. Damals hatten sie beide in der Verwaltung gearbeitet, gleichberechtigt zwar, aber Gemma mit mehr Dienstjahren auf dem Konto.

Langsam hob Gemma den über Kalkulationstabellen geneigten Kopf. Ihr Herz schlug zwar wieder, allerdings noch recht unregelmäßig. »Was für ein Geheimnis?«, erwiderte sie in gespielter Ruhe.

»Genau: welches Geheimnis?« Adele strahlte übers ganze

Gesicht. »Verstehen Sie? Es braucht auch sonst niemand zu erfahren und ein Urteil über Sie zu fällen.«

Gemma schwieg abwartend, doch mehr hatte Adele offenbar nicht zu sagen. Sie wandte sich wieder ihren Akten zu. Gemma beobachtete, wie sie Seite um Seite umblätterte, und hätte am liebsten losgeschrien. Wenn sie Adele nicht bald fragte, was sie mit dieser rätselhaften Andeutung meinte, würde diese das als Bestätigung auslegen, dass sie etwas zu verbergen hatte. Was ja auch den Tatsachen entsprach. Also musste sie jetzt etwas sagen. Aber was? Sie versuchte es mit: »Möchten Sie einen Kaffee?«

»Oh, ja, bitte«, erwiderte Adele.

Gemma erhob sich und ging zum Automaten draußen vor der Tür, der kochend heißen Kaffee ausschenkte. Allerdings in so dünne Pappbecher, dass man sich die Finger daran verbrannte. »Mit Milch oder ohne?«

»Mit Milch, und zwei Stück Zucker bitte.«

Gemma drückte die entsprechenden Knöpfe. »Haben Sie den Aushang gesehen? Glenda geht in den Ruhestand.«

»Ja, habe ich. Sie nehmen interne Bewerbungen an, bevor sie mit Zeitungsanzeigen eine neue Verwaltungschefin suchen. Sehr rücksichtsvoll von ihnen. Haben Sie sich schon überlegt, ob Sie sich bewerben wollen? Als ich den Aushang sah, habe ich sofort an Sie gedacht.«

»Ja, das hatte ich eigentlich vor.« Als sie die Becher aus der Maschine nahm, verbrannte sie sich prompt die Finger.

»Aber Sie haben es noch nicht getan?«

»Nein.«

»Ach, das ist gut. Dann lassen Sie es am besten auch.«

Gemma, die Adele gerade ihren Kaffee reichen wollte, erstarrte mitten in der Bewegung. »Was? Warum denn?«

»Ich glaube, das mit den Arbeitszeiten könnte schwierig werden. Vom Gefängnis aus.« Sie kicherte. »Das war natürlich nur ein Witz.«

Gemma stellte Adeles Kaffeebecher ab und wich ihrem Blick aus.

»Aber die würden Sie ohnehin nicht nehmen, wenn sie es wüssten«, fügte Adele hinzu. »Nur dass sie es nie erfahren werden, weil ich ein Geheimnis bewahren kann.«

Gemma kehrte an ihren Platz zurück. Ihren eigenen Kaffee hatte sie vergessen.

»Außerdem werde ich mich selbst bewerben und würde mich freuen, wenn ich von Ihnen ein Empfehlungsschreiben bekäme«, flötete Adele.

»Ich soll Sie empfehlen?«

»Ich dachte mir, ein Schreiben von einer alten Kollegin …«

»Alte Kollegin?« Gemma arbeitete inzwischen seit fünf Jahren im St. Ann's, bei Adele waren es kaum fünf Monate.

»Es wäre auch keine große Mühe. Ich habe den Brief bereits für Sie getippt.« Sie reichte Gemma einen zusammengefalteten Bogen. »Auf Krankenhaus-Briefpapier. Ich glaube nicht, dass ich mit meinen Fähigkeiten übertrieben habe. Außerdem war ich an einer besseren Sekretärinnenschule als Sie. Und Dr. Ellisden sagt, ich wirke aufmunternd auf ihn. Vielleicht richte ich ja auch etwas anderes bei ihm auf.« Wieder kicherte sie.

Als Gemma begann, den getippten Brief zu lesen, blieb ihr schlagartig die Luft weg. »Das ist ja gar kein Empfehlungsschreiben, sondern eine Anschuldigung … Ich soll Pentobarbital und eine Spritze aus dem Medikamentenlager gestohlen haben, um sie bei …«

Mit einem gekünstelten Auflachen riss Adele ihr das Schreiben aus der Hand. »Hoppla, tut mir leid, falscher

Brief! Es ist dasselbe Briefpapier, wissen Sie. Hier ist das Empfehlungsschreiben. Und diesen dämlichen Brief zerreißen wir einfach.« Sie tat es und ließ die Fetzen in den Papierkorb rieseln. »Keine Sorge«, verkündete sie fröhlich. »Das ist nur eine Kopie. Ich habe noch andere, falls Sie Korrektur lesen möchten. Sehen Sie, Ihr Geheimnis könnte nicht besser aufgehoben sein.« Adele trank einen Schluck Kaffee. »Oh, lecker, genau wie ich ihn mag.«

XV

Dulcie Mown kam zu spät ins Alibi-Seminar, ohne einen triftigen Grund vorweisen zu können. Deshalb versuchte sie – ganz im Widerspruch zu ihrem Naturell –, sich so unbemerkt wie möglich hereinzuschleichen. Captain Dobson, den Hut auf dem Kopf und die Krawatte auf Halbmast, warf erst einen Blick auf die Wanduhr und dann auf Dulcie. »Entschuldigen Sie«, sagte sie. Es war das erste Mal in mindestens zehn Jahren, dass sie diesen Satz aussprach. Wieder eine neu erworbene Fähigkeit.

Für einen Star ist die Bereitschaft seiner Umwelt, seine Unpünktlichkeit hinzunehmen, nämlich Messlatte seines Kultstatus. In der Zeitzone einer Filmdiva beginnt das Abendessen, wenn sie selbst am Tisch Platz nimmt. Linienflüge sind erst startklar, wenn sie am Flugsteig eintrifft. Und Dreharbeiten am frühen Morgen können nur stattfinden, wenn der Regisseur davor demütig zu Kreuze kriecht. Deshalb stellte es für Dulcie eine beträchtliche Herausforderung dar, plötzlich auf Uhren, Termine und die Wünsche von Professoren Rücksicht nehmen zu müssen. Immerhin war sie die Frau, wegen der man bei einer Silvesterfeier bis weit nach zwei Uhr mit den Prosit-Neujahr-Wünschen gewartet hatte.

Sie war am Fuß des Flora-&-Fauna-Hügels aus dem Bus Nummer drei gesprungen und hatte beschlossen, nicht auf die Anschluss-Straßenbahn zu warten, sondern stattdessen zu Fuß zum »Präsidium« zu laufen, wie man auf dem Campus das Tolson-Institut für Polizeiarbeit nannte. Es war nur ein kurzer Anstieg durch die duftenden Giftgärten, wobei Doria einen Bogen um den Gonzago-Pavillon machte (Doria Maye war von sämtlichen Veranstaltungen im Pavillon entschuldigt, denn sie litt an einer lebensbedrohlichen Bienenallergie, was ein Notfallarmband von Chopard bezeugte; die eingravierte Warnung war mit rosafarbenen Opalen und Diamanten eingefasst). Danach ging es einen Hügel namens Boot Hill hinab, wo sich die Menagerie befand. Unten angekommen, umrundete Doria den viktorianischen Glasbau, der die Schlangengrube (der Name war nicht im übertragenen Sinne gemeint) beherbergte. Sie hastete an den mit Stroh gedeckten Häuschen vorbei, wo die Lehrkräfte untergebracht waren, und trat in einen beleuchteten Fußgängertunnel, der unter einem kleineren, an den Boot Hill angrenzenden Hügel hindurchführte. Die Stimmen anderer Studenten hallten von den cremefarben gefliesten Wänden des Tunnels wider, der Dulcie zum Bowling Green brachte. Dort erhob sich die neoklassizistische Fassade des Präsidiums, dessen gewaltige Vortreppe an die Pracht eines Justizpalasts erinnerte, auch wenn der Großteil der scheinbar mit Stein verkleideten Flächen in Wahrheit nur verputzt war. Dulcie eilte in die mit falschem Marmor ausgestattete Vorhalle und anschließend nach links einen von durchnummerierten Türen gesäumten Flur entlang.

Dobsons Seminarraum am Ende dieses Flurs war bedrückend und die erste wirklich hässliche Örtlichkeit, die Dulcie seit ihrer Ankunft an der McMasters-Akademie vor zwei Monaten hier gesehen hatte. Den Captain trieb nämlich die ständige Sorge um, die idyllische Umgebung und die höflichen Umgangsformen an der Akademie könnten die Studenten darüber hinwegtäuschen, dass man den Feind (also Polizei und Staatsanwaltschaft) unter allen Umständen todernst nehmen musste.

Die heutige Veranstaltung war die erste in einer Reihe von Pflichtvorlesungen. Als Dulcie Ausschau nach vertrauten Gesichtern hielt, erkannte sie eine attraktive Frau zwischen dreißig und vierzig, die Blossom Shing hieß. Sie hatte ihr anvertraut, sie wolle zwei Männer liquidieren, denn diese hätten nicht nur das Unternehmen ihrer Familie ruiniert, sondern außerdem ihrem Vater den Lebenswillen genommen. Sie begrüßte Dulcie mit einem raschen Lächeln, ebenso wie die reizende weißhaarige Witwe Ende siebzig neben ihr. Sie hieß Constance Beddoes, war millionenschwer und würde bald einen äußerst attraktiven italienischen Glücksritter heiraten. Allerdings hatte sie den Verdacht, ihr Mann könne nach der Hochzeit versuchen, sie ihres Geldes wegen umzubringen. An der McMasters-Akademie hatte sie sich eingeschrieben, um ihm immer einen Schritt voraus zu sein.

»Aber warum heiratest du ihn denn, wenn du glaubst, dass er dich ermorden will, um an dein Geld zu kommen?«, hatte Dulcie sich gewundert.

»Nun, ich freue mich einfach so auf die Flitterwochen«, antwortete Constance, die annahm, dass sich ihr Gigolo zumindest in der romantischen Anfangsphase benehmen würde. Falls sie später um ihre Sicherheit fürchten oder seiner überdrüssig werden sollte, würde wohl niemand vermuten, dass sie ihn wegen seiner Armut beseitigt hatte.

Dobson nahm in seinen Seminaren kein Blatt vor den Mund. Er lehnte die sonst an der McMasters-Akademie verwendeten beschönigenden Begrifflichkeiten strikt ab und benutzte Wörter wie »ermorden« oder »umlegen«, ohne mit der Wimper zu zucken. Viele Studenten empfanden seine Unverblümtheit am Ende eines langen Tages als erfrischend.

»Ich habe eine schlechte Nachricht für euch, Leute: Die Polizei gibt es wirklich, und wir sind nicht blöd.« Dobson sprach von der Polizei noch immer als *wir*. »Neun von zehn Malen kennen wir den Mörder schon nach wenigen Stunden. Wir ermitteln nicht ergebnisoffen und interessieren uns nicht sehr für Leute, die als Täter vermutlich eher nicht infrage kommen. Denn normalerweise ist der Hauptverdächtige auch der Mörder.«

»Was sollen wir also gegen Sie unternehmen, wenn Sie uns sowieso erkennen?«, fragte Blossom Shing.

»Sie müssen immer ein Alibi haben«, erwiderte Dobson prompt. »Deshalb ist ›Alibis‹ ja eine Pflichtveranstaltung. Selbst wenn Sie Mittel, Motiv und Gelegenheit haben, können wir Ihnen mit einem wasserdichten Alibi gar nichts. Der Sergeant hier hat dazu einen schönen Spruch auf Lager. Wie lautet der noch mal?«

Stedge antwortete nur allzu gerne: »Wenn es aussieht wie eine Ente, schwimmt wie eine Ente und quakt wie eine Ente, aber ein Alibi hat, dann ist es trotzdem (auch) keine Ente.«

»Sollte Ihr Opfer also bei Morgengrauen vor der St. Patrick's Cathedral in New York erschossen werden, sorgen Sie dafür, dass man Sie am Mittag desselben Tages im Vatikan mit dem Papst fotografiert.« Der Captain hielt inne. »Vergessen Sie nie, dass es nicht immer so einfach ist, wie es klingt.«

»Aber wie können wir an einem Ort sein, an dem wir gar nicht waren?«, hakte Constance nach, eine vernünftige Frage, die ans Metaphysische grenzte.

Der Captain näherte sich Dulcie, als wollte er sie verhaften. »Miss Mown, die zu jedem meiner Seminare als Letzte erscheint, wird uns diese Frage als Erste beantworten.«

Dulcie machte gute Miene zum bösen Spiel. »Ein Körperdouble?« Als sie die verständnislosen Mienen im Raum bemerkte, wurde ihr klar, dass sie einen Fachbegriff verwendet hatte. »Das heißt, jemand, der einem ähnlich sieht.«

Dobson verzog das Gesicht. »Keine Mitwisser. Niemals. Zeigen Sie mir zwei Leute, die gemeinschaftlich einen Mord begehen, und ich zeige Ihnen einen, der einen Deal mit dem Staatsanwalt macht und den anderen verpfeift. Ich könnte Ihnen sogar zwei Leute zeigen, die dazu bereit wären.«

Dulcie rutschte auf ihrem Stuhl herum. »Wenn ich also eine zweite Person brauche, die mir ein Alibi gibt, aber keinen Komplizen haben darf, muss es jemand sein, der mir hilft, ohne es zu ahnen. Aber ich verstehe immer noch nicht, wie ich an zwei Orten gleichzeitig sein kann.«

Dobsons Miene wurde versöhnlicher. »Nun, wir werden hier Mittel und Wege erörtern, wie das zu schaffen ist. Allerdings bedeutet ein Alibi nicht zwangsläufig, dass *Sie* derjenige sein müssen, der sich zur Tatzeit *anderswo* aufgehalten hat. Eine andere Möglichkeit wäre, dass der Tatort ein anderer ist, als alle vermuten. Oder dass der Mord um eine andere Uhrzeit oder an einem anderen Tag stattgefunden hat.« Ungeduldig klopfte er mit dem Bleistift auf die Schreibtischplatte. »Ich würde Ihnen empfehlen, dass Sie sich die Arbeitsblätter noch einmal ansehen, Dulcie.«

An jenem Abend im Speisesaal grübelte Dulcie noch immer über den Widerspruch nach, dass ein Alibi zwar unabdingbar, ein Mittäter aber streng verboten war. Dabei tröstete sie sich mit Girard Tissiers Lamm Wellington und fand, was noch besser war, die Antwort in der Beilage, bestehend aus einem Gemüse aus der Familie der Kreuzblütler. Seit dem Film *Jacqueline und die Bohnenstange*, in dem sie die Titelrolle gespielt hatte, war es das erste Mal, dass eine Gemüsepflanze ihr den Weg aus einem Dilemma wies. Das Gericht war Girards ganzer Stolz: Rapini (Dulcie besser unter dem Namen Stielmus bekannt). Blüten, Blätter und Stängel wurden erst getrennt und dann jeweils einer eigenen Behandlung unterzogen. Die Stängel garte Girard in Gorgonzola mit einer ordentlichen Dosis Knoblauch, was herzhaft, ja, beinahe fleischig schmeckte. Die Spitzen tränkte er in einer feurigen Emulsion aus Chili, die an den Blüten haften blieb und sie rot leuchten ließ wie einen glasierten Apfel. Und die Blätter wurden wie Spinat in einer Sauce aus Sahne, Muskat und Zimt angerichtet, was ein wenig an einen Weihnachtspudding erinnerte. Dieses Trio wurde auf einer dreieckigen unterteilten Servierplatte aufgetragen, sodass das Ergebnis aussah wie die italienische Trikolore. Dulcie fand die Methode faszinierend, ein einziges Gemüse so zuzubereiten, als handelte es sich um drei verschiedene. Selbst der Name auf der Speisekarte klang ausgesprochen hübsch: *Rapini Masqués en Trois Sauces*, was Dulcie an Verkleidungen und einen Maskenball denken ließ. Von dieser farbenfrohen Täuschung war es nur ein kleiner Schritt zu einer möglichen Lösung des Problems, die sie bis jetzt beschäftigt hatte.

Gemma hingegen fand im Abendessen keinen Trost. Auf dem Nachhauseweg konnte sie kaum mit Jud Helkampf Schritt halten, der kein Interesse an ihrer Gesellschaft zu haben schien. Als sie die Weggabelung erreichten, an der Gemma zum Studentinnenwohnheim abbiegen musste, zermarterte sie sich das Hirn nach einer Bemerkung, die ihm zumindest ein »gute Nacht« entlocken würde. Doch Helkampf war so in Gedanken versunken, dass er sie mehr oder weniger ohne ein Wort des Abschieds stehen ließ. Gemma fragte sich, warum sie sich überhaupt mit ihm herumärgerte, bis es ihr wieder einfiel: Sie hatte keine andere Wahl.

Als sie ihren Weg allein fortsetzte, bemerkte sie draußen an der Kapelle – sie stammte ebenfalls aus dem alten Oxbane – ein Schild, auf dem stand, dass heute Abend die Beichte abgenommen wurde. Einer plötzlichen Eingebung folgend, betrat sie die gotische Kirche durch eine bogenförmige Seitenpforte zwischen zwei Lanzettfenstern. Es war niemand zu sehen, als sie in den einzigen Beichtstuhl des Gotteshauses schlüpfte.

»Vergib mir, Vater, denn ich habe gesündigt«, begann Gemma, an das Trenngitter gewandt.

»Wann hast du zum letzten Mal gebeichtet, mein Kind?«, erwiderte der Priester.

Gemma zögerte. »Noch nie. Ich bin nicht katholisch.«

»Ach, dann lassen wir den Unsinn«, entgegnete der Priester. »Ich auch nicht.«

Er verließ den Beichtstuhl auf seiner Seite und forderte Gemma auf, seinem Beispiel zu folgen. Der Geistliche trug einen Priesterkragen und hatte ein freundliches Grinsen und eine schwarzbraun melierte Haarmähne, die Gemma an einen Yorkshireterrier erinnerte. »Ich bin Episkopale, aber ein Anhänger der Ökumene und bediene hier sämtliche Glaubensrichtungen. Sogar den Atheisten raune ich Belanglosigkeiten ins Ohr. Den Katholiken nehme ich die Beichte ab, obwohl ich es lieber als Geständnis bezeichne. Mit ein paar Ave-Marias ist alles abgebüßt. Aber natürlich achte ich die

Heiligkeit des Beichtstuhls. Was Sie mir anvertrauen, fällt unter das Beichtgeheimnis. Ich bin übrigens Vater Pugh«, fügte er beinahe entschuldigend hinzu, denn er sprach »Pugh« wie »pew« aus, was auf Englisch »Kirchenbank« bedeutet.

Bei der Vorstellung, dass ein Priester Kirchenbank hieß, musste Gemma ein Schmunzeln unterdrücken. Doch der Geistliche hatte ihre Gedanken gelesen, eine Fähigkeit, die er sich dank der vielen schlechten Witze auf seine Kosten inzwischen angeeignet hatte. »Ich weiß, ich weiß«, seufzte er bedrückt. »Aber die meisten hier nennen mich Padre.«

»Gemma Lindley. Nur eines möchte ich noch klarstellen: Sie sind ein echter Priester, oder?« Schließlich wollte sie nicht jedem x-Beliebigen ihr Herz ausschütten.

»Sogar der Hohepriester«, verbesserte er sie mit einer ausladenden, aber dennoch verlegenen Geste. »Ich bin auch berechtigt, Speisen für koscher zu erklären oder eine daoistische Trauung durchzuführen.«

»Aber wie …?«

»Ein Dispens vom Oberrabbiner von Be'er Scheva und auch vom Sitz des Himmlischen Meisters im Kloster von Zhengyi in China. Absolventen der McMasters-Akademie finden sich nämlich in den oberen Rängen der meisten Religionsgemeinschaften.«

Gemma ließ den Blick durch den ansprechend gestalteten nach Judit von Betulia (der mit dem Haupt des Holofernes) benannten interkonfessionellen Versammlungsraum schweifen, der vor seiner Entweihung und der Demontage durch Guy McMaster die St. Stephen's Church of Oxbane gewesen war. Dabei fragte sie sich, ob es sich bei den Rosettenfenstern, den anmutigen Stützbalken, dem Mittelschiff und dem

Querschiff nur um eine Kulisse handelte, die eigentlich in eine Praxisübung gehörte.

»Aber Ihr Glaube, Padre? Das fünfte Gebot. Wie rechtfertigen Sie Ihre Tätigkeit hier?«

»Nun ja«, räumte er ein. »Aber begleitet ein Priester den verurteilten Mörder nicht zur Hinrichtung? Betet ein Militärpfarrer nicht mit den Soldaten, bevor sie in die Schlacht ziehen, wohl wissend, dass sie die Aufgabe haben, so viele Feinde wie möglich zu töten? Also spricht Gott, der Herr: ›So gehet und kämpfet gegen die Midianiter und vernichtet alles, was ihrer ist. Tötet alle Männer und Frauen, Kinder und Säuglinge. Und tötet alle Knaben und alle Frauen, die schon einen Mann erkannt und bei ihm gelegen haben.‹« Er lächelte höflich. »Viertes Buch Mose, Kapitel 31. Das könnten wir die ganze Nacht lang so weiterbetreiben.«

»Aber dass Sie, ein Priester, einen Mord gutheißen …«

»Alle Angestellten der McMasters-Akademie haben bereits einen Mord begangen. Wussten Sie das nicht?«

Gemma stellten sich die Nackenhaare auf, als zöge ein Gewittersturm heran. »Ich glaube, so habe ich mir das noch gar nicht überlegt. Bei einigen Mitgliedern des Lehrkörpers bin ich davon ausgegangen. Aber *alle*? Sie etwa auch?«

»Jeder von uns hatte seine Gründe. Ebenso wie Sie wahrscheinlich. Ich habe einen Bischof umgebracht, und ich würde es, ohne zu zögern, wieder tun. Natürlich nur diesen ganz bestimmten Bischof, nicht irgendeinen«, erklärte er. »In den meisten Fällen tun wir hier an der McMasters-Akademie Gottes Werk … das heißt, wenn man an einen gerechten Gott glaubt. Falls Sie also Ihre Seele erleichtern wollen, können Sie mir Ihre Sorgen und Nöte ruhig anvertrauen. Ich verurteile grundsätzlich niemanden. Und im Gegensatz zu einem überteuerten Psychiater kann ich Ihnen am Ende jeder Sitzung die Absolution erteilen.«

»Ich möchte einen Mord beichten«, antwortete sie.

Der Padre seufzte auf. »Besser mir als dem Staatsanwalt.«

Nach dem Abendessen schlenderte Dulcie zurück zu Haus Blauer Fingerhut, wo sie zufrieden feststellte, dass das tüchtige Hauspersonal bereits ein kleines Feuer im Kamin angezündet hatte.

Wer Doria Maye, den Hollywoodstar, nur privat kennengelernt und nie mit ihr in einem Filmprojekt zusammengearbeitet hatte, hätte sie vielleicht als unzuverlässig bezeichnet. Doch sie hatte die Einzelheiten jedes Drehbuchs stets mit der Gründlichkeit einer Wissenschaftlerin recherchiert, und seit sie Dulcie Mown war, ging sie mit derselben Akribie auch an ihr Studium heran. Die »Vier Schritte der Gewissenserforschung« hingen – ebenso wie in jedem Schlafsaal, jedem Bungalow und jedem Klassenzimmer auf dem Campus – gerahmt an der Wand. Auf die erste Frage: **Ist dieser Mord notwendig?** folgte in logischer Konsequenz: **Haben Sie Ihrer Zielperson jede Möglichkeit gegeben, sich zu bessern?** War sie sicher, was sie darauf antworten sollte?

An ihrem letzten Tag im Studio, bevor sie eine offizielle Auszeit nahm, um ihren Aufenthalt an der McMasters-Akademie zu tarnen, hatte sie die endgültige Bestätigung dafür erhalten, dass es an den Antworten auf diese Fragen nichts mehr zu rütteln gab. Sie war auf dem Weg zu ihrem Bungalow gewesen, als sie Claude Revenson bemerkte. Der Finanzchef des Studios kam gerade mit einem streberhaft wirkenden Mann von Anfang zwanzig aus der Kantine.

Claude Revenson war das ganze Wochenende auf seiner Jacht zwischen den Anacapas vor der Küste von Santa Barbara herumgekurvt, wo die Sonne ihn wachgeküsst hatte. Nun war sein Haar hellblond gebleicht, und seine sonst rosige Haut hatte die Farbe von Kaffee mit Sahne angenommen. Deshalb sah er eher aus wie ein Schauspieler und Frauenschwarm als wie der Herrscher über die Finanzen des Studios. Als er Dulcie seinen Begleiter vorstellte, strahlten seine Zähne im Sonnenlicht.

»Doria, ich möchte Sie mit unserem neuen Wunderkind bekannt machen. Laddie Graham. Ein Schützling unseres allseits beliebten Leon. Aber jetzt müssen Sie mich entschuldigen. Ich komme zu spät zu einer Budgetbesprechung.«

Er eilte davon und ließ Doria mit Laddie stehen, der auf sie eher wie der Jahrgangsbeste am College wirkte – allerdings nur, falls er ein Jahr Highschool übersprungen hatte. Sein Lockenschopf sträubte sich in alle Himmelsrichtungen, und er trug eine offene Tweedjacke mit Gürtel. »Ich habe mich schon darauf gefreut, Sie kennenzulernen, Miss Maye. Und ich kann gar nicht sagen, wie sehr ich Ihre Arbeit schon seit …«, wenigstens war er diplomatisch, »… bewundere, seit ich Sie zum ersten Mal gesehen habe. Ich finde Ihr Spiel konzentriert, facettenreich und faszinierend.«

Doria gab ein zufriedenes Brummeln von sich, fragte sich allerdings, warum er »unvergleichlich« weggelassen hatte. Aber man konnte ja nicht alles haben.

»Auf meinem Schreibtisch liegen einige Drehbücher, die ich Ihnen gern zeigen würde. Sie stammen von verschiedenen Autoren, und ich habe sie von der Ostküste mitgebracht. Starke, psychologisch motivierte Geschichten. Mit einem anerkannten Star wie Ihnen in einer Schlüsselrolle und unter einer straffen Regie könnten sie sich über das Budget eines B-Movies erheben, so wie *Der Malteser Falke* und *Katzenmenschen* vor zehn Jahren.«

»B?«, hakte Doria nach.

»Außerdem wollen wir einigen unserer Hausautoren die Gelegenheit geben, Regie zu führen, da sie unserer Ansicht nach den Schwerpunkt stärker auf den Handlungsverlauf und die Entwicklung der Charaktere legen werden.«

»*B*?«, beharrte Doria.

»Es ist so ein Jammer, dass Mr. Kosta Sie unbedingt in dieser geplanten Zeichentrickserie einsetzen will. Doch er sagt, er wolle Ihr Image ändern, damit Sie so von Grund auf amerikanisch werden wie ein mit Honig glasierter Schinken. Deshalb möchte er Sie nicht für ein anderes Projekt in Erwägung ziehen.« Er senkte die Stimme. »Ich dachte, dass Sie sich vielleicht mit einem Skript an ihn wenden könnten, das Sie entdeckt haben und von dem Sie begeistert sind …«

Doria gefiel die Richtung, die dieses Gespräch nahm, ganz und gar nicht. Allerdings … Wenn sie sich herabließ, ihren A-Namen für einen B-Film herzugeben, der den Publikumsgeschmack traf und anschließend Preise für seinen schnörkellosen Realismus einfuhr, konnte das ihrer Karriere durchaus zuträglich sein.

Also hatte sie sich Zutritt zu Kostas Büro verschafft und Laddie über den grünen Klee gelobt. Sie musste Kosta nicht überzeugen. »Ja, der Junge ist ein Genie. Ich würde ihn ja als Wunderkind bezeichnen, aber selbst für ein Kind ist er noch recht jung. Stell dir nur vor, was noch aus ihm werden kann. Er liebt dich, und er hat wirklich tolle Drehbücher in der Warteschleife. Außerdem kennt er Autoren … die Dialoge zergehen auf der Zunge wie die Weine des Peloponnes.«

»Gib mir einen richtigen Film, Leon. Ich würde auch für die Mindestgage arbeiten.«

Kosta schnaubte. »Okay. Wir haben einen Deal.«

»Ich kann mit Laddie drehen?«

»Nein, du kannst für die Mindestgage arbeiten. An dem Trickfilm.« Er strahlte sie an. »Mein Schweinchen.«

Nun setzte Dulcie sich an den groben Holztisch in Haus Blauer Fingerhut. Dobson hatte ihr nahegelegt, seine Anweisungen noch einmal durchzuarbeiten, und das würde sie vor dem Zubettgehen auch tun. Also klappte sie den schwarzen Ringordner auf und las die mit der Matrize abgezogenen Seiten, deren Überschrift »Die Dobson-Regeln« lautete. Die erste dieser Regeln lautete schlicht:

REGEL 1: Keine Komplizen

Darunter waren noch zwei Ergänzungen hinzugefügt.

ERGÄNZUNG 1A: Keine Geliebten. Begehen Sie nie einen Mord mit jemandem, mit dem Sie eine Liebesbeziehung führen. Außer, Sie beide planen, einander für den Rest Ihres Lebens treu zu sein. Und das kommt so gut wie nie vor. Die Art von Liebe, die zu einem Mord führt, ist ihrer Natur nach heißblütig und erkaltet meist etwa im gleichen Tempo wie die Leiche des Opfers. Der Tod, den Sie verursacht haben, könnte Sie also scheiden.

ERGÄNZUNG 1B: Keine Auftragsmörder. Wenn ein Mann, den Sie nicht kennen, bereit ist, einen Mann, den wiederum er nicht kennt, für eine bescheidene Geldsumme umzubringen, ist er nicht der Mensch, dem Sie das größte Geheimnis

Ihres Lebens anvertrauen wollen, oder? Sollte Ihr bezahlter Killer wegen Ihres oder irgendeines anderen Mordes verhaftet – oder auch nur wegen zu schnellen Fahrens in einer verkehrsberuhigten Zone angehalten – werden, wird er den Behörden liebend gern eine Liste aller seiner früheren Auftraggeber im Austausch für eine geringere Strafe zur Verfügung stellen. Warum sollte er das auch nicht tun? Berufsethos?

REGEL 2: LASSEN SIE GEORGE DIE ARBEIT MACHEN. (Die große Ausnahme von der Regel KEINE KOMPLIZEN.) Wenn Sie jemanden ausreichend hassen, um ihn zu ermorden, stehen die Chancen gut, dass es noch jemanden gibt, der diese Person ebenfalls loswerden will. Nehmen wir einmal an, Sie wollten einen Kerl namens Fred umbringen. Ein anderer Bursche namens George ertappt seine Frau mit eben diesem Fred in einem Motelbett. Und auf dem Nachttisch liegt praktischerweise eine geladene Pistole. Lassen Sie ruhig George die Arbeit machen. Schaffen Sie auf trickreiche Weise eine Situation, in der George Mittel, Motiv und Gelegenheit hat, die Tat zu begehen. Und dann vertrauen Sie auf die menschliche Natur. Hilf anderen dabei, dir zu helfen, dann hilft dir Gott.

REGEL 3: Die Kunst der Ehrabschneidung. Rufschädigung oder Herabwürdigung wären zwei andere Ausdrücke dafür. Jedenfalls müssen Sie, wenn möglich, dafür sorgen, dass Ihre Zielperson unter fragwürdigen Umständen zu Tode kommt, die sogar einen Polizisten ins Grübeln bringen. »Tja, das hatte er sich doch irgendwie selbst zuzuschreiben, nicht wahr?« oder »Junge, der hätte doch wissen müssen, dass das

Ärger gibt«, wird sich der Detective denken. Auf diese Weise seiner Empörung vorzugreifen, könnte den Unterschied zwischen einer gründlichen Ermittlung oder dem Schließen der Akte bedeuten.

Doria hörte auf zu lesen.

Sie war eine Diva, die sich hochgearbeitet hatte und ihre Wirkung auf der Leinwand selbst beeinflussen wollte. Deshalb hatte sie sich gründlicher als die meisten Stars mit sämtlichen Bereichen des Filmemachens von der Garderobe bis hin zu Make-up, Beleuchtung und Kameraführung beschäftigt. Inzwischen verstand sie, wie wichtig es war, an zwei Orten gleichzeitig zu sein, und hatte sich außerdem die Bedeutung der Ehrabschneidung ins Gedächtnis gerufen. Mit dem Ergebnis, dass ein Szenario mit Studioboss Leonid Kosta in der Hauptrolle allmählich Gestalt annahm.

Das Kastenbett am anderen Ende des Raums schien nach ihr zu rufen und sie förmlich anzuflehen, ihm Gesellschaft zu leisten. Doria war ja so müde. Hinzu kam die Erfahrung, dass ein Rätsel, das ein Drehbuch oder eine Figur ihr am Vorabend noch aufgegeben haben mochte, sich morgens beim Aufwachen meist von selbst gelöst hatte.

Und wirklich war ihr am nächsten Morgen wieder einmal alles klar.

*

Zu unserer Freude ist es uns möglich, Ihnen in diesem Band Informationen zugänglich zu machen, die Ihnen als Student auf dem Campus verwehrt blieben, und zwar drei Leistungsbewertungen durch Angehörige des Lehrkörpers. –HH

Leistungsbericht, Herbsttrimester

Student: Cliff Iverson
Studienleiter: Rektor Harbinger Harrow

An die Hochschulleitung und weitere befugte Personen:

Da Mr. Cliff Iverson die McMasters-Akademie mit einem vollen Stipendium besucht, wird der Bericht umfassender ausfallen als gewöhnlich, denn er ist nicht nur für die Überprüfung durch die Hochschulleitung vorgesehen, sondern wird auch seinem Geldgeber zugehen.

An Mr. Iversons Gönner: Ihre Kopie dieses Berichts wurde Ihnen in einer luftdicht abgeschlossenen Röhre zugestellt. Da die Schrift auf diesen Seiten nach dem Kontakt mit Sauerstoff innerhalb weniger Minuten verschwindet, möchten wir Sie bitten, den Text so schnell wie möglich zu lesen. Es ist Ihre einzige Gelegenheit. Wie bereits im Zusammenhang mit unserer früheren schriftlichen und mündlichen Kommunikation angesprochen, ist es streng verboten, die Existenz unserer Lehranstalt zu erwähnen oder den Inhalt des vorliegenden Berichts mit jemandem, außer mit Mr. Iverson selbst, zu erörtern. Die Einhaltung dieser Regelung wird, wie ich noch einmal betonen möchte, mit aller Härte durchgesetzt.

Um zu einem erfreulicheren Thema zu kommen: Zu meiner Zufriedenheit kann ich melden, dass Mr. Iverson – im Gegensatz zu so vielen »Rekruten« –

inzwischen beachtliche Fortschritte gemacht hat. Obwohl er sich in seinem ersten Monat meist vor den anderen zurückzog, besitzt er eigentlich ein geselliges Naturell und ist frei von Allüren und Marotten. Anders als viele unserer Studenten hier gibt er weder der Welt noch seinen Kommilitonen die Schuld an der Misere, die ihn hierhergeführt hat. Stattdessen gelingt es ihm vorbildlich, seine Abneigung auf einen gewissen Vorgesetzten (seine Zielperson) zu begrenzen, ein Hass, der sich löblicherweise auf seine Empathie mit weiteren unschuldigen Opfern des besagten Vorgesetzten zurückführen lässt.

Obwohl Mr. Iversons Studium den Großteil seiner knappen Zeit beansprucht, arbeitet er an den Abenden zudem als Helfer in unserer Küche. Das dadurch erzielte bescheidene Einkommen verwendet er für die kleinen Freuden des Alltags, die er sich erlaubt, anstatt das großzügig ausgestattete Konto anzuzapfen, das Sie als sein Gönner in seinem Namen eingerichtet haben. Auf diese Weise konnte er dank der Unterstützung von Küchenchef Tissier tiefere Einblicke in das Gebiet der Toxikologie gewinnen, und es würde mich nicht wundern, wenn dieses so unkonventionell erworbene Wissen Eingang in seine Abschlussarbeit fände. Ich persönlich bin froh, dass er sich nicht in sinnlosem Nachgrübeln über die philosophischen Aspekte der Methode McMasters verzettelt, etwas, wozu allzu viele unserer Studenten neigen.

Im Rahmen einer Praxisübung im Rahmen unserer Unterrichtseinheit »Sport & Spiele« widmete sich Trainer Tarcott dem Krocket, wobei er auf die verschiedenen Anwendungsmöglichkeiten von Schlägern, Bällen und den in diesem Sport üblichen bogenförmigen Toren einging. Cliffs egalitäres Menschenbild sorgte dafür, dass diese in gehobeneren Kreisen beliebte Freizeitbeschäftigung, bei der Kanapees und Zitronenlimonade gereicht werden, sichtlichen Unwillen in ihm auslöste. Zudem hielt er es für höchst unwahrscheinlich, dass sich ein Mann wie seine Zielperson zu einem derart verweichlichten Zeitvertreib bewegen lassen könnte. Deshalb merkte er mit allem Respekt an, es wäre wohl erfolgversprechender gewesen, stattdessen im Rahmen eines spontanen Baseballspiels bei einem Firmenpicknick den harten, mit Kork gefüllten Ball nach besagter Zielperson zu werfen (offenbar ein gefürchtetes, in Fachkreisen auch »brushback pitch« genanntes Manöver). Wie sich herausstellte, hat Cliff während seiner Zeit an der Highschool in der Schulmannschaft gespielt und ist deshalb in der Lage, einen Ball mit der nötigen Wucht und Zielgenauigkeit zu platzieren. Als Trainer Tarcott ihm vorschlug, diese Methode doch anzuwenden, erwiderte Cliff bedrückt, es sei schwierig, bei einem Firmenpicknick einen Ball zu werfen, nachdem man von gerade eben dieser Firma gefeuert worden sei.

Sicher freut es Sie zu hören, dass Cliff sich auch der Wasserpolomannschaft in unserer frisch renovierten überdachten Schwimmanlage angeschlossen hat. Offenbar hat er am Caltech in der Studentenmannschaft gespielt. Inzwischen ist er unser zuverlässigster Torwart und bei den Fans sehr beliebt.

Auch sonst macht der junge Iverson eifrig von

unserem breit gefächerten sportlichen Angebot Gebrauch und ist mittlerweile in körperlicher Bestform. Von den vielen Jahren, die er an den Zeichentisch gekettet verbracht hat, ist nichts mehr zu bemerken, denn er stürzt sich, angeleitet von Trainer Alwyn Tarcott, mit Feuereifer in sämtliche sportliche Aktivitäten. Cliffs ausgezeichnete Fitness sollte ihm bei unserem alljährlichen Leichtathletikwettkampf sehr nützlich sein und vielleicht sogar eine Verkürzung seiner Studienzeit zur Folge haben. So könnte er sich bald an seine Abschlussarbeit machen, wodurch die Notwendigkeit Ihrer großzügigen Unterstützung entfiele.

Alles in allem hätten Sie sich keinen verdienteren Schützling aussuchen können – wie ich glaube, der wichtigste Grund, warum Sie beschlossen haben, ihn zu finanzieren. Er ist äußerst empfänglich für die Methode McMasters, passt sie seinen eigenen Vorstellungen und Bedürfnissen an und handelt bemerkenswert zielstrebig. Vielleicht liegt das ja an seinem Beruf im Flugzeugbau, wo es auf äußerste Termintreue ankommt und jeder Irrtum in einer Tragödie enden kann.

Sein Tutor Champo Nanda teilt mir mit, dass er sich mit einigen seiner Mitbewohner im Hedge House, dem gemischtgeschlechtlichen Wohnheim, in dem er untergebracht ist, angefreundet hat. Ich persönlich konnte die Beobachtung machen, dass er einigen unserer hoffnungsloseren Fälle beisteht wie ein großer Bruder.

Bis dato gibt es also nur wenig Negatives zu vermelden. Allerdings ist Mr. Iverson während seiner ersten Monate hier mit einem selbst ernannten Rivalen in Konflikt geraten, einem Studenten, dessen Aufnahme in unsere Reihen wir inzwischen offen gestanden bereuen. Deshalb sind wir bemüht, diesen von uns und nicht von Mr. Iverson verschuldeten Missstand im Auge zu behalten.

An den Vorstand gewandt möchte ich hinzufügen, dass es sich hier um eine Folge unserer jüngsten Entscheidung handelt, die Aufnahmekriterien, wie von unserer Finanzvorständin angeregt, zugunsten der Gewinnmaximierung zu lockern. Wir sollten aus der Erfahrung mit Mr. Helkampf unsere Lehren ziehen.

Allerdings hat diese Situation nicht nur Nachteile, da sie Mr. Iversons bis jetzt schlummerndes Konkurrenzdenken geweckt hat. Denn meine Hauptsorge als sein Studienleiter galt bislang der Frage, ob er aufgrund seiner nachdenklichen Art im kritischen Moment zögern und deshalb an seiner Abschlussarbeit scheitern könnte.

Und noch einmal wende ich mich an Sie, seinen so überaus großzügigen Gönner: Während es mir nicht gestattet ist (und von Ihnen auch gar nicht erwünscht wäre), dass ich Sie in Einzelheiten seiner beabsichtigten Liquidierung einweihe, um Sie nicht zum Mitwisser zu machen, möchte ich dennoch noch eines hinzufügen. Seine Einstellung in finanziellen Dingen ist eine, die man in unseren materialistischen Zeiten nur noch sehr selten findet. Ich habe Padre Pugh gebeten, ihm mit aufmunternden Predigten die Hemmungen zu nehmen und ihm klarzumachen, dass Gott die Freigiebigen liebt. Wie der Evangelist Lukas schon sagte: »Gib, und dir wird gegeben werden.« Seien Sie gewiss, dass Ihr Vertrauen in Mr. Iversons Zukunft gut angelegt ist.

Leistungsbericht, Herbsttrimester

Studentin: Gemma Lindley
Studienberater: Trainer Alwyn Tarcott

An den Vorstand:

Hier ist der Padre, ich segne Sie alle! Trainer Tarcott hat mich gebeten, an seiner statt diesen Bericht zu schreiben, denn sein Zeitplan nimmt ihn voll und ganz in Anspruch. Die Planung der sportlichen Aktivitäten scheint aufwendiger zu werden, seit man sie aufgrund der fallenden Temperaturen nach innen verlegen musste.

Wir sind beide in Sorge, was Miss Lindleys Fortschritte angeht. Und das, obwohl ich Ihnen bestätigen kann, dass es kaum jemanden gibt, der aufgeweckter oder fleißiger ist als unsere Gem. Sie stürzt sich mit Feuereifer auf ihr Studium, und wenn es nur um die Noten ginge, könnte ihr niemand das Wasser reichen.

Unsere Befürchtungen gelten eher der ihrer geplanten Liquidierung zugrunde liegenden Hypothese, die unserer Ansicht nach einige fatale (im unerwünschten Sinne des Wortes) Schwächen aufweist. Ihre Methodik hat zwar Hand und Fuß, basiert allerdings auf einer Voraussetzung, die sich als trügerisch erweisen könnte: Sie denkt, dass es ihr gelingen wird, sich mit einer Erpresserin anzufreunden und sie zu einem Wochenendausflug aufs Land einzuladen. Ihr Ziel ist es, Miss Underton zu einer gemeinsamen kurzen Wanderung in der Umgebung von Bolton Abbey und Barden Tower in den Yorkshire

Dales zu überreden. Stundenlange Recherchen in der Bibliothek der McMasters-Akademie haben Gemma zu einem Ort knapp dreißig Minuten entfernt von Harrogate geführt, einem scheinbar idyllischen Bächlein mit dem Namen The Strid, das an manchen Stellen nur knapp einen Meter breit ist.

Ich hoffe, Sie werden mir verzeihen, dass ich als passionierter Naturfreund und ehemaliger Pfadfinder die professionelle Neutralität für einen Moment vergesse, denn das grausige Gewässer, das Gemma da aufgetan hat, bringt mich einfach ins Schwärmen. Das gewundene Bächlein namens The Strid wirkt an einigen Stellen so schmal, dass man glaubt, es mit einem einzigen Schritt überwinden zu können (daher der altenglische Name). Eine weitere Möglichkeit der Überquerung scheinen die schwarzen Felsen zu sein, die hier und da aus dem bewegten Wasser ragen.

Doch wehe dem, der ausrutscht und im Strid landet, da er sofort bei lebendigem Leibe verschlungen würde. Auch dort, wo der Bach nur eine vermeintliche Breite von zwei Metern hat, ist er eigentlich Teil des River Wharfe, eines breiten reißenden Stroms, der von einer tiefen, allerdings unglaublich engen Spalte im Boden zu einer Biegung von neunzig Grad gezwungen wird. Das Wasserband oben auf dieser Spalte macht den Eindruck eines harmlosen Bächleins. Aber seine glitschigen, mit Moos bewachsenen Ufer verbergen gebogene Röhren, die direkt in den Abgrund führen. Dort unten befindet sich ein Labyrinth aus Tunneln und Höhlen, gegraben vom Fluss im Laufe vieler Jahrtausende. Ein Fehltritt, und der Verurteilte wird entweder gegen die schartigen

Felswände geschleudert oder, wie in den meisten Fällen, durch die steinigen Gänge hinunter in mit Wasser gefüllte Grotten gesaugt, aus denen es keine Rückkehr gibt. Das Verhältnis zwischen tödlich Verunfallten und Überlebenden der letzten vierzig Jahre beträgt 17:0. Deshalb wäre niemand verwundert, wenn eine unerfahrene Wanderin das erste Todesopfer der Saison würde. Außerdem gibt The Strid nur selten eine Leiche wieder frei.

Auf den ersten Blick ist also alles in bester Ordnung. Trainer Tarcott hat Gemma in der Kunst des Shukendo-Jiu-Jitsu unterwiesen und ihr beigebracht, wie man eine ausgestreckte Hand wegschiebt und das Opfer aus dem Gleichgewicht bringt, während man ihm (in den Augen der Zielperson selbst sowie denen unbeteiligter Beobachter) scheinbar helfen will.

Als ich Gemma warnte, diese Methode gehe mit einem höheren Grad an Risiko für sie selbst einher, als wir es an der McMasters-Akademie gerne sähen, erwiderte sie, ihr sei es lieber so. Offenbar senkt diese für sie recht lebensbedrohliche Vorgehensweise ihre Hemmungen, sie auch anzuwenden! Denn leider hat Gemma, viel mehr als die meisten ihrer Mitstudenten, mit Schuldgefühlen zu kämpfen, was ihre geplante Abschlussarbeit betrifft. Obwohl ich ihr versichert habe, das Ertrinken gälte als vergleichsweise friedliche Todesart, besteht sie darauf zu erfahren, auf wessen Aussage sich meine Überzeugung stützt. Ihrer Ansicht nach würde es ihr recht geschehen, wenn sie ebenfalls stürzen und, mit oder ohne ihr Opfer, in einem nassen Grab enden würde, weshalb sie keinen Grund sähe, sich darüber zu beklagen.

Trainer Tarcott und ich stufen diese Einstellung als ausgesprochen wenig hilfreich ein. Außerdem befürchten wir, Gemma könnte aufgrund dieser negativen Grundeinstellung ihr Scheitern unbewusst selbst herbeiführen.

Um sie von dieser gefährlichen Haltung zu befreien, haben der Trainer und ich sie zu einer undankbaren Aufgabe vergattert, die sie kurieren soll. Nur so wird sie hoffentlich erkennen, dass es verlorene Liebesmüh ist, sich mit dem eigenen Erpresser anfreunden zu wollen. Besser, sie lernt es jetzt als auf dem Schlachtfeld.

Unser Einschreiten wird umso dringender, als wir Gemmas eingeschränkte finanzielle Mittel in Betracht ziehen müssen. Ihr Geld reicht nur für ein Studienjahr, und falls es uns nicht gelingt, ihr eine andere Strategie schmackhaft zu machen, könnte sie sich auf eine wenig aussichtsreiche Abschlussarbeit einlassen, die kaum Raum zum Improvisieren bietet.

Außerdem haben wir ihr einige zusätzliche Sitzungen mit Vesta Thripper vom Lehrstuhl für Erotizid verordnet. Wir hoffen, dass der Rat einer Geschlechtsgenossin vielleicht mehr Gehör bei ihr findet als der eines Priesters, der einst, ohne mit der Wimper zu zucken, einen Bischof vom Schachbrett des Lebens gefegt hat. Und vielleicht auch mehr als der eines früheren Olympiatrainers, der keinen anderen Ausweg sah, als einem herzlosen Sieger die Bronzemedaille mit einer Nagelpistole an die Brust zu heften. Abschließend möchte ich noch feststellen, dass wir beide Miss Lindley sehr gernhaben, der Grund, warum wir uns so große Sorgen um sie machen.

Leistungsbericht, Herbsttrimester

Studentin: Dulcie Mown
Studienleiter: Professor Matias Graves

An den Vorstand:

Dulcie Mown ist eine so herausragende Studentin, wie wir sie uns jedes Mal erhoffen, wenn wir einen neuen Bewerber aufnehmen. Aus tiefstem Herzen und tiefster Seele habe ich mir eine Studentin oder einen Studenten mit der breit gefächerten Begabung und dem Lerneifer herbeigewünscht, die Miss Mown an den Tag legt. Dulcie hat alles, was man sich nur wünschen kann, auch wenn sie ein bisschen verrückt ist (allerdings auf sehr charmante Weise). Außerdem ist sie hochintelligent, verfügt über eine rasche Auffassungsgabe, stellt vernünftige Fragen, auf die sie vernünftige Antworten erwartet, gibt ihre Hausarbeiten pünktlich ab und beteiligt sich mit beachtlichem Engagement an sämtlichen Freizeitaktivitäten. Obwohl sie eindeutig sehr weltgewandt ist, drängt sie ihre Lebenserfahrung weder ihren Kommilitonen noch, soweit ich es beurteilen kann, ihren Professoren auf. Manchmal bedauere ich, dass sie sich nicht mehr Zeit nimmt, das Studentenleben zu genießen, doch ihr scheint viel daran zu liegen, jemanden zu Hause in Kalifornien (möglicherweise eine Schwester, eine enge Verwandte oder eine beste Freundin) zu unterstützen, die sie offenbar verehrt. Jedenfalls setzt sie sich mit einer

Hingabe und Vehemenz für diese Person ein, die beinahe an Besessenheit grenzt. Vermutlich sehnen wir alle uns nach einem solchen Racheengel, der sich, wild mit den Flügeln schlagend, auf unsere Feinde stürzt.

Noch eine abschließende Anmerkung: Als ich Captain Dobson, wie es meine Gewohnheit ist, vorab einen Blick in diesen Bericht werfen ließ, klärte er mich auf, um wen es sich bei dieser Person »zu Hause in Kalifornien« handelt, für die unsere Dulcie sich so mit Leib und Seele verwendet. Er fügte hinzu, er habe die wahre Identität von »Dulcie Mown« schon wenige Minuten nach ihrem Eintreffen hier enttarnt, während ich das gesamte Trimester lang völlig ahnungslos war. Der Captain vertritt die Theorie, dass man gerissen wie ein Luchs sein müsse, um es in Hollywood ganz nach oben zu schaffen, und – was noch wichtiger sei – auch dort zu bleiben. Er wette alles darauf, dass sie gewinnen, sich behaupten und keine Gnade zeigen wird. Ein »echtes Naturtalent«, wie er sagt.

XVI

AUS DEM TAGEBUCH VON CLIFF IVERSON

Verehrter X: Meine Differenzen mit Jud Helkampf haben in diesem Semester einen Höhepunkt erreicht. Ein typisches Beispiel ist der Konflikt, der sich im Halbfinale des Wasserpoloturniers auftat, ein Sport, der mir, wie Ihnen vielleicht bekannt ist, am Caltech große Freude bereitet hat. Die Spiele finden in der Schwimmanlage statt, die mit ihrem Hallenbad, der gefliesten Terrasse und der mit Zinkblech verkleideten Bar unter einem Glasdach ein beliebter Treffpunkt ist. Unabhängig von der Jahreszeit finden wir uns hier ein, um zu lernen, zu plaudern, Pläne zu schmieden und vielleicht sogar ein paar Bahnen zu schwimmen.

Jud und ich haben uns in unseren jeweiligen Mannschaften als ziemlich fähige Torwarte erwiesen, auch wenn Helkampfs Missachtung der Regeln ihm bei einer Olympiade vermutlich zum Verhängnis würde. Dem Regelwerk zufolge darf einzig und allein der Torwart den Boden des Schwimmbeckens mit den Füßen berühren. Helkampf machte sich das zunutze und schmuggelte unter dem breiten Taillenbündchen seiner Badehose ein dünnes Seil ein. Dann tauchte er zu Cubby Terhunes Füßen hinunter, zog ihn unter Wasser und band ihm beide Knöchel rasch mit einem Palstek-Knoten an der untersten Sprosse der Einstiegsleiter fest. Als ich feststellte, dass mein Teamkollege neben mir plötzlich verschwunden war, tauchte ich ebenfalls und entdeckte Cubby, der gerade im Begriff war, nur wenige Zentimeter unterhalb der Wasseroberfläche zu ertrinken. Während ich mich mit dem Knoten abmühte, griff Helkampf mein unbewachtes Netz an und warf das Siegertor für seine Mannschaft. Als ich mich bei Trainer Tarcott, dem Schiedsrichter, beschwerte, bestand seine Antwort nur aus einem Lächeln, das wohl »So läuft es eben im Leben. Erwarten Sie von mir keine Hilfe, schließlich hilft die Polizei Ihnen auch nicht, wenn Sie Ihrem Mr. Fiedler an den Kragen wollen« besagen sollte. Obwohl der Trainer Helkampf genauso verabscheut wie ich, konnte er die Wirksamkeit seiner Methoden nicht abstreiten.

Ich erhielt die Gelegenheit zu einem scheinbar harmlosen Racheakt, und zwar in eben dieser Schwimmanlage, wenn auch nicht im Becken, sondern im Rahmen meiner Ansprache anlässlich der Zweijahresversammlung der Vereinigung der Tatortrückkehrer. Hierbei handelt es sich um eine Studentenverbindung zur Unterstützung derjenigen Kommilitonen, die bereits vor Aufnahme ihres Studiums an der McMasters-Akademie mit ihrer Liquidierung gescheitert sind. Meine Teilnahme war nicht nur erbeten, sondern (ebenso wie das Führen dieses Tagebuches) Pflicht. Allerdings war ich sehr erleichtert zu erfahren, dass ich nicht der einzige erfolglose Mörder unter meinen Mitstudenten war.

Die Veranstaltung zog ein großes und zum Glück verständnisvolles Publikum an, das sich auf der Terrasse und in den Sitzreihen hinter dem Becken verteilt hatte. Offenbar halfen die Berichte ihrer unfähigen Leidensgenossen den meisten Zuhörern über die Verlegenheit wegen ihrer eigenen Fehlbarkeit und ihres Versagens hinweg.

Auf dem Podium strich sich Matias Graves, der Moderator der Runde, eine dichte Haartolle aus dem Gesicht und begann. »!Saludos y bienvenidos! Es ist erfreulich, dass Sie so zahlreich erschienen sind. Zuerst wollen wir uns bei den tapferen Kandidaten bedanken, die sich heute gemeldet haben, um ihre Erfahrungen mit uns zu teilen.« Er wandte sich an die Redner neben dem Podium, zu denen ich, Mim Webster und (zu meinem großen Erstaunen) Gemma Lindley gehörten. Graves fuhr fort: »Niemand hier wird Sie wegen eines früheren Fehlschlags verurteilen. Angesichts dessen, dass Ihnen das an dieser Lehranstalt vermittelte Wissen und die fachliche Anleitung fehlten, haben Sie Ihr Bestes gegeben.« Er drehte sich wieder zu den Zuhörern um. »Wie schon Demosthenes sagte: ›Wer kämpft und flieht, überlebt und kann anderntags weiterkämpfen.‹ Auch wenn Guy McMaster ein griffigeres ›Dich kriege ich noch‹ bevorzugte.«

Die erste Rednerin war Miriam Webster, eine auf ansprechende Weise zerzauste Frau, die gern den Kopf zurückschleuderte und immer aussah, als habe man sie gerade beim Einpflanzen von Amaryllis gestört. Sie gab zu, sie habe versucht, ihren herrischen und geizigen Ehemann zu vergiften. Zu diesem Zweck habe sie über ein Jahr hinweg das rote Quecksilber aus den Glaskolben von Wandthermometern gesammelt, was ihr schlauer erschienen sei, als Rattengift zu kaufen, da man dazu nirgendwo eine Unterschrift leisten müsse. Erst nachdem sie es ihrem Gatten in den Morgenkaffee gegeben habe, habe sie erfahren, dass *es sich bei der Substanz in einem Thermometer gar nicht um echtes Quecksilber handle, wenn diese rot sei. Allerdings sei ihre Mühe nicht völlig umsonst gewesen, denn ihr geiziger Mann habe den manipulierten Kaffee gekostet und umgehend den Wechsel zu einer teureren Marke verlangt.*

Gemma war als Nächste an der Reihe. Anfangs sprach sie stockend, als befürchtete sie, jedes Wort könne sie anspringen. Außerdem zitterte ihre Stimme, wie ich vermutete, weil sie mit den Tränen kämpfte, nicht wegen ihres Lampenfiebers. »Anders als bei meinen Vorrednern verlief ... mein Versuch genau nach Plan. Die Operation war ein Erfolg ... und der Patient ist gestorben.« Da ich seitlich von ihr saß, bemerkte ich, dass sich das Sonnenlicht in der glitzernden Spur einer Träne fing. »Und dennoch bin ich kläglich gescheitert, denn ich habe nicht über diesen einen Mord hinausgedacht. Nun muss ich einen zweiten begehen.« Es war das erste Mal seit Wochen, dass ich das Wort »Mord« laut ausgesprochen hörte. Als ich es gerade niederschrieb, befürchtete ich fast, bewaffnete Wachleute könnten mein Zimmer stürmen und mir den Federhalter entreißen.

Sie warf einen Blick auf Matias Graves, den Inhaber des Lehrstuhls für Literatur. »Ich hätte mich gründlicher mit Shakespeare befassen müssen, Professor. ›Blut fordert Blut‹.« Es war, als wollte sie ihre stumm lauschende Zuhörerschaft mit diesem Zitat warnen. »Mord führt zu Mord. Mit meiner erfolgreichen Liquidierung war die Sache nicht ausgestanden. Ich bin gezwungen, ein zweites Mal zu morden, und zwar aus schäbigen und niedrigen Beweggründen, die mir zutiefst widerstreben. Aber es muss sein, denn sonst wird eine bereits leidende unbeteiligte Dritte, meine Mutter, vernichtet werden. Also haltet euch immer mein Beispiel vor Augen und denkt über eure Mission hinaus. Wenn ihr mordet, glaubt ihr vielleicht, dass ihr jetzt fertig mit eurem Opfer seid. Aber das Morden ist womöglich noch nicht fertig mit euch.«

Auf das Publikum wirkte das, als mahnte man die Teilnehmer an einer Orgie, doch bitte nüchtern zu bleiben. Und so klatschten außer mir nur wenige, als Gemma an ihren Platz zurückkehrte. Vermutlich war es ein Glück für sie, dass Rektor Harrow erst jetzt erschien und sich zu Dobson und Stedge an einen Tisch auf der Terrasse gesellte. Denn er hätte ihre zutiefst negative Einstellung sicher ganz und gar nicht gutgeheißen.

So gern ich Gemma ein wenig aufgemuntert hätte, war ich jetzt an der Reihe. Eigentlich war ich gar nicht begeistert, als ich erfahren hatte, dass ich meinen versammelten Mitstudenten von meinem Versagen erzählen sollte. Doch der Rektor und Champo Nanda hatten mir – unabhängig voneinander – erklärt, welche Verpflichtungen mit einem Stipendium einhergingen. Sie betonten (vielleicht eindringlicher, als mir lieb war), wie sehr andere von einer Schilderung meiner Unfähigkeit profitieren würden. Also machte ich gute Miene zum bösen Spiel, wobei ich hoffte, dass ich mich vielleicht weniger blamieren würde, wenn ich meine Stümperhaftigkeit gleich von Anfang an offen einräumte.

Offenbar war an mir ein Komiker verloren gegangen, denn selbst Dobsons sonst so steinerne Miene verzog sich beinahe zu einem Lächeln, als ich meine überdimensionierte »Verkleidung« beschrieb. Einzig Helkampf konnte sich die hämischen Bemerkungen nicht verkneifen und stimmte nicht in das mitfühlende Gekicher ein.

Als ich am Ende meines Berichts angelangt war, kam

Matias Graves zu mir aufs Podium und fragte mich, ob ich aus meinem Missgeschick auch positive Lehren gezogen hätte. Und ja, ich hatte die Sache zwar grandios vermasselt, aber dennoch etwas erledigt – wenn auch nicht mein Opfer.

»Nun, eines habe ich vielleicht richtig gemacht …«, setzte ich an.

»Du etwas richtig machen? Da lachen ja die Hühner«, höhnte Helkampf.

Ich schenkte ihm ein geduldiges Lächeln, etwa so wie ein Vater, der seinem missratenen Sohn den Schlüssel zu einem neuen Sportwagen überreicht. »Weißt du, Jud, du wirst gleich ein sehr schlechtes Gewissen kriegen«, teilte ich ihm in freundlichem Ton mit und richtete meine nächsten Worte an Rektor Harbinger Harrow. »Rektor Harrow, dürfte ich den Preis jetzt sofort und nicht erst wie geplant am Ende der Veranstaltung überreichen?«

Mit einem leutseligen Lächeln näherte sich der Rektor dem Rednerpult. »Aber natürlich, Mr. Iverson. Genau der richtige Zeitpunkt für eine Preisverleihung.«

»Danke, Sir.« Ich räusperte mich und begann: »Liebe Mitstudenten und Dozenten, man hat mich mit der wichtigen Aufgabe betraut, den Preis ›Student des Semesters‹ dem Kommilitonen im Grundstudium zu überreichen, der den Leitgedanken der McMasters-Akademie am eindrucksvollsten verkörpert. Also möge er bitte nun vortreten und die Auszeichnung entgegennehmen … Jud Helkampf.«

Ich wartete, bis alle sich meinem pflichtschuldigen Applaus angeschlossen hatten. Ein gleichermaßen erstaunter und sehr erfreuter Helkampf erhob sich und gesellte sich zu mir und dem Rektor aufs Podium. Harrow schüttelte Jud die Hand. »Nun ... ich gratuliere, Jud. Auch wenn wir nicht immer einer Ansicht sind, haben Sie sich diesen Preis redlich verdient.«

Der Beifall verstummte rasch und hatte auch nicht sehr begeistert geklungen. In dem nun entstandenen Schweigen trat Jud ans Mikrofon. »Nun, zuerst möchte ich sagen ...«

»Ach, halten Sie den Mund und setzen Sie sich«, herrschte der Rektor ihn an, worauf alle Anwesenden nach Luft schnappten. Einen Moment lang glaubte ich tatsächlich, dass Helkampf dem Rektor eine verpassen würde. Doch Sergeant Stedge war bereits aufgesprungen, sodass Jud sich damit begnügen musste, uns mit Blicken zu erdolchen. In Zoologie hatte ich gelernt, dass die meisten Giftschlangen schlitzförmige Pupillen haben, und ich will verdammt sein, wenn das nicht auch auf Juds Augen zutraf. Während er sich zurück zu seinem Tisch schlängelte, wandte sich der Rektor an das Publikum. »Nur um eines klarzustellen: Es gibt keine Auszeichnung für den ›Studenten des Monats‹. Wie ich vermute, hat Mr. Iverson sie gerade erfunden, um Ihnen eine der wirksamsten Waffen vorzuführen, die man gegen seine Zielperson zum Einsatz bringen kann, insbesondere dann, wenn diese männlichen Geschlechts ist. ›Eitelkeit, Eitelkeit, sagt der Prediger, alles ist Eitelkeit!‹ Die meisten von uns sind nur allzu gern bereit, uns selbst zu überhöhen, ganz gleich, wie weit hergeholt der Anlass auch sein mag.«

Wie sich herausstellte, hatte ich bei meinem missglückten New Yorker Abenteuer zumindest eines richtig gemacht, was ich nun meinen aufmerksam lauschenden Zuhörern schilderte: Ich hatte Fiedlers Eitelkeit ausgenutzt, um ihn genau dorthin zu lotsen, wo ich ihn haben wollte ... in einen U-Bahnhof auf einen Bahnsteig für Züge in nördlicher Richtung.

Ich hatte Fiedler aus einer Drogerie gegenüber dem Hotel Buchanan angerufen.

»Woher wussten Sie, in welchem Hotel ich wohne?«, lautete Fiedlers Begrüßung. Der wahre Grund war, dass Fiedlers geschwätzige Sekretärin Meg Keegan mir erzählt hatte, der hohe Herr stiege in New York immer im Buchanan ab. Dort übernachte er stets in einer Suite, bestehend aus einem großen Schlafzimmer und zwei Salons, der eine für geschäftliche Besprechungen, der andere ausschließlich für die Freizeitgestaltung.

Ich antwortete, als sei ich ihm noch Rechenschaft schuldig. »Oh, ich bin gerade selbst in der Stadt. Ihre Ankunft hat sich herumgesprochen.« Fiedler war so sehr von sich eingenommen, dass er tatsächlich glaubte, ganz Manhattan rede nur über ihn.

»Und was machen Sie hier?«

»Ich suche einen Job. Ich bin nämlich arbeitslos, schon vergessen?«

Ich hörte, wie Fiedler am anderen Ende der Leitung in Papieren herumblätterte. »Rufen Sie aus einem bestimmten Grund an?«

»Ich habe mich nur gefragt, ob Sie vielleicht von einer offenen Stelle gehört haben.«

Das Blättern ging weiter. »Ich bin beschäftigt. Lassen Sie mich in Zukunft in Ruhe.«

»Ich habe einen Artikel über Sie in einer Fachzeitschrift gelesen«, fuhr ich fort. »Das Foto schmeichelt Ihnen.«

Das Blättern verstummte. »Welcher Fachzeitschrift?«

*»*New York Business Weekly*, als ob Sie das nicht wüssten«, erwiderte ich, und legte einen neidischen Unterton in meine Stimme.*

»Business Weekly?«, wiederholte Fiedler.

»Kennen Sie den Artikel wirklich nicht? Nun, vermutlich werden Sie ihn nicht mehr finden, da er in der Ausgabe von letzter Woche stand. Ich habe die Zeitschrift an einem Kiosk auf einem U-Bahnhof durchgeblättert. Wegen der Stellenanzeigen. Und was habe ich da gesehen? Einen ganzseitigen Artikel über Sie.« Die Verbitterung glückte mir ausgezeichnet, vermutlich weil ich sie nicht vortäuschen musste. »Was für ein toller Start für meine Reise in die große Stadt.«

»Lesen und heulen, wie man so schön sagt«, entgegnete Fiedler, der genau zu den Leuten gehörte, die so etwas sagten.

»Auf dem Foto steht Cora hinter Ihnen«, fügte ich hinzu, was Fiedler für einen Moment zum Schweigen brachte. Allerdings war Cora gar nicht auf dem Foto, und zwar, weil es weder Foto noch Artikel gab. Der New York Business Weekly hingegen war eine tatsächlich existierende Zeitschrift, die an den Kiosken in der ganzen Stadt auslag.

»Sie war attraktiv, aber sehr verwirrt«, verkündete er schließlich. Bei ihm klang es wie die Feststellung eines Rechtsmediziners. »Ein Jammer, was sie da getan hat. Wo, sagten Sie, ist dieser Zeitungskiosk?«

So viel zu Coras Nachruf, dachte ich. »Ich habe die Zeitschrift auf einem U-Bahnhof gelesen, gleich gegenüber von Ihrem Hotel. Der Kiosk befindet sich am Anfang des Bahnsteigs für die Züge in nördlicher Richtung. Von dort aus können Sie die U-Bahn zum Columbus Circle nehmen.«

Das hämische Grinsen war ihm anzuhören. »Nur über meine Leiche würde ich mit der U-Bahn fahren.«

Das mit der Leiche müsste zu schaffen sein, wenn es mir gelingt, dich auf diesen Bahnsteig zu lotsen, sagte ich mir. »Ja, wahrscheinlich haben Sie das Heft deshalb nicht gesehen. In den Kiosken in der U-Bahn haben sie die Ausgabe vermutlich noch, weil sie den Bestand nicht so schnell wechseln. Dankbare Kundschaft, wissen Sie.«

»In nördlicher Richtung, sagten Sie?«

»Ja, im zweiten Untergeschoss«, erwiderte ich so prompt, als säße ich an einem Informationsschalter.

»New York Business Weekly ... *Was ist auf dem Titel?«*

»Das weiß ich nicht mehr. Ich habe das Heft nicht gekauft. Im Moment habe ich kein Geld für Zeitschriften.«

»Dafür gibt es ja Bibliotheken. Also dann.«

Ich hörte ein Klicken und hoffte, dass ich Fiedler genau dorthin gelockt hatte, wo ich ihn haben wollte. Auf den Bahnsteig.

»Das haben Sie damals gut gemacht«, lobte mich der Rektor bei unserer Besprechung am Tag nach der Veranstaltung in der Schwimmhalle. »Und Mr. Helkampf zu blamieren, war wirklich eine charmante Methode, um vorzuführen – ich zitiere Oscar Wilde –, dass Schmeichelei die hinterhältigste Art ist, sein Gegenüber handlungsunfähig zu machen. Zum Glück ahnt das Opfer zumeist nicht, dass man seine Eitelkeit als Lockmittel eingesetzt hat, weshalb ihm die Strategie nicht bekannt vorkommen wird, wenn man sie im Rahmen seiner Abschlussarbeit noch einmal verwendet. Die Sucht nach Bewunderung ist ein Fass ohne Boden, in das man sein Lob hineingießen kann, ohne dass jemand ›Sir, bitte nicht so viel davon‹ flehen wird.« Er griff nach dem Sherry, natürlich dem ohne Gift. »Allerdings muss ich Sie warnen, mein junger Freund. Ich fürchte, Sie könnten Jud Helkampf noch mehr gegen sich aufgebracht haben. Ich an Ihrer Stelle würde mich sehr vor ihm in Acht nehmen.«

Ich bedankte mich für den Sherry und die Warnung und erkundigte mich, ob er noch weitere Vorschläge für die Anmeldung des Themas meiner Abschlussarbeit habe. Harrow kritzelte etwas auf einen Zettel. »Nun, auf das Buch der Prediger 1-2 zum Thema Eitelkeit habe ich Sie ja bereits hingewiesen. Also empfehle ich Ihnen die Apostelgeschichte 20-35 und außerdem eine kleine Unterrichtseinheit bei Professor Sasaki.«

Ich fragte mich, was meine Abschlussarbeit wohl mit Mathematik zu tun haben mochte. Als ich las, was Harrow geschrieben hatte, erkannte ich zu meinem Erstaunen die Worte »Geben ist seliger denn Nehmen«. *Ich zog verwundert die Augenbrauen hoch, worauf der Rektor weise erwiderte:* »Wenn Sie Ihren Mr. Fiedler so großzügig beschenken, als gäbe es kein Morgen, kommt für ihn bald der Tag, an dem das auch wirklich zutrifft.«

XVII

AUS DEM TAGEBUCH VON CLIFF IVERSON

Verehrter X, ich brauchte inzwischen einen Wandkalender, um den Überblick über die Zeit zu behalten, denn die Tage rasen nur so dahin und werden im Handumdrehen zu Wochen, dann zu Monaten. Der Herbst hat sich zwar ziemlich lange bitten lassen, doch nun haben sich die dichten Wälder rings um Gut Ulmenburg verfärbt, und der Campus erinnert an ein pastellfarbenes Gemälde. Mim Webster, die sich offenbar mit Bäumen auskennt, hat Eichen, Ahornbäume, Amberbäume und Hartriegel identifiziert, deren Laub nun so leuchtend rot ist wie die Lockenmähne von Milton Swill (das Bantamgewicht, das an dem Abend, als ich am Tisch des Rektors speiste, vergiftet wurde). Die Bäume, nach denen Gut Ulmenburg benannt ist, waren so gelb wie ein Warnschild, und die Hickorys und Pappeln ließen goldene Blätter fallen, als wollte sich die Natur ihres Modeschmucks entledigen. Alles in allem eine idyllische Kulisse für Praxisseminare im Freien, in denen wir das Hantieren mit Rechen und Harke übten. Auch die Ackerfräse entpuppte sich in diesem Zusammenhang als höchst nützlich.

Als das Studienjahr voranschritt, fielen die ersten Schneeflocken, und zwar so pünktlich zu Heiligabend, dass gemunkelt wurde, Rektor Harrow habe die Wolken geimpft, um uns zu einer Bilderbuchweihnacht zu verhelfen. Das Fest selbst wurde nur am ersten Weihnachtstag gefeiert, jedoch mit einer Herzensfreude, wie sie auch dem geläuterten Scrooge angestanden hätte. Der Rektor verfügte, dass sämtliche Mordpläne bis zum Mittag des 26. Dezember zu ruhen hatten, obwohl er mahnend hinzufügte, nichts sei einer erfolgreichen Liquidierung förderlicher als die trügerische Ruhe und Zufriedenheit zur Weihnachtszeit. Trotz des Waffenstillstands versuchte Jud Helkampf, den Eierpunsch mit einer Überdosis Muskatnuss zu versetzen (was in ausreichender Menge genossen zu Gedächtnisstörungen, Angstzuständen, Krämpfen und in manchen Fällen sogar zum Tode führen kann). Zum Glück waren die anderen dank des kräftigen Geruchs gewarnt, und Helkampf wurde ohne Nachtisch auf sein Zimmer geschickt.

Das Weihnachtsfest verbrachte zwar nur einen seiner zwölf Tage an der McMasters-Akademie, doch auch der restliche Winter fiel sehr zur allgemeinen Zufriedenheit aus und war rasch vorbei. Das gab unter der Studentenschaft wieder einmal Anlass zu Mutmaßungen, wo auf der Welt wir uns wohl befinden mochten. Milton Swill beharrte eine Weile auf Nepal, aber als der Monsunregen ausblieb, ruderte er zurück und behauptete, er habe Neapel gesagt. Der nächtliche Himmel hätte uns vielleicht Aufschluss bieten können, wenn man diejenigen unter uns, in deren Abschlussarbeit die Sterne keine Rolle spielten, nicht ständig ermahnt hätte, nach unten zu schauen und aufzupassen, wo wir hintraten, um nicht womöglich einen hässlichen Unfall zu erleiden. Die einzige Ausnahme bildete der Mond, der laut der hier geltenden Auffassung allen gehörte.

Ich hatte mir angewöhnt, Spaziergänge in Richtung Grundstücksgrenze zu unternehmen, so weit mich meine Füße bei einem gemächlichen Gehtempo trugen. Dabei war mein Ziel nicht die Flucht, sondern die Neugier, ob sich hier irgendwo Hinweise auf meinen Aufenthaltsort finden ließen. Im Westen (wenigstens wiesen uns Sonnenaufgang und Sonnenuntergang auf die vier Himmelsrichtungen hin) war ich auf einen alten Brunnen aus Stein gestoßen, in dessen Rand runenähnliche Symbole eingemeißelt waren. Allerdings schien das erst kürzlich erfolgt zu sein, weshalb ich auf eine absichtlich gelegte falsche Fährte tippte.

Einmal glaubte ich an eine aufregende Entdeckung, als ich am Parkplatz der Abteilung Fahrkünste vorbeischlenderte, der sich am anderen Ende des Campus und anscheinend viele Kilometer entfernt vom Haupttor befand. Ich bemerkte nämlich einen Krankenwagen mit der Aufschrift »Our Lady of Mercy Hospital, Santiago«. Doch dem Fahrzeug fehlte das Nummernschild. Außerdem sah ich es einige Tage später wieder, und zwar im Rahmen eines Praxisseminars mit dem Thema, wie man mit hundertfünfzig Sachen und eskortiert von der ahnungslosen Besatzung eines Streifenwagens vom Tatort floh. Es hätte mich nicht gewundert, wenn das Fahrzeug früher einmal Cubbys Eiswagen gewesen wäre.

Eines Sonntags, ich war zu dem Schluss gekommen, dass der Frühling gerade angefangen hatte, wanderte ich durch den Wald und den dahinter liegenden Bambusdschungel. Von dort aus marschierte ich weiter bergauf, in der Hoffnung, auf eine Bodenerhebung zu stoßen, von wo aus ich womöglich einen Rundumblick auf das gesamte

Gelände hatte. Und so stieg ich immer weiter, der Boden wurde zunehmend felsiger, bis ich plötzlich auf einem Sims stand, das der Rand einer Klamm zu sein schien. Auf der anderen Seite des Abgrunds schmiegte sich eine Burg aus Stein in den Hügel. Der hoch in die Wolken ragende Turm schien dem Märchen von Rapunzel zu entstammen. Bei näherer Betrachtung jedoch entpuppte sich das Bauwerk als schmückende Attrappe, errichtet in einer erzwungenen Perspektive unterhalb des um einiges höheren Randes der Schlucht, sodass es weiter entfernt und außerdem viel größer zu sein schien als in Wirklichkeit. Vermutlich bot es in Wahrheit nur Platz für einen einzigen Raum. Dennoch war der Sims gegenüber beträchtlich höher als der, auf dem ich stand. Wenn ich dort hinaufkletterte, hatte ich vielleicht eine bessere Aussicht auf die Landschaft ringsherum.

Eigentlich hatte ich damit gerechnet, dass eine Hängebrücke über die etwa sieben Meter breite Spalte führte. Doch stattdessen erkannte ich auf der gegenüberliegenden Seite eine Plattform mit einer kleinen Gondel darauf. Sie war an einer Seilwinde befestigt, die bis zu einer ähnlichen, nur wenige Meter entfernten Plattform auf meiner Seite führte. Die Gondel war kaum größer als die eines Riesenrades. Und wie sollte ich sie bloß zu mir herüberholen?

Als ich hinab in den Abgrund spähte, konnte ich nicht feststellen, wie tief er war, denn die eng zulaufende Spalte war kaum so breit wie mein Körper. Außerdem versperrten mir aufsteigende Schwefeldämpfe die Sicht. Für mich war es eine entsetzliche Vorstellung, dort hinabzustürzen und zwischen zwei Felswänden stecken zu bleiben, wohl wissend, dass ein Fall ins Leere drohte, sobald ich versuchte, mich zu befreien.

Ich nahm mir vor, mich für die nächste Unternehmung zu melden, die mir den Zugang zur anderen Seite dieses Abgrunds ermöglichen würde. Dann würde ich vielleicht besser einordnen können, wo ich ...

»Iverson.«

Als ich, vor Schreck zusammenzuckend, herumwirbelte, stand ich dicht vor Simeon Sampson. Ich hatte nichts gehört bis auf das Rauschen des Windes und das Krächzen der in der Burg nistenden Raben. Simeons schmale Lippen verzogen sich zu einem eiskalten Lächeln, als er einen Stein aufhob, als wollte er ihn auf dem Wasser eines Sees tanzen lassen. Stattdessen warf er ihn an mir vorbei in den Abgrund, wo er verschwand. Einen Aufprall konnte ich nicht feststellen. »Bist du wieder auf Erkundungsreise?«, fragte er. »Wenn der Rektor den Eindruck gewinnt, dass dich die Wanderlust packt, wirst du bald nicht mehr sein Lieblingsschüler sein. Außerdem ist es nicht sehr schlau, dich an einsamen Orten wie der Rabenschlucht und Burg Guy herumzutreiben. Nur ein kleiner Schubs wäre nötig, und schon werden mir ein paar Zusatzpunkte gutgeschrieben. An diesem Sims baumelnd, wäre meine Gnade deine einzige Verbündete.« Er grinste. »Ich weiß, der Satz geht grammatikalisch nicht auf, aber jedenfalls wärst du dann das hängende Partizip.«

Sampson hatte bei meiner Schilderung, wie ich versucht hatte, Fiedler vor die U-Bahn zu werfen, im Publikum gesessen. »Du vergisst, dass ich es bin, der schon einmal einen selbstgefälligen Idioten in den Tod stoßen wollte«, entgegnete ich so drohend wie möglich.

Sampson fand das offenbar sehr komisch. »Deine quicklebendige Zielperson ist der wandelnde Beweis für deine Unfähigkeit. Ich würde allmählich anfangen, mich *mit dem Leichtathletikwettbewerb am Semesterende zu beschäftigen. Da gibt es nämlich keine Gnade mehr. Sich verfolgt zu fühlen, wird zum Normalzustand, und wenn es nachts poltert, könnte das ein Bleirohr sein, das auf deine Schädeldecke niederkracht. Betrachte das als Verabredung!«*

Mit diesen Worten verschwand er hinter einem Geröllhaufen.

»Jetzt habe ich endgültig genug von dir!«, brüllte ich und machte mich an die Verfolgung. Aber er hatte sich in Luft aufgelöst. Da ich einen Hinterhalt fürchtete, schaute ich mich in alle Richtungen um, auch nach oben, aber mein Widersacher war so spurlos verschwunden wie ein Zauberkünstler, der keine Lust hat, sich nach der Vorstellung vor seinem Publikum zu verbeugen.

XVIII

AUS DEM TAGEBUCH VON CLIFF IVERSON

Da gut besuchte Veranstaltungen eine ausgezeichnete Tarnung für eine Liquidierung sind, finden an der McMasters-Akademie häufig Tanzabende statt, in etwa vergleichbar mit den Manövern, welche die Armee in regelmäßigen Abständen zu Übungszwecken abhält. An diesem Abend war der Große Ballsaal von Gut Ulmenburg Schauplatz des dritten Tanztees zum Valentinstag in diesem Semester, obwohl der Februar sich schon vor Wochen verabschiedet hatte. June Felsblock, die zur Aufsicht eingeteilt war, war gar nicht erfreut darüber, dass nur wenige Studentinnen und Studenten schüchtern auf der Tanzfläche herumstanden. »Ich habe keine Lust, den ganzen Abend ein paar Mauerblümchen dabei zuzuschauen, wie sie die Bowle vergiften!«, donnerte sie mit solcher Wucht, dass das Ansteckstäußchen vom linken Träger ihres Kleides geschleudert wurde. »Beim nächsten Stück ist Damenwahl. Sie haben zehn Sekunden, sich einen Tanzpartner zu suchen, sonst gibt es zwei Punkte Abzug.«

Diese Anweisung mag für einen geselligen Abend recht martialisch klingen, verehrter X. Doch Sie müssen verstehen, dass Liebesdinge hier an der McMasters-Akademie sehr ernst genommen werden, selbst wenn das Wort »Liebe« an sich nirgendwo im Lehrplan Erwähnung findet. Inzwischen haben wir gelernt, dass Flirts, Schwärmereien, Begehren, Lust, Besitzdenken, Eifersucht und gebrochene Herzen nichts weiter als tödliche Pfeile in unseren Köchern sind. Sie sind nicht etwa Stufen auf dem Weg zu einer Romanze, sondern einzig und allein Mittel, die uns dem Ende unserer Zielperson näher bringen. Erst letzte Woche stellte Rektor Harrow die Aussage infrage, dass jeder das tötet, was er liebt. »Ganz im Gegenteil«, beteuerte er. »Unser Ziel ist es, Ihnen dabei zu helfen, das zu töten, was Sie verabscheuen. Und wenn der Deckmantel der Zuneigung Ihnen dabei hilft, Ihr Ziel zu erreichen, soll es eben so sein. Wir an der McMasters-Akademie geben dem Wort Romantik eine völlig neue Bedeutung.«

Das Seminar »Tanzkünste« ist eine Pflichtveranstaltung, da sich in Ballsälen und Nachtclubs zahlreiche Gelegenheiten bieten, eine unter Alkoholeinfluss stehende oder abgelenkte Zielperson zu täuschen. Obwohl ich an der Uni stets einen großen Bogen um Discoabende und Ähnliches gemacht habe, gebe ich mir wirklich Mühe, mich meines Stipendiums würdig zu erweisen, und tanze deshalb mit jeder, die einverstanden ist.

Nun also hatte June Felsblock eine Damenwahl angeordnet, und ich stellte fest, dass Audrey Jäeger, meine Nachbarin im Hedge House, mir auf die Schulter klopfte. Sie zog mich in einen Two-Step, begleitet von den Klängen einer Bigband aus der Konserve. »Ich brauche deine Hilfe«, raunte sie und strich sich weizenfarbene Löckchen aus dem Gesicht. Ihre Unterlippe begann zu zittern. Dass ich sofort Mitleid mit ihr bekam, sorgte dafür, dass ich mich ebenso über mich selbst ärgerte wie über sie. »Ich bin erledigt«, stöhnte sie und wischte sich die tränennasse rechte Seite ihres Gesichts am Einstecktuch meines Schulblazers ab.

Ich wand mich verlegen. »Hör zu, Audrey, ich will ja kein Unmensch sein, aber dass wir Zimmernachbarn sind, macht uns noch lange nicht zu einer Familie. Ich weiß fast nichts über dich. Womöglich wurdest du ja sogar auf mich angesetzt, um mich auszuhorchen. Außerdem habe ich schon genug um die Ohren. Kannst du dich nicht an jemand anderen wenden?«

»Ich habe sonst niemanden. Bitte.«

In welches Schlamassel würde sie mich wohl hineinziehen? »Nun, es hängt davon ab, wobei du Hilfe brauchst. Ich meine, umbringen würde ich niemanden.«

Sie bedachte mich mit einem ziemlich konsternierten Blick. »Aber bist du nicht deswegen hier?«

»Partnerwechsel, weiter Damenwahl!«, verkündete June Felsblock, worauf Dulcie Mown geschmeidig Audreys Platz einnahm. Diese flüchtete sich zu Dulcies verlassenem Tanzpartner Milton Swill, der sie über die Tanzfläche wirbelte.

Dulcie war eine ausgezeichnete Tänzerin, elegant, wenn auch ein wenig auf ihre Außenwirkung bedacht. Ich war so klug, mich von ihr führen zu lassen. »Du musst mir einen Gefallen tun«, begann sie. Ich konnte kein Fragezeichen am Ende des Satzes entdecken. »Beim Krocket hast du erwähnt, dass du in der Highschool Werfer in eurer Baseballmannschaft warst. Matias hat sich deine Statistik angeschaut und sagt, du seist ein echter Champion.« Mir war bereits aufgefallen, dass Dulcie die Angewohnheit hatte, die meisten Dozenten beim Vornamen zu nennen. Hier war Professor Graves, ihr Studienleiter, gemeint. »Ich brauche jemanden, der wirft, damit ich das Schlagen üben kann«, erklärte sie. »Jetzt wird das Wetter ja wärmer. Schwierige Würfe. Für meine Abschlussarbeit. Ich werfe zwar wie ein Mädchen, aber ich muss schlagen können wie Ruth.«

Ich brauchte einen Moment, um zu verstehen, dass sie von dem Baseballstar Babe Ruth sprach.

»Schätzchen«, fuhr sie fort. »Natürlich könnte ich einen Ball an einer Schnur nehmen, aber das ist nicht dasselbe, als ob einer auf mich zufliegt und ich nur eine halbe Sekunde Zeit habe, um den Winkel abzuschätzen und zuzuschlagen.« Sie schmiegte sich enger an mich. »Ich kann mich dir sicher irgendwann erkenntlich zeigen. Schließlich habe ich auch meine kleine Trickkiste.«

Es war offensichtlich, dass Dulcie eine Belohnung vor meiner Nase baumeln ließ wie … einen Ball an einer Schnur eben. Allerdings war es unmöglich festzustellen, ob es sich um ein unmoralisches Angebot handelte, weil eigentlich alles, was sie sagte, wie ein unmoralisches Angebot klang. Sogar, wenn sie zum Frühstück Haferflocken bestellte. »Ich habe ein bisschen Schauspielerfahrung«, fügte sie hinzu und näherte ihr Gesicht dem meinen, als wollte sie sich mir ganz und gar offenbaren. »Sollten deine Pläne also ein wenig Schauspielerei erfordern, könnte ich dir bestimmt den einen oder anderen Tipp geben.«

Ihre Aussage, was die Schauspielerfahrung anging, klang für mich sehr glaubhaft. Mir erschien Dulcie gleichzeitig auf verlockende Weise vertraut und ausgesprochen anziehend. Hinzu kam, dass das inzwischen gut durchdachte Konzept meiner Abschlussarbeit wirklich ein kleines Rollenspiel erforderlich machte. Gerade wollte ich zusagen, als June Felsblock alle Tanzenden anwies, wieder die Partner zu wechseln, sodass ich zu meiner noch viel größeren Freude nun Gemma in den Armen hielt.

Ist der Gesellschaftstanz wirklich die größte Errungenschaft der Menschheit, verehrter X? Stellen Sie sich nur vor, ich würde mich auf der Straße auf eine fremde Frau stürzen, mit dem rechten Arm ihre Taille umschließen, sie an meine Brust drücken und sie dann, Wange an Wange, über den Gehweg wirbeln. Sie würde die Polizei rufen! Doch denken Sie sich eine Musikkapelle und die Worte »Schenken Sie mir diesen Tanz?« dazu, und schon ist alles in bester Ordnung.

Als ich nun die anmutige Gemma in den Armen hielt, hörte ich mich – trotz meiner Glückseligkeit – sagen: »Tut mir leid, dass ich dich auch nur eine Sekunde von Helkampf trenne.« Ich konnte die Verbitterung in meiner Stimme selbst kaum glauben.

Gemmas spontane Antwort bestand aus einem höhnischen Auflachen, gefolgt von einem »Ich kann den Kerl nicht ausstehen«.

»Darauf würde man nie kommen, wenn man euch zwei zusammen beobachtet«, knurrte ich.

Sie spähte über meine Schulter, vielleicht um festzustellen, ob Helkampf sich irgendwo in unserer Nähe befand. »Eigentlich geht es dich ja nichts an, aber es gehört zu meinem Studium. Eine Hausaufgabe.«

Diese nicht sehr aufschlussreiche Erklärung stimmte mich auf der Stelle versöhnlicher. Es war mir nämlich schwergefallen, ihre ansonsten so liebenswerte Art damit in Einklang zu bringen, dass sie Helkampf offenbar sklavisch vergötterte. Als ich lockerer wurde, schien auch sie sich in meinen Armen zu entspannen. »Da haben sie dir aber eine ziemlich schwierige Hausaufgabe aufgebrummt«, merkte ich an.

»Nun ... Ich habe entschieden, an diese Akademie zu kommen und nach der hier gelehrten Methode zu lernen. Also darf ich mich nicht beklagen. Allerdings wäre es nett, wenigstens einen Abend lang etwas zu unternehmen, das nichts mit Mord zu tun hat. So eine Art Ferien, und wenn es nur für ein paar Stunden ist.«

Sofort berichtete ich ihr von der Burg auf der anderen Seite der Rabenschlucht, die ich entdeckt hatte, und von der altmodischen Gondel, mit der man sie erreichen konnte. Dabei schilderte ich ihr alles, als handelte es sich um einen Ausflug in die Schweizer Alpen, und schlug ihr vor, mich dorthin zu begleiten.

Sie schüttelte den Kopf. »Das klingt wie eine wunderschöne Verabredung«, sagte sie. »Aber wir werden uns nicht verabreden. Und außerdem könnte ich jeden Tag abreisen.«

Als wir, so ziellos wie ein Kanu ohne Paddel, über die Tanzfläche trieben, musste ich daran denken, dass ich Gemma nie wiedersehen würde, wenn wir von hier fortgingen. Ich wusste ja nicht einmal, ob Gemma ihr richtiger Name war. Schlagartig ernüchtert, gab ich mir Mühe, diesen Tanz zu genießen, wohl wissend, dass es vermutlich unser letzter war.

XIX

AUS DEM TAGEBUCH VON CLIFF IVERSON

Trainer Tarcott war felsenfest davon überzeugt, dass sich die Lösung für sämtliche Probleme des Lebens im Sport finden ließ. Unterdessen war Professor Graves seinerseits felsenfest davon überzeugt, dass Trainer Tarcott geistig minderbemittelt war. Vermutlich lag die Wahrheit irgendwo in der Mitte dieser beiden Extreme. Doch als der Trainer versuchte, meine geplante Abschlussarbeit aus der sportlichen Perspektive zu betrachten, musste ich ihm widersprechen.

»Der einzige Sport, der meine Zielperson interessiert, sind Pferde.«

»Polo? Das ist ja ausgezeichnet!«, jubelte Tarcott. »Ein tödlicher Sport, der von den meisten vernachlässigt wird. Ein Krocketschläger und dazu wirbelnde Hufe. Einfach traumhaft!«

»Nein, ich meinte Pferderennen. Wetten. Meine Zielperson liebt das Risiko, erträgt es aber nicht zu verlieren. Wer sich bei ihm einschmeicheln will, gibt ihm am besten einen Tipp. Aber wehe, das Pferd gewinnt nicht.«

»Darüber müsste man gründlicher nachdenken«, meinte

ein plötzlich ernster Tarcott. »Wer die Leidenschaften eines Menschen kennt, weiß normalerweise auch, auf welchem Auge er blind ist.«

»Cliff!«, rief da eine angenehm vertraute Stimme, und ich sah, dass Dulcie Mown über das derzeit menschenleere Spielfeld auf mich zukam. »Jetzt wäre doch ein wunderbarer Zeitpunkt, um das Schlagen zu üben. Du erinnerst dich doch? Ich ziehe mich nur rasch um, und dann können wir vor dem Abendessen noch eine halbe Stunde trainieren.« Sie fragte nicht, ob dieser Zeitpunkt auch für mich wunderbar war. Allerdings musste man der Gerechtigkeit halber erwähnen, dass sie ihren Teil der Abmachung bereits erfüllt und mir letzte Woche beim Gump einige nützliche Tipps in Sachen Schauspielerei und Schminken gegeben hatte.

In ihrem Häuschen angekommen, drehte ich mich sittsam um (obwohl sie mich nicht darum bat), während sie aus den eleganten Sachen und in eine Sporthose und ein Schulsweatshirt schlüpfte. Dann zog sie einen Profi-Baseballschläger hinter ihrem Kastenbett hervor. Die Materialausgabe hatte ihr den Schläger erst für den Privatgebrauch überlassen, nachdem Trainer Tarcott bestätigt hatte, dass er als Waffe und nicht ausschließlich zu sportlichen Zwecken gebraucht wurde.

Das rautenförmige Spielfeld für den amerikanischen Baseball und das ovale für das britische Krocket führten eine friedliche Koexistenz an den entgegengesetzten Enden einer großen Wiese. Beide Spielfelder waren leicht abschüssig, was daran erinnern sollte, dass man hier nicht an Chancengleichheit glaubte. Stattdessen galt die Maxime, dass der Vorteil stets bei dem lag, der den Schläger in der Hand hielt.

Dulcie forderte mich auf, aus unterschiedlichen Winkeln zu werfen, allerdings stets schnell und hart und nicht so, dass sie den Ball leicht erreichen konnte. Da ich befürchtete, sie versehentlich am Kopf zu treffen, bat ich den Trainer, ihr einen Schutzhelm zu geben. Während er die Gesichtsmaske des Fängers anlegte, konnte er sich die Bemerkung nicht verkneifen, es gebe doch keine bessere Verkleidung als die eines Linienrichters, dessen Maske, die weite schwarze Spielkleidung und der Brustschutz Figur und Gesichtszüge ausgezeichnet verbargen. Ich erwiderte, das sei ein nützlicher Hinweis, wenn man vorhabe, die Sängerin zu liquidieren, die vor dem Anpfiff die Nationalhymne malträtierte.

»Los, Cliffie, hau rein!«, brüllte Dulcie da in ihrem besten Brooklyn-Akzent.

Ich warf, doch Dulcies Schlag hätte den Ball verfehlt, was jedoch nicht groß von Bedeutung war, denn er war in Tarcotts Handschuh gelandet, bevor sie auch nur ausgeholt hatte. »Ich muss mich erst warm laufen, dann klappt das schon«, erklärte sie. Aber auch eine Viertelstunde später hatte Dulcie noch kein einziges Mal getroffen. Schimpfend schleuderte sie den Baseballschläger zu Boden und empfahl für das so misshandelte Sportgerät eine alternative Verwendung, die dem Hersteller vermutlich so noch nicht eingefallen war.

»Mach dir nichts draus«, versuchte ich sie zu trösten. »Schließlich schlagen auch die besten Spieler sechs von zehn Malen daneben.«

Kurz kämpfte Dulcie mit den Tränen. »Du verstehst das nicht, Cliff«, jammerte sie schließlich. »Ich kann es mir nicht leisten, beim ersten Schlag zu scheitern. Ich habe nämlich nur eine Chance.«

XX

Einige Jahre bevor Cliff Iverson sein Studium an der McMasters-Akademie aufnahm, war die Veranstaltung »Erotizid« vom Wahlfach auf »Pflichtfach, wenn vom Studienleiter befürwortet«, umgestellt worden. Das lag hauptsächlich daran, dass die meisten Studentinnen eine hohe Bereitschaft zeigten, an ihren Kenntnissen auf dem Gebiet der Verführungskunst zu arbeiten, während ihre männlichen Kommilitonen sich in dem irrigen Glauben wiegten, dass sie in dieser Hinsicht nichts mehr dazulernen konnten.

»Erotizid« wird in Form von auf den jeweiligen Studenten zugeschnittenen Einzelstunden (mehrere Teilnehmende stellen eine seltene Ausnahme dar) unter der Aufsicht, zuweilen auch mit der Beteiligung, von Vesta Thripper unterrichtet, ihres Zeichens diplomierte Kranken- und Gesundheitspflegerin (und außerdem Miss Indiana 1951 und Miss Rheingold 1952). Der Lehrplan richtet sich nach der besonderen Mission der einzelnen Studierenden, und zwar nach den Vorgaben eines oder mehrerer Studienleiter, vorausgesetzt, dass Liebekünste im Zusammenhang mit der Abschlussarbeit des Betreffenden von Bedeutung sind. Schließlich fallen nicht alle Liquidierungen in die Kategorie »Verbrechen aus Leidenschaft«. Der Erstkontakt findet grundsätzlich in Form eines Gesprächs unter vier Augen statt, wofür Vesta das bei einer Psychoanalyse gängige Sitzarrangement gewählt hat, also eine Couch in einem abgedunkelten Raum. Damit es stimmungsvoller wird, stellt Vesta häufig eine brennende Kerze auf ein Beistelltischchen zu Füßen des Studenten, um eine hypnotische Wirkung zu erzeugen und die Konzentration zu fördern. Außerdem soll diese Sitzanordnung das Entstehen peinlicher Situationen in Bezug auf die zu erörternden Themen und Methoden verhindern.

»Meine Abschlussarbeit verlangt, dass ich mich mit meiner Zielperson anfreunde«, erklärte Gemma im Laufe der ersten Sitzung. Sie wurde von Widerwillen geschüttelt. »Diese Frau hat mich in der Hand und kann mir schaden. Und dennoch muss ich sie davon überzeugen, dass ich keine Bedrohung für sie darstelle.«

»Ich habe Ihren Entwurf und Vater Pughs Aufzeichnungen gelesen«, erwiderte Vesta. »Wie mir deshalb bewusst ist, hängt das Gelingen Ihrer Abschlussarbeit davon ab, dass Ihre Vorgesetzte«, sie warf einen Blick in ihre Notizen, »Adele Underton mit Ihnen eine Wanderung in den Yorkshire Dales unternimmt. Und zwar, obwohl sie Sie erpresst und jeden Grund hat, Ihnen zu misstrauen.« Trotz aller Professionalität ließ Vesta sich ihre Zweifel anmerken, indem sie die zarten Augenbrauen hochzog. (Bei den Beratungsgesprächen war sie stets ungeschminkt, da ihr Gesicht auf viele Studenten eine einschüchternde Wirkung hatte.) »Ist das Ihr Ernst, Gemma? Sie müssen die Erpresserin dazu bringen, Sie zu mögen? Ein ziemlich ehrgeiziges Unterfangen, finden Sie nicht? Außer, Sie möchten erreichen, dass sie Sie begehrt«, fügte sie in sanfterem Ton hinzu. »Das wäre natürlich etwas völlig anderes.«

Gemma zuckte zusammen. »Nein, das klappt nicht. Ich

glaube nicht, dass ich das überzeugend rüberbringen könnte. Außerdem interessiert Adele sich nur für Männer.«

»Wenn es um eine Hochzeit geht. Aber Sie würden sich wundern, wie viele Frauen sich zu ihren Geschlechtsgenossinnen hingezogen fühlen. So manche jugendliche Schwärmerei hält auch noch im Erwachsenenalter an.«

Gemma schüttelte den Kopf. »Nein, ich glaube, sie würde nur misstrauisch werden, wenn ich versuchen würde, sie zu verführen. Also müssen wir irgendwie beste Freundinnen werden. Deshalb hat Trainer Tarcott mir die Hausaufgabe gegeben, einen ganz bestimmten Studenten dazu zu bringen, sich mit mir anzufreunden und mir zu vertrauen, so wie es mir bei Adele gelingen muss. Ich habe gehofft, Sie könnten mir da einen Rat geben.«

»Und dieser Student ist …?«

Gemma hielt inne. »Jud Helkampf.«

Vesta erschauderte. »Igitt!«, rief sie aus, und zwar in einem Akzent, der ihre Herkunft aus dem ländlichen Mittleren Westen verriet. Obwohl Vesta in ihrem Kleid mit betonter Schulterpartie aus strukturiertem Satin und dem Ostküstenakzent, den sie sich bei der Eileen Ford Agency angewöhnt hatte, wirkte wie der Inbegriff der weltläufigen Eleganz, verwandelte sie sich, wenn die Gefühle mit ihr durchgingen, wieder in das Mädchen vom Lande. Dann klang sie wie die Krankenschwester im Mercy Hospital, Cicero, wo sie von einem New Yorker Modedesigner, der sich während eines Verwandtenbesuchs in einer Notoperation den Blinddarm hatte entfernen lassen müssen, entdeckt worden war. »Ich habe mit Mr. Helkampf gesprochen: Falls dieser Mensch jemals in sich gehen sollte, wird er feststellen, dass dort niemand zu Hause ist. Und *den* sollen Sie dazu bringen, Sie zu mögen?« Sie schüttelte den Kopf. »Natürlich könnte ich Ihnen ein paar Tipps geben, wie Sie ihn am besten verführen. Das ist bei Psychopathen meist ziemlich einfach.«

Gemma richtete sich auf der Couch auf. »Nein. Trainer Tarcott hat mir verboten, mich explizit verführerisch oder erotisch zu verhalten, und zwar nicht aus moralischen Gründen. Da ich Adele auch nicht verführen würde, wäre es zwecklos, diese Taktik bei Jud einzusetzen. Außerdem finde ich ihn offen gestanden gruselig.«

Vesta, die Alwyn Tarcott als klugen Menschen kannte, wunderte sich sehr, wie dieser dazu kam, einer Studentin die unlösbare Aufgabe zu stellen, Jud Helkampfs Vertrauen zu gewinnen. Vielleicht wollte er Gemma ja die Aussichtslosigkeit ihres Plans demonstrieren, solange sie sich noch im schützenden Umfeld der McMasters-Akademie befand.

Vesta erkundigte sich, ob Gemma sich erboten habe, Helkampfs Hausaufgaben zu erledigen, um sich bei ihm einzuschmeicheln. Doch Gemma erklärte ihr, sie und ihr Studienleiter hätten auch das ausgeschlossen, denn schließlich übernahm sie im wirklichen Leben bereits Adeles gesamte Arbeit, weshalb es keine Veränderung ihrer Beziehung bedeutet hätte.

»Haben Sie es schon mit Sport versucht?«, schlug Vesta vor. »Sie wissen schon, Kameraderie und Mannschaftsgeist.«

Gemma rutschte an die Kante der Couch und setzte sich auf. »Ich habe ihm geholfen, beim Wasserpolo, Volleyball und, ob Sie es glauben oder nicht, beim Federball zu schummeln. Aber er tut, als sei es meine Pflicht und gleichzeitig eine große Ehre, seine Komplizin sein zu dürfen.«

Vesta klappte ihren Spiralblock zu. »Gewiss ist Ihnen bekannt, dass es in ihrer Selbstwahrnehmung gestörte

Menschen gibt, die überzeugt davon sind, dass jeder ihrer Mitmenschen auf diesem Planeten nur den Zweck erfüllt, sie zu bauchpinseln und ihr krankes Ego zu streicheln. In der Psychologie nennen wir so etwas eine narzisstische Persönlichkeitsstörung, eine Bezeichnung, die mir nicht ganz zu passen scheint, da die Betroffenen sich nur in den seltensten Fällen selbst lieben. Ganz im Gegenteil. Jemandem wie Helkampf fehlt schlicht und ergreifend ein Selbst, das er lieben könnte, weshalb sich bei ihm schon in frühen Jahren ein unstillbarer Durst nach Bewunderung entwickelt hat. Für Menschen wie ihn ist das Glas weder halb leer noch halb voll, da das Leben gar kein Glas ist, sondern ein Trichter. Und wenn die Bewunderung nicht ausreicht – und das tut sie bei solchen Menschen nie –, löst das eine gefährliche Wut aus, wie bei einem waidwunden Tier.« Sofort bereute sie ihre Worte, denn bei einer sensiblen jungen Frau wie Gemma würde dieser Vergleich womöglich noch Mitleid mit Helkampf (und, noch schlimmer, mit ihrer Zielperson Adele Underton) erzeugen … ein ganz und gar unangebrachtes Gefühl für einen zukünftigen Liquidator! Tarcott und Vater Pugh hatten Gemma an sie verwiesen, in der Hoffnung, dass eine Frau, die die Methode McMasters aus dem Effeff kannte, eine Novizin vielleicht besser beraten könnte. Doch sie wusste nicht so recht, was sie ihr empfehlen sollte.

»Gem, ich bin nicht sicher, ob mein Fachgebiet die passende Methode für Sie bereithält. Vermutlich wäre es einfacher, Miss Underton zu entführen, als sie dazu zu überreden, Sie auf einen kurzen Wanderausflug zu begleiten.« Sie lehnte sich zu Gemma hinüber. »Nach dem, was Sie mir erzählt haben, ist Ihre Zielperson nicht so gestört wie Jud, aber wahrscheinlich doppelt so gerissen. Sind Sie absolut überzeugt davon, dass Ihre Methode, sie zu liquidieren, die erste Wahl ist?«

Der River Strid war Gemma als optimale Lösung ihrer Probleme erschienen – sofern es ihr gelang, Adele dorthin zu locken. »Ich habe eben einfach zu viele Skrupel«, widersprach sie deshalb. »Mit dieser Methode würde ich es der Natur überlassen, mir die Drecksarbeit abzunehmen. Die Leiche wäre sofort verschwunden, und alle würden von einem tragischen Unfall ausgehen … Ich müsste ihr nur beim Ausrutschen helfen.«

»Und dann wäre es eigentlich gar kein richtiger Mord«, räumte Vesta ein, die diese Rechtfertigung schon unzählige Male gehört hatte. Es gab gute Menschen, die sich mit Mordabsichten trugen und sämtliche Etappen ihres Studiums mit Bravour absolvierten – bis auf den kritischen Punkt, dass sie letztendlich jemanden eigenhändig umbringen mussten. Vesta erhob sich, löschte die brennende Kerze auf dem Beistelltisch und schaltete eine Lampe an. »Der beste Vorschlag, den ich für Sie habe, ist, sich einen ansehnlichen und gut gekleideten englischen Freund zu suchen, der Ihnen nichts bedeutet und über den Adele nichts weiß. Es macht nichts, wenn er ein wenig dümmlich ist … ein kleiner Schnösel eben. Wir wollen ihn Alistair nennen. Adele gegenüber lassen Sie hin und wieder fallen, dass Alistair bei Vollendung seines fünfunddreißigsten Lebensjahres ein Vermögen erben wird. Sie können ja beiläufig einen Markennamen wie Cadbury oder Cunard erwähnen. Allerdings lebe Alistair derzeit von einer Apanage und wolle nicht, dass jemand von seinem zukünftigen Vermögen erfährt. Außerdem müssen Sie sich mit teuren Accessoires zeigen. Sie können die Sachen ja selbst bezahlen und nach einmaligem Tragen zurückgeben. ›Ach, das?‹, sagen Sie dann. ›Oh, das ist nur eine Kleinigkeit, die Alistair mir geschenkt hat.‹ Das wird sie sicher neugierig machen. Ganz sicher hat Ihr Alistair einen Freund, den wir Nigel nennen werden. Nigel hat Schwierigkeiten, ein Mädchen kennenzulernen. Männliche Langweiler treten meist zu zweit oder zu dritt auf wie die Enten im Park. Sorgen Sie dafür, dass Adele lauscht, während Sie versuchen, eine Frau aufzutreiben, die Sie, Alistair und Nigel ein Wochenende lang in die Yorkshire Dales begleitet. Adele wird sich sofort aufdrängen, da sie eine Gelegenheit wittert, Ihnen den wohlhabenden Alistair wegzuschnappen. Bestimmt hält sie sich selbst für anziehender, als Sie es sind. Die meisten Psychopathen finden sich nämlich unwiderstehlich. Sie werden sich widerstrebend einverstanden erklären, denn schließlich hat sie Sie ja in der Hand. Adele wird denken, dass das alles ihre eigene Idee war. Wenn Sie erst einmal am Urlaubsort in Yorkshire sind, wird sie nur noch darüber nachgrübeln, wie sie möglichst rasch Alistairs Herz erobern kann. Während die beiden jungen Männer sich in der Hotelbar ein Kricketspiel anschauen, unternehmen Sie beide einen Spaziergang zum nahe gelegenen Strid. Adeles ganzes Augenmerk gilt der Frage, wie sie Ihnen Alistair abspenstig machen kann, nicht etwa Ihnen oder dem Bach vor ihrer Nase. Und so macht sie gespielt beiläufig einen Vorschlag: ›Ach, vielleicht können wir vier ja heute Abend zum Tanz …‹ Und, ach herrje, schon liegt sie im Wasser.«

Ein glaubhafteres Szenario fiel Vesta nicht ein. Gemma schien interessiert. »Und hat dieser Plan auch … Nachteile?«

Vesta zögerte. »Nun, pragmatisch betrachtet, könnten Sie Ihren ›Alistair‹ vor dem Ausflug verführen müssen, damit er auch sicher mit nach Yorkshire kommt, auch wenn er eigentlich nicht gerne wandert. Die bloße Verheißung der Erfüllung könnte ihm nicht genügen. Es könnte deshalb nötig werden, ihm den Mund auf eine Wiederholung wässrig zu machen.«

»Aber dann wäre ich ja wie eine gewöhnliche Prostituierte.«

»Nein, Sie wären eine *außergewöhnliche*. Dafür werde ich sorgen, Ehrenwort.«

Gemmas Entscheidung stand rasch fest. »Tut mir leid, das passt einfach nicht zu mir.«

»Gibt es wirklich keinen anderen Plan, der Gnade vor Ihren Augen findet, Gem?«, flehte Vesta. »Ihnen ist doch sicher klar, dass Sie zusammen mit Ihrer Zielperson in den Strid fallen könnten. Oder dass sogar nur Sie sterben könnten, während Adele weiterlebt.«

»Das würde mir doch ganz recht geschehen, oder?«, erwiderte Gemma sehr zu Vestas Bedauern.

*

AUS DEM TAGEBUCH VON CLIFF IVERSON

Gerade hatte ich die Besprechung wegen des Leichtathletikwettbewerbs zum Semesterende hinter mir und kehrte raschen Schrittes zurück nach Hedge House. Ja, ich gebe es zu, dass es mir einen Stich versetzte, als ich sah, wie Gemma das Erotizid-Gebäude durch eine Seitentür mit der Aufschrift »Vergleichende Religionswissenschaften. Nur Ausgang!« verließ. Offenbar sollte diese Beschriftung denen, die gerade von einem Beratungsgespräch kamen, helfen, das Gesicht zu wahren. (Manche hatten auch eine »gesellige Sitzung« in einer der privaten Räumlichkeiten hinter sich, die angeblich den Kabinen eines Kreuzfahrtschiffs ohne Bullaugen ähnelten.) In der Studentenschaft war allgemein bekannt, dass jeder, der durch diese Tür trat, entweder etwas Unanständiges in seine Abschlussarbeit einbauen oder seine Fähigkeiten in dieser Hinsicht schulen wollte.

Der dumpfe Schmerz der Enttäuschung erfüllte meine Brust, und ich muss Ihnen zu meiner großen Verlegenheit gestehen, verehrter X, dass ich in diesem Moment eine peinliche Neigung zum Puritanismus in mir entdeckte. »So eine ist sie also?«, sagte ich mir empört. (Natürlich hätte ich nichts dagegen gehabt, wenn sie bei mir »so eine« gewesen wäre. Das hätte ich als verzeihlichen und rührenden Ausdruck ihrer menschlichen Wärme und Sinnlichkeit gedeutet.) Allerdings war ich aufrichtig erstaunt, als ich Gemma aus dem Seiteneingang des Erotizid-Gebäudes kommen sah. Nach Coras Selbstmord war über ihre schäbige Affäre mit einem gewissen Mann (ich habe Ihnen bereits gesagt, mit wem) getuschelt worden, und alle Sittenwächterinnen bei Woltan hatten missbilligend mit der Zunge geschnalzt: »Und dabei schien sie doch so ein nettes Mädchen zu sein!« Ich halte Cora auch weiterhin für ein nettes Mädchen, ganz gleich, was auch zwischen ihr und Fiedler vorgefallen sein mag. Wenn es ihm so mühelos gelungen ist, mich zum Mörder zu machen, war es sicher ein Kinderspiel für ihn, sie aus der Bahn zu werfen, insbesondere mit pharmazeutischer Unterstützung.

Gemma schien sich in stärkerem Maße mit den Grausamkeiten des Lebens abgefunden zu haben als Cora – natürlich nur ausgehend von dem Wenigen, was ich über die Hintergründe der beiden wusste. Während Cora sich offenbar im freien Fall befunden hatte und mit dem Gedanken an die Zukunft überfordert gewesen war, schien Gemma ihre Mission zielstrebig, wenn auch mit einer gewissen fatalistischen Verbissenheit, zu verfolgen.

Damit hatte sie bei mir Verständnis und Bewunderung geweckt. Nun jedoch musste ich feststellen, dass sie – unter der fachkundigen Anleitung von Vesta Thripper – offenbar plante, ein erotisches Element in ihre Abschlussarbeit zu integrieren. »Vielleicht hat sie ja gar nicht viel Anleitung nötig«, vertraute ich mürrisch einem Eichhörnchen an. Das Tierchen tat sich gerade an den geflügelten Samen der Ahornbäume gütlich, die zu Anfang des Frühlings überall zu Boden rieselten.

Aber was bildete ich mir eigentlich ein, hier den Tugendbold zu spielen? Schließlich verlangte meine eigene Abschlussarbeit, dass ich Merrill Fiedler mithilfe seiner unersättlichen Eitelkeit verführte.

*

Dulcie Mown (alias Doria Maye und gelegentlich Stoff für die Schlagzeilen in der Skandalpresse) war nicht sehr begeistert, als der Rektor ihr eine Sitzung mit Vesta Thripper ans Herz legte. Schließlich war sie kein unschuldiges Schulmädchen mehr. »Ich muss zugeben, dass einige Einzelaspekte der Verführung, oder zumindest die Vortäuschung derselben, für meine Abschlussarbeit von zentraler Bedeutung sind,

Harby.« (Noch nie hatte jemand gewagt, Rektor Harbinger Harrow unerlaubt mit einem Kosenamen anzusprechen. Wie er Captain Dobson schwor, werde er sich gezwungen sehen, ihr eine Dosis ihrer eigenen Medizin zu verabreichen, wenn nicht bald Schluss damit sei.) »Allerdings werde ich vermutlich nichts anderes tun als das, was ich schon öfter auf der Leinwand oder beim Vorsprechen getan habe«, fügte sie beschwichtigend hinzu. In diesem Zusammenhang darf nicht unerwähnt bleiben, dass diese Beteuerung angesichts von Dorias ersten Filmrollen nicht halb so beruhigend war, wie sie klang.

Der Rektor machte sich rasch eine Notiz, wobei er aussah wie ein Arzt, der ein Rezept ausstellte, steckte den Zettel in einen Umschlag und versiegelte diesen mit Wachs. »Geben Sie das Vesta, wenn Sie sie aufsuchen. Es wird der Pinselstrich sein, der Ihr Meisterwerk vollendet, und dem guten Ruf Ihres Opfers den Todesstoß versetzen.« Er tarnte das in ihm aufsteigende Lachen mit einem Hüsteln und reichte ihr das Kuvert. »Ich glaube, damit werden Sie berühmt, meine Liebe.«

Obwohl der Frühling bereits angefangen hatte, war der Salon des Erotizid-Gebäudes noch für das Wintersemester im Stil einer Skihütte dekoriert. In der Mitte befand sich ein offener Kamin, und überall im Raum waren Sofas mit hohen Lehnen zu »privaten kleinen Nischen« gruppiert. In den wärmeren Monaten erinnerte der Raum an die polynesische Bar eines schicken Tropenhotels, inklusive Meeresrauschen vom Band. Dahinter steckte die Theorie, dass nichts der keimenden Romantik förderlicher war als das Ambiente einer Ferienanlage an einem abgelegenen Ort. »Ach, im Urlaub darf man auch mal über die Stränge schlagen, denn niemand zu Hause wird es erfahren«, war die Stimmung, auf deren Erzeugung dieser Ansatz abzielte.

Vesta brachte Dulcie schonend und unter Verwendung medizinischer Fachausdrücke die ungewöhnliche Methode nah, die sie nach Auffassung des Rektors in ihrer Abschlussarbeit anwenden sollte, auch wenn sie eine ziemliche Herausforderung mit sich brachte. »Sie werden sich mit einer Reihe Ihnen vielleicht unbekannter Gerätschaften befassen und dabei logistische Hürden überwinden müssen. Und nun möchten Sie sicher auf die Toilette gehen«, schlug Vesta vor.

»Warum?«, erkundigte sich Dulcie. »Haben wir eine weite Reise vor uns?«

»Nein«, erwiderte Vesta. »Ihre Reise endet dort.« Sie begleitete Dulcie zu den Toiletten für Herren und Damen. Da die Räumlichkeiten derzeit ja eine schicke Skihütte in der Schweiz darstellen sollten, waren die Türen wie in Gstaad auf Deutsch beschriftet. Dulcie steuerte auf die Tür mit dem Schild »Damen« zu.

»Tut mir leid, falsche Tür«, verkündete Vesta und wies quer über den Flur. »Wir brauchen die Tür, auf der ›Herren‹ steht.«

XXI

AUS DEM TAGEBUCH VON CLIFF IVERSON

Verehrter X, was Komfort, Verpflegung, persönliche Betreuung und eine unvergleichlich idyllische Lage angehen, gibt es gewiss nur wenige Hochschulen, die McMasters das Wasser reichen können. Dafür möchte ich mich bei Ihnen, meinem großzügigen Gönner, von ganzem Herzen bedanken! Das Einzige, was ich hier schmerzlich vermisse, ist eine Abschlussfeier, denn ich hatte gehofft, Sie an diesem großen Tag endlich kennenzulernen. Doch mein Tutor, der stets so schonungslos offene Champo Nanda, hat mir mitgeteilt, ein Student verließe die Akademie in dem Moment, wenn der jeweilige Studienleiter und die Prüfungskommission den Zeitpunkt für gekommen hielten. Für gewöhnlich fände dieser Abschied ohne Vorwarnung statt, und zwar, um die Wahrscheinlichkeit zu senken, dass eventuell in McMasters geknüpfte enge Freundschaften später in der Welt da draußen fortgesetzt würden. In der geschützten Atmosphäre dieser Hochschule möge einem so ein Wiedersehen machbar und spannend erscheinen, doch wie Champo zu sagen pflegt, wäre das Ergebnis in etwa so erfreulich wie ein Wiedersehen der Erbin eines uralten Tabakimperiums mit dem Steward, den sie gerade auf ihrer Mittelmeerkreuzfahrt kennengelernt hat.

Der Leichtathletikwettbewerb des heutigen Abends wird jedoch große Ähnlichkeit mit einer Abschlussfeier haben, was ich in meinem Fall begrüße, da das Konzept meiner Abschlussarbeit mehr oder weniger steht.

Die Bezeichnung »Leichtathletikwettbewerb« ist ein wenig irreführend, denn in diesem Zusammenhang denken wohl die meisten eher an Staffelläufe und Einhundert-Meter-Sprints. Cubby, der schon im letzten Jahr dabei war, denkt, dass die Bezeichnung »Lauf um dein Leben« angebrachter wäre, da es bei diesem Wettstreit darum geht, sein Opfer aufzuspüren, es zu stellen und es zu erlegen, zumindest bis zu dem Punkt, an dem die Preisrichter den Sieger ausrufen. Was den »Gnadenstoß« betrifft, wird Zurückhaltung empfohlen. Allerdings fällt es schwer, sich zurückzuhalten, wenn es tatsächlich um Leben und Tod geht.

Wie Cubby mir erklärt hat, wird der Leichtathletikwettbewerb stets abends abgehalten, und zwar draußen, sofern das Wetter es gestattet. Davor findet auf dem Sportplatz eine Zeremonie statt, an der die gesamte Hochschule teilnimmt. An diesem Abend waren ein Podium für die Angehörigen des Lehrkörpers sowie eine Bühne für die Redner aufgebaut worden. Auf zwei langen Tischen warteten Hunderte von Papprollen, wie man sie sonst für Diplome verwendet, darauf, an die Studentenschaft verteilt zu werden. Während diese auf der Tribüne Platz nahm, stimmte eine Kapelle die Hochschulhymne an. Wimpel mit dem Emblem von McMasters flatterten in der steifen Abendbrise. Trainer Tarcott zündete ein gewaltiges Freudenfeuer an, indem er einen brennenden Pfeil hinauf in den Nachthimmel schoss.

Dieser landete genau in der Mitte eines Haufens aus Reisig und knochentrockenem Brennholz, alles eigenhändig durchtränkt mit brennbaren Chemikalien von Professorin Nan Redhill (Lehrstuhlinhaberin für Angewandte Wissenschaften), sodass während der gesamten Zeremonie eine leuchtende Flamme loderte.

Nach dem Singen der Hymne (ein umgetextetes klassisches Stück, dessen Titel ich nicht preisgeben darf, weil es zudem den Ehemaligen in der Welt da draußen als Erkennungszeichen dient) nahmen wir alle Platz. Der erfrischende Geruch der zum Leben erwachenden Natur lag in der Luft und erinnerte uns daran, dass wir alle bald mit dem Tod liebäugeln würden. Der Wettbewerb diente dem Zweck, uns auf den Ernstfall vorzubereiten, ebenso wie Piloten vorgetäuschte Triebwerksschäden meistern und Soldaten Hindernisparcours unter feindlichem Beschuss überwinden müssen.

»Ich werde an dieser Stelle auf humoristische Anmerkungen verzichten«, begann Harrow, offenbar in der Annahme, dass seine Worte ansonsten brüllendes Gelächter ausgelöst hätten. »Denn Sie alle sollen verstehen, dass der alljährliche Leichtathletikwettbewerb todernst genommen werden muss. An diesem Abend werden Sie Ihren ersten Ausflug in die Welt der Freistil-Liquidation unternehmen. Die heute erzielte Punktzahl wird großen Einfluss auf Ihre Durchschnittsnote in diesem Semester haben und uns einen Hinweis darauf liefern, ob Sie bereit für Ihre Abschlussarbeit sind. Denjenigen unter Ihnen, deren Noten ansonsten zu wünschen übrig lassen, bietet sich nun die einmalige Gelegenheit, etwas dagegen zu unternehmen. Für die Studenten, die den Anforderungen ohnehin nur mit Mühe

und Not genügen, könnte die heutige Nacht das endgültige Scheitern bedeuten. Natürlich werden wir bei der Bewertung berücksichtigen, dass es sich bei dieser Aufgabe um reine Improvisation handelt, auf die Sie sich naturgemäß nicht vorbereiten konnten. Doch wer heute Nacht zu den Jägern gehört, muss den Preisrichtern beweisen, dass sein Opfer aufgrund seiner Bemühungen hätte ums Leben kommen können. Wer heute die Rolle der Beute spielt, muss zeigen, dass er seinen Jäger hätte liquidieren können. Wie beim Fechten oder in den asiatischen Kampfsportarten wird von Ihnen erwartet, dass Sie vor dem Todesstoß innehalten. Es besteht kein Grund für eine tatsächliche Liquidierung ... aber, um Casca, Cassius, Cinna, Trebonius, Cimber, Ligarius und Brutus nach dem tödlichen Angriff auf Cäsar zu zitieren: ›Unfälle sind nicht immer auszuschließen.‹ Also denken Sie stets daran, dass es sich bei der heutigen Veranstaltung nicht um ein Versteckspiel unter Freunden handelt. Und nun wollen wir mit der Selektion beginnen.«

Der ganze Campus und auch das Dorf waren bereit. Dasselbe galt für die Praxislabors und die Maske, für den Fall, dass jemand bei der Umsetzung seiner mörderischen Absichten Unterstützung brauchte. Die Läden und das Restaurant am Ufer von Mead Mere waren hell erleuchtet, und überall erklang Musik, denn man erwartete einen Ansturm spätabendlicher Gäste, die sich mit Mordplänen trugen.

Nun begann der Rektor, die Nachnamen der versammelten Studentinnen und Studenten in alphabetischer Reihenfolge zu verlesen. Sobald ich »Ibanez« und »Imlauer« gehört hatte, reihte ich mich rasch hinter Sergei Ivanovich ein, dessen breiten Rücken ich im Laufe unserer Brandschutzübungen gut kennengelernt hatte. Bald trat ich auf die Bühne, wo ein junger Mann, ein Mitarbeiter von Dilys Enwright mich nach einem Blick in eine Kladde zum ersten der beiden Tische winkte. »Nehmen Sie Rolle drei, sieben oder fünfunddreißig, Sie haben die Wahl, aber nur eine«, wies er mich an, was der Angelegenheit zumindest den Anstrich einer Zufallsentscheidung gab. »Wenn Sie Ihre Rolle geöffnet haben, bewahren Sie den blauen Auftragszettel gut auf, denn nur er beweist, wer Ihre Beute oder Ihr Jäger war.«

Wir nahmen wieder unsere Plätze ein, wo wir warten mussten, bis die letzte Rolle ausgegeben worden war, damit wir alle die Jagd (wie ich es bei mir nannte) im selben Moment begannen. Als ein Schuss erklang, glaubte ich schon, dass die erste Liquidation des Abends bereits stattgefunden hatte. Doch dann wurde mir klar, dass es nur Trainer Tarcotts Startpistole gewesen war, die uns aufforderte, die Rollen zu öffnen. Allerdings wollte ich damit lieber warten, bis ich allein war. Als ich mich am MIT beim Kartenspielen versucht hatte, hatte man mir nämlich mitgeteilt, mein Pokerface sei in etwa so unauffällig wie eine Neonreklame vor einem Diner. Deshalb befürchtete ich, meine Zielperson vorzeitig durch einen unwillkürlichen Blick oder ein Ausweichen der Augen zu warnen, wenn ich ihre Identität kannte. Und so trottete ich gesenkten Kopfes zurück zum Hedge House, um herauszufinden, ob ich Jäger oder Beute war. Im nächsten Moment hörte ich hinter mir eilige Schritte. Jemand zischte laut meinen Namen. Ist es schon so weit?, dachte ich.

Zu meiner Erleichterung war es nur Cubby Terhune. »Keine Angst, du bist nicht meine Zielperson. Schau.« Aus der Tasche seiner braunen Cordjacke mit Reißverschluss zog er einen blauen Zettel mit der Aufschrift:

SIE SIND EIN JÄGER.
IHRE BEUTE IST GEMMA LINDLEY.
AUSSERDEM SIND SIE AUCH JEMANDES BEUTE.
VIEL GLÜCK.

Offen gestanden war ich erleichtert, als ich das las. Wenn Gemma schon jemandes Beute sein musste, war der Mensch, von dem ihr am wenigsten Gefahr drohte (abgesehen von mir natürlich), Cubby Terhune mit den zwei linken Händen. »Vergiss nicht, dass dich ein gescheiterter Versuch mehr Punkte kostet, als wenn du gar nichts tust«, ermahnte ich ihn ernst. »Du kannst dir keine Minuspunkte mehr leisten.« Ich hatte zwar keine Ahnung, ob das stimmte, hoffte aber, ihn damit an einer überstürzten Handlung hindern zu können, die Gemma womöglich schaden würde.

»Wen hast du erwischt?«, fragte Cubby mit einem neugierigen Blick auf die Rolle in meiner Hand.

»Ich weiß noch nicht, und wenn ich es wüsste, würde ich es wahrscheinlich für mich behalten. Aber pass auf. Gemma treibt sich meistens mit Helkampf herum, und mit dem möchtest du doch lieber nicht aneinandergeraten, oder?«

Mit diesen Worten ging ich davon. Allerdings schaute ich mich noch einmal um und stellte fest, dass Cubby auf das Studentinnenwohnheim zusteuerte, wo Gemma wohnte. Vermutlich nahm er an, dass sie in ihr Zimmer zurückkehren würde, um etwas zu holen, das sie für die Jagd brauchte. Im nächsten Moment trat ein hochgewachsener Mann aus dem Schatten zwischen zwei Gaslaternen. Sein kahler Schädel schimmerte im fahlen Mondlicht. Er rief Cubbys Namen und ging auf ihn zu. Ich war zwar nicht sicher, aber dieser Mann hatte starke Ähnlichkeit mit Jud Helkampf. Falls Cubby seine Zielperson war, würde der Abend für die beiden früh enden.

Zwei Minuten später saß ich auf meinem Bett und betete, dass nicht gleich das bittende Klopfen von Audrey Jäger an meiner Badezimmertür erklingen würde. Wie immer war auf das Schicksal Verlass, denn es erhörte mein Flehen und handelte prompt.

»Cliff?« Audreys gedämpfte Stimme drang durch die Badezimmertür. Ich wünschte, sie würde den Mund halten.

»Nein, Audrey.«

»Bitte. Dieser Wettbewerb wäre für die eine optimale Tarnung, um mich rauszuwerfen. Und du weißt, was ich mit ›rauswerfen‹ meine, oder? Du musst mich reinlassen.«

Ich stieß ein Geräusch aus, das ich inzwischen als mein »Audrey-Stöhnen« bezeichnete, und legte die noch immer verschlossene Rolle aufs Bett. Dann jedoch fiel mir ein, dass Audrey womöglich meinen Namen gezogen hatte, weshalb es keine gute Idee gewesen wäre, ihr die Tür aufzumachen.

»Tut mir leid, Audrey. Wir sollen niemandem trauen, insbesondere nicht während des Leichtathletikwettbewerbs.« Sobald ich das ausgesprochen hatte, wurde mir klar, dass ich, wenn ich noch einen Funken Grips hatte – was sich offenbar nicht so verhielt –, am besten zuerst einen Blick in meine eigene blaue Rolle werfen sollte. Wenn Audreys Name auf dem Zettel stand, würde ich sie natürlich nur allzu gern in mein Zimmer lassen. »Moment mal«, sagte ich deshalb. »Vielleicht ...«

Ich öffnete die Rolle und zog den zusammengefalteten blauen Zettel heraus. Mit dem Text darauf hatte ich am allerwenigsten gerechnet, denn er lautete:

SIE SIND EIN JÄGER.
IHRE BEUTE IST CLIFF IVERSON.
VIEL GLÜCK.

Während ich noch darüber nachgrübelte, sprach Audrey auf der anderen Seite der Badezimmertür weiter. »Du weißt doch gar nicht, was ich will, Cliff. Der Name, den ich gezogen habe ... Ich verstehe das einfach nicht. Ich schiebe den Zettel unter der Tür durch, damit du es selbst siehst.«

Als sie es tat, stellte ich fest, dass Papier und Schrifttyp identisch mit meinem waren. Audrey hätte niemals genug Zeit gehabt, passendes Papier und eine Druckerpresse aufzutreiben, um eine Fälschung herzustellen. Die absurde Anweisung lautete:

SIE SIND EIN JÄGER.
IHRE BEUTE IST AUDREY JÄEGER.
VIEL GLÜCK.

Ich schloss die Tür auf und zeigte ihr meinen Zettel, auf dem stand, dass ich meine eigene Beute war. »Falls der Lehrplan nicht plötzlich ins Metaphysische gekippt ist, muss es sich um eine Verwechslung handeln«, stellte ich fest.

Audrey wies mich darauf hin, dass sie bei der Verteilung der Rollen genau hinter mir gestanden hatte, da Jäeger direkt auf Iverson folgte. War das Unvorstellbare eingetreten? Hatte jemand in McMasters wirklich und wahrhaftig einen Fehler gemacht?

Audrey ließ sich auf mein Bett fallen, als seien wir Stubengenossen im Ferienlager. »Was machen wir jetzt?«

»Wir könnten es zu unserem Vorteil nutzen«, meinte ich.

»Wenn ich dich und du mich jagen solltest, wissen wir es jetzt beide, und zwar, ohne dass einen von uns die Schuld trifft, richtig? Und wir wollen einander doch nichts antun, oder?«

»Oh, nein Cliff. Du warst immer so geduldig mit mir.«

»Also ... wenn wir immer zusammenbleiben und uns von den anderen fernhalten, können wir morgen behaupten, wir hätten einander gleichzeitig liquidiert.«

Sie wirkte zwar interessiert, konnte mir aber nicht ganz folgen. »Wie sollen wir das anstellen?«

Ich fing an zu improvisieren. »Schau, wir teilen uns ein Badezimmer. Also weiß ich, dass du Zahnpulver anstelle von Zahnpasta benutzt. Und du weißt, dass ich nach dem Aufstehen zwei Gläser Wasser trinke, schließlich beklagst du dich immer, dass der Wasserkrug halb leer ist.« Ich ging in unser Badezimmer und nahm das Talkumpuder aus dem Badschränkchen. Sie folgte mir, während ich etwas von dem Puder in das Döschen mit dem Zahnpulver neben ihrer Zahnbürste rieseln ließ.

»Was machst du da?«, erkundigte sie sich neugierig.

»Ich gebe Strychnin in dein Zahnpulver. Das Talkumpuder ist der Ersatz. Schließlich erwarten die Preisrichter nicht, dass ich dich in echt umbringe. Ich soll nur zeigen, dass ich es gekonnt hätte.«

Sie betrachtete mich zweifelnd. »Wo hättest du das Strychnin herhaben sollen?«

»Die Apotheke am Mere hat während des Wettbewerbs die ganze Nacht geöffnet. Und in der Außenwelt ist es kein Problem, sich Rattengift zu besorgen. Man bekommt es in Haushaltswarengeschäften und Gärtnereien.« Ich verschloss das Döschen. »Jetzt bist zu dran. Versetz einfach das Wasser in der Karaffe mit Tetrahydrozolin. Das ist geschmacklos *und führt in ausreichender Menge zum Koma und zum Tode.«*

»Und woher kriege ich ohne Rezept dieses Tetradingsda?«

»Du hast es schon.« Ich griff nach ihrem Augentropfenfläschchen. »Es ist nämlich der wirksame Bestandteil der Tropfen, die du nach deinen Heulkrämpfen verwendest. Rezeptfrei und einfach in der Hosentasche oder der Handtasche aufzubewahren. Küchenchef Tissier sagt, auf den Toiletten teurer Restaurants stünden am Rand der Marmorwaschbecken neben Mundspülungen und Haarwasser stets Augentropfen, eine wertvolle Information, wenn man seinen Tischgenossen ermorden will, indem man ihm den Champagner oder die Suppe vergiftet. Solange man sich das Zeug nur in die Augen träufelt, ist es absolut ungefährlich, aber im Magen hat es fatale Folgen. Natürlich werde ich anstelle deiner Augentropfen einen symbolischen Spritzer Listerine in die Wasserkaraffe geben.« Ich tat es und verschloss die Flasche. »Alles geregelt. Also werden wir den Preisrichtern den zeitlichen Ablauf wie folgt erklären: Ich hätte am frühen Morgen wie immer meine zwei Gläser Wasser getrunken und dann heiß geduscht, was zufällig die betäubende Wirkung beschleunigt. Als mir schwindelig geworden sei, hätte ich mich hingelegt. Unterdessen hättest du dasselbe getan wie jeden Morgen, um keinen Verdacht bei mir zu erregen. Während du auf meinen Tod gewartet hättest, hättest du dir die Zähne geputzt ... und das Strychnin in deinem Zahnpulver hätte so schnell gewirkt, dass ich vermutlich gehört hätte, wie du umkippst, bevor bei mir die Krämpfe anfingen.«

Audrey verstand rasch. »So können wir beide behaupten, wir hätten einander durch einen vorgetäuschten Mord ausgelöscht, ohne dass jemand beweisen könnte, wer von uns zuerst gestorben ist. Und auf diese Weise müssen sie uns beide gut benoten.« Sie schien ebenso zufrieden wie ich. Also verabredeten wir, uns die restliche Nacht bis zum nächsten Morgen in unseren Zimmern einzuschließen und am folgenden Tag unsere vorgetäuschten Morde bei den Preisrichtern zu melden.

Als ich mich an meinen Schreibtisch setzte, um diesen Bericht für Sie zu verfassen, hörte ich, wie von draußen etwas gegen meine – natürlich verriegelte – Tür polterte. Leise erhob ich mich, nahm, für den Fall, dass ich mich verteidigen musste, den Holzstuhl vom Schreibtisch mit, lehnte das Ohr an die Tür und horchte auf ein Geräusch auf dem Flur ... Atmen, ein Husten, Schritte.

Nichts.

Inzwischen sitze ich wieder am Schreibtisch, und während ich weiterschreibe, steigt eine neue Sorge in mir hoch. Erstens glaube ich inzwischen, dass es leichtfertige Prahlerei von mir gewesen ist, Audrey zu verraten, dass ihre Augentropfen giftig sind. Unter gar keinen Umständen werde ich das Wasser aus der Karaffe oder sonst eine Flüssigkeit trinken, auf die sie Zugriff hatte. Ich kann ja nicht hundertprozentig ausschließen, dass sie nicht doch meine Jägerin ist.

Zweitens habe ich Ihnen doch von Cubbys Zettel berichtet, auf dem stand, er sei gleichzeitig Jäger und Beute. Nun hat das Poltern an der Tür in mir die Vermutung geweckt, dass noch jemand außer Audrey auf mich angesetzt sein könnte. Offen gestanden, verehrter X, würde ich den Entscheidungsträgern in McMasters durchaus zutrauen, absichtlich meinen und Audreys Zettel zu vertauschen, damit wir beide uns in trügerischer Sicherheit wiegen. Allmählich frage ich mich, ob es nicht eine ausgesprochen dumme Idee von uns ist, in unseren Zimmern sitzen zu bleiben, wo jeder uns finden kann. Ich habe schon einen Einfall, wo wir uns die restliche Nacht über verstecken könnten. Allerdings müsste ich dazu eine Fähigkeit entwickeln, die eigentlich nur Delfine haben, nämlich mit der einen Gehirnhälfte zu schlafen, während die andere nach möglichen Raubtieren Ausschau hält ... zu denen auch Audrey Jäeger gehört.

*

Im Gegensatz zum argwöhnischen Cliff Iverson hatte Dulcie Mown ihre Rolle geöffnet, sobald Trainer Tarcotts Startpistole erklungen war. Schließlich war sie eine erfahrene Schauspielerin und vertraute darauf, dass es ihr mühelos gelingen würde, die Fassung zu bewahren, selbst wenn ihre zugewiesene Zielperson unmittelbar neben ihr stehen sollte. Als sie die Aufschrift des blauen Zettels las, war sie sehr zufrieden.

Auf einer gewaltigen Plakatwand neben dem Verkaufskiosk prangten die Fotos und Namen sämtlicher Studentinnen und Studenten sowie die ihrer Unterkünfte. Wer also sein Opfer nicht kannte, konnte es anhand dieser bebilderten Steckbriefe mühelos identifizieren. Dulcie stellte fest, dass die rotgesichtige Miriam Webster den Buchstaben »S« durchforstete, bis ihr Blick an einem bestimmten Foto hängen blieb. »Milton Swill?«, merkte Dulcie an. »Den würde ich an deiner Stelle nicht zu vergiften versuchen, Mim.«

»Warum nicht?«, erwiderte Miriam nachdenklich, doch schon im nächsten Moment wurde ihr klar, dass sie sich verraten hatte. Allerdings sah sie kein großes Problem darin.

»Seit er versehentlich die Suppe mit dem vergifteten Salz gegessen hat, ist er schrecklich misstrauisch«, erklärte Dulcie. »Aber wenigstens dürftest du ihn auf dem Campus rasch gefunden haben. Seine Haare haben die Farbe einer Verkehrsampel.« Sie betrachtete ihren eigenen Zettel. »Was bin ich doch für ein Glückspilz«, merkte sie spöttisch an und fügte in ihrem besten Marlene-Dietrich-Akzent hinzu: »Ich habe *Herrrrrn* Helkampf gezogen!« Nachdem sie Miriam viel Glück gewünscht hatte, schlenderte sie zu dem hell erleuchteten Gebäude hinüber, das die Abteilung Gump beherbergte. Verkleidungen, Schminke und sogar Prothesen standen hier für das nächtliche Treiben zur Verfügung.

*

Noch nie hatte Gemma auf dem Campus einen solchen Trubel erlebt. Inzwischen war die gesamte Studentenschaft unterwegs, und jeder versuchte, entweder eine Begegnung mit seinem unbekannten Jäger zu vermeiden oder seine zugewiesene Zielperson zu entdecken. Ins Bett zu gehen (zumindest ins *eigene* Bett) kam nicht infrage. Einige Studenten, die erst Anfang zwanzig waren, benahmen sich so ausgelassen wie auf einer Schnitzeljagd, sodass ihr gänzlich unangebrachtes Gelächter durch die Nacht hallte. Für die meisten jedoch war diese nächtliche Fuchsjagd tödlicher Ernst, zu erkennen an ihren entschlossenen, argwöhnischen oder einfach nur verängstigten Mienen. Zu dem Gewimmel der Studenten, die furchtsam irgendwo Schutz suchten (und derer, die erstere Gruppe verfolgten), kamen die sich noch überall bereithaltenden Lehrkräfte hinzu, die auf Wunsch Hilfestellung gaben oder als Schiedsrichter fungierten.

Auf dem Zettel in Gemmas Rolle stand ganz und gar nicht das, was sie sich erhofft hatte:

SIE SIND JEMANDES BEUTE.
VIEL GLÜCK.

Warum traf es nur immer sie? Wenn sie die Regeln richtig verstanden hatte, bestand ihre Aufgabe darin, bis zum Morgengrauen nicht liquidiert zu werden. Sie überlegte, ob sie sich in ihr Zimmer zurückziehen sollte. Doch da sie es mit anderen teilte, konnte sie sich nicht einschließen. Und falls eine ihrer Zimmergenossinnen ihre Jägerin war …

Während sie noch überlegte, was sie nun tun sollte, kam Jud Helkampf aus der Richtung des Studentinnenwohnheims auf sie zu. Dabei pfiff er vergnügt vor sich hin, was völlig untypisch für ihn und deshalb nur umso gruseliger war. Da er sie inzwischen bemerkt hatte, konnte sie schlecht so tun, als hätte sie ihn nicht gesehen. Also marschierte sie neben ihm her, wie schon das ganze Semester. »Tja, Jud, so fröhlich habe ich dich ja noch nie erlebt«, versuchte sie Konversation zu betreiben.

»Das liegt an dem Namen, den ich in der Lotterie gezogen habe. Es wird mir ein Vergnügen sein, ihn zu erledigen.«

Gemma fragte sich, welchen Kommilitonen er wohl so gerne umbringen wollte, und schon im nächsten Moment fiel es ihr ein: »Cliff Iverson?«

Jud antwortete zwar nicht, doch sein unterdrücktes Grinsen reichte ihr als Bestätigung. Gemma war selbst überrascht, dass sie sich um Cliff Sorgen machte. Verstieß es gegen die Regeln, wenn sie ihn warnte? Denn es war durchaus möglich, dass Jud ihn tatsächlich tötete. Aber wie sollte sie Cliff finden, wenn er gerade selbst auf der Jagd war oder sich versteckte? Und warum bedeutete er ihr mehr als irgendein anderer Student, der womöglich auch in Gefahr schwebte?

»Nun, dann wünsche ich dir viel Glück«, erwiderte sie. »Ich muss mich jetzt meiner eigenen Aufgabe widmen. Also trennen sich jetzt vermutlich unsere Wege.«

»Bist du Jägerin oder Beute?«, erkundigte sich Jud.

Sie zwang sich zu einem wissenden Lächeln, das ihre wahren Gefühle nicht im Mindesten widerspiegelte. »Wahrscheinlich hängt es davon ab, wen man beim Öffnen der Falle im Netz findet.« Gemma hoffte, dass das als finstere Andeutung genügte, denn sie hatte nicht die leiseste Ahnung, was sie jetzt tun sollte.

Sie wünschte sich nur, sie hätte Cliff warnen können. Allerdings würde Jud ihr diesen Verrat sicher übel nehmen. Wieder einmal hielt sie sich vor Augen, dass sie sich einzig und allein deshalb an der McMasters-Akademie eingeschrieben hatte, um ihre eigenen Probleme zu lösen – und nicht die anderer Leute. Heute Nacht war sie die Gejagte, weshalb es vermutlich das Sinnvollste war, wenn sie sich bis zum Morgengrauen irgendwo verkroch oder am besten gleich einschloss.

Sie erinnerte sich an den Ort, den Cliff ihr beim letzten Valentinstags-Tanz beschrieben hatte. Er schien sich als Versteck ausgezeichnet zu eignen, eine Burg hinter dem Bambuswald, nur zu erreichen, wenn man mithilfe einer kleinen handbetriebenen Gondel eine Schlucht überquerte. Das Gute an dieser Gondel war, dass sie nur von einem darin sitzenden Passagier zurückbewegt werden konnte, weshalb die Burg ohne Bergsteigerausrüstung oder Seilwinde nicht zugänglich war. Und solche Gerätschaften waren um diese Uhrzeit nur schwer aufzutreiben. Natürlich würde sie dort allein sein, eine sehr beängstigende Vorstellung. Doch während in einer Menschenmenge jeder als ihr Jäger infrage kam, würde der Widersacher an der Burg Farbe bekennen müssen, jedoch ohne ihrer habhaft werden zu können. Deshalb beschloss Gemma, ganz allein und im Schutz der Burg abzuwarten, bis es hell wurde.

Anfangs waren die Pfade zum Dschungel ziemlich belebt, denn viele Jäger und Gejagte waren hier unterwegs, gingen aber zumeist in die entgegengesetzte Richtung. Doch als Gemma den Bambuswald erreichte, hatten sich die Menschenmassen stark ausgedünnt, denn nur ein Lebensmüder (oder jemand, der wie sie einen Plan hatte) hätte sich in einem so abgelegenen Gebiet herumgetrieben.

Gemma hatte befürchtet, zu stolpern und in die von Cliff beschriebene Schlucht zu fallen. Aber als sie das felsige Gelände jenseits des Bambuswaldes erreichte, hatte der Mond keine Konkurrenz mehr von Straßenlaternen und beleuchteten Gebäuden und schien deshalb hell und klar.

Inzwischen war der Boden härter, und außerdem war es so still, dass jeder ihrer Schritte von den umliegenden Felswänden widerhallte. Als sie um eine sanfte Kurve bog, hatte sie einen atemberaubenden Blick auf Castle Guy auf der anderen Seite der Schlucht. Es war von unten malerisch angestrahlt. Die nach oben ragenden Schatten ließen es hoch und beeindruckend wirken. Außerdem war im Dämmerschein die altmodische Gondel, die auf Gemmas Seite auf einer hölzernen Plattform ruhte, ausgezeichnet zu erkennen. Von irgendwoher fiel Licht in den dunstumwaberten Abgrund, wo ein dichter, nach Schwefel riechender Nebel die Strahlen verschluckte, sodass es unmöglich war, die Tiefe abzuschätzen. Wie der Strid, nur ohne Wasser, dachte Gemma.

Als Gemma sich der spielzeugähnlichen Gondel auf ihrer Plattform näherte, wurde sie von einer seltsamen Enttäuschung ergriffen: Die wartende Gondel bedeutete nämlich, dass Cliff nicht gekommen war. So etwas hatte sie seit ihrer Schulzeit in Northumberland nicht mehr empfunden. Damals war sie zu einer Party gegangen, und zwar eigens, um einem bestimmten Jungen zu begegnen, den wir hier einmal »Andrew« nennen wollen. Stundenlang hatte sie sich mit ihrem Äußeren abgemüht, sich mehrmals umgezogen und ihre Mum damit gelöchert, welches Oberteil wohl am besten zu welchem Unterteil passte. Bei ihrer Ankunft hatte sie dann beiläufig »Ist Andrew schon da?« gefragt, nur um zu erfahren, dass Andrews Familie die Feiertage in London verbrachte. Genauso hatte sie insgeheim gehofft, Cliff könnte ebenfalls hier Zuflucht gesucht haben. Sie hatte sich ausgemalt, wie er ihr über die Schlucht hinweg etwas zurief und mit der Gondel herüberkam, um sie abzuholen. Und dann hätten sie die Nacht zusammen in der Burg verbracht, sicher vor allen, die ihnen an den Kragen wollten. Wer konnte sagen, wozu das geführt hätte? Aber nein, sie würde allein mit der Gondel zur Burg hinüberfahren und die ganze Nacht lang ängstlich die Ohren spitzen, um festzustellen, ob sich vielleicht ein Verfolger näherte. Nicht unbedingt ihr liebster Zeitvertreib für die Stunden nach Mitternacht. Aber es hätte auch schlimmer kommen können, dachte sie.

Im nächsten Moment verlosch das elektrische Licht, das die Burg beleuchtete. »Es geht also doch noch schlimmer«, murmelte sie.

Sofort schlug undurchdringliche Finsternis über ihr zusammen, die ihr leicht zum Verhängnis hätte werden können, wenn man bedachte, wie dicht sie sich am Rande des Abgrunds befand. Zum Glück jedoch steckten zwei flackernde Fackeln in den eisernen Halterungen zu beiden Seiten des Burgtors. Ihre in unregelmäßigen Abständen aufleuchtenden Flammen schoben die pechschwarze Nacht immer wieder beiseite wie einen Vorhang. Als Gemma auf die Uhr schaute, war es Punkt zehn. Sie nahm an, dass hier, wie fast überall sonst auf dem Campus, um diese Zeit das Licht abgeschaltet wurde. In gewisser Hinsicht war sie froh darüber, denn so würde sie bei der Überquerung der Schlucht nicht hinab in die bedrohliche Tiefe blicken können. Also tastete sie sich weiter bis zur offenen Tür der Gondel. Nach dem Einsteigen suchte sie blind nach dem Hebel, der die Gondel an ihrem Führungsseil in Bewegung setzen würde. Und da berührte sie eine Hand, die nicht ihre war.

*

Audrey marschierte in Richtung Dschungel, und zwar um einiges schneller, als sie es je im Sportunterricht getan hatte, um bloß nicht von dem voranstürmenden Cliff abgehängt zu werden. Die beiden zogen neugierige Blicke auf sich, einfach nur deshalb, weil sie zu zweit waren, da das Motto des Wettbewerbs »Jeder ist sich selbst der Nächste« lautete. Sogar Suchtrupps waren zwar nicht ausdrücklich verboten, wurden allerdings nicht gern gesehen. Cliff, der nicht auf den Kopf gefallen war, zog noch immer die Möglichkeit in Betracht, dass es Audrey irgendwie gelungen sein könnte, die Rollen mit den Aufgaben zu vertauschen. Jeden Moment konnte sie ihm mit dem triumphierenden Schrei »Betrachte dich als tot!« an die Gurgel springen. In diesem Fall würde ihm, wie er hoffte, das Tagebuch in seinem Schreibtisch vielleicht ein paar Punkte für seinen Einfallsreichtum einbringen, bevor sie es schaffte, ihn zu liquidieren.

Allerdings war Cliff durchaus in der Lage, ein Thema von beiden Seiten zu betrachten. Er hatte Mitgefühl mit Audrey, die – voller Todesangst vor einem finalen Rauswurf aus der McMasters-Akademie – vielleicht befürchtete, er könnte von der Hochschulleitung den Auftrag erhalten haben, sie unter dem Deckmäntelchen des Wettbewerbs endgültig aus dieser Lehranstalt zu »entfernen«.

Auch wenn Cliff selbst wusste, dass er nichts im Schilde führte, konnte er Audrey ihr Misstrauen nicht verübeln. Und so setzten sie unter fortgesetzter und argwöhnischer gegenseitiger Beobachtung ihren Weg durch den Bambusdschungel fort, bis der Boden felsig und holperig wurde, sodass sie ihre mitgebrachten Taschenlampen einschalten mussten. Im nächsten Moment kam etwa hundert Meter vor ihnen eine Gestalt in Sicht, deren Umrisse sich vor dem Schein der beiden Fackeln am Burgtor abzeichneten. »Wer ist da?«, fragte die Gestalt, worauf Cliff die Stimme als die von Cubby erkannte. Als Cliff die Taschenlampe auf Cubbys Gesicht richtete, kam dieser auf sie zugelaufen. Seine offene Cordjacke flatterte im Wind wie die Flügel eines Pelikans.

»Was machst du hier … und du?«, erkundigte sich Cubby nacheinander bei Cliff und Audrey. »Ihr dürft mich nicht gemeinsam verfolgen. Das verstößt gegen die Regeln!«

»Wir verfolgen niemanden«, erklärte Cliff. »Und was machst *du* hier?«

»Ich bin Simeon gefolgt, und das habe ich recht gut gemacht. Den ganzen Weg von der Wäscherei bis zum Distellabyrinth und den Primelpfad entlang und durch den Dschungel hatte ich ihn immer im Blick. Aber dann ist er diese Klippe hinaufgestiegen und war plötzlich verschwunden.«

Cliff ließ den Strahl seiner Taschenlampe über die fragliche Stelle schweifen. »Die Klippe ist so gut einzusehen, dass man sich eigentlich in die Schlucht werfen müsste, um zu verschw…« Er wirbelte zu Cubby herum. »Moment mal. Sagtest du gerade, du hättest Simeon verfolgt? Ich dachte, du verfolgst Gemma.«

Cubby richtete sich stolz auf. »Ich habe mit Jud die Beute getauscht.«

»*Getauscht?*«, wiederholte Audrey unerwartet besorgt.

»Simeon hat sich Cliff gegenüber immer so mies verhalten. Ich dachte, ich erteile ihm mal eine Lektion. Der hält sich nämlich für superschlau. Aber da er es geschafft hat, sich zu verdrücken, ist er es vermutlich auch«, fügte er niedergeschlagen hinzu.

Cliff hätte Cubby am liebsten geschüttelt. »Du hast Helkampf auf Gemma gehetzt, obwohl du weißt, dass er eine Schraube locker hat?«

»Ich dachte, die beiden wären Kumpel, weil sie ständig zusammen abhängen …«

Ein durchdringender Schrei gellte durch die Nacht. Dass er an seinem Höhepunkt abbrach, machte ihn umso beängstigender. Cliffs Kopf fuhr erst nach rechts, dann nach links herum, als hinge noch ein Rest dieses Schreis in der Luft, der es ihm ermöglichen würde, seine Quelle zu orten. »Wo kam das her?«, fragte er Audrey, die den Pfad entlang zurück spähte. Da erklang ein viel kürzerer Schrei, und zwar aus Richtung der Burg.

Cliff hastete die felsige Anhöhe hinauf. Audrey folgte ihm auf den Fersen, wobei sie Cubby (zu dessen großem

Erstaunen) mühelos überholte. Sie drei eilten zur Gondelplattform, die über die Klamm hinausragte. Cliff stieß einen Fluch aus, denn die Gondel befand sich inzwischen auf der Seite von Castle Guy, also außer Reichweite, wenn niemand sie von dort aus hinüberschickte.

Inzwischen hörte Cliff, wie Gemma am Rand der Klippe jemanden anflehte. Im Schein der Fackeln am Burgtor konnte er zwei kämpfende Gestalten ausmachen, allerdings ihre Gesichter nicht erkennen. Die größere der beiden hatte einen Kopf, dessen Form an ein abgehacktes Pik-Symbol erinnerte. Das konnte nur Helkampf sein, dessen Haare wie Ohrenschützer über die kahle Kuppel seines Schädels hinausragten.

Auf der anderen Seite der Schlucht wendete Gemma sämtliche im Seminar »Asiatischer Kampfsport« erlernten Techniken an, um Helkampfs Versuche, sie zu erwürgen, zu vereiteln. Dessen Stimme klang inzwischen wie die einer wahnwitzigen Tante, die ein Kind dazu verleiten will, einen angeblich gar nicht so abscheulich schmeckenden Hustensaft zu nehmen. »Wehr dich nicht, du machst es damit nur noch schlimmer«, flötete er, als Gemma einen Unterarmklammergriff bei ihm versuchte, wohl wissend, dass sie diesen nicht lange würde durchhalten können. »Ich brauche nur ein Foto, auf dem du bewusstlos bist, um zu beweisen, dass ich dich liquidiert habe.«

»Ich dachte … wir wären Freunde«, stieß sie mühsam hervor.

Sein schrilles Kichern ließ ihr das Blut in den Adern gefrieren. »Ganz im Gegenteil. Ich weiß, wann sich jemand bei mir einschmeicheln will, du kleine Betrügerin.«

Für Helkampf war die Verlockung, Gemma »legal« nachstellen zu können, anstatt den ihm zugewiesenen Simeon zu verfolgen, einfach zu reizvoll gewesen. Deshalb hatte er Cubbys Angebot, die Aufgabenzettel zu tauschen, nur allzu gern angenommen, obwohl es sich um einen Verstoß gegen die Wettbewerbsregeln handelte. Die Möglichkeit, einen erlaubten Mord zu begehen, begeisterte ihn mehr, als gut für Gemma oder jeden anderen war, der sich ihm in den Weg stellen sollte. Er hatte Gemma beschattet, bis klar war, dass nur die Gondel zu Castle Guy ihr Ziel sein konnte. Dann hatte er rasch einen Bogen geschlagen, sie überholt und sich auf die Lauer gelegt, bevor die Lichter an der Burg gelöscht worden waren. Er genoss die Vorstellung, sie an einem für alle anderen unerreichbaren Ort zu liquidieren. Wie viele Pluspunkte mochte ihm das wohl einbringen?

»Ich kann mich ja totstellen, wenn du willst. Ich bewege mich auch nicht, versprochen!«, schlug Gemma vor.

»Nein, das würde nicht echt aussehen«, widersprach er, während er sich aus ihrem schwächer werdenden Griff befreite. »Deine Augen müssen offen sein, sodass man nur noch das Weiße sieht, und deine Zunge muss heraushängen.« Gütiger Himmel, sagte sich Gemma, legt er so die Aufgabenstellung aus? Konnte er das überhaupt bewerkstelligen, ohne sie umzubringen? »Man ist in letzter Zeit nicht sehr zufrieden mit mir, weshalb ich einen hohen Punktwert brauche«, ergänzte er.

Offenbar war den Lehrkräften bei seiner Bewertung ein tragischer Irrtum unterlaufen, dachte Gemma. Und wie es aussah, würde sie jetzt den Preis für diesen Fehler bezahlen. Während Helkampf ihre Kehle immer fester umklammerte, schien er auch noch den letzten Rest Verstand zu verlieren. »Wehr dich nicht, Gemma, sonst muss ich dir wehtun«, warnte er. Eigentlich wäre diese Mahnung lachhaft gewesen, doch zum Lachen reichte ihre Luft nicht mehr. Alles verschwamm ihr vor Augen, und sie trat nach ihm aus, voller Angst, dass sie nie wieder aufwachen würde, wenn sie jetzt ohnmächtig wurde.

Auf der anderen Seite der Schlucht brüllte Cliff Helkampfs Namen, allerdings vergeblich. Als Gemma Cliffs Stimme hörte, drehte sie ein Stück den Kopf und stieß ein klägliches Wimmern aus.

»Lass sie los, Jud!«, kreischte Audrey. »Wir sollen uns doch nicht wirklich umbringen!«

»Außer, wenn es sich nicht vermeiden lässt«, keuchte er, während er sich weiter mit seinem Vorhaben abmühte.

»Es ist nur eine Übung, Jud!«, schrie Cliff. »Ein Spiel!«

»Und in jedem Spiel gibt es Gewinner! Ich bin hier mit meiner Beute, und ihr seid da drüben, ihr Verlierer!« Er klang auf beängstigende Weise wie ein Schuljunge, der seine Spielsachen nicht mit anderen teilen will.

Die flackernden Fackeln am Burgtor spendeten so wenig Licht, dass Gemma und Helkampf an zwei zuckende Tintenkleckse in der Nacht erinnerten. Plötzlich, wie bei einem Rohrschach-Test, verwandelten sich die beiden Gestalten für Cliff in Cora und Fiedler. Er durfte nicht zulassen, dass Cora noch einmal starb. Cliff blickte von der Plattform hinab in die düstere Klamm und versuchte sich einzureden, dass die Schlucht zwar gefährlich tief, allerdings nicht sehr breit war. Er fragte sich, ob es ihm wohl gelingen würde, sich am Zugseil der Gondel festzuhalten und sich, Hand um Hand, bis zur anderen Seite hinüberzuhangeln. Wenn er nur Schutzhandschuhe gehabt hätte …

»Gib mir deine Jacke, Cubby«, zischte er, worauf dieser ihm rasch seine Cordjacke reichte. Cliff stellte sich an den

Rand der Plattform und legte die Jacke mit dem seidenen Futter nach unten über das Seil, sodass er sich am rauen Cordstoff festhalten konnte.

»Was tust du da?«, wollte Audrey wissen. Aber Cliff hörte nur das Japsen von Gemma auf der anderen Seite der Schlucht. Er umfasste die Jacke mit beiden Händen und rutschte mit den Füßen von der Plattform, so wie ein Selbstmörder mit dem Hals in der Schlinge den Stuhl unter sich wegrutschen lässt. Das leichte Gefälle im Seil sorgte dafür, dass er auf das Maul des Abgrunds zuglitt, das ihn willkommen zu heißen schien.

Als das Seil sich spannte, kam er ruckartig mitten über dem Abgrund zum Stehen. So groß seine Angst vor einem Sturz auch war, befürchtete er noch mehr, dabei zwischen den sich beinahe treffenden Wänden der Spalte stecken zu bleiben und, für Retter unerreichbar, viele Minuten oder gar Stunden dort verharren zu müssen, wohl wissend, dass es für ihn die beste Möglichkeit war, sich freizustrampeln, um den Fall in den Tod endlich hinter sich zu bringen. Er hatte von Leuten gehört, die zwischen einem Zug und dem Bahnsteig feststeckten und noch in der Lage waren, zu sprechen und zuzuhören. Doch die Rettungsmannschaft und ein hastig herbeigerufener Priester konnten nichts weiter tun, als ihnen zu sagen, dass die Befreiung – also ihr Lebensende – gerade auf Bahnsteig 2 einfuhr. Wollten sie ihren Angehörigen vielleicht noch etwas mitteilen, bevor sie aus ihrer misslichen Lage und somit von ihrem irdischen Dasein erlöst würden?

Ihm war klar, dass ein Blick nach unten ihn seiner letzten Entschlossenheit beraubt hätte. Also schob er die Jacke auf dem Seil weiter, froh, dass der gerippte Cordstoff seine Hände vor Reibungsverbrennungen schützte. »Halte durch!«, rief er Gemma immer wieder zu, obwohl er wusste, dass er eigentlich mit sich selbst sprach.

Verwundert, weil Cliffs Stimme immer näher kam, hörte Helkampf einen Moment auf, Gemma zu würgen. Während sie zu Boden sank, stürmte er zum Burgtor, packte eine der brennenden Fackeln und kehrte zurück zur Plattform auf seiner Seite der Schlucht. »Ich habe es satt, dass du mir immer wieder einen Strich durch die Rechnung machst!«, stieß er hasserfüllt hervor und hielt die Flamme an das Zugseil.

»Wenn du das Seil anzündest, sitzt du da drüben fest«, entgegnete Cliff mit heiserer Stimme. Allerdings war es zwecklos, mit einem Wahnsinnigen zu debattieren.

»Wir sind Zeugen!«, rief Cubby, der wohlbehalten auf der anderen Seite stand. »Er ist gar nicht deine Beute. Die schmeißen dich raus!«

»Er verdirbt mir die Jagd und drückt meinen Notendurchschnitt!«, erwiderte Helkampf, als ob das ein triftiger Grund gewesen wäre. Da das Seil inzwischen auch ohne Unterstützung durch die Fackel brannte, wandte er seine ganze Aufmerksamkeit wieder Gemma zu.

»Ich muss Hilfe holen!«, zischte Audrey Cubby zu und sprintete in Richtung Dschungel, und zwar in einem Tempo, das ihr nach ihrer Trägheit bei den morgendlichen Waldläufen niemand zugetraut hätte. Cubby fragte sich, welche Hilfe sie wohl rechtzeitig herbeiholen konnte, um Gemma und Cliff zu retten. Er beschloss, seine Protestaktion gegen Helkampfs Verhalten fortzusetzen, wenn auch von der anderen Seite der Schlucht aus.

Mittlerweile hatte Cliff sich vorsichtig an das brennende Ende des Seils herangetastet und hoffte, dass er es mit

Cubbys Jacke löschen konnte. Ihm war zwar klar, dass er beim Ausdrücken sein gesamtes Gewicht auf die angekohlte Stelle verlagern würde, doch alles war besser, als abzuwarten, bis es völlig durchgeschmort war. Er wagte nicht, in die Dämpfe hinabzublicken, die aus der Klamm aufstiegen wie aus einem Geysir. Der Schwefelgeruch erschien ihm als ein unheilverkündendes Omen, was seine unmittelbare Zukunft anging. Außerdem musste er ohnmächtig zusehen, wie Helkampf sich über die beinahe bewusstlose Gemma beugte.

Plötzlich erklang das ohrenbetäubende Knirschen von Eisen auf Stein, so laut, dass es fast wie elektrisch verstärkt wirkte. Das Falltor von Castle Guy hob sich und gab Simeon Sampson frei, erleuchtet von einem grellen Scheinwerfer, der durch das Mörderloch direkt über seinem Kopf auf ihn gerichtet war. Er trug einen schmal geschnittenen weißen Anzug mit Hemd und Krawatte und schien ein Abgesandter der Engel zu sein, denn sein blondes Haar strahlte im Licht wie ein Heiligenschein. »Gut, Mr. Helkampf. Ich glaube, das genügt«, verkündete er.

»Wie bist du ohne Gondel hierhergekommen?«, stieß Helkampf verdutzt hervor. Für einen Moment war er von Gemma abgelenkt und wie gebannt von Simeons vermeintlich göttlicher Intervention.

»Ach, wir Lehrkräfte können uns auf dem Campus frei bewegen.«

Helkampf richtete sich langsam auf. »Seit wann unterrichtest du hier?«

»Seit ich vor vier Jahren und sieben Monaten meine Liquidation erfolgreich abgeschlossen habe«, antwortete Simeon mit einem Anflug von Stolz. »Zum Glück habe ich die jugendlichen Gene meiner Eltern geerbt, was es mir ermöglicht, mich unter die Studentenschaft zu mischen und ihre Fortschritte zu beobachten.« Er wandte sich an Cliff, der noch immer über dem Abgrund baumelte. Inzwischen brannten seine Armmuskeln fast ebenso heftig wie das Seil, von dem sein Leben abhing. »In diesem Semester war meine wichtigste Aufgabe, ein Auge auf dich zu haben.«

»Im Moment würde ich sagen, dass du das ziemlich in den Sand gesetzt hast«, beklagte sich Cliff verzweifelt, während er beobachtete, wie sich die Flamme durch den letzten Strang des Seils fraß.

»Ja, und das tut mir wirklich leid«, erwiderte Simeon mit aufrichtigem Bedauern, als das Seil riss.

Das Letzte, was Cliff hörte, war Gemma, die in heller Angst seinen Namen rief. Er stürzte in die Tiefe.

*

Wie Dulcie Mown vorhergesehen hatte, hatte die kluge und ein wenig chaotische Miriam »Mim« Webster ihre Beute rasch entdeckt. Milton Swill war mit seinem tabascofarbenen Haar nicht zu übersehen, denn es leuchtete so hell, dass er sich den Schädel rasieren oder ein Kopftuch hätte tragen müssen, um nicht aus der Menge herauszustechen. Und beides kam, Wettbewerb hin oder her, für Milton nicht infrage. Außerdem machten es Swills schlanke Gestalt und seine geringe Körpergröße Mim leicht, die meisten Studenten auszuschließen, die auf der Suche nach einem sicheren Versteck über den großen Platz eilten. Diese Bemühung führte zu einem bizarr anmutenden Wettrennen in sämtliche Richtungen, insbesondere bei denen, auf deren blauem Zettel stand, dass sie jemandes Beute waren.

Wie Cubby hatte Miriam die Anweisung erhalten, eine Beute zu jagen (Milton), wusste jedoch außerdem, dass sie die Beute eines unbekannten Widersachers war. Sie war Anhängerin des Grundsatzes, dass es besser war, stets in Bewegung zu bleiben, als darauf zu warten, von ihrem Jäger aufgespürt zu werden. Nur dass es sich bei diesem Leichtathletikwettbewerb um einen Marathon handelte, der bis zum Morgengrauen dauerte. Und nach einer Weile musste selbst sie einsehen, dass man sich nicht unbegrenzt auf den Füßen halten kann.

Sie entdeckte Milton Swill am Obelisken, einer original ägyptischen Säule, die das Grundstück von Gut Ulmenburg zierte. Die Studenten saßen gern dort auf Bänken, um den Sonnenuntergang zu betrachten, auch wenn sie keine Ahnung hatten, über welchem Land die Sonne gerade unterging. Es wurde gemunkelt, dass der Obelisk über einen geheimen Zugang verfügte, wo eine Wendeltreppe hinauf in die Spitze führte. Dort oben gäbe es eine längliche Öffnung, die freie Sicht böte und den Standort der McMasters-Akademie verriete. Allerdings hatte bis jetzt kein Student glaubhaft machen können, dass er einen Weg in diesen spitz zulaufenden Monolithen gefunden hatte.

Der sonst so zurückhaltende Milton Swill hatte offenbar beschlossen, dass Romantik wichtiger war als seine persönliche Sicherheit, denn Miriam hatte ihn kurz vor Sonnenuntergang dabei beobachtet, wie er auf einer Parkbank am Obelisken unter einer Gaslaterne mit einer Blondine herumknutschte. Die beiden hatten sich in ein Kaschmirtuch gewickelt, um nicht zu frieren (obwohl ihre leidenschaftlichen Küsse ihnen sicher schon genug einheizten). Milton kehrte Mim zwar den Rücken zu, aber sie erkannte ihn an seinem feuerwehrroten Haar. Die Blondine kam ihr irgendwie bekannt vor, doch sie konnte sie nicht ganz einordnen. Ihre Augen waren verzückt geschlossen. Deshalb bemerkten die zwei nicht, dass Miriam sich an sie heranpirschte. Ihre Küsse wurden feuriger, während sie einander süße Nichtigkeiten ins Ohr raunten. Wer hätte dem kleinen Milton so etwas zugetraut?, dachte Mim. Stille Wasser gründeten offenbar tief.

Als sie, bewaffnet mit einem im Platanenhain aufgesammelten Ast, näher kam, stellte sie fest, dass die Augen der Blondine nicht geschlossen, sondern zusammengekniffen waren. »Jetzt«, murmelte sie Swill mit rauer Stimme auffordernd zu.

Miriam war im Grunde ihres Herzens ein guter Mensch. »Noch ein Schritt, und ich hätte zugeschlagen. Dann wärst du jetzt tot, Milton«, verkündete sie.

Swill wirbelte herum und stieß Miriam einen am Körper versteckten Degen in die Seite. »*Au contraire*, genau darauf habe ich gewartet, liebe Miriam«, verkündete der angebliche Milton. Als er die für den Abend im Gump ausgeliehene rote Perücke abnahm, kam Dulcie Mowns schwarzer Kurzhaarschnitt in Sicht. »Ich fürchte, ich habe dich vorhin an der Plakatwand angelogen«, erklärte sie der verdatterten Miriam. »Nicht Jud Helkampf war meine Beute, sondern du. Dein Glück, dass ich eine gute Fechterin bin, also ist dir nichts passiert.« Es wurmte die Hollywooddiva, ihre Titelrolle in *Die Gräfin von Monte Cristo* und das berühmte Duell auf der Brüstung nicht erwähnen zu können. »Schau, wie perfekt ich dir den stumpfen Degen zwischen linken Arm und Rippen gestoßen habe! Eine scharfe Spitze und ein paar Zentimeter weiter rechts, und du wärst auf der Stelle tot umgefallen.«

»Und ich bin natürlich der Zeuge«, sagte die Blondine, die mit Dulcie herumgeschmust hatte. Sie entledigte sich der goldenen Lockenmähne, worauf Milton Swills zarte Gesichtszüge zu sehen waren. Sein Lippenstift passte zu seinem Rotschopf. Es war für ihn ein Vergnügen gewesen, in Dulcies erfahrener Umarmung zu liegen und ihr dabei über die Schulter zu spähen, um sie vor einem herannahenden Jäger zu warnen. Wirklich ein symbiotisches Arrangement: Dulcie als Lockvogel für Miltons Jäger, Milton als getarnter Beobachtungsposten in »seinen« Armen. Auch wenn Swill nicht ahnte, dass er sich gerade mit einer berühmten Hollywoodschönheit vergnügt hatte, hatte sich ihre gespielte Leidenschaft nachhaltiger in sein Gedächtnis eingegraben als jedes vorherige Stelldichein seines verhältnismäßig behüteten Lebens.

Vorsichtig zog Mim den gekonnt platzierten Degen zwischen ihrem Arm und ihrer Seite hervor. Bis auf einen kleinen Riss im Ärmel war ihr nichts geschehen.

Begeistert wandte Dulcie sich an Milton. »Und jetzt helfe ich dir, deine Beute zu fangen, ganz gleich, wer es auch ist«, beteuerte sie. »Versprochen ist versprochen.«

»Oh, das geht schon in Ordnung, Dulcie«, erwiderte Milton und nahm ein Taschentuch aus seiner als Requisite dienenden Handtasche, um sich sorgfältig den Lippenstift abzuwischen. »Denn zufällig bist du meine zugewiesene Beute. Als du mich gebeten hast, mich – zumindest vom Hals aufwärts – als Frau zu verkleiden, hätte ich mühelos den Lippenstift verwenden können, den ich mit Professor Redhills Hilfe für meine bevorstehende Abschlussarbeit entwickelt habe. Er ist mit Melittin, Phospholipase, Apamin, Hyaluronidase und Histamin versetzt. Den Bestandteilen von Bienengift. Geruchlos, geschmacklos und tödlich für Menschen wie dich und meine Zielperson, die beide an einer lebensbedrohlichen Allergie gegen Bienengift leiden.« Er wies auf das Notfallarmband von Chopard, das sie stets in der Öffentlichkeit trug. Dann rief er einen der mit gelben Westen ausgestatteten Preisrichter herbei, der sofort, das Klemmbrett in der Hand, kam. »Ich hätte dich beim Knutschen jederzeit umbringen können, Dulcie«, fuhr Milton fort. »Dazu hätte ich das Gift nur unter deine Haut einbringen müssen, etwa durch einen Knutschfleck oder indem ich dir ins Ohrläppchen beiße. Also kannst du dich auch als tot betrachten.«

Dulcie überlegte einen Moment. »Ach, beiß dich doch in den Arsch«, sagte sie schließlich spöttisch.

*

Cliff war überaus erfreut, als er feststellte, dass es tatsächlich ein Leben nach dem Tod gab. Allerdings wunderte es ihn sehr, dass man im Jenseits noch Schmerzen empfinden konnte. Und noch mehr überraschte es ihn, dass er nicht etwa von der armen Cora oder seinem verstorbenen Kollegen Jack Horvarth empfangen wurde, sondern von Audrey Jäeger. Sie betrachtete ihn mit fast mütterlicher Besorgnis, während er auf einer dicken Wattewolke schwebte.

»Alles in Ordnung?«, fragte der Engel ohne Flügel. »Tut mir leid, dass wir dir solche Angst machen mussten. Doch die Entschlossenheit und der Mut, die du an den Tag gelegt hast, sind für uns mehr als genug Beweis, dass du bereit für deine Abschlussarbeit bist.«

»*Wir? Uns?*«, hakte Cliff nach.

Allmählich gewöhnten sich seine Augen ans Licht, und er konnte seine Umgebung ausmachen, die über den Charme eines Heizungskellers verfügte. Aus einem Stahlkasten am anderen Ende des Raums waberte Dampf. Den Schwefelgeruch konnte man nicht mehr als diskret bezeichnen.

»Ja, denn ich fürchte, ich gehöre auch zum Lehrkörper von McMasters«, sagte Audrey. Sie kam die Metalltreppe herunter, die von einer Empore einige Meter über Cliff zum Boden führte. »Entschuldige, dass ich dir ständig etwas vorgejammert und mich an deiner Schulter ausgeheult habe. Aber ich musste sichergehen, dass du keinen weiteren Ausbruch planst oder schwermütig wirst. Also habe ich den Plan ›Geteiltes Leid ist halbes Leid‹ angewandt.« Sie zog ein typisches Audrey-Gesicht und lachte. »Was war ich nur für eine Trantüte! In Wahrheit gefällt es mir hier prima, und ich hoffe, im nächsten Jahr auch hauptamtlich unterrichten zu können.«

Die schwammige Wolke, auf der Cliff lag, war eine auf den ovalen Raum zugeschnittene Matte. Rings herum entlang der Wände verlief eine Empore mit Geländer, von wo aus stumpfgraue Stahltüren in alle vier Himmelsrichtungen wiesen. Audrey machte einen Schritt auf die Wolke, kam in ihren Turnschuhen mit vorsichtigen, wippenden Schritten auf ihn zu und reichte ihm die Hand. Die Wolke fühlte sich an wie ein nachgiebiges Trampolin, als Cliff sich aufrappelte und schwankend stehen blieb. »Ein Sprungpolster«, erklärte Audrey. »Im Film verwenden sie so was ständig. Die Spalte, durch die du gestürzt bist, besteht aus Schaumgummi, der so geformt ist, dass er wie Felsgestein aussieht.« Als Cliff nach oben spähte, erkannte er etwa vier Meter über sich den unteren Rand der Felsspalte. »Die Rabenschlucht wurde vor meiner Zeit in den Felsen gehauen, doch die Dämpfe, der Gestank und die angebliche Tiefe sind genauso wenig echt wie die Kulissen in den Praxislabors oder wie Mastertown, unsere Modellstadt hinter dem Präsidium. Die Schlucht wurde durch die Spende der Witwe eines Schweizer Finanziers ermöglicht, und zwar nach dem erfolgreichen Bergsteigerunfall ihres Mannes in den österreichischen Alpen. Einige Colleges geben die Zuwendungen ihrer Ehemaligen für die Footballmannschaft aus, wir verwenden sie für Seminare und Simulationen.« Sie wies auf die stahlgraue Tür links von Cliff. »Diese Tür führt ins Innere von Castle Guy.«

Castle Guy … Plötzlich fiel es ihm wieder ein. »Gemma! Ist sie …?«

»Es geht ihr gut. Nun, das heißt, körperlich betrachtet. Aber natürlich ist sie sehr traurig über deinen Tod.«

Cliff wollte auf die Treppe zur Empore zueilen, doch das Polster unter ihm gab nach, als watete er durch Schokoladensirup. »Ich muss ihr sagen, dass alles in Ordnung ist. Wie komme ich hier raus?«

Audrey schüttelte ernst den Kopf. »Nein, Cliff, wir müssen hier auf den Prüfungsausschuss warten. Aber wenn du schon fragst: Die Tür gleich gegenüber führt zu einem getarnten Gully gleich neben der Gondel. Auf diese Weise kann man sich rasch aus dem Staub machen, so wie Simeon es bei Cubby und dir getan hat. Durch die Tür rechts kommt man in einen unterirdischen Gang, wo ein Zug mit vier Plätzen zwischen Dschungel, Präsidium und Gut Ulmenburg verkehrt. Die letzte Tür, nun, das darf ich dir nicht verraten, denn schließlich wirst du uns jetzt verlassen.«

Verlassen? Cliff wurde von Angst ergriffen. War er dem Tod auf wundersame Weise entronnen, nur um nun der

Hochschule verwiesen zu werden? Mit allen Konsequenzen, die einem in diesem Fall drohten? »Warum? Weil ich Helkampf nicht aufhalten konnte?«

Audrey bemerkte, dass sein Blick, offenbar auf der Suche nach einem Fluchtweg, zwischen den Türen hin und her schoss. »Keine Sorge. Alles ist gut. Jud Helkampf hat gegen sämtliche Regeln des Wettbewerbs verstoßen und sich damit selbst disqualifiziert. Du bist in gewisser Hinsicht gestorben, weil du Gemma vor einem ganz und gar unzulässigen Angriff beschützen wolltest. Also ist mit deinem Notendurchschnitt alles in Ordnung. Und Gemma bekommt die Höchstpunktzahl, denn sie hat großes Geschick bei der Selbstverteidigung gezeigt. Alle, die damit beauftragt waren, ein Auge auf dich zu haben, waren besorgt, Helkampf könnte den Wettbewerb als Vorwand benutzen, um dir etwas anzutun. Deshalb die angebliche Verwechslung der Aufgabenzettel. Auf diese Weise konnte ich in deiner Nähe bleiben, während Simeon dich gleichzeitig aus der Ferne bewacht hat. Das bezeichnen wir als ›lockeres Beschatten‹. Dann aber hat Cubby alles durcheinandergebracht, indem er mit Helkampf die Zettel getauscht hat. Da der wiederum hinter Gemma her war, musste ich loslaufen, um Hilfe zu holen.«

»Aber jetzt hält Gemma mich für tot. Ich muss ihr unbedingt sagen …«

»Es ist wirklich am besten so«, erwiderte sie in geduldigem Ton, so als hätte sie gerade den Lieblingsfrosch eines kleinen Jungen zu dem Teich zurückgebracht, wo er ihn gefunden hatte. »Simeon und ich werden Cubbys gewiss atemlos vorgetragene Schilderung deiner Heldentaten und deines Ablebens bestätigen, wobei er Letzteres übrigens für echt hält. Dein Abgang war wirklich spektakulär. Aber obwohl Gemma offenbar mehr für dich empfunden hat, als wir alle ahnten, glaubt Vesta Thripper, dass sie sich nach diesem Verlust nur umso mehr auf ihre herausfordernde Abschlussarbeit konzentrieren wird, so herzlos das auch klingen mag.«

Plötzlich fühlte sich Cliff sehr allein und – ein seltsames Wort – wie ein Ausgestoßener. Die McMasters-Akademie war so kultiviert, gastfreundlich und ein höchst angenehmes Umfeld gewesen. Er hatte einige äußerst interessante Bekanntschaften gemacht und war so vielen intelligenten Menschen begegnet wie seit seiner Zeit am MIT und am Caltech nicht mehr. Obwohl ihm von Anfang an bewusst gewesen war, dass er sich auf einer Mission befand, hatte er nicht geahnt, dass sein Aufenthalt hier zu so einem plötzlichen Ende kommen würde. Gemma, Rektor Harrow, ja, sogar Cubby, würde er sie wirklich niemals wiedersehen?

Die Stahltür, die laut Audrey hinauf in die Burg führte, öffnete sich, und der weiß gekleidete Simeon erschien. »Also, Cliff«, begann er in ausgesucht höflichem Ton. »Ich entschuldige mich von ganzem Herzen dafür, dass ich die ganze Zeit über so schrecklich zu dir gewesen bin. Es war kein einfacher Auftrag. Es tut mir wirklich sehr, sehr leid.«

Für Cliff war Simeons frühere Unfreundlichkeit momentan eines seiner geringeren Probleme. »Schon gut. Aber du könntest mir verraten, was jetzt aus Gemma wird ...«

»Sie wird ebenfalls bald abreisen, obwohl ich wünschte, sie könnte sich noch mindestens ein Semester leisten. Ich bin nicht ganz sicher, ob sie schon so weit ist wie du.«

Wieder hörte Cliff ein Zischen, als die Pforte der Burg aufglitt. Ein ernst dreinblickender Captain Dobson kam in Begleitung von Sergeant Stedge herein. Inzwischen war es fast, als fände hier eine geheime Versammlung statt. Cliff betrachtete die beiden Detectives argwöhnisch. »Und was wollen *Sie* hier?«

Stedge zog einen stählernen Flachmann aus der Brusttasche seines eng sitzenden Sakkos. »Ein Schlückchen zum Abschied. Es ist Zeit für eine Spazierfahrt.«

»Diesmal komme ich nicht mit«, ergänzte Dobson. »Wir gehen nämlich nicht davon aus, dass Sie einen Fluchtversuch unternehmen werden, denn schließlich bringen wir Sie nach Hause.«

Stedge lächelte. »Heute ist Ihre Abschlussfeier, Cliff. So wickeln wir das hier immer ab.«

»Genauso, wie einen auch der Tod ereilen sollte«, fügte Dobson beinahe wehmütig hinzu. »Keine letzten Worte, Entschuldigungen, Reueschwüre oder Erklärungsversuche. Ihre guten Taten und Ihre Fehler, das ist es, was von Ihnen weiterleben wird.«

Also … war es das?, dachte Cliff. Er dachte an sein Tagebuch, das im Hedge House auf seinem Schreibtisch lag. Würde die Hochschule es an seinen unbekannten Gönner weiterleiten und ihn (oder sie) wissen lassen, dass seine Abschlussprüfung unmittelbar bevorstand?

»Man hat mich in die Einzelheiten deiner Abschlussarbeit eingeweiht. Ich bin überzeugt, dass es klappen wird«, warf Simeon ein, offenbar, um den bedeutungsschweren Worten des Captains ein wenig die Dramatik zu nehmen.

»Ja, aber beim letzten Teil wäre ich wirklich vorsichtig«, warnte Dobson. »Der Schuss könnte nach hinten losgehen wie bei einer Flinte mit verstopften Läufen.« Lässig salutierend tippte er sich mit zwei Fingern an die Hutkrempe »War nett, Sie kennenzulernen, Cliff.«

»Aber was ist mit Rektor Harrow? Und werde ich nie erfahren, wer mein Gönner ist?«, stieß Cliff hervor. Ihm ging das alles viel zu schnell. Stedge goss eine vier Finger hohe Menge der Flüssigkeit aus dem Flachmann in einen silbernen Flakon, den er sich vermutlich oben aus der Burg geliehen hatte.

»Nach dem Ende Ihrer Abschlussarbeit an der McMasters-Akademie könnten Sie von Rektor Harrow hören. Das heißt, *falls* Sie Ihren Abschluss schaffen.« Mit einem auffordernden Nicken reichte Stedge Cliff den Flakon.

Der Captain und Stedge hatten ihn schon einmal vor der Todeszelle gerettet. Außerdem war er erst vor wenigen Minuten dem Tod schon wieder von der Schippe gesprungen. Jetzt war Fiedler mit dem Sterben an der Reihe.

Darauf konnte er doch ruhig einen trinken.

XXII

Den Konferenzraum in Gut Ulmenburg, der Guy McMaster einst als Bibliothek gedient hatte, erreichte man über eine Prunktreppe im großen Empfangssaal. Oben links an der Treppe befand sich ein gewaltiges Vorzimmer, wo verglaste Bücherregale eine überwältigende Menge seltener Bände und Erstausgaben enthielten. Die Sammlung war unbezahlbar, und das auch im wörtlichen Sinne, denn keines der Bücher war je käuflich erworben worden. Guy McMaster hatte sie eigenhändig in den Bibliotheken der Herrensitze ausgewählt, wo er gerne Hausgast gewesen war.

Das Vorzimmer hatte auch die Funktion einer akustischen Barriere, die verhinderte, dass jemand vom Flur aus die oft hitzigen Debatten im Sitzungssaal belauschte. Dort kreuzte Rektor Harbinger Harrow nämlich häufig die Schwerter mit der stellvertretenden Rektorin Erma Daimler, nach deren Auffassung die Löschung des Zusatzes »stellvertretend« vor ihrem Titel eine der sinnvollsten Liquidierungen in diesem Hause gewesen wäre.

»Gemma braucht noch ein Semester. Mindestens«, protestierte Rektor Harrow mit leiser Stimme.

»Dann bezahlen Sie das aus eigener Tasche«, entgegnete Erma Daimler. Sie thronte wie die übrigen Mitglieder des Haushaltsausschusses auf einem der zwölf mit Polsternägeln beschlagenen Lederstühle rings um den Bankettisch aus normannischen Zeiten, einem Relikt aus dem ursprünglichen Speisesaal des Gutes Oxbane. Die inhaltliche Ausrichtung der McMasters-Akademie war ein ständiger Zankapfel zwischen den beiden, denn während Rektor Harrow eher einen philosophischen und künstlerischen Standpunkt vertrat, folgte der von Daimler eher wirtschaftlichen und pragmatischen Gesichtspunkten. »Ich verabscheue Heuchelei, Harbinger. Natürlich steht es jedem frei, seine wahren Absichten mit Beschönigungen und einer behaglichen Umgebung zu verbrämen, aber die McMasters-Akademie ist in erster Linie ein Wirtschaftsbetrieb.«

»Ich betrachte sie lieber als eine Art zu leben. Und zu sterben natürlich«, lautete die Antwort des Rektors.

»Und los geht's«, raunte Trainer Alwyn Tarcott Captain Dobson zu.

»Unsere Lehranstalt würde höhere Gewinne abwerfen, wenn man mehr Vernunft und weniger Sentimentalität walten lassen würde. Ist Ihnen noch nicht aufgefallen, dass unsere Unterbringungsmöglichkeiten nahezu erschöpft sind? Man könnte die Einnahmen verdreifachen, wenn man die Studiengebühren leicht senken und die Aufenthaltsdauer verkürzen würde. Der durchschnittliche Student bleibt zwei oder drei Semester bei uns. Das würde ich auf sechs Wochen zusammenstreichen, ein Intensivprogramm sozusagen.«

Der Rektor lachte auf. »In dieser kurzen Zeit kann ich aus niemandem einen Liquidator mit umfassender Allgemeinbildung machen.«

»Eine umfassende Allgemeinbildung ist völlig überflüssig«, entgegnete Erma. »Wir vergeuden unsere Zeit damit, unseren Studenten beizubringen, wie man Kartoffelsalat vergiftet oder den Rasenmäher zu einer tödlichen Falle umbaut. Und dabei wollen sie doch nichts weiter, als Tante Pilar ein Kopfkissen aufs Gesicht drücken oder sich an dem Schwein rächen, das ihnen den Abschlussball an der Highschool vermiest hat. Die Studenten sollen uns mitteilen, wen sie liquidieren wollen, und wir erklären ihnen, wie es geht. Mit allem Glanz und Gloria. Und dann der Nächste, bitte!«

»Sie haben eine Kleinigkeit übersehen«, wandte Harrow ein.

Professor Graves strich sich eine Haarsträhne aus den Augen, wohl wissend, dass der Rektor diese Floskel stets verwendete, wenn ein Widersacher sich genau in seine Schusslinie manövriert hatte. »Und was wäre das für eine Kleinigkeit, Sir?«, fragte Graves deshalb gleichzeitig spöttisch und interessiert.

Als der Rektor antwortete, ließ er Erma Daimler dabei nicht aus den Augen. »Wenn ein Geschichtsdozent Ihnen alles über die Spanische Inquisition und ihre Foltermethoden beibringt, ist es nicht seine Schuld, wenn Sie anschließend losziehen und Ihren besten Freund in einer selbst gebastelten eisernen Jungfrau zerlöchern. Ebenso wie Dr. Crippen eine Ausbildung am Cleveland Homeopathic Medical College durchlaufen hat, wo er lernte, Gifte erfolgversprechender einzusetzen. Nur dass ihm dort niemand empfohlen hat, selbiges auch zu tun. Sogar wenn wir in unseren Lehrveranstaltungen hypothetische Beispiele anführen, geschieht das stets im Rahmen von Simulationen und Übungen. Wir vermitteln historisch allgemeingültige Prinzipien aus einer fernen oder nicht ganz so fernen Vergangenheit. Doch wenn wir jeden unserer Studenten mit einem auf ihn zugeschnittenen Tathergang versorgen würden, mit Zeitplänen, Bewaffnung, Alibis und so weiter ...«

»Ja?«, hakte Erma nach, ohne zu wissen, worauf er hinauswollte.

»… würden wir uns im Sinne des Gesetzes zu Komplizen machen, und zwar bei jeder von einem Absolventen der McMasters-Akademie begangenen Straftat.«

Das brachte Erma Daimler einen Moment zum Schweigen. Padre Pugh nutzte die Gelegenheit. »Könnten wir uns jetzt wieder mit den Studenten befassen, deren Bewertung ansteht? Ich teile von ganzem Herzen die Befürchtung des Rektors, dass Gemma Lindley noch nicht bereit für ihre Abschlussarbeit sein könnte.«

»Nun, sie ist keine geborene Liquidatorin, richtig?«, wandte Graves ein. »Studenten, die zu uns kommen, um sich von einem Erpresser zu befreien, sind in nahezu allen Fällen selbst Opfer, die unsere Lehranstalt unter gewöhnlichen Umständen niemals in Erwägung ziehen würden.«

Der Trainer stimmte ihm zu. »Der Fehler liegt in den albernen englischen Gesetzestexten, alter Junge. Einen Erpresser zu ermorden, sollte grundsätzlich als Notwehr gewertet werden.«

Dass der Literaturprofessor der Akademie dem Trainer beipflichtete, war ein seltenes Ereignis. »Ja. Gewiss erinnern Sie sich daran, dass Sherlock Holmes nicht zur Lupe gegriffen hat, um den Mörder des Erpressers Milverton zu enttarnen. Ich zitiere: ›Es gibt gewisse Umstände, die einen privaten Racheakt rechtfertigen. Mein Mitgefühl gilt dem Liquidator, nicht seiner Zielperson, weshalb ich diesen Fall nicht übernehme.‹« Er lächelte Rektor Harrow zu. »Das war natürlich in meinen eigenen Worten wiedergegeben.«

»Dennoch muss Gemma ungeachtet unserer Gefühle leider nach Hause«, wandte der Padre widerstrebend ein. »Das

Krankenhaus hat ihr Mutterschaftsurlaub gewährt ...« Er bemerkte, dass einige der Anwesenden die Augenbrauen hochzogen. »Selbstverständlich handelte es sich dabei um ein reines Täuschungsmanöver ihrerseits. Dennoch wird man ihr kündigen, sollte sie nicht rechtzeitig zurückkehren. Und ihre Abschlussarbeit erfordert eine räumliche Nähe zu ihrer Zielperson.«

Der Rektor schüttelte den Kopf. »Nun denn, da sind uns offenbar die Hände gebunden. Captain, geben Sie mir Bescheid, falls das Eingreifen von McMasters nötig werden sollte? Als Nächstes hätten wir da ...«

»Dulcie Mown«, erwiderte Dobson, worauf die Runde leise auflachte.

Tarcott verdrehte die Augen. »Die könnte *uns* ein paar Dinge beibringen.«

»Nachdem Sie unsere Vorgehensweise intus hatte, hat sie mir schon wenige Tage später einen Entwurf ihrer Abschlussarbeit auf den Tisch gelegt«, fuhr Dobson lobend fort, was für ihn ungewöhnlich war. »Ihre Methode wäre wohl nichts für die meisten Studenten. Doch sie hatte bei ihrer Ankunft ein paar zusätzliche Bolzenschneider im Werkzeugkasten, wenn Sie verstehen, was ich meine.«

»Also können wir sie in die Welt hinausschicken, alle einverstanden?«, versuchte Erma, ein Meinungsbild zu erheben. »Meine Warteliste für Haus Blauer Fingerhut ist ziemlich lang.« Am Tisch herrschte allgemeine Zustimmung.

»Und nun zu unserem Mr. Iverson«, fuhr Rektor Harrow fort. »Wenn ich richtig informiert bin, wurde er bereits in Begleitung des Sergeants losgeschickt, denn er hat in einer bedauerlichen Aufwallung von Sentimentalität sein Leben für Miss Lindley aufs Spiel gesetzt. Ich fürchte, dass seine

Entschlossenheit bei einem längeren Aufenthalt unter dem Einfluss dieser zarten Gefühle ins Wanken geraten wäre. Man könnte es damit vergleichen, dass Musik im mixolydischen Modus nach Auffassung der alten Griechen eine zersetzende Wirkung auf den Kampfesgeist einer Armee hat. Wurde sein Gönner von seiner Abreise in Kenntnis gesetzt?«

»Ich habe das Schreiben heute Morgen diktiert«, erwiderte seine Stellvertreterin.

»Also hätten wir jetzt nur noch ...« Als er die Liste konsultierte, verfinsterte sich seine Miene.

»Helkampf?«, fragte Coach Tarcott neugierig.

Forschend ließ der Rektor den Blick über die Runde schweifen. »Wie konnte das passieren?«, erkundigte er sich in ruhigem, aber strengem Ton. »Wie konnten unsere Auswahlkriterien so kläglich versagen? Es ist unsere Mission, disziplinierte Liquidatoren hervorzubringen, die nur eine bestimmte von uns genehmigte Mission im Sinn haben ... und nicht, Jack the Ripper dabei zu helfen, die Zahl seiner Opfer von fünf Huren auf ein Dutzend hochzutreiben! Erma, die Zulassung neuer Studenten fällt unter Ihre Zuständigkeit. Wo ist hier ein Fehler geschehen? Wer hat Jud Helkampf aufgenommen? Wer hat ihn geprüft?«

Erma Daimler blätterte die wenigen Seiten in einer dünnen Akte durch. »Er ... äh ... hat die finanziellen Voraussetzungen erfüllt. Und an seinem Bewerbungsformular war nichts auszusetzen.«

Der Rektor bedachte sie mit einem vernichtenden Blick. »Und wer hat das Bewerbungsgespräch geführt?«

»Äh ... ich glaube, wir haben ihm gestattet, seine Antworten schriftlich einzureichen, und zwar«, inzwischen hatte sie einen kurzen mit der Schreibmaschine verfassten Brief entdeckt, »weil ein persönliches Gespräch aufgrund seines Wohnorts schwer zu organisieren gewesen wäre.«

»Und wo wohnt er?«

»Er schrieb, die Stadt heiße«, sie las weiter, »Metropolis.« Sie sah die anderen an. »Das liegt vermutlich in Griechenland, oder?«

»Erma«, zischte Harrow in einem Bühnenflüstern, »wären Sie so freundlich, ein Mitglied des Lehrkörpers zu bitten, die Bewerbungen derjenigen unter unseren derzeitigen Studenten noch einmal zu sichten, mit denen kein persönliches Vorstellungsgespräch geführt wurde? Ich würde vorschlagen, dass Vesta Thripper oder Nan Redhill das übernehmen, aber ich überlasse die Entscheidung Ihnen.«

Trainer Tarcott beugte sich aufgeregt vor. »Soll ich mich mit Helkampf befassen, Rektor? Er ist es nicht wert, dass Sie sich die Hände an ihm schmutzig machen. Außerdem bin ich ihm noch einen ganzen Stapel gelber Karten schuldig.«

Der Rektor schüttelte den Kopf. »Nein, Alwyn. Diese Freude dürfen Sie mir nicht nehmen.«

*

»Dulcie Mown« fragte sich schon die ganze Zeit, welchem Zweck der Schacht gleich links neben dem Kamin in der Steinwand von Haus Blauer Fingerhut eigentlich diente. Und hätte sie sich nicht schon schlafen gelegt, als der geruchlose Dampf leise in den Raum strömte, hätte sie ihre Antwort rasch erhalten. Aber sie befand sich bereits in dem wohligen Zustand, wenn die Gedanken den Zusammenhang und schließlich den Sinn verlieren, bis sich zu guter Letzt der Schlaf einstellt. Gerade malte sie sich den ruhmreichen

Tag aus, an dem sie ihren Mitstudenten eröffnen würde, wer das ganze Jahr über unerkannt unter ihnen gelebt hatte. Ja, ich bin *die* Doria Maye, würde sie mit einem perlenden Lachen bestätigen. Alle würden staunen und sagen, dass diese Stimme ihnen zwar bekannt vorgekommen sei, sie aber niemals gedacht hätten … Im nächsten Moment brandete das perlende Geräusch um sie herum auf, und alle Gedanken, bewusst oder nicht, waren dahin, als das Gas sie überwältigte. Und bald war sie in so tiefe Bewusstlosigkeit versunken, wie es sich jeder Anästhesist gewünscht hätte. Die Tür öffnete sich, und es kam tatsächlich ein Anästhesist herein, der auch noch weitere medizinische Posten bekleidete, und zwar in der beleibten Gestalt von »Doc« Clement Pinckney, Inhaber des Lehrstuhls für Ärztliche Künste. Mit dem Stethoskop, das er stets wie eine dünne Krawatte um den Hals trug, horchte er der Besinnungslosen das Herz ab und wies zwei Pfleger an, die Trage zu holen. »Ja, die ist weggetreten. Packt sie in den Transporter.«

Und so brach Dulcie Mown auf zu ihrem Comeback in Hollywood.

*

Gemma lag wieder auf der Couch in Vesta Thrippers Büro und wartete auf weitere Ratschläge von ihrer Dozentin. Diese jedoch hatte Mühe zu verbergen, welches Unbehagen ihr die drohend bevorstehende Abreise ihrer Studentin bereitete. Die junge Frau war ihr ans Herz gewachsen, und sie hatte ihre Zweifel, ob es der McMasters-Akademie wirklich gelungen war, Gemma auf ihre Abschlussarbeit vorzubereiten. Es war ein bisschen so, als lebte man in Plum Tree, Indiana, und brächte seine kleine Schwester zum Bus in die große Stadt, wo es von bösen Menschen nur so wimmelte.

Nachdem sie die Meditationskerze am Fußende der Couch angezündet hatte, schützte sie vor, ihre Aufzeichnungen vergessen zu haben und sie nur rasch holen zu wollen. Bevor sie hinausging, bat sie Gemma, als Konzentrationsübung in die Kerze zu schauen, langsam von hundert rückwärts zu zählen und dabei an ihre Mission zu denken. An der Tür blieb sie noch einmal stehen. »Sie sind ein guter Mensch und in einer unerträglichen Situation gefangen, Gemma. Ihre Zielperson ist einzig und allein selbst schuld. Vergessen Sie das nicht, wenn der Zeitpunkt da ist, denn wenn man es mit einem Opportunisten zu tun hat, muss man zuschlagen, bevor er seine Chance nutzt.« Mit diesen Worten verschwand sie, und zwar endgültiger, als ihre Studentin ahnte.

Gemma nahm an, dass aufmunternde Ansprachen wie diese eher unüblich waren. Ganz sicher stimmte etwas nicht mit ihr, davon war sie überzeugt. Wenn nur Cliff, der tapfere Cliff, noch … Sie hörte, dass sich im Raum ein leises Raunen ausbreitete. Beseitigte die McMasters-Akademie so ihre gescheiterten Studenten?

Als sie versuchte, von der Couch aufzustehen, versank sie nur noch tiefer in den Polstern, als sie es je für möglich gehalten hätte. Ihr letzter Gedanke, bevor sie die Besinnung verlor, galt der Frage, wen sie sehen würde, falls sie je wieder die Augen öffnen sollte: ihre Mutter, die bei ihrer Abreise an die McMasters-Akademie am Leben gewesen war. Oder ihren Vater, den sie getötet hatte.

*

»Na, lassen Sie sich einmal ansehen«, meinte Rektor Harrow in leutseligem Ton zu Jud Helkampf, der in der offenen Tür seines Büros stand. Er war von Trainer Tarcott und Captain Dobson hierher begleitet worden, doch der Rektor hatte die beiden Dozenten mit einem freundlichen Lächeln weggeschickt. »Sie können draußen warten, meine Herren. Ich möchte mit unserem aufmüpfigen Zögling unter vier Augen reden.« Er winkte den verlegen wirkenden Studenten herein. »Nicht so schüchtern, kommen Sie rein. Ich reiße Ihnen schon nicht den Kopf ab. Sherry?«

»Äh, ja gerne, wirklich nett von Ihnen«, erwiderte Helkampf, der ungewöhnlich zahm wirkte. Allerdings kann auch eine Giftschlange einen friedlich schlafenden Eindruck machen, und dennoch braucht sie nur eine Dreizehntelsekunde, um zuzuschlagen und sich wieder einzurollen.

Nach Helkampfs Angriff auf Gemma und Cliffs Sturz in die Rabenschlucht hatten Simeon und vier kräftig gebaute Sicherheitsleute den Übeltäter von Castle Guy in sein Quartier gebracht. Dort hatte man ihn bis zur Verhandlung seines Falls vor der Studentenvereinigung interniert, die wiederum dem Hochschulausschuss eine Empfehlung ausgesprochen hatte. Helkampf erwartete nicht, dass er ungestraft davonkommen würde. Doch ein Sherry schien ihm ein vielversprechender Anfang zu sein.

»Bitte, bedienen Sie sich«, forderte Harrow ihn auf. Doch als Helkampf sich der Karaffe aus Kristallglas auf dem Tischchen am Fenster näherte, hielt der Rektor ihn zurück. »Oh, nein, Jud. Dieser Sherry ist vergiftet! Ich greife darauf zurück, wenn ich jemanden hier bei mir im Zimmer habe, den ich nicht ertragen kann. Am besten lassen Sie mich einschenken.« Aus einer kleineren Karaffe auf seinem Schreibtisch füllte er zwei Schwenker mit einer goldgelben Flüssigkeit. »Trinken wir darauf, dass Sie verdammtes Glück gehabt haben, weil Miss Lindley nichts passiert ist. Denn dann wäre Ihre Strafe, wie ich fürchte, viel schwerer ausgefallen.« Als er Helkampf ein Glas reichte, ließ dieser es auf den Teppich fallen, kaum dass seine Finger es berührt hatten.

»Tut mir leid«, entschuldigte sich Jud, doch der Rektor ließ sich davon nicht täuschen. »Mein Glück, dass das Glas nicht zerbrochen ist. Natürlich bezahle ich die Reinigung des Teppichs.«

»Oh, das ist wohl die kleinste unserer Rechnungen, über die Sie sich Gedanken machen müssen«, entgegnete der Rektor. »Nachdem Sie Ihre Abschlussarbeit beendet haben und in den Genuss Ihres Erbes gekommen sind, werden wir wegen der völlig unangebrachten Liquidierung von Mr. Iverson eine empfindliche Strafgebühr von Ihnen erheben.« Er schnalzte mit der Zunge. »Wirklich, Jud! Mr. Iverson hatte ein Stipendium und war deshalb ein ziemlicher Gewinn für uns. Allerdings können wir seinem Gönner nun wohl kaum noch die Kosten in Rechnung stellen. Also erwarten wir von Ihnen, dass Sie den Schaden ausgleichen. Natürlich handelt es sich nicht um einen Betrag, der Sie überfordern wird, wenn es erst so weit ist.«

Helkampf war ziemlich erleichtert, dass der Rektor so lässig über Cliff Iversons verlorenes Leben hinwegging. Ein Glück, dass es der Akademie mehr auf Profit und Entschädigungszahlungen ankam als auf Strafe und Rache. Aber was hatte er auch anderes von einer Einrichtung erwartet, die Kain als ihren Schutzheiligen betrachtete?

Harrow trank den letzten Schluck Sherry und stellte das Glas weg. »Und nun wollen wir Ihr zweites Problem erörtern, und zwar Ihren ganz und gar nicht hinzunehmenden Übergriff auf Gemma Lindley. *Dafür* ist eine persönliche Entschuldigung fällig, Freundchen.«

Helkampf bemühte sich, ein zerknirschtes Gesicht zu machen, doch das Ergebnis war eher ein tückisches Grinsen. »Ich wollte der Akademie beweisen, dass ich der beste Student bin und keine Zurückhaltung kenne.«

Der Rektor bedauerte sehr, dass er in Sachen Helkampf gezwungen sein würde, sich selbst in Zurückhaltung zu üben. Dennoch gab er sich weiter verhandlungsbereit. »Nun, wir haben Miss Lindley gefragt, welche Strafe sie sich für Sie vorstellt. Zunächst hat sie spontan verlangt, dass man Ihnen das Fell über die Ohren zieht und es anschließend ordentlich gerbt. Dann jedoch wurde sie ernst und verlangte, dass Sie persönlich Cliff Iversons letzte Ruhestätte gestalten.«

»Ich soll sein Grab schaufeln?«, empörte sich Helkampf.

»Oh, nichts dergleichen. Wissen Sie, es stellte sich die Frage, ob eine Urne für Mr. Iversons eingeäscherte Überreste wohl angebracht ist. Vielleicht wären ein üblicher Sarg und eine klassische Beerdigung hier auf dem Gelände ja auch würdevoller. Miss Lindley glaubt, dass Sie Ihre Überschwänglichkeit eher bereuen werden, wenn man Sie an dieser Entscheidung beteiligt. Also bittet sie darum – nein, sie fordert es vielmehr –, dass Sie für ihn wählen, so als ob es Ihre eigene Beisetzung wäre. Entweder eine Urne für seine Asche oder einen Sarg, geschaffen mit Ihren eigenen Händen, so wie Sie auch seinen Tod eigenhändig verursacht haben.«

Der eindringliche Vortrag des Rektors ließ diese unverfrorene Lüge, von der Gemma Lindley nichts ahnte, wie ein salomonisches Urteil klingen.

Helkampf überlegte. »Tja, ich kenne mich aber nicht gut mit so etwas aus.«

Die Miene des Rektors erhellte sich. »Ach, das Heimwerken ist eine wundervolle Tradition. Ich werde Sie an Mr. Koniec von der Abteilung für Töpferei und Holzbearbeitung übergeben. Ein Handwerker, wie er leibt und lebt. Kräftige Hände, starke Unterarme, ein ausgezeichneter Zimmermann. Er könnte Ihnen ein Haus bauen, das ein Leben lang hält, fast ohne einen Nagel und mit wasserdichten Verzapfungen.« Er stand auf und ging zur Tür. »Doch die Entscheidung liegt ganz bei Ihnen. Eine Urne käme für Miss Lindley ebenso infrage. Ich fürchte, das ist der Preis, den Sie für Mr. Iversons tragisches Ende und Ihren verurteilenswerten Angriff auf eine Mitstudentin bezahlen müssen. Am besten machen Sie sich rasch an die Arbeit, damit Sie es hinter sich bringen. Untergeschoss zwei.«

»Im Keller?«

Harrow sah ihn erstaunt an. »Oh, ja, sogar im zweiten Kellergeschoss. Die Töpferabteilung benutzt einen großen Brennofen gleich neben dem Heizungsraum. Zwei Etagen unter dem Erdgeschoss. Ich bedaure, Sie so viele Meter unter die Erde schicken zu müssen«, seine Augen funkelten, so sehr amüsierte ihn sein eigener Witz, »doch schließlich haben Sie auch nichts dabei gefunden, Mr. Iverson dorthin zu verbannen, oder? Also, los. Mr. Koniec erwartet Sie schon. Sie sollten dankbar sein, dass ich Sie so leicht davonkommen lasse.«

Jud schimpfte leise vor sich hin und ging, ohne dass ihm auch nur ein »Danke, Sir« über die Lippen gekommen wäre. Abgesehen von einer sehr kurzen Begegnung mit Mr. Koniec sah kein Menschenwesen Jud Helkampf jemals wieder.

XXIII

AUS DEM ZWEITEN TAGEBUCH VON CLIFF IVERSON

Verehrter X, mein Abschied von der McMasters-Akademie (Sergeant Stedge ließ mich nicht vergessen, dass ich meinen Abschluss noch nicht in der Tasche hatte), kam sehr unerwartet. Dennoch nehme ich an, dass man Ihnen das Tagebuch, das ich im Hedge House zurückließ, zuverlässig übergeben hat. Hier zu Hause habe ich ein neues Tagebuch vorgefunden, dessen leere Seiten mich aufzufordern scheinen, meinen Bericht bis zum Ende meiner Abschlussarbeit (oder bis zu meinem eigenen) fortzusetzen.

Während meiner Heimreise wachte ich alle paar Stunden (vielleicht waren es auch Tage, denn ich hatte jegliches Zeitgefühl verloren) aus meinem Dämmerzustand auf, sodass Stedge einige kurze und aufmunternde Sätze an mich richten konnte. Während ich wohlbehalten in einer Art von Kabine oder einem Laderaum lag wie in einem Nest, hörte ich Motorengeräusche und spürte ein Vibrieren. Aber das kann natürlich auch nur Täuschung gewesen sein. Doch ganz gleich, ob es nun echt war oder nicht, ich blieb nur wenige Momente wach, bevor ich wieder in einen tiefen Schlaf versank.

Es dauerte einige Stunden, in denen meine Benommenheit sich stetig legte, bis ich endgültig zu mir kam und feststellte, dass ich mich in meinem Zuhause befand. Als ich Fiedler nach New York gefolgt war, hatte ich gedacht, ich würde es vielleicht niemals wiedersehen. Aber hier war ich nun, zurück in einem Vorort von Baltimore und keine zehn Kilometer entfernt von Woltan Industries. Und von Fiedler. Zum ersten Mal, seit Dobson und Stedge an die Tür meines Hotelzimmers in Manhattan geklopft hatten, war ich frei und konnte tun und lassen, was mir gefiel.

Zunächst musste ich mir vor Augen halten, dass ich mich nicht länger im »zivilisierten« Umfeld von McMasters aufhielt, wo die Liquidierung gewisser Personen als angemessen galt und so offen erörtert werden konnte, wie die Vereinten Stabschefs am Konferenztisch ein Attentat auf einen berüchtigten Despoten planen. Nun befand ich mich in Feindesland und musste davon ausgehen, dass jeder, dem ich begegnete, entweder wissentlich oder unwissentlich gegen mich arbeiten würde.

Ich vermisste die McMasters-Akademie jetzt schon!

Sie müssen verstehen, verehrter X, dass mir der Gedanke »War das alles nur ein Traum?« nicht einen Moment in den Sinn kam. McMasters war real, und nun habe ich etwas Wichtiges zu erledigen.

Ich erhob mich vom Bett und kippte sofort wieder um, denn ich hatte weiß Gott wie viele Tage nicht auf den Füßen gestanden. Nachdem ich mein Gleichgewicht wiedergefunden hatte, stellte ich fest, dass sich nichts hier verändert hatte. (Gut, ich will niemandem etwas vormachen: Es sah ordentlicher aus als vorher.) An Wänden und Möbelstücken Halt suchend, schlurfte ich in meine kleine

Küche, um einen Schluck Wasser zu trinken. Als ich den Kühlschrank erreichte, bemerkte ich einen Zettel an der Tür:

Willkommen zu Hause. Ihre Legende, was Ihre Abwesenheit betrifft, lautet, Sie hätten eine Stelle in Montreal bekommen, und zwar bei Canadair, das inzwischen Teil des amerikanischen Konzerns General Dynamics ist. Ein Ehemaliger hat dafür gesorgt, dass für Sie eine Personalakte angelegt wurde. Während Ihrer Abwesenheit haben Sie Ihre Wohnung an einen John Michael aus Greenville untervermietet.

Die Namen des Untermieters und der Stadt brachten mich zum Schmunzeln, denn ich hatte in »Grundlagen der Liquidation« gelernt, dass Namen, die sich aus zwei Vornamen zusammensetzen, am leichtesten vergessen werden, und dass es in fast jedem Bundesstaat ein Städtchen namens Greenville gibt.

Michael aus Greenville hat Recherchen zur Rolle des Militärs in Baltimore während des Spanisch-Amerikanischen Krieges angestellt, ein Thema, das gewiss nicht auf großes Interesse stoßen wird. Er hat Sie im Voraus und in bar bezahlt. Das Geld finden Sie ganz unten in einer ungeöffneten Schachtel mit Rice Krispies in Ihrer Küche, zusammen mit einer großzügigen Zuwendung Ihres Gönners und der nicht unbeträchtlichen Summe, die Sie während Ihres Aufenthalts bei uns erarbeitet und gespart haben. Ihr Automobil steht vollgetankt an seinem angestammten Parkplatz.
Merken Sie sich den Inhalt dieses Schreibens, verbrennen Sie es und unternehmen Sie keinen Versuch, uns zu kontaktieren, da das mit Exmatrikulation bestraft wird. Wir werden uns

nur dann mit Ihnen in Verbindung setzen, wenn es angebracht und notwendig ist. Bitte beachten Sie das Notizbuch auf Ihrem Küchentisch. Sie sind auch weiterhin verpflichtet, für Ihren großzügigen Gönner Buch über Ihre Fortschritte zu führen. Sollten Sie dieser Pflicht nicht nachkommen, gilt die Abschlussprüfung ungeachtet des Ergebnisses ihrer Abschlussarbeit als NICHT BESTANDEN. *HH*

Zu meiner Erleichterung stand mein Zeichentisch noch in seiner Ecke im Wohnzimmer. Auch die Gerätschaften, die ich für meinen Beruf brauche, waren alle griffbereit. Es würde zeitraubend, aber nicht übermäßig herausfordernd sein, meine Pläne für die W-10 noch einmal nachzuzeichnen. Nicht schwerer, als bäte man eine Mutter um eine genaue Beschreibung ihres Kindes. Schließlich war ich nicht nur maßgeblich an der Entwicklung beteiligt gewesen und hatte die Pläne angefertigt, nein, ich hatte auch die Präsentationen für unsere Zulieferer und Vertreter der Fluggesellschaften geleitet und sämtliche Fragen zu technischen Details beantwortet. Natürlich unterbrochen von Fiedlers selbstbeweihräuchernden Einleitungen und Schlussworten, die offenbar den Eindruck vermitteln sollten, er habe nicht nur die W-10, sondern das Wunder des Fliegens an sich erfunden.

Zu meiner Freude lagen einige der ersten Skizzen meiner Idee wohlbehalten in einer verschlossenen Truhe am Fußende meines Bettes. Mit ihrer Hilfe würde ich die einzelnen Schritte meines Entwurfs mühelos nachzeichnen (in einigen Fällen war das wörtlich gemeint) können. Ich beabsichtigte, eine exakte Kopie meiner ursprünglichen Pläne zu erstellen, damit jeder, der auch nur ein wenig

Ahnung von der Materie hatte, sofort bemerkte, dass Fiedlers kostendämpfende Umbauten der Steuerung und Hydraulik zwangsläufig in eine Katastrophe münden würden. Doch als ich Fiedler unter vier Augen darauf angesprochen hatte, hatte seine verantwortungsbewusste Reaktion als loyaler leitender Angestellter darin bestanden, mich und meinen Kollegen Jack Horvarth umgehend vor die Tür zu setzen und unseren guten Ruf zu ruinieren.

Für ihn die naheliegendste Lösung, da sie diesen fatalen Planungsfehler, wie er glaubte, auf einen Streich aus der Welt schaffte.

Deshalb wollte ich ein schematisches Diagramm erstellen, das die veränderten Leitungsführungen sachlich miteinander verglich. Fiedlers Lösung war der beruhigende Kommentar: Keine Beeinträchtigung der Tragwerkssteuerung, solange es nicht zum Druckabfall kommt. Auf Seite zwei wollte ich dann anmerken, dass im Cockpit keine Anzeige für nicht eingerastete Türzapfen vorhanden war. Und so weiter und so fort. Ein Profi würde diese geschickt gestreute Spur nicht übersehen und auf diese Weise erkennen, dass Fiedlers Billiglösung das Potenzial einer Katastrophe von ungeahntem Ausmaß innewohnte.

Von dem langen Schlaf unter Medikamenteneinfluss war mein Mund noch ganz trocken. Also kehrte ich in die Küche zurück, um etwas zu trinken, verbrannte den Willkommensbrief auf der Gasflamme meines Herds und spülte die Asche den Ausguss hinunter. Irgendein Mitarbeiter von McMasters war so nett gewesen, mir einen Krug Eiskaffee und Flaschen mit frischer Milch in den Kühlschrank zu stellen. Ich schenkte mir ein großes Glas ein und machte mich an die Arbeit.

XXIV

Gemma Lindley war inzwischen zurück in Northumberland. Vorausgesetzt, dass sie überhaupt je fort gewesen war, denn nichts sprach dagegen, dass nur ein Tagesmarsch die McMasters-Akademie vom Hadrianswall trennte.

Es erfüllte sie mit einer stillen Zufriedenheit, ihrer Mutter wieder in der Küche zu helfen und Rosenkohl kochen zu können. In diesem kleinen Reihenhaus, eines von vielen in einer Zeile aus rußgeschwärzten Backsteingebäuden, hatte sie eine glückliche Kindheit mit ihren beiden Eltern verbracht. Hemming Terrace, so hieß ihre Straße, erstreckte sich von einigen Fabrikschloten an einem Ende bis zum Ufer eines schmalen Flusses, dem das Städtchen Throckington Burn seinen Namen verdankte.

Gerade schob sie das Blech mit den Kartoffeln unter den kleinen Braten, damit das Fett darauftropfte, sobald man die Gasflamme anzündete. »Mum, hast du dir je gewünscht, Dad hätte im Krankenhaus noch länger überlebt?«, fragte sie dabei in möglichst beiläufigem Ton. »Hättest du gern mehr Zeit gehabt, dich von ihm zu verabschieden?«

Gemmas Mutter Isabel, die schon immer »Isa« gerufen wurde, wandte sich von den Rüben ab, die sie soeben schälte, eine Tätigkeit, die sie als Leiterin der Kantine bei ICI aus dem Effeff beherrschte. Obwohl sie ursprünglich aus Tobago stammte, hatte sie einen nordenglischen Akzent angenommen. »Nein, nein, mein Kind«, erwiderte sie nun. »Dass er so plötzlich gehen musste, war ein Segen. Sicher hat er sich den Tod herbeigesehnt, denn er wusste ja, dass er allen nur zur Last fallen würde ... und dazu die Schmerzen ...« Sie attackierte die letzte Rübe, als träfe diese zumindest eine Teilschuld. »Dein Vater war hart im Nehmen. Jeden Tag ist er auf die Baustelle gegangen, bis er es nicht mehr aus dem Bett geschafft hat. Und als er ganz leise zu mir meinte: ›Isa, ich kann nicht mehr‹, da wusste ich, dass unsere glücklichen Tage vorbei sind. Deshalb danke ich dem lieben Gott, dass er ihn so schnell zu sich genommen hat. Das habe ich dir damals schon gesagt, und ich sage es dir noch einmal. Und was hätte ich ihm nach all den Jahren antworten sollen? Er wusste doch, dass ich ihn geliebt habe und dass er für mich der Beste und Einzige war.«

»Wenn dir jemand einzureden versucht, dass ich ihn nicht geliebt habe, darfst du ihm das nicht glauben, ja?«

Isabel legte den Gemüseschäler weg und seufzte, ein Ton, der stets in leises Auflachen überging und den Gemma seit ihrer frühen Kindheit als so tröstend empfand. »Wer sollte denn so was behaupten? Wir hätten uns beide kein liebevolleres Kind wünschen können als unsere Gem.«

Sie drei waren eine glückliche und zufriedene Familie gewesen. Außerdem gab es wegen der Ehe ihrer Eltern erstaunlich wenig Schwierigkeiten. Bis auf die Hänseleien unter Kindern natürlich, wenn es um Gemmas Hautfarbe ging. Doch die meisten in der Stadt nahmen keinen Anstoß daran, dass ihr Vater eine Einwanderin aus Tobago geheiratet hatte. Allerdings war Gemma nicht naiv. Wenn ihr Vater schwarz und ihre Mutter weiß gewesen wäre, wäre das bei Nachbarn und Klassenkameraden sicher nicht so einfach toleriert worden.

Während ihres Aufenthalts an der McMasters-Akademie hatte sie ihrer Mutter jede Woche geschrieben. Ihre Briefe waren (wie die meiste Post in McMasters) von einer Briefkastenadresse in Tórshavn, der Hauptstadt der Färöerinseln, an Isabel weitergeleitet worden, einem Standort, auf den die Wahl gefallen war, weil niemand so genau wusste, wo diese Inselgruppe eigentlich lag.

Gemma hatte ihrer Mutter glaubhaft versichert, sie müsse wegen eines Lehrgangs für Fachkräfte in der Krankenhausverwaltung fast ein Jahr dort verbringen. Ihrem Arbeitgeber, dem Krankenhaus, hatte sie jedoch eine völlig andere Ausrede aufgetischt. Das Theaterspiel war ihr ziemlich peinlich gewesen, doch nur so hatte sie Adele Underton übergehen und geschätzte neun Monate lang unbezahlten Urlaub nehmen können, da sie sich um »eine Familienangelegenheit« kümmern müsse. Zögernd hatte sie hinzugefügt, ihr Freund habe sie vor Kurzem »Knall auf Fall sitzengelassen«, weshalb sie dringend einen Tapetenwechsel brauche.

Die zum Großteil männlichen Angehörigen des Vorstands waren hüstelnd auf ihren Stühlen herumgerutscht. Der Vorsitzende hatte ihr ein Glas Wasser angeboten, während ein anderes Mitglied hinausging, um sich selbst eines zu holen. Man fragte Gemma, ob sie denn sicher sei, dass sie wieder in Vollzeit arbeiten wolle, nachdem ihr neunmonatiges Anliegen … sich erledigt haben würde. Gemma bejahte. Sie habe eine verheiratete Schwester oben im Norden, die keine Kinder bekommen könne. So habe sie die Möglichkeit, dem einsamen Paar in seiner misslichen Lage zu helfen.

Der Vorstandsvorsitzende schloss mit einem Klacken die Zähne um das Mundstück seiner Meerschaumpfeife, um den Ernst der Lage zu untermalen, und verkündete, Gemma täte genau das Richtige. Er versprach, sie könne nach ihrer Rückkehr ihre alte Stelle wiederhaben, sofern ihre unmittelbare Vorgesetzte Adele Underton damit einverstanden sei. Wie Gemma wusste, würde ihre Legende, vorgeschlagen von dem Außendienstmitarbeiter von McMasters, mit dem ihre Cousine Julia aus Livorno sie bekannt gemacht hatte, Adele während ihres Studienaufenthalts ausbremsen. Außerdem würde ihre Widersacherin es niemals wagen, einem Beschluss des Vorstands zu widersprechen.

Nur dass dieser Studienaufenthalt nun vorbei war. Viel zu früh vielleicht. Jetzt musste Gemma sich mit ihrer Abschlussarbeit befassen.

Vor einer Woche war sie in einer kleinen Pension, nur eine kurze Busfahrt entfernt vom Reihenhaus ihrer Familie, wieder zu sich gekommen. Und gleich am folgenden Tag hatte sie, nachdem sie ausführlich und angenehm mit ihrer Mum geplaudert hatte, ihr Fahrrad von seinem Haken im Kohlenschuppen gehoben und war zu einem lange geplanten Ausflug aufgebrochen: erst nach Little Swindon, von dort aus hinunter in Richtung Cragback Farm, dann nach Great Bavington und zu guter Letzt zu der Stelle, wo der How Burn, ein kleiner Bach, mit dem Fluss Blyth zusammentrifft. Schließlich hatte sie die felsige Landzunge am Hafen erreicht. Hier hatten sie und ihr Vater so oft die winzigen Krabben eingesammelt, die sich bei Ebbe in dem zurückbleibenden Gezeitentümpel versteckten, um dort ihren Panzer zu wechseln. Diese Schälkrabben, wie ihr Vater sie nannte, waren ein Köder, dem kaum einer der Fische, die besonders im Winter vom offenen Meer in Ufernähe kamen, widerstehen konnte. Niemals hätte es ihre Familie sich leisten können, diese Krabben zu kaufen. Doch wenn man bereit war, in den Gezeitentümpeln zu wühlen, kosteten sie nichts, und vor allem die kleinen Hände eines Kindes passten wunderbar zwischen die mit Seetang bedeckten Felsen. Nachdem Gemma ihren Buddeleimer stolz mit den verlockenden Krabben gefüllt hatte, zogen sie und ihr Dad los zur Mole an der Flussmündung, wo sie stets schimmernde Dorsche und Seelachse fingen. Diese wurden dann fachmännisch ausgenommen, geschuppt, filetiert und von Isa zu Hause in der Pfanne gebraten, ein Abendessen, das es bei feinen Leuten nicht besser hätte geben können.

Gemma hoffte, dass ein Besuch dieser vertrauten, mit so vielen schönen Erinnerungen verbundenen Orte sie aufmuntern und eine inspirierende Wirkung auf sie haben würde. Denn sie musste dringend einiges am Konzept ihrer in McMasters eingereichten Abschlussarbeit korrigieren, da man ihr dort nur widerstrebend die Zustimmung erteilt hatte. Aber schließlich hatte sie den Prüfungsdruck jetzt hinter sich und endlich den Kopf frei. Sie hatte gespürt, dass ihr Vorschlag die Professoren nicht sonderlich überzeugt hatte, vielleicht deshalb, weil sein Gelingen von den Launen der Natur abhing, die keine sonderlich zuverlässige Komplizin war. Zumindest der erste Schritt stand fest, und zwar der allerwichtigste. Wenn sie schon daran scheiterte, hatte auch der Rest ihres Vorhabens keine Chance auf Erfolg.

Leider (zumindest was Gemma anging) mussten Adele und sie sich ein Büro teilen. Gemmas kleiner, von einem Aktengebirge bedeckter Schreibtisch zwängte sich in eine Ecke. Adeles doppelt so großer Schreibtisch war leer bis auf zwei

Telefone und eine Schreibunterlage mit passendem Stifthalter aus Spaltleder. So gewann jeder Besucher den Eindruck, dass Adele ihre Arbeit viel schneller erledigte als Gemma, die im Vergleich dazu eine hoffnungslose Bummelantin zu sein schien, eine Einschätzung wiederum, die Adele ihr immer wieder bestätigte, wenn sie allein waren.

Die Tür dieses gemeinsamen Büros war stets geschlossen, solange Adele nicht plante, einen vielversprechenden Assistenzarzt in ihre Höhle zu locken. In diesem Fall wurde Gemma dann losgeschickt, um Gebäck und etwas zu trinken zu holen. Da sie sonst unter vier Augen waren, brauchte Adele Gemma gegenüber kein Blatt vor den Mund zu nehmen, denn schließlich hatte sie keine Ohrenzeugen zu fürchten.

»Ihre Abwesenheit war sehr anstrengend für mich«, teilte Adele Gemma an deren erstem Arbeitstag mit. »Alles ist liegen geblieben.« Eine unheilverkündende Papierlawine wies unmissverständlich darauf hin, dass Adele nicht vorhatte, selbst etwas dagegen zu unternehmen.

»Es tut mir leid, dass ich so lange weg war«, erwiderte Gemma. »Ihnen ist sicher bekannt, dass es um eine Familienangelegenheit ging.« Sie wartete ab, bis der Inhalt ihrer Worte sich gesetzt hatte. »Ich musste abwarten und den Dingen ihren Lauf lassen.«

Viel gab es dazu nicht zu sagen. Vielleicht wäre eine anteilnehmende Nachfrage, was das Befinden des geheimnisvollen Nachwuchses betraf, angebracht gewesen, doch von Adele war das natürlich zu viel verlangt. »Aber wir wollen nicht mehr darüber sprechen. Ihre Vertreterin war schon in Ordnung, wenn es um ihre eigene Arbeit ging. Allerdings hat sie mich kaum entlastet.«

Das lag vermutlich daran, dass du nichts gegen sie in der Hand hattest, dachte Gemma. Aber sie verkniff sich die Bemerkung, denn auch die leiseste Spur unterdrückter Feindseligkeit hätte Adeles Argwohn wecken können. Sie hörte die Stimme des Rektors, als säße er direkt neben ihr: *Vermitteln Sie Ihrem Opfer stets dasselbe Gefühl des Wohlbefindens, wie es auch der zum Tode Verurteilte empfindet, wenn der Arzt ihm bestätigt, seine Gesundheit stehe einer morgigen Hinrichtung nicht im Wege.*

»Nun, jetzt bin ich ja wieder da und werde dafür sorgen, dass alles so reibungslos läuft wie bisher«, versprach Gemma. »Vielleicht sogar noch besser.«

»Wenn ich je Anlass zu der Vermutung gehabt hätte, dass Sie sich aus dem Staub gemacht haben könnten«, gab Adele zurück, »hätte ich mich gezwungen gesehen, mein Wissen mit dem Vorstand, ganz zu schweigen von der Polizei, zu teilen. Ich hoffe, Sie haben den Umschlag nicht vergessen, den ich dem alten Riggins anvertraut habe.«

Wie hätte Gemma diesen Umschlag vergessen können? Kurz vor ihrer Abreise zur McMasters-Akademie hatte sie ihn mit eigenen Augen gesehen. Er bestand aus braunem Papier, und Adele hatte mit feierlicher Miene drei gewöhnliche Briefkuverts darin verstaut. »Einer ist an den Vorstand des Krankenhauses, einer an die Polizei und einer an die *Northumberland Gazette*«, verkündete sie fröhlich, zündete dann eine Stange rotes Siegelwachs an und betropfte damit großzügig die Lasche des Umschlags. »Nur, um auf Nummer sicher zu gehen«, fügte sie hinzu. »Nicht, weil ich andeuten möchte, dass Sie versuchen könnten, mich zum Schweigen zu bringen. Aber schließlich haben Sie ja bereits schon einmal gemordet, richtig?«

Wie immer hatte Gemma leise protestiert, sie habe ihrem Vater nur weiteres Leid ersparen wollen. »Nennen Sie es, wie Sie wollen, meine Liebe«, lautete Adeles Antwort nur. »Sie und Ihre Mum hatten doch trotzdem nichts gegen das Sterbegeld von der Sozialversicherung einzuwenden, richtig? Was ich über das Ende Ihres Vaters weiß, steht in diesen drei Briefen, und die schicke ich jetzt an den netten alten Mr. Riggins bei ›Riggins and Son‹.« Das war die Rechtsanwaltskanzlei am Ort, die sich um die meisten juristischen Belange des Krankenhauses kümmerte. Heiklere Dinge wie Kunstfehlerprozesse wurden einer Kanzlei in Newcastle übertragen, die mit härteren Bandagen kämpfte. Stundenlang lag der braune Umschlag mit den Briefen auf Adeles Schreibtisch. Das verklumpte rotbraune Wachs des Siegels ließ ihn aussehen wie eine klaffende Wunde. Nachdem der Botenjunge aus der Poststelle ihn endlich abgeholt hatte, rief Adele, ohne mit der Wimper zu zucken, den alten Mr. Riggins an, mit dem sie bereits bei einigen Empfängen geflirtet hatte, und erklärte, sie habe ihm gerade einen Umschlag zur sicheren Aufbewahrung geschickt. »Er sieht schrecklich melodramatisch aus, wissen Sie. *Nur zu öffnen im Fall meines unerwarteten Ablebens.* Aber es sind bloß ein paar Briefe an Verwandte, denn schließlich möchte ich diesen Sommer Flugunterricht nehmen, und man kann ja nie wissen, richtig?« Dabei zwinkerte sie Gemma zu, als handelte es sich um einen gelungenen Scherz. Aber natürlich meinte Adele es todernst.

Als Gemma diesen Zwischenfall an einem ihrer ersten Tage in McMasters geschildert hatte, hatten Rektor Harrow, Padre Pugh und Vesta Thripper sie streng ermahnt, es müsse zuerst etwas wegen dieses braunen Umschlags unternommen werden, bevor sie ihre Abschlussarbeit in Angriff nehmen könne. Wie Gemma hoffte, würde die Herausforderung, einen versiegelten Umschlag aus dem verschlossenen Tresor einer Anwaltskanzlei zu entfernen, und zwar, ohne die Kombination zu kennen oder praktischerweise ein paar Dynamitstangen zur Hand zu haben, ihre Entschlossenheit stählen. Ihre sanftmütige Natur durfte der Liquidierung von Adele Underton nicht im Wege stehen.

XXV

Abschlussarbeit

Anwärterin: Dulcie Mown (alias Doria Maye, alias Doris May Taplow)
Kandidat: Leonidas »Leonid« Kosta
Ausführungsort: Los Angeles und Umgebung

Doria Maye brauchte keine Tipps, was ihre Legende zur Tarnung der an der McMasters-Akademie verbrachten Zeit betraf. Schließlich hatte sie (tatkräftig unterstützt von Professor Graves) einen detailgetreuen, wenn auch frei erfundenen Bericht über ihre Reisen quer durch Europa, Afrika und Asien verfasst, der in monatlichen Fortsetzungen im *Collier's Magazine* erschien. Außerdem hatte sie ihr Anwesen in Beverly Crest, das sie gern im Scherz als ihr »bescheidenes Häuschen« bezeichnete, an einen jungen Scheich untervermietet. Dessen einziges Interesse an Öl galt jedoch der Sorte mit Lichtschutzfaktor, mit der er vollbusigen Filmsternchen am Rand von Dorias eieruhrförmigem Pool hingebungsvoll den Rücken eincremte.

Gerade fuhr Doria mit ihrem für den Tag angeheuerten Chauffeur in ihrem schon ein wenig in die Jahre gekommenen Lincoln Cosmopolitan vor dem Haupttor des Studios vor. Sobald sie hier fertig waren, würde der Fahrer den Lincoln zu einem Autohändler in Ventura bringen, der den Wagen bar bezahlt und versprochen hatte, niemals zu erwähnen, dass die Vorbesitzerin ein Filmstar war. Mit dem Verkaufserlös des Autos wollte Doria ihre Abschlussarbeit finanzieren. Und falls sie irgendwann doch einen Wagen brauchen sollte, würden einige der in McMasters erlernten und eigentlich verbotenen Fähigkeiten ihr sicher zu einem passenden Fahrzeug verhelfen.

Seit dem Ende des Zweiten Weltkriegs wurde die Pforte am Jacaranda Drive zwischen sechzehn Uhr und Mitternacht von Finton »Finny« Flood bemannt. Dieser hatte schon zu Anfang seiner Laufbahn gelernt, dass es von Vorteil war, den Herrschern des Studios jeden Wunsch von den Augen abzulesen und gleichzeitig der Beichtvater zu sein, dem sie ihre Geheimnisse anvertrauten – all das kombiniert mit der Dienstbeflissenheit eines guten Restaurantchefs, der es auf ein ordentliches Trinkgeld abgesehen hat. Und so erging er sich anlässlich von Dorias Rückkehr in den angemessenen Begeisterungsstürmen.

»Oh, Sie sind es wirklich, Miss Maye. Versprechen Sie mir, dass Sie uns jetzt nie wieder verlassen werden!«, rief er aus. Und zwar in dem dick aufgetragenen irischen Akzent eines Mannes, der gerade einen Witz über einen orthodoxen Rabbi, einen buddhistischen Mönch und einen katholischen Priester erzählt.

Dulcie Mowns Kurzhaarfrisur war zwar noch nicht wieder nachgewachsen, doch dank einer ausgezeichneten Perücke trug Doria wieder ihre unverkennbare Lockenmähne. »Ich komme zurück, wenn sie mich nehmen, Finny! Denn jetzt habe ich eine Audienz bei dem Mann, für den ›potent‹ und ›Potentat‹ ein und dasselbe sind«, witzelte sie vom Rücksitz des Wagens aus. »Ich habe die Musik bestellt, und jetzt muss ich sie auch bezahlen.«

Flood konsultierte den Tagesplan und stellte fest, dass Doria tatsächlich um fünf Uhr einen Termin bei Studioboss Leonid Kosta hatte. »Und ziehen Sie auch wieder in Ihr altes Quartier?«, erkundigte er sich, während er nach den Formularen für die Parkscheine griff. Ihr Bungalow stand seit ihrer Abreise leer und wurde nur benutzt, wenn Kosta mit aufstrebenden Filmsternchen Probeaufnahmen machte – ohne Filmcrew und Kameramann, versteht sich.

»Nachdem ich für Herodes getanzt habe, werde ich wissen, ob das Quartier noch meines ist. Vielleicht überreicht er mir ja auch meinen eigenen Kopf!«, erwiderte sie. Finny stimmte fröhlich in ihr Lachen ein, obwohl er keine Ahnung hatte, wovon sie redete. Er schrieb das Datum auf einen goldenen Parkschein und schob diesen unter den Scheibenwischer des Lincoln. Als das Auto davonfuhr, fragte er sich, ob Doria Maye schon als Kind so dahergeredet hatte.

»Kein Bungalow. Den brauchst du nicht«, verkündete Kosta. Er rekelte sich auf seiner Bürocouch, wo sich schon so manch eine Schauspielerin unter großem körperlichen Einsatz von der Komparsin zur Nebendarstellerin hochgearbeitet hatte. Ein Rollenspiel der anderen Art, wie Doria es gerne ausdrückte. Heute machte sich Kosta nicht einmal die Mühe, sich zur Sitzposition aufzurichten, um sie zu begrüßen. Stattdessen blieb er, einige Sofakissen im Rücken, einfach liegen und korrigierte weiter in seinen Drehbüchern herum. »Nett, dass du wieder hier und außerdem einverstanden bist, den Schweinefilm trotzdem zu machen, nachdem du viel Geld und außerdem die Zeit deines Anwalts verschwendet hast. Doch als ich dir den Bungalow zugeteilt habe, geschah das aus zwei Gründen. Erstens solltest du die Möglichkeit haben, ungestört Gäste zu empfangen …«

»Damit meintest du wohl in erster Linie dich selbst«, höhnte sie automatisch, setzte aber sofort ein spielerisches Lächeln auf, um ihrer Bemerkung die Schärfe zu nehmen.

»Und zweitens solltest du so viel Schönheitsschlaf wie möglich bekommen, bevor du wegen morgendlicher Dreharbeiten in der Maske erscheinst. Nur, dass dein Aussehen beim Synchronisieren eines Zeichentrickfilms absolut egal ist. Du könntest sogar wie *skatá* aussehen.« Doria brauchte keine Übersetzung. »Also tschüss, Bungalow. Es hat dich nicht interessiert, mit wem du schläfst, und deshalb interessiert es mich auch nicht, wo du schläfst.«

Aber Leon, es ist wichtig für meine Abschlussarbeit, dass ich den Bungalow behalte, hätte sie so gerne eingewandt. *Ich brauche ihn nur, solange du noch am Leben bist, was nicht mehr sehr lange sein dürfte*! Doch zum Glück hatte sie ein Studium an der McMasters-Akademie absolviert und deshalb genau die passende Antwort parat.

»Schön und gut. Meinetwegen schickst du mich auf die Weide. Allerdings dürfte es dir gar nicht gefallen, wenn du deshalb bei den Zeitungen als Mistkerl dastehst. Du solltest auch an die Pressearbeit denken: Ich könnte entweder überall herumposaunen, dass ein herzloser Studioboss mir meine glanzvolle Karriere verdorben hat. Oder ich könnte ankündigen, ich zöge mich trotz der Proteste meines geliebten Mentors Leonid Kosta aus der Öffentlichkeit zurück. Dennoch war er so freundlich, mir weiter meinen alten Bungalow zur Verfügung zu stellen, damit ich meine

Erinnerungsstücke an meine Zeit in diesem wundervollen Studio zusammenpacken kann. Außerdem habe ich nächste Woche ein Abschiedsinterview mit *Collier's* in eben diesem Bungalow vereinbart, um zu erklären, wie sich meine Ziele im Leben durch meine Weltreise verändert haben.« Es erübrigt sich zu erwähnen, dass ein derartiges Interview nicht geplant war. Doch falls Doria erfolgreich war, würde Kosta nicht mehr lange genug leben, um das zu erfahren. Wie sie von Rektor Harrow gelernt hatte, war es statthaft, einer Zielperson jede beliebige in die Zukunft gerichtete Versprechung zu machen, solange das Verfallsdatum besagter Zielperson früher angesetzt war als das in Aussicht gestellte Ereignis. Es kam eben immer auf den zeitlichen Ablauf an.

Also kniete sie sich ihm zu Füßen (wie schon so manches Filmsternchen vor ihr, siehe oben) und flehte ihn an. »Gib mir nur noch ein paar Wochen im Bungalow, damit ich mein Gesicht wahren kann. Dann werde ich die Stimme deines kostbaren Schweins sein und für dich quietschen, ohne mich zu beklagen.«

Wie sich herausstellte, war der so unmenschliche Kosta im Grunde genommen doch nur ein Mensch, denn er genoss den Applaus an Premierenabenden und bei Preisverleihungsfeiern einfach zu sehr, ebenso wie den Beifall, den er stets, ein väterliches Lächeln auf den Lippen, über sich hinwegbranden ließ. Außerdem nannte er sich selbst gern »Papa Kosta« und betrachtete die bei seinem Studio unter Vertrag stehenden Schauspielerinnen als seine liebe Familie – mit deren Mitgliedern er nach Gutdünken Inzest begehen konnte. Deshalb war er (wohlgemerkt nur in diesem Punkt) sehr empfindlich, wenn es um sein Image in der Branche ging. Und so gestattete er Doria zähneknirschend, ihren alten Bungalow weiter zu nutzen, allerdings unter der Voraussetzung, dass am Monatsletzten endgültig Schluss war.

»Leon, darauf gebe ich dir mein Wort.« Dorias Schwur kam von Herzen.

XXVI

»Ich möchte gerne auf alle Pferde im dritten, vierten und fünften Rennen setzen«, verkündete der Herr mit dem goldblonden Bart. Er trug eine Sonnenbrille mit rotem Gestell und dazu ein leuchtend gelbes, mit violetten Papageien bedrucktes Hawaiihemd. Englisch war eindeutig nicht seine Muttersprache, und er hatte es offenbar von jemandem gelernt, der es selbst nicht sehr gut beherrschte. »Ist das möglich?«

Es war ein ganz besonders schöner Tag auf der Rennbahn von Santa Clarita. Und da es noch nicht einmal Mittagszeit war und sonst niemand wartete, beschloss der Kassierer, Geduld mit dem Kunden zu haben und ihm ein paar Dinge zu erklären.

»Nun, Sir«, erwiderte er. »Es ist nicht verboten, und ich führe es gerne für Sie aus. Doch da mein Schöpfer mich leider mit einem Gewissen ausgestattet hat, fühle ich mich verpflichtet anzumerken, dass Sie auf diese Weise aller Wahrscheinlichkeit nach keinen Gewinn machen werden. Unsere Firmenleitung hat die meisten dieser Möglichkeiten bereits durchgespielt, wissen Sie? Deshalb verfahren wir hier nach dem Prinzip der Totalisator-Wette und ziehen eine feste Gebühr für den Betreiber der Rennbahn und für staatliche Steuern ab. Ja, wenn Sie auf jedes Pferd setzen, werden Sie garantiert etwas gewinnen. Aber Sie werden auch garantiert ein Dutzend Mal oder noch öfter verlieren. Bei einer spekulativen Wette können Sie zwar mehr einsetzen, um die Wahrscheinlichkeit auszugleichen, doch es gibt einen Grund, warum man Spekulationen als Spekulationen bezeichnet. Sie haben nämlich die Tendenz, Miese zu machen. Wollen Sie es trotzdem tun?«

»Ich will«, erwiderte der Mann und senkte verschwörerisch die Stimme. »Ich habe nämlich ein System.«

»Oh, ein *System*!«, entgegnete der Kassierer in gespielter Ehrfurcht. »Ich habe ja nicht geahnt, dass Sie ein *System* haben. Das ändert natürlich alles!« Kurz darauf überreichte er dem Mann ein von einem Gummiband zusammengehaltenes Bündel Wettscheine. »Bitte schön, jedes Pferd im dritten, vierten und fünften Rennen. Eigentlich würde ich Ihnen jetzt viel Glück wünschen, aber Sie haben diesen Punkt ja gerade für sich ausgeschlossen. Also sage ich nur, dass Sie gewinnen und verlieren werden.«

Cliff nahm die Wettscheine und wandte sich wortlos ab, sodass der Kassierer nur noch seinem grellbunt vor den Augen flirrenden Hemd nachblicken konnte. In einer öffentlichen Bibliothek hätte diese Aufmachung vermutlich Erstaunen ausgelöst und wie eine Verkleidung gewirkt. An einem normalen Dienstagnachmittag jedoch, wenn sich jedes seriöse Mitglied der Gesellschaft an seinem Arbeitsplatz aufhielt, sah er damit einfach nur aus wie das Sinnbild eines Verlierers.

Es handelte sich um eine der Kunstfiguren, die er mit Dulcie Mowns Unterstützung in McMasters entwickelt hatte. Die dazu gehörige Legende war so detailgetreu, dass er sie beinahe selbst glaubte.

Cliff blätterte die Wettscheine durch, wohl wissend, dass er mathematisch betrachtet drei sichere Sieger an der Hand hatte. Allerdings ansonsten jede Menge Zweitplatzierte, Verlierer und klapprige Mähren.

Er fühlte sich wie ein Glückspilz.

XXVII

Gemma fragte sich, wie um alles in der Welt sie den antiken Tresor der Kanzlei Riggins öffnen sollte, ohne ihn aufzubohren oder zu sprengen. Im nächsten Moment kam ihr Rektor Harbinger Harrows Vorlesungsreihe »Einbruch, Ausbruch und andere Wege ins Freie« in den Sinn. »Wenn eine Tür verschlossen ist, mühen Sie sich nicht damit ab, sondern bringen Sie in Erfahrung, welcher Schwachkopf den Schlüssel dafür hütet!«, hatte er seinen Studenten ans Herz gelegt. »In jedem ausbruchssicheren Gefängnis gibt es einen unterbezahlten Milchmann, der mit seinem Lastwagen nach Belieben kommt und geht. Also machen Sie sich an den Milchmann heran.«

Es war ein Kinderspiel gewesen, sich mit Riggins' Sekretärin Kaye Cookson anzufreunden. Und zwar fast im wahrsten Sinne des Wortes, denn Kaye, ein reizendes und naives Mädchen, dessen größte Stärke das Maschineschreiben war, war in der Schule ein paar Klassen unter Gemma gewesen, also tatsächlich fast noch ein Kind. Zu Anfang ihrer Mission gewöhnte sich Gemma an, unbedeutende Poststücke wie die Ankündigung einer Feier im Krankenhaus oder einen Aufruf zur Blutspende persönlich zu überbringen, angeblich, um dem Krankenhaus Portokosten zu sparen; schließlich liege die Kanzlei »ja auf meinem Heimweg«. Sie und Kaye verstanden sich auf Anhieb, als sie feststellten, dass sie beide eine Leidenschaft für Delfter Stickerei hegten – ein Gebiet der Handarbeit, von dem Gemma nicht die leiseste Ahnung hatte, weshalb sie sich nun in die Sache einarbeiten musste. Dabei verfluchte sie Kaye (die selbst Ähnlichkeit mit den holländischen Mädchen auf den Delfter Teetassen und Kacheln hatte). Warum konnte sie keine Schwäche für F. Scott Fitzgerald oder, noch besser, Ella Fitzgerald haben? Dennoch plauderte Gemma, wenn sie, immer in den frühen Morgenstunden, bevor der alte Riggins eintraf, ihre unwichtige Post abgab, mit Kaye über die Fortschritte an ihren blauen Windmühlen auf mit Spitzen gesäumten Taschentüchern. Dabei ließ Gemma den Blick wie beiläufig durch die Kanzleiräume schweifen und hielt Ausschau nach dem Tresor.

Die Kanzlei war schon seit der edwardianischen Zeit in demselben Gebäude in der High Street untergebracht, und zwar in den ehemaligen Räumlichkeiten einer Fischhandlung. Gemma hätte schwören können, dass es in der Vorhalle noch immer angenehm nach frisch gefangener Scholle oder Schellfisch roch, die da auf einem Bett aus gehobeltem Eis lag. Der »alte Riggins« war genau genommen der Enkel des Kanzleigründers, dessen Sohn, ebenfalls Anwalt, irgendwann zu Riggins geworden war und wiederum seinen einzigen Stammhalter dazu überredet hatte, die Chemie an den Nagel zu hängen und der »Sohn« im Kanzleinamen zu werden. Der gusseiserne Tresor der Kanzlei stammte ganz sicher noch aus der Zeit des ersten Riggins, ein ehrfurchtgebietendes Ungetüm, hergestellt von der Firma Milner und gewiss fünf Zentner schwer.

Damit hatte Gemma nicht gerechnet. Wohl wissend, dass es sinnlos war, ihre Abschlussarbeit in Angriff zu nehmen, bevor der bedrohliche braune Umschlag mit Adeles anklagenden Briefen darin nicht aus der Welt geschafft war, hatte sie in McMasters das Seminar »Siegreich kombinieren« belegt. Viele Stunden hatte sie sich mit Vorhängeschlössern (mit ihren Bügeln und Zapfen enthaltenden Schließzylindern erstaunlich leicht zu knacken) befasst und sich auch mit modernen Safes auseinandergesetzt, die man mithilfe eines in ein Kopftuch gewickelten Seltenerdmagneten öffnen konnte. Antike Tresore wie dieser waren jedoch gegen jegliche Tricks immun, sodass man ihnen mit einem ohrenbetäubend lauten Bohrer oder mit Dynamit zu Leibe rücken musste. Und das war der Moment, in dem die an der McMasters-Akademie vermittelte Allgemeinbildung ihren Studierenden die richtigen Methoden in die Hand gab, nämlich solche, die sich gnadenlos gegen das schwächste Glied in der Kette richtete. Und das war in den meisten Fällen ein Mensch.

»Oh, was für ein wunderschöner alter Tresor!«, begeisterte sich Gemma und strich mit den Fingerspitzen über die geschwungenen Buchstaben und das vergoldete Dekor an der Tür des Möbels. Darüber hing eine gerahmte Darstellung des Periodensystems aus dem Jahr 1908. »Ein Onkel von mir hat sich so einen Safe zur Hausbar umgebaut. Und dann hat er die Kombination vergessen und nie wieder einen Tropfen angerührt.«

Kaye kicherte, froh über einen Witz, den sie verstand und der nicht auf ihre Kosten ging. »Man möchte meinen, dass Mr. Riggins sich die Kombination nach all den Jahren gemerkt hätte«, merkte sie im Plauderton an, während sie den nächsten Briefbogen in die Schreibmaschine spannte. »Er beklagt sich, weil er sie immer öfter nachschauen muss. Das Alter, weißt du.«

»Und deshalb musst du ihm die Kombination jedes Mal sagen«, steuerte Gemma so geschickt das Gespräch, wie der Golfstar Ben Hogan den Ball vorsichtig ins letzte Loch rollte.

»Du beliebst zu scherzen«, erwiderte Kaye mit einem höhnischen Schnauben. »Die würde er weder mir noch sonst jemandem anvertrauen. Nein, er stöhnt dann nur immer auf und sagt: ›Wie lautet diese verdammte Kombination noch mal?‹ Nur, dass er natürlich nicht ›verdammt‹ sagt. Doch bis er durchs Zimmer zum Zahlenregler gegangen ist, ist es ihm wieder eingefallen. Ständig wiederholt er, er würde die Zahl wohl endgültig vergessen, wenn da nicht ein Glückselement im Spiel wäre.«

Gemma versuchte, sich ihre Aufregung nicht anmerken zu lassen. »Was mag das wohl zu bedeuten haben?«

Kaye zuckte die Achseln. »Er tut dann immer so, als sei das komisch. Aber wenn es wirklich ein Witz war, habe ich ihn bis jetzt noch nicht verstanden. Allerdings passiert es mir öfter, dass ich einen Witz nicht verstehe.«

»Vielleicht hat er sich die Zahl ja irgendwo aufgeschrieben«, merkte Gemma so arglos wie möglich an.

»Wahrscheinlich in den Po eintätowiert, denn einen Zettel könnte er verlegen«, frotzelte Kaye, Sie war überglücklich, als Gemma fröhlich auflachte, und kam sich sehr schlagfertig vor. »Er steht da und sagt: ›Ach, wie lautet nur diese dumme Kombination?‹ Und bis er am Safe ist, ist sie ihm wie von Zauberhand wieder eingefallen, so als stünde sie in der Luft.«

»Ich glaube nicht, dass es unsichtbare Tinte zum Schreiben in der Luft gibt«, bohrte Gemma weiter in dem Thema herum, in der Hoffnung, dass sie vielleicht mehr in Erfahrung bringen würde.

»Unsichtbare Tinte könnte er wahrscheinlich sogar selbst herstellen. Mr. Riggins hat mir erzählt, dass er immer Chemiker werden wollte. Während des Ersten Weltkriegs hat er an Raketentreibstoffen oder so etwas geforscht. Aber sein Vater hat ihn überredet, Anwalt zu werden, um den guten Namen »Riggins and Son« weiterzutragen. Ich glaube, das hat er immer bereut.« Nun ergab die gerahmte Chemietabelle über dem Tresor für Gemma mehr Sinn. Sie war eine wehmütige Verneigung vor dem, was hätte sein können.

»Ich fand Chemie in der Schule immer grässlich«, fuhr Kaye fort. »Es hat scheußlich gestunken. Außerdem haben die anderen immer Kalium zu mir gesagt.«

Gemma sah sie fragend an. »Warum denn das?«

Kaye senkte die Stimme. »Das Symbol für Kalium ist K. Du weißt schon ... *Kaye*?« Sie verzog das Gesicht. »Und dieser Junge, für den ich geschwärmt habe, Ronald Lockwood. Erinnerst du dich an ihn? Nein? Jedenfalls war er der Erste, der mich so genannt hat.«

Gemma tätschelte ihr den Arm. »Kinder können so grausam sein.«

»Ja, und Erwachsene auch«, erwiderte Kaye, so als sei das Leben nicht sonderlich nett zu ihr gewesen.

»Hast du Lust, heute Abend ins Kino zu gehen? Es läuft ein Melodrama mit Kieron Moore. Davor könnten wir bei Alberto's einen Happen essen.«

»Alberto's?«, wiederholte Kaye, als hätte Gemma eine Reise nach Nicaragua vorgeschlagen.

»In der Bexley Street. Dort gibt es leckere Spaghetti Marinara für nur zwei Pfund und Sixpence, und der Kellner gibt mir immer ein Glas Wein aufs Haus aus. Ich wette, wenn wir mit ihm flirten, schenkt er vielleicht sogar nach.«

Als sie aus dem Kino traten, waren sie dank des anregenden Chiantis und der gemeinsamen Bewunderung für Kieron Moores Profil die besten Freundinnen geworden. Ihr Weg führte sie an der Kanzlei Riggins and Son vorbei, als Gemma plötzlich feststellte, dass sie »Besuch von Tante Rosi« bekommen hatte und dringend eine Toilette aufsuchen musste. Nirgendwo in der Nähe gab es einen Pub, und alle Läden hatten geschlossen. Doch Kaye meinte, es sei kein Problem, und führte Gemma durch die Gasse zwischen der Kanzlei und dem angrenzenden Tabakladen bis zu dem kopfsteingepflasterten Hof hinter dem Gebäude. Von dort aus gelangte man über drei Holzstufen zur Hintertür. »Du musst dich umdrehen«, sagte Kaye entschuldigend. »Ich habe Anweisung, niemandem zu zeigen, wo der Schlüssel versteckt ist. Tut mir schrecklich leid.« Gemma gehorchte und versicherte Kaye, sie habe absolutes Verständnis. Allein das Wissen, dass außen am Gebäude ein Schlüssel versteckt war, genügte ihr zur Umsetzung ihres Plans. Sie hörte das Scharren eines Steins, das Geräusch des sich umdrehenden Schlüssels und dann ein erneutes Scharren. »Die Tür ist offen«, flüsterte Kaye. »Komm schnell rein, und pass auf, wo du hintrittst. Ich darf kein Licht machen.«

Als sie in das dunkle Büro schlichen, erkundigte sich Gemma, warum die Alarmanlage nicht ausgelöst worden sei. »Mr. Riggins hat einfach einen Aufkleber für die Tür gekauft, auf dem steht, dass wir eine haben«, erklärte Kaye. »Aber mehr will er dafür nicht ausgeben. Seiner Ansicht nach ist das nur etwas für Juweliere, Banken oder Läden, die Waren verkaufen. Bei uns im Büro gibt es nichts Wertvolles zu holen. Man könnte höchstens seine Unterhosen klauen«, sie lachte auf. Zwei unanständige Witze innerhalb weniger

Stunden waren für Kaye ein Grund, den Tag rot im Kalender anzustreichen. »Komm, ich zeige dir, wo das Klo ist.«

Gemmas Schätzung nach würde sie bei ihrem nächsten Besuch höchstens eine Minute brauchen, um den Ziegelstein oder die Kachel zu finden, unter der der Schlüssel versteckt war. Hinzu kam die frohe Botschaft, dass sie sich nicht mit einer Alarmanlage herumärgern musste. Gemma plante, schon am nächsten Abend wieder hier zu sein. Sie wollte keine einzige blaue Windmühle mehr als unbedingt nötig sticken.

XXVIII

AUS DEM ZWEITEN TAGEBUCH VON CLIFF IVERSON

Nun, X, mein alter Freund, ich bin froh, Ihnen berichten zu können, dass wir in finanzieller Hinsicht ein wenig Glück hatten. Ich hatte auf jeden Sieger der ersten drei Rennen gesetzt, und, ja, eines der Pferde war ein Favorit, weshalb die Quote ziemlich schlecht war. Das zweite galt als ein bisschen riskant und hatte eine Quote von zehn zu eins. Das dritte jedoch war eine absolute Überraschung: Ganymede, der gerade einen Rang hochgestuft worden war (falls ich mich anhöre, als wüsste ich, wovon ich rede, liegt es an dem, was Trainer Tarcott mir über die gute alte Pferdewette eingetrichtert hat, bevor ich die McM verließ!). Obwohl niemand viel von Ganymede erwartete, wurde er Erster, und zwar mit einer Quote von zweiunddreißig zu eins! Und so wollte es das Anfängerglück (obwohl es eigentlich nicht viel mit Glück zu tun hatte), dass zwei meiner drei sicheren Sieger beeindruckende Gewinne abwarfen.

Aufgemuntert durch diesen Erfolg, rief ich von zu Hause aus bei Woltan Industries an, verlangte nach Fiedler und wartete ab, bis die Telefonistin mich verbunden hatte.

»Merrill Fiedlers Büro?« Meg Keegans Begrüßung klang wie immer wie eine Frage.

Ich schlug meinen leutseligsten Verkäuferbariton an. »Ja, Miss, ich würde gerne Ihren Boss sprechen«, verkündete ich begeistert. »Wir würden uns freuen, wenn er bei unserer jährlichen Bademodenschau für Debütantinnen hier im Rockvale Country Club als oberster Preisrichter fungieren würde.« Ich wurde um eine Minute Geduld gebeten, doch es dauerte längst nicht so lange, bis ich Fiedler an der Strippe hatte. Schließlich kannte ich meine Pappenheimer.

»Hallo, wie kann ich Ihnen behilflich sein?« Offenbar konnte Fiedler es kaum erwarten, seine Bürgerpflicht zu erfüllen.

»Murray, hier spricht Bob.«

»Ich heiße Merrill, nicht Murray.«

»Ach, Verzeihung. Da habe ich mich wohl in der Nummer geirrt.« Ich legte auf. Nachdem ich mich so vergewissert hatte, dass Fiedler sich in seinem Büro aufhielt, machte ich mich auf den Weg zu der luxuriösen Wohnanlage, keine zehn Minuten von Woltan entfernt, wo mein ehemaliger Chef residierte. Da ich ein oder zwei Mal dort Pläne und Skizzen für ihn abgegeben hatte, wusste ich, dass ein Pförtner rund um die Uhr auf einem Podium neben den Aufzügen thronte, um die Eingangstür im Auge zu behalten. Auf der anderen Seite der Vorhalle gab es einen öffentlichen Münzfernsprecher.

Der Pförtner (laut Namensschild hieß er Ricky) war mir fremd. Allerdings hätte auch sein Kollege mich mit meiner Hornbrille, dem dunkelblauen Arbeitshemd und der dazu passenden Hose nicht wiedererkannt. Außerdem trug ich einen dichten Stoppelbart, den ich mir hatte wachsen lassen, während ich die Baupläne der W-10 kopierte. »Ein Paket für Mr. Tim Tunney«, verkündete ich.

»Ich kenne keinen Tim Tunney. Welche Wohnungsnummer?«, erwiderte Ricky und nahm mir das Päckchen ab, nur um es mir im nächsten Moment, augenrollend wegen meiner Unfähigkeit, wieder in die Hand zu drücken. »Schauen Sie sich die Adresse an. Sie wollen in die Meredith Street Nummer sechs, wir sind hier in der Meridian Street.«

Ich entschuldigte mich und ging zum Telefon, wo ich meine eigene Nummer anrief. Während ich eine nicht existierende Telefonistin davon in Kenntnis setzte, dass ich mich verspäten würde, prägte ich mir die Nummer des Fernsprechers auf der Wählscheibe ein. Dann ging ich hinaus und um die Ecke und stieg in mein Auto.

Die zerbeulte tragbare Schreibmaschine Marke Underwood hatte ich in einer Pfandleihe in der Old Maiden Choice Lane in Arbutus gekauft. Außerdem hatte ich dort ein altes Fotoalbum erworben, das die Aufschrift »Dieses Buch gehört Theodore Stevens, Ottawa« trug.

Nachdem ich Latexhandschuhe übergestreift hatte, steckte ich die drei Gewinner-Wettscheine des heutigen Renntages in einen Umschlag und tippte auf Papier der Marke Hammermill, die jeder Schreibwarenladen des Landes im Sortiment hat, einen Brief. Verehrter X, zu Ihrer Kenntnisnahme lege ich einen Kohledurchschlag dieses Briefes meinem Tagebuch bei.

Schreiben folgt. –HH

Sehr geehrter Mr. Fiedler,

Sie kennen mich zwar nicht, aber Sie haben mir einmal das Leben gerettet. Ich weiß nicht einmal, ob Sie das überhaupt vorhatten, aber so ist es nun einmal, weshalb ich für immer in Ihrer Schuld stehe. In diesem Umschlag finden Sie drei Gewinnerscheine des gestrigen Rennens in Santa Clarita. Das soll nur ein Anfang sein, denn ich möchte versuchen, meine Schulden bei Ihnen zu begleichen.

Ich habe eine Methode entwickelt, um das totalisatorbasierte System, das manche Rennbahnen verwenden, zu schlagen. Diese Methode bewegt sich technisch betrachtet innerhalb des gesetzlichen Rahmens, doch ich bin bei der Rennbahn beschäftigt, und wenn man mir dort auf die Schliche kommt, werde ich gefeuert, was der goldenen Gans den Garaus machen würde.

Sie können diese Wettscheine irgendwann auf dem Heimweg innerhalb einer Woche ab dem dort eingetragenen Datum auf der Rennbahn einlösen. Mr. Fiedler, ich mache Ihnen den Vorschlag, die Ergebnisse meines Systems mit Ihnen zu teilen. Da ich Sie als Gentleman kenne, bitte ich Sie nur um Ihr Ehrenwort, dass Sie die Hälfte der Gewinne für mich zur Seite legen werden. Ende des Jahres werde ich mich Ihnen zu erkennen geben. Es handelt sich hier nicht um eine Betrugsmasche, und ich werde NIEMALS von Ihnen verlangen, auch nur einen einzigen Penny Ihres Geldes zu investieren. Sie brauchen nichts weiter zu tun, als diese legalen Gewinne einzulösen und das

Geld aufzubewahren. Sollten Sie sich weigern zu teilen, wenn ich mich Ihnen zu erkennen gebe, werde ich mich mit meinem Irrtum abfinden und meine Schuld als vollständig getilgt betrachten. Ich weiß, dass niemand diese Gewinne infrage stellen wird, denn schließlich weiß jeder, dass Sie der geborene Sieger sind. Jeden Tag werde ich Ihnen Ihre offiziell auf der Rennbahn erworbenen Gewinnscheine zukommen lassen, jedoch ohne direkt mit Ihnen in Kontakt zu treten. Sie erfahren täglich, wo diese Scheine für Sie hinterlegt worden sind. Ich bitte Sie nur, morgens um 08:30 meinen Anruf entgegenzunehmen, und zwar am Münzfernsprecher in der Vorhalle Ihrer Wohnanlage. Sollte die Leitung besetzt sein, versuche ich es in zehnminütigen Abständen erneut. Ich werde Ihnen nie wieder schreiben. Danke, dass Sie mir das Leben gerettet haben, auch wenn Sie bis jetzt gar nichts davon ahnten.

Von einem Freund, der nicht gegen einen Mann verlieren kann, der stets gewinnt.

Amigo

Ich faltete den Brief zusammen und verstaute ihn in seinem Umschlag, den ich bereits mit der Schreibmaschine mit dem Namen und der Büroadresse von Merrill Fiedler beschriftet hatte. Darunter prangte der Zusatz VERTRAULICH UND PERSÖNLICH. Zu guter Letzt legte ich eine Schwarz-Weiß-Fotografie bei, die eine sehr attraktive junge Frau in einem mir unbekannten Wäldchen zeigte. Es stammte aus dem Fotoalbum des bereits erwähnten Mr. Theodore Stevens aus Ottawa, über den ich absolut nichts wusste.

In einem Blockseminar mit dem unheilverkündenden Titel »Briefe aus dem Jenseits« hatte ich gelernt, dass nichts das Interesse an einem ungeöffneten Brief in stärkerem Maße weckt, als wenn man durch das Kuvert die Umrisse eines Fotos ertasten kann. Insbesondere dann, wenn auf dem Umschlag ein einziges handgeschriebenes Wort steht, wie zum Beispiel »persönlich« oder »vertraulich«. Dass Fiedler der Sinn und Zweck des Schnappschusses rätselhaft sein würde, steigerte die Spannung nur noch mehr. Außerdem wusste ich, dass es kein Untergebener von Fiedler jemals wagen würde, ein Kuvert mit der Aufschrift VERTRAULICH zu öffnen, denn sein Zorn würde fürchterlich sein. Und diesen Zorn über sich heraufzubeschwören, war etwas, das Meg Keegan so sehr fürchtete, dass kein Geheimnis der Welt dieses Risiko wert war. Eine Briefmarke rundete mein Werk ab. Da an diesem Nachmittag ein angenehmes Lüftchen wehte, schlenderte ich zum Briefkasten in der Cypress Street, damit Fiedler den Brief am nächsten Tag auf dem Schreibtisch hatte.

Wie ich wusste, war es unwahrscheinlich, dass er Woltan während der Arbeitszeit verlassen würde, um die Rennbahn aufzusuchen. Doch sie lag praktischerweise genau auf seinem Heimweg.

Morgen, verehrter X, werde ich mich weiter der Rekonstruktion der Pläne für die W-10 widmen. Doch sobald sich die Stunde nähert, wenn Fiedler Feierabend macht, werde ich mich mit rot gerahmter Sonnenbrille und Hawaiihemd auf den Weg zur Rennbahn machen, um die nächste Runde Wettscheine zu kaufen (welche dann wiederum die nächste Runde von Gewinnen für Fiedler generieren werden). Danach werde ich mich in der Nähe des Schalters herumtreiben, an dem die Gewinne ausgezahlt werden, um festzustellen, ob der Hai schon beim ersten Köder angebissen hat. Was das angeht, bin ich ziemlich zuversichtlich. Schließlich hatte er schon immer eine Schwäche für leichte Beute.

XXIX

Gemma zog ihre Radfahrhose an, sagte ihrer Mum, sie habe sich freiwillig für die Samstagabendschicht am Empfang des Krankenhauses gemeldet, und strampelte auf Seitenstraßen in die Stadt. In ihrem Fahrradkorb befand sich eine wasserdichte Tasche, die wiederum einen braunen Umschlag enthielt. »Nur im Fall meines plötzlichen Ablebens öffnen« stand darauf, und zwar in einer ausgezeichneten Nachahmung von Adeles Blockschrift. Ja, die widerwärtige Miss Underton mochte den bedrohlichen Umschlag einzig und allein deshalb offen auf ihrem Schreibtisch liegen gelassen haben, um Gemma damit Angst zu machen. Nur dass sie sich damit ins eigene Fleisch geschnitten hatte, denn so hatte Gemma genug Zeit gehabt, sich das Äußere dieses Umschlags genau einzuprägen (um das Muster des Siegelwachses zu imitieren, musste sie natürlich warten, bis das Original vor ihr lag). Die Fälschung war ein Kinderspiel gewesen, da Gemma sogar offiziell die Erlaubnis hatte, Anmerkungen und Randnotizen in der Handschrift ihrer Vorgesetzten auszuführen, damit es aussah, als hätte Adele die Arbeit selbst erledigt. Dass Gemma plante, den Umschlag im Tresor der Anwaltskanzlei auszutauschen, würde Riggins sicher nicht weiter auffallen. Schließlich hatte er ihn vor einem knappen Jahr hineingelegt und seitdem keines Blickes mehr gewürdigt.

Die Bäume zu beiden Seiten der Straße bildeten über ihr ein Blätterdach und erinnerten Gemma an den Abend, als sie und Cliff nach der Praxisübung mit dem Bus zu ihren Unterkünften gefahren waren. Er gefiel ihr, seit sie ihn zum ersten Mal im Wald gesehen hatte. Und an einem anderen College, wo sie ein anderes Fach als das Morden studierte, hätte sie aus ihrem Interesse sicher auch keinen Hehl gemacht.

Und nun würde sie ihn niemals wiedersehen. »Verdammt, Cliff!«, rief sie in die Nacht hinein, aber diese blieb ihr die Antwort schuldig. Ein plötzlich einsetzender kalter Nieselregen riss sie aus ihren Erinnerungen. Also an die Arbeit!

Gemma wusste, wie man den Hof hinter der Kanzlei erreichte, ohne dazu den Weg über die High Street nehmen zu müssen, und zwar, indem man sich von einer Häuserzeile zwei Straßen weiter nördlich näherte. Die von Lieferanteneingängen und Garagen gesäumte Gasse war menschenleer, als sie ihr Rad in einen Ständer an deren Ende stellte. Sie nahm die Tasche aus dem Fahrradkorb und steuerte auf die hölzernen Stufen zur Hintertür der Kanzlei zu. Die Logik sagte ihr, dass Kaye zu klein war, um einen Schlüssel vom oberen Rand des Türrahmens herunterzuholen. Und wenn sie in der Nähe der Stufen herumgekramt hätte, hätte sie mehr Lärm gemacht. Eine Fußmatte gab es zwar, doch selbst der alte Riggins wäre nicht so leichtfertig gewesen, einen Schlüssel dort zu verstecken. Es dauerte nicht lange, und Gemma hatte den Mauerstein entdeckt, der nicht richtig mit seinen Nachbarn abschloss. Der Stein scharrte beim Herausziehen. Gemma benutzte dazu ihr erst zur Hälfte mit Delfter Stickerei bedecktes Taschentuch, auch wenn es unwahrscheinlich war, dass sie Fingerabdrücke hinterlassen würde.

Im Büro war es dunkel. Durch das rückwärtige Fenster fiel nur das schummrige Licht einer Straßenlaterne herein. Gemma tastete sich in Riggins' Büro vor, wo die Fensterläden geschlossen und die Vorhänge zugezogen waren. Sie bedeckte eine kleine Tischlampe mit ihrem feuchten Taschentuch, schaltete sie ein und wandte sich dem Safe zu.

Der Regler war mit den Zahlen null bis achtzig versehen. Wie sie aus ihrem Studium wusste, hieß das, dass es sich wahrscheinlich um eine aus drei jeweils zweistelligen Zahlen bestehende Kombination handelte, der Standard bei den meisten Herstellern jener Zeit. Außerdem wusste sie, dass der Käufer eines derart alten Modells nicht die Möglichkeit gehabt hatte, eine Wunschnummer einzugeben, die er sich besser merken konnte oder die eine persönliche Bedeutung für ihn hatte. Das nämlich hätte eine Epidemie der Kombination 10-20-30 oder angesichts des Baujahrs 11-11-18 zur Folge gehabt, um des Endes des Ersten Weltkriegs zu gedenken. Stattdessen wurde jede Kombination zusammen mit der Seriennummer des Safes (allerdings ohne Nennung von Standort und Käufer) in der Firmenzentrale des Herstellers verwahrt. Dem Käufer händigte man eine Ausfertigung der Kombination aus, und zwar mit der eindringlichen Bitte, sie auswendig zu lernen und das Papier an einem sicheren Ort zu verstecken. Was die meisten Besitzer nicht daran hinderte, das Papier mit der Nummer in die rechte Schublade ihres Schreibtischs zu kleben.

Manche, die sich besonders schlau vorkamen, klebten die Nummer in die *linke* Schublade.

Gemma setzte sich an den Schreibtisch, sparte sich allerdings die Mühe mit den Schubladen, da der alte Riggins dort laut Kaye niemals nachschaute. Er ginge einfach nur zum

Safe und hätte die Kombination parat, wenn er ihn erreicht habe. War die Nummer irgendwo vor aller Augen verborgen wie Edgar Alan Poes gestohlener Brief? Rektor Harrow hatte ihr von einem Kaufmann erzählt, der den Terminkalender aus dem Jahr 1934 auf seinem Schreibtisch stets beim 8. Dezember aufgeschlagen hatte, da die ihm zugeteilte Kombination 12-8-34 lautete. Als die Vierzigerjahre vergingen, habe das zunehmend Kopfschütteln erregt.

Gemma stand auf und ging denselben Weg zum Tresor, den Riggins vermutlich nahm. Dabei stellte sie fest, dass sie sich, als sie stehen blieb, fast auf Augenhöhe mit dem darüber hängenden Periodensystem befand. Was hatte Kaye gesagt? Riggins führte die Tatsache, dass er sich erinnern könne, auf ein »gewisses Glückselement« zurück? Und dabei täte er, als habe er einen Witz gemacht?

Was hatte Rektor Harrow den Seminarteilnehmern geraten? »Vergessen Sie *vino*! Es müsste besser *in risu veritas* heißen. Im Lachen liegt die Wahrheit. Wenn jemand behauptet, etwas sei nur ein Scherz gewesen, war es vermutlich alles andere als das.«

Gemmas Dad hatte oft vom »Körnchen Wahrheit in jedem Scherz« gesprochen. Aber worüber hatte der alte Riggins nun gewitzelt? Es schien etwas mit Glück zu tun zu haben. Oder vielmehr mit einem »Element« …

»Ach, herrje!«, rief Gemma aus, als ihr klar wurde, dass sie die ganze Zeit auf ein Periodensystem starrte.

Es war allgemein bekannt, dass sich aus den Buchstaben des Periodensystems Wörter bilden ließen. (In der vierten Klasse hatten die Jungen im Unterricht mit Begeisterung »Fluorid, Uran, Carbon, Kalium!« gerufen; Ergebnis war ein schmutziges Wort, gegen das niemand etwas einwenden konnte.) Ein *Glückselement.* Konnte man das englische Wort für Glück – »*luck*« – vielleicht mithilfe des Periodensystems buchstabieren? Und die dazugehörige Nummer jedes Elements lieferte einem dann die Kombination des Safes? Wie sie wusste, stand der letzte Buchstabe von »luck« auf der Tabelle, und zwar wegen Kayes Spitznamens in der Schule (Kalium, Nummer 19). Sie versuchte, sich ihre Schulzeit, lange vor ihrem Studium an der McMasters-Akademie, ins Gedächtnis zu rufen. Chemieunterricht, vierte Klasse. C war das Symbol für ... Calcium? Nein, natürlich für Carbon. Nummer 6 auf der Tabelle. Gab es auch ein U und ein L? (Oder bestand die Kombination womöglich aus vier Zahlen?) Ja, dort, ganz am Ende: Uran. Jetzt brauchte sie nur noch den Buchstaben L.

Aber es gab keinen. Nur ein Li, ein Lv, ein La ... Moment mal. Nicht Uran. Es gab eine Nummer 71: Lu für »Lutetium«.

71-6-19. Also war es doch eine Kombination aus drei Zahlen, dachte sie. Wenn Riggins' Gedächtnisstütze nun auch noch in der richtigen Reihenfolge angeordnet war, wäre das ein gewaltiges Glück gewesen. Aber selbst wenn nicht, gab es nur sechs weitere Kombinationen. Natürlich war da auch noch die Frage, wie oft man den Regler nach jeder Zahl drehen musste. An der Akademie hatte es geheißen, bei alten Tresoren seien es unweigerlich zwei Rechtsdrehungen, dann die erste Zahl, danach eine Linksdrehung, nach der zweiten Zahl wieder nach links und nach der letzten nach rechts. Sie machte sich an die Arbeit, und obwohl es mit der Reihenfolge Lu-C-K nicht klappte, ließ sie sich davon nicht entmutigen. Sie war sehr mit sich zufrieden, als der Safe schon beim dritten Versuch aufging.

Adeles Umschlag lag hinten auf einem Stapel mit Testamenten. Als sie ihn mit dem von ihr angefertigten Ersatz verglich, stellte sie fest, dass die Aufschrift ausgezeichnet gefälscht war. Wäre das Siegelwachs auf dem Original nicht gewesen, sie hätte die Kuverts wohl selbst verwechselt. Sie zog eine scharlachrote Stange Wachs (identisch mit der von Adele, da der Schreibwarenladen am Ort nur diese eine Sorte führte) und außerdem eine Schachtel Streichhölzer aus der Hosentasche. Dann zündete sie die Wachsstange an und benutzte das Muster auf dem Originalumschlag als Vorlage. Nachdem sie fertig war, legte sie das Austauschkuvert in den Safe, schloss die Tür und stellte den Regler wieder auf null. Sie war unbeschreiblich erleichtert, denn sie wusste, dass sie Adeles Drohung nun genauso wirkungsvoll entschärft hatte wie ein Kampfmittelräumkommando einen Blindgänger. Adeles Lebensversicherung war hiermit abgelaufen.

Der Austauschumschlag enthielt drei gewöhnliche Briefkuverts mit den getippten Widmungen »Für meine Tante, in Liebe«, »Für meinen Onkel, in Liebe« und »Für Gemma«. In jedem Kuvert steckte eine Seite aus einer alten Krankenhausbibel. Gemma hatte das Buch anschließend im Büro ganz unten in Adeles Bücherregal gelegt. Adeles Eltern waren beide tot, doch sie hatte zweimal eine Tante und einen Onkel in Croydon erwähnt, bei denen sie wohnte, wenn sie Lust bekam, sich kostenlos in London zu amüsieren.

Die Zitate selbst waren harmlos und dazu gedacht, biblischen Trost zu spenden. Das Zitat in dem an Gemma selbst gerichteten Kuvert sollte beweisen, wie nah Adele und sie sich standen. Es stammte aus dem Matthäusevangelium: *Gesegnet seien die Trauernden, denn sie sollen getröstet werden.* Die für Adeles Tante und Onkel kamen aus dem Buch der

Psalmen: *Der Herr ist nahe denen, die zerbrochenen Herzens sind, und hilft denen, die ein zerschlagenes Gemüt haben.* Und: *Er heilt, die zerbrochenen Herzens sind, und verbindet ihre Wunden.*

Falls Gemmas Abschlussarbeit erfolgreich war, würden Adeles Tante und Onkel bald diese aufmunternden, wenn auch nutzlosen Worte erhalten, begleitet von einem Kondolenzschreiben der Kanzlei Riggins and Son.

XXX

AUS DEM ZWEITEN TAGEBUCH VON CLIFF IVERSON

Verehrter X: Kurz nach meiner Rückkehr aus der McMasters-Akademie habe ich Jack Horvarths Witwe einen Besuch abgestattet. In der Hoffnung, dass sie ihr geliebtes Zuhause in Taneytown nicht verlassen hatte, fuhr ich in die Rifles Lane. Dort stand ihr viktorianisches Haus, das für ein Gebäude in diesem eleganten Stil ein wenig klein geraten war. Oberhalb des dritten Stockwerks besaß es sogar einen Vorbau, den Jack als Erker bezeichnet hatte und der heute nur noch als Speicher, nicht mehr als Mädchenzimmer diente.

Ich stieg die Stufen zu der mit einem Vordach versehenen Haustür hinauf, wo ich zu meiner Freude feststellte, dass Lilliana Horvarth noch dort wohnte. Sie erkannte mich sofort, begrüßte mich überschwänglich und führte mich in den Salon, der einen Blick auf die Veranda und einige in regelmäßigen Abständen entlang des Gehwegs gepflanzte Walnussbäume bot.

»Wir haben glückliche Jahre in diesem Haus verbracht«, sagte sie, während sie ein Tablett mit Eisteegläsern abstellte, die mit frisch gepflückter Minze aus dem Garten garniert waren. Jack Horvarth, eigentlich Jacek, und Lilliana waren

nach dem Krieg in die Vereinigten Staaten emigriert, denn dank seiner Fähigkeiten als Antriebsingenieur hatte er verschiedene Stellenangebote von Unternehmen wie Woltan erhalten. Die beiden waren um einiges älter als ich, und man brauchte keinen Wiener Psychiater, um zu erkennen, dass sie mir meine verstorbene Tante und den Onkel ersetzten, bei denen ich aufgewachsen war. Ich war bei Woltan zwar Jacks Vorgesetzter gewesen, hatte ihn jedoch stets respektiert und mir seine Kritik zu Herzen genommen.

Lilliana hatte ihren eleganten Akzent nicht verloren und wie früher die Angewohnheit, Wörter und Silben, die sie für wichtig hielt, auf ungewöhnliche Weise zu betonen. »Irgendwann werde ich es wohl verkaufen müssen, aber ich bin einfach noch nicht so weit, dass ich es Fremden überlassen könnte. Das wäre Verrat an Jack. Er will, dass ich hier lebe. Das weiß ich genau.«

Ihr Haar war noch immer rotbraun und grau meliert, ihr Blick so durchdringend wie eh und je. Bevor ich Gelegenheit hatte, mich zu erkundigen, was sie so getrieben habe, stellte sie mir dieselbe Frage und löste ein wenig ein schlechtes Gewissen in mir aus, indem sie hinzufügte: »Ich habe dich bei der Beerdigung gesehen, aber danach nicht mehr, kein einziges Mal. Du weißt, dass du für ihn wie ein Sohn warst.«

Brav berichtete ich ihr von der Stelle in Kanada und beteuerte, Jack habe mir sehr viel bedeutet. Ich erinnerte sie daran, dass es Jack gewesen sei, der mir nach Coras Tod zugeredet habe, mich in die Arbeit zu stürzen, anstatt Trost in der Flasche zu suchen. Die Planung der W-10 sei gleichzeitig meine Rettung und die Krönung unserer Zusammenarbeit gewesen. Bis Fiedler unser Werk vernichtet habe.

Ich fragte mich, wie sie wohl auf Fiedlers Namen reagieren würde.

»Fiedler, piszkos gazember«, murmelte sie ohne die Spur von Damenhaftigkeit. »Nach Jacks Tod hat mir der Schweinekerl«, verehrter X, ich hatte sie noch nie zuvor einen Kraftausdruck benutzen hören, zumindest keinen englischen, »einen Scheck geschickt. Keinen Brief, keine Karte, nur fünfzig Dollar von seinem Privatkonto als Barscheck … Als ob ich den jemals eingelöst hätte! Ich habe ihn noch hier und hoffe jeden Monat, dass er in seine Kontoauszüge schaut, bemerkt, dass das Geld noch da ist, und das als Zeichen meiner Verachtung wertet.« Sie wies auf den Scheck, aufgespießt auf den Schürhaken, der am Kamin lehnte.

»Lilliana, dürfte ich dir fünfzig Dollar für diesen Scheck anbieten?«, fragte ich zögernd. »Ich könnte ihn gut gebrauchen, während ich hier bin.«

Sie musterte mich forschend. »Ich nehme kein Geld dafür. Aber du kannst ihn haben, wenn du ihn willst. Aber vergiss nicht, dass es Blutgeld ist, wenn du ihn ausgibst.«

»Ich habe nicht vor, ihn einzulösen.«

»Dann betrachte ihn als Geschenk von Jacek«, verkündete sie, womit sie mir ihre Zustimmung, ja, ihren Segen gab. Ich steckte den Scheck dennoch ein, denn Lilliana hatte mir bei meiner tödlichen Abschlussarbeit gerade einige lästige Umwege erspart.

Wie gerne hätte ich ihr versichert, dass ich, was Jack anging, weder gedankenlos noch untätig gewesen war. Es war eine Qual, verehrter X, ihr nicht anvertrauen zu können, dass ich bereits in Manhattan versucht hatte, Jack und Cora zu rächen, und dass ich nur deshalb zurückgekommen war, um dem Schreckensregiment von Merrill Fiedler ein Ende zu bereiten. Gewiss war es mein unbewusstes Bedürfnis, ihr all das zu sagen, was mich heute zu ihr getrieben hatte. Und dennoch erkannte ich, sobald ich in ihrem Wohnzimmer saß, dass das unmöglich war. Schließlich hatten wir in »Grundlagen der Liquidation« zwar gelernt, dass ein »Geständnis heilsam für die Seele« sei, allerdings auch, dass dieses Geständnis erst postum öffentlich gemacht werden sollte. Ich muss meine Mission vor Lilliana geheim halten, bis ich entweder erfolgreich oder für immer verstummt bin.

Ich bat, mir noch einmal das Arbeitszimmer meines alten Mentors ansehen zu dürfen, einen gemütlichen Raum, wo wir bei Zwack Unicum, Jacks Lieblingslikör aus seiner Heimat, in kleinen dreieckigen Gläsern aerodynamische Berechnungen zur W-10 angestellt hatten. Auf dem Schreibtisch lagen noch ordentlich gestapelt seine Aufzeichnungen, so als könnte er jeden Moment zurückkommen, um weiterzuarbeiten. Es war gleichzeitig unheimlich und herzzerreißend.

An den Wänden des Arbeitszimmers hingen Schwarz-Weiß-Fotografien, die Familienmitglieder und Freunde von beiden Seiten des Atlantiks zeigten. Picknicks, Abschlussfeiern ... die Art von Aufnahmen, die man in Häusern, wo niemand Klavier spielen kann, auf den mit Spitzendeckchen drapierten Konzertflügel stellt. Ich bemerkte ein einziges Farbfoto in der Galerie, das offenbar neu und mir bei meinen bisherigen Besuchen nie aufgefallen war. Es war der gerahmte Ausschnitt eines Stadtplans von Baltimore mit einem schwarz-weiß-schwarzen Passepartout. Als ich automatisch genauer hinschaute, stellte ich fest, dass jemand ein winziges Herz aus Keramik auf ein grünes

Rechteck mit der Aufschrift »Ellwood Park« mitten auf die Karte geklebt hatte. Mir legte sich eine eiskalte Hand ums Herz.

Ich wollte mich rasch abwenden, doch Lilliana hatte mich von der Tür aus beobachtet. »Hier wurde er ermordet«, stellte sie fest, als ob ich je im Leben hätte vergessen können, wo und wie er gestorben war. Ich hörte, wie ihre Kehle sich zusammenzog, als sie fortfuhr. »... wo sie ihn gefunden haben.«

Was mochte einen Mann in Jacks Alter dazu bewogen haben, diesen gottverlassenen Park in einem der gefährlichsten Viertel von Baltimore aufzusuchen, und noch dazu nach Mitternacht? Gewiss hatte er sich mit jemandem treffen wollen. Aber war das dieselbe Person, die ihn auch umgebracht hatte? Es wäre dumm von mir gewesen, mich nicht zu fragen, ob Fiedler nicht seine Hände im Spiel gehabt hatte. Ja, ich hatte mich damals damit abgefunden, dass jeder Versuch, vor den technischen Schwächen des Flugzeugs zu warnen, in der Chefetage standhaft ignoriert und von Fiedler zurückgewiesen und vertuscht werden würde. Unser guter Ruf war unwiederbringlich ruiniert. Aber vielleicht hatte Jack das ja anders gesehen. Womöglich hatte er versucht, sich mit Fiedler auszusöhnen, oder – äußerst gefährlich – sogar gedroht, ihn zu enttarnen.

Als ich hörte, dass Jacks Leiche in Ellwood Park gefunden worden war, rechnete ich eigentlich damit, dass Lilliana von Selbstmord sprechen würde. Jack war zwar meines Wissens nie depressiv gewesen, doch der Rausschmiss bei Woltan hatte ihm sehr zu schaffen gemacht. Ich war zumindest noch jung genug, ein neues Leben anzufangen und einen anderen Beruf zu ergreifen. Doch Jack hatte kurz vor der Rente gestanden. Er hatte gewusst, dass es für ihn kein »Zurück auf Anfang« mehr gab, weder tatsächlich noch im übertragenen Sinne.

Offen gestanden war ich – das mag jetzt sehr grausam klingen, verehrter X – beinahe froh, als die Polizei seinen Tod sofort als Mord einstufte. Die Entscheidung Selbstmord wäre für Lilliana unerträglich gewesen. »Habe ich ihn im Stich gelassen? Was hätte ich anders machen können?« – ganz sicher hätte sie sich mit solchen Gedanken zermürbt. Doch das erübrigte sich, denn er war an einem Schuss ins Herz gestorben. Der Tod war sofort eingetreten. Nirgendwo wurde eine Waffe gefunden. Einige Anwohner in der Jefferson Street und der Orleans Street, die auf ihren Vortreppen saßen, hatten einen Schuss gehört und gesehen, wie eine Gruppe von Jugendlichen, vielleicht eine Bande, aus dem Park lief und sich in alle Richtungen zerstreute. Doch solche abendlichen Geräusche und Beobachtungen waren in diesem Viertel nichts Ungewöhnliches. Außerdem fehlten Jacks Brieftasche und seine Uhr, ein altes Familienerbstück. Sein Ehering, ein schlichter Reif aus Zinn, stammte noch aus den schweren Anfangsjahren des Paares und war dem Täter offenbar nicht die Mühe wert gewesen.

An Jacks tragischem Tod beschäftigt mich weniger die Frage, wer ihn ermordet hat, denn ich bin ziemlich sicher, dass Jack den Täter selbst nicht persönlich kannte. Ich vermutete – und von Lilliana wusste ich, dass die Polizei diese Auffassung teilte –, dass es sich um einen aus dem Ruder gelaufenen Raubüberfall handelte. An der McMasters-Akademie hatte ich gelernt, dass man eine Kugel Kaliber .22, und eine solche hatte Jack ins Herz getroffen, mit einer selbst gebastelten Pistole abschießen konnte. Doch wie bereits gesagt, ließ mich seit Jacks Tod die Frage nicht mehr los, was ihn überhaupt an diesen Ort geführt haben mochte, weit weg von seinem gemütlichen Zuhause in Taneytown und außerdem um diese späte Stunde. Deshalb erkundigte ich mich vorsichtig nach dem Verlauf des fatalen Abends. Habe er vielleicht etwas gesagt …?

»Er war részeg, betrunken, das hat einer der Polizisten gesagt. Man habe es an seinem Blut festgestellt. Sie haben eine … du weißt schon …« Das Wort »Autopsie« brachte sie offenbar nicht über die Lippen.

Ich beteuerte, ich hätte Jack mein ganzes Leben lang nie betrunken erlebt. Er trank nach dem Abendessen oder nach unseren spätnächtlichen Arbeitssitzungen gerne sein Gläschen Unicum, aber betrunken? Niemals.

»Er habe 2,9 Promille Alkohol im Blut gehabt, das haben sie behauptet. Ich habe keine Ahnung, was er getrunken haben soll, denn sie haben geschworen, dass sie neben seiner Leiche keine Flasche gefunden haben. Doch sein Lieblingsgetränk, Unicum, kann es nicht gewesen sein, denn den bekommt man hier nicht. Den musste er sich immer in New York besorgen. Ich glaube … Ich glaube, es lag daran, dass er zum ersten Mal arbeitslos war und nicht wusste, wie er uns ernähren sollte. Vielleicht wollte er seine Sorgen ja ertränken und hat sich deshalb geschämt und nicht gewollt, dass ich ihn so sehe. Womöglich ist er darum in einen Teil der Stadt gefahren, wo er niemanden kannte …« Als ihr Blick wieder zum Stadtplan wanderte, wünschte ich Fiedler zum Teufel.

Ich fragte Lilliana, ob ich etwas für sie tun könne. Sie verneinte. Das Angebot sei sehr nett von mir, aber ihr Jacek habe immer befürchtet, dass er vor ihr gehen könne, und deshalb vorgesorgt. Also sei ihr bescheidener Lebensunterhalt gesichert. »Das Haus ist abbezahlt, also fallen keine Raten mehr an. Außerdem brauche ich sehr wenig. Aber was ist mit dir?« Sie verzog zweifelnd das Gesicht. »Diese Stelle in Kanada, von der du mir erzählt hast, konntest du da etwas sparen? Ich habe den Verdacht, dass du diesen Scheck von Fiedler für dich selbst brauchst. Du darfst nicht zu stolz sein. Schließlich warst du wie ein Sohn für Jacek. Würden dir noch einmal fünfzig Dollar weiterhelfen ...?« Als ich sah, dass sie zu ihrer Handtasche hinüberschaute, versicherte ich ihr rasch, mein derzeitiger Finanzbedarf sei ausreichend gedeckt (und zwar dank Ihrer Großzügigkeit, verehrter X).

Stattdessen hätte ich gern eine Flasche von seinem Lieblingslikör, um am Jahrestag von Jacks Tod auf ihn zu trinken. Wie sie selbst gesagt habe, sei er außerhalb von New York City nur schwer zu bekommen. Lächelnd nahm sie einen Schlüssel von der Schreibtischunterlage und öffnete die rechte Schublade, wo Jack seine »verbotene Ware« gebunkert hatte. Das wusste ich, weil ich, wann immer wir ein Gläschen miteinander tranken, einen Blick hatte hineinwerfen können. Die Schublade enthielt seinen unverwechselbar nach Hustensaft schmeckenden Zwack Unicum, die Meerschaumpfeife seines Großvaters, einen reich verzierten Revolver aus einer anderen Ära, eine winzige Sonderausgabe des »Hohelied Salomos« mit »künstlerischen« Illustrationen und eine emaillierte Schnupftabakdose, die offenbar seiner Mutter gehört hatte. Lilliana wollte mir das erotische Bändchen, die Pfeife und die Schnupftabakdose schenken, die nun in einem offenen Schuhkarton auf seinem Schreibtisch lagen. Doch ich witzelte nur, ich versuchte gerade, mir das alles abzugewöhnen. Das brachte sie zum ersten Mal seit meiner Ankunft zum Lächeln.

Nun war die Schublade leer bis auf zwei Likörflaschen, von denen eine noch nicht angebrochen war. Sie reichte sie mir mit einer Miene, als übergäbe sie einen Täufling seinem Paten. »Ich bin so froh, dass du mich darum gebeten hast. Er hat es so genossen, sich nach der Arbeit mit dir ein Schlückchen zu genehmigen. Ich weiß, mein Jacek hätte gewollt, dass du diese Flasche bekommst.«

Ich sagte mir, verehrter X, dass Jacek wahrscheinlich vor allem gewollt hätte, dass ich für all das Rache nahm, was ihm angetan worden war. Ihm, seiner Frau, Cora und allen anderen früheren und zukünftigen Opfern von Fiedler. »Ist dieser Mord notwendig?« lautete der erste Schritt der Gewissenserforschung. Für mich hatte die Antwort nie mehr auf der Hand gelegen als in diesem Augenblick.

XXXI

Nachdem es Doria gelungen war, ihren Bungalow von Leonid Kosta zurückzubekommen – unverzichtbar für Kapitel eins ihrer Abschlussarbeit –, heftete sie sich an die Fersen von Laddie Graham und führte so ein zufälliges Zusammentreffen herbei.

»Hallo, Laddie«, sagte sie mit tapferer Miene und machte dabei ein Gesicht, als kämpfte sie mit den Tränen. Die geschundene Frau, die trotz allem den (gut frisierten) Kopf nicht hängen lässt, gehörte zu ihren Paraderollen.

Er verzog mitfühlend das Gesicht, was wohl *Soldat, ich könnte dir jetzt das Bajonett aus der Brust ziehen, aber es ist momentan das Einzige, was dich am Leben erhält* besagen sollte. Denn Laddie war ein anständiger Mensch und hatte nötigenfalls auch für Todgeweihte ein aufmunterndes Wort übrig. »Na, wie geht es denn meiner liebsten Schauspielerin in diesem Studio?«

»Ach, ich wünschte, ich wäre ganz weit weg«, seufzte Doria.

»Hier ist es doch noch besser als bei Monogram oder Republic«, zählte er einige Studios der Holzklasse auf. »Hollywoods Armenhaus.«

»Schon, aber dieses Studio ist momentan meine Todeszelle. Darf ich bis zu Ihrem Auto neben Ihnen hergehen? Ich will gerade zu meinem Bungalow, und wenn ich in Ihrer Begleitung bin, glauben die anderen vielleicht, ich hätte noch eine Karriere.«

»Ja, aber natürlich«, erwiderte Laddie, wie immer ganz Gentleman. Als sie durch die Straßen von Laredo schlenderten, bemerkte sie seine offene Aktentasche. Gewiss war diese voller Drehbücher, die sich mit zeitgenössischen Themen und nicht mit Schweinen befassten. »Ein bisschen Gutenachtlektüre?«, fragte sie.

»Mindestens ein oder zwei Projekte, bei denen ich Sie gut unterbringen könnte«, antwortete er aufrichtig.

Doria verzog wehmütig das Gesicht und zitierte Judy Garland. »Ich glaube, da ist nichts für mich in dieser schwarzen Tasche.« Das verwirrte Laddie, dessen Aktentasche braun war.

Er entwand ein Drehbuch den ledernen Kiefern der Tasche und schwenkte es, als wollte er Beweisstück A bei Gericht vorlegen. »Doria, ich schwöre, ich hatte Sie für die Krimikomödie auf dem Schirm, die ich mit Danny Kaye drehe, aber als ich Ihren Namen erwähnte, sagte Kosta …«

»Oh, ich *liebe* Danny!«, rief Doria aus. »Wie heißt denn der Film?«

»… nur über meine Leiche!«

»Ein lustiger Titel.«

»Nein, der Titel lautet *Das Beben im Walde*. ›Nur über meine Leiche!‹ war Kostas Antwort.«

Während sie von Laredo weiter nach Bayern spazierten, war Doria sich bewusst, dass sie so tun musste, als hätte sie sich zwar zähneknirschend, aber schicksalsergeben mit ihrem Los abgefunden. Nur so konnte sie ihren Plan in die Tat umsetzen. »Tja, wenn ich in diesem Studio das Schweinchen geben muss, werde ich alles dafür tun, damit es ebenso denkwürdig wird wie Mel Blanc als Porky Pig. Und was meine Leinwandkarriere angeht, war es das eben, Leute. Leon hat's gegeben, Leon hat's genommen.«

»Doria, wenn ich dieses Studio leiten würde«, beteuerte Laddie, »würden Sie von mir eine große Rolle nach der anderen bekommen. Wichtige Hauptrollen, die Sie in die engere Wahl für den … ich meine …« Seine Stimme erstarb, wohl wissend, dass Oscar ein Name war, den man niemals laut aussprechen durfte.

Als Bayern zu Paris wurde, hielt Doria sich vor Augen, dass es gefährlich sein konnte, Freude über Kostas mögliche Abdankung oder Laddies Aufstieg zum Ausdruck zu bringen. Auch wenn man sich in Hollywood mehr oder weniger einig war, dass es so weit kommen würde, wenn der Filmmogul in den Ruhestand ging. Oder – ein wundervoller Gedanke! – nach seinem Tod.

»Bis Sie das Studio übernehmen, bin ich so alt, dass ich Tante Polly in *Tom Sawyer wird Abgeordneter* spielen könnte. Aber wahrscheinlich kann ich froh sein, es so weit gebracht zu haben.« Gelassenheit und Akzeptanz, das war der Tonfall, den sie jetzt anschlagen musste. Bevor sie endgültig zuschlug. »Kosta hat mich zum Star gemacht. Also hat er auch das Recht, mich wieder vom Himmel herunterzuholen. Ich verlange nur, dass man mich so gehen lässt, als wäre es meine eigene Idee gewesen.«

Sein bedeutungsvolles Schweigen bestätigte ihr, dass ihr eine düstere Zukunft bevorstand, wenn sie nicht bald etwas dagegen unternahm. Als sie um die letzte Ecke einer Straße im Mittleren Westen bogen, kam Dorias Bungalow am äußersten Rand des Studiogeländes in Sicht. »Wirklich nett von

Ihnen, mich den langen Weg zu begleiten. Aber vielleicht war es ja nicht umsonst, denn ich bin auf ein höchst spannendes Drehbuch gestoßen, das ich Ihnen gerne zeigen würde.«

»Aber ich sagte doch, dass Kosta ...«, protestierte er bedauernd.

»Ach, vertrauen Sie mir. Für mich ist keine Rolle darin vorgesehen. Ich dachte nur, es könnte Ihre Kragenweite sein, falls Sie momentan eine Kragenweite haben. Wenn es Ihnen gefallen sollte, können Sie mir ja einen Finderlohn anbieten. Ich fürchte, ich muss im Moment auf jeden Cent schauen.«

Laddie glaubte, ihr diesen Gefallen tun zu können. Und so traten sie in ihren derzeitigen Bungalow, auf den sie bald würde verzichten müssen.

Der bequeme Rückzugsort war ganz früher einmal ein bescheidenes Wohnhaus in einem Limettenhain und Teil der damals noch menschenleeren Weiten von Rancho La Ballona gewesen. Obwohl sich das Häuschen nun hinter den hohen weiß gekalkten Mauern des Studios befand, lag es ein wenig näher am Jacaranda Drive als das Haupttor selbst. Und so war es nicht selten vorgekommen, dass Wachmann Finton Flood von seinem Posten aus beobachten konnte, wie Doria abends über die Terrasse ins Haus ging. Häufig winkten sie einander freundlich zu. Anschließend notierte sich Finton im Auftrag von Leonid Kosta, wann und in wessen Begleitung Doria kam oder ging, was wiederum weniger freundlich von ihm war.

Vor zwei Jahren hatte Kosta beschlossen, er habe Doria Maye inzwischen zu genug Starruhm und Glanz verholfen. Nun habe sie sich redlich ein Wochenende in seinem ländlichen Ferienhaus in Torrey Pine verdient, natürlich mit Übernachtung bei (und unter) ihm, wobei er hoffte, sie von dem

Podest herunterzuholen, das er selbst für sie gebaut hatte. Doch zu seiner Überraschung hatte sie stets so ausweichend auf seine Angebote reagiert wie ein Musicalfan, der zwar Hammerstein liebt, aber Rodgers verabscheut.

Erbost hatte Kosta Finton Flood angewiesen, über sämtliche Techtelmechtel von Miss Maye Buch zu führen. Finton war zwar nicht ganz sicher, was dieses Wort eigentlich bedeutete, doch nachdem er es zu Hause nachgeschlagen hatte, war ihm klar, was Kosta von ihm erwartete.

Die Vorstellung, dass Doria auf dem Studiogelände ihre Affären pflegte, war für Finny eigentlich kein Grund, die in der Mitte zusammengewachsenen Augenbrauen hochzuziehen. Schließlich arbeitete er in einer Branche, in der es Usus war, ein Rendezvous zwischen zwei Stars, mindestens einer davon anderweitig verheiratet, diskret mit »Proben für die morgige Liebesszene« zu umschreiben. (Soweit Finny wusste, schlief Miss Ingrid Bergman stets bis zum Ende der Dreharbeiten mit ihrem Filmpartner, was Gift für ihre Zeitplanung und ihre Kondition war, wenn sie im fraglichen Film eine Frau spielen musste, die zwischen zwei Männern stand.)

Doch die Überlebensinstinkte, die Finny heil durch den Krieg gebracht hatten, waren ihm auch auf dem Studiogelände in Hollywood nützlich. Rasch hatte er erkannt, dass die Vertragsschauspieler, so glamourös ihr Auftreten auch sein mochte, ebenso wie er nur Angestellte des Studios waren. Und da er genau wusste, auf welcher Seite sein Brot gebuttert war (und auch, wer morgen schon Toast sein konnte), galt seine unverbrüchliche Treue dem Management, nicht den Künstlern. Deshalb hatte er Dorias andauernde Affäre mit Marc Danner auch gehorsam gemeldet. Für seine

Spionagetätigkeit war er so reich entlohnt worden, dass er von ganzem Herzen hoffte, Miss Maye möge sich bald wieder danebenbenehmen.

Nun war sie gerade erst ins Studio zurückgekehrt, und schon wurde sein Wunsch wahr. Denn Doria Maye hatte sich nicht nur ihr altes Liebesnest zurückerobert, sondern auch noch den Produktionschef des Studios abgeschleppt. Finny war überrascht, als sie ihm in seiner Pförtnerloge zuwinkte. Ihre blaugrüne Bluse leuchtete wie Weihnachtspapier. Dazu trug sie einen förmlich wirkenden dunkelgrauen Rock, der ihr bis zu den Knöcheln reichte. Was Laddie Graham anging, kannte er ihn nur vom Grüßen, wenn er durch das Tor hinein- und wieder hinausfuhr. Allerdings wurde gemunkelt, dass er mit allen Wassern gewaschen war und eine ziemlich strenge Hand hatte.

Sie wird ihn zum Abendessen verschlingen. Aber das dicke Ende kommt noch, dachte Finny.

XXXII

Fiedler trat an den Auszahlungsschalter der Rennbahn. Trotz der Hitze des späten Nachmittags wirkte sein blau-weißer Seersuckeranzug wie frisch gebügelt. »Lesen Sie das und weinen Sie, alter Junge«, meinte er mit einem herablassenden Grinsen. Er hatte diesen Satz zwar auch bei seinen vergangenen vier Besuchen benutzt, fand es aber offenbar zum Totlachen, ihn jedes Mal zu wiederholen. Wobei »tot« das Schlüsselwort war. Allein dafür verdiente Fiedler es zu sterben, dachte Cliff, der ganz in der Nähe herumlungerte und lauschte.

»Schon wieder Sie«, stellte der Kassierer mit säuerlicher Miene fest, obwohl es die Firmenpolitik der Rennbahn eigentlich verlangte, jeden Gewinner fröhlich und mit einem Glückwunsch auf den Lippen zu begrüßen. Wenn es nur nicht so unerträglich gewesen wäre, wie Fiedler sich mit seinem Pferdeverstand brüstete. Insbesondere deshalb, weil er sich dreist mit fremden Federn schmückte. Von seinem inzwischen angestammten Beobachtungsposten am Stand für frisch gepressten Orangensaft konnte Cliff erkennen, dass Fiedler seine Scheine stets beim selben Kassierer einlöste, als ob ihm das Prahlen ebenso viel Vergnügen bereitete wie der Gewinn an sich.

Es war Fiedler leichtgefallen, seinen Frieden mit dem steten Geldregen zu machen. Er hatte zwar keine Ahnung, was er getan (oder nicht getan) haben könnte, um diese (gewiss angemessene) tief empfundene Dankbarkeit zu verdienen, die Amigo ihm schuldig zu sein glaubte, doch die Wettscheine waren legal. Außerdem konnte sich die Rennbahn ein paar Verluste leisten, denn das Totalisator-System verhinderte, dass es jemals zum Totalausfall kam. Für ihn war es kein Umstand, auf dem Nachhauseweg einen Abstecher zur Rennbahn zu machen und sich vielleicht noch in der Winner's Bar rasch einen Drink zu genehmigen. Außerdem konnte er dort weiter große Töne spucken, worauf der Barmann nach einer Weile ihn ebenfalls mit der Äußerung »Sie schon wieder« begrüßte. Allmählich fand Fiedler Gefallen an der Sache.

*

AUS DEM ZWEITEN TAGEBUCH VON CLIFF IVERSON

Diesmal hatte ich Fiedler fünf Gewinnscheine zugespielt. Fünf! Wie ich zugeben muss, bedeuteten meine Wetten auf jedes Pferd in allen fünf Rennen auch, dass ich hin und wieder verlor (es tut mir leid, X). Doch diese Investition hatte ich von Anfang an eingeplant, damit Fiedler sich unbesiegbar fühlte. Und sich auch dementsprechend gebärdete.

Ich wandte mich ab, als Fiedler sich lässig pfeifend an mir in meiner geschmacklosen Aufmachung vorbeidrängte. Dabei rempelte er mich mit der Schulter an, als sei es zu viel verlangt, dass er seinen Weg meinetwegen ein klein wenig änderte. Sein Pfeifen war so tonlos, wie man es von jemand erwarten konnte, der für seine Mitmenschen nur taube Ohren hatte. Doch für mich klang Fiedlers völlig unangebrachte Vergnügtheit wie Musik.

Sie werden sich freuen zu hören, verehrter X, dass ich heute konservativ gewettet und auf vier Topfavoriten gesetzt habe, die morgen mit miserabler Quote und jämmerlichen Gewinnchancen laufen werden. Ein oder zwei Sieger für Fiedler sind sicher dabei, allerdings nichts von großer Bedeutung.

Inzwischen fühle ich mich, als lebte ich in zwei verschiedenen Zeitzonen. Montags platziere ich meine Wetten und gebe die von mir ausgewählten Gewinner dienstags an Fiedler weiter. Abends löst er die Scheine dann ein, während ich die Wetten abschließe, die ich ihm am Mittwoch zukommen lasse. Mein nächster Schritt wird sein, nur noch auf ein Pferd in jedem Rennen zu wetten ... und auch nur auf die mit den geringsten Gewinnchancen. Ja, eines oder zwei kommen vielleicht tatsächlich als Erste ins Ziel. In diesem Fall werde ich die Gewinne gerne einstreichen, um die wenigen Verluste wettzumachen, die mir (uns) plangemäß entstanden sind. Allerdings weiß ich, dass sich zwischen diesen Wackelkandidaten einige wahre Verlierer verbergen. Und der größte davon wird hoffentlich bald Merrill Fiedler sein.

XXXIII

Im Bungalow saß Laddie noch immer wartend auf dem Sofa und betrachtete in Ermangelung einer fesselnderen Beschäftigung die Luftblasen in seinem Gingerale. Unterdessen suchte Doria im Schlafzimmer das Drehbuch, von dem sie so begeistert war. Aus den fünf Minuten wurden zehn, bis Laddie rief: »Wie läuft es denn so da drinnen?«

»Ich habe endlich den richtigen Karton gefunden«, erwiderte sie. Kurz darauf trat Doria aus ihrem Schlafzimmer. Sie trug zwar noch die schimmernde blaugrüne Bluse, nur dass diese inzwischen offen war und dass der lange graue Rock fehlte. Bei ihrem Anblick verschüttete Laddie einen Teil seines Gingerales, doch im nächsten Moment wurde ihm klar, dass sie darunter einen schwarzen Badeanzug aus einem satinartigen Stoff angezogen hatte. Dieser war modisch, aber ziemlich gewagt geschnitten, weshalb die offene Bluse ihr als eine Art kurzer Kaftan diente. »Keine Angst, Laddie!«, beruhigte sie ihn mit einem Auflachen. »Ihre Tugend ist nicht in Gefahr. Ich wollte mich, nachdem Sie weg sind, ein bisschen auf der Terrasse sonnen. Da ich nicht mehr zu befürchten brauche, dass ich plötzlich die Marie-Antoinette spielen muss, kann ich ja ruhig braun werden.« Rasch knöpfte sie ihre Bluse zu. »Die ziehe ich an, weil ich an den Schultern so schnell Sonnenbrand bekomme. Und hier hätten wir das Drehbuch.«

Sie überreichte ihm einen Ringordner. Das Drehbuch trug den Titel *Sag die Wahrheit*, ein Film mit einer »Botschaft«, der in jeder Szene Gesellschaftskritik verströmte. Sollte er jemals gedreht werden, würde das Publikum nach der Vorstellung vermutlich heftig darüber debattieren, wessen schlaue Idee es bloß gewesen sei, sich diesen langweiligen Streifen anzusehen. Für Doria war das Manuskript nichts weiter als ein Vorwand, um Laddie in ihren Bungalow zu locken. Dennoch schilderte sie ihm den Inhalt, als wollte sie ihm eine neue Version von Kurosawas *Rashomon – Das Lustwäldchen* schmackhaft machen. »Da gibt es einen Monolog für eine alte Frau ... Ach, ich kann Ihnen das nicht erklären, wenn Sie nicht die Krawatte abnehmen und ein bisschen lockerer werden, Sie Dummerchen«, meinte sie, löste seinen Krawattenknoten und öffnete seinen obersten Hemdknopf. »Und jetzt hören Sie zu und tun so, als ob Sie ein ganz normaler Kinogänger wären und kein Genie«, ermahnte sie ihn mit einem Augenzwinkern und zauste ihm spielerisch das Haar.

Der Monolog hätte auch selbstgerecht klingen können, aber Doria presste auch noch das Letzte aus ihm heraus und ließ die frömmelnden Passagen geschickt unter den Tisch fallen. Als sie fertig war, hatten sie sich fast zwanzig Minuten lang zusammen in diesem Bungalow aufgehalten, was für Dorias Zwecke völlig genügte. »Dann schauen wir mal, was Sie davon halten. Vielen Dank, dass Sie mir Ihre kostbare Zeit geopfert haben«, sagte sie schließlich und begleitete ihn zur Terrassentür.

Während sie ihm nach draußen folgte, knöpfte sie rasch ihre Bluse bis zum Hals zu. Das war eine höchst spannende Beobachtung für Finny Flood, der anders als Laddie nicht ahnen konnte, dass Doria unter dem langen Hemd mit Schößen einen Badeanzug trug. Für das bloße Auge des Wachmanns führten ihre nackten Beine zu einem schimmernden V aus schwarzem Satin, das genauso gut zu einem Unterhöschen hätte gehören können. Für Finny stand fest, dass sie aus einem »unaussprechlichen« Grund den Rock ausgezogen hatte, während die zwei im Haus gewesen waren. Auch Laddie wirkte ein wenig derangiert.

»Übrigens wollte ich Ihnen schon längst einmal sagen, dass mir Ihr Dokumentarfilm für Metro, *Kinder der Tundra*, sehr gefallen hat. Er war wundervoll«, vertraute Doria ihm beim Abschied an.

»Schön zu wissen, dass wenigstens ein Mensch ihn gesehen hat«, erwiderte Laddie im Davongehen. Unterdessen warf Doria einen Blick in Richtung Tor und stellte fest, dass Finton die Vorgänge mit Argusaugen verfolgte. »Ich habe jede Minute genossen!«, rief sie Laddie mit einer Stimme nach, die jeden Theatersaal gefüllt hätte. »Er war wirklich fantastisch!« Scheinbar spontan lief sie ihm rasch nach und berührte ihn am Arm, worauf er sich zu ihr umdrehte. Seine Wange wurde rasch mit den Lippen gestreift, während sie ihm noch einmal das Haar zauste. »Sie sind ein großes Talent und ein netter Mensch. Fast könnte ich ›Ich liebe dich‹ zu Ihnen sagen.«

Doria Maye hätte niemals erwartet, dass man ihr an der McMasters-Akademie etwas über Liebesszenen würde beibringen können. Doch Professor Kalifa Taleb hatte ihr in ihrem höchst interessanten Seminar mit dem Titel »Was Lippen verraten« erklärt, wie man einen Satz so zurechtbog, dass ihn jeder, der ihn von den Lippen ablas, als Liebesgeständnis verstehen würde.

Während Laddie sich mit einem verlegenen Lächeln wieder zum Gehen wandte, fügte Doria kichernd hinzu: »Ach, herrje, Laddie, ich glaube, Ihr Hosenstall ist offen!«

Automatisch schaute er nach unten und zog rasch an seinem Reißverschluss. Es war nur ein winziger Pinselstrich in dem Gesamtwerk, das Doria zu erschaffen versuchte, allerdings ein sehr verräterischer. Als Laddie mit einem letzten beklommenen Blick davoneilte, traf dieser Blick zufällig auf den von Finton, der wiederum hastig die Augen senkte.

Finny war nicht sehr verwundert, als er Doria drei Minuten später über den kleinen Rasen hinter ihrem Haus auf sich zukommen sah. Inzwischen trug sie Pantoffeln und einen Morgenmantel. »Finny!«, verkündete sie mit einem gekünstelt bedauernden Lachen. »Mir ist gerade erst aufgefallen, welchen Eindruck das auf Sie gemacht haben muss. Ich habe Laddie nur ein Drehbuch gegeben, das ich entdeckt hatte. Es hat ewig gedauert, es zu finden.«

»Das geht mich nichts an, Miss«, erwiderte Finny beschwichtigend. Schon, aber Leonid Kosta denkt, dass es ihn durchaus etwas angeht, sagte er sich gleichzeitig. Wenn der Wagen des Studiobosses das Gelände verließ, pflegte Finny stets respektvoll zu salutieren. Dabei überreichte er seinem Chef häufig diskret einen zusammengefalteten Zettel, begleitet von den Worten: »Nur eine kleine Anmerkung zu einer Sache, die Sie interessieren könnte, Sir.« Jedes Mal nahm Kosta den Zettel kommentarlos entgegen und drückte Finny dafür einen Zehndollarschein in die Hand. Dorias jüngstes Techtelmechtel würde ihm womöglich sogar einen Zwanziger wert sein.

Doria kuschelte sich auf ihr Sofa und ließ den Tag Revue passieren. Sie hatte sich den Bungalow zurückerobert, wenn auch nur für kurze Zeit. Finton, derselbe Verräter, der Leonid Kosta auch auf ihre spätnächtlichen Treffen mit Marc Danner hingewiesen hatte, vermutete eine Affäre zwischen ihr und Laddie Graham. Ganz gewiss würde er sie wieder bei Kosta verpetzen. Natürlich wusste Laddie, dass nichts vorgefallen war. Und inzwischen wäre es Leonid Kosta wahrscheinlich auch gleichgültig gewesen. Nur, dass das alles im Zusammenhang mit ihrer Abschlussarbeit keine Rolle spielte. Die Inszenierung war nämlich nur für einen einzigen Zuschauer bestimmt.

XXXIV

Sehr zu Fiedlers Missfallen wurde das öffentliche Telefon in der Vorhalle seines Apartmenthauses um die vereinbarte Zeit von einer jungen Frau benutzt. Um sich die Wartezeit zu vertreiben, plauderte er mit Ricky, dem Pförtner, dessen Namen er sich ohne einen Blick auf sein Namensschild einfach nicht merken konnte. Er beschloss zu erklären, warum er so häufig morgens um halb neun Anrufe in der Vorhalle entgegennahm. »Ich habe da eine Tante, die mich die ganze Nacht lang anrufen würde, wenn sie meine Privatnummer hätte«, beklagte er sich. »Also soll sie sich jeden Morgen pünktlich am öffentlichen Telefon melden.«

»Wie fürsorglich von Ihnen«, erwiderte Ricky, der entschieden hatte, dass ihm Fiedlers Visage nicht gefiel. Endlich hatte die junge Frau ihr Telefonat beendet. Fiedler hoffte, dass sein Gönner Amigo Wort halten würde, was die zehnminütigen Intervalle betraf. Schließlich wollte er wegen des Geldes nicht den ganzen Vormittag hier verbringen.

Um 08:40 läutete das Telefon. »Hören Sie, wir müssen einen anderen Weg finden, um miteinander Verbindung aufzunehmen«, schimpfte Fiedler, ohne sich mit einer Begrüßung aufzuhalten. »Ich kann nicht jeden Morgen auf Ihren Anruf warten wie ein liebeskranker Teenager.«

»Anders geht es momentan nicht«, entgegnete Cliff in seiner »Amigo-Stimme«. »In ein paar Tagen kommt der ganz große Knüller, und danach müssen wir uns eine Weile bedeckt halten.« Seine Anweisungen, wo die Wettscheine um 19:30 abzuholen seien, waren so umständlich, dass Fiedler sich vom Pförtner (wie war noch mal sein Name?) Stift und Papier leihen musste, um sich alles zu notieren. Es ging darum, eine Lokalzeitung in einen Papierkorb zu werfen und unter dieser Tarnung den Behälter mit den Wettscheinen herauszuholen. Amigo betonte, dass die Vorgaben buchstabengetreu befolgt werden mussten.

Fiedler steckte den Zettel ein und brachte Ricky den Stift zurück. »Ich muss für die alte Dame etwas einkaufen«, erklärte er.

»Wie hieß Ihre Tante noch mal?«, erkundigte sich Ricky, der allmählich an dieser Geschichte zweifelte.

Fiedler konnte es nicht leiden, von Untergebenen ausgefragt zu werden, auch wenn er nicht ihr Vorgesetzter war. »Machen Sie einfach Ihre Arbeit, okay?«, entgegnete er und fuhr ins Büro.

XXXV

»Bob Warrant kommt morgen aus London, um im Auftrag des National Health Service das St. Ann's zu überprüfen«, teilte Adele Gemma mit. »Es wäre sehr hilfreich, wenn Sie Verkehr mit ihm hätten.«

Gemma blickte von ihren Akten auf. Das war doch wohl ein Scherz! Sie fing laut zu lachen an, um die Bemerkung ins Witzige zu ziehen, aber Adele fiel ihr ins Wort. »Ach, nichts Ungesetzliches, er hat versprochen, dass es eine richtige Verabredung wird. Abendessen im Golden Hind, ein bisschen tanzen im Mecca und dann zurück in sein Hotel. Der Geschäftsführer des Red Lion hat ein Herz für junge Paare, selbst für gemischte junge Paare.«

»Haben Sie den Verstand verloren?«, fragte Gemma, obwohl die Antwort eigentlich auf der Hand lag.

»Sie brauchen sich doch nicht gleich künstlich aufzuregen! Wenn alles gut läuft, wird Bob vielleicht wieder mit Ihnen ausgehen wollen. Er kommt alle ein oder zwei Monate her und interessiert sich für Frauen, die ein wenig ... exotisch sind.«

»Sie haben das also bereits mit ihm erörtert? Wie eine Art Puffmutter?«

»Tja, eigentlich hatte Bob es ursprünglich auf mich abgesehen. Ich wollte es nicht erwähnen, um Sie nicht zu kränken.

Aber ich habe ihm erklärt, ich sei bereits in festen Händen, was hoffentlich bald wahr werden wird, sofern Peter Ellisden mitspielt. Dann meinte er zu mir, er sei wegen der vielen Dienstreisen so schrecklich einsam. Außerdem habe seine Frau keine große Lust auf S-E-X. Also hat er mich gebeten, ihm ein Mädchen vorzustellen, das kein Kind von Traurigkeit ist. Als ich ihm gesagt habe, Sie seien sehr nett und keine Spielverderberin, war er wirklich höchst erfreut. Was ist denn schon dabei, einem wichtigen Mann einen angenehmen Abend zu bereiten? Gut, einen *sehr* angenehmen Abend. Es wäre uns eine große Hilfe, wenn es um das diesjährige Budget geht.«

»Nein, und wenn Sie sich auf den Kopf stellen!«

»Es ist nicht mein Kopf, um den es hier geht. Richtig, Gem? Und was wäre wohl schlimmer für Ihre Mutter: dass Sie Bob flachgelegt oder dass Sie Ihren Vater mit Pentobarbital umgelegt haben?«

XXXVI

Nachdem Cliff Fiedler genaue Anweisungen gegeben hatte, wo und wie er das Gewünschte um halb acht im Botanischen Garten abholen könne, wählte er die Nummer von Eddie Alderman bei AirCorp, dem gefährlichsten Mitbewerber von Woltan Industries. Natürlich hatte Alderman keine Ahnung, mit wem er da sprach, was auch von Cliff so beabsichtigt war.

In der Gegend namens Maryland Chalk Flats, auch als Aircraft Alley bekannt, konkurrierte Woltan unablässig mit dem kleineren, aber erfolgreichen Unternehmen AirCorp um militärische und zivile Aufträge. AirCorp stand für Aerodynamic Innovation and Research (ein Name, der hauptsächlich wegen der Abkürzung gewählt war). So konnten die Vertriebsleute nämlich militärisch klingende Phrasen wie »Zusammentreffen um fünfzehnhundert im AirCorp-Hauptquartier« von sich geben.

In der Firmenhierarchie war Eddie Alderman, ein Fachmann mit Leib und Seele, auf derselben Ebene angesiedelt wie Woltans weitaus weniger fähiger Merrill Fiedler. Außerdem durfte man sich von Eddies jungenhaftem Gesicht und seinem grau melierten Haar mit passendem Schnurrbart nicht darüber hinwegtäuschen lassen, dass er Fiedler in jeglicher Hinsicht gewachsen war, wenn es darum ging, AirCorp einen Vorteil zu verschaffen oder Woltan eins auszuwischen.

Dass er ein Kämpfertyp war, wurde jedoch dadurch ausgeglichen, dass er auch menschliche Regungen besaß, erworben als Vater zweier gesundheitlich beeinträchtigter Kinder. Was zu der Erkenntnis geführt hatte, dass auch seine Mitarbeiter Eltern waren.

Kaum hatte er nach dem Telefonat mit (dem anonym gebliebenen) Cliff aufgelegt, als er schon Wes Trachter, den Chef des Sicherheitsdiensts von AirCorp, anpiepste und ihn bat, auf der Stelle oder besser noch früher in sein Büro zu kommen. Und kurz darauf betrat ein Mann, der sich gerader hielt, als seine eins siebzig es möglich erscheinen ließen, einen Kaffeebecher aus Pappe in der Hand, den Raum. Wes Trachter dachte, es seinem Ruf als harter Bursche schuldig zu sein, dass er in Polohemden und Khakihosen zur Arbeit kam. Außerdem war er es gewesen, der dem Vorstand von AirCorp wiederholt versichert hatte, Eddie Alderman sei genau der richtige Mann, um das Unternehmen nach vorne zu bringen. Der Grund, warum Wes auch nichts dagegen hatte, von seinem alten Kameraden bei der Army Befehle entgegenzunehmen.

»Da ist gerade eine wirklich komische Sache passiert«, begann Eddie. »Ich hatte vor ein paar Minuten einen anonymen Anruf von einem Kerl, der offenbar seine Stimme verstellt hat. Er sagte, er habe die Pläne der neuen W-10 von Woltan und wolle sie mir gern zugänglich machen. Zum Beweis, dass die Dinger echt sind, will er mir vorab eine Seite zeigen. Siehst du ein Problem darin, wenn ich mir das genauer anschaue?«

»Ich bin kein Anwalt«, erwiderte Trachter, der sicher einer hätte werden können, wenn er Lust dazu gehabt hätte. Er ließ sich auf einem der verzogenen Sperrholzstühle vor

Eddies modernem Schreibtisch im skandinavischen Stil nieder. »Aber ich würde sagen, das geht in Ordnung. Schließlich musst du dich vergewissern, dass an der Sache was dran ist. Erst dann kannst du entscheiden, was du deswegen unternehmen willst. Es könnte ja auch ein schlechter Scherz oder Betrug sein. Vielleicht ist der Plan aber auch echt, und jemand bei Woltan will sich etwas dazuverdienen oder irgendwelche Missstände aufdecken. Wenn du der Sache nicht auf den Grund gehst, wirst du es nie erfahren.«

»Nun, wenn es um Pläne oder technische Daten der W-10 geht, wäre schon eine einzige Seite sehr aufschlussreich. Der Bursche hat mir einen Übergabeort genannt, genau wie in einem Spionagefilm: *Papierkorb im Park, heute um Punkt achtzehn Uhr fünfundvierzig, nicht früher, nicht später. Und kommen Sie allein.*«

»Das hat er wortwörtlich so gesagt?«, erkundigte sich Wes.

Eddie Alderman riss eine bekritzelte Seite aus seinem Notizblock und hielt sie Trachter hin. »Der Parkplatz vor dem Botanischen Garten. An einem der Papierkörbe hat sich der Buchstabe A abgelöst. Dort liegt diese Seite, und zwar in einer Ausgabe des *Kansas City Courier* von letzter Woche unter dem Müll.«

Trachter überlegte. »Nun, das ist eine gute Methode, um das Ding gleichzeitig zu verstecken und zu kennzeichnen. In dieser Gegend kriegt man nämlich keine Zeitung aus Kansas City, außer, man geht extra zu einem Kiosk, der auswärtige Blätter führt. Also ist die Wahrscheinlichkeit recht gering, dass sich noch eine weitere Zeitung aus Kansas City in diesem Papierkorb befindet.« Er leerte seinen Kaffeebecher. »Das kleine Zeitfenster ist sehr interessant. Es könnte sein, dass er nicht weiß, wann die Papierkörbe geleert werden. Oder er befürchtet, jemand könnte einen Milchshake auf die Pläne kippen. Meiner Vermutung nach wird er die Pläne gegen Viertel vor sieben in den Papierkorb werfen, denn schließlich lautet die Anweisung, keine Minute früher zu kommen.«

»Glaubst du, ich könnte mich in Gefahr bringen? Ich denke da an meine Kinder …«

Wes hatte Eddie Alderman schon in Korea ins Herz geschlossen, obwohl er ihm das noch nie ausdrücklich gesagt hatte. Ihre Freundschaft bedeutete ihm nämlich so viel, dass er sie nie aufs Spiel setzen würde. Alderman verspürte keine Neigungen in diese Richtung. Er liebte seine Frau, daran gab es nichts zu rütteln. Man konnte nichts dagegen tun, sodass der Schmerz zum lebenslangen Begleiter wurde. Nun stand Wes auf und warf den Kaffeebecher weg. »Keine Sorge. Ich würde dich da niemals allein hingehen lassen.«

Wenn Wes jemanden beschatten musste, fuhr er meistens einen stets schmutzigen gebrauchten DeSoto, wohl das unauffälligste Fahrzeug, welches je in Detroit vom Band gelaufen war. Er hatte sich sofort auf den Weg zum Botanischen Garten gemacht und kauerte inzwischen schon seit kurz vor sechs auf dem Rücksitz. Rechts und links von sich hatte er zwei Liegestühle aus grünem Segeltuch festgeklemmt und darüber eine dunkelgrüne Picknickdecke gebreitet, eine wirksame Tarnung, die er schon öfter angewendet hatte. Die Kamera auf seinem Schoß verfügte über ein Teleobjektiv, das sowohl durch die Windschutzscheibe als auch durch den Rückspiegel scharfe Aufnahmen ermöglichte.

Trachters Armbanduhr zeigte 18:26 an, als ein leuchtend roter Buick Roadmaster mit vier schmalen Fenstern in den nur halb besetzten Parkplatz des Botanischen Gartens einbog. Ein Mann mit einem graublond melierten Bürstenschnitt stieg aus. Er hatte eine zusammengefaltete Zeitung in der Hand. Nachdem er sich verstohlen umgeschaut hatte, steuerte er schnurstracks auf einen Papierkorb mit der Aufschrift BFÄLLE zu. Wie Amigo ihn angewiesen hatte, steckte der Mann die Lokalausgabe der Zeitung in den Papierkorb, nahm die ganz oben liegende Bonbonschachtel mit dem Aufdruck »Good & Plenty« heraus und steckte sie ein. Dann kehrte der Mann zu seinem Buick zurück und fuhr davon. Trachter notierte sich das Kennzeichen und fotografierte Auto und Fahrer. Irgendwo hatte er ihn schon einmal gesehen … bei einem Kongress vielleicht?

Von seinem Posten aus hatte Wes nur das genau nach Zeitplan und den Anweisungen des geheimnisvollen Anrufers erfolgte Ablegen der Zeitung beobachten können. Aber wie viele Leute parkten schon am Botanischen Garten, einzig und allein, um eine Zeitung wegzuwerfen?

Eigentlich hätte er den Buick am liebsten verfolgt, wenn Eddie Aldermans Wohlergehen bei ihm nicht privat wie beruflich an erster Stelle gestanden hätte. Also blieb er auf Position und wartete auf Eddies Kombi, einen Crestline, der wie verabredet um Punkt achtzehn Uhr fünfundvierzig erschien. Eddie öffnete die Wagentür mit Birkenholzbeplankung und sah sich suchend nach Wes Trachter um. Dann marschierte er zum Papierkorb und wühlte darin herum, bis er eine fest zusammengerollte Ausgabe des *Kansas City Courier* von letzter Woche entdeckt und sich vergewissert hatte, dass sich die gefaltete Seite eines Flugzeugbauplans darin befand. Nachdem er Trachter fast unmerklich zugenickt hatte, kehrte er mit der Zeitung zu seinem Kombi zurück und verließ den Parkplatz.

Während dieser kurzen Szene saßen ein alter Mann und ein junger Bursche ins Gespräch vertieft auf einer Bank unweit des Papierkorbs mit der Aufschrift BFÄLLE. Zwischen ihnen stand eine offene Brotdose, aus welcher der jüngere Mann nun ein in Wachspapier gewickeltes Sandwich zutage förderte. Er hielt es dem älteren Mann hin wie ein fürsorglicher Enkel bei seinem geliebten Großvater. Sein älterer Begleiter nahm das Brot, ohne im Satz innezuhalten. Es schien ein eingespieltes Ritual zwischen den beiden zu sein, auch wenn dieser Eindruck trog, denn die beiden Männer waren nicht miteinander verwandt und hatten sich erst vor einer knappen halben Stunde kennengelernt. Es war Cliff nicht weiter schwergefallen, so lange vor Sonnenuntergang in diesem belebten Park einen alten Mann zu finden, der allein auf einer Bank saß, und ein wenig mit ihm zu plaudern. Es hatte genügt, sich zu ihm zu setzen und ihn zu fragen, ob sich die Stadt rings um den Botanischen Garten in den letzten Jahren sehr verändert habe. Beim Anblick des Veteranenabzeichens am Revers des alten Mannes hatte Cliff sich erkundigt, wo sein neuer Bekannter gedient habe, und schon war das Eis gebrochen. (Hätte Cliff eine ältere Dame auf dieser Bank vorgefunden, hätten ihm das Kreuzworträtselheft und der Bleistiftstummel in seiner Brotdose einen Grund geliefert, sie um Rat zu fragen. Um diese Zeit war der Park gut besucht, und viele Frauen eines gewissen Alters hatten nichts dagegen, im Schutz der Öffentlichkeit ein paar Worte mit einem so charmanten jungen Mann zu wechseln.)

Auf diese Weise hatte Cliff das Treiben rund um den BFÄLLE-Eimer gut im Auge behalten können. Während die Sonne hinter ihnen allmählich unterging, hatte er dem alten Herrn aufmerksam zugehört und dabei seine Käsebrote mit

Mayonnaise mit ihm geteilt. Zum Nachtisch gab es für jeden einen großen Haferkeks. Der Herr hatte nicht nachgehakt, warum Cliff so viel Proviant eingepackt habe, als dieser ausrief: »Herrje, Warren, wo hatte ich nur meinen Kopf? Das zweite Sandwich schaffe ich nicht mehr. Tun Sie mir den Gefallen und teilen mit mir?« Bei dem Wort »teilen« erhellte sich die Miene des alten Herrn, und er stimmte zu, es sei eine Schande, Lebensmittel verderben zu lassen. Dieses angeblich spontane Picknick erfüllte jedoch nicht nur den Zweck, Cliffs Anwesenheit harmlos erscheinen zu lassen. Dass er immer wieder von seinem Sandwich, dem Keks und schließlich von einer Banane abbiss, gab ihm zudem einen Vorwand, unauffällig sein Gesicht zu verbergen. Zusammen mit der tief sitzenden Baseballkappe hätte ein Beobachter ihn so vermutlich nicht wiedererkannt. An der McMasters-Akademie lernte man, dass sich die Identität erfolgreich durch Bedecken der Augenpartie verschleiern ließ. Im Dienst der Anonymität sei es jedoch ebenso wirkungsvoll, Mund und Kinn zu tarnen. Beim Essen und Trinken ein Sandwich oder einen Kaffeebecher mit beiden Händen zu halten, sei eine natürlich wirkende Methode, um einen freien Blick auf die untere Gesichtshälfte zu verhindern. Auch wenn weder Alderman noch Trachter Cliff je persönlich begegnet waren, gehört es zu den Grundsätzen von McMasters, dass es nicht ratsam sei, die Vorsicht in den Wind zu schlagen, denn dieser bliese einem dann nur umso heftiger entgegen.

Cliff hatte Spaß an diesem improvisierten Picknick. Er hatte Hunger gehabt, und nun bot sich ihm auch noch der erfreuliche Anblick eines Mannes, der sich vom Rücksitz eines schmutzigen DeSoto quälte, vorne einstieg und dem Kombi mit Eddie Alderman am Steuer folgte. Das überraschte ihn nicht weiter, denn er hatte damit gerechnet, dass Alderman zu der vermeintlichen Übergabe zwischen Eddie und Fiedler einen Zeugen mitbringen würde. Gewiss hatte der Wachposten beobachtet, wie Fiedler in den Parkplatz einbog, die Zeitung in den Papierkorb legte und wieder verschwand, worauf Alderman den von Cliff gleich nach seinem Anruf dort deponierten *Kansas City Courier* abgeholt hatte. Nun sah tatsächlich alles danach aus, als handelte es sich bei diesem Papierkorb um einen toten Briefkasten. Außerdem hätte selbst der mittelmäßigste Spion Zeit gehabt, sich Fiedlers Autonummer aufzuschreiben, sobald dieser ausgestiegen war. Und ganz sicher hätte er auch den Buick Roadmaster und Fiedler selbst fotografiert.

Cliff ließ die Plauderei mit dem Kriegsveteranen langsam auslaufen und verabschiedete sich freundlich von ihm. Der heutige Tag war erfolgreich und gleichzeitig ein Spaziergang im Park gewesen.

Inzwischen war Fiedler an der Rennbahn eingetroffen, wo er die beiden Wettscheinabschnitte der vor einer halben Stunde aus dem Papierkorb gefischten Good-&-Plenty-Schachtel entnahm und sie zwecks Einlösung seinem Lieblingskassierer überreichte. Dieser warf einen kurzen Blick darauf. »Ach, heute nur zwei Sieger?«, meinte er mit unverhohlener Freude. »Herrje, für Sie ist das ja fast, als hätten Sie verloren. Und dabei waren beides Favoriten.« Inzwischen an hohe Gewinne gewöhnt, hatte Fiedler sich nicht einmal die Mühe gemacht nachzusehen, was die Wettscheine wert waren. Es waren nur kleine Summen gesetzt worden, der Auszahlungsbetrag lohnte kaum die Fahrt zur Rennbahn.

Fiedler war schon immer ein unangenehmer Gewinner gewesen. »Verlieren ist etwas für Verlierer« lautete sein Motto, in der festen Überzeugung, dass es an dieser Erkenntnis nicht viel zu rütteln gab. Nachdem er seinen ausgesprochen mageren Gewinn eingestrichen hatte, ging er rasch davon, fest entschlossen, beim nächsten Telefonat ein ernstes Wörtchen mit Amigo zu reden. Schließlich war seine Zeit Geld.

*

Unterdessen war Eddie Alderman in sein Büro zurückgekehrt. Er richtete sämtliche Glühbirnen seiner über drei Schirme verfügenden Schwanenhalslampe auf das Diagramm aus dem Papierkorb im Park, als wollte er es einem strengen Polizeiverhör unterziehen. Eine halbe Stunde später kam Wes herein. »Irgendwelche Neuigkeiten in Sachen Kennzeichen?«, erkundigte sich Eddie, ohne den Kopf zu heben.

Wes trat hinter den Schreibtisch, um sich die Pläne selbst anzusehen. »Ich habe ein paar Anrufe getätigt, aber es ist schon spät. Bis morgen früh erfahre ich nichts mehr. Bestimmt ist dir auch schon aufgefallen, dass wir nicht die Polizei sind, weshalb wir mit Fingerspitzengefühl vorgehen müssen. Hast du was Interessantes gefunden?«

Alderman winkte ihn zu einem Stuhl »Nun, auf den ersten Blick würde ich sagen, dass das Design der W-10 innovativ, kostensparend und für Woltan ein großer Schritt nach vorne ist. Mit möglicherweise tödlichen Folgen.«

Wes, seinem Arbeitgeber gegenüber stets loyal, stöhnte leise auf. »Tödlich für AirCorp?«

Alderman verzog das Gesicht und senkte die Stimme zu einem Flüstern. »Nein, ich meinte tödlich für jeden Menschen an Bord einer W-10, sobald die Besatzung glaubt, die

Luke verriegelt zu haben, nur um viel zu spät festzustellen, dass das nicht so ist.« Die Absturzstelle, zu der man ihn einmal als Gutachter gerufen hatte, wollte ihm bis heute nicht aus dem Kopf. Seitdem bestand er darauf, dass seine Frau und er der Kinder wegen stets in verschiedenen Maschinen flogen. »Auf der ersten Seite deutet sich das Problem nur an, aber wenn sich mein Verdacht im Folgenden bestätigt, hat jemand bei Woltan hier offenbar versucht, ein bisschen Geld zu sparen. Und zwar zu einem sehr hohen Preis, denn er gefährdet damit Menschenleben. Natürlich …« Alderman verstummte.

»… könnte es für AirCorp sehr vorteilhaft sein, dass wir das wissen«, beendete Trachter den Satz, den Alderman nicht über die Lippen gebracht hatte. »Also … glaubst du, unser Informant gehört zu den Guten?«

Alderman verzog das Gesicht. »Ich bin nicht sicher. Ich habe den Fehler sofort bemerkt, aber schließlich kenne ich mich ein wenig in diesen Dingen aus …«

»Du kennst dich so gut aus wie jeder in deinem Job.«

»Nun, doch ich habe auch Ausschau nach einem Problem gehalten. Es ist durchaus möglich, dass der Mensch, von dem diese Zeichnung stammt, sich vertan und mehr preisgegeben hat, als Woltan je publik machen würde. Womöglich ist sich unser anonymer Informant über die Tragweite gar nicht im Klaren. Vielleicht möchte er uns nur für einen bestimmten Preis einen Blick in die Pläne der Konkurrenz werfen lassen.«

»Das heißt, er will gar keinen Missstand aufdecken, sondern nur abkassieren?«

»Tja, was das Geld angeht, drückt er sich ziemlich deutlich aus«, erwiderte Eddie mit einem schiefen Lächeln. »Dreitausenddreihundertunddreiunddreißig Dollar … die letzten drei Dollar in Silber.«

»Aha«, antwortete Trachter gedehnt. »Drei-drei-drei. Erklärung?«

Alderman konnte nur bedauernd die Achseln zucken. »Damit kann ich nicht dienen. Unser Informant hat vor ein paar Minuten angerufen und sagte nur, das sei der Betrag, den er für die restlichen Zeichnungen fordere. Was hältst du als Profi von dieser Zahl?«

Trachter überlegte. »Nun … ich habe schon Menschen kennengelernt, die finanziell in der Klemme steckten, wegen Spielschulden oder Arztkosten für ein Familienmitglied zum Beispiel. Und dann haben sie nur exakt die Summe verlangt, die ihnen fehlte. Als ob das ihre Tat moralisch rechtfertigen würde. Die Drei-drei-drei könnte auch eine persönliche Bedeutung haben. Dass er die letzten drei Dollar in Silber will, ist wirklich sonderbar. Könnte es sich um Aberglauben handeln?«

»Jedenfalls fordert er viel weniger, als ich erwartet habe. Für uns sind die Pläne eine ganze Menge mehr wert.«

»Beißen wir also an?«

Alderman zögerte nicht. »Aber ja. Dreitausend Dollar und ein bisschen Kleingeld fallen bei meinem Budget nicht weiter ins Gewicht. Wir bezeichnen es einfach als ›Gewinnung von Sicherheitsdaten im Zusammenhang mit einem neuen Projekt eines Mitbewerbers‹. Schließlich bevölkern die Maschinen der anderen denselben Himmel wie unsere. Deshalb müssen wir wissen, ob sich da oben gefährliche Flugzeuge herumtreiben.« Er schlug einen dramatischen Ton an: »Herr Senator, wir mussten einfach erfahren, ob Woltan aufgrund von Sicherheitsbedenken, die wir auf eigene Kosten ermittelt haben, außerstande sein könnte, die W-10 plangemäß zu liefern. Deshalb haben wir die Entwicklung unserer eigenen Maschine beschleunigt, denn schließlich soll unser wundervolles Land im Rennen um die Lufthoheit nicht ins Hintertreffen geraten. So sind wir auf diese folgenschweren Konstruktionsfehler gestoßen und haben unser Wissen umgehend mit der Luftfahrtbehörde geteilt. Es war unsere moralische Pflicht!«

»Ja«, pflichtete Wes ihm bei. »Und falls wir im Laufe unserer patriotisch motivierten Nachforschungen zu Recht den Ruf eines wichtigen Mitbewerbers geschädigt und zusätzliches Wissen über dessen Baupläne erworben haben, stand das natürlich niemals im Vordergrund unserer Ermittlungen.«

Mit einem vielsagenden Lächeln auf den Lippen rollte Eddie den Bauplan zusammen. »Solange uns nichts anders Lautendes zu Ohren kommt, ist unser Informant ein edelmütiger Märtyrer, der seine Karriere aufs Spiel setzt, um uns auf die gefährlichen Konstruktionsfehler seines Unternehmens aufmerksam zu machen. Deshalb haben wir ihm zum Dank eine bescheidene Summe zukommen lassen, um einen Teil seiner Anwaltskosten zu begleichen.«

Wes fühlte sich verpflichtet, auch auf die unerfreulicheren Alternativen hinzuweisen, denn schließlich würde er für den Erfolg der Aktion verantwortlich zeichnen. »Ich wiederhole mich ja nur ungern, aber wir wollen immer noch wissen, wer dieser Kerl ist, oder? Wenn auch nur, um uns in dieser Sache abzusichern. Ich meine, immerhin könnte er auch ein ausgefuchster Betrüger sein … oder ein russischer Spion.«

Alderman, der Wes recht geben musste, beauftragte ihn damit, zusätzliche Sicherheitsleute zur Überwachung des

Übergabeorts abzustellen und den Abholer des Geldes zu verfolgen. Danach herrschte ein vielsagendes Schweigen, so wie es oft entsteht, wenn zwei Menschen etwas beschäftigt, das sie jedoch beide nur ungern aussprechen oder hören wollen.

Endlich fasste sich Wes ein Herz. »Weißt du ... Einige Bosse würden abwarten und zuschauen, wie Woltan die schadhaften Flugzeuge baut ... und, na ja, wenn es dann zu einem oder zwei Abstürzen kommt ... Woltan müsste seine gesamte Flotte zurückrufen, Bestellungen rückabwickeln ... sie könnten daran pleitegehen.«

»Meinst du, wir sollten unsere Ergebnisse für uns behalten und die W-10 an den Start lassen, damit die Konkurrenz einige menschliche Tragödien später in den Abgrund trudelt? Pass auf, Wes, ich bin beileibe kein Gutmensch, und ich greife zu jedem schmutzigen Trick, mit dem ich durchkomme, um AirCorp einen Vorteil zu verschaffen. Aber wir dürfen uns nicht zu Komplizen von Woltans tödlichen Sparmaßnahmen machen, verstanden? Wir helfen niemandem dabei, einen Mord zu begehen.«

XXXVII

Leon Kosta nahm das Drehbuch von seinem Wunderkind – ein Begriff, den er häufig zu wörtlich nahm – entgegen. »Das ist die neueste Überarbeitung von *Ember Morgan kommt nach Hause*«, teilte Laddie Graham ihm mit. »Übrigens finde ich, dass wir den Film nur *Ember Morgan* nennen sollten, damit auf dem Kinoplakat mehr Platz für den Namen des Stars bleibt.« Anstelle einer Antwort griff Kosta in eine Pillendose aus Zinn auf seinem Schreibtisch und nahm zwei blaue Tabletten heraus.

»Macht der Magen wieder Probleme?«, erkundigte sich Laddie.

»Es liegt an diesem Stuhl«, antwortete Kosta.

»Dann besorgen wir Ihnen eben einen neuen Stuhl«, schlug Laddie vor.

»Wenn man diesen Stuhl in irgendein Café auf Mykonos mit Blick auf die Ägäis stellen würde, wäre mit meinem Magen alles in Ordnung. Aber leider steht der Stuhl in diesem Büro in diesem Studio. Unruhig liegt der Wanst, der eine Krone trägt.« Er spülte die Tabletten mit einem Glas Wasser hinunter. »Aber das Drehbuch ist immer noch zu schwach auf der Brust, oder?«

»Ich fürchte, ja. Es ist zwar kürzer geworden, fühlt sich aber länger an. Ich werde über das Wochenende versuchen, das zu retten, was die Leute, die es umschreiben sollten, verbockt haben. Wenn Sie am Sonntag in Ledge House sind, lasse ich es Ihnen bringen.«

Kosta bestätigte das, worauf Laddie sich zum Gehen anschickte. Dann tat er, als sei ihm gerade noch etwas eingefallen. »Ach, und Doria Maye hat mich gestern zu sich in den Bungalow eingeladen«, fügte er in beiläufigem Ton hinzu. »Sie hatte ein Drehbuch, das sie mir geben wollte.«

»Und die Übergabe hat zwanzig Minuten gedauert«, stellte Kosta fest.

Verdammt, dachte Laddie, der gehofft hatte, seinen Hals zu retten, indem er das Thema von sich aus ansprach. Offenbar hatte Kosta seine Spione überall. »Tja, ich habe es nur erwähnt, weil ich nicht möchte, dass Sie auf falsche Gedanken kommen.«

Kosta musterte ihn argwöhnisch. »Vielleicht ist dir ja aufgefallen, dass der Wachmann dich bemerkt hat, und jetzt willst du verhindern, dass ich auf die *richtigen* Gedanken komme.« Kosta fand es selbst eigenartig, dass er noch immer eifersüchtig war. Allerdings hatten ihn Dorias jahrelange und hartnäckige Zurückweisungen in seinem Wochenendhaus so gekränkt, dass er den Gedanken nicht ertragen konnte, ein anderer Mann könnte mehr Glück gehabt haben. »Du himmelst Miss Maye doch schon immer an, oder?«

»Sie hat mir in einer Stadt, in der Vögeln so viel gilt wie ein Händedruck, ein Küsschen auf die Wange gegeben, Leonid. Ich weiß, dass sie tabu ist. Niemals würde ich meine Freundschaft mit Ihnen gefährden.«

Kosta verzog das Gesicht. »Ich behalte sie im Auge, darauf kannst du dich verlassen. Also sorge beim nächsten

Mal dafür, dass es kein nächstes Mal gibt. Wenn du keinen Mist baust, gehört dieser Schreibtisch bald dir, vielleicht sogar früher als später.« Wieder griff er nach seiner Pillendose. »Und die Magenschmerzen sind dann auch deine.«

*

Im Krieg war Finton Flood Kundschafter bei der 2. Panzerdivision in Nordafrika gewesen, weshalb der Posten eines Wachmanns für ihn mehr bedeutete, als nur Passierscheine hinter Autoscheibenwischer zu klemmen. Es war seine Aufgabe mitzubekommen, was sich so tat.

Das Erste, was Finny an der Frau im pfirsichfarbenen Rollkragenpullover auffiel, war, dass es über dreißig Grad warm war und die Frau trotzdem einen pfirsichfarbenen Rollkragenpullover trug. In Hollywood war das kein gänzlich unbekannter Anblick, auch wenn ein Rollkragenpullover bei Hitze als untrügerischer Hinweis darauf galt, dass der Träger oder die Trägerin einen faltigen Hals hatte. Eine Schauspielerin mit einem vielfach geschlungenen teuren Schal und ein Filmheld mit Halstuch konnten niemanden darüber hinwegtäuschen, dass sie so leichtfertig gewesen waren, eine schwere Sünde zu begehen: Sie waren älter geworden.

Das Gesicht der Trägerin des pfirsichfarbenen Rollkragenpullovers wurde vom Schatten der ungewöhnlich breiten Krempe eines Sonnenhutes aus Stroh verborgen. Die Frau selbst tat, als läse sie eine Zeitung und wartete dabei auf den Pendelbus. Nur, dass es dort, wo sie stand, gar keine Bushaltestelle gab. Außerdem blickte sie öfter zu Doria Mayes Bungalow hinüber als in die Zeitung. Also verließ Finny sein

Pförtnerhaus und ging hinüber, um sie zu begrüßen. »Guten Morgen. Sie befinden sich auf Studiogelände. Kann ich Ihnen behilflich sein?«

»Ich warte auf einen Freund«, erwiderte sie in einem rauchigen Flüstern und rückte mit weiß behandschuhten Händen den Träger ihrer Handtasche zurecht.

»Wer ist dieser Freund?«

»Vielleicht sind Sie es ja«, antwortete die Frau mit kratziger, leiser Stimme. Als Finnys Augen sich an die Dunkelheit unter der Hutkrempe gewöhnt hatten, wurde ihm klar, dass es noch einen zweiten Grund gab, der einen Menschen dazu veranlassen konnte, bei Wüstenhitze einen pfirsichfarbenen Rollkragenpullover anzuziehen – nämlich um einen vorstehenden Adamsapfel zu tarnen. Dieser zeichnete sich unter dem Rollkragen ab wie der gepolsterte BH eines Möchtegern-Models unter ihrem Pulli. Hinzu kamen die unter der dicken Schminke erkennbaren Bartstoppeln, der viel zu grelle, ungeschickt aufgetragene Lippenstift, die zwei Taranteln ähnelnden künstlichen Wimpern, die gedrungene Figur unter Pullover und Rock, Stützstrümpfe und Gesundheitsschuhe, Hände, die zu groß für die weißen Handschuhe waren, und das gepresste Krächzen. Für Finny bestand kein Zweifel mehr daran, dass er mit einem Mann sprach.

»Und was treiben Sie sich hier herum, Kumpel?«, fragte er.

Der Mann senkte den Kopf. »Leise!«, raunte er in einem weichen Bariton. »Ich führe hier für Mr. Kosta eine Überwachung durch.«

»Privatdetektiv?«

»Wenn Sie nicht aufhören, so rumzuschreien, bin ich bald nicht mehr privat.«

Mit einer behandschuhten Hand öffnete er mühsam seine riesige Handtasche und wies mit dem Kopf auf einige Dokumente, die dort neben einer Schachtel Old Gold, ein paar grünen Papierrosetten, einem Taschenkamm und verschiedenen Kondomen lagen. Dann reichte er Finny eine notariell beglaubigte Urkunde. »Meine Vollmacht«, flüsterte er. »Erkennen Sie die Unterschriften?«

Die Vollmacht wies den Inhaber als Lou Bryce von der Detektei Bryce aus und trug nicht nur Kostas unverkennbare Unterschrift, sondern auch die zweier Justiziare des Studios, die Finny von den täglichen Ankunfts- und Abfahrtslisten kannte.

»Gut, aber warum die Damensachen?«, fragte Finny. »Oder tragen Sie gerne Röckchen?«, konnte er sich nicht verkneifen.

Diese Art von Scherzen schien an Bryce abzuperlen. Er nahm die Vollmacht wieder an sich und gab Finny einen Umschlag. »Lesen Sie diesen Brief. Man darf uns nicht so lange zusammen sehen. Bei der Sache gibt es auch etwas zu verdienen, falls Sie an Geld Interesse haben. Und jetzt gehen Sie wieder auf Ihren Posten. Ich warte hier.«

Von verständlicher Neugier erfüllt, kehrte Finny mit den zusammengehefteten Seiten aus dem Umschlag zurück ins Pförtnerhaus. Nachdem er die mit einer Büroklammer daran befestigte Visitenkarte eingesteckt hatte, las er zuerst das Anschreiben. Dieses war auf Briefpapier der Detektei Bryce mit Büro in der Bromistas Street getippt und trug das Datum des gestrigen Tages. Der Anblick der ersten Zeile sorgte dafür, dass Finny von einem Gefühl der Wichtigkeit durchströmt wurde.

Für M. Finton Flood persönlich.

Ich bin Lou Bryce, Leiter der Detektei Bryce, und handle im Auftrag eines Klienten, der in diesem Studio eine gehobene Position bekleidet. Einiges weist darauf hin, dass eine Vertragsschauspielerin einen Mitarbeiter des Studios bei sich empfangen könnte, und zwar MORGEN um 21:00. Dies stellt einen Verstoß gegen die vertraglich festgelegte Moralklausel dar. Obwohl über ein derartiges Verhalten häufig hinweggesehen wird, wurde entschieden, in diesem Fall ein Exempel zu statuieren.

Wie Ihnen sicher bekannt ist, ermöglicht eine Verzichtserklärung im Vertrag jedes Schauspielers dem Sicherheitsdienst ungehinderten Zutritt zu sämtlichen Garderoben, Aufenthaltsräumen, Büros und Unterkünften auf dem Studiogelände. Bitte betrachten Sie die beigelegten Fotokopien besagten Vertrages als Bestätigung.

Die entsprechenden Passagen der bedruckten Seiten waren mit Rotstift markiert, und es wunderte Finny nicht, dass es sich bei dem fotokopierten Dokument um Doria Mayes Vertrag mit dem Studio handelte. Also war sein Flüstern in Leon Kostas Ohr nicht folgenlos geblieben. Wunderbar, obwohl es bedeutete, dass Laddie Graham mächtig in der Klemme steckte. Eigentlich mochte er Laddie, doch wenn man für die Sicherheit verantwortlich war, durfte man für niemanden eine Ausnahme machen, sagte Finny sich selbstgerecht. Zu seiner großen Freude ging der Brief wie folgt weiter:

Aufgrund Ihrer bewährten Treue und Diskretion hat Mr. Leonid Kosta mich ermächtigt, Ihnen für Ihre Unterstützung bei der Beschaffung von Beweisen der Verstöße gegen oben genannten Vertrag ein Honorar von fünfhundert Dollar in bar auszuzahlen. Voraussetzung ist die Durchführung einer geheimen Mission unter Einsatz von verdeckten fotografischen Methoden, sodass die Ermittlungen von der Zielperson unbemerkt bleiben. Besondere Kenntnisse in der Fertigung von Nachtaufnahmen sind nicht erforderlich. Man wird Ihnen eine handelsübliche Kamera, ausgestattet mit Infrarotlinse und Film, zur Verfügung stellen.

Das Wort »verdeckt« ließ Finnys Herz höherschlagen. Ja, für Spionage hatte er schon während des Krieges eine Schwäche gehabt, auch wenn es damals nur um geschmuggelten Whiskey in der Offiziersmesse gegangen war. Und nun brauchte Mr. Kosta einen verdeckten Ermittler und wandte sich deshalb an ihn! Obwohl Finny stets Doria Mayes größten Fan mimte, wusste er genau, wer sein Gehalt bezahlte und wem er deshalb zur Treue verpflichtet war. Das Zauberwort »geheime Mission« steigerte die Aufregung nur noch.

Wenn Sie den Auftrag annehmen, notieren Sie bitte auf der äußeren Lasche des Umschlags eine Telefonnummer, damit meine Sekretärin Sie morgen wegen weiterer Anweisungen erreichen kann. Sollten Sie ablehnen, lassen Sie die Telefonnummer weg. In beiden Fällen stecken Sie diesen Brief und sämtliche Unterlagen wieder in den Umschlag und bringen ihn mir zurück. Dabei geben Sie mir irgendeine Münze Ihrer Wahl. Ich werde Ihnen dafür eine Papierrosette ans Revers heften, als hätten Sie etwas gespendet. Die Rosette enthält einen Hundertdollarschein. Bei einer Zusage Ihrerseits ist dieser als Anzahlung gedacht, bei einer Ablehnung als letztes »Dankeschön« für Ihre Bemühungen.

Flood verstaute die Papiere wieder im Umschlag, schrieb ordentlich seine Privatnummer darauf und kehrte zurück zu dem Privatdetektiv, der den Kopf unter dem Strohhut weiter gesenkt hielt. Er kostete seine Rolle als Spion in vollen Zügen aus, als er umständlich eine Münze aus der Hosentasche kramte und Lou einen Vierteldollar reichte. Daraufhin griff der Detektiv in seine geblümte Handtasche, holte ein Kleeblatt aus Pappe heraus und steckte es Finny ans Revers. Zu seiner Freude erkannte der Wachmann einen Hundertdollarschein, der fest um den Drahtstiel des Kleeblatts gewickelt war. Hoffentlich wäre es der erste von insgesamt fünf. Jedenfalls handelte es sich um eine ernst zu nehmende Summe, und die begleitende Dokumentation war so ausführlich, dass sie nur aus der Chefetage des Studios stammen konnte. Dennoch konnte sich Finny eine Frage nicht verkneifen: »Aber warum ich und nicht einer Ihrer eigenen Leute?«

Lou senkte die Stimme wieder zu einem heiseren Flüstern und nestelte unbeholfen an seiner Handtasche herum. »Kosta will, dass diese Informationen vertraulich bleiben. Die Presse darf keinen Wind davon bekommen. Er ist überzeugt, dass Sie die Belange des Studios vor die Interessen einer dritten Partei stellen werden. Außerdem haben Sie als Wachmann dieses Studios das Recht, fotografische Beweise für ein Fehlverhalten auf dem Studiogelände zu sichern.«

Diese Antwort leuchtete Flood ein, genau wie Doria es auch geplant hatte.

Die größte Herausforderung bei der Aufgabe, einen Mann zu spielen, der eine Frau spielt, waren glaubhafte Bartstoppeln, ein Gebiet, in dem es selbst an der McMasters-Akademie an ausreichender Erfahrung fehlte. Vor einigen Monaten hatte Doria im Rahmen von Gump versucht, sie mit der Spitze eines Pinsels aufzutupfen, doch es hatte die richtige Oberflächenbeschaffenheit gefehlt. Eisenspäne hatten sich als zu fein erwiesen und waren ihr außerdem vom Gesicht geflogen, als der Magnet in einem Telefonhörer sie in die Sprechmuschel gezogen hatte.

Zu guter Letzt war Souvenirsand vom (Überraschung) Black Sands Beach in Shelter Cove, Kalifornien, die Lösung gewesen. Die Sandkörner wurden zu einem »Bart« aus Vaseline auf ihr Gesicht gedrückt, mit einer fleischfarbenen Tonmaske fixiert und schließlich dick überschminkt. Zum Glück war das Ziel, so unecht auszusehen wie ein Filmschauspieler in der Rolle von *Charleys Tante* in einer Nahaufnahme. Der Adamsapfel unter dem Rollkragen war eine umgeschnallte Attrappe, ebenso eine Tarnung wie die übergroßen Handschuhe, getragen über mehreren Handschuhschichten. Das geschlechtslose heisere Raunen war ein Kinderspiel für eine Schauspielerin, die auch in einem Amphitheater ohne Mikrofon ein Bühnenflüstern zustande bringen musste. Um sich keine Blöße zu geben, hatte sie ihre Sprechrolle so weit wie möglich eingeschränkt und den Großteil der Erklärung bewusst dem Brief überlassen, den Finny überdies in sicherer Entfernung zu ihr hatte lesen müssen.

Bei den Unterschriften von Kosta und den Studioanwälten, die »Lou« Flood vorgezeigt hatte, handelte es sich (dank

»Schrift« in McMasters) um ausgezeichnete Fälschungen. Die Originale entstammten ihrem eigenen Vertrag, ebenso wie die tatsächlich existierende Moralklausel, die Flood gesehen hatte.

Ihr angebliches nachmittägliches Rendezvous mit Laddie, arrangiert einzig und allein zu Finton Floods Unterhaltung, diente dem Zweck, einen glaubwürdigen Grund für Kostas vermeintliche Überwachung von Dorias Liebesleben und ihrem Bungalow zu liefern. So hatte sie eine Möglichkeit, Flood dazu zu bringen, sich an der »Beschattungsaktion« zu beteiligen. Während Finny von einer schäbigen Dreiecksgeschichte zwischen Miss Maye, Laddie Graham und Leonid Kosta mit Lou Bryce und ihm selbst in der Rolle der Ermittler ausging, war das Ganze in Wahrheit ein von Doria ausgeklügeltes Duett. Das Ergebnis war das, was Captain Dobson als »das Kostbarste, was die McMasters-Akademie zu bieten hat«, bezeichnet hatte: ein wasserdichtes Alibi für den Abend von Leonid Kostas Liquidierung.

XXXVIII

Wes Trachter legte eine Werbebroschüre auf Aldermans Schreibtisch. Sie zeigte das Gesicht eines selbstzufriedenen Mannes, der herausfordernd in die Kamera blickte. Er war zwar kein Fotomodell, glaubte aber offenbar, dass an ihm eines verloren gegangen war. Die Schlagzeile darüber lautete: *Vertrauen Sie der W-10 von Woltan. Und bald starten auch Ihre Profite durch!*

»Wer ist denn dieser aufgeblasene Fatzke?«, fragte Eddie.

»Der Kerl, der den Konstruktionsplan im Papierkorb deponiert hat«, erwiderte Trachter in so überzeugtem Ton, dass Alderman ihm aufs Wort glaubte. »Ich habe ihn gesehen, ihn fotografiert und sein Autokennzeichen überprüfen lassen. Vielleicht wundert es dich ja, mit wem wir es zu tun haben. Vielleicht aber auch nicht. Das ist dein Amtskollege Merrill Fiedler. Bitte verzeih, dass ich euch beide in einem Satz nenne.«

Alderman nickte. »Fiedler, ja, den Namen habe ich schon öfter bei Kongressen gehört. Ein Intrigant, wie er im Buche steht, und keine Ahnung vom Fach.« Er blätterte die Broschüre durch, in der Fiedler von den unbegrenzten Profitmöglichkeiten der W-10 schwadronierte. »Aber die dreitausend Dollar? Das ist für ihn ja weniger als ein Jahresgehalt. Wieso sollte er plötzlich Woltan für ein bisschen Kleingeld ans Messer liefern?«

Wes wusste darauf auch keine Antwort. »Menschen haben eben ihre Gründe. Sie befürchten einen Jobverlust, wurden schon jahrelang nicht mehr befördert …« Da er nur ungern spekulierte, wandte er sich wieder praktischen Fragen zu. »Wie willst du weiter vorgehen? Natürlich könnten wir auch die Polizei verständigen …?« Er beendete den Satz nicht, auch wenn er es für seine Pflicht hielt, diese Möglichkeit zumindest zu erwähnen. Doch wie gehofft, ging Eddie nicht darauf ein.

»Sollen wir etwa diesen edelmütigen Menschenfreund in Gefahr bringen?«, entgegnete dieser in gespieltem Entsetzen. »Merrill Fiedler ist ein Held, der sich gegen sein eigenes Unternehmen wendet, den Feind um Hilfe bittet und seine berufliche Zukunft aufs Spiel setzt, und das alles nur aus Sorge um die öffentliche Sicherheit!« Er schmunzelte und fuhr in verschwörerischem Ton fort: »Wenn wir jetzt die Polizei rufen, kriegen wir die anderen Pläne nie zu Gesicht und erfahren nicht, was jetzt wirklich mit der W-10 los ist.« Er betrachtete Fiedlers selbstgefälliges Grinsen auf dem Deckblatt der Broschüre. »Aber wir forschen nach, was er mit dem Geld vorhat. Schließlich müssen wir unbedingt erfahren, was dieser Mistkerl wirklich im Schilde führt.«

*

AUS DEM ZWEITEN TAGEBUCH VON CLIFF IVERSON

Nachdem ich so lange in McMasters eingesperrt gewesen war (zugegeben, verehrter X, umschloss dieser Zaun ein gewaltiges und vielfach landschaftlich idyllisches Gelände), genoss ich es sehr, mich einfach mit dem Wagen auf den Weg nach Süden und zu dem Übergabeort machen zu können, den ich Eddie Alderman genannt hatte. Es war in dieser Woche schon mein dritter Ausflug nach Nags Head. Mir gefiel die raue Küstenlandschaft mit ihren zahlreichen von Strandhafer und Gräsern bewachsenen Dünen. An vielen kleinen Buden kann man gebratenen Fisch, Angelköder, um Fisch zum Braten zu fangen, oder zum Bestücken mit Köder bereite Angelruten erwerben. Alle fünfhundert Meter stößt man auf eine Ansammlung dieser Hütten, die sich schutzsuchend rings um einen Steg oder eine Werft mit Blick auf die Brunswick Islands, die Outer Banks oder auf das auch als »Friedhof des Atlantik« bezeichnete Gebiet vor Sable Island zusammenzudrängen scheinen.

Vor einigen Stunden (die Autofahrt von AirCorp nach Dare County dauert eine Weile) habe ich Eddie Alderman angerufen und ihn angewiesen, den festgesetzten Betrag in einem Aktenkoffer neben der eisernen Bank vor dem einzigen Verleih von Angelruten und Tauchzubehör am Rudgum Pier zu deponieren. Und zwar um Punkt fünfzehn Uhr – mit dem vorhersehbaren Ergebnis, dass Eddie und seine Sicherheitsleute sofort zu ihren Autos stürmen würden. Außerdem hatte ich Alderman bereits einen kleinen, schmalen, eigens für die Geldübergabe angeschafften Aktenkoffer als Postpaket geschickt und ihn instruiert, diesen mit dreiunddreißig Hundertdollarscheinen, einem Zwanziger, einem Zehner und drei Silberdollars zu füllen. Ob das Geld markiert war, kümmerte mich nicht weiter. Eigentlich hätte mir das sogar noch besser in den Kram gepasst.

Ich hatte Eddie außerdem gebeten, den Koffer innen diskret mit Wäschetinte zu markieren. Der Aktenkoffer, von denen ich zwei Stück gekauft hatte, war zu klein und zu schlecht verarbeitet, um eines der klobigen Ortungsgeräte darin zu verstecken, mit deren Einsatz man bei AirCorp womöglich liebäugelte. Die billig glänzenden Beschläge und Schließen kamen mir außerdem sehr gelegen.

Nachdem ich Croatan Sound und Roanoke Sound hinter mir hatte, parkte ich in Nags Head in einer Seitenstraße und schlenderte gemächlich in Richtung des Tauchausrüstungs-Verleihs am Ende des Rudgum Piers. Ich war vor drei Tagen schon einmal hier gewesen, um das Angebot unter die Lupe zu nehmen, und hatte dann bei einem anderen Ausstatter etwa eine Autostunde südlich von hier die identischen Gerätschaften gekauft. Nun hatte ich eine große wasserdichte Tasche bei mir, die eigentlich der Aufbewahrung eines Atemreglers diente, aktuell aber andere für meine Mission nützliche Gegenstände enthielt. Sobald ich mich auf dem Pier befand, nahm ich eine Badehaube aus der Tasche, zog sie mir über den Kopf und verbarg mein Gesicht hinter einer Taucherbrille. Auf dem Steg befanden sich bereits weitere Tauchsportfreunde, viele von ihnen ebenfalls im Anzug und mit ähnlichen Sporttaschen ausgerüstet. Ich ging in den Laden namens Rudgum Rentals und bezahlte zwei Dollar für einen Spind in der Männerumkleide, in dem ich meine Straßenkleidung verstaute.

Ich war an der McMasters-Akademie zwar ein besserer Schwimmer geworden, doch im Tiefseetauchen hatte ich nicht die geringste Erfahrung und auch nicht vor, heute welche zu sammeln. In McMasters gilt der Grundsatz, dass man, wenn man beim Schach als Erster am Zug ist, am besten den weißen Königsbauern auf E4 setzt. Damit ist es für den Gegner nahezu unmöglich zu entscheiden, ob er es nun mit einem Großmeister oder mit einem Anfänger zu tun hat. (Als Klavierspieler bevorzuge ich die Analogie, dass das Anschlagen des C-Schlüssels auf einem Konzertflügel eigentlich immer identisch klingt, ganz gleich ob man nun Konzertpianist oder ein Kleinkind im Wohnzimmer seiner Großtante ist.) Den richtigen Zeitpunkt zum Aufhören zu erkennen, ist die eigentliche Kunst, wenn es darum geht, Fachwissen vorzutäuschen. Und deshalb war es für jemanden, der mich beim Anlegen meiner Taucherausrüstung beobachtete (zumindest das hatte ich geübt), nicht festzustellen, ob ich nun ein erfahrener Taucher war oder mit einem Bauchplatscher im Wasser landen würde.

*

Um zwei Minuten vor drei saß Eddie Alderman, den billigen Aktenkoffer in der Hand, wie angewiesen auf der Bank vor dem Eingang von Rudgum Rental. Er ließ seine Armbanduhr nicht aus den Augen, genauso wie Wes Trachter, der an einem Eisteestand gegenüber Posten bezogen hatte, wiederum ihn nicht aus den Augen ließ. Um die vereinbarte Zeit erhob sich Alderman und gesellte sich zu Trachter. Der schwarze Aktenkoffer blieb auf der Bank zurück.

Cliff, inzwischen in voller Taucherausrüstung, allerdings ohne Pressluftflaschen, trat aus Rudgum Rental, nahm den Aktenkoffer, deponierte an seiner Stelle einen großen Umschlag, der – wie Trachter und Alderman hofften – die restlichen Baupläne der W-10 enthielt, und verschwand wieder im Laden.

»Okay, jetzt holen wir uns zuerst die Pläne. Die sind am wichtigsten«, sagte Trachter zu Eddie. Dann wandte er sich an die beiden Angler neben dem Getränkekiosk. »Vergewissern Sie sich, dass sich niemand durch die Hintertür des Ladens verdrückt. Falls doch, beschatten Sie ihn aus sicherer Entfernung. Wir wollen nur wissen, wer dieser Bursche ist, ohne ihn gleich zur Rede zu stellen. Eddie und ich bewachen die Vorderseite.«

Inzwischen hatte Alderman den Umschlag von der Bank gepflückt und lief wieder zu Wes hinüber. In diesem Moment kamen acht Männer und einige Frauen, alle in schwarzen Salzwasseranzügen und voller Montur, aus dem Laden. Einige trugen bereits ihre Taucherbrillen. Einer der Taucher, der inzwischen eine Pressluftflasche umgeschnallt hatte, hatte den schwarzen Aktenkoffer bei sich.

»Wir folgen ihm in ein wenig Abstand. Mit diesen Schwimmflossen entkommt er uns nicht.«

»Glaubst du, das ist Fiedler?«, fragte Alderman, als der Taucher auf das Ende des Stegs zusteuerte.

»Könnte sein. Er wirkt ein bisschen kleiner als der Kerl im Botanischen Garten. Andererseits haben Schwimmflossen keine Absätze.«

Sie sahen zu, wie der Taucher die Holzleiter hinunterstieg, die vom Steg zu einer nahezu überfluteten Plattform führte. Noch immer den Aktenkoffer in der Hand, setzte er sich neben einige andere, die ebenfalls Taucherausrüstungen trugen, an den Rand der Plattform. Eddie und Wes, die dem Schauspiel vom Steg aus folgten, wussten nicht, was sie nun tun sollten. Wes wandte sich an eine junge Frau mit Klemmbrett. Sie hakte Namen auf einer Liste ab, während weitere Taucher die Leiter zur Plattform hinunterkletterten. »Verzeihung, was ist denn hier los?«, erkundigte er sich. »Was wollen die vielen Taucher hier?«

»Heute ist Aufräumtag«, erklärte sie. »Einmal im Monat sammeln Hobbytaucher den vom Steg hinuntergeworfenen Müll ein. Einige benutzen Schnorchel, doch wer ganz nach unten will, braucht eine Pressluftflasche. Es ist wirklich erstaunlich, was sie so alles finden: Brautkleider, Fernseher, Messer, ja, sogar Leichen.«

Wie bei einem Wasserballett beugten sich alle Taucher auf der Plattform gleichzeitig nach hinten und glitten ins Wasser. Zu Trachters Verwunderung ließ sich auch der mutmaßliche Merrill Fiedler, den Aktenkoffer noch immer in der Hand, in die Fluten gleiten.

»Wenn dieser Aktenkoffer nicht wasserdicht ist, verliert er unser ganzes Geld«, stellte Eddie fest.

»Nein. Solange man die Seriennummern noch entziffern kann, ist alles gut«, erwiderte Wes beruhigend. Die beiden starrten hinab auf die inzwischen reglose Wasserfläche.

Die Minuten verstrichen, bis Eddie schließlich anmerkte: »Wenn dieses Wasser ein unter Beobachtung stehender Topf wäre, würde es längst kochen.«

»Irgendwann muss er ja wieder hochkommen. Denk dran, dass es dir egal sein kann, ob du bei der Beschattung bemerkt wirst oder ihn verlierst. Du bist nur die Ablenkung. Meine Jungs und ich werden uns an seine Fersen heften.«

»Womöglich ist es nur ein Typ, der in Fiedlers Auftrag handelt.« Eddie wippte auf den Fußballen auf und nieder. »Herrje, ich kann es kaum erwarten, mir diese Pläne anzuschauen und rauszukriegen, was dieser Mensch vorhat.« Er spähte in den Umschlag, den er gegen den Aktenkoffer eingetauscht hatte. »Zumindest auf den ersten Blick scheinen sie echt zu sein. Vielleicht ist der Mann ja wirklich vertrauenswürdig.«

Plötzlich richtete Trachter sich mit einem Stöhnen auf. »Wo habe ich nur meinen Kopf? Was, wenn er unter Wasser die Küste entlangschwimmt und an einem anderen Steg oder Strand auftaucht? Du bleibst hier und hältst Ausschau. Ich weise meine Männer an, die Küste abzusuchen.«

Während Trachter zu seinem Wagen hastete, wo das Funkgerät war, wurde Eddie klar, dass er nun ganz allein hier stand ... und dass Taucher häufig Klappmesser bei sich hatten, um verhedderte Taue durchzuschneiden oder sich gegen Barrakudas zu verteidigen. Schließlich gehörte das Entwaffnen messerschwingender Froschmänner nicht zu Eddies Stellenbeschreibung. Doch bald legten sich seine Befürchtungen, denn der Taucher, dem sie gefolgt waren, kam wieder an die Oberfläche. Der Aktenkoffer in seiner Hand war offen – und bis auf das hinaustropfende Wasser leer.

Der Mann nahm die Gummihaube ab und blickte sich erwartungsvoll um. Sein Gesicht hatte nicht die geringste Ähnlichkeit mit Fiedlers Foto, sondern gehörte einem verärgerten jungen Mann Mitte zwanzig, der nun hinauf zum Steg kletterte.

»Hallo, mein Freund. Nehmen Sie zum Tauchen immer einen Aktenkoffer mit?« Eddie tat, als fände er das urkomisch. »Warum macht man so etwas?«

»Da bin ich auch nicht schlauer als Sie«, antwortete der

Mann missmutig. »Ein Kerl hat mir hundert Dollar dafür geboten, dass ich einen Taucheranzug anziehe und mit einem Koffer voller Armbanduhren seiner Firma zum Meeresgrund tauche. Unten sollte ich den Koffer mit den darin befestigten Uhren aufmachen, fünf Minuten warten und sie dann wieder nach oben bringen, um zu demonstrieren, dass sie immer noch auf die Sekunde richtig gehen. Also bin ich etwa fünfzehn oder zwanzig Meter runtergegangen und habe den Koffer geöffnet. Und es war nichts weiter darin als etwas Sand zum Beschweren.« Sein anfangs suchender Blick wurde allmählich ärgerlich. »Er hat versprochen, dass ich gefilmt werde, wenn ich aus dem Wasser komme.«

»Vielleicht hat er mich ja genauso reingelegt«, log Alderman. »Lassen Sie mal sehen.« Er untersuchte den Koffer auf die vereinbarte Markierung, aber vergeblich. Offenbar hatte Fiedler den Koffer im Laden mit einem identischen Stück vertauscht und dieses dann dem Taucher gegeben. »Wie sah der Kerl denn aus?«

Der Taucher zuckte hilflos die Achseln. »Ich war ihm noch nie zuvor begegnet, und er hatte eine Taucherausrüstung an. Die Verabredung hatten wir telefonisch getroffen. Meine Nummer hatte er vom schwarzen Brett bei Rudgum Rental. Ich gebe nämlich Tauchunterricht. Heute haben wir kein Wort gewechselt, er hat mir nur dieses Ding da gegeben.« Als er den tropfenden Aktenkoffer noch einmal betrachtete, bemerkte er den wasserdichten Beutel, der in dessen ansonsten leerem Inneren festgeheftet war. Er riss ihn auf, und seine Miene erhellte sich sichtlich. »Das sind dreihundert Dollar. Also habe ich wohl doch keinen Grund zu klagen.«

*

AUS DEM ZWEITEN TAGEBUCH VON CLIFF IVERSON

Nachdem ich dem ahnungslosen Froschmann den Aktenkoffer übergeben hatte (er war mit Aldermans Geldkoffer identisch), entledigte ich mich in der Umkleide von Rudgum Rental rasch meiner Kostümierung. Der Taucheranzug und meine große Tasche waren vom selben Hersteller wie die hier verliehene Ausrüstung, weshalb man sie sicher einsammeln und wegräumen würde, obwohl sie gar nicht aus dem hiesigen Bestand stammten.

Während die Taucher vom Aufräumkommando, gefolgt von Eddie Alderman, zum Ende des Stegs marschierten, verschwand ich durch die Ladentür. Ich trug eine kurze Sporthose, ein Sweatshirt mit dem Aufdruck »University of Edinburgh« und dazu einen olivgrünen Anglerhut. Außerdem hatte ich einen riesigen Rucksack bei mir, in dem ich die Tasche mit meinen Tauchersachen transportiert hatte. Inzwischen enthielt sie den kleinen Koffer mit dem Geld von AirCorp. Auf dem Weg zum Parkplatz am Steg plauderte ich mit einem sehr netten Touristenpaar aus Utah – der »Bienenkorb-Staat«, wie sie mir mitteilten. Als ich in aller Seelenruhe nach Norden fuhr, hing ich der angenehmen Vorstellung nach, dass sich Merrill Fiedler, wenn meine Abschlussarbeit nach Plan lief, ganz in der Nähe aufhalten musste. Und zwar ohne Alibi. Außerdem würde er bald diesen Aktenkoffer in Händen halten (und ihn über und über mit seinen Fingerabdrücken bedecken).

*

Wer zum ersten Mal den Bowlingclub Franky's Lanes kurz vor Nags Head besuchte, konnte durchaus dem Irrtum aufsitzen, der Laden sei nach dem beliebten Sänger Frankie Laine benannt. Doch er wurde bald eines Besseren belehrt, denn bei Franky handelte es sich um den mürrischen Inhaber des Lokals, der die Straßenschuhe seiner Gäste in Geiselhaft nahm, bis sie auch jede Runde bezahlt hatten. Als Fiedler eintrat, hallten ihm Rhythm and Blues aus einer Musikbox und das helle Klingeln eines Flipperautomaten entgegen, die den Eindruck eines gut besuchten Ladens vermittelten. Außerdem stieg ihm der unverkennbare Bowlingclub-Geruch nach Pommes und Möbelpolitur in die Nase, so durchdringend, als würden die Kartoffelstäbchen in Letzterer frittiert. Allerdings herrschte bis auf ein paar picklige Jungen, die hier die Kegel aufstellten, gähnende Leere. Nur drei Bahnen waren beleuchtet, und der Inhaber und Barmann (der bereits erwähnte Franky) thronte hinter der Kasse.

Fiedler rief den dicken Mann zu sich. »Hallo, ein Freund von mir, er heißt Amigo, hat für mich eine Bowlingtasche bei Ihnen abgestellt. Mein Name ist Smith.« Fiedler war über diese Namenswahl gar nicht erfreut, aber so lauteten nun einmal die Anweisungen, die Amigo ihm bei seinem Anruf am heutigen Morgen gegeben hatte. Am liebsten hätte er Franky gefragt, wie Amigo eigentlich aussah, doch damit hätte er vielleicht Verdacht erregt. Hinzu kam, dass er keine Ahnung hatte, ob der beleibte Mann womöglich an Amigos Spiel beteiligt war.

»Smith, ja richtig«, erwiderte der Barmann. »Der Kerl war vor ein paar Minuten hier.« Franky betastete den zerknüllten Zehndollarschein in seiner Tasche, den er von einem nach Halloween-Manier bis zur Unkenntlichkeit mit Perücke und Bart vermummten Mann bekommen hatte. Der Kostümierte hätte jeder x-Beliebige sein können, einschließlich Mr. Smith selbst. »Er hat gesagt, Sie müssen sie mir zurückgeben, wenn Sie fertig sind ... Die Tasche hätte seinem Vater gehört.« Das war Fiedler recht, denn ihn interessierte nur der Inhalt des einsamen Bowlingschuhs, der ihn in der Tasche erwarten würde.

»*Danach ist Schluss*«, hatte Amigo Fiedler am Münzfernsprecher in der Vorhalle mitgeteilt. »*Ich weiß, dass das Ergebnis beim letzten Mal ziemlich mau war. Doch das war nur das Vorspiel zum großen Coup. Ich habe viel gesetzt, Sie brauchen bloß unseren Gewinn abzuholen.*« Darauf folgten die Anweisungen, was den Bowlingclub betraf. Sie endeten mit den Worten: »*Dann machen wir eine kleine Pause. Nach einer Weile können wir wieder von vorne anfangen.*«

Fiedler hatte noch nicht entschieden, wie er die Fifty-fifty-Frage beantworten wollte. Schließlich tat er ja nichts Illegales, sondern löste nur am offiziellen Ausgabeort der Wettscheine seine rechtmäßigen Gewinne ein. Ob Amigo verbotene Dinge trieb, konnte er schließlich nicht wissen. Deshalb würde Amigo vielleicht gar nicht zur Polizei gehen können, falls er, Fiedler, beschließen sollte, die Aufteilung des Erlöses ein wenig zu seinen eigenen Gunsten zu verschieben. Inzwischen hatte sich eine beachtliche Summe angesammelt, und es war bei Fiedler zur lieben Gewohnheit geworden, das Geld einzustecken (und manchmal auch auszugeben).

Bei Franky's kostete die Bahn fünfzig Cent pro Spiel. Fiedler kramte widerstrebend zwei Vierteldollarmünzen hervor, worauf der Inhaber ihm eine Tabelle zum Eintragen der

Punktzahl überreichte. Dann nahm er eine antike Bowlingtasche der Marke Brunswick aus dem obersten Regal. »Ihr Freund hat gesagt, Ihre Bowlingschuhe sind in der Tasche. Aber ich nehme Ihre Straßenschuhe trotzdem zur Sicherheit. So läuft das bei mir.« Ärgerlich lieferte Fiedler ihm seine Mokassins aus, die Franky neben die anderen Straßenschuhe stellte. Dann kehrte er zurück an die Bar, wo er fortfuhr, Limetten in Scheiben zu schneiden. Es war ein Wunder, dass sich noch niemand bei den Gin Tonics im Franky's Lanes mit Fußpilz angesteckt hatte.

Als Fiedler die Bowlingtasche öffnete, hatte er einen billigen Aktenkoffer vor sich. Warum nicht gleich eine Matrjoschka?, dachte er ärgerlich, denn Amigos melodramatisches Spionagetheater fiel ihm zunehmend auf die Nerven. Doch so kindisch diese Spielchen auch sein mochten, fragte sich Fiedler trotzdem, ob er nicht besser Handschuhe hätte anziehen sollen. Allerdings hätte das nur Verdacht erregt. Außerdem waren die Wettscheine schließlich legal, und woher Amigo im Voraus wusste, wer welches Rennen gewinnen würde, brauchte ihn, Fiedler, ja nicht zu kümmern. Es war schließlich nur ein »Dankeschön« für etwas, das er früher einmal getan hatte. Und deshalb war das hier genauso wenig ungesetzlich wie das Auswickeln eines Geburtstagsgeschenks.

Obwohl der billige Aktenkoffer noch neu zu sein schien, war es bereits nötig gewesen, das Kunstleder mit schwarzem Klebeband zu flicken. Die beiden schimmernden Riegel mussten nach außen geschoben werden, damit sich das Schloss in der Mitte öffnete. Als Fiedler den Koffer aufklappte, rechnete er beinahe mit einem weiteren Behälter. Doch da war nur ein kleiner Bowlingschuh, Marke Endicott Johnson, unter dessen heraushängender Zunge ein zusammengefalteter Umschlag steckte. Ein kurzer Blick hinein verriet Fiedler, dass dieser sechs Wettscheine vom gestrigen Tag enthielt, die er rasch einsteckte. Er legte den Schuh zurück in den Aktenkoffer und diesen wieder in die Brunswick-Tasche. Dann übergab er Franky die Tasche und erklärte, er habe nun doch keine Lust auf Bowling. Die fünfzig Cent könne er behalten. Ohne sich seine Freude über den unverhofften Reichtum anmerken zu lassen, schob Franky Fiedlers Straßenschuhe über die Theke und verstaute die Brunswick-Tasche wieder im obersten Regal.

Als Fiedler wieder in seinem Roadmaster saß, unterzog er die Abschnitte der Wettscheine einer gründlichen Musterung, um sich zu vergewissern, ob sich die weite Fahrt von Woltan Industries nach Dare County auch gelohnt hatte. Inzwischen mochte er die Gewinne nämlich nicht mehr missen, und beim letzten Mal war das Ergebnis ziemlich mager gewesen, weshalb Fiedler nicht nur auf absolut unverdienten Geldsegen, sondern auch die Gelegenheit hatte verzichten müssen, sich damit zu brüsten.

Beim Anblick der Zahlen auf den Abschnitten überlief ihn ein Schauder, der beinahe an sexuelle Erregung heranreichte. Denn diese Scheine verhießen einen gewaltigen Ertrag. Sechs Siege, alles Außenseiter: 35-1, 42-2, 45-1, 30-1, 18-1 und – man höre und staune – beinahe obszöne 65-1 … und überdies Einsätze, die um einiges höher waren als Amigos bisherige Wetten! Fiedler war zwar kein Mathematikgenie, hatte aber ein Händchen für Zahlen mit einem Dollarzeichen davor. Der heutige Gewinn hätte für eine Kreuzfahrt rund um die Welt gereicht, wenn es denn möglich gewesen wäre, sich für so lange Zeit von seiner goldenen Gans, der Rennbahn, zu trennen. Das einzige Wölkchen, das sich an Fiedlers makellos blauem Himmel zeigte, war die Aussicht, dieses Geld teilen zu müssen. Die Fünfzig-fünfzig-Abmachung mit Amigo würde neu verhandelt werden müssen.

*

AUS DEM ZWEITEN TAGEBUCH VON CLIFF IVERSON

Ich hatte gegenüber dem Bowlingclub geparkt und duckte mich tief in mein Auto. Außerdem trug ich noch immer die absichtlich auffällige Verkleidung, in der ich die Brunswick-Tasche bei Franky abgegeben hatte. Sicher können Sie sich meine Begeisterung vorstellen, verehrter X, als ich beobachtete, wie Fiedler kurz nach der vereinbarten Zeit Franky's Lanes wieder verließ (dank meiner Zeitvorgabe war die kurze Fahrt vom Rudgum Pier zum Bowlingclub, um die Tasche zu deponieren, kein Problem gewesen).

Der Angelhaken steckte nun tief in seiner Lippe. Schließlich lag der Bowlingclub weit außerhalb seines üblichen Wirkungskreises. (»Fahren Sie häufig stundenlang zu irgendeiner Spelunke, um dann zu beschließen, dass Sie doch keine Lust auf Bowling haben, Mr. Fiedler?«) Vom Rudgum Pier, wo sich vor einer Stunde ein Froschmann mit einem von Eddie Alderman markierten Aktenkoffer – und außerdem Eddies »Lösegeld« – aus dem Staub gemacht hatte, ist es hingegen nur ein Katzensprung. Ich hatte das Geld aus dem Aktenkoffer entfernt und es durch einen Bowlingschuh mit sechs gestern auf der Rennbahn erworbenen Wettscheinen ersetzt. Also hatte sich Fiedler nachweislich in Dare County aufgehalten. Außerdem hatte der Inhaber von Franky's Lanes ausreichend Gelegenheit gehabt, das verdächtige Verhalten von »Mr. Smith« zu beobachten. Und zu guter Letzt hatte ich noch eine weitere Verbindung zwischen Franky und Fiedler geknüpft, die ich in Kürze weiter ausführen werde, verehrter X.

Die glatte Oberfläche sowie die Schließen des markierten Aktenkoffers trugen nun Fiedlers Fingerabdrücke. Für einen Ermittler (ganz gleich ob Mitarbeiter von AirCorp oder Polizist) würde nur interessant sein, ob 1.) Fiedler das Geld von einem Komplizen am Pier hat abholen lassen, der anschließend den Koffer in einer absurden Verkleidung zum Bowlingclub gebracht hat, damit Fiedler ihn dort an sich nehmen konnte, oder 2.) Fiedler allein gehandelt hat, also das Geld für sich selbst im Bowlingclub abgab, und zwar in einer offensichtlichen Kostümierung … und das, obwohl der Kostümierte natürlich ich war, verehrter X. Und so beobachtete ich, noch immer verkleidet, wie Fiedlers Wagen sich von Franky's Lanes entfernte.

Nun war der Zeitpunkt gekommen, in dem ich in besagter alberner Verkleidung die bei Franky hinterlassene Bowlingtasche wieder abholen musste, die den inzwischen leeren, von Fiedler berührten Aktenkoffer enthielt. Außerdem musste ich Franky noch die versprochene Belohnung in Höhe von fünfzig Dollar übergeben, und zwar in Form eines Barschecks, unterzeichnet von einem gewissen Merrill Fiedler. (Als Franky sich beschwerte, weil es ein Scheck war, legte ich noch einmal fünfzig Dollar in bar drauf, kein schlechter Verdienst dafür, dass er eine Stunde lang eine Bowlingtasche bewacht hatte.)

Der Scheck, ausgestellt auf Fiedlers Konto und mit seiner echten Unterschrift versehen, war eine weitere Requisite, die Lilliana Horvarth mir, ohne es zu wissen, zur Verfügung gestellt hatte. Da wir, verehrter X, in der McMasters-Akademie lernen, uns nie auf glückliche Zufälle zu verlassen, frage ich mich inzwischen, ob Rektor Harrow mir wohl davon abgeraten hätte, den Scheck zu verwenden. Ich kann nur hoffen, dass die Ausbildung, die ich dank Ihrer Großzügigkeit, verehrter X, genießen durfte, mir dabei helfen wird, die richtigen Entscheidungen zu treffen. Schließlich bin ich hier allein auf freier Wildbahn und kann mich niemandem außer Ihnen anvertrauen. Deshalb hoffe ich außerdem, dass Sie mir Glück wünschen.

*

Auf der Rückfahrt von Baltimore legte Fiedler eine Pause ein, um zu tanken und von einem öffentlichen Telefon aus Shari Dougan in der Buchhaltung anzurufen. Sie solle alles stehen und liegen lassen und sich in Schale werfen, da es etwas zu feiern gebe. Shari gehörte zwar noch nicht zum Kreis von Fiedlers Eroberungen bei Woltan, doch er vermutete, dass er nicht lange brauchen würde, um das zu ändern. Er schätzte Shari als kluges Mädchen ein, das wusste, wie der Hase lief.

Wenn er heute Abend diese atemberaubenden Gewinne einkassierte, musste einfach jemand dabei sein, der seine Leistung gebührend bewunderte, und er hatte entschieden, dass Shari die Gesalbte sein sollte. (Als er sich Shari mit Öl gesalbt vorstellte, wurden seine Finger auf der Wählscheibe schneller.) Zuerst würde er sie auf der Rennbahn beeindrucken, indem er tat, als hätte er die Bank in Monte Carlo gesprengt. Anschließend standen ein spätes Abendessen und unzählige Gläser Champagner im Versailles Room des Hotels Lord Baltimore auf dem Programm. Von dort aus führte ein kurzer Weg in ein Zimmer, wo er Shari von allen Seiten würde bewundern können. Er hielt ein Hotelzimmer deshalb für geeigneter, weil sie so nicht wissen würde, wo er wohnte, falls es zwischen ihnen nicht klappen sollte.

Auf dem Weg zur Rennbahn holte er Shari ab. Ihr enges strahlend blaues Oberteil, der marineblaue Bleistiftrock und der goldfarbene Gürtel, der sich eng um ihre Taille schmiegte, fanden seinen Beifall. Außerdem hatte sie etwas mit ihrem Haar gemacht und sich ganz anders geschminkt als sonst im Büro. Die Botschaft, die all diese Bemühungen vermittelten, war alles in allem höchst erfreulich.

Shari sprach recht wenig und stimmte ihm nur höflich zu, wenn es nötig war. Ihr kam es hauptsächlich darauf an, diesen Abend, offenbar eine Pflichtveranstaltung, heil zu überstehen, ohne ihren Job zu verlieren. Eigentlich war es eine Rolle, die ihr überhaupt nicht behagte, aber vielleicht würde sie es ja schaffen, sich so bei ihm einzuschmeicheln, dass eine Gehaltserhöhung oder zusätzliche Urlaubstage dabei heraussprangen. Und wenn es galt, die entscheidende Brücke zu überqueren, würde sie eben eine Mautstelle mit Gebührentafel errichten.

Als Fiedler seinen Gewinn einlöste, achtete er darauf, dass Shari stets an seiner Seite blieb. Schließlich sollte sein »Lieblingskassierer« wissen, mit welchen Frauen er sich umgab, wenn er nicht gerade seine Gewinne abholte.

»Lesen und weinen«, verkündete er. »In kleinen Scheinen, nicht größer als Zehner.« Damit wollte er erreichen, dass sich die Auszahlung so lang wie möglich hinzog. Er zwinkerte Shari zu und vergewisserte sich, dass ihr auch ja keine Sekunde der Transaktion entging.

Der »Lieblingskassierer« musterte die Wettscheine und runzelte die Stirn. »Äh, da muss ich nachfragen, wenn Sie nichts dagegen haben«, brummelte er. Er entfernte sich vom Schalter, wandte sich an einen älteren Mann, der weiter hinten im Kassenraum an einem Schreibtisch saß, und zeigte ihm die Wettscheine. Daraufhin konsultierte der ältere Mann einen Ringordner, verglich die Scheine und nickte dem Kassierer dann bestätigend zu. Dieser kehrte an seinen Schalter zurück. »Tut mir leid, dass es so lang gedauert hat«, sagte er. »Aber bei Wetten mit solchen Quoten müssen wir doppelt nachprüfen. Behördliche Vorschrift.«

»Kein Problem«, antwortete Fiedler und schenkte Shari ein strahlendes Lächeln, das diese automatisch erwiderte.

Der Kassierer zückte sein Einstecktuch und schob es unter den Gitterstäben durch. »Vielleicht werden Sie das brauchen«, sagte er.

Fiedler verstand nicht ganz. »Warum?«

Mit einem vergnügten Grinsen gab der Kassierer Fiedler die Abschnitte zurück. »Lesen und weinen. All diese Wetten sind Verlierer. Einer der Gäule ist nicht einmal ins Ziel gekommen.«

»Aber ... man hat mir garantiert, dass es sich um Gewinne handelt«, protestierte Fiedler. »Hier ist offenbar etwas nicht in Ordnung.«

Der Kassierer kramte in einer Schublade und übereichte ihm ein Blatt Papier. »Das sind die Ergebnisse vom Mittwoch. Wissen Sie, man kann nicht immer gewinnen. Manchmal ist man eben auch ein Verlierer.«

*

Am nächsten Morgen wartete Fiedler in der Vorhalle seines Apartmenthauses auf den üblichen Anruf von Amigo. Der gestrige Abend war so unerfreulich weitergegangen, wie er begonnen hatte. Fiedler war schlecht gelaunt und kein angenehmer Gesellschafter gewesen und hatte überdies im Versailles Room zu viel getrunken. Als Shari während des Essens aufgestanden war, um sich die Nase zu pudern, hatte er ihr anstelle von fünfundzwanzig Cent für die Toilettenfrau zwinkernd einen Zwanziger in die Hand gedrückt. Da Shari Angst hatte, sich von ihm in diesem Zustand nach Hause fahren zu lassen (er hatte ihr noch nicht eröffnet, dass sie hier mit ihm übernachten würde), war sie nach dem Nasepudern heimlich aus dem Hotel verschwunden und hatte den Portier gebeten, ihr ein Taxi zu rufen, obwohl sie so auf den Pudding mit flambierten Kirschen zum Nachtisch verzichten musste. Fiedler war gezwungen gewesen, die Nacht mit einer Frau aus der Hotelbar zu verbringen, die beinahe so alt war wie er selbst.

Am nächsten Morgen hatte er ohne Frühstück ausgecheckt, da er unbedingt nach Hause wollte, um Amigo seinen Zorn spüren zu lassen. Cliff rief fünf Minuten zu spät an, was Fiedler noch mehr in Rage versetzte. »Tolles System, alter Junge. Ich hatte nichts als Nieten«, schimpfte er in den Hörer.

»Es ist etwas schiefgelaufen«, erwiderte Amigo. »Wenigstens haben Sie nicht Ihr eigenes Geld verloren.«

»Ich habe jede Menge verloren!« Als er bemerkte, dass der Pförtner überall hinschaute, nur nicht in seine Richtung, senkte er die Stimme. »Ich habe einen Nachmittag verloren, weil ich umsonst zu einem dämlichen Bowlingclub gefahren bin. Außerdem haben Sie mich vor einer Frau, auf die ich schon seit einer Weile ein Auge geworfen habe, zum Narren gemacht. Und zu guter Letzt habe ich ein Vermögen für ein Abendessen und ein Hotelzimmer ausgegeben.« Er erwähnte lieber nicht, dass die Damenbekanntschaft in der Hotelbar ihn ebenfalls Geld gekostet hatte, denn die Frau war eine Professionelle gewesen.

Amigo klang zerknirscht. »Das Ganze war wirklich sehr bedauerlich. Beim nächsten Mal …«

»Nein, ich habe genug von den ganzen Spionagespielchen und der Heimlichtuerei! Die letzten beiden Male waren der Mühe nicht wert. Von jetzt an treffen wir uns persönlich. Außerdem werde ich die Scheine mit den Rennergebnissen vergleichen, bevor ich wieder zur Rennbahn fahre.«

Am anderen Ende der Leitung entstand eine Pause. »Ich kann Ihnen die Hälfte dessen geben, was Sie gestern Nacht gewonnen hätten. Wir treffen uns morgen um acht an einem Kiosk in der Nähe von …«

»Sie bringen mir das Geld ins Büro. Persönlich.«

Wieder schwieg Amigo einen Moment. »Nun gut. Aber geben Sie mir bitte meinen Anteil von dem Geld, den Sie bereits gewonnen haben.«

»Sie kriegen Ihr Geld schon, Kumpel«, entgegnete Fiedler gehässig. Inzwischen hatte er nicht mehr die Absicht, die angesammelten Gewinne mit diesem Amigo zu teilen.

»Was haben Sie gesagt? Die Verbindung ist so schlecht …«

»ICH SAGTE, SIE KRIEGEN IHR GELD!«, brüllte

Fiedler und stellte fest, dass Ricky wieder den Blick abwandte. »Mein Büro ist … ach, richtig, das wissen Sie ja, schließlich haben Sie mir einen Brief dorthin gesendet. Wir treffen uns um zwanzig Uhr. Sie kommen allein. Melden Sie sich am Empfang, dann werde ich angerufen und gebe Anweisung, Sie hochzuschicken. Aber bringen Sie mir das verdammte Geld mit!«

XXXIX

Leonid Kosta war ein Gewohnheitstier. (Man hätte ihn auch als einen Mann mit festen Gewohnheiten bezeichnen können, doch »Tier« traf es irgendwie besser.) Wenn im Studio freitagabendliche Testvorführungen stattfanden – eine Gepflogenheit in der Branche, die Kosta verabscheute, da die Ergebnisse womöglich seiner Meinung und seinen Entscheidungen zuwiderliefen –, verließ er nie später als achtzehn Uhr sein Büro, aß im Bel Canon, einem luxuriösen Countryclub für nicht schwarze, aber auch nicht lupenrein weiße Topmanager zu Abend und fuhr von dort aus auf direktem Wege zum Ledge House, seinem Wochenenddomizil in Torrey Pines mit Blick auf den Pazifik. Das war seine Methode, die Vorführung selbst, die Reaktionen des Publikums und die unweigerlich auftretende Panik seiner Untergebenen zu ignorieren, die dann stets hektisch überlegten, wie sie diesen Film, auf den sie vor wenigen Stunden noch so stolz gewesen waren, »richtig hinbiegen« sollten. Kosta bevorzugte es, sich am Montag Bericht erstatten zu lassen, denn dann hatte sich die Aufregung für gewöhnlich gelegt. Außerdem hörte er ohnehin meist auf sein Bauchgefühl.

Deshalb verbrachte er die den Testvorführungen gewidmeten Abende stets wie ein Einsiedler, nahm nichts Aufregenderes als ein Drehbuch mit ins Bett und sparte sich die schönen Dinge des Lebens für das Wochenende auf. Samstags lud er dann einen attraktiven Neuzugang in seinem Harem ein. Die Glückliche wurde üblicherweise von zwei charmanten jungen Vertragsschauspielern begleitet, die nur aneinander interessiert waren.

Der Verlauf des Sonntags hing davon ab, wie der Samstagabend sich entwickelt hatte.

Kosta besaß außerdem ein hübsches Häuschen mit vier Zimmern (das er »die Hütte« nannte). Dieses stand auf einem kleinen Privatstrand direkt unterhalb von Ledge House und wurde von seiner Haushälterin Freja und ihrem Mann Aksel bewohnt, die auf Zuruf oben im Haus auf den Klippen arbeiteten und dafür keine Miete zu bezahlen brauchten. Nach dem Dessert am Samstagabend zogen sich die zwei diskret zurück und erschienen erst wieder am späten Sonntagvormittag, um den Brunch vorzubereiten. Dabei sprachen sie wenig und sahen noch weniger.

Vor ihrem Studium an der McMasters-Akademie war Doria zweimal ins Ledge House eingeladen gewesen und dabei in den Genuss von Kostas beruflichen und fleischlichen (sie weigerte sich, sie als »romantisch« zu bezeichnen) Avancen gekommen. Bei beiden Malen hatte sie ihre liebe Not gehabt, ihre Keuschheit über das Wochenende zu retten. An ihrem ersten Samstag war sie mit dem blonden Tally Farrell und dem temperamentvollen Bolt Lawson im Auto gekommen. Doch als sie nach dem Essen zur östlichen Terrasse mit Blick auf die Los Penasquitos Lagoon zurückkehrte, wo sie die anderen erst vor wenigen Minuten zurückgelassen hatte, musste sie zu ihrem Entsetzen feststellen, dass Kosta die beiden Schauspieler mit Aksel und Freja zur Hütte geschickt hatte. Nun würde sie den Rest der Nacht mit Kosta allein sein. Doria redete sich auf ihre Tage hinaus und flüchtete sich ins einzige Gästezimmer von Ledge House, wo sie einen Stuhl unter den Türknauf klemmte … und ja, sie sah, wie sich dieser Türknauf mindestens einmal langsam drehte, als sie schon im Bett lag.

Am zweiten Samstag wurde sie von Aksel in L. A. abgeholt und erfuhr bei ihrer Ankunft, dass diesmal keine anderen Gäste oder Dienstboten anwesend sein würden. Schlagartig wurde sie von einer grauenhaften Migräne ergriffen, sodass Aksel sie wieder nach Hause bringen musste, damit sie ihre Eispackung auflegen konnte. Diese war nach einem Gipsabdruck ihres Gesichts angefertigt worden und das Einzige, was gegen die mörderischen Schmerzen geholfen hätte, hätte diese Eispackung existiert und hätte Doria überhaupt je an Migräne gelitten.

Nun würde sie, gewappnet durch eine Ausbildung an der McMasters-Akademie, Ledge House einen dritten Besuch abstatten, allerdings einen unangemeldeten. Und außerdem ihren letzten, ganz gleich, wie die Sache auch ausgehen mochte.

Das ganze Studio wusste, dass am frühen Freitagabend eine Testvorführung von *Dunkle Gassen* mit Cornel Wilde und Jane Greer in den Hauptrollen im Shea's Arabian in Oxnard angesetzt war. Um zehn Uhr morgens des Tages, der sich als der wohl schicksalhafteste in ihrer beider Leben erweisen würde, wählte Doria am Küchentelefon ihres Bungalows Kostas Nummer: *Leon, ich rufe eigentlich nur deshalb an, weil ich wissen will, ob du heute Abend zum guten alten Ledge House fährst, wie du es immer tust, um dir das Herumanalysieren an dem Film zu ersparen. Wirst du dort allein sein? Doch weil ich dich nicht nach dem heutigen Abend fragen kann, ohne Verdacht zu erregen, erkundige ich mich lieber nach morgen am frühen Vormittag. Obwohl ich hoffe, dass du diesen Zeitpunkt gar nicht mehr erleben wirst.*

Da sie das natürlich nicht in diesen Worten ausdrücken konnte, sagte sie: »Leon, ich bin es, Doria. Ich rufe dich nicht meinetwegen an. Es geht um den Dalai Lama. Ach, du hast gewiss schon von ihm gehört. Dieser wundervolle Junge ist ein Held, der Tibet regiert und sich China mutig entgegenstellt. Ich habe ihn auf meinen Reisen kennengelernt ...«

Offenbar planten einige Vertreter des Dalai Lama, einen bedeutenden Film über dessen junges Leben zu lancieren. Mit spannenden Kampfszenen, seinem Aufstieg im Jahr 1950 und den Auseinandersetzungen, die seitdem tobten. Ziel dieses Projekts sei, in den USA um Unterstützung für den mutigen Widerstand gegen das kommunistische China zu werben. Und Dorias absolut an den Haaren herbeigezogener Lügengeschichte zufolge hatte sie selbst sich bereit erklärt, für ein bescheidenes Honorar als Vermittlerin tätig zu werden. Nein, beteuerte sie, eine Rolle für sie selbst sei nicht vorgesehen. Die tibetische Regierung werde außerdem sämtliche Kosten tragen. Man wolle den Film nur unter dem Namen des Studios und mit der Unterstützung von dessen Vertrieb herausbringen. Also nichts als Profit, kein Risiko. »Hättest du Interesse, die Vertreter Seiner Heiligkeit morgen früh im Ledge House zu einem kurzen Gespräch zu empfangen? Damit würdest du Jack Warner zuvorkommen. Nur du und diese Leute. Meine Rolle in der Angelegenheit endet mit diesem Telefonat.«

Leonid, der in erster Linie Geschäftsmann war, stimmte sofort zu. Also kam Doria rasch auf das Anliegen zu sprechen, das in Wahrheit hinter ihrer Lügengeschichte steckte.

»Wunderbar. Nur eine Kleinigkeit wäre da noch: Es dürften sich keine deiner halbseidenen kleinen Gespielinnen dort herumtreiben. Die Vertreter des Dalai Lama missbilligen unmoralisches Verhalten. Du erwartest niemanden? Erst am Samstagnachmittag? Wenn ich mich recht entsinne, ist das die übliche Ankunftszeit deiner weiblichen Gäste, oder? Prima, ich richte es aus. Dann wird sich Jack Warner am kommenden Montag fühlen wie ein armer Waisenknabe. Aber vergiss nicht: absolutes Stillschweigen, bis die Tinte getrocknet ist.«

Natürlich würde sich kein einziger Vertreter des Dalai Lama am späten Samstagvormittag bei Kosta blicken lassen, denn diese Leute waren frei erfunden. Doria hatte nur wissen wollen, ob Kosta 1.) die Nacht allein verbringen würde und ob er 2.) am Samstag Gäste erwartete und wann. Schließlich war es besser, aus seinem eigenen Mund zu erfahren, wie lang es dauern würde, bis man seine Leiche fand.

XL

An der McMasters-Akademie hatte man Gemma (und alle anderen Kommilitonen mit Hauptfach »Liquidierung Chef«) streng ermahnt, ihre Abschlussarbeit nicht an ihrem Arbeitsplatz umzusetzen. Inzwischen, nach fast einem Monat zurück im Büro, befürchtete sie jedoch fast, dass es dazu keine Alternative geben könnte. Ihr fiel einfach kein anderer glaubhafter Vorwand ein, um sich außerhalb von St. Ann's in Adeles Nähe aufzuhalten. Das Krankenhaus veranstaltete kaum Picknicks oder Betriebsausflüge (schließlich hätte es neugierigen Patienten auffallen können, wenn das gesamte Personal auf einmal freinahm). Außerdem konnte man Adele nicht unbedingt als Freundin bezeichnen … Sie waren noch nie zusammen in die Mittagspause gegangen oder hatten sich am Freitag im Pub auf einen Gin Tonic getroffen. Ihre einzige Gemeinsamkeit war die Sklavenarbeit, die Gemma verrichtete, damit Adele die Lorbeeren dafür einheimsen konnte.

Ihr Plan, sich den River Strid – die tödliche, als fröhlich plätscherndes Bächlein getarnte Felsspalte, die jeden, der das Pech hatte, dort ins Wasser zu fallen, in ein Labyrinth aus unterirdischen Gräbern hinabsog – zunutze zu machen, hatte schon an ihrem ersten Wochenende zu Hause Gestalt angenommen. Gemma hatte eine kleine Pension unweit von

Bolton Abbey aufgetan, die hauptsächlich von pakistanischen Gästen lebte. Obwohl die Inhaber keine Einwände gegen nicht pakistanische Kundschaft hatten, sprach die Geschäftsführerin der Herberge gerade genug Englisch, um die Gäste zu registrieren, Handtücher zu verteilen und Frühstück zu servieren. In der Annahme, dass die Frau sie vermutlich nicht vor dem Strid warnen würde, beabsichtigte Gemma, für sich und Adele dort ein Doppelzimmer zu buchen. Kurz vor Sonnenuntergang würden sie dann einen Spaziergang unternehmen. Außerdem hatte sie eine Stelle ausgekundschaftet, an der sie den Strid verhältnismäßig gefahrlos vor Adele überqueren konnte. Diese würde sie kurz mit der Broschüre eines Restaurants ablenken, wo sie heute Abend essen konnten. Fünfzehn Schritte weiter gab es eine andere Stelle, die aussah, als würde ein einziger Schritt Adele wohlbehalten auf die andere Seite bringen. Gemma würde sie zu sich winken und die Hand ausstrecken, um ihr dabei zu helfen.

Außerdem hatte sie sich angewöhnt, ständig eine Tube Softasilk mit sich zu führen, die Handcreme immer wieder aufzutragen und sich darüber zu beklagen, wie scheußlich es sei, trockene Hände zu haben. Inzwischen war diese Geste so alltäglich geworden, dass sie niemandem mehr auffiel. Vor der Überquerung des Strid würde sie sich noch einmal dick die Hände eincremen. Wenn Adele dann nach der angebotenen Hand griff, würde ein kurzes Zudrücken dazu führen, dass sie abrutschte wie ein nasses Stück Seife in der Badewanne. An der McMasters-Akademie hatte sie geübt, wie man jemandem die linke Hand hinhielt und über die rechte hinweggriff. So würde Adele entweder mit der schwächeren linken Hand zupacken oder sich an der Felskante in einem ungelenken Winkel verdrehen müssen, um die rechte zu benutzen. Adele, für die Mode stets vor Bequemlichkeit kam, würde gewiss elegante Schuhe mit glatten Sohlen tragen, während Gemma mit Stollen geübt hatte. Sie überlegte außerdem, ob sie einen Wanderstock mitnehmen sollte. Trainer Tarcott hatte ihr gezeigt, wie sie Adele das eine Ende hinstrecken und sie so ins Wasser schleudern konnte, wie Robin Hood es mit Little John gemacht hatte. Allerdings war sie zu dem Schluss gekommen, dass das zu offensichtlich war, nur für den Fall, dass ein anderer Wanderer sie beobachtete. Die »helfende Hand«, die wegen eines Jiu-Jitsu-Kniffs ins Leere griff, erschien ihr als die beste Möglichkeit.

Die Sache hatte nur einen Haken: Adele würde sie niemals auf eine Wanderung begleiten.

Wie Gemma annahm, lag das nicht daran, dass Adele sie in Verdacht gehabt hätte. Schließlich hatte ihre Unglücksbotin keinen Grund zu der Vermutung, dass ihre »Lebensversicherung« nicht mehr gut weggesperrt im Tresor des alten Riggins liegen könnte. Außerdem hatte Gemma seit ihrer Rückkehr alles Menschenmögliche getan, um Adele davon zu überzeugen, dass sie sich mit diesem Teufelspakt abgefunden hatte. Sie hatte sich sogar bei der Autovermietung in Newcastle, die auch die Fahrzeugflotte des Krankenhauses betreute, ein Cabriolet von Austin gemietet, in der Hoffnung, damit die Wahrscheinlichkeit eines gemeinsamen Ausflugs zu erhöhen. Aber Adele ließ sich zwar gerne jeden Abend bis vor ihre Haustür chauffieren, anstatt im Regen auf den Bus aus Morpeth zu warten, bestand jedoch unweigerlich darauf, den Wagen selbst zu fahren. Sie wollte eben (zu ihrem eigenen Schutz) stets das Steuer in der Hand halten.

Doch dazu, Gemmas Plan zuliebe, mit dem Cabriolet eine größere Runde über Hügel und Felder bis zum tödlichen

Strid zu drehen, fehlte der Erpresserin jegliches Interesse an der freien Natur, das über die zielstrebige Arbeit an einer Zukunft à la *Town & Country* hinausging. Zu diesem Zwecke waren alle ihre Freizeitaktivitäten derzeit auf einen jungen Arzt namens Peter Ellisden ausgerichtet, wobei ihre einzige Sorge der Frage galt, ob »Mrs. Adele Ellisden« auf ansprechende Weise melodisch oder doch eher wie ein bedauerlicher Zungenbrecher klang. Und so schaltete Adele die Ohren auf Durchzug und blieb stumm, sobald Gemma einen Ausflug aufs Land auch nur erwähnte. Um ihre von der McMasters-Akademie abgesegnete Liquidierung durchführen zu können, hätte Gemma ihre Widersacherin mit vorgehaltener Pistole in einen Zug nach West Burton verfrachten und sie dann gefesselt quer durch die Yorkshire Dales schleppen müssen.

Auf dem Campus war allgemein bekannt, dass Rektor Harrow und seine Stellvertreterin Erma Daimler wegen der akademischen Ausrichtung der McMasters-Akademie schon so manche Klinge gekreuzt hatten. Daimlers felsenfeste Überzeugung, dass ein Zögling nur das lernen müsse, was er zur Verwirklichung seiner ganz persönlichen Abschlussarbeit brauche, hatte unter Studierenden und Angehörigen des Lehrkörpers viele Befürworter. Rektor Harrow hingegen verteidigte nicht minder vehement seinen Standpunkt, ein Student müsse vor seiner Rückkehr aufs »Schlachtfeld«, seine Bezeichnung für die Welt außerhalb der Akademie, über eine breit gefächerte Allgemeinbildung verfügen.

Gemma betete, dass Harrows Ansatz sich als richtig erweisen würde. Denn, der Himmel stehe ihr bei (obwohl jede Gottheit mit moralischen Grundsätzen dankend abgewinkt hätte), sie würde improvisieren müssen.

XLI

An diesem Abend wurde im Shrine Auditorium in Los Angeles eine Inszenierung von *Parsifal* der San Francisco Opera gegeben. Da die Vorstellung um neunzehn Uhr begann, erlebten die umliegenden Restaurants wie das Lucca stets einen Ansturm bei den frühen Reservierungen. Harv Wexler und seine Frau hatten jedoch keine Karten für *Parsifal*. Sie waren hier, weil Bev ihrem Harv schon seit über einer Woche damit in den Ohren lag, dass sie Lust auf Kalbfleisch-Piccata hatte. Ein Freund von Harv hatte nicht nur das Restaurant empfohlen, sondern ihm außerdem den Tipp gegeben, dass es wegen der zu erwartenden Opernbesucher ratsam war, einen Tisch vorzubestellen.

Harv stoppte das olivgrüne Coupé von Ford vor dem Restaurant. »Ich sehe hier nirgendwo einen Parkplatz«, meinte er zu seiner Frau. »Geh du schon mal rein, damit unser Tisch nicht verfällt. Ich parke das Auto und komme nach.« Bev erwiderte, ihr sei nicht wohl bei der Vorstellung, allein den Tisch zu besetzen, denn sie sei im Mittleren Westen aufgewachsen und noch so erzogen, dass es sich für eine Frau nicht gehöre, ohne männliche Begleitung ein ausländisches Restaurant zu betreten. Doch schon im nächsten Moment löste sich das Parkplatzproblem auf einen Schlag in Luft auf.

»Speisen Sie heute bei uns, Sir?«, fragte die fröhliche Brünette, die sich auf der Fahrerseite hinunterbeugte. Die Uniform einer Parkwächterin, bestehend aus einem verkürzten Frack mit weißen Handschuhen, Kummerbund und eng anliegender Hose stand ihr ausgezeichnet. Eine Chauffeurskappe mit blitzblankem Schirm, die in einem kecken Winkel auf ihrem Kopf saß, rundete das Ganze ab. Harv bestätigte, er habe kulinarische Pläne, wobei ihm wieder einmal auffiel, dass es in Los Angeles einen schier unerschöpflichen Vorrat an gut aussehenden Parkwächterinnen und Portiers zu geben schien. Natürlich waren alle aufstrebende Schauspielerinnen und Schauspieler, die hofften, irgendwann entdeckt zu werden, und diese Frau schien da keine Ausnahme zu sein. Sie lief zum Heck des Wagens und kritzelte rasch die letzten vier Zahlen des Kennzeichens und die Worte »Grüner Ford« auf eine Karte, die das Logo des Restaurants trug, bevor sie einen gewiss schon häufig wiederholten Spruch herunterratterte: »Bitte geben Sie diese Karte nach dem Essen Ihrem Kellner. Dann fahre ich Ihren Wagen für Sie vor. Wollen Sie in die Vorstellung? Nein? Dann *buon appetito!*« Sie eilte um die Motorhaube herum und hielt Bev die Tür auf. Diese missbilligte zwar die enge Hose der Parkwächterin, wusste die höfliche Geste aber zu schätzen. Ein anderer Wagen hielt hinter dem der Wexlers, worauf die Parkwächterin die Tür des Fords schloss und zu den Neuankömmlingen hastete. »Speisen Sie heute bei uns, Sir?«, fragte sie atemlos. »Ich bin sofort bei Ihnen, lassen Sie bitte den Motor laufen.« Sie lief zurück zu Harv, der gerade aus dem Auto stieg.

»Können Sie auf einen Zwanziger rausgeben?«, fragte er. Harvs Frau wandte angesichts dieses leicht durchschaubaren Tricks peinlich berührt den Blick ab.

»Tut mir leid, nein«, erwiderte die Parkwächterin bedauernd. »Aber bis Sie fertig sind, habe ich genug Kleingeld, und ich bin bis elf Uhr hier. Also noch einmal *buon appetito.«*

»Auf einen Zwanziger rausgeben!«, höhnte Bev, während Harv sie ins Restaurant schob. »Ich weiß ganz genau, dass du Kleingeld hast. Du hast nämlich an der Tankstelle drei fünfundzwanzig mit einem Fünfer bezahlt.«

»Das Kalbfleisch soll hier sehr gut sein«, wich Harv dem Tadel seiner Frau aus und sah sich in dem romantisch eingerichteten Lokal um. »Nett hier.«

»Versuch, heute mal zur Abwechslung etwas anderes als Lasagne zu bestellen«, erwiderte Bev. Unterdessen hatte Doria Maye das Restaurant bereits vier Häuserblocks weit hinter sich gelassen. Sie trat das Gaspedal des grünen Fords der Wexlers kräftig durch. Dabei nahm sie den selbst gebastelten Anstecker ab, der sie als Parkwächterin des Lucca auswies, und legte die Chauffeurskappe auf den Beifahrersitz. Dann bog sie mit dem Auto der Wexlers in die South Figueroa Street ein. Harv und Bev waren längst vergessen.

Im Parkhaus in der Royal Street herrschte entweder Flaute oder Hochbetrieb, je nachdem ob im angrenzenden Shrine Auditorium eine Veranstaltung stattfand. An diesem Abend drohte der Hochbetrieb ins Hysterische zu kippen, denn das Theater mit seinen sechstausenddreihundert Plätzen war beinahe ausverkauft. Immerhin sollten in *Parsifal* Kirsten Flagstad und der chilenische Tenor Ramón Vinay in der Titelrolle auf der Bühne stehen. An Abenden wie diesen – so auch wenn die Trojans ein wichtiges Spiel hatten – kam es unweigerlich zu einem Ansturm an den beiden Ein- und Ausfahrten des Parkhauses. Außerdem wurde für derartige Großereignisse eine Armee von Aushilfsparkwächtern eingestellt, für gewöhnlich Studenten von der USC, deren Unterkünfte sich in unmittelbarer Nähe befanden.

Der Bereich, wo die Besucher ihre Wagen abgaben, erinnerte derzeit an eine Szene aus einem Schwarz-Weiß-Film, denn silberhaarige Herren im Abendanzug und Damen in Abendkleidern aus Silberlamé trafen in schwarzen Limousinen ein und wurden von Collegestudenten in schlecht sitzenden schwarzen Jacken und gelbstichigen weißen Hemden mit angeklemmten Fliegen umlagert.

Doria bog mit dem Ford der Wexlers in das Parkhaus ein und steuerte, weg von der Armada aus Limousinen, auf die Mitarbeiterparkplätze neben der Metalltreppe zu, die zu den oberen Etagen führte. Sie sprang aus dem Auto, zog die weißen Handschuhe aus, legte sie in ihre Chauffeursmütze und deponierte beides auf einem Feuerlöscher. Ein schlaksiger Parkwächter, dessen Arme zu lang für seine Jacke waren, kam, drei Stufen auf einmal nehmend, die Treppe heruntergestürmt. Als er die unterste Stufe erreicht hatte, stieß Doria geschickt mit ihm zusammen und ließ sich dann, begleitet von einem Schmerzensschrei, zu Boden fallen, als hätte der Student sie umgerempelt. Dieses Manöver hatte sie an der McMasters-Akademie im Seminar »Angewandte kinetische Energie« perfektioniert.

Der junge Mann war völlig außer sich. »Ach, herrje, Entschuldigung. Ich habe nicht richtig aufgepasst. Kann ich etwas für Sie tun?« Er war höchstens zwanzig, und inzwischen baumelte seine angeklemmte Fliege schräg von einer Seite seines Kragens herab. Doria wäre jede Wette eingegangen, dass er im Hauptfach Sozialwissenschaften studierte. Offenbar war es ihr tatsächlich gelungen, ihm weiszumachen, dass er den Unfall verursacht hatte.

»Wenn Sie etwas für mich tun wollen«, erwiderte sie, noch auf dem Boden des Parkhauses sitzend, und rieb sich das Schienbein, »könnten Sie ein wahrer Freund sein und das Auto meines Vaters so parken, dass es vor den ganzen Bonzenkisten steht.« Während er ihr beim Aufstehen half, wies sie auf ihre Arbeitskleidung. »Ich arbeite an der Bar in der Halle des Shrine und muss da sein, bevor die Türen aufgehen. Sonst schmeißen die mich raus.«

Wenn sie durch einen dummen Zufall in die Welt der Normalsterblichen geriet und es nötig wurde, ihre wahre Identität zu verschleiern, hing alles nur vom richtigen Kontext ab. So viel hatte Doria im Laufe der Jahre gelernt. Es war schlicht und ergreifend unmöglich, dass »die« Doria Maye Autos einparkte, hinter einem Tresen stand oder in einer Arbeitshose und mit Kopftuch auf dem Markt einen Liter Milch einkaufte. Wenn sie ungeschminkt war, konnte es manchmal sogar vorkommen, dass sie wie ein ganz gewöhnlicher Mensch in einer Kassenschlange warten musste. »Wissen Sie, Sie sehen aus wie Doria Maye in jungen Jahren«, meinte dann die Frau hinter ihr vielleicht zu ihr. »Natürlich ist sie ein ganzes Stück größer.«

Und aus diesem Grund erkannte der junge Student sie auch nicht als die Filmdiva wieder, die er gewiss schon im Kino gesehen hatte. Für ihn war sie nur eine junge Frau, der er gewiss gerne noch einmal begegnet wäre. »Verdienen Sie gut im Shrine?«, erkundigte er sich.

Sie lachte verschwörerisch auf. »Heute spielen sie Wagner, da gibt es vier Pausen. Und bei der letzten werfen die Ehemänner bestimmt mit dem Zaster um sich wie Seeleute auf Landgang. Also seien Sie ein Freund. Wenn ich jetzt nicht das Auto meines Dads loswerde, bin ich den Job los. Das Proletariat muss doch zusammenhalten, oder?«

»Genau«, stimmte er solidarisch zu (sie hatte ihn also ganz richtig eingeschätzt). Er förderte einen Abholschein mit der Aufschrift »Royal Street Parkhaus, Einfahrt Ost, Parkdeck 2« zutage, riss ihn entlang der Perforierung ab und reichte ihr den Abschnitt. »Können wir uns vielleicht mal wiedersehen?«

»Herrje, ich bin verlobt. Aber ansonsten wäre es bestimmt eine andere Geschichte.« Als sie den Blick in Richtung ihrer unberingten Finger bemerkte, fügte sie hinzu: »Ohne Verlobungsring kriege ich mehr Trinkgeld. Danke, Sie sind mein Held!« Froh über diese Rolle, sprang er in den Ford der Wexlers und brauste mit quietschenden Reifen die Rampe hinauf.

Doria schnappte sich Chauffeursmütze und Handschuhe vom Feuerlöscher und marschierte zielstrebig zum Eingang des Parkhauses, wo ungeduldige Fahrer auf Einlass warteten. Ein Mann mit weißer Haarmähne, der wie ein Bankier aussah und in Begleitung seiner Frau und eines weiteren Paares war, lehnte sich aus dem Fenster, hupte und forderte trotz der Schlange eine Sonderbehandlung. Als Doria die vier aus dem Wagen winkte, wirkte er sichtlich erleichtert. Das Auto, ein unauffälliger schwarzer Packard Patrician, eignete sich ausgezeichnet für Dorias Zwecke. »Wollen Sie zu *Parsifal*?«, fragte sie.

Auf sein zustimmendes Brummeln reichte sie ihm den Parkscheinabschnitt, den ihr der junge Student gerade für den Ford der Wexlers gegeben hatte. Eigentlich wäre der Weißhaarige ihr für diese Bevorzugung ein Trinkgeld schuldig gewesen, doch da er keine Anstalten dazu machte, sprang Doria mit einem freundlichen »Viel Spaß bei der Show« in den Wagen.

»Es ist keine Show, sondern eine Oper«, rügte der Bankier.

Sie raste mit dem Packard erst zum zweiten und dann zum dritten Parkdeck hinauf und hielt dabei den Kopf gesenkt, nur für den Fall, dass sie dem Studenten begegnen sollte. Am anderen Ende von Parkdeck 3 rollte sie die beiden Rampen wieder hinunter zur weniger frequentierten Ausfahrt in der Thirty-second Street, die sie vor einer Woche ausgekundschaftet hatte. Nachdem sie die Kappe wieder abgenommen hatte, schüttelte sie ihr Haar aus und fuhr gemütlich den Jefferson Boulevard entlang bis zum Harbor Freeway in Richtung Long Beach und von dort aus immer weiter nach Süden.

Sie fühlte sich wie eine Studentin, die ausnahmsweise das Familienauto benutzen darf, weil die Eltern sich auf einer Kreuzfahrt befinden. Dieses wunderbar unauffällige Fahrzeug stand ihr nun mindestens sechs oder sieben Stunden zur freien Verfügung (*Parsifal* plus die Zeit, die es dauern würde, bis der Weißhaarige den Verlust zur Kenntnis nahm). Nur noch wenige Stunden, bis ihr und Kostas Schicksal sich vollenden würde.

Die Wexlers, die noch im Lucca saßen, würden den Diebstahl ihres Autos erst bemerken, wenn sie dem erstaunten Kellner den falschen Parkschein überreichten. Selbst wenn sie schon wenige Minuten nach ihrem Verschwinden Lunte gerochen hätten, stand der grüne Ford inzwischen gut versteckt auf dem zweiten Parkdeck des Royal-Street-Parkhauses. Im Wagen selbst würden sich keine Hinweise auf Doria finden lassen. Für den Besitzer des Packard hingegen hatte der erste Akt von *Parsifal* noch gar nicht angefangen. Erst viel, viel später würde der Weißhaarige den tatsächlich aus dem Parkhaus stammenden Kartenabschnitt abgeben. Er würde eine geraume Weile auf sein Auto warten müssen. Und dann … würde der grüne Ford der Wexlers vorfahren.

»Was ist das?« – »Ihr Auto, Sir«, würde ein gleichmütiger Parkwächter erwidern. »Das ist nicht mein Auto! Sie haben mir das falsche Auto gebracht, Sie Schwachkopf! Mein Auto ist ein Packard, ein schwarzer Packard!« Man würde alles versuchen, um das Auto ausfindig zu machen, aber vergeblich. »Sie haben mein Auto verschlampt! Sie haben es jemand anderem gegeben!« – »Tut mir leid, Sir, wir machen in zehn Minuten zu. Wenn Sie bitte morgen wiederkommen würden …?«

Hatte Doria ein schlechtes Gewissen, weil sie wildfremden Leuten solche Umstände bereitete? Vielleicht. Andererseits war es für diese Menschen nur eine kleine Unannehmlichkeit, während es für Kosta um sein Leben ging. Verglichen mit dem Schicksal, das ihm drohte, waren die beiden Geizkragen Wexler und Weißschöpfchen ausgesprochen glimpflich davongekommen. Vielleicht würde sie das ja lehren, einer armen Angestellten beim nächsten Mal ordentlich Trinkgeld zu geben.

Doria lag gut im Zeitplan. Die Sonne, die den ganzen Tag hell geschienen hatte, steuerte langsam auf ihr allnächtliches Rendezvous mit dem Pazifik zu. Es sah aus, als erhöben sich magentafarbene Dampfwolken aus dem Meer. Fast konnte Doria die Ouvertüre von *Parsifal* hören, als wollte sie die tanzenden Nebel begleiten.

Sie nahm die Ausfahrt zum Flughafen, stellte den Wagen dort an einer Parkuhr ab und ging in Richtung Ankunftshalle. Dort gab es ganz in der Nähe ein Schließfach, für das sie einen Schlüssel besaß. Sie entnahm ihm eine kleine gestreifte Reisetasche, die sie am frühen Morgen dort hineingestellt hatte. Bald war sie wieder auf dem Highway 110 und unterwegs zur Balboa Peninsula in Newport Beach.

Nun kam der schwierige Teil des Abends.

XLII

Endiro Giansante, Inhaber des Blumenladens Fawn Street Florists, kam gerade vom Speicher herunter, wo er rosafarbenen Rittersporn trocknete. Unten im Laden traf er seinen neuen Ausfahrer Ludis Lanka an, der, zwei Zehndollarscheine schwenkend, neben der Kasse stand.

»Als Sie oben waren, war ein Mann hier. Also habe ich die Bestellung aufgenommen«, verkündete er mit einem stolzen Lächeln.

»Ludis, Sie sind ein netter Mensch, aber Sie sollen keine Kunden bedienen. Außer, sie sind Letten«, fügte er schmunzelnd hinzu. »Denn in diesem Fall bräuchte ich Sie zum Übersetzen.«

»Er hat mir zwei Dollar Trinkgeld gegeben«, beichtete Ludis und griff in die Tasche, als müsste er es mit Endiro teilen.

»Nein, behalten Sie das Geld. Doch Sie sind Botenjunge, kein Verkäufer. Ausfahrer«, verbesserte er sich, denn Ludis war sicher schon Ende zwanzig oder Anfang dreißig und kein Junge mehr. Er arbeitete erst seit einigen Tagen hier und hatte sich auf den Aushang im Fenster gemeldet. Der Himmel weiß, wie dieser freundliche Mensch von dem geringen Lohn, den ich ihm zahle, überleben will, dachte Endiro. Bestimmt wohnte er bei Verwandten.

»*Es biju citur*«, erwiderte Ludis, was eigentlich »ich war anderswo« bedeutet. Das war zwar nicht ganz passend, allerdings der erste lettische Satz, den Cliff an der McMasters-Akademie gelernt hatte. Man hatte ihm bestätigt, dass die Aussprache stimmte.

Als er an diesem Abend sorgfältig den schlecht sitzenden Overall bügelte, den er sich eigens gekauft hatte, ließ er Rektor Harrows Vorlesung zum Thema »Die Macht der Uniform« Revue passieren. Man hatte die Studenten im Ōideion zusammengerufen, einem kleinen überdachten Amphitheater, das mit dem am Rande von Marseille identisch war. Die Ähnlichkeit mit dem Original war wirklich verblüffend – außer natürlich, die McMasters-Akademie befand sich tatsächlich am Stadtrand von Marseille.

»Ihre Uniform muss nicht nur ein Teil Ihrer selbst werden, sondern Sie selbst auch ein Teil Ihrer Uniform!«, hatte der Rektor an jenem Nachmittag seinen Vortrag begonnen. Der Himmel hinter ihm war mit ovalen amethystfarbenen Wolken getüpfelt. »Das hat Guy McMaster vielfach geäußert, und es bleibt bis zum heutigen Tage wahr.«

Er ließ den Blick über die Gesichter der Studenten schweifen und musterte sie forschend, während er eine Anekdote erzählte, die ihm besonders gut gefiel. »Eine der beeindruckendsten und unverfroren kaltblütigsten Liquidierungen in der Geschichte der McMasters-Akademie wurde von den Gebrüdern Fadi und Armen Haskell verübt. Sie fuhren in einem gemieteten Krankenwagen vor dem Hotel der Zielperson vor, und zwar in blütenweißer medizinischer Tracht und die Kittel bis zum Hals zugeknöpft. Fadi hatte zudem ein Stethoskop um den Hals hängen, was einen Menschen weltweit als Arzt ausweist (es kommt wirklich nur äußerst selten vor, dass man so mit einem Panzerknacker verwechselt wird). Ausgerüstet mit einer Trage, durchquerten die Gebrüder Haskell die Vorhalle und wiesen alle, die gerade den Aufzug betreten hatten, ruhig und bestimmt an, wieder auszusteigen und auf den nächsten Lift zu warten. Alle gehorchten aufs Wort. Im achten Stock angekommen, gingen sie mit der Trage den langen Flug entlang und klopften an die Tür ihrer Zielperson. Als der Mann sie verwundert begrüßte, schob Fadi sich an ihm vorbei, als sei er auf der Suche nach dem Patienten. Die Zielperson folgte Fadi zurück ins Zimmer und protestierte, es müsse sich wohl um einen Irrtum handeln. Armen belehrte ihn eines Besseren, indem er ihn von hinten niederschlug, sodass er das Bewusstsein verlor. Nachdem die zwei den inzwischen Verletzten auf die Trage gebettet hatten, eilten sie mit ihm zum Aufzug; der Liftmann hatte ihn geistesgegenwärtig für sie angehalten. Dieser brachte sie ohne Zwischenstopps auf schnellstem Wege nach unten, wo der Portier ihnen weit die Tür aufhielt. Seine laute Aufforderung »Bitte zur Seite treten, danke schön!« erleichterte es Fadi und Armen sehr, sich mit ihrer bewusstlosen Zielperson davonzumachen. »Die Rezeption soll nachprüfen, ob 814 eine Kontaktperson angegeben hat. Wir bringen ihn ins Mercy Hospital!«, rief Armen noch über die Schulter gewandt.

Sie luden den Patienten in den Krankenwagen, wo Armen sich zu dem Halbtoten setzte, während Fadi das Steuer übernahm. Und schon brausten sie davon … bis sie zwei Straßen weiter um die Ecke gebogen waren, wo sie Sirene und Blaulicht ausschalteten. Fadi fuhr weiter, während Armen die Liquidation in der Abgeschiedenheit des Krankenwagens vollendete. Es war für alle Beteiligten eine im wahrsten Sinne des Wortes bewegende Erfahrung. Später am Abend wurde der Liquidierte in einer zwanglosen Seebestattung beigesetzt, und zwar, indem man ihn einige Landkreise weiter in einen Stausee warf.«

Harrow strahlte übers ganze Gesicht. »Ein gestärkter weißer Kittel, eine weiße Hose, weiße Schuhe und ein lässig um den Hals gelegtes Stethoskop führen ausnahmslos zum Erfolg. Und wenn man Zeugen um eine Personenbeschreibung bittet, werden sie eher die Uniform als den Menschen schildern, bis hin dazu, dass sie erklären, wie eine Person in einer solchen Uniform aussehen sollte. Abhängig von der individuellen Einstellung und Weltanschauung des jeweiligen Zeugen wird er einen Bauarbeiter als schmutzig, eine Krankenschwester als fürsorglich oder einen Soldaten als patriotisch bezeichnen.«

Cliff hätte schwören können, dass der Rektor ihn bei diesen Worten direkt ansah, obwohl die meisten anderen Anwesenden denselben Eindruck hatten. »Das heißt, dass Ihre Uniform nicht mit der Kleidung endet. Auch Accessoires sind unverzichtbar. Jeder kann sich einen Anstecker mit der Aufschrift ›Presse‹ anheften, aber wenn Sie auch noch ein Stativ mit Kamera und dazu ein Blitzlicht bei sich führen, wird sich die Menschenmenge vor Ihnen teilen. Ein Priestergewand tarnt die verschiedensten Sünden, wie zum Beispiel verräterische Flecke. Doch wenn es sich wirklich nicht umgehen lässt, zum Tatort zurückzukehren, nehmen Sie um Himmels willen einen Rosenkranz mit, um Ihrem Opfer unter dem mitfühlenden Blick der Polizei die letzte Ölung zu spenden.«

*

Das Gesicht des Mannes wurde durch die tief heruntergezogene breite Krempe eines altmodischen Filzhuts getarnt. Eine struppige graue Perücke, ein beinahe farblich passender Schnurrbart und eine Pilotenbrille rundeten die Verkleidung ab. Außerdem hatte der Träger des viel zu großen Trenchcoats offenbar seine Figur ausgepolstert. Jeder Idiot konnte erkennen, dass es sich um eine Kostümierung handelte, doch nur Cliff war in der Lage, darin etwas Schicksalhaftes zu finden: Er war beinahe identisch angezogen wie damals bei seinem stümperhaften Mordversuch in der New Yorker U-Bahn. Wenn Captain Dobson und Sergeant Stedge ihn nun hätten sehen können! Von Doria hatte er im Austausch für das Baseballtraining einige Techniken gelernt. Doch nur dem Gump-Seminar hatte er die Erkenntnis zu verdanken, dass es die einfachste Verkleidung war, gar nicht erst so zu tun, als wäre man nicht verkleidet. Denn auch so konnte niemand feststellen, wer man wirklich war.

Vielleicht war seine Herangehensweise auf dem U-Bahnhof ja doch nicht so falsch gewesen. Er hatte zwar die richtige Idee gehabt, allerdings nicht den nötigen Bildungshintergrund, um sie erfolgreich umzusetzen.

Den kleinen Aktenkoffer hatte er in einer großen Einkaufstasche mit Henkeln aus Seilen verstaut, um Fiedlers Fingerabdrücke darauf nicht zu verwischen. Die Verschlüsse des Koffers waren nicht eingerastet, und der Deckel stand ein Stück weit offen, damit der Inhalt beim ersten Blick in die Tasche sichtbar war. Cliff trat an einen Schalter, hinter dem eine Kassiererin saß, und zählte dreiunddreißig Hundertdollarscheine, einen Zwanziger, einen Zehner und drei Silberdollars vor. Dann schob er das Geld zusammen mit einem ausgefüllten Einzahlungsschein zu ihr hinüber. Der

Betrag, der Name des Empfängers und die Kontonummer waren ordentlich darauf eingetragen. »Bittesehr. Ich möchte gerne dieses Geld einzahlen.«

»Äh, einen Moment … Mr. Harding?«, erwiderte die Kassiererin und wandte sich an einen Vorgesetzten, der hinter seinem Schreibtisch aufstand und sich dem sonderbaren Kunden näherte.

»Guten Tag, Sir. Dreitausend Dollar sind aber viel Geld für eine Überweisung«, begann der Filialleiter.

»Dreitausenddreihundertunddreiunddreißig Dollar. Außerdem handelt es sich nicht um eine Überweisung, sondern um eine Einzahlung«, antwortete der Mann mit dem ausländischen Akzent eines Diplomaten in einem Marx-Brothers-Film. »Ich wünsche, dieses Geld auf das Konto eines gewissen Mr. Merrill Fiedler einzuzahlen. Oder nehmen Sie in dieser Bank kein Bargeld an?«

»Tja, wir akzeptieren nur ungern Summen über fünfhundert Dollar ohne Ausweisdokument und einen Beleg über die Herkunft des Geldes«, erklärte Mr. Harding. »Schließlich möchten wir weder Geldwäsche noch Steuerhinterziehung unterstützen.«

»Hat Merrill Fiedler kein Konto bei dieser Bank?«

»Ich kenne den Herrn nicht persönlich, Sir, aber …«

Harding gab der Kassiererin eine Anweisung, worauf diese in einer Aktenschublade kramte und ihm eine Karteikarte reichte. »Natürlich könnten wir jederzeit ein Konto für *Sie* eröffnen, Sir. Dazu bräuchten wir nur einige Informationen … Name, Ausweisnummer, Adresse. Dann könnten Sie diesem …« – er konsultierte die Karte – »Mr. Fiedler einen Scheck ausschreiben.«

»Das ist eine Unverschämtheit«, empörte sich der verkleidete Mann, der inzwischen die Aufmerksamkeit von Kundschaft und Mitarbeitern gleichermaßen erregte. Der Wachmann der Bank befürchtete schon, die lautstarke Entrüstung könnte nur Tarnung für einen Überfall sein. Der Mann stopfte das zurückgewiesene Geld erbost in die Taschen seines ausladenden Mantels. »Wenn Sie nicht wollen, dass Mr. Fiedler sein Geld bekommt, ein Mann, der schon seit Jahren ein Konto bei Ihnen hat, werde ich mir eben eine andere Bank suchen, wo man hilfsbereiter ist!« Als er schwungvoll auf dem Absatz kehrtmachte, hätte er beinahe seine schlecht sitzende Perücke verloren.

Während Harding sich bei den umstehenden Kunden entschuldigte, bemerkte er, dass der verkleidete Mann in seiner Wut die Einkaufstasche mit dem leeren Aktenkoffer vergessen hatte. Vom Rand des Koffers hatte sich ein Stück Klebeband gelöst, sodass das Monogramm »M. F.« zu sehen war, das Cliff bei einem Juwelier in Washington, D. C., hatte eingravieren lassen. Den Koffer selbst hatte er in einem Laden nur wenige Meter entfernt gekauft.

Harding reichte die Einkaufstasche einem Auszubildenden. »Legen Sie das in unseren Tresor, und fassen Sie den Koffer nicht an. An dieser Sache ist etwas faul. Der Mann, der unbedingt so viel Bargeld für diesen Merrill Fiedler einzahlen wollte, kam mir gleich verdächtig vor. Wenn er zurückkommt, um den Koffer zu holen, verlangen Sie einen Ausweis von ihm.« Er unterzog die mit Fiedlers Unterschrift und seinen Kontaktdaten versehene Karteikarte einer gründlicheren Musterung. »Falls wir die Behörden verständigen müssen, würde ich jede Wette eingehen, wessen Fingerabdrücke die auf diesem Koffer finden.«

*

Um vier Uhr nachmittags läutete das Telefon in der Vorhalle von Fiedlers Apartmenthaus so anhaltend, dass Ricky, der Pförtner, beschloss, dass es einfacher war ranzugehen, als sich die restliche Schicht das Geklingel anzuhören.

»Hallo?«

»Wer spricht da?«, fragte eine Stimme in drohendem Ton.

»Ich bin der Pförtner eines Apartmenthauses. Das hier ist ein öffentlicher Münzfernsprecher. Ich glaube, da hat Ihnen jemand eine falsche Nummer gegeben.«

»Nein, jemand hat mir einen falschen Scheck gegeben. Ich will Ihnen sagen, wo Sie arbeiten. Sie befinden sich gerade in der Vorhalle der Monumental City Terraced Apartments in Guilford, richtig?«

Ricky sah keinen Grund zu lügen. »Ja.«

»Okay, dann richten Sie Mr. Merrill Fiedler aus, dass sein Buchmacher nicht nur weiß, wo er ihn jeden Morgen anrufen kann, sondern auch, wo er schläft. Wenn er mir bis morgen nicht die drei Riesen bezahlt, die er mir schuldet, werde ich ihm beibringen, wie man seinen rechten Ellbogen mit der rechten Hand berührt. Einigen meiner Geschäftspartner schuldet er noch mehr, und denen werde ich auch seine Adresse geben. Haben Sie das verstanden?«

»Äh … nicht so ganz. Um wie viel Geld …?«, stammelte Ricky.

»In meinem Fall sind es dreitausenddreihundertunddreiunddreißig Dollar. Ist das so schwer zu behalten? Drei ist seine Glückszahl, nur diesmal eben nicht. Entweder kriege ich morgen mein Geld, oder ich breche ihm dreimal sein niedliches Näschen. Richten Sie ihm das aus. Dreitausend …«

»Drei-drei-drei-drei, jawohl, Sir.« Als ein Klicken ertönte, legte Ricky auf und kehrte an seinen Posten zurück. Da er wusste, dass es oft die Überbringer der schlechten Nachricht waren, die geköpft wurden, beschloss er so zu tun, als hätte der Nachtportier den Anruf entgegengenommen. Er hatte Fiedler sowieso nie leiden können.

Cliff, der am Telefon den nicht existierenden Buchmacher gespielt hatte, wusste, dass der Pförtner, wenn seine Mission erfolgreich war, heute Abend keine Gelegenheit mehr haben würde, Fiedler von dem Anruf zu erzählen. Allerdings würde sich Ricky gewiss an den Inhalt des Gesprächs erinnern und auch daran, dass diese Summe nur einen Teil von Fiedlers Wettschulden darstellte, falls die Behörden ihn danach fragen sollten. Wer konnte wissen, wie vielen nicht existierenden Buchmachern Fiedler denselben Betrag schuldete? Oder vielleicht sogar einen höheren?

*

AUS DEM ZWEITEN TAGEBUCH VON CLIFF IVERSON

Schon wenige Tage nach meiner Rückkehr hatte ich die seichten Gewässer von Woltans Lieferanteneingang getestet. Ich war erstaunt, wie einfach es war, sich Zutritt zum Lastenaufzug zu verschaffen. Eine lange Schürze mit selbst angebrachten Tomatensauceflecken, eine schmuddelige weiße Kappe und ein flacher Karton mit einer heißen

Pizza darin genügten. Diese hatte ich vor dem Anlegen meiner Uniform gekauft und die Adresse sowie den Namen und die Etage von Fiedlers Empfangssekretärin auf die Quittung geschrieben. Das Vorzeigen dieser Quittung sowie der köstliche Duft nach Knoblauch und Oregano wurden als Ausweisersatz akzeptiert. Der Wachmann, der mich während meiner Zeit in dieser Firma öfter gesehen hatte, schaute geradewegs durch mich hindurch. Ich war nur ein unrasierter Pizzabote, also nicht weiter von Bedeutung. Nach diesem erfolgreichen Testlauf stieg ich in einer der unteren Etagen wieder aus dem Aufzug und ließ die Pizza in einem Aufenthaltsraum stehen, damit alle etwas davon hatten. Ein Klacks sozusagen. Ein Klacks Tomatensauce.

Vor zwei Tagen, ich hatte den begehrten Posten als Botenjunge bei Fawn Street Florists bereits ergattert, hatte ich von zu Hause aus einen gebundenen Strauß bestellt, um ihn noch am heutigen Vormittag am Schreibtisch von Fiedlers Sekretärin Meg Keegan abzugeben. Sobald der bescheidene Strauß fertig war, fuhr ich, bärtig wie ich inzwischen war, zu Woltan, um ihn und eine Karte mit der Aufschrift »Von einem Verehrer« dort abzugeben, bevor Meg oder Fiedler ihren Arbeitstag begannen. Bei diesem letzten Testlauf überzeugte ich mich davon, dass Grundriss und Einrichtung des Büros noch genauso waren, wie ich sie aus meiner Zeit vor dem Studium an der McMasters-Akademie in Erinnerung hatte. Außerdem lag der Ersatzschlüssel zu Fiedlers Büro wie früher in Megs Schreibtischschublade. Später im Blumenladen beglich ich die Kosten für den bestellten Strauß aus eigener Tasche.

Morgen werde ich meine Abschlussarbeit vollenden, verehrter X. Sollten meine Bemühungen scheitern, ist das hier der letzte Eintrag in mein Tagebuch. Denn es liegt in der Natur dieser Arbeit, dass es nicht nur für Fiedler, sondern auch für mich um Leben und Tod geht. Ich habe keinen Plan B, was eigentlich gegen die Grundsätze von McMasters verstößt. Rektor Harrow hat sich deshalb nach Kräften bemüht, mir diese Herangehensweise auszureden. Doch nur so kann ich mit meiner Tat weiterleben, sollte das Glück mir hold sein. Obwohl ich meinen Plan nicht direkt als Himmelfahrtskommando bezeichnen würde, steht für mich alles auf dem Spiel.

Das Einzige, worauf es mir wirklich ankommt, habe ich, ganz unabhängig vom Erfolg meiner Unternehmung, bereits in die Wege geleitet. Und zwar die Aufdeckung der Konstruktionsfehler in den Bauplänen der W-10. Da ich ein ehemaliger Woltan-Mitarbeiter mit einem Groll gegen die Firma bin, würde mein Tod unter verdächtigen Umständen AirCorps Interesse an den unter Fiedlers Regime veranlassten lebensgefährlichen Änderungen nur weiter steigern. Dass ich meine Abschlussarbeit überlebe, ist natürlich das wünschenswerteste Szenario, auf das ich von Herzen hoffe. Doch wie dem auch sei, wird dieses letzte Duell mit Fiedler so oder so vielen unschuldigen Menschen das Leben retten. Cora und Jack kann ich nicht mehr lebendig machen. Aber ich kann mein Möglichstes tun, um andere zu schützen, Menschen, denen ich nie begegnen werde und deren Leben mindestens ebenso viel wert sind wie meines.

Jedenfalls möchte ich, vielleicht zum letzten Mal, wiederholen, wie dankbar ich Ihnen dafür bin, dass Sie mir eine zweite Chance eröffnet und mir mit einer Ausbildung an der McMasters-Akademie ein unbezahlbares Geschenk gemacht haben. Morgen werde ich endlich die Linie überschreiten, die zwischen dem Planbaren und dem Unwiederbringlichen verläuft. Wünschen Sie mir Glück, verehrter X, denn ich werde es brauchen. Und noch einmal vielen Dank, ganz gleich, wie mein Vorhaben auch ausgehen mag.

XLIII

Der freundliche junge Mann hätte ein Antiquitätenhändler oder ein Gutachter für Kunstwerke sein können. Doch ungeachtet seines Berufs machte er einen nervösen und zurückhaltenden Eindruck, als er das Dolly Winslow's betrat, eine Bar, die ein wenig versteckt am Balboa Boulevard lag. Er wirkte, als hätte er noch nie einen Fuß in ein derartiges Etablissement gesetzt, und dennoch verbarg sich hinter seiner schüchternen Art die Selbstsicherheit, die mit einer guten Erziehung einhergeht. Seine zarten Gesichtszüge und sein zierlicher Körperbau taten seinem aristokratischen Auftreten keinen Abbruch, und sein Kammgarnanzug stammte offenbar von einem guten Schneider. Als er seinen dazu passenden Homburg auf den Tresen legte, kam eine glänzende, beinahe mandelfarbene Haarmähne in Sicht, die er zu einer stolzen Tolle gekämmt trug. Obwohl es im Dolly Winslow's so finster war wie in einem Liebestunnel (und zwar aus eben diesem Grund), behielt er die Sonnenbrille auf, was hieß, dass er vermutlich unerkannt bleiben wollte. In einer Ecke spielte die einzige anwesende Frau auf einem Klavier »My Foolish Heart«.

Der Barmann war ein fröhlicher Zeitgenosse, der wie ein frisch rasierter Nikolaus aussah. Mit seiner langen Schürze, die ein kompliziertes Blumenmuster zierte, erinnerte er an eine treu sorgende Hausmutter. Er schob einen Untersetzer auf die Theke. »Guten Abend, junger Mann. Was kann ich dir Gutes tun?«

»Perfect Manhattan?« Der junge Mann ließ die meisten Sätze wie eine Frage klingen.

Dem Barmann wäre die Antwort »Whiskey auf Eis« lieber gewesen, denn die Bar füllte sich allmählich. Dennoch machte er sich an die Arbeit. Es gehörte zu seinen vielen Aufgaben, dafür zu sorgen, dass Novizen sich bei ihrem ersten Besuch, der sie sicher viel Überwindung gekostet hatte, wie zu Hause fühlten. »Neu in der Gegend?«, erkundigte er sich über die Schulter gewandt, während er genau die gleichen Anteile süßen und trockenen Vermouth in einen Cocktailshaker gab.

»Bin zum ersten Mal hier. Das heißt in Los Angeles. Hört man das nicht?« Seine Stimme hatte etwas Melodisches, das charmant klang, ihm aber früher auf dem Schulhof sicherlich viel Ärger eingebracht hatte.

»Lass dich von den Eingeborenen bloß nicht dabei erwischen, wie du das hier Los Angeles nennst. Wir sind in Newport Beach. Für uns ist L. A. eine Million Lichtjahre entfernt.«

Als jemand dem jungen Mann locker den Arm um die Schultern legte, stellte dieser fest, dass er zu einem sonnengebräunten Herrn um die vierzig gehörte, der eine weiße Hose, ein offen stehendes marineblaues Hemd und ein weißes Halstuch trug. »Wir sitzen dort drüben«, sagte er lässig und wies auf einen Tisch in der Nähe des Klaviers. »Ich habe ein paar neue Leute kennengelernt, und die nächste Runde geht auf sie. Setzt du dich zu uns? Ich heiße übrigens Keith.«

»Damon«, erwiderte der junge Mann. »Vielleicht ein bisschen später?«

Die beiden Männer am anderen Ende der Bar musterten ihn unverhohlen. Der Ältere war über fünfzig, der Jüngere sah nicht mehr ganz so jung aus, wie dem Älteren lieb gewesen wäre. Ein leiser Kommentar des Jüngeren ließ seinen Begleiter leise auflachen. Als Damon ihre Blicke neugierig erwiderte, wandte sich niemand ab, auch wenn das Lachen des älteren Mannes sich in ein wissendes Lächeln verwandelte.

Der Barmann stellte den Drink vor Damon hin und verlangte einen astronomischen Preis. Als er Damons hochgezogene Augenbrauen bemerkte, sagte er: »Niemand will dich hier über den Tisch ziehen, mein Junge. Es kostet uns ein ordentliches Sümmchen, dass die Polizei ein Auge zudrückt. Für die Schanklizenz müssen wir auch einiges hinblättern, und außerdem haben wir ein paar freundliche Sicherheitsleute hier, die sich einmischen, falls es Ärger geben sollte. Hinzu kommt, dass wir den Laden blitzsauber halten. Du weißt schon.« Er verdrehte die Augen in Richtung der Toiletten.

Damon griff in die Tasche und legte einen Zehner auf den Tresen.

»Vielen Dank«, erwiderte der Barmann, ohne ihm Wechselgeld anzubieten. »Und jetzt will ich dir einen guten Rat geben. Ich an deiner Stelle wäre ein bisschen vorsichtig, mit wem ich nach Hause gehe, falls du dazu Lust haben solltest. Am Freitagabend haben wir neben unseren Stammgästen manchmal ein paar raue Burschen hier, und da könnte ein netter, sanfter Junge wie du in Schwierigkeiten geraten … falls es ein bisschen zur Sache geht.«

»Aber ich mag es, wenn es, du weißt schon … zur Sache geht«, antwortete Damon. Er nippte an seinem Glas und glitt anmutig vom Barhocker. »Mmm, das ist wirklich ein perfekter Manhattan. Könntest du bitte kurz für mich darauf aufpassen?«

Neben dem Klavier befand sich ein mit einem lockeren Vorhang versehener Durchgang. Der Flur dahinter war erstaunlich lang und mit Nahaufnahmen dekoriert, welche die Schauspielerin Mary Martin bei einem geschmackvollen Striptease zeigten, wobei die Dame von Foto zu Foto zunehmend leichter bekleidet war. Der Flur endete an den Toilettentüren. Damon entschied sich für die mit der Aufschrift HERREN.

Der Raum war so blitzblank wie in einem Krankenhaus, und offenbar war Damon im Moment der Einzige hier, auch wenn sich das naturgemäß rasch ändern würde. Das sterile Ambiente und der durchdringende Geruch des nach Fichtennadeln und Trauben duftenden Desinfektionsmittels rissen »Damon« aus ihrer vorgetäuschten Lässigkeit, und sie machte sich an die »Arbeit«.

Ganz gleich, wie oft sie es auch in »Erotizid« mithilfe der Requisiten aus Vesta Thrippers Fundus geübt hatte, hatte sie von derlei Zeitvertreib vor ihrem Studium an der McMasters-Akademie nichts geahnt. Zuerst nahm sie die Sonnenbrille ab und musterte ihr Gesicht im Spiegel über dem Waschbecken.

Es dauerte eine Weile, bis sie sich trotz der hochwertigen Perücke und der wirkungsvollen Verkleidung wiedererkannt hatte. Doch bald blickte ihr Doria Maye aus dem Spiegel entgegen. Ohne Lippenstift, Puder oder Augenbrauenstift war an ihr wirklich ein reizender junger Mann verloren gegangen.

Wollte sie tatsächlich aufs Ganze gehen? Sie musste sich vor Augen halten, dass das, was sie nun vorhatte, für Ärzte und Krankenschwestern gewissermaßen zum Alltag gehörte, nämlich sich mit allen Bereichen der menschlichen Körperlichkeit zu befassen. Diese Fachleute beschäftigten sich mit Organen, Flüssigkeiten und Körperfunktionen, um das Leben wildfremder Menschen zu retten. Doria würde dafür sorgen, dass es schnell ausgestanden war, und ihrem noch unbekannten Gegenüber dabei vermutlich auch keine Schmerzen zufügen. Außerdem entsprach die anonyme Transaktion ja den Wünschen dieses Fremden und geschah in beiderseitigem Einvernehmen. Ich tue nichts Unmoralisches oder Verwerfliches, sagte sie sich. Ich versuche nur, jemanden zu ermorden.

Bei einem früheren Besuch, getarnt als verlegene Frau auf der dringenden Suche nach einer Toilette, hatte sie die Räumlichkeiten bereits erkundet. Denn natürlich hatte sie sich in der Tür »geirrt« und sich vergewissert, dass sich die Herrentoilette ausgezeichnet für die Umsetzung ihrer Abschlussarbeit eignete.

Es gab vier Kabinen. Doria betrat die, welche am weitesten entfernt von der Tür war. Wie sie im Rahmen ihrer Recherchen festgestellt hatte, befand sich in der Trennwand zur Nachbarkabine etwa auf Schenkelhöhe eine kreisrunde Öffnung, genau wie Vesta Thripper es ihr erklärt hatte.

Darüber, auf welche Weise Vesta diese bedeutende Information erworben haben mochte, wurde allgemein gerätselt. Und nun stand Doria Maye, der Öffentlichkeit bekannt von Bühne und Leinwand, in der Kabine einer Herrentoilette, bereit, einem unbekannten Gast dieser Lokalität hilfreich zur Hand zu gehen … und das alles nur, weil sie unbedingt ein Studium abschließen wollte.

Sie griff in die Hosentasche und förderte einen schimmernden Massagehandschuh zutage, der auf der einen Seite mit Hermelinpelz, auf der anderen mit Wildleder beschichtet war. Außerdem hatte sie eine Ampulle mit dunklem Öl bei sich.

Anschließend nahm sie einen flachen Glasbehälter aus der inneren Brusttasche und schraubte den Deckel ab.

Sie hörte ein Quietschen, als sich die Tür zur Herrentoilette öffnete und wieder schloss. War das ein Interessent?, fragte sie sich gleichzeitig aufgeregt, verlegen und ängstlich. Allerdings war sie, was die Gepflogenheiten in Hollywood anging, nicht naiv und hatte schon verschiedenen Besetzungschefs, männlichen Hauptdarstellern und einmal sogar einer Hauptdarstellerin eine »Rückenmassage« verabreicht. Also würde es hier keine Opfer geben – mit Ausnahme von, hoffentlich, Kosta. Aber was, wenn sie an einen Zivilpolizisten geriet? Wie, um alles in der Welt, sollte sie dem erklären, dass er das alles völlig falsch verstanden hatte? Die Sittenwächtervereinigung namens »Legion of Decency« würde dafür sorgen, dass sie niemals wieder einen Film drehte!

Doch im nächsten Moment fiel ihr wieder ein, dass niemals wieder einen Film zu drehen ohnehin ihr Schicksal war, wenn ihr Vorhaben scheitern sollte … und zwar für den Rest ihres Lebens, jetzt und in all den dunklen Stunden, die noch vor ihr lagen.

Nur wenige Minuten später hatte sie ihr Ziel erreicht und verließ eilig die Toilette und, gefolgt von den Blicken der anwesenden Männer, das Dolly Winslow's. Sie bog um die Ecke, wo ihr gestohlener Packard parkte, und fuhr weiter nach Süden in Richtung Torrey Pines. Leon Kosta beendete in diesen Minuten sein Abendessen in seinem Country Club, mehr als eine Autostunde nördlich von hier. Also hatte sie einen guten Vorsprung.

Wenn seine Leiche erst einmal auf dem Boden lag, war dann wohl ein Freudensprung angesagt.

XLIV

Zweiter Schritt der Gewissenserforschung: Haben Sie Ihrer Zielperson eine letzte Chance gegeben, sich zu bessern?

Die Blondine trug über ihrem geschlitzten Rock ein gelbes französisches Ringelhemd, dessen schwarze Streifen Mühe hatten, wegen ihrer üppigen Rundungen parallele Abstände einzuhalten. Das Ergebnis war, dass sie wie ein lebendiges Vorfahrtsschild aussah, und zwar für all die männlichen Autofahrer, die glaubten, dass der Besitz eines Fahrzeugs an sich sie schon zum Objekt der Begierde machte. Während die Frau neben dem Eingang des Motels namens Surf Crest Motor Lodge auf eine Gelegenheit wartete, den stark befahrenen Highway zu überqueren, beschloss ein Lastwagenfahrer, ihr die Wirksamkeit seiner Hydraulikbremsen zu demonstrieren, indem er keuchend etwa zweihundert Meter hinter ihr zum Stehen kam. Der Trucker ließ den Motor laufen und rechnete offenbar damit, dass die Blondine sich dankbar vor dem drohenden Regen in sein Führerhaus flüchten würde. Aber sie rührte sich nicht. Widerwillig setzte der Fahrer zurück.

»Ich muss nach Ensenada in Mexiko«, rief er. »Wo musst du denn hin?«

»Vermont«, erwiderte sie, ohne ihn anzusehen.

Er zuckte die Achseln, und der Laster rumpelte weiter. Die Blondine verlagerte gerade den Riemen ihrer glänzenden Tasche von einer breiten Schulter auf die andere, als ein Pontiac quietschend neben ihr anhielt, damit der Fahrer seine Überlegungen zum Thema »zwei Hupen« mit ihr teilen konnte, worauf sie ihm eine Anwendung für seinen Schaltknüppel vorschlug, auf die er womöglich nie von selbst gekommen wäre. Dass sich all das in weniger als einer Minute abgespielt hatte, deutete sie als klaren Hinweis darauf, dass sie passend angezogen war.

Eine kurze Lücke im Verkehr machte es endlich möglich, alle vier Fahrspuren zu überqueren. Nun war sie an der schmalen bergauf führenden Straße, die von der zum Haus ihrer Zielperson führenden Küstenstraße abzweigte. Wenn Kosta nicht innerhalb der nächsten Stunde eintraf, würde sie zu Fuß den Hügel hinaufmarschieren und eine Autopanne auf der Hauptstraße vortäuschen müssen, aber sie hoffte von Herzen …

Ein Sportwagen mit unverkennbarer Kühlerhaube näherte sich. Als sie den Daumen ausstreckte, hatte sie sofort Erfolg: Leon Kosta, der kaum über das Lenkrad reichte. »Brauchen Sie eine Mitfahrgelegenheit?«

Die Blondine blieb am Straßenrand stehen und musterte ihn. »Ich brauche eine ganze Menge Sachen. Was haben Sie denn so zu bieten?«

Leonid Kosta bekam Tag für Tag mehr als genug aufstrebende Filmsternchen zu Gesicht. Außerdem geschah es öfter, dass ihm eine Anhalterin bekannt erschien, worauf er nicht selten herausfand, dass sie ihm tatsächlich in der vergangenen Woche vorgesprochen hatte. Manchmal hatte sie sogar ein paar Zeilen vorlesen dürfen. Trotz des Weltruhms war Hollywood nämlich eine verhältnismäßig kleine Stadt, sodass man bei einem Vorsprechtermin unter den Statistinnen oder beim Durchschauen von Bewerbungsfotos am Schreibtisch häufig auf ein vage vertrautes Gesicht traf.

»Eigentlich wollte ich wissen, ob Sie hier hängen geblieben sind.«

Sie ließ einen wissenden Blick über ihr grellgelbes Oberteil schweifen. »Sehen Sie hier was hängen?«

Kosta schmunzelte. »Wie weit müssen Sie noch?«

»Wie weit würden Sie gehen?«, lautete die prompte Antwort. Keine Dorothy Parker, ja, nicht einmal eine Dorothy Kilgallen, dachte Kosta. Aber ihre abgedroschenen Anzüglichkeiten hatten etwas angenehm Vertrautes an sich. Es war die Art von Sprüchen, mit denen seine Autoren versuchten, die Sittenwächter auszutricksen. Ihre Art erinnerte ihn an die Titelfigur in *Ember Morgan kommt nach Hause*, was auch für ihre Optik galt. Der Rock, der aussah wie der einer französischen Bordsteinschwalbe, und das enge gestreifte Oberteil waren fast identisch mit der Abbildung auf dem Bucheinband. Nur dass das Oberteil quietschgrün gewesen war und nicht kanariengelb wie das dieser Frau. Auch das blonde Haar hatte ihn im ersten Moment abgelenkt, denn das von Ember war flammend rot. Aber Lucille Ball hatte ja auch nacheinander eine Brünette, eine Blondine und einen Rotschopf gespielt, und diese Frau machte ihre Sache gut. Sie war ein wenig jünger, als er sich Ember ausgemalt hatte, und es würde eine Weile dauern, sie auszubilden und ihr Image aufzubauen … Was sollte dieser Unsinn? Er wusste ja nicht einmal, ob sie eine Textzeile überzeugend vorlesen konnte. Konnte sie überhaupt lesen?

»Ich drehe Filme«, vertraute er ihr freimütig an. »Haben Sie je geschauspielert?«

»Nur, wenn es sich nicht vermeiden ließ, zum Beispiel während der Flitterwochen.«

Wer braucht einen Drehbuchautor? Die schreibt ihre eigenen Dialoge, dachte Kosta.

Sie hielt sich die Hand vor den Mund und täuschte ein Gähnen vor. »Sich als Produzent ausgeben kann jeder. Sie könnten genauso ein Vertreter sein, der ein Jahresgehalt in dieses Auto gesteckt hat, um ein Mädchen wie mich zu beeindrucken. Wo wohnen Sie? Wo sind Ihre Oscars?«

Kosta öffnete die Beifahrertür. »Steigen Sie ein, dann zeige ich Ihnen beides«, erwiderte er. Als sie es tat, brauste er den Appian Way hinauf, die lange Sackgasse, die am Ledge House endete.

Sein Wohnzimmer ragte über den Pazifik hinaus wie die Gondel eines Zeppelins an einem windstillen Tag. Kosta schob seine potenzielle Ember in den Raum, machte aber kein Licht. Von seiner Sitzgarnitur aus war die hügelige Küstenlandschaft unter ihnen durch die Fensterfront nicht zu sehen. Man hatte nur Blick auf den dunstig schimmernden Ozean, der sich bis zum Horizont erstreckte. Unterhalb dieser dunklen Fläche, wo das Meer zu enden schien, versuchte die untergehende Sonne sich weiter Geltung zu verschaffen und ein Lichtband in den Himmel zu malen. Der so erzeugte Glanz spiegelte sich darunter in der Wasseroberfläche. Sonst erleuchtete nichts den Raum, was nicht nur für eine romantische Stimmung sorgte, sondern auch verbarg, dass Kosta alles andere als ein schöner Mann war. Aber schließlich war er ein alter Hase, wenn es darum ging, einen angenehmen Abend zu Hause zu inszenieren.

Während seine Besucherin die zunehmend malerische Aussicht genoss, ging der klein gewachsene Mann zu der eleganten Hausbar, die einst die Kulisse von *Außer Rand und Band* geziert hatte. Zu seiner Freude hatte Freja das Eis nachgefüllt. Bis jetzt hatte er die Frau noch nicht nach ihrem Namen gefragt (doch der spielte auch keine Rolle, denn falls er sich entschließen sollte, sie zum Star zu machen, würde er selbst einen Namen für sie aussuchen), und er erkundigte sich auch nicht nach ihrem Getränkewunsch. Stattdessen fing er an, einen Krug Stinger zu mixen, der meist seine Wirkung nicht verfehlte. »Du hast mich nach meiner Adresse gefragt. Die Antwort lautet Holmby Hills«, sagte er, während er Cognac und weiße Crème de Menthe aus einem Regal unter der Bar nahm. »Das hier ist nur mein Wochenendhaus. Und, sieht es aus, als würde hier ein Vertreter wohnen?«

»Woher soll ich das wissen?«, entgegnete sie. »Ich gehe nicht mit Vertretern nach Hause. Wie viele Schlafzimmer hat es denn?«

»Für unsere Zwecke mehr als genug. Du kannst dir die Farbe der Bettwäsche aussuchen.«

»Hauptsache, sie ist sauber«, meinte sie. »Weiße Baumwolle, gebügelt und gestärkt, als Kontrastprogramm zu schmutzigem Treiben.« Sie ließ sich in einen dick gepolsterten Sessel sinken. »Außerdem nimmst du dir ziemlich viel raus.«

Er rührte den Inhalt des Kruges mit einem langen Stab aus Glas um. »Dein Verhalten in der nächsten Stunde könnte großen Einfluss auf deine Zukunft haben.«

»Ach, über meine Zukunft habe ich mir nie den Kopf zerbrochen«, erwiderte sie. »Meine Mutter konnte sich für mich keine Schulbildung leisten. Stattdessen hat sie mir alles über Männer wie dich erzählt.« Sie streckte die Beine aus und stützte die Absätze auf die Ottomane. Als Kostas Blick dem Schwung ihrer Wade folgte, stellte er erstaunt fest, dass sie viel zu große Sandalen trug.

»Keine sehr feminine Fußbekleidung«, merkte er an.

»Die gehören nicht mir. Ein Typ, der mich mit dem Auto mitgenommen hat, hat beschlossen, auf einem Rastplatz, ganz in der Nähe, wo du mich aufgelesen hast, eine kleine Spontanparty für mich zu schmeißen. Zu einem kostenlosen Drink sage ich nicht nein. Nur, dass er dann mehr von mir wollte, als er sich leisten konnte. Also bin ich abgehauen, während er auf dem Klo war. Leider bin ich nicht an meine Schuhe rangekommen. Die Sandalen sind seine. Wenigstens hatte ich so die Garantie, dass er mich barfuß oder in Stilettos hätte verfolgen müssen.« Sie ließ eine Sandale an ihrem rechten Zeh baumeln. »Deshalb bin ich den Hügel hinaufmarschiert, immer in der Hoffnung, einen tapferen Ritter in einem schicken Sportwagen zu treffen.«

Kosta trug die beiden hellbraunen Cocktails durch den Raum und reichte ihr so feierlich ein Glas, als hätte er ihr einen Vertrag angeboten. Was in gewisser Weise auch zutraf, natürlich abhängig davon, ob ihr Auftritt am heutigen Abend und auch später im Studio vor der Kamera auf sein Wohlwollen traf. Mit einem schicksalsergebenen Seufzer nahm sie den Cocktail entgegen. »Weißt du, manche Leute werden mit einem Durchschnittsgesicht und Fettpolstern geboren, und niemand geheimnisst etwas in sie hinein. Aber Gott hat nun mal beschlossen, mir ein Gesicht zu schenken, das aussieht, als wäre ich auf Ärger aus. Und dazu eine Figur, die den Eindruck macht, dass ich weiß, was in diesem Fall dann zu tun ist. Nach einer Weile gewöhnt man sich daran und denkt sich, okay, das ist eben das Bild, das alle von mir haben. Also werde ich mein Bestes tun, um sie nicht zu enttäuschen.« Ihr Tonfall war eher wehmütig als verbittert und passte ausgezeichnet in die Stimmung im Raum. »Ich war ein nettes Mädchen und habe bei den Baptisten die Sonntagsschule besucht. Der Pastor dort hat ständig mit mir geflirtet und wollte wissen, wann ich sechzehn werde. Also bin ich in meiner Verzweiflung zum katholischen Glauben übergetreten. Wie dumm von mir, denn natürlich musste ich bei der Beichte an den einzigen heterosexuellen Priester der gesamten Diözese geraten. Ich bin nicht auf den Kopf gefallen und habe einige Bücher gelesen und auch darüber nachgedacht. Außerdem versuche ich, in allen Menschen das Gute zu sehen. Bloß, dass die in mir nur eine gute Zeit sehen, ein Spielzeug, das man sich bloß zu nehmen braucht. Das ist nicht fair.«

Obwohl Kosta eher triebgesteuert war, war er Profi genug, um sich zu fragen, ob sie diese Mischung aus Abgebrühtheit und Verletzlichkeit auch auf der Leinwand würde vermitteln können. Falls ja, hatte er seine Ember gefunden. Wie sollte er sie in der Öffentlichkeit bekannt machen? In einem B-Movie, um festzustellen, ob sie den Geschmack des Publikums traf? In Form eines dramatischen Gastauftritts in einem bedeutenden Film? Er hob sein Glas. »Auf dich, meine Liebe … Wie heißt du denn eigentlich?«

»Toby«, erwiderte sie. »Danke, dass du gefragt hast. Toby Jones.«

Dieser Name kam gar nicht infrage. »Toby, du befindest dich an einem Wendepunkt deines Lebens.«

»Du meinst, es gibt kein Zurück mehr?«, entgegnete sie spitz und nippte rasch an ihrem Glas, als sei dieses ein gut gekühlter Schierlingsbecher.

»Das soll heißen, dass mir eine Filmrolle für dich vorschwebt. Du könntest über Nacht ein Star werden.«

»Schon gut, das Schlüsselwort lautet wahrscheinlich ›über Nacht‹. Okay, du hast ein schickes Auto und ein schickes Wochenendhaus. Vielleicht hast du sogar eine Villa. Aber das beweist noch lange nicht, dass du wirklich im Filmgeschäft bist. Jeder dritte Typ, dem ich begegne, behauptet, er könne mich in einem Film unterbringen. Aber das Beste, was ich bis jetzt abgeschleppt habe, war ein Comiczeichner.«

»Komm mit in mein Schlafzimmer«, erwiderte er, griff nach ihren Gläsern und ging voran, ohne sich umzuschauen.

»Sehr originell«, antwortete sie. »Ich wette, das sagst du zu allen gefallenen Mädchen.« Kurz schloss sie die Augen, damit er ihr ihre Wut nicht anmerkte. Er hatte sich weder erkundigt, woher sie kam, noch was sie von Beruf war oder warum sie per Anhalter fuhr … Es war offensichtlich, dass sie ihn als Mensch nicht interessierte. Ihn kümmerte nur, wie er sie privat und vielleicht auch beruflich ausbeuten konnte. Eigentlich war sie froh darüber, denn das erleichterte ihr den nächsten Schritt.

Sie folgte ihm eine kleine Treppe hinauf in ein luxuriös ausgestattetes Liebesnest mit Rundum-Meerblick. Da die Sonne für heute Feierabend gemacht hatte, waren auf der einen Seite nur dunkle Klippen zu sehen. Der hübsche Kamin hatte einen Sims aus geflecktem Marmor, auf dem zwei Oscars prangten.

»Das sind nur die Unwichtigen«, verkündete er mit einer wegwerfenden Handbewegung. »Bester Kurzfilm und bester Zeichentrickfilm. Die wichtigeren Oscars stehen in Holmby Hills und in meinem Büro.«

»Sind die *echt*?«, rief sie mit hoffentlich der gebührenden Ehrfurcht aus.

»Glaubst du, ich würde mir einen Oscar für *Käpt'n Katz* fälschen lassen?«

Staunend näherte sich Toby der Trophäe auf der linken Seite des Kaminsimses. »Gütiger Himmel! Darf ich die mal anfassen?«

»Meinetwegen. Aber sei vorsichtig. Und wenn du glaubst, damit abhauen zu können, sollte ich vielleicht erwähnen, dass ich die Autoschlüssel nicht stecken gelassen habe. Außerdem habe ich eine geladene Pistole griffbereit. Und die Oscarstatuen sind sowieso nur vergoldet.«

Toby verdrehte die Augen gen Himmel. »Hältst du mich für so dämlich, dich zu beklauen, nachdem du mir *Probeaufnahmen* angeboten hast? Du meine Güte! Nur ...« Die funkelnde Trophäe in der Hand, setzte sie sich auf die Bettkante. Dann stellte sie die Statue auf dem Nachtkästchen ab und betrachtete sie, als könnte sie ihr die Antwort geben. »Sag mir einfach, was du willst.«

Er warf seinen Blazer auf den Sessel neben dem Bett und begann, sein Hemd aufzuknöpfen. Offenbar war der anbahnende Teil des Abends vorbei, und dabei war ihr Glas noch nicht einmal leer. »Heute findet der erste von einigen Tests statt, die du für eine ganz bestimmte Rolle absolvieren musst. Also solltest du dir Mühe geben. Dein Aussehen und deine Art entsprechen genau dem, was wir in der Branche als ›Flittchen mit Herz‹ bezeichnen.« Er legte sein Hemd auf den Blazer. Es dauerte einen Moment, bis Doria klar wurde, dass er kein Unterhemd trug, denn seine Brust und sein Rücken waren mit einem dichten schneeweißen Pelz bedeckt. »Aber ich muss wissen, ob du auch über Wärme und ...«, er suchte nach dem richtigen Wort, »eine gefühlvolle Seite verfügst. Ob sie echt ist oder nicht, zählt nicht, mich interessiert nur, ob du sie *darstellen* kannst. Es genügt nicht, dass du dich mir einfach hingibst, verstehst du? Du musst erreichen, dass ich dich *mag.* Dass ich mich von dir angezogen fühle und dich *begehre.* Das ist eine schwierige Aufgabe. Kriegst du das hin? Glaubst du, du kannst mir das bieten?«

Ihre Züge wurden weicher, und sie schob ein Stück die Unterlippe vor. »Ich kann es versuchen«, flüsterte sie, die Stimme viel sanfter als zuvor. »Ich habe im Leben einiges einstecken müssen und bin dadurch hart geworden, weißt du? Vielleicht wirke ich deshalb nach außen, als wäre ich auch in Wahrheit so. Doch eigentlich habe ich immer einen Mann gesucht, der sich die Mühe macht, mich kennenzulernen. Für so einen Mann würde ich alles tun.« Ein wenig verlegen senkte sie den Blick. »Das meine ich ernst.«

Ihre Antwort gefiel ihm ausgesprochen gut, und es kümmerte ihn kein bisschen, ob sie nur Theater spielte. In diesem Fall wäre sie bereits eine ausgezeichnete Schauspielerin gewesen. Wenn nicht, war sie ein Naturtalent.

»Wunderbar«, erwiderte Kosta mit einem zufriedenen Nicken. »Prima.«

Ihre raue Art meldete sich zurück. »Das freut mich. Aber bevor wir anfangen, musst du die Probeaufnahmen für mich buchen.«

Er schnaubte belustigt. »Es ist kurz vor neun.«

»Falls du wirklich der Studioboss bist, gehen sie ran, wenn du anrufst.«

Kosta stöhnte zwar auf, griff aber nach dem Telefon, das auf seiner Seite des Bettes auf einem identischen Nachttisch stand. Seine für die Termine zuständige Sekretärin war um diese Zeit gewiss zu Hause, denn sie pflegte ihre Mutter und hatte praktisch kein Privatleben, genau der Grund, warum er sie eingestellt hatte. Da es in diesem Teil von Torrey Pines noch immer keine Selbstwähltelefone gab, musste er sich an das Fräulein vom Amt wenden: »Verbinden Sie mich mit Stanley fünf-drei-eins-drei in Hollywood.«

Während er wartete, fuhr Toby mit dem Geplänkel fort. »Du musst mich mithören lassen, damit ich weiß, dass der Anruf echt ist.«

Kosta sah sie zwar strafend an, protestierte aber nicht, als sie sich neben ihn aufs Bett setzte. Er hielt den Hörer so, dass sie Marthas Antworten mitverfolgen konnte. »Martha, Kosta hier. Ich möchte gern am Montag um vier Probeaufnahmen machen. Tragen Sie den Namen Toby ...?« Er warf ihr einen fragenden Blick zu.

»Jones«, erinnerte sie ihn. Sie hatte es ihm zwar erst vor drei Minuten gesagt, aber so einen Namen vergaß man eben rasch.

»... Jones. Whelan soll drehen, ich will dabei sein. Tragen Sie es in meinen Kalender ein.«

Er drehte das Telefon zu Toby hin. »Ja, Sir. Toby Jones, Sir. Montag um vier. Einen schönen Abend ... aber den haben Sie sicher.« Der letzte Satz wurde in einem vielsagenden Ton geäußert. Schließlich buchte Kosta nicht zum ersten Mal spätabends einen Termin für Probeaufnahmen. Vielleicht würde ja am Samstagnachmittag wieder ein Anruf kommen, um alles abzusagen.

Kosta legte den Hörer auf. »Zufrieden?« Und das war sie wirklich, weil genau dieser Anruf ihr Ziel gewesen war. Er stand auf und öffnete seinen Gürtel. »Dann wollen wir mal sehen, ob du eine oscarreife Vorstellung hinkriegst.«

»Darf ich vor meinem Debüt noch meine Dankesrede halten?«, fragte sie mit spielerisch geschürzten Lippen.

Endlich einmal eine Frau mit Humor, dachte Kosta. Und den besaß Doria eindeutig, denn sie hatte, insgeheim schmunzelnd, eigens zu Ehren des zu kurz geratenen Studiobosses den Oscar für den besten *Kurzfilm* vom Kaminsims geholt. Nun drückte sie sich die Statue liebevoll an die Brust und wandte sich an ein imaginäres Publikum. »Diese unglaubliche Chance habe ich nur einem einzigen Menschen zu verdanken, einem Mann, der mich zu der Frau gemacht hat, die heute vor Ihnen steht.«

Wenn Sie je eine Bestätigung dafür gebraucht hatte, was für eine begabte Schauspielerin sie war, lieferte ihre Fähigkeit, ihre zitternden Hände und ihr Herzklopfen zu verbergen, nun den Beweis dafür. Nun würde sie ihrer Zielperson eine letzte Chance geben, sich geläutert zu zeigen.

Rasch schlüpfte Kosta aus der Hose, darauf bedacht, ihre Kooperationsbereitschaft nicht durch den Anblick seiner affenähnlichen Gestalt zu vertreiben. Beinahe hätte er in seiner Hast das Telefon, eine Wasserkaraffe und eine Pillendose aus Zinn vom Nachtkästchen gestoßen.

Doria legte die Trophäe am Fußende des Bettes ab und knöpfte ihr gestreiftes Oberteil hinten auf. Schnell hatte sie sich des Kleidungsstücks und damit auch der Schulterpolster entledigt, sodass ein Spitztüten-BH mit doppelten Trägern in Sicht kam. Die frei tragende Konstruktion war ein Meisterwerk der Ingenieurskunst. Mit einem stolzen Lächeln öffnete sie die sechs Häkchen und streifte sich den Büstenhalter über die Schultern. Kosta war erst entsetzt, dann verärgert, als zwei Brustattrappen aus Schaumstoff zu Boden fielen. Mit der nächsten Handbewegung riss sie sich die blonde Perücke vom Kopf, und obwohl ihr wahres Gesicht noch unter einer dicken Schicht Schminke verborgen war, waren

Stimme und Haltung der Frau, die nun vor ihm saß, unverkennbar.

»Gibst du jetzt zu, dass ich Ember spielen sollte?«, fragte Doria flehend. Mehr hätte sie sich vor ihm nicht entblößen können, insbesondere deshalb, weil er nun freien Blick auf ihre viel bewunderten Brüste hatte. Sie hatte bewiesen, dass sie Ember Morgan überzeugend darstellen konnte. Ja, er war sogar bereit gewesen, die Rolle einer vom Leben gebeutelten Anhalterin ohne Schauspielerfahrung zu geben. Er brauchte einfach nur Ja zu sagen. Das wäre in vielerlei Hinsicht die richtige Antwort für sie beide gewesen.

Kosta, jäh seiner Rolle des Genies beim Besetzen von Rollen sowie des Objekts seiner Begierde beraubt, betrachtete Doria mit der Wärme eines Röntgengeräts.

»Oink«, antwortete er nur. Und das war der größte und letzte Fehler seines Lebens.

Doria hätte das als Abschiedswort eigentlich recht passend gefunden. Doch anstatt es dabei bewenden zu lassen, kehrte Kosta ihr nun den Rücken zu, um wieder nach dem Telefon zu greifen. »Ich rufe jetzt ein Tax…«, sagte er stattdessen, keine sonderlich denkwürdigen letzten Worte also. Er war tot, sobald der Sockel der Oscarstatue Kontakt mit seiner Schädeldecke bekam. Doria war wirklich bis ganz zum Schluss bereit gewesen, ihn zu verschonen. Doch durch sein Verhalten hatte Kosta sich selbst zum Tode verurteilt. Er hatte sich seinen Oscar redlich verdient.

XLV

Erster Schritt der Gewissenserforschung: Ist dieser Mord notwendig?

Vermutlich ist jeder von uns im Laufe seines Daseins schon ein oder zwei Mal mit der Vorahnung aufgewacht, dass der vor ihm liegende Tag sein ganzes Leben verändern könnte. Cliff Iverson hingegen wachte an jenem besonderen Tag mit der Gewissheit auf, dass dieser Tag ein Leben *beenden* würde ... ob nun das von Fiedler oder sein eigenes, war noch nicht entschieden. Anders als die meisten Studenten der McMasters-Akademie war Cliff schon einmal gescheitert, und seine Abschlussarbeit sah keinen dritten Versuch vor. Wie bei einem Duell auf einer Straße im Wilden Westen würde nur einer von ihnen, Fiedler oder er, den Schauplatz der Schießerei auf eigenen Füßen verlassen. Außer, es gelang ihnen, sich gegenseitig umzubringen.

Am späten Nachmittag kehrte Cliff, noch immer in der Rolle von Ludis Lanka, dem Blumenladen Fawn Street Florists endgültig den Rücken, während der Inhaber im Hinterzimmer seiner Arbeit nachging. Cliff nahm sich einen großen Strauß aus dem Kühlregal und legte das Geld dafür auf die Kasse. Sein Auto parkte drei Straßen weiter. Auf dem

Weg dorthin sorgte sein Anblick mit dem Strauß dafür, dass einige Frauen ihm zulächelten. Vermutlich fragten sie sich, ob die Blumen für eine Geburtstagsfeier, seine Mutter oder gar einen Heiratsantrag bestimmt waren. Dass ihr Gedanke *Ich wette, die sind für jemanden, den er ermorden will* lautete, bezweifelte Cliff.

Auf der Rückbank standen ein offener Karton mit der Likörflasche, die Lilliana Horvarth ihm gegeben hatte, und außerdem ein kleiner Holzkoffer, etwa so groß wie ein tragbarer Plattenspieler. Er lehnte die Vase mit den Blumen daneben und fuhr zur Firmenzentrale von Woltan.

Das Gesicht hinter dem inzwischen wild wuchernden Bart und zusätzlich mit dem Blumenstrauß getarnt, begrüßte er den Wachmann am Lieferanteneingang von Woltan. Bei seinem letzten Testlauf hatte er sich vergewissert, dass der Eingang noch immer um Punkt sechs geschlossen wurde. Nun war es Freitagabend um eine Minute vor sechs. Mit Händen und Füßen und in gebrochenem Englisch erklärte er dem Wachmann, er müsse die Blumen ans Bürofenster stellen, sie besprühen und ihnen Pflanzendünger verabreichen, da sich während des Wochenendes niemand um sie kümmern werde. Er wusste, dass der Wachmann um diese Uhrzeit sicher Feierabend machen wollte und ihn deshalb anweisen würde, durch die Vorhalle wieder nach draußen zu gehen. Das gehörte zu Cliffs Plan, denn so würde niemandem auffallen, dass er für seine Lieferung in den vierzehnten Stock viel zu lange brauchte … und wenn er den Büroturm nach vollbrachter Tat wieder verlassen würde, dann ganz sicher nicht in Gestalt von Ludis Lanka.

Das hieß, *falls* er den Büroturm wieder verlassen würde.

Cliff fuhr mit dem Lastenaufzug hinauf in den vierzehnten

Stock und durchquerte mehrere Flure, bis er schließlich vor den Glastüren mit der Aufschrift WOLTAN INDUSTRIES – VERWALTUNG stand. Wenn Fiedler nicht beschlossen hatte, im Büro auf ihren Termin um zwanzig Uhr zu warten, hatte Cliff das gesamte Gebäude nun für sich. Aufgrund seiner vielen Überstunden während seiner Zeit hier wusste er, dass der Nachtwächter frühestens um zehn seine Runde machte.

Wie er bei seinem Erkundungsgang vor einigen Wochen in Erfahrung gebracht hatte, gab es im Kopierraum noch immer eine kleine Kaffeeküche mit ordentlich gestapelten Tassen und einem elektrischen Kaffeekocher. Er spielte eine Weile am elektrischen Matrizendrucker herum, stibitzte eine Kaffeetasse und pflückte Fiedlers Sinnspruch der Woche, versehen mit seiner Unterschrift in strahlendem Anilinpurpur, von der Pinnwand. Nachdem er diese Dinge ebenfalls in seinem Pappkarton verstaut hatte, steuerte er auf Fiedlers Bürosuite zu. Dank seiner kürzlichen Generalprobe wusste er, dass Meg Keegan weiterhin einen Ersatzschlüssel in ihrer Schreibtischschublade aufbewahrte. (Fiedler war einmal von einer Buchhalterin, die er im Sturm der Leidenschaft mit dem Namen ihrer Vorgängerin angesprochen hatte, aus seinem Büro ausgesperrt worden.) Doch als Cliff vorsichtig am Türknauf drehte, um festzustellen, ob von innen abgeschlossen war, war die Tür zu seiner Erleichterung offen.

Falls sich doch noch jemand im Büro aufhielt, lieferte der Blumenstrauß und dessen Versorgung wie das Aufstellen, Wässern und Düngen einen ausgezeichneten Grund für seine Gegenwart, obwohl sich auch der letzte Mitarbeiter bereits ins Wochenende verabschiedet hatte. Außerdem hatte Fiedler sicher ein Interesse daran, dass seine Transaktion mit Amigo vertraulich blieb, und so hatte er eventuelle Nachzügler gewiss pünktlich in den Feierabend geschickt. Und wenn Cliff überraschenderweise Fiedler jetzt schon im Büro angetroffen hätte, wäre es eben früher als geplant zum letzten Duell gekommen. Doch Cliffs Berechnungen stimmten, sodass er allein auf der Etage war. Der Putzdienst bei Woltan hatte stets freitags und samstags frei und kehrte erst am Sonntagabend zurück, um die Büros für die neue Arbeitswoche vorzubereiten.

Cliff war sich voll und ganz dessen bewusst, dass er mit seinem Plan, Fiedler an seinem Arbeitsplatz zu liquidieren, gegen die Grundsätze der McMasters-Akademie verstieß. Nur dass es sich bei Fiedlers Büro gleichzeitig um sein Liebesnest handelte, weshalb Cliff den Rektor davon hatte überzeugen können, ihn seinen ehemaligen Chef auf heimischem Territorium erledigen zu lassen.

Er zog seinen Overall aus, unter dem er ein schwarzes Hemd mit passender Hose trug. Dann nahm er mit einer Handbewegung Ludis Lankas Zottelmähne mitsamt Klebeband ab. Nach seiner Rückkehr von der McMasters-Akademie hatte er beschlossen, dass ein kahler Schädel vermutlich seine beste Tarnung war, um Fiedler zu täuschen. Schließlich hatte er in seiner Zeit bei Woltan volles Haar gehabt, und nur wenige junge Männer werden in nur einem oder zwei Jahren völlig kahlköpfig. Ein weiterer Vorteil war, dass die vielen Perücken, die er im Laufe der letzten Wochen hatte tragen müssen, so besser hielten. Und falls doch eine von ihnen verrutscht wäre, hätte jeder Beobachter den Grund für die künstliche Haarpracht klar erkannt: Natürlich, weil er *kahl* war!

Die schwarze Kleidung, der wilde Bart, die dunkle Sonnenbrille und nicht zuletzt der glänzende Schädel verliehen seinem Äußeren etwas »Bedrohliches«, wohl die letzte Eigenschaft, die Fiedler Cliff Iverson jemals zugeschrieben hätte. Allerdings würde er seine Zielperson nicht lange täuschen müssen, denn schließlich sollte Fiedler genau wissen, wer er war, bevor er sein Werk vollendete.

Obwohl es ihm große Freude bereitete, sich auf dem Stuhl hinter Fiedlers Schreibtisch niederzulassen, durfte er dieses Gefühl nicht lange genießen. Sein Vorhaben war nämlich ausgesprochen riskant, und zwar so sehr, dass Rektor Harrow dem letzten Schritt seines Plans nur unter größten Vorbehalten zugestimmt hatte. Cliff hatte Verständnis für die Bedenken seines Studienleiters, doch wie er ihm erklärt hatte, eröffnete nur dieses Endspiel ihm eine Chance, sich sein altes Leben frei von Selbstvorwürfen zurückzuerobern … falls er erfolgreich war. Allerdings musste er dazu in einem gefährlichen Grad darauf vertrauen, dass er Fiedlers Charakter richtig eingeschätzt hatte. Ihrer beider Schicksal würde nämlich davon abhängen, wie treffsicher dieses Urteil war.

Aus seinem Karton förderte Cliff eine große Rolle Verbandsmull zutage. Er hatte gelernt, sich in weniger als sechs Minuten beide Hände glaubhaft zu verbinden. Es war zwar noch nicht einmal halb sieben, doch er hielt es für ratsam, das jetzt schon zu erledigen, nur für den Fall, dass seine Zielperson verfrüht eintraf.

*

Nach einem Abendessen, bestehend aus Roastbeef mit Lyoner Kartoffeln, kehrte Merrill Fiedler in den Woltan-Tower zurück. Er hatte sich zum Essen einen doppelten

Whiskey genehmigt, um sich vor seiner Begegnung mit Amigo in Stimmung zu bringen. Außerdem hatte er keinen Penny der Wettgewinne aus den Pferderennen bei sich. Schließlich war Amigo so dumm gewesen, in seinem Brief *Sollten Sie nicht teilen wollen, habe ich mich wohl in Ihnen geirrt* zu schreiben. Fiedler hatte nichts dagegen, diesen Idioten die Folgen seines eigenen Leichtsinns ausbaden zu lassen. Das Fiasko mit der verlorenen Wette hatte ihn Zeit, seinen Stolz und womöglich auch Shari Dougans Wohlwollen gekostet, weshalb er keinen Grund sah, sich für sein Verhalten zu entschuldigen. Er würde einfach die beiden Weisheiten »Das Recht steht auf der Seite der Besitzenden« und »Den Letzten beißen die Hunde« zur Anwendung bringen.

Fiedler erkundigte sich beim Pförtner in der Vorhalle, ob in den letzten fünfzehn Minuten ein Fremder ins Haus gekommen sei, was ihm die respektvolle Antwort »Nein, Mr. Fiedler, Sir.« einbrachte. Deshalb war er aufrichtig erstaunt, in seinem Büro einen kahlen, von Kopf bis Fuß in Schwarz gekleideten Mann anzutreffen, dessen Segeltuchschuhe – eine Unverschämtheit! – auf Fiedlers Schreibtisch ruhten, als gehörte das Büro ihm.

Die durchtrainierte Figur des Eindringlings, sein rasierter Schädel und sein buschiger Bart ließen ihn wie einen Ringer wirken, der in Schaukämpfen auftrat und schummelte, sobald der Ringrichter kurz wegschaute. Der Mann hielt eine Bürotasse wie einen Cognacschwenker in seinen bandagierten Händen und stellte sie nun auf die Platte von Fiedlers Schreibtisch, und das, ohne den ledernen Glasuntersetzer zu benutzen. Dann begrüßte er Fiedler in leutseligem Ton. »Na, dann setzen Sie sich mal, mein Freund. Fühlen Sie sich wie zu Hause.«

Der Anblick eines riesigen Blumenstraußes, einer gedrungenen Likörflasche mit der seltsamen Aufschrift »Zwack Unicum« und eines kleinen Holzkoffers mit Bakelitgriff auf seinem Schreibtisch trugen noch weiter zu Fiedlers Verwunderung bei. Er verstand nicht, was hier gespielt wurde, und war außerdem ziemlich verärgert. Falls er diesem Fremden je das Leben gerettet haben sollte, war das ganz sicher ein Irrtum gewesen, ein ausgesprochen bedauerlicher, wie er hinzufügen musste, wenn man sich ansah, wie unverfroren der Kerl sich in seinem Büro breitmachte.

Allerdings war Fiedler ein schlauer Fuchs: Erst wollte er sein Geld, bevor er diesen Schwachkopf mit einem Fußtritt vor die Tür beförderte. Also nahm er dem Unbekannten gegenüber auf dem Besucherstuhl Platz. Auf der anderen Seite seines eigenen Schreibtischs!

»Amigo, wie ich annehme?«, erkundigte er sich unwirsch, worauf Cliff bescheiden nickte. Er war sehr zufrieden mit sich, weil Fiedler ihn nicht sofort erkannt hatte. Natürlich war es hilfreich, dass nur eine einzige Stehlampe in der Ecke brannte. Fiedler wies auf Amigos Hände. »Was soll das mit den Verbänden?«

Amigo verzog den Mund zu einem gezwungenen Lächeln und antwortete in einem kultivierten Südstaatenakzent, den er zum Teil Doc Pinckney in McMasters verdankte. »Einige freie Mitarbeiter der Rennbahn hatten eine hitzige Debatte mit meinen Händen, die sich darum drehte, welche Temperatur die Außenseite eines Ofens wohl erreichen kann. Die Alternative wäre gewesen, mir die Fingerknöchel brechen zu lassen. Ich weiß es sehr zu schätzen, dass man mir gestattet hat zu wählen.«

»Heißt das, dass Ihre Methode, den Gewinner vorherzusagen, aufgeflogen ist?«, fragte Fiedler, der Amigos Verletzung natürlich nur aus dem Blickwinkel des Eigeninteresses betrachtete.

»Für eine Weile, ich bedaure. Zumindest, bis meine Hände abgeheilt sind.«

»Tja, während wir auf diesen Tag warten, wäre es nett, wenn Sie hinter meinem Schreibtisch aufstehen und mir das versprochene Geld geben würden.« Nach Fiedlers Auffassung hatte er den Geldsegen der letzten Wochen einzig und allein deshalb verdient, weil er Merrill Fiedler war, weshalb er nun ein Anrecht auf eine Entschädigung für die jüngsten Verluste hatte. Dass er niemals einen Penny seines eigenen Geldes eingesetzt oder verloren hatte, war in diesem Zusammenhang nicht von Bedeutung.

»Nun, genau deshalb bin ich ja hier«, erwiderte Amigo entgegenkommend. »Wenn Sie so freundlich wären, mir eine Empfangsbestätigung auszufertigen, gehört das Geld im Nu Ihnen.« Er nahm die Füße vom Schreibtisch und öffnete den Deckel des Holzkoffers, der eine etwa fünfzehn Zentimeter hohe tragbare Schreibmaschine von Remington enthielt. Ein Bogen Papier war bereits ordentlich eingespannt.

»Was meinen Sie mit Empfangsbestätigung?«, hakte Fiedler argwöhnisch nach.

»Darf ich offen zu Ihnen sein, Sir?«, antwortete Amigo so respektvoll, als spräche er mit einem vorgesetzten Offizier. »Meine Frau ist gerade dabei, die Scheidung gegen mich einzureichen. Und ich würde lieber bankrottgehen, als zuzuschauen, wie sie bekommt, was ich mir so hart erarbeitet habe. Deshalb bin ich gerade dabei, alle meine Schulden zu begleichen, sowohl die finanzieller als auch, wie in Ihrem Fall, persönlicher Natur, da Sie mir ja das Leben gerettet haben.«

»Schon, aber wann genau soll denn das gewesen sein?«, fragte Fiedler, der nichts dagegen gehabt hätte, das Geld des Mannes auch ohne Begründung zu nehmen. Allerdings war er, was seine edle Tat anging, inzwischen selbst ein wenig neugierig geworden.

»Ich werde Ihrem Gedächtnis gleich auf die Sprünge helfen«, entgegnete Amigo und senkte verschwörerisch die Stimme. »Offen gestanden könnte meine Frau, wenn sie von meinen Gewinnen auf der Rennbahn Wind bekommt, einen Anteil fordern, weil es sich um ehelichen Zugewinn handelt. Darum ist es mir lieber, dass Sie es nehmen. Ich verlasse mich auf Ihr Ehrenwort als Gentleman, dass Sie die Gewinne nach dem Scheidungsprozess mit mir teilen. Deshalb brauche ich die Empfangsbestätigung. Schreiben Sie einfach: *Erhalten als vollständige Bezahlung von Spielschulden in einer Höhe von …*«

Die fünfstellige Zahl brachte Fiedlers Widerstand rasch ins Wanken. »Das ist nur recht und billig«, meinte er, was eine starke Untertreibung war. »Also bezeichnen wir meinen Anteil als Spielschulden?«

»Ja, und das stimmt ja eigentlich auch. Wenn Sie bitte so gütig wären«, er förderte eine übergroße Münze zutage und schob sie Fiedler über den Schreibtisch hinweg zu, »diese Münze zu werfen. Kopf oder Zahl?«

Fiedler betrachtete ihn zweifelnd, aber Geld war Geld. Also nahm er die Münze und warf sie. »Kopf«, verkündete er. Die Münze landete mit dem Adler nach oben auf der Schreibtischplatte.

»Dann sagen wir zwei von drei, einverstanden?«, fragte Amigo mit einem verschlagenen Grinsen. Wieder wettete Fiedler auf Kopf, doch Lady Liberty zeigte zweimal ihr Gesicht. Amigo zog die Münze mit einer seiner verbundenen Hände zu sich herüber. »Es waren zwar ein paar Versuche nötig, doch Sie haben mich fair in einem Glücksspiel geschlagen. Darauf könnten Sie einen Lügendetektortest machen. Wenn Sie jetzt so nett wären, die Empfangsbestätigung zu tippen ...«

»Ich kann nicht tippen. Dafür habe ich Sekretärinnen«, entgegnete Fiedler.

»Aber das Ein-Finger-Suchsystem werden Sie wohl hinkriegen, oder?« Amigo hielt die verbundenen Hände hoch. »Wie Sie sehen, bin ich derzeit verhindert.«

Es lag in Fiedlers Wesen, einem geschenkten Gaul nicht nur ins Maul zu schauen, sondern dabei auch noch alle Zähne zu zählen. »Aber warum soll ich tippen, anstatt mit der Hand zu schreiben ... Und wieso schleppen Sie eine Schreibmaschine hierher, obwohl überall in diesem Büro viel bessere herumstehen?«

»Weil ich diese tragbare Schreibmaschine später in die Chesapeake Bay werfen kann, was mit den Schreibmaschinen von Woltan nicht möglich ist, ohne dass Ihre Mitarbeiterinnen ihr Fehlen bemerken würden. Und getippt muss die Bescheinigung deshalb werden, um uns beide zu schützen, was nicht klappen würde, wenn sie handschriftlich wäre ...« Allmählich ging Amigo die Geduld aus. »Schauen Sie, ich habe ordentlich Geld für Sie verdient, und deshalb sage ich Ihnen jetzt, wie es läuft. Wenn es Ihnen nicht passt, brauchen Sie ja nicht zu unterschreiben, richtig?«

»Da haben Sie vermutlich recht«, räumte Fiedler ein. Da er seit über zehn Jahren keine Schreibmaschinentastatur mehr angesehen hatte, brauchte er eine Weile. Doch irgendwann war die lästige Pflicht mehr schlecht als recht erledigt.

Amigo holte die Notiz heraus, die er von der Pinnwand abgenommen hatte. »So. Diese Notiz mit Ihrer Unterschrift darauf hängt überall in diesem Gebäude. Jeder könnte eine Kopie besitzen. Also werden Sie die Bestätigung auf die Notiz legen und Ihre eigene Unterschrift nachfahren, anstatt freihändig zu unterschreiben.«

Nun war Fiedler wirklich verwundert. »Und was soll das bringen?«

Amigo lächelte. »Sie kennen doch den Spruch, dass zwei Unterschriften niemals völlig identisch aussehen. Nun, falls Sie je beweisen wollen, dass es sich bei dieser Bestätigung um eine Fälschung handelt, brauchen Sie nur einen Experten zu bitten, die Unterschrift mit der auf dieser Notiz zu vergleichen. Sie stimmen zu gut überein. Und das wertet die Polizei grundsätzlich als Beweis für eine Fälschung. Wenn meine Frau also meine Gewinne einfordert, habe ich eine Bestätigung, die belegt, dass ich das Geld an Sie verloren habe. Sollte ich die Bestätigung jedoch auf eine Weise verwenden, die Ihnen nicht zusagt, könnten Sie eine Fälschung nachweisen, indem Sie der Polizei oder sonst jemandem die von dieser Notiz nachgefahrene Unterschrift zeigen. Hübsch, oder? Ein Dokument, zwei Anwendungen. Deshalb mussten wir sie auch tippen. Mit einer handschriftlichen Bestätigung klappt es nämlich nicht.«

Endlich ging Fiedler ein Licht auf. Dennoch meldete sich sofort seine argwöhnische Natur. »Nein, das gefällt mir nicht«, entgegnete er knapp. »Ich glaube, Sie wollen diese Empfangsbestätigung für die Jungs, die Ihnen die Hände verbrannt haben. Sie zeigen denen das Ding, und dann kommen sie zu mir und verlangen das Geld. Nichts da!« Er nahm das Blatt aus der Schreibmaschine, knüllte es zusammen und warf es in den Papierkorb neben seinem Schreibtisch. »Und jetzt würde ich gerne wissen, wie genau ich Ihnen das Leben gerettet habe.«

Mit schicksalsergebener Miene verstaute Amigo die Schreibmaschine wieder in ihrem Koffer. »Sie haben mir an dem Tag das Leben gerettet, als Sie auf dem Bahnsteig der New Yorker U-Bahn gestoßen wurden und fast vor einen Zug gefallen wären.«

Fiedler starrte ihn entgeistert an. Alles schien sich um ihn zu drehen, und Amigos Worte schlugen mit einer Wucht ein, als hätte jemand eine Bombe gezündet. Woher, zum Teufel, wusste er von dem Zwischenfall? Dieses kleine Wettgeschäft, mit dem er sich ein Zubrot hatte verdienen wollen, nahm eindeutig bizarre Züge an. »Und was … was habe ich getan, um Ihnen das Leben zu retten?«

Amigo klappte den Schreibmaschinenkoffer zu. »Sie sind nicht gestorben. Denn ansonsten wäre ich wohl auf dem elektrischen Stuhl gelandet.«

Fiedler war unschlüssig, ob er sich auf den Fremden stürzen oder zu den Aufzügen fliehen sollte. »*Sie* sind der Kerl, der mich gestoßen hat?«

Cliff erinnerte sich an die Worte, die er Fiedler an jenem seltsamen Vormittag in New York ins Ohr geraunt hatte. Er hatte sie sich gut eingeprägt, und nun legte er seinen weichen Südstaatenakzent ab, um sich selbst zu zitieren. »Hoffentlich verpasst Ihnen eines Tages jemand eine richtige Abreibung – *Abreibung*, verstehen Sie? –, damit Sie endlich kapieren, dass anständige Menschen Ihretwegen Angst haben, zur Arbeit zu gehen. Aber Sie würden auch als Leiter eines Gefängnisses oder einer Anstalt glücklich werden. Alles, solange Sie nur der Boss sind.«

Und jetzt, dachte Cliff, weiß er ganz genau, mit wem er es zu tun hat.

Nur dass Fiedler natürlich gar nichts wusste.

»Sie sollten mir jetzt besser erklären, wer Sie sind«, herrschte dieser ihn stattdessen an.

Cliff war so verblüfft darüber, so völlig in Vergessenheit geraten zu sein, dass es ihm einfach herausrutschte. »Ich bin es, Fiedler. Cliff Iverson«, seufzte er und nahm die dunkle Brille ab. »Ich habe ein paar Jahre lang hier gearbeitet. Schon vergessen?«

Fiedler war erleichtert. Und dabei hatte er ernsthaft befürchtet, er könnte es mit einem gefährlichen Geisteskranken zu tun haben. Aber Iverson machte ihm keine Angst. »Sie haben mich also von diesem Bahnsteig gestoßen! Ich werde Sie ins Gefängnis bringen.«

»Dazu müssten Sie zuerst beweisen, dass ich es war. Doch meine Spuren wurden sorgfältig verwischt, wofür ich anderen zu danken habe.«

»Und diese ›Amigo‹-Sache … Wenn das ein Scherz sein sollte, war es ein teurer, denn Sie werden keinen Penny von diesem Geld bekommen. Außerdem verlange ich alles, was Sie mir zugesichert haben, und zwar als Entschädigung für meine vergeudete Zeit. Nur deshalb bin ich hier. Um mir dieses Geld zu holen.«

Cliff war da anderer Ansicht. »Nein, Sie sind hier, um sich für das zu verantworten, was Sie Cora und Jack angetan haben, sofern Sie sich überhaupt noch an sie erinnern. Und um sicherzugehen, dass sie Ihnen wieder einfallen, werden wir jetzt auf sie anstoßen.« Er nahm die sonderbare Likörflasche von Fiedlers Schreibtisch und zog den Stöpsel, worauf ein angenehmes Ploppen ertönte. »Zwack Unicum war das Lieblingsgetränk des Professors, um den erfolgreichen Abschluss eines Projekts zu feiern. Also passt es heute ausgezeichnet. Ich muss Sie warnen, der Geschmack ist gewöhnungsbedürftig.«

»Glauben Sie, ich würde etwas trinken, das Sie mir eingeschenkt haben, Kumpel? Das Zeug könnte mit Drogen versetzt oder vergiftet sein.«

»Ach, machen Sie sich nicht lächerlich. Es ist harmlos. Auch wenn viele Leute finden, dass es ziemlich seltsam schmeckt.« Er kippte einen ordentlichen Schluck in seine Kaffeetasse und leerte sie in einem Zug. »Sehen Sie? Warum sollte ich Sie ermorden, ohne Sie zuerst so richtig leiden zu lassen? Und jetzt seien Sie ein Mann, und holen Sie zwei Gläser aus Ihrer Hausbar. Bevor wir nicht auf die beiden getrunken haben, gibt es kein Geld.«

Inzwischen ging es Fiedler nicht nur um das Geld an sich, sondern auch ums Prinzip. Er griff nach der Flasche. »Die behalte ich schön bei mir, damit Sie nicht doch noch etwas hineintun.«

»Klar«, erwiderte Cliff. »Sie wählen die Gläser aus, Sie schenken ein. Sie haben alles im Griff.«

Fiedler holte zwei grüne Kings-Crown-Weingläser aus seiner Bar, brachte sie zum Schreibtisch, schenkte die rostfarbene Flüssigkeit ein und schob eines der Gläser zu Cliff hinüber. Dabei beäugte er ihn argwöhnisch.

Cliff nahm das angebotene Glas entgegen. »Mehr verlange ich nicht, Merrill. Ein Trinkspruch, eine Verneigung vor den Seelen, die Sie zerstört oder in den Staub getreten, den Leben, die Sie ruiniert oder in ihrer Entfaltung behindert haben … ganz zu schweigen von den Seelen und Leben der Menschen an Bord der W-10, die Sie einzig und allein deshalb riskieren, um sich beim Vorstand von Woltan lieb Kind zu machen.« Er hielt inne und blickte Fiedler in die Augen. »Und auf Cora.«

»Sie hat sich umgebracht. Das war ihre freie Entscheidung.«

Cliff rang um Beherrschung. »Ist Selbstmord wirklich immer eine freie Entscheidung … oder kann man einen Menschen so ausgrenzen und beschämen, dass er keine andere Möglichkeit mehr sieht? Sie haben Cora in dem Glauben gewiegt, dass es der am wenigsten schmerzhafte Ausweg für sie wäre, ihr Leben zu beenden …« Er zwang sich zu einem Lächeln und fuhr im Plauderton fort. »Und ich hoffe, dass Sie bald genauso empfinden werden. Wissen Sie, ich habe einiges unternommen, um Sie in eine Lage zu bringen, die so hoffnungslos ist, dass Sie sich heute Abend umbringen werden.«

Er kramte ein undurchsichtiges Fläschchen aus der Tasche, auf dem ein Totenkopf mit gekreuzten Knochen prangte. »Das hier ist Delphinium«, erklärte er im Plauderton. »Ein toxisches Alkaloid, das man aus dem Rittersporn gewinnt, der wiederum zur Familie der Hahnenfußgewächse gehört. Wie man mir sagte, ermöglicht es einen sanften Übergang von dieser Welt in die nächste: ein rasches Absacken des Blutdrucks, verlangsamter Herzschlag, und schon ist man unterwegs. Ein Gefühl der Euphorie wird schnell von Bewusstlosigkeit abgelöst. Alles in allem ein sehr menschenfreundlicher Abgang.« Auffordernd stellte er das kleine, mit einem Korken verschlossene Fläschchen zwischen ihre Gläser. »Ich verstehe es als hilfreiche Geste, so wie ein britischer Offizier einem in Ungnade gefallenen Soldaten den Schlüssel zur Bibliothek überreicht, begleitet von den Worten, die Pistole liege in der rechten Schreibtischschublade.«

Fiedler machte ein Gesicht, als hätte er nicht übel Lust,

sich auf Cliff zu stürzen. Doch wie ein erfahrener Schwergewichtsboxer in der ersten Runde nickte er nur und musterte seinen Gegner abschätzend.

Cliff war ziemlich sicher, dass er sich im Kampf gegen Fiedler würde behaupten können, insbesondere nach der an der McMasters-Akademie genossenen körperlichen Ertüchtigung. Gleichzeitig schien ihm der Zeitpunkt geeignet, seinen Widersacher ein wenig zurechtzustutzen. »Ich will Ihnen offen sagen, was Ihnen blüht, Merrill«, fuhr er fort. »Morgen werde ich einen Bericht an Deterich Woltan in New York schicken, in dem steht, dass Sie Eddie Alderman von AirCorp vertrauliche Baupläne zugespielt haben, um Ihre Spielschulden zu bezahlen.«

Fiedler prustete vor Lachen. »Was für Pläne sollen das sein?«

»Die Duplikate der Baupläne für die W-10, die ich während meiner Zeit hier für Sie zeichnen musste.«

Fiedler streckte die Hand nach der Zigarettendose auf seinem Schreibtisch aus. »Ich habe Sie niemals zu so etwas aufgefordert. Außerdem habe ich nie Duplikate der Pläne besessen.«

»Ein Mitarbeiter von Eddie Alderman bei AirCorp hat beobachtet, wie Sie Ihren Wagen vor dem Botanischen Garten geparkt haben, nur um möglichst weit weg von zu Hause eine Zeitung in einen Papierkorb zu werfen.«

»Eine Schachtel Good & Plenty. Ich habe sie *aus* dem Papierkorb genommen … die Wettscheine.«

»Eine Bonbonschachtel hat er nicht gesehen, denn die war zu klein. Dafür aber Ihr Nummernschild. Er hat es fotografiert, ebenso wie Ihr Auto und Sie selbst, wie Sie gerade die Zeitung in den Papierkorb werfen.«

»Um die Bonbonschachtel zu tarnen. Wie *Sie* es mir gesagt haben.«

»Am Telefon. Darüber gibt es keine Aufzeichnungen. Unmittelbar nachdem Sie die Zeitung im Papierkorb deponiert hatten, hat Alderman eine auswärtige Zeitung herausgeholt. Darin lagen Konstruktionspläne, die nur aus diesem Büro stammen können. Und als man die restlichen Pläne für Alderman am Rudgum Pier hinterlegte, wurden Sie eine knappe Stunde später ganz in der Nähe gesehen. Und zwar in einem Bowlingclub unweit von Nags Head, Hunderte von Kilometern entfernt von Ihrem üblichen Jagdrevier. Sie haben keine einzige Runde gespielt, sondern nur eine Bowlingtasche durchsucht. Diese wiederum war zuvor von einem Mann in einer schlechten Verkleidung – nennen wir ihn mal Mr. Möchtegern – abgegeben worden. Er hatte dem Barmann fünfzig Dollar dafür geboten, dass er sie eine Weile aufbewahrte. Mr. Möchtegern ging wieder, und wenig später – etwa so lange würde man brauchen, um eine schlechte Kostümierung loszuwerden – erschienen Sie und fragten nach eben dieser Tasche. Sie haben etwas darin gesucht. Und kurz darauf kehrte Mr. Möchtegern zurück, um die Tasche abzuholen. Er bezahlte den Barmann mit einem Fünfzigdollarbarscheck, ausgestellt auf Ihr Privatkonto und von Ihnen unterschrieben.«

»Sie haben meine Unterschrift gefälscht?«

Cliff fand die scheinheilige Empörung seines Gegenübers höchst amüsant. »Nein, es handelte sich um einen auf Ihr Privatkonto lautenden Scheck mit Ihrer echten Unterschrift darauf. Also alles in bester Ordnung.« Er wartete ab, bis sich diese Information gesetzt hatte. Beinahe konnte er hören, wie in Fiedlers Gehirn die Zahnräder ratterten: *Was für ein Scheck könnte das gewesen sein? Wann …?* Unterdessen sprach Cliff seelenruhig weiter. »Mr. Möchtegern wird als Nächstes, also vorgestern, in Ihrer Bank gesichtet, als er versucht, dreitausenddreihundertunddreiunddreißig Dollar auf Ihr Konto einzuzahlen, was genau der Summe entspricht, die Sie von Eddie Alderman gefordert haben. Als das nicht klappt, steckt Mr. Möchtegern das Geld empört wieder ein und geht. Doch bedauerlicherweise vergisst er dabei den Aktenkoffer, es ist der, den Sie in der Bowlingtasche gefunden haben. Unter einem Klebeband ist das Monogramm M. F. verborgen, und außerdem sind Schließen und Griff mit Ihren Fingerabdrücken bedeckt. Vermutlich nimmt man bei der Bank an, dass Sie selbst das Geld in Verkleidung auf Ihr eigenes Konto einzahlen wollten. Oh, noch etwas: Es ist zwar schwierig, von Papiergeld Fingerabdrücke abzunehmen, doch auf dem Silberdollar, den Sie gerade geworfen haben, sind deutlich die Spuren Ihres Daumens und Ihres Zeigefingers zu sehen. Er gehört übrigens zu dem Geld, das Sie von AirCorp verlangt haben.« Cliff wies auf den Silberdollar mit der Sonderprägung »Peace« aus dem Jahr 1935, der auf dem Schreibtisch lag. »Wenn ich ihn wieder zu den restlichen dreitausenddreihundertund*zwei*unddreißig Dollar lege, wird er ein hilfreiches Verbindungsstück zwischen dem Bargeld, den Bauplänen der W-10 und Ihnen darstellen, untermauert von den Fingerabdrücken auf dem Aktenkoffer, der Aussage von Franky, dem Wirt des Bowlingclubs, dem Scheck mit Ihrer Unterschrift darauf und Aldermans vor dem Botanischen Garten gesammeltem Fotomaterial.«

Fiedler erinnerte sich, dass Iversons planerische Fähigkeiten in den Anfangsphasen eines Projekts stets besonders stark zutage getreten waren. Seine Ausführungen klangen tatsächlich methodisch ausgefeilt. Dennoch hatte sich nichts an ihren Rollen geändert. Er war Iversons Vorgesetzter, und es war Aufgabe des Mitarbeiters, seinen Chef zu überzeugen. »Dann verraten Sie mir mal, warum ein gut bezahlter Topmanager wie ich so etwas tun sollte.«

Cliff beugte sich über den Schreibtisch. »Weil Sie die Spielsucht voll im Griff hat«, erwiderte er in verschwörerischem Ton. »Sie haben auf Pferde gewettet und gedacht, Sie hätten ein todsicheres System entwickelt. Mit Ihren Gewinnen haben Sie groß angegeben und waren ein Stammgast auf der Rennbahn. Die Mitarbeiter an der Kasse haben Sie verabscheut. Und dann haben Sie angefangen zu verlieren. Shari Dougan und der Kassierer von der Rennbahn werden sicher gern den Tag schildern, an dem Sie so von Ihrer Unbesiegbarkeit berauscht waren, dass Sie versucht haben, sechs Verliererscheine als Gewinne einzulösen.«

»Das ist ein einziges Mal passiert!«, protestierte Fiedler lautstark.

»Können Sie *beweisen*, wie oft Sie verloren haben, Merrill? Die Tribünen der Rennbahn sind mit weggeworfenen Verliererscheinen förmlich gepflastert. Von diesem einen Verlust wissen wir nur, weil Sie in Ihrem Wahn glaubten, gewonnen zu haben. Wie sollen wir feststellen, ob Sie in Wahrheit nicht viel öfter verloren und sich nur mit Ihren seltenen Gewinnen gebrüstet haben? Es gibt Roulettesüchtige, die immer gewinnen müssen und deshalb auf Rot und auf Schwarz setzen … bis die Kugel irgendwann auf Zero landet.«

Fiedler wies mit dem Kopf auf Cliffs verbundene Hände. »Sie sind derjenige, der sich die Hände verbrannt hat, weil er auf der Rennbahn betrügen wollte«, schnaubte er verächtlich. Also hat Fiedler noch nicht kapiert, dass die Verbände nur dem Zweck dienen, keine Fingerabdrücke zu hinterlassen, dachte Cliff, eine Erkenntnis, die sein Selbstbewusstsein steigerte. »Glücksspiel ist etwas für Verlierer wie Sie.«

»Sie spielen nie?«, hakte Cliff in gespieltem Erstaunen nach. »Ihr Pförtner Ricky beobachtet jeden Morgen um halb neun, wie Sie am Münzfernsprecher in der Vorhalle Anrufe entgegennehmen, damit Ihr Buchmacher Ihre Privatnummer und Adresse nicht erfährt. Derselbe Pförtner hat Sie am Telefon brüllen hören: ›Ich habe nichts als Verlierer. Ich habe viel verloren! Ich schwöre, Sie bekommen Ihr Geld!‹ Außerdem hat Ihr Buchmacher zu Ricky gesagt, dass Sie ihm dreitausenddreihundertunddreiunddreißig Dollar schulden, und angekündigt, Ihnen den Arm zu brechen.«

Fiedler erhob sich drohend. »Ich bringe Sie in den Knast.«

»Wofür, Merrill? Weil ich Ihnen die Preisgelder für meine legalen Wetten geschenkt habe? Weil ich meine Fähigkeiten als Zeichner dazu verwendet habe, auf die lebensgefährlichen Konstruktionsfehler der W-10 aufmerksam zu machen?«

»Sie haben Geld von AirCorp genommen.«

Cliff förderte mühsam seine Brieftasche zutage und zeigte Fiedler, dass diese dick mit Hundertdollarscheinen gefüllt war. »Davon habe ich noch keinen Penny ausgegeben. Alderman hat mir versichert, man werde aussagen, dass es sich bei diesem Geld um eine Anzahlung für meine Anwaltskosten handelt, weil ich auf diese Konstruktionsfehler aufmerksam gemacht habe.«

»Sie haben vorgetäuscht, Sie wären ich.«

»Ich habe niemals behauptet, Merrill Fiedler zu sein. Pfadfinderehrenwort«, versicherte ihm Cliff. »Übrigens war ich während der ganzen Zeit in Kanada. Selbst in diesem Augenblick. Seit unserer letzten Begegnung habe ich nämlich einen neuen Vorgesetzten. Einen, der auf meiner Seite steht. Also stecke ich bei Weitem nicht so tief in der Tinte wie Sie, Boss.«

Allmählich fühlte sich Fiedler zunehmend wie ein einjähriger Stier, den ein berittener Viehtreiber systematisch vom Rest der Herde abdrängt. Er kauerte, wohlgemerkt auf der falschen Seite seines eigenen Schreibtischs, auf dem demütigend niedrigen Besucherstuhl und stellte fest, dass der mit Wölkchen überzogene Nachthimmel jenseits der hohen Fenster hinter Cliff so schwarz war wie Onyx. Inzwischen fühlte sich sein Büro für ihn an wie eine luxuriös ausgestattete Gefängniszelle. Allerdings hatte es Fiedler nicht zufällig so weit gebracht, sondern deshalb, weil bei ihm dort, wo andere Menschen ihr Herz hatten, ein auf Intrigen programmiertes Rechenzentrum saß.

»Also gut, ich habe Sie reden lassen«, meinte er, als führte er ein Vorstellungsgespräch, das er nun zu einem Abschluss bringen wollte. »Möchten Sie, dass ich Sie wieder einstelle?«

Cliff konnte sich ein Lachen nicht verkneifen, denn er war aufrichtig amüsiert. »Ach, herrje, Sie wieder als Chef? Sie machen Witze.« Er suchte nach den richtigen Worten. »Äh, nein, Sie haben mir nichts zu bieten, was mich interessieren würde. Gehen Sie einfach nach Hause.« Fiedler sah ihn verständnislos an. »Ja. Oder sonst irgendwohin. Darauf habe ich keinen Einfluss. Die Frage lautet nur, ob Deterich Woltan und der Vorstand Sie hinter Gitter bringen oder einfach nur rauswerfen wollen. Die gute Nachricht für Sie lautet, dass die da oben vermutlich gar nicht publik machen möchten, wie dicht Woltan davor stand, ein lebensgefährliches Flugzeug in den Verkehr zu bringen. Vielleicht bietet man Ihnen ja eine freiwillige Kündigung an, wenn Sie auf Ihre Betriebsrente verzichten. Nur dass es sich herumsprechen wird.

Dafür werde ich sorgen. Und dann gibt Ihnen niemand in dieser Branche wieder einen Job.«

Cliff erhob sich, als wäre die Angelegenheit hiermit erledigt. »Sollte man aber auf eine Anzeige bestehen, erwartet Sie, wie ich fürchte, ein Verfahren wegen schweren Diebstahls. Und da einige der W-10 von der Regierung in Auftrag gegeben wurden, blüht Ihnen womöglich noch eine Anklage wegen Veruntreuung von Steuermitteln. Vielleicht bekommen Sie im Gefängnis ja eine Stelle als Vorarbeiter in der Werkstatt für Autokennzeichen. Allerdings könnten Ihre Untergebenen dort bessere Mittel und Wege kennen als ich, um Ihnen mitzuteilen, wie wenig sie von Ihnen halten.«

Fiedler hatte schon immer eine Weile gebraucht, neue Informationen zu verarbeiten. Und in den letzten Minuten war es eine ganze Menge an neuen Informationen gewesen. Doch zu Cliffs Erstaunen breitete sich nun ein beinahe friedliches Lächeln auf seinem Gesicht aus.

»Dieser Fünfzigdollarbarscheck, der angeblich meine echte Unterschrift trägt? Ich glaube, da ist Ihnen ein Fehler unterlaufen.« Fiedler bemerkte, dass sich kurz Verunsicherung auf Cliffs Gesicht malte, und fuhr fort. »Ich hasse es wie die Pest, Barschecks auszustellen, die jeder Idiot einlösen könnte. Es gibt nur einen einzigen Scheck über fünfzig Dollar, den ich in den letzten Jahren unterschrieben habe. Und der ging an Horvarths Witwe, Lulu irgendwas … Es ist ein Barscheck, weil ich mich nicht an ihren Namen erinnern konnte.«

Anstatt wie ein erlegter Schmetterling mit festgesteckten Flügeln hilflos an einem Stück Pappe zu hängen, streckte Fiedler erschreckend lässig die Arme aus. Sein Raubtierinstinkt entdeckte eine Schwachstelle seiner Mitmenschen meist schon aus zehn Schritten Entfernung, und nun hatte er zu seiner Freude auch Cliffs Achillesferse gefunden. »Ich könnte sie als Komplizin in die Sache hineinziehen. Sie ist alt und einsam. Die Anschuldigungen, die Verhöre, die Angst, all das könnte sie umbringen.«

Fiedler weidete sich an dem Anblick, der sich ihm nun bot: Cliff, der sich bemühte, seine Enttäuschung zu verbergen, als sich all seine sorgfältige Planung auf einen Schlag in Luft auflöste.

»Ich werde bei einem Duell mit Ihnen wohl stets den Kürzeren ziehen«, seufzte er und starrte aus dem dunklen Fenster, während er über die Sinnlosigkeit seiner Bemühungen nachdachte. »Weil es Sie schlichtweg nicht interessiert, ob jemand dabei zu Schaden kommen könnte. Wochenlange Arbeit … Und all das wegen eines einzigen dummen Fehlers …« Er schlug mit dem Ballen seiner verbundenen Hand auf die Schreibtischplatte. »Und wenn Sie einen Barscheck ausstellen, notieren Sie sich immer, für wen er bestimmt ist?«

»Das erledigt meine Sekretärin«, teilte Fiedler ihm selbstzufrieden mit. »Also: Was wird wohl passieren, wenn die Polizei Horvarths Witwe fragt, warum sie Ihnen meinen jämmerlichen Scheck gegeben hat … wenn nicht deshalb, weil Sie beide mich reinlegen wollten.«

Cliff schimpfte leise in sich hinein. Sein Mut schwand so plötzlich wie gestautes Wasser, das durch ein plötzlich wieder freies Rohr abfließt. Allerdings hatte er auch in seinem Beruf nie lange gefackelt, so unangenehm ihm auch die einzig offenstehende Möglichkeit erschienen sein mochte. »Tja, ich kann nicht zulassen, dass Lilliana noch mehr Leid zugefügt wird«, erwiderte er darum.

»Richtig, sie hat schon genug mitgemacht«, stimmte Fiedler leutselig zu. »Allerdings werden Sie jetzt Ärger kriegen, dass Ihnen Hören und Sehen vergeht.«

Erstaunlicherweise erhellte sich Cliffs Miene. »Es ist ja nicht so, als ob ich nicht mit dieser Entwicklung gerechnet hätte. Das ist der Vorteil einer akademischen Bildung.« Er förderte einen braunen Umschlag zutage, den er innen an den Deckel des Schreibmaschinenkoffers geklebt hatte, und entnahm ihm zwei Papierbögen.

»Was ist das?«, fragte Fiedler.

Cliff hielt sich die Papiere vor die Brust wie ein gestrenger Schulmeister, der einem versetzungsgefährdeten Schüler in einer Prüfung noch eine letzte Chance geben will. »Das? Das ist Ihr Ausweg.«

»Wenn ich mit Ihnen fertig bin, werden Sie derjenige sein, der einen Ausweg braucht«, drohte Fiedler.

»Ach, wir werden beide dieses Gebäude verlassen«, versicherte ihm Cliff. »Die Frage lautet nur, wer von uns es liegend und wer es in aufrechter Haltung tun wird.« Mit einem höflichen Lächeln reichte er Fiedler die Seiten. »Ich brenne darauf zu erfahren, welche Position Sie dazu einnehmen.«

XLVI

Dobsons Regel Nr. 3: Die Ehrabschneidung

Ein schweineartiges »Oink« von Kosta hatte genügt, und Dorias an der McMasters-Akademie erworbene emotionale Distanz und ihr kühler Kopf waren auf einen Schlag wie weggeblasen. Mit einem Wutschrei holte sie aus und ließ die Oscarstatue auf Kostas Hinterkopf niederfahren, fest entschlossen, diesen Widerling endgültig ins Jenseits zu befördern. Nach den in McMasters gelehrten Maßstäben handelte es sich um eine ziemlich rohe Vorgehensweise, einen Rückfall ins Animalische, den man an dieser Lehranstalt offiziell nicht duldete. Dennoch war das dort Gelernte der tödlichen Wucht ihres Schlags gewiss zuträglich gewesen.

Außerdem konnte Doria die erfolgreiche Liquidierung ihrem täglichen Training mit dem Baseballschläger zugutehalten. Es war ein Kampf, den sie auf dem Sportplatz der McMasters-Akademie gewonnen hatte, denn sie hatte so lange an ihrer Technik gefeilt, bis ihr Schlag in einem kurzen, aber kräftigen Bogen verlief. Es musste unbedingt gleich beim ersten Mal klappen, da es sie bei der bloßen Vorstellung schüttelte, sie könnte Kosta nur betäubt haben, sodass sie wiederholt auf ihn einschlagen musste, während er wie eine halbtote Spinne vor ihr herumkrabbelte. Auch wenn ihr nicht entging, wie gut es gepasst hätte, wenn er die Spinne und sie das rächende Schwein spielte. Zum Glück stammte die Oscarstatue nicht aus den Kriegsjahren, einer Zeit, in der man die Trophäen wegen der Metallknappheit aus vergoldetem Gips angefertigt hatte. Dieser Oscar wog gut und gerne fünf Kilo, und da Doria die Hand fest um seinen Torso geschlossen hatte, diente der Sockel als wahrhaft standesgemäßer stumpfer Gegenstand. Nur mit dem Friedensnobelpreis erschlagen zu werden, hätte wohl noch mehr Stil gehabt.

Nachdem die Liquidierung, auf die Doria sich so ernsthaft vorbereitet hatte wie Nora in *Ein Puppenhaus*, endlich erledigt war, kehrte sie ins Wohnzimmer zurück und entnahm ihrer Tasche ein Paar Gummihandschuhe und ein Röhrchen mit einundneunzigprozentigem Alkohol (das in McMasters bevorzugte Lösungsmittel zum Behandeln von Schnittwunden, Löschen von Tinte und Legen von Bränden, allerdings als Gift nicht sehr beliebt, da es starke Schmerzen auslöste und unzuverlässig in der Wirkung war). Sie hatte sich ganz genau gemerkt, was sie im Haus berührt hatte. »Behalten Sie Ihre Hände bei sich!« lautete einer der Grundsätze an der Akademie. Natürlich mussten die Oscarstatue und ihr Cocktailglas abgewischt werden. Da es nahezu unmöglich war, Fingerabdrücke auf Stoffen sicherzustellen, brauchte sie sich um die Kleidungsstücke, die sie zurückzulassen plante, nicht weiter zu kümmern. Auch die vielen Häkchen an der Rückseite ihres gut ausgepolsterten Büstenhalters konnte sie vernachlässigen, denn die waren viel zu klein, als dass ein Abdruck daran hätte haften bleiben können.

Rasch schlüpfte sie in ihren Alltags-BH und in eine dunkelgraue Bluse, die sie auch aus ihrer Tasche gezogen hatte. Als Nächstes holte sie ein schwarzes Satinhöschen (eigentlich war es kein Höschen im eigentlichen Sinne) und den fest verschlossenen, in ein wärmendes Gästehandtuch gewickelten Glasbehälter hervor, dessen Inhalt sie sich auf der Toilette bei Dolly Winslow's besorgt hatte.

Der nächste Schritt würde ihr nicht leichtfallen, doch zum Glück auch nicht lange dauern. Und dann konnte sie nicht nur diese Angelegenheit, sondern auch Kosta endgültig hinter sich lassen.

*

Der Wagen des privaten Sicherheitsdiensts rollte langsam die lang gezogene Kurve des Appian Way hinauf und stoppte sechs Häuserblocks oberhalb der Küstenstraße. »Ist alles in Ordnung, Miss?«, fragte der Mann auf dem Beifahrersitz und richtete seine Taschenlampe auf die attraktive kurzhaarige Frau, die eine dunkelgraue Bluse und einen schwarzen Rock trug.

Sie blickte von der Leine in ihrer Hand auf. Ihr kaum zu sehender Hund bewegte sich hinter seinem Lieblingsbaum. »Klar, aber danke, dass Sie so aufmerksam sind.« Sie wies auf ihren Hund. »Er heißt Spunky, aber meine Mutter meint, Spongy würde besser passen, weil er das Wasser hält wie ein Schwamm.« Die Leine zuckte in ihrer Hand. Der Wachmann lachte auf, und das Auto fuhr weiter.

Doria zerrte zweimal kräftig an der Leine, worauf der sehr realistisch nachgebildete Terrier von Steiff zu ihren Füßen landete. Die Pariser Damen der Nacht hatten schon vor langer Zeit gelernt, dass das Ausführen eines Hundes eine glaubhafte Antwort auf die Frage lieferte, was sie spätnachts noch draußen zu suchen hatten. Das Problem bestand nur darin, was man mit dem Hund anfangen sollte, wenn schließlich der Kunde ungeteilte Aufmerksamkeit verlangte. Den Plüschhund an einer starren Leine mitzubringen, hatte sich als weise Voraussicht entpuppt, denn schließlich konnte man jederzeit einem Streifenwagen begegnen.

Sie steckte das Steifftier wieder ein und marschierte vier Minuten den Hügel hinunter bis zur Surf Crest Motor Lodge, wo sie vor zwei Stunden ihren »geliehenen« Packard geparkt und ein Zimmer gemietet hatte. »Bezahlung im Voraus, *Sir*« hatten die gleichmütigen Worte des Inhabers gelautet, wobei er das »Sir« beim Anblick des eleganten Mannes, der sich als »Toby Jones« eintrug, ein wenig spitz betonte. Doria fuhr das Auto zur Rennbahn Torrey Pines, ein Stück außerhalb des aufgegebenen Stützpunkts Camp Callan, parkte vor einer baufälligen Kaserne und ließ den Schlüssel stecken. Gewiss würden ein paar gelangweilte Jugendliche früher oder später damit eine Spazierfahrt unternehmen und es dann irgendwo stehen lassen. Unterdessen würde Doria selbst in den Bus nach Los Angeles steigen, der um Viertel nach zehn vor dem Haupttor des Stützpunkts abfuhr. An ihrem Ziel angekommen, wollte sie von einem öffentlichen Telefon aus die Polizei anrufen und mit verstellter heiserer Stimme eine Leiche, Appian Way 805 in Torrey Pine melden (sie würde die Einzahl von »Pines« gebrauchen, weil sie gelernt hatte, dass ein hartes S Aufschluss über das Geschlecht des Sprechers geben konnte). Dann würde sie ihre Tasche in ein Schließfach stellen, den Schlüssel wegwerfen, auf der

Damentoilette ihre »Doria-Perücke« anlegen, sich entsprechend schminken und sich ein Taxi zu Palermo's Ristorante, gleich gegenüber vom Studio, nehmen. Nachdem sie sich den wohl am schwersten verdienten Martini ihres Lebens (oder vielleicht zwei) gegönnt hatte, würde sie sich zu ihrem Bungalow auf dem Studiogelände begeben, so als sei sie nur kurz nach gegenüber etwas trinken gegangen, ohne dass es jemand bemerkt hatte.

Doria sah auf die Uhr. Es war fünf Minuten vor zehn. Kostas Anruf bei seiner Sekretärin Martha bewies, dass er um kurz vor neun noch am Leben gewesen war. Sie glaubte zwar nicht, dass sie ein Alibi brauchte, doch eine pflichtbewusste Studentin der McMasters-Akademie achtete stets darauf, eines zu haben. Und Doria konnte sich mit dem Wissen beruhigen, dass man sie, wenn alles nach Plan gelaufen war, gerade auf wundersame Weise in verschiedenen halb nackten Posen in ihrem Bungalow auf dem etwa zwei Stunden entfernten Studiogelände fotografiert hatte.

Captain Dobson hätte jetzt vermutlich wissen wollen, wie das möglich sein konnte. Doch falls sie es richtig gemacht hatte, war das eine Frage, welche die Polizei von Los Angeles ihr niemals stellen würde.

*

Lieutenant Congreve ließ den Tatort im Ledge House auf sich wirken und schob ein Stück Kaugummi in den Mund, um den schlechten Geschmack zu vertreiben, den ihm dieser Anblick verursachte. Dass er auf die Erlaubnis eines zweitklassigen Leichenbeschauers warten musste, bevor er weiter ermitteln konnte, besserte seine Laune nicht, was er an dem jungen Detective ausließ, den man ihm vor einer Woche aufgehalst hatte. »Na? Raus mit der Sprache. Was halten Sie davon?«, erkundigte er sich.

»Ein Einbruch, der aus dem Ruder gelaufen ist, Sir?«, antwortete Timmons viel zu schnell. Er wies auf die blonde Perücke, den ausladenden BH und das Kleidungsstück, das ein schwarzes Satinhöschen zu sein schien. »Eine Fassadenkletterin verschafft sich Zutritt zum Haus eines Filmproduzenten, er entdeckt sie, und peng!«

»Also soll ich eine vollbusige, nackte Dame zur Fahndung ausschreiben?«, erwiderte Congreve. »Die Jungs wären bestimmt Feuer und Flamme. Und warum hat sie sich ausgezogen?«

»Er hat ihr die Kleider von Leibe gerissen?«, schlug Timmons vor.

Obwohl Congreve den Neuling in Gedanken zum Teufel wünschte, bemühte er sich um Ruhe. »Schauen Sie sich doch einmal um. Bis auf den Schädel des armen Mannes sieht es hier eigentlich recht friedlich aus. Keine Kampfspuren, keine Hinweise auf einen Einbruch. Der Bursche war unter der Bettdecke bereits nackt. Seine Besucherin hat sich am Fußende des Bettes ausgezogen. Machen Sie die Augen auf, und gebrauchen Sie Ihren Verstand.«

»Er gehört Ihnen, meine Herren«, verkündete der Leichenbeschauer schmallippig, richtete sich auf und verstaute einen Tupfer in einem Klarsichtbeutel. »Ich übergebe die Autopsie an die Zentrale. Das Opfer scheint in Hollywood ein hohes Tier zu sein, und solche Leute fasst man dort normalerweise mit Glacéhandschuhen an. Insbesondere unter solchen Umständen.«

»Eine schmutzige Geschichte?«, hakte Congreve nach.

Der Leichenbeschauer bestätigte dies, indem er knapp und angewidert mit dem Kopf nickte.

Der Lieutenant wandte sich wieder an seinen Assistenten. »Zweiter Versuch?«

Der Grünschnabel ließ den Blick in stummer Verzweiflung durch den Raum schweifen. »Können wir also davon ausgehen, dass wir eine Frau suchen?«

»Ach, wirklich? Blonde Perücke, riesiger BH, aber Polster auf dem Boden, Sandalen Größe 46 und ein Gaff?«

»Was ist ein *Gaff*?«, fragte der Polizeianwärter.

»Ach, Sie Unschuldslämmchen. Ein Gaff ist ein Wäschestück zum Tarnen des Geschlechts, ein Höschen mit Polster. Männer, die auf der Bühne weibliche Stars verkörpern wollen, benutzen so was, um gewisse Körperteile zu verbergen.« Congreve beugte sich vor. »Haben Sie das fotografiert?«, erkundigte er sich beim Polizeifotografen und wies auf das schwarze Höschen. Als der Fotograf bejahte, hob Congreve es mit der Radiergummiseite eines Bleistifts vom Boden auf und spähte vorsichtig hinein. »Innen ist ein Fleck. Ich wette, das ist Sperma.« Er hielt es dem Leichenbeschauer hin, der gerade die Handschuhe auszog. »Sperma?«

»Natürlich müssen wir die Untersuchungen abwarten, aber es würde mich nicht wundern«, antwortete der Leichenbeschauer abfällig.

Der Lieutenant drehte sich zu Timmons um. »Sperma. Also suchen wir offenbar doch keine Frau, richtig? Der Bursche im Motel sagt, heute Abend habe sich ein ziemlich mädchenhaft wirkender Mann dort ein Zimmer genommen. Doch das Zimmer sei inzwischen verlassen, ohne dass jemand darin geschlafen hätte.« Timmons starrte ihn verständnislos an. »Überlegen Sie doch mal! Ausgestopfter BH, gepolstertes Höschen, Spermaspuren?«

»Die habe ich übrigens auch *an einer anderen Stelle* der Leiche gefunden«, fügte der Leichenbeschauer hinzu.

»An einer anderen Stelle …?«, wiederholte Congreve.

»Ziemlich unappetitlich«, erwiderte der Leichenbeschauer ernst.

XLVII

»Selbst bei Ihrem mangelnden Interesse am Flugzeugbau«, meinte Cliff zu Fiedler, während er ihm die beiden Seiten reichte, »wissen Sie sicher, dass ich, wenn ich Flugzeuge im Auftrag der Regierung entwerfe, die streng geheime Technik an Bord haben, einen Selbstzerstörungsmechanismus einbauen muss, damit diese nicht dem Feind in die Hände fällt. Und bei einem Selbstzerstörungsmechanismus lautet Regel Nummer eins, dass man ihn verdammt noch mal abschalten können muss, falls er versehentlich ausgelöst werden sollte. Wenn nicht, dürften das Pentagon, der Pilot und die Besatzung stinksauer auf mich werden.« Cliff drehte die Seiten zu Fiedler herum. »Für Sie ist dieser Brief die Entsprechung dieses Abschaltknopfes.«

Fiedler studierte das Schreiben.

Sehr geehrte Damen und Herren,

Cliff Iverson trägt die Verantwortung für meine derzeitige schwierige Lage, die meinen guten Namen und meinen Ruf beschädigen und mich vielleicht sogar die Freiheit kosten könnte. Hiermit bestätige ich, dass sonst niemand Schuld an meinen aktuellen Problemen hat. Ich möchte außerdem sicherstellen, dass keine »unbeteiligten Personen« in die Angelegenheit hineingezogen werden. Damit meine ich insbesondere Mrs. Lilliana Horvarth, die Witwe des verstorbenen Jacek Horvarth. Wie bereits oben festgestellt, gibt es in dieser traurigen Sache nur einen Schuldigen. Niemand sonst ist haftbar zu machen.

Unterzeichnet am ....

Unter der Datumszeile befand sich noch eine für die Unterschrift.

Beim Anblick von Fiedlers verständnisloser Miene, schob Cliff rasch eine Erklärung nach: »Eine Stunde nachdem ich Ihren Scheck über fünfzig Dollar an Lilliana Horvarth dem Inhaber des Bowlingclubs gegeben hatte, ist mir klar geworden, dass mir ein bedauerlicher Fehler unterlaufen ist. Und deshalb gilt mein Hauptaugenmerk nun leider nicht mehr Ihrem Untergang, sondern Lillianas Wohlergehen. Es war kindischer Leichtsinn meinerseits, der sich jetzt als fatal für mich erweist. Der Scheck war zusätzliche Munition, die mir unerwartet in den Schoß gefallen ist und die ich eigentlich gar nicht gebraucht hätte. Zu spät ist mir eingefallen, dass Sie oder Ihre Sekretärin sich erinnern könnten, für wen er ursprünglich bestimmt war. Und so wurde die arme Lilliana, die überhaupt nichts mit dieser Sache zu tun hat, in meinen Plan hineingezogen. Ich habe den Scheck gerade nur beiläufig zu Testzwecken erwähnt, in der Hoffnung, dass es Ihnen entgehen würde. Aber Pech gehabt. Sie sind klüger, als ich gedacht habe.«

»Verdammt richtig«, stimmte Fiedler zu.

»Man hat mir beigebracht, dass in einem guten Plan kein Platz für Sentimentalität ist. Doch vermutlich kann keine

Ausbildung der Welt etwas daran ändern, wer ich bin. Also bin ich heute nicht unvorbereitet hergekommen. Lassen Sie Lilliana in Ruhe, und ich befreie Sie aus dem Schlamassel, in den ich Sie hineingeritten habe.«

Fiedler hielt das Papier mit spitzen Fingern von sich, als sei es kontaminiert. »Aber warum soll ich das hier unterschreiben?«, fragte er argwöhnisch. »Schließlich haben Sie mir ein Verbrechen angehängt. Also sollte dort doch eigentlich Ihre Unterschrift stehen.«

»Da ich Sie reingelegt habe, bringt es nichts, wenn ich Lilliana von jeglicher Schuld freispreche. Doch wenn Sie, das Opfer, bestätigen, dass alles ganz allein meine Schuld war, wird man es glauben. Ich möchte, dass Lilliana dieses Schreiben bekommt, um sich gegen Sie abzusichern, ganz gleich, was auch mit mir geschieht.«

Fiedler schüttelte den Kopf. »Ich denke nicht im Traum daran, irgendetwas zu unterschreiben, solange Sie mir nicht erklären, auf welche Weise Sie meinen guten Ruf wiederherstellen wollen.«

»Damit«, erwiderte Cliff und reichte ihm eine weitere Seite aus dem braunen Umschlag. »Das ist mein umfassendes Geständnis.«

Das Dokument schilderte Cliffs Vorgehen in allen Einzelheiten. Fiedler ließ sich beim Lesen Zeit, und zwar so lange, dass Cliff auf die Schreibtischuhr schaute. »Die Abmachung lautet wie folgt«, sagte er. »Sie unterschreiben, dass Lilliana entlastet ist, und ich unterschreibe dafür das Geständnis. Das ist mein letztes Angebot, und wenn Sie es nicht annehmen, schlage ich Ihnen das hier als zweitbeste Lösung vor.« Er warf einen bedeutungsvollen Blick auf das Giftfläschchen, das noch immer zwischen den beiden unberührten Likörgläsern stand. »Ganz gleich, wie Sie sich auch entscheiden, werden wir darauf trinken, dass Sie anerkennen, was Sie Jack und Cora angetan haben. Das ist meine Bedingung.«

Wieder betrachtete Fiedler das Entlastungsschreiben für Lilliana. »Gut, aber Sie unterschreiben zuerst Ihr Geständnis«, entgegnete er.

Cliff verdrehte die Augen. »Wollen Sie mich beleidigen? Ich würde Ihnen nämlich durchaus zutrauen, dass Sie sich mein unterschriebenes Geständnis schnappen und damit abhauen. Und ich stehe dann da und kann Lilliana nicht mehr helfen.«

»Und was hindert Sie daran, es genauso zu machen?«, gab Fiedler, nicht völlig grundlos, zurück.

Cliff schüttelte den Kopf, als sei Fiedler ein kleines Kind. »Seien Sie nicht albern, Merrill. Mein Geständnis rettet *Sie*, während die Unterschrift, die ich von *Ihnen* verlange, nur Lilliana rettet. Ich stecke so oder so in der Tinte.« Wieder sah Cliff auf die Uhr. »Wenn mich nicht alles täuscht, rückt hier bald die Putzkolonne an.« Fiedler wollte etwas dazu anmerken, verkniff es sich aber. Trotz seiner verbundenen Hände gelang es Cliff, einen Stift aus Fiedlers Stifthalter zu kramen und ihn zu ihm hinüberzurollen. »Unterschreiben Sie, schieben Sie den Stift zurück, und ich wiederhole dann dasselbe mit meinem Geständnis. Und anschließend tauschen wir.«

Fiedler saß reglos da. Wie Cliff wusste, war er in dieser Stimmung am gefährlichsten. Die anderen Teilnehmer an einer Sitzung glaubten dann, er wöge die in der Runde geäußerten Meinungen nachdenklich gegeneinander ab. Doch in Wahrheit lauerte er nur geduldig und starr wie eine Spinne in einem frisch gesponnenen Netz darauf, dass jemand einen Fehler machte und so zu seinem nächsten Opfer wurde. Im

Moment berechnete Fiedler gerade die Wahrscheinlichkeiten, ein Zweig der Mathematik, den er wirklich ausgezeichnet beherrschte.

»Gut«, sagte er schließlich. Ohne weiteres Zögern unterschrieb er das Dokument, das Lilliana entlastete, und lehnte dann die verschränkten Arme darauf.

»Moment. Zeigen Sie her, ob Sie auch mit Ihrem echten Namen unterschrieben haben«, befahl Cliff. Achselzuckend hielt Fiedler das Papier hoch und schob dann den Stift und Cliffs noch nicht unterzeichnetes Geständnis über den Schreibtisch.

Cliff griff mit der bandagierten Hand nach dem Stift. Dabei wanderte sein Blick wieder zur Schreibtischuhr. »Gut, dann unterschreibe ich jetzt«, brummte er. »Und danach tauschen wir die Dokumente aus, wie bei einem Austausch von Spionen zwischen Ost- und Westberlin …«

Plötzlich waren vor dem Büro Geräusche zu hören. »Verdammt«, rief Cliff und sprang auf. »Ich hätte nicht gedacht, dass die so früh mit dem Putzen anfangen würden …« Er marschierte aus dem Büro und ließ das Geständnis auf dem Schreibtisch liegen.

Der Lärm kam aus dem Kopierraum im hinteren Teil der Etage. Cliff öffnete die Tür und ging zum Matrizendrucker, der urplötzlich einen Druckvorgang gestartet hatte, obwohl gar kein Papier eingelegt war. Rasch legte er einen Schalter um, worauf das rhythmische Schnarren des Geräts verstummte.

Er hatte Fiedlers Büro nur für einen Moment verlassen. Als er zurückkam, saß sein ehemaliger Chef genauso da wie zuvor. Er rührte sich nicht. Cliffs Geständnis lag, wie auch der Stift, noch an seinem Platz. »Falscher Alarm«, meldete

Cliff. »Der Matrizendrucker ist von allein angesprungen. Also, wo waren wir?«

»Sie wollten gerade dieses Geständnis unterschreiben«, erinnerte ihn Fiedler mit ungewöhnlich ruhiger Stimme. »Und anschließend wollten Sie es gegen diese«, er warf einen Blick auf die Seite, »Sie-kommen-aus-dem-Gefängnis-frei-Karte für die Horvarth austauschen.«

Cliff nahm mühsam einen Stift in die bandagierte Hand und schrieb *Clifford*. Dann hielt er inne. »Das ist keine leichte Entscheidung für mich. Nun haben Sie sogar noch mehr Macht über mich als damals während meiner Zeit in dieser Firma. Und weil ich von meinem Plan abgewichen bin und mich von der Sorge um Lilliana habe ablenken lassen, werde ich bestimmt durch die Prüfung fallen.«

Die letzten Worte waren für Fiedler natürlich böhmische Dörfer. Aber seltsamerweise antwortete er dennoch darauf. »Vermutlich können Sie immer behaupten, ich hätte Sie mit vorgehaltener Waffe zur Unterschrift gezwungen, und sagen, Ich wollte Ihnen die Schuld für etwas in die Schuhe schieben, das ich in Wirklichkeit selbst getan habe.«

»Oh, offenbar haben Sie sich bereits Gedanken darüber gemacht«, erwiderte Cliff, dessen Pulsschlag sich verdoppelt hatte, und bemühte sich weiter um eine mürrische Miene. Mein Gott, offenbar hatte er Fiedler richtig eingeschätzt; das hier war ein klares Zeichen. »Ja, das wäre dann Aussage gegen Aussage.«

»Wer zuletzt lacht«, meinte Fiedler nachdenklich. Eigentlich eine sonderbare Antwort, außer, er hatte Fiedlers Gedankengang korrekt gedeutet. Was er inbrünstig hoffte.

Seufzend schrieb Cliff *Iverson* neben seinen Vornamen unter das Geständnis und fügte noch das Datum hinzu. Er fragte sich, ob Fiedler sich auf das Dokument stürzen würde, aber nein. Er nickte nur wie ein Schuldirektor, der sich freut, dass sein Schüler sich endlich richtig entschieden hat.

»Also tauschen wir jetzt, oder? Auf drei«, sagte Fiedler und fing laut zu zählen an, als spielten sie »Stein, Schere, Papier«.

Bei »zwei« stimmte Cliff gehorsam ein, und als sein verhasster Widersacher »drei« sagte, schob er sein Geständnis über den Tisch. Fiedler tat dasselbe mit der Bestätigung, und so wurde der Tausch vollzogen.

»Ich möchte immer noch anstoßen«, brach Cliff das kurze Schweigen und faltete Lillianas Entlastungsschreiben zusammen.

Sein Ex-Chef verzog ärgerlich das Gesicht. »Ich finde das kitschig und sentimental. Aber wenn Sie darauf bestehen. Sie sollen später nicht behaupten, ich hätte nicht Wort gehalten. Also stoßen wir auf die beiden an, und wenn Sie möchten, steuere ich noch ein ›Hipphipphurra‹ bei.« Fiedler griff nach dem grünen Glas, das ihm am Nächsten stand, und erhob es. »Auf Jack und Cora. Die Zeit fällt jeden, die Großen«, er wies auf sich selbst, »und die Kleinen.« Er zwinkerte Cliff zu. »Prost.«

Sie kippten den Inhalt ihrer Gläser hinunter. Cliff zog sich unwillkürlich die Kehle zusammen, als seine Zunge einen sonderbaren und scheußlichen Geschmack ausmachte. Die Gläser Unicum, die Jack Horvarth und er abends zusammen getrunken hatten, hatten völlig anders geschmeckt. Doch sein Verstand gewann die Oberhand, und er schluckte.

Fiedler betrachtete die Flasche. »Ziemlich stark, das Zeug«, stellte er fest. »So etwas habe ich noch nie probiert. Anisette vielleicht?«

Für Cliff hatte Zwack Unicum immer künstlich nach Kirsche geschmeckt, etwa so wie Hustensaft mit einem Hauch von Lakritze und angebranntem Plumpudding. Dieses beißend scharfe Getränk schmeckte hingegen völlig anders. »Also sind wir jetzt fertig?«

»*Wir*? Seit wann denn so majestätisch?« Fiedler konnte es sich nicht verkneifen.

Die beiden Männer musterten einander abschätzend.

»Und was nun?«, fragte Fiedler.

»Wir warten.«

»Worauf?«

»Dass das Gift wirkt«, erklärte Cliff.

Fiedler schien nicht erschrocken. »Oh, jetzt haben Sie mich aber verletzt«, spielte er den Gekränkten. »Glauben Sie wirklich, ich hätte Ihr Glas vergiftet, während Sie draußen waren? Um Sie und das, was Sie über die W-10 wissen, für immer los zu sein? Um das Geld in Ihrer Brieftasche einzustecken, das Sie mir gezeigt haben? Um mein Entlastungsschreiben für diese Horvarth zu zerreißen und Ihr Geständnis neben Ihrer Leiche liegen zu lassen, damit es wie Selbstmord aussieht? Was sind Sie doch für ein argwöhnischer Mensch, Cliff! Haben Sie je daran gedacht, dass ich gar nichts getan und den Likör auch nicht vergiftet haben könnte?«

Ein wenig traurig schüttelte Cliff den Kopf. »Nein, ich kann Ihnen bestätigen, dass sich in beiden Gläsern Gift befindet.«

Fiedler hatte es mit seiner Antwort nicht eilig, da er sicher war, dass die Zeit zu seinen Gunsten arbeiten würde. »Ich gebe Ihnen mein Wort darauf, dass ich das Gift in diesem Fläschchen nicht in *beide* Gläser gegossen habe.«

Cliff schmunzelte. »Ach, da wäre nur ein klitzekleines Problem: Das Giftfläschchen enthält gar kein Gift, sondern Kaliumpermanganat, auch unter dem Markennamen Condy's Cristals bekannt. Kommt dieses in Kontakt mit Delphinium, verliert das Gift sofort seine Wirksamkeit. Es handelt sich genau genommen nicht um ein Gegengift, da es das Gift lediglich in eine nicht toxische, aber abscheulich schmeckende Flüssigkeit verwandelt, was ich Ihnen bestätigen kann. Aber wir wollen es der Einfachheit halber als Gegengift bezeichnen.«

»Also wieder ein Trick? Das war gar kein Delphinium?«

»Oh, doch, da war welches. Es befindet sich bereits im Likör und würde reichen, um uns beide umzubringen. Ich habe es heute in die Flasche gegeben. Also war es in beiden Gläsern.«

Doch Fiedler ließ sich nicht so leicht hinters Licht führen. Er schüttelte den Kopf. »Nein, das Gift kann nicht in der Flasche sein, weil Sie sich bereits selbst etwas davon eingeschenkt und es getrunken haben.«

»Ja, ich habe es in meine Kaffeetasse gegossen. Doch die Tasse enthielt außerdem Kaliumpermanganat, was das Gift neutralisiert. Ich hatte die Tasse vor Ihrer Ankunft dahingehend präpariert.«

Fiedlers Grinsen wurde von einer tief sitzenden Angst abgelöst, für Cliff das Schönste, was er je gesehen hatte. »Soll das heißen, dass Sie uns beide vergiftet haben?«, stieß Fiedler hervor.

»Tja, wenn Sie tatsächlich nicht versucht haben, Gift in mein Glas zu gießen, und wir beide den Zwack in seinem derzeitigen Zustand getrunken haben, trifft das zu. Ja, wir sind beide vergiftet. Ihre Zeit reicht gerade noch, wenn Sie auf der Stelle das Gegenmittel nehmen. Es sollte sich noch in dem Giftfläschchen befinden. Ich fürchte, es genügt nur für eine Person, aber ich überlasse es Ihnen. Hier, ich schenke Ihnen ein ...« Er zog den Stöpsel aus dem Steingutfläschchen und versuchte, den Inhalt in Fiedlers Glas zu kippen. Doch natürlich war das Fläschchen leer.

»Ach, herrje!«, rief Cliff in heller Verzweiflung aus. »Offenbar haben Sie das, was Sie für Gift gehalten haben, wirklich in mein Glas geschüttet. Also haben wir jetzt kein Gegenmittel mehr. Ich habe gewissermaßen darauf gewettet, dass Sie das tun. Verstehen Sie? Meine allerletzte Wette, was Sie angeht.«

Ein freundliches Lächeln auf den Lippen, beobachtete Cliff, wie das Entsetzen seines Widersachers von einer schmerzverzerrten Grimasse abgelöst wurde. Fiedler umklammerte seinen Bauch.

»Sie sterben jetzt. Das ist Ihnen doch klar, oder? Wenn Sie die Finger von dem angeblichen Gift gelassen hätten, würden wir jetzt beide sterben ... aber ich hätte Ihnen das Gegenmittel überlassen. Ehrenwort. Denn ich hätte gewissermaßen«, er suchte nach dem richtigen Ausdruck, »eine Dosis von meiner eigenen Medizin verdient gehabt.« Inzwischen hörte Fiedler Cliffs Stimme, als käme sie durch ein sehr langes Rohr. »Ach, und vermutlich ist Ihnen schon aufgefallen, dass ich in Sachen Schmerzlosigkeit ein wenig übertrieben habe.«

Für den Sterbenden schien der Raum sich in zwei Hälften zu teilen, und er fühlte sich, als rutschte er gleichzeitig einen steilen Abhang hinunter und eine Felswand hinauf. Er verspürte etwas in sich, das er noch nie zuvor wahrgenommen hatte, und er hörte, wie sein Körper zu ihm sprach: *Ich kann mich dagegen nicht anstemmen, auch wenn ich jeden einzelnen Muskel anspanne, muss ich nachgeben, und mein Herz muss aufhören zu schlagen.* Er ahnte, dass es da etwas gab, das größer war als er, wusste jedoch tief in seinem Herzen, dass er diese hohe Ebene niemals erreichen würde. Und so dauerte es nicht lange, bis Fiedler nacheinander sämtliche Verbindungen zu einer Welt kappte, die sich auch ohne seine Anwesenheit oder das Gedenken an ihn friedlich weiterdrehen würde.

Ganz gleich, was man über die von Delphinium verursachten Schmerzen auch sagen mochte, es wirkte zumindest schnell. Schon eine weitere Minute später hatte Fiedler aufgehört, jemandes Boss zu sein. Falls es im Höllenfeuer eine besondere Brennkammer für Vorgesetzte des Grauens gab, würde Fiedler nun bis in alle Ewigkeit darin schmoren – gefeuert sozusagen.

Als Cliff nun Fiedlers inzwischen unbewohnten Körper betrachtete, bedauerte er nur, dass die Mitarbeiter von Woltan sich nicht schon früher gegen diesen Unmenschen gewehrt hatten. *Was bilden Sie sich ein, sich mit Ihrer Lust an Zerstörung in das einzige Leben zu drängen, das wir haben?*, hätten sie ausrufen sollen. Vielleicht hätte sich dann ein anderer Weg gefunden, Fiedler unschädlich zu machen. Allerdings gab sich Cliff, was seine eigene Schuld anging, keinen Illusionen hin. Seine gesamte Abschlussarbeit hatte darauf aufgebaut, dass sich Fiedler für seine Methode, ihn umzubringen, empfänglich zeigen würde. Cliffs Rolle war nur die eines Löwenbändigers gewesen, der nichts weiter zu tun brauchte, als sich zur Fütterungszeit mitten in die Manege zu legen. Hätte Fiedler sich anders verhalten, anstatt ihn seinerseits töten zu wollen, hätte Cliff das Gift selbst getrunken.

Und ja, in diesem Fall hätte er Fiedler auch das Gegenmittel in dem Steingutfläschchen überlassen. Cliff hatte den Rektor davon überzeugt, dass er diesen Teil seiner Abschlussarbeit ernst meinte …

… aber da Cliff natürlich nicht lebensmüde war, hatte er zufällig ein zweites Fläschchen mit Gegenmittel in der Tasche. Allerdings hatte Fiedler ihn immerhin vergiften wollen, weshalb Cliff keinen Anlass gesehen hatte, seine Zielperson auf dieses Detail hinzuweisen.

Cliff wusste, dass er, ebenso wie alle anderen Absolventen der McMasters-Akademie, die alleinige Verantwortung für seine Liquidierung trug. Aber mit diesem Todesfall konnte er leben.

Er entledigte sich der hinderlichen Verbände und schlüpfte in ein Paar Chirurgenhandschuhe, die er ebenfalls in der Tasche gehabt hatte. Dann nahm er das von Fiedler unterzeichnete, auf Kanzleipapier getippte Entlastungsschreiben für Lilliana und zog eine weitere mit der Maschine beschriftete Seite im selben Format aus dem braunen Umschlag. Diese hatte er Fiedler vorenthalten. Er ging mit den beiden Bögen zur Papierschneidemaschine, die im hinteren Teil des Vorzimmers stand.

Als Ingenieur waren gerade Linien ihm nicht fremd, und so hatte er keine Mühe, die beiden Seiten mit genau acht Zentimetern Abstand zur Klinge in die Schneidemaschine einzulegen und den oberen Teil abzutrennen. Bei der von Fiedler unterzeichneten Seite entfernte er geschickt die Überschrift »Sehr geehrte Damen und Herren«, die er absichtlich über dem Falz angebracht hatte. Die nun neue erste Seite trug *unterhalb* dieser Linie dieselbe Überschrift »Sehr geehrte Damen und Herren«.

Anschließend nahm er einen großen Heftklammerer von Meg Keegans Schreibtisch, trug ihn in Fiedlers Büro, legte die rechte Hand seines Widersachers auf den Griff und heftete die beiden Seiten mit seinen leblosen Fingern zusammen. Danach stellte er die Kofferschreibmaschine dorthin, wo Fiedler sie benutzt haben konnte, bevor er das Gift trank, und legte die Papiere und den Heftklammerer daneben.

Die neue erste Seite (die Fiedler nie gesehen hatte) lautete nun wie folgt:

Sehr geehrte Damen und Herren,

ich, Merrill John Fiedler, trage die alleinige Verantwortung für meine derzeitige missliche Lage. Deshalb habe ich beschlossen, meinem Leben ein Ende zu setzen.

Ich bin der Spielsucht verfallen, und nach einer Glückssträhne, die ich inzwischen auf Anfängerglück zurückführe, habe ich einige schwere Verluste erlitten, und zwar auf der Rennbahn sowie in illegalen Wettbüros und bei Buchmachern.

Da ich in kurzer Zeit eine hohe Summe auftreiben musste, habe ich eine fatale Entscheidung getroffen. Ich habe die vorläufigen Entwürfe der W-10, die bei Woltan Industries in die Produktion gehen sollte, an die Konkurrenz verkauft. Diesen Mitbewerber, den ich hier nicht namentlich erwähnen möchte, spreche ich von jeglicher Schuld frei. Sein Interesse an besagten Zeichnungen, angefertigt von meinem früheren Mitarbeiter Cliff Iverson für meinen persönlichen Gebrauch, gilt nämlich hauptsächlich dem folgenschweren Konstruktionsfehler, den diese Pläne enthalten.

Auch für die Entscheidung, die zu diesem Konstruktionsfehler führte, trage ich die alleinige Verantwortung. Der Korrektheit halber möchte ich hinzufügen, dass keiner meiner Mitarbeiter bei Woltan, insbesondere weder Jacek Horvarth noch der oben genannte Konstrukteur namens …

So endete die erste Seite. Auf der zweiten, nun ebenfalls acht Zentimeter kürzer und ohne die Überschrift »Sehr geehrte Damen und Herren«, ging der Text weiter:

… Cliff Iverson, die Verantwortung für meine derzeitige schwierige Lage trägt, die meinen Namen und meinen guten Ruf beschädigen und mich vielleicht sogar die Freiheit kosten könnte. Hiermit bestätige ich, dass sonst niemand die Schuld an meinen aktuellen Problemen hat. Ich möchte außerdem sicherstellen, dass keine »unbeteiligten Personen« in die Angelegenheit hineingezogen werden. Damit meine ich insbesondere Mrs. Lilliana Horvarth, die Witwe des verstorbenen Jacek Horvarth. Wie oben festgestellt, gibt es in dieser traurigen Sache nur einen Schuldigen. Niemand sonst ist haftbar zu machen.

Das Schreiben endete natürlich mit dem Datum des heutigen Tages und Fiedlers getipptem Namen unter der eigenhändigen Unterschrift seines soeben verblichenen Vorgesetzten. Den dafür verwendeten Stift legte Cliff nun oben auf die zwei zurechtgeschnittenen Seiten, die durch die

Kürzung die Länge eines gewöhnlichen Briefbogens bekommen hatten.

Ehe er am Vortag sein Geständnis für den ahnungslosen Fiedler getippt hatte, hatte er mit einem Taschenmesser einige der Buchstaben angeritzt, damit man auch wirklich jedes auf dieser in einer Pfandleihe erworbenen Schreibmaschine verfasste Schriftstück bis zu dieser zurückverfolgen konnte. Anschließend hatte er mit Chirurgenhandschuhen an den Händen ein jungfräuliches Farbband eingelegt, dieses zehn Umdrehungen weitergespult und dann den zweiseitigen »Abschiedsbrief« geschrieben, dessen zweite Seite nur Lillianas Entlastung zu dienen schien.

Zu guter Letzt hatte er das Farbband wieder in die unbenutzte Ausgangsposition zurückgespult. Und eben damit hatte Fiedler erst vor einer Stunde die Empfangsbestätigung für das Geld getippt, die er schließlich doch nicht unterzeichnet hatte.

Nur, dass es Cliff überhaupt nicht auf Fiedlers Unterschrift angekommen war. Seine einzige Absicht war gewesen, Fiedlers Fingerabdrücke auf die Tasten zu applizieren.

Die Handschuhe noch immer an den Händen, kontrollierte er nun sorgfältig das Farbband bis kurz vor der Stelle, wo er gestern mit dem Tippen des Briefes begonnen hatte, und spulte dann ein Stück über den zuletzt benutzten Teil hinaus. In dem unwahrscheinlichen Fall, dass die Polizei das Farbband überprüfen würde, sah es nun aus, als hätte Fiedler zuvor eine Empfangsbestätigung für seinen Buchmacher getippt, und zwar in der Absicht, seine Spielschulden zu begleichen. Inzwischen lag die Seite zusammengeknüllt und mit Fiedlers Fingerabdrücken übersät im Papierkorb. Denn offenbar war Fiedler nach dem Schreiben klar geworden, dass Eddie Alderman von AirCorp seine Vertuschungsaktion, was die lebensgefährlichen Konstruktionsfehler der W-10 anging, ohnehin öffentlich machen würde. Und so hatte er stattdessen den Abschiedsbrief verfasst. Die nicht unterzeichnete Empfangsbestätigung, falls man sie fand, war nur ein weiterer Beleg für die tiefe Verzweiflung eines am Leben gescheiterten Mannes.

Cliff nahm sein Glas und spülte es im Becken von Fiedlers Hausbar, wobei er darauf achtete, dass keine Spuren des Getränks zurückblieben (obwohl ohnehin nichts auf das Gift hinweisen würde, weil Fiedler es ja neutralisiert hatte). Anschließend stellte er das Glas wieder ins Regal. Es bereitete ihm Freude, sein eigenes Geständnis mit dem Feuerzeug auf Fiedlers Schreibtisch anzuzünden. Er wartete ab, bis es zu Asche verbrannt war, und ließ diese dann in den Ausguss rieseln und spülte lange und kräftig mit Wasser nach.

Die vergiftete Flasche Zwack Unicum, natürlich mit Fiedlers Fingerabdrücken darauf, ließ er auf dem Schreibtisch zurück. Seine schützenden Verbände packte er ebenso ein wie das leere Giftfläschchen. Die Chirurgenhandschuhe würde er ausziehen, bevor er aus dem Aufzug stieg. Und sobald er das Gebäude durch den Haupteingang, wo es keine Aufzeichnungen über seine Ankunft gab, wieder verlassen hatte, würde er diese sowie die Verbände und das leere Giftfläschchen wegwerfen. Er war nichts weiter als ein Mitarbeiter, der Überstunden gemacht hatte. Die Lieferantenuniform ohne Firmenlogo, die er über seiner schwarzen Kleidung getragen hatte, würde man zusammengefaltet in der Putzkammer finden. Nichts daran wies auf den Blumenladen hin, wo man über Ludis Lanka nur wusste, dass er bereit war, für einen Hungerlohn plus Trinkgelder zu arbeiten.

Er schloss das Büro des Toten mit dem Ersatzschlüssel aus Meg Keegans Schreibtisch ab und legte ihn wieder in die Schublade. Der Nachtwächter wusste, dass er Fiedler auf keinen Fall in seinem Liebesnest stören durfte, wenn die Tür verschlossen war. Also würde man die Leiche seines ehemaligen Chefs frühestens am späten Montagvormittag finden.

Im Kopierraum drehte er die Zeitschaltuhr des Matrizendruckers ab, die für die kurze Störung gesorgt und Cliff einen Vorwand geliefert hatte, sein Glas unbewacht stehen zu lassen, damit Fiedler ihn, wenn er das wollte, ungehindert vergiften konnte.

Die Polizei würde Merrill Fiedlers Tod sicher als Selbstmord einstufen. Aber Cliff wusste es besser.

Er hatte sich selbst gerichtet.

XLVIII

Der dritte Schritt der Gewissenserforschung: Könnten durch Ihre Tat Unschuldige in Mitleidenschaft gezogen werden?

Gemma hatte sich zwar inzwischen von dem an der McMasters-Akademie genehmigten Plan verabschiedet und handelte auf eigene Faust, ging jedoch davon aus, dass die Durchführung der Liquidierung auch weiterhin von ihr erwartet wurde. Außerdem wusste sie, dass auf ein Scheitern (sowie auf Untätigkeit) eine hohe Strafe stand. Und dennoch hatte sich ihre ursprüngliche Strategie als schlicht und ergreifend nicht umsetzbar erwiesen. Auch wenn man an der McMasters-Akademie nie so stillos gewesen wäre, ihren derzeitigen Gemütszustand als »töten oder getötet werden« zu umschreiben, war genau das der Gedanke, der Gemma unablässig beschäftigte.

Anders als man ihr während ihres Studiums dringend ans Herz gelegt hatte, fand sie einfach keinen Weg, Adele in sicherer Entfernung zu ihrem Arbeitsplatz zu beseitigen. Aber zumindest hatte sie inzwischen einen Ort entdeckt, der ein Stück außerhalb des Hauptgebäudes lag, nämlich die neue Kinderklinik, derzeit noch eine Baustelle, die gerade hinter dem gewaltigen Mitarbeiterparkplatz des Krankenhauses entstand.

Gemma fühlte sich auf Baustellen wohl, ja, gewissermaßen wie zu Hause. Sie waren ein Teil ihrer Kindheit gewesen, denn ihr Dad hatte sie häufig mit zur Arbeit genommen. Rückblickend betrachtet war es erschreckend, wie unbekümmert sie auf diesen sich ständig verändernden Spielplätzen herumtollen durfte, wo jeden Tag neue Zimmer und Treppenhäuser wie aus dem Nichts erschienen. Doch zumindest hatte ihr Dad sie immer im Auge behalten und sogar einen Schutzhelm in Kindergröße und mit ihrem Namen darauf beschafft. Besonders gerne war sie mit ihm in dem vergitterten Baustellenaufzug gefahren.

Deshalb waren der feuchte Dunst von frisch angemengtem Zement und der eigentümliche Geruch, den ein Lichtbogen-Schweißbrenner verbreitete, für sie wie für andere Kinder der Duft von Popcorn und Zuckerwatte. Außerdem würde ihre mittlerweile neu konzipierte Liquidierung durch ein erinnerungsträchtiges Umfeld hoffentlich von einer verabscheuungswürdigen Tat zu einer Hommage an ihren Vater werden. Je länger sie an ihrem Plan feilte, desto mehr wuchs ihre Überzeugung, dass dieser – verglichen mit einem tödlichen Sturz in den Strid – um einiges dazugewonnen hatte.

Den Zeitablauf hatte sie auf der Grundlage ihres Wissens über Adeles Liebesleben in Kombination mit den Kenntnissen erarbeitet, die sie in Signe Childs' Vorlesungsreihe über Mondphasen und nächtliche Unternehmungen erworben hatte. Im unterirdischen Planetarium der McMasters-Akademie hatte sie zugesehen, wie ein mondloser Himmel einen zunehmenden Mond gebar, eine Sichel aus Licht, beleuchtet von dem Widerschein, den die Erde abstrahlte. (»Der alte

Mond in den Armen des neuen«, hatte ihr Vater immer gesagt.) So würde sie gerade genug Licht für die Vorbereitung des Tatorts haben, ohne sich durch den Schein einer Taschenlampe zu verraten. Außerdem würde ihre Hautfarbe ihr das Vorhaben (wohl zum ersten Mal im Leben) erleichtern, denn in den tanzenden Schatten der Nacht war diese eine perfekte Tarnung.

Es war drei Minuten nach acht Uhr abends, als Gemma das Gerippe aus Beton und Stahl betrat, aus dem einmal die Kinderklinik werden sollte. Drei der geplanten fünf Stockwerke standen bereits und ragten wie schartige Festungsmauern gen Himmel. Die Uhrzeit war beileibe nicht willkürlich gewählt. Während der glücklichen Tage an der McMasters-Akademie hatte Gemma ihren Mitstudenten Cliff häufig mit einem Mittagessen im Jade Flower Spring bestochen, einem China-Restaurant, dessen Dekor mit dem Wechsel der Jahreszeit verändert wurde. Dafür hatte er ihr Nachhilfeunterricht erteilt … Was natürlich rein gar nichts damit zu tun hatte, dass sie sich von ihm angezogen fühlte, seit er sie bei ihrer ersten Begegnung im Wald auf dem Campus angestarrt hatte.

»Um es einfach zu machen, geht es bei den Sasaki-Mannigfaltigkeiten um Zustandsvektoren, die sich mit der Zeit mitbewegen, während die Operatoren, die mathematischen Vorschriften also, konstant bleiben«, begann Cliff, wobei ihm klar wurde, dass er es ganz und gar nicht einfach gemacht hatte. Gemma, die gerade dabei war, das dampfende Chow Mein aus Fleisch und Gemüse zu verteilen, hielt in der Bewegung inne. »Dahinter steht der Gedanke, dass es an jedem Tag Momente gibt, in denen Menschen kollektiv die Konzentration verlieren und die Zeit elastisch wird. Das nennt er die Ruhe der Null«, fügte er mit einem jungenhaften Grinsen hinzu. »Er behauptet, vier-vierzehn sei eine empfindungslose Zeit, eine Zeit, die es nicht wirklich gibt.«

Sie nippte an ihrem Jasmintee. »Wenn ich abends also unbemerkt bleiben möchte …?«

Er zerkaute eine Wasserkastanie. »Er sagt, der optimale Zeitpunkt sei zwischen 20:11 und 21:03. Für mich klingt das alles ziemlich bescheuert.«

Jetzt hätte sie Cliff gut gebrauchen können. Nicht nur zum Gedankenaustausch, sondern …

Sinnlos, darüber nachzugrübeln. Sie hatte noch viel zu tun.

An der McMasters-Akademie hatte sie gelernt, dass ein geschickter Liquidator rechtzeitig erkennen muss, wenn sein ausgeklügelter Plan zum Scheitern verurteilt ist. Dann muss er sich einen neuen Weg durch das Labyrinth der Gegebenheiten bis hin zu seiner Zielperson bahnen, wobei es hilfreich ist, das Augenmerk auf die festen Gewohnheiten besagter Zielperson zu richten. Der Tagesablauf seines Opfers wird ihm schließlich einen neuen Weg zu dessen Schwachstellen weisen. »Zeige mir einen Werbeboss, der jeden Tag nach der Arbeit unweigerlich einen Martini in der Oak Bar des Plaza Hotels trinkt. Und ich zeige dir, wie man die vergifteten Oliven dort einschmuggelt« – das war eine Redensart, die auf dem Campus in den verschiedensten Abwandlungen kursierte. Auch wenn Guy McMaster diese Devise wohl am treffendsten in fünf schlichte Worte gekleidet hatte: »Alte Gewohnheiten sterben langsam.«

Gemma glaubte, genau so eine Gewohnheit bei Adele entdeckt zu haben: Sie verließ häufig das Büro noch vor Feierabend, um sich mit ihrem Schatz, Dr. Peter Ellisden, zum Abendessen zu treffen. Der junge Assistenzarzt musste wegen seiner vielen anstrengenden Doppelschichten die Mahlzeiten häufig in der Krankenhauskantine einnehmen. Adele, die beschlossen hatte, dass sie Gemmas gemietetes Austin-Cabriolet nach Belieben benutzen konnte, wies Gemma in diesen Fällen stets an, allein weiterzuarbeiten und sie abzuholen, wenn sie und Peter mit dem Essen fertig waren. Dann fuhren sie und Gemma zu Adeles Wohnung, wo sie Gemma, die mehr als zwanzig Kilometer in die entgegengesetzte Richtung wohnte, endlich das Steuer überließ. Dieser sonderbare Ablauf hatte seinen Grund darin, dass Adele befürchtete, Gemma könne in ihrer Verzweiflung alles auf eine Karte setzen und das Cabrio in einen Lastwagen auf der Gegenfahrbahn steuern. Damit hätte sie ihrer Leibeigenschaft nämlich ein Ende bereitet und entweder Adele mit in den Tod gerissen oder (die weitaus bessere Alternative für Gemma) überlebt, während Adele bei dem Unfall starb.

Also saß Adele unweigerlich am Steuer, sobald das Auto sich auf der Straße befand, denn sie wollte unter allen Umständen verhindern, dass Gemma absichtlich einen solchen Unfall verursachte. Und das wiederum brachte Gemma auf den Gedanken, dass sie ja einen Unfall mit Adele auf dem Fahrersitz verursachen konnte, während das Auto *nicht* auf der Straße war. Als Adele also am gestrigen Tag angekündigt hatte, sie werde am folgenden Abend (Neumond!) wieder mit Peter Ellisden essen und wolle, dass Gemma sie gegen halb neun vom Mitarbeiterparkplatz abholte, stand der Entschluss fest. Uhrzeit, Ort und Mondphase sagten Gemma, dass *jetzt* der richtige Zeitpunkt war. Oder besser morgen.

Sobald Adele zum Essen gegangen war, war Gemma allein und konnte das Krankenhaus unbeobachtet verlassen. Es war ein Kinderspiel, sich durch das dichte Wäldchen zu schleichen, das sich hinter der Baustelle erhob, weit weg von der Bude des einzigen (und häufig schlafenden) Parkplatzwächters. Seine Aufgabe bestand hauptsächlich darin, Autofahrer vom Mitarbeiterareal zu verscheuchen und sie zum Besucherparkplatz umzuleiten. Sein Gefuchtel wurde häufig von dem kryptischen Satz »Ich würde doch auch nicht dort parken, wo Sie arbeiten« begleitet.

Die Bauarbeiter ließen ihre Leitern stets an das Gerüst gelehnt stehen, damit sie am nächsten Tag griffbereit waren. Deshalb war es nicht weiter schwierig für Gemma, in die Baustelle einzusteigen. Sie war schon immer gelenkig gewesen, und der Unterricht bei Trainer Tarcott hatte ihre Beweglichkeit noch verbessert. In ihren Handschuhen aus Kalbsleder, gekauft beim Anmieten des Cabriolets, und mit dem Wagenheber aus dem Kofferraum bewaffnet, kletterte sie rasch die auf blockierten Rädern stehende Metalltreppe zur zweiten Etage des Gerüsts hinauf. Von dort aus ging es weiter zur dritten, wo die Bauarbeiten für den Tag ruhten. Sie nahm einen der dort aufgestapelten Betonbausteine und schleppte ihn eine weitere Metalltreppe nach oben zu der Plattform aus Holzbohlen, die als provisorischer Treppenabsatz für den zukünftigen vierten Stock diente. Bald hatte sie vier Betonbausteine auf die bereits zum Teil hochgemauerte Wand der vierten Etage gestellt und die Hohlräume darin so ausgerichtet, dass sie eine Lücke bildeten, in die sie den Wagenheber stecken konnte. Dieser ragte nun aufrecht hervor, sein gebogenes Ende zeigte nach oben. Zu Testzwecken ruckelte Gemma ein wenig an dem Griff und vergewisserte sich, dass alle vier Bausteine leicht zu kippeln begannen.

Ihre Ausbildung auf dem Gebiet der Seemannsknoten, vertieft beim Angeln auf dem Meer, war nun sehr hilfreich.

Gemma zog die Handschuhe aus und knüpfte rasch einen makellosen Palomar-Knoten um das Radkreuz des Wagenhebers. Dazu benutzte sie eine durchsichtige Angelschnur aus Nylon, die sie von einer fünfzehn Meter langen Rolle in ihrer Tasche abwickelte. Sie warf die Rolle von der halb fertigen Mauer, sodass sie vier Stockwerke unter ihr auf dem Boden landete. Dann holte sie einen fünften Betonbaustein und ließ auch ihn in die Tiefe fallen. Beim Aufprall auf der nackten Erde zerbrach er in drei große Stücke, umgeben von kleineren Bröckchen und Betonstaub. Gemma wartete ab, nur für den Fall, dass das Geräusch den Parkwächter aufgeschreckt hätte. Aber der hatte nichts bemerkt.

Gemma schlüpfte wieder in die Autohandschuhe. Zurück im Erdgeschoss nahm sie sich einen schwarzen Schutzhelm von dem Stoß neben der Stechuhr. (Bei der Besichtigungstour für die Mitarbeiter vor einigen Tagen hatte sie darauf geachtet, einen Helm zu tragen. Ihr Haar war nämlich unter der Einwohnerschaft von Little Bavington so einmalig, dass sie eine Erklärung brauchte, falls etwas davon in einem Helm sichergestellt werden sollte.) Wegen des besseren Schutzes stülpte sie einen zweiten Helm darüber und ging zu der Lücke, wo sie heute Morgen ihren Austin Sport abgestellt hatte. Natürlich war Adele zuvor selbst bis zum Haupteingang des Krankenhauses gefahren und hatte Gemma dann losgeschickt, um das Auto zu parken. Da stand es nun, das hübsche Cabriolet, blitzblank und zu allem bereit. Nur seine makellose Windschutzscheibe würde bald zerstört werden. Wenn man bedachte, wozu Gemma es benutzen wollte, hätte sie genauso gut eine Guillotine dort parken können.

Sie lenkte das Auto dicht an die Baustelle und ließ das Verdeck offen und die Fenster heruntergekurbelt. Auf dem

Parkplatz war niemand zu sehen. (Operationen fanden meist vormittags statt, die Visiten nachmittags, und abends um sieben, nach dem Ende der Besuchszeit, sahen die Oberschwestern noch einmal nach den Patienten.) Gemma startete die Zündung des Austin, wobei sie auf die Scheinwerfer verzichtete, schaltete in den Leerlauf, löste die Parkbremse und schob den Wagen ein paar Schritte. Dann sprang sie über die Fahrertür, kuppelte aus und legte den ersten Gang ein. Nachdem sie das Cabrio auf diese Weise beinahe lautlos angelassen hatte, lenkte sie es langsam an die Mauer, bis sich der Kühlergrill genau unterhalb der in vier Stockwerken Höhe auf der neuen Wand balancierenden Betonbausteine befand. Das war der gefährlichste Teil ihres Plans, denn nun saß sie genau dort, wo die Betonbausteine landen würden, wenn eine plötzliche heftige Windböe sie in die Tiefe fegte. Deshalb auch die zwei Schutzhelme. Vorsichtig warf sie einen Blick nach oben und stellte den Motor ab.

Nachdem sie ausgestiegen war, schloss sie das Verdeck, ließ die Fenster aber unten. Dann hob sie die nun nahezu leere Spule mit der durchsichtigen Angelschnur vom Boden auf. Sie entledigte sich ihrer Handschuhe, zog ein Fensterleder aus der Tasche und tat, als wollte sie Vogelkot von der Windschutzscheibe entfernen. Diese Aktion diente dem Zweck zu tarnen (denn es hätte sie ja jemand beobachten können), dass sie die Nylonschnur an die Metallöse am Rahmen des Verdecks band. Sanft schob sie den Knoten weiter, bis die bis hinauf zu den gestapelten Bausteinen führende Schnur straff gespannt war. Anschließend schlüpfte sie wieder in die Handschuhe und suchte die Bruchstücke des hinuntergeworfenen Mauersteins zusammen. Das schwerste davon, es war besonders scharfkantig, versteckte sie hinten unter dem

Fahrersitz. Danach brachte sie die ausgeliehenen Helme zurück und betrachtete ihr Werk. In der Dunkelheit war die durchsichtige, dicke Nylonschnur, die vom Dach des Cabrios nach oben verlief, nicht auszumachen. Vom Fahrersitz aus betrachtet war der Winkel so steil, dass man die Schnur nur hätte sehen können, wenn man direkt nach oben schaute. Nur, dass Adele am Steuer entweder zum Rückwärtsfahren nach hinten (vorwärts fahren konnte sie ja nicht, ohne mit der Mauer in Konflikt zu geraten) oder nach rechts zu Gemma blicken würde, und die würde nach Kräften bemüht sein, sie abzulenken.

Sie hatte sich mit Adele an der Einfahrt neben der Bude des Parkplatzwächters verabredet. Gemma würde den Mann begrüßen, um sicherzugehen, dass er sie und Adele zusammen sah. Dann würde Gemma Adele die Wagentür aufhalten. Und da Adele nachts am liebsten bei offenem Verdeck fuhr, sofern es nicht regnete, würde Gemma, ganz gleich ob aufgefordert oder nicht, rasch zur Beifahrerseite laufen, um das Verdeck zurückzuschieben, bis es an der Lehne des Rücksitzes einrastete. Damit würde sie an dem Wagenheber ziehen und die vier Betonbausteine ins Rutschen bringen, sodass diese auf das Auto stürzten. Mindestens einer oder zwei davon würden die Windschutzscheibe und den nun nicht mehr von einem Dach geschützten Fahrersitz treffen. Gemma, die das ja wusste, würde sich mit einem Satz in Sicherheit bringen, bevor Adele überhaupt begriff, wie ihr geschah. Mit einem lauten Krachen würden die Bausteine Metall und Glas durchschlagen, und die Wahrscheinlichkeit war groß, dass die ahnungslose Adele auf der Stelle liquidiert wurde. Doch ganz gleich, was auch geschah: Gemma würde laut den Parkplatzwächter zur Hilfe rufen. Vermutlich war dieser ohnehin schon vor seine Bude getreten, um festzustellen, was das unheilverkündende Donnern von vier zerberstenden Betonbausteinen ausgelöst haben könnte. Er würde Gemma, völlig außer sich vor Entsetzen, neben ihrem zerschmetterten Auto stehen sehen. Dass sie aus vier Stockwerken Höhe etwas auf das Auto geworfen haben könnte und dann rasch nach unten gelaufen war, um sich zwischen die Trümmer zu stellen, war absolut unmöglich. Zumindest in den wenigen Sekunden, die zwischen dem Geräusch der hoffentlich todbringenden Steinlawine und dem Anblick der schreienden Gemma neben dem Auto verstrichen waren. Der Parkwächter würde beobachten, wie Gemma zur Fahrerseite und zu Adele hastete, die inzwischen entweder tot oder bewusstlos war oder unter schwerem Schock stand. Gemma würde dem Parkwächter zurufen, er solle direkt im Krankenhaus Bescheid geben, damit man einen Krankenwagen schickte. Falls Adele bedauerlicherweise noch lebte, würde Gemma mit behandschuhten Händen nach dem unter dem Sitz versteckten scharfkantigen Stück Betonbaustein greifen. »Was ist das?«, würde sie erschrocken hervorstoßen und nach links deuten. Und wenn Adele sich dorthin umwandte, würde sie ihr den Stein auf den Kopf schlagen und ihn dann zu den anderen werfen, damit es aussah, als sei er eben dort gelandet, nachdem er sein tödliches Werk vollbracht hatte. Anschließend würde sie sich im Auto der Handschuhe entledigen, die Knoten der Nylonschnur von dem heruntergefallenen Wagenheber und dem Verdeck lösen und den Wagenheber im Kofferraum verstauen, wo er hingehörte. Und zu guter Letzt würde sie die aufgewickelte Nylonschnur in die Kiste mit der Angelausrüstung legen, die sie bereits neben dem Verbandskasten abgestellt hatte.

Wenn der Parkwächter zurückkehrte und sie im Kofferraum wühlen sah, würde er glauben, dass sie den Verbandskasten suchte, um Adeles Blutungen zu stillen.

Gemma betete (wobei sie sich wieder einmal fragte, was für ein Gott wohl solche Gebete erhörte), dass sie das abgebrochene Stück Mauerstein nicht würde benutzen müssen, um Adele den Todesstoß zu versetzen. Hoffentlich würde wenigstens einer der vier Steine direkt ins Schwarze treffen und es ihr ersparen, die Bluttat mit eigenen (wenn auch behandschuhten) Händen zu verüben. Sie schalt sich selbst, denn sie wusste, dass genau das ihre Schwachstelle war. Sie hatte die Kärrnerarbeit auf den River Strid abwälzen wollen, genau wie sie sich jetzt wünschte, die Betonbausteine würden, mit der Schwerkraft als stummer Komplizin, das Werk für sie vollenden.

Wie gerne hätte sie die Tat weiter vor sich hergeschoben, doch sie wusste nicht, wie lange man an der McMasters-Akademie Geduld mit ihr haben würde, bevor man zu dem Schluss gelangte, dass sie kalte Füße bekommen hatte und deshalb vom Scheitel bis zur Sohle kaltgemacht werden musste. Sie schlich um die Rückseite der Baustelle und das Wäldchen herum und hastete auf der Teerstraße zurück zur Einfahrt des Parkplatzes. Inzwischen war es 20:25, und die stets unpünktliche Adele hatte zugesagt, sich um halb neun mit ihr zu treffen.

»Da wären wir!«, verkündete eine herannahende Adele um 20:47. Gemma befürchtete schon, sie hätte ihren Freund mitgebracht, doch ein Blick in die Dunkelheit verriet ihr, dass Adele nur von sich selbst sprach. Ihre Verspätung erwähnte sie mit keinem Wort. Adele entschuldigte sich nämlich grundsätzlich nicht. Eigentlich hatte man ein schönes

Leben, wenn man Adele war. Mit Ausnahme des heutigen Abends und der darauffolgenden Ewigkeit natürlich.

»Hallo, Mr. Paulding!«, rief Gemma dem Parkwächter zu, der immer gern seine Zeitschrift beiseitelegte, um mit einer hübschen Frau zu plaudern. »Wir machen Schluss für heute.«

»Dann gute Nacht, Gemma. Ihnen auch, Miss Underton«, erwiderte er, womit er keinen Zweifel daran ließ, wo er die beiden Frauen in der Krankenhaushierarchie einordnete. »Fahren Sie vorsichtig«, fügte er wie immer hinzu.

»Wird gemacht, Mr. Paulding!«, erwiderte Gemma aufgesetzt fröhlich und lief Adele nach. »Wie war das Abendessen?«

Adele verzog das Gesicht. »Shrimpscurry mit Pommes war das Beste, was sie hatten.«

»Und was hat Peter gegessen?«

»Ach, der frühstückt dreimal am Tag, wenn er Doppelschicht hat. »Eier, Pommes, weiße Bohnen und das, was die in der Kantine als Kaffee bezeichnen. Diese Unsitte werde ich ihm schon abgewöhnen, wenn wir erst mal verheiratet sind.«

Adele hatte schon bei verschiedenen Gelegenheiten von ihren Plänen gesprochen, sich Peter Ellisden zu angeln. Diesmal jedoch klang sie, als sei sie ihrer Sache absolut sicher. Drohte tatsächlich eine Hochzeit? Gemma fragte sich, ob sie der Sache vielleicht noch etwas Zeit geben sollte, nur für den Fall, dass sich ihr Problem dadurch von allein lösen würde. Aber was würde man an der McMasters-Akademie dazu sagen?

»Hören Sie auf zu arbeiten, wenn Sie heiraten?«, erkundigte sie sich in beiläufigem Ton. Nun ging es um Leben oder Tod, auch wenn Adele nichts davon ahnte.

»Kommt gar nicht in die Tüte, also machen Sie sich keine falschen Hoffnungen, Sie entrinnen mir nicht«, flötete Adele. »Allerdings könnte ich Urlaub nehmen, um eine lange Hochzeitsreise zu machen und unser Zuhause gemütlich einzurichten. Aber ein Arzt ist auf die finanzielle Unterstützung seiner Frau angewiesen, wenn er sich eine Praxis einrichten will. Deshalb werden bei einer Scheidung die Alimente für Arztgattinnen ja so großzügig berechnet. Als Entschädigung für die vielen Arbeitsstunden, die sie in den mühsamen Anfangsjahren geleistet haben. Aber zum Glück habe ich ja Sie, die sich um alles kümmert.«

Wenn Adele über ein prophetisches Gehör verfügt hätte, wäre ihr das Geräusch des letzten Nagels in ihren Sarg, hineingetrieben von ihren eigenen Worten, wohl nicht entgangen.

Inzwischen hatten sie das Ende des großen Parkplatzes fast erreicht. »Warum haben Sie so weit weg geparkt?«, beschwerte sich Adele mit einem Hauch von Argwohn in der Stimme. »Wollten Sie mich allein abpassen? Ich hoffe, Sie haben die Briefe nicht vergessen, die ich beim alten Riggins hinterlegt habe. Das wäre nämlich ein folgenschwerer Fehler.«

»Ach, wie könnte ich? Sie erinnern mich doch ständig an diese Briefe«, antwortete Gemma fügsam. »Ich möchte wirklich nicht, dass jemand im St. Ann's sie liest. Aber noch schlimmer wäre es, wenn meine Mum wüsste, was ich getan habe. Solange sie am Leben ist, kann Ihnen überhaupt nichts passieren.«

Das schien Adele für den Moment zu besänftigen. Gemma hielt ihr die Fahrertür auf. Während sie den Wagen umrundete, beobachtete sie, wie Adele hinter dem Lenkrad Platz nahm.

»Hat Peter Ihnen schon einen Antrag gemacht?«, fragte Gemma, so lässig sie konnte, und das, obwohl ihr Verstand gleichzeitig *Werde ich sie jetzt wirklich umbringen???* schrie. Als sie die Hand nach dem Verdeck ausstreckte, klopfte ihr Herz mit etwa zweihundert Schlägen pro Minute.

»Er ist kurz davor, mich zu fragen«, erwiderte Adele und suchte nach dem Zündschlüssel, der noch in Gemmas Handtasche war. »Bei unserem nächsten Treffen werde ich das Thema bestimmt aufs Tapet bringen.«

Gemma entriegelte das Verdeck. »Sie sind sich Ihrer Sache offenbar sicher.«

Adele kramte einen Lippenstift aus ihrer Handtasche und entfernte die Verschlusskappe. »Er muss mich heiraten. Und Sie werden in den vielen Monaten, die ich Urlaub nehme, alle Hände voll zu tun haben.« Als Gemma das Verdeck zurückklappte, war aus luftiger Höhe das Scharren von Beton zu hören. Es kostete sie all ihre Willenskraft, nicht nach oben zu schauen, denn damit hätte sie sich verraten. Während sie sich bereit machte, mit einem Satz vom Auto wegzuspringen, fügte Adele stolz hinzu: »Peter hat mich nämlich zur Mutter gemacht. Ich bin in anderen Umständen.«

»Vorsicht!«, schrie Gemma und warf sich, ohne nachzudenken, über Adele. Betonbausteine prasselten auf sie hinunter und zerschmetterten die Windschutzscheibe und Gemma.

Ich kann so etwas einfach nicht, war Gemmas letzter Gedanke, während Adeles durchdringender Schrei in ihrem Kopf verhallte und sie in einer Leere ohne Licht und Ton zurückließ.

XLIX

Am Tag nach Leonid Kostas Liquidierung wachte Doria erst sehr spät auf. Wie die meisten von uns verharrte sie noch einige Minuten lang im wohligen Dämmerzustand völliger Ahnungslosigkeit und Unschuld, bis ihr wieder einfiel, was sie getan hatte und was sie womöglich im Laufe dieses Tages erwartete. Es war in etwa mit dem entsetzten Hochschrecken eines Häftlings zu vergleichen, der sich im ersten Moment nicht daran erinnert, dass er sich ja im Todestrakt befindet.

Draußen vor Dorias Fenster hing die Sonne wie angeheftet an einem strahlend blauen Himmel. Während Doria sich unter den Satinlaken zu bewegen begann, kam ihr Schritt für Schritt in den Sinn, dass sie Doria Maye war (oh, ausgezeichnet), dass sie im luxuriösen Schlafzimmer ihres Bungalows auf dem Studiogelände im Bett lag (wunderbar), dass sie einen Menschen liquidiert hatte (ach, herrje), dass es sich bei diesem Menschen um Leon Kosta handelte (ach, prima) und dass ihr bis jetzt niemand deswegen Vorwürfe gemacht hatte.

Schon kurz darauf wurde fordernd an ihre Tür geklopft. Ihrem im Studium an der McMasters-Akademie hinzugewonnenen Selbstbewusstsein zum Trotz war es nur allzu menschlich, dass Doria der Mund staubtrocken wurde, während der sprichwörtliche Schauder ihr den Rücken hinunter bis in die Magengrube kroch. Sie zog einen Morgenmantel über den zur Bettwäsche passenden Pyjama aus Satin und ging vom Schlafzimmer aus in den kurzen Flur und dann die sechs ins Zwischengeschoss führenden Stufen hinunter in die Eingangshalle des Bungalows. Das Klopfen wiederholte sich, und als sie durch die Spitzenvorhänge an der Terrassentür spähte, konnte sie zu ihrem Entsetzen eine Uniform ausmachen, die aussah wie die eines Polizisten ... bis sie zu ihrer Erleichterung Finton Flood, den Wachmann vom Tor am Jacaranda Drive, erkannte.

Sie öffnete die Tür. »Finny, mein Engel«, flötete sie beim Anblick seiner finsteren Miene beruhigend. »Sie sehen ja zum Fürchten aus. Kommen Sie rein. Was ist denn passiert?«

Finny gehorchte, ein wenig verdattert, weil man ihm zum ersten Mal im Leben Einlass gewährte. Sie winkte ihn in den mit einer Polstergarnitur ausgestatteten Salon, wo er sich auf einen Diwan setzte. Er hatte einen großen grauen Umschlag in seiner leicht zitternden Hand. »Ich habe etwas getan, von dem ich nicht weiß, ob es richtig war, Miss Maye.«

Sie ging zur Hausbar. »Darf ich Ihnen etwas anbieten, mein Lieber?«

Er räumte ein, er könne einen kleinen Schluck jetzt gut gebrauchen. Als Doria ihm einen ordentlichen Whiskey einschenkte, kippte er ihn in einem Zug hinunter und schilderte dann atemlos seine Begegnung mit dem als Frau verkleideten Privatdetektiv Bryce, der für Mr. Kosta tätig gewesen sei. Dass Mr. Kosta Miss Maye habe beobachten lassen. Wegen der Moralklausel in ihrem Vertrag, die es ihm ja erlaube, ihr Verhalten auf dem Studiogelände zu überwachen. Auch in diesem Bungalow, denn der gehöre ja dem Studio. Und wie Mr. Kosta vorgeschlagen habe, der Privatdetektiv könne doch einen Helfer einstellen. Also einen loyalen Mitarbeiter wie Finny zum Beispiel. Und da Mr. Kosta so gut zu ihm gewesen sei und ihm nach dem Krieg eine Chance gegeben habe, habe er geglaubt, es Mr. Kosta schuldig zu sein. Miss Maye müsse ihm verzeihen. Jedenfalls habe er, wie angewiesen, gestern Abend um neun Fotos durch ihr offenes Küchenfenster gemacht, und zwar mit einer Kamera, mit der man bei Dunkelheit fotografieren könne und die der Detektiv ihm zur Verfügung gestellt habe. Er habe nicht sehen können, was er da durch das Fenster fotografierte, weil es drinnen dunkel gewesen sei und er Befehl gehabt habe, den Kopf unten zu halten. Aber er habe seinen Instruktionen entsprechend die Kamera in der Mitte des Fensterbretts aufgestellt und achtmal die Fernbedienung ausgelöst. Die Kamera habe *klick* gemacht, und er habe ein Aufleuchten wie von einem Blitzlicht wahrgenommen. Allerdings habe man nicht erkennen können, was es eigentlich beleuchtet habe, weil es ein Ding namens »Infrarotlicht« gewesen sei. Doch heute Morgen habe er ein schlechtes Gewissen bekommen. Also habe er die Kamera nicht zu dem vom Detektiv empfohlenen Labor gebracht, sondern zu einem Freund namens Roy Kilfoye, der in seinem Bataillon gedient habe. Nach dem Krieg habe er in den Fotolabors des Studios angefangen. Er habe Roy gebeten, die Fotos so schnell wie möglich für ihn zu entwickeln, damit er wisse, ob er etwas falsch gemacht habe. Finny habe ihm das Versprechen abgenommen, sich die Fotos weder anzuschauen noch mit irgendjemandem darüber zu reden. »Man erkennt kaum, dass Sie es sind, Miss Maye, wenn man es nicht weiß. Allerdings, und das ist mir jetzt schrecklich peinlich, sind Sie …« Er beendete den Satz nicht.

Doria betrachtete ihn nachdenklich. »Tja, gestern Abend

um neun kam ich gerade aus der Dusche und bin wahrscheinlich im Evaskostüm durchs Haus gegangen.«

Wortlos und mit betretener Miene öffnete Finny den Umschlag und schüttelte zwölf Fotoabzüge auf den Tisch, wobei er den Blick abwendete. »Bildschön, Miss Maye, das muss ich sagen.«

Als Doria die Fotos einer sachlichen Musterung unterzog, musste sie zugeben, dass er recht hatte. Die eigenartige Tönung des Lichts zeichnete die Bilder weich, als seien sie durch einen Diffusor aufgenommen. Und da die Fotos vermeintlich ohne ihr Wissen entstanden waren, wirkten ihre Posen ungekünstelt und schmeichelten ihrer anmutigen Gestalt. Dass man an der McMasters-Akademie Wert auf gymnastische Übungen und weitere sportliche Ertüchtigung gelegt hatte, hatte außerdem ihren Körper geformt. So eine gute Figur hatte sie noch nie im Leben gehabt. *Oink*! Das war ja wohl ein schlechter Scherz!

Natürlich hatte sie in Wahrheit für die Kamera posiert, denn die Fotos waren schon eine Nacht früher geknipst worden, auch wenn Finney sich selbst für den Fotografen hielt. Letzte Nacht, als sie Kosta seinen wohlverdienten Oscar überreicht hatte, hatte Finny völlig sinnlos achtmal den Auslöser der Kamera bedient, denn der aufgerollte Film darin war bereits belichtet gewesen. Doria hatte diese Kamera am Vorabend auf dasselbe Fensterbrett gestellt und per Selbstauslöser acht scheinbar heimliche Nacktaufnahmen von sich angefertigt. Offenbar ohne zu bemerken, dass sie direkt vor dem riesigen Kalender an ihrer Kühlschranktür stand, wo der folgende Tag wie alle vorangegangenen dieses Monats mit einem großen X durchgestrichen war. Laut Wanduhr war es kurz nach neun. All das bestätigte den Wahrheitsgehalt der Aussage des Wachmanns, er habe sie fotografiert, und zwar, während Kosta zwei Autostunden entfernt ermordet wurde. In der vergangenen Woche hatte sie drei Testläufe unternommen, allerdings bekleidet und mit dem Rücken zur Kamera. Die Filme hatte sie in drei verschiedenen Schnelllabors in der Innenstadt entwickeln lassen. (Das Seminar »Camera obscura« an der McMasters-Akademie hatte sich bei der Suche nach der richtigen Pose, Belichtungszeit und Blendenöffnung als sehr hilfreich erwiesen.)

In aller Bescheidenheit fand sie, dass es eine gute Idee gewesen war, die nackten Tatsachen zu präsentieren, und auch der Rektor hatte diesem schlauen und kühnen Plan von Herzen zugestimmt. Denn welche Schauspielerin, ganz gleich, was sie für eine Figur hatte, würde zulassen, dass jemand Aktfotos von ihr machte? Das wäre doch der Todesstoß für ihre Karriere gewesen! (Auch wenn Miss Monroes derzeitiger Aufstieg zum Superstar nicht unter dem textilfreien Kalenderfoto gelitten zu haben schien ... Doria fragte sich, ob es wirklich ein Weltuntergang wäre, wenn eine der eher geschmackvolleren Posen vielleicht den Weg in eine Kunstzeitschrift finden würde. Ein öffentlichkeitswirksamer Skandal war doch nie zu verachten.)

Nun stand ihr Plan an einem Scheideweg, und wie sie an der McMasters-Akademie gelernt hatte, hatte sie für beide Möglichkeiten eine Lösung in petto. Allerdings glaubte sie, dass sie Finnys Charakter treffend eingeschätzt hatte. Und ihre Alma Mater wäre stolz auf sie gewesen, denn sie hatte seine Reaktion richtig vorhergesagt. »Darf ich fragen, wie viel Sie für diese Fotos bekommen haben, lieber Finny?«

Finny stellte sein Glas weg. »Das ist nicht wichtig. Ich gebe das Geld zurück.«

»Aber … Sie sollen doch nicht dafür bestraft werden, dass Sie sich korrekt verhalten haben.«

Er tat den Einwand ab. »Ich habe das Geld nur genommen, weil ich für Mr. Kosta arbeite und weil ich meine Pflicht getan habe. Doch diese Fotos … Es ist nichts Schlimmes daran. Sie sind eine wahre Augenweide.«

Als Finnys Blick verzückt zu den Abzügen wanderte, überlegte Doria, ob er wohl Abzüge für sich behalten hatte. Was für eine Frage? Natürlich hatte er. »Haben Sie die Negative noch?«

Er zuckte entschuldigend die Achseln. »Ich hätte sie verbrennen sollen, ich weiß. Aber sie sind so schön. Ich habe es nicht übers Herz gebracht.«

Mitgebracht hast du sie trotzdem nicht, oder?, schlussfolgerte Doria messerscharf. »Finny, ich machte Ihnen folgenden Vorschlag. Ich gebe Ihnen tausend Dollar …« Als der Wachmann protestieren wollte, ließ Doria ihn nicht zu Wort kommen. »Und zwar für Ihre Ehrlichkeit, für Ihren finanziellen Verlust und nicht zu vergessen für die Negative. Die wären ein hübsches Sümmchen wert, falls sie in die falschen Hände gerieten.«

»Wenn Sie darauf bestehen, Miss Maye«, antwortete er wie aus der Pistole geschossen. »Es bleibt unser kleines Geheimnis. Mr. Kosta sage ich einfach, ich hätte die Kamera nicht bedienen können und mich so darüber geärgert, dass ich den Film weggeworfen hätte.«

Doria wusste, dass er Mr. Kosta nichts dergleichen erzählen würde. Niemals wieder. Allerdings bestand kein Grund, diese Information mit Finny oder sonst jemandem zu teilen. »Ich stelle Ihnen sofort einen Scheck aus«, fügte sie hinzu und wollte schon zu ihrem Schreibtisch hinübergehen.

Aber Finny sprang auf und schüttelte erstaunlich heftig den Kopf. »Nein. Nein, das brauchen Sie nicht, Ma'am. Wenn ich Ihre Großzügigkeit annehme, und allmählich glaube ich, dass ich das besser lassen sollte, dürfte es auf gar keinen Fall ein Scheck sein. Der wäre nämlich nachvollziehbar, und irgendwann würde es sicher auf mich zurückfallen.«

»Gut, in diesem Fall müssen Sie mir Zeit geben, bis Sie heute Feierabend machen«, erwiderte Doria. »Dann bekommen Sie Ihre Belohnung in bar. Sagen wir, gegen neun? Allerdings werde ich diesmal nicht nackt sein.« Da sie lachte, stimmte er ein. »Niemand wird davon erfahren. Nicht das Studio, nicht das Finanzamt, keine Menschenseele. Unter diesen Umständen ist es wohl das Mindeste, was ich tun kann.«

»Wie Sie wünschen, Miss«, stimmte Finny widerstrebend zu.

*

Als Wachmann war es Finton Floods Aufgabe, die Ankunfts- und Abfahrtszeiten seiner Mitmenschen im Auge zu behalten, weshalb Pünktlichkeit ihm zur zweiten Natur geworden war. Obwohl er eine Minute zu früh zu seiner Verabredung kam, hätte er auch nicht im Traum daran gedacht, vor Punkt einundzwanzig Uhr leise an Dorias Terrassentür zu klopfen. Als sie ihn einließ, überreichte er ihr sofort einen Umschlag.

»Die Negative, Ma'am.«

Doria hielt die geisterhaften Bilder ans Licht. »Nur, um sicherzugehen«, sagte sie dann. »Sind das die Fotos, die Sie gestern Nacht gemacht haben? Sie haben mich niemals zu einem anderen Zeitpunkt fotografiert?«

Finny verzog gekränkt das Gesicht. »Wenn Sie mir solche Fragen stellen, komme ich mir vor wie ein Spanner, Miss Maye! Schauen Sie sich die Wanduhr und den Kalender auf den Fotos an. Man hat mir die Kamera erst gestern Vormittag gegeben, und es war nur eine Filmrolle darin. Ich schwöre bei meinem Leben.«

Doria ging in die Küche und kam mit einem prall gefüllten weißen Umschlag zurück. »Ich kann Ihnen gar nicht genug danken, Finny. Man kann Dankbarkeit zwar nicht in Geld aufwiegen, aber tausend Dollar sind vermutlich nicht kleinlich.«

Er breitete die Hände aus. »Tausend Dollar, das ist einfach nicht richtig, Miss Maye.«

»Oh, Sie brauchen nicht edelmütig zu sein. Sehr viele Menschen hätten versucht, die Situation auszunutzen. Nehmen Sie das Geld, ich bestehe darauf.«

»Nein, Sie haben mich falsch verstanden, Ma'am«, verbesserte er sie geduldig. »Tausend Dollar sind mir zu wenig.«

Doria starrte ihn einen Moment an. Dann steckte sie die Negative zurück in den Umschlag und ging zu dem kleinen Kamin, wo zwischen Scheiten aus Keramik eine kleine Gasflamme züngelte. »Negative sind sehr gut brennbar«, merkte sie an.

Ihre Naivität brachte Finny zum Schmunzeln. »Ich werde nie begreifen, warum die Leute in den Krimis so ein Tamtam wegen der Negative veranstalten. Die sind nämlich nicht schwer nachzumachen. Das sind nicht die Originale, darauf können Sie sich verlassen, denn die habe ich an einem sicheren Ort verwahrt. Sie sagen, ein Tausender wäre das Mindeste, was Sie für mich tun könnten, und ich habe geantwortet, Sie hätten vermutlich recht. Denn es ist wirklich das Allerwenigste, Ma'am. Ein kleiner Aufschlag würde Sie nicht in den Ruin treiben. Ich hätte da an fünftausend gedacht. Einverstanden?«

»Fünftausend für alle Negative? Die Originale?«

Er setzte zum Sprechen an, hielt aber inne, als sei ihm gerade noch etwas eingefallen. »Tja, zwei davon sollte ich mir vielleicht für den Notfall aufbewahren. Wissen Sie, ich spekuliere gern ein bisschen, und deshalb hängt der Preis davon ab, wie sich Ihre Karriere weiterentwickelt. Je mehr Sie in Sachen Image und Kontostand zu verlieren haben, desto mehr Profit für mich, finden Sie das nicht fair? Und falls die Ankündigung käme, dass Sie als heilige Johanna von Orléans oder als die Gottesmutter Maria besetzt werden sollen …«

»Okay, jetzt haben wir genug gehört, Miss Maye«, war da in scharfem Ton aus der Küche zu hören. Ein Mann im blauen Anzug trat in den Salon, ein uniformierter Polizist folgte ihm auf den Fersen. Der blaue Anzug zeigte eine Dienstmarke vor. »Finton Flood, ich bin Lieutenant Garnett, und das ist Detective Cortez. Sie sind festgenommen, und zwar wegen Verstoßes gegen Paragraf 508 Strafgesetzbuch, versuchte Erpressung zum Schaden von Miss Maye, die wir bezeugen können. Außerdem werden Sie des Herumlungerns vor diesem Haus und der Verletzung des persönlichen Lebensbereichs nach kalifornischem Strafgesetzbuch Paragraf 647 beschuldigt, wobei es sich um eine schwere Ordnungswidrigkeit handelt.«

Als professioneller Wachmann kannte Flood seine Rechte. »Ich hatte ein berechtigtes Interesse, mich auf dem Grundstück aufzuhalten, da ich den Anweisungen meines Arbeitgebers gefolgt bin.«

»Wessen Anweisungen?«

»Leonid Kosta.«

Garnett lächelte sonderbar. »Ich fürchte, Mr. Kosta wird uns das nicht mehr bestätigen können, und zwar aufgrund der Tatsache, dass er ermordet wurde.«

Doria schnappte erschrocken nach Luft und ließ sich aufs Sofa fallen. »Wann … wie …?«

Der Lieutenant war eigentlich für sein Taktgefühl berühmt, weshalb er in seiner Dienststelle als der richtige Mann für den Umgang mit Filmstudios galt. So ein Ausrutscher wie eben hätte ihm nie passieren dürfen, und er hätte sich deshalb ohrfeigen können. »Ich muss mich bei Ihnen entschuldigen, dass ich es Ihnen auf diese Weise eröffnet habe, Miss Maye. Das war gedankenlos von mir.« Er wandte sich wieder an Flood. »War jemand dabei, als Mr. Kosta Ihnen diese mutmaßliche Anweisung gab?«

»Er hat sie mir nicht selbst gegeben. Sie kam von einem Privatdetektiv, der für ihn arbeitet.«

»Können Sie mir Name und Adresse dieses Detektivs nennen?«

Flood kramte in seinen Taschen und reichte ihm die Visitenkarte der Detektei Bryce, die Garnett argwöhnisch betrachtete. »Von einer Bromistas Street habe ich noch nie gehört. Sie vielleicht, Cortez?«, fragte er.

»Nein«, erwiderte sein uniformierter Begleiter. »Aber *bromista* heißt auf Spanisch *Witzbold.*«

»Außerdem kann sich jeder Visitenkarten drucken lassen, Sie auch, Mr. Flood«, ergänzte Garnett. Doria wusste, dass es stimmte, denn genau das hatte sie ja getan. Sie hatte ein bisschen Mitleid mit Finny, aber andererseits hatte er immerhin versucht, sie zu erpressen, anstatt ihre großzügige Belohnung anzunehmen. Es war ein Leichtes gewesen, den filmverrückten Lieutenant Garnett als Zeugen zu gewinnen, denn schließlich war er als technischer Berater bei den Dreharbeiten zu ihrem Polizeithriller mit dem Titel *Reno: Der Tod würfelt mit* gewesen. Auch ohne Fintons Erpressungsversuch hätte der Austausch ihr Alibi bestätigt, nicht dass sie glaubte, eines nötig zu haben. Und wenn Finny stattdessen ehrlich gewesen und »Privatdetektiv Bryce« die Fotos ausgehändigt hätte, hätte sie sich einfach selbst einen anonymen Erpresserbrief geschrieben und Garnett um Hilfe gebeten. Und später hätte sie ihm, ebenfalls anonym, einfach den Umschlag geschickt, auf dem Finny bei der Auftragsannahme unterschrieben hatte. Wo sie den fraglichen Abend verbracht hatte, hätte deshalb so oder so festgestanden.

Allerdings hatte sie von Anfang an damit gerechnet, dass Finton mit den Fotos direkt zu ihr kommen und versuchen würde, sein Einkommen durch eine Erpressung aufzubessern. Für sie hatte er nämlich schon immer das Sinnbild des korrupten Pförtners verkörpert, der jede Gelegenheit nutzte, die Hand aufzuhalten. Jedenfalls war sie ihm dankbar, denn er hatte ihr einige lästige Arbeitsschritte erspart.

Während die Handschellen um Finnys Handgelenke zuschnappten, erklärte Lieutenant Garnett, er müsse die freizügigen Fotos zu Beweiszwecken einbehalten, werde sie aber ordentlich wegschließen. Klar, im Safe in deiner Garage, wo du auch gewisse Zeitschriften vor deiner Frau versteckst, dachte Doria.

Als Detective Cortez sich anschickte, Finton abzuführen, gab Lieutenant Garnett ihm noch einige tröstende Worte mit auf den Weg. »Ach, betrachten Sie die Sache doch mal von der positiven Seite, mein Freund. Nach Kostas Ermordung werden die Jungs von der Mordkommission jeden auf diesem

Studiogelände unter die Lupe nehmen, der ihnen irgendwie verdächtig vorkommt. Sie aber haben wegen dieser Fotos ein wasserdichtes Alibi. Sie übrigens auch, Miss Maye.«

»Tja, das ist wohl die *nackte* Wahrheit«, witzelte sie mit einem Hauch von Verlegenheit. »Ich scheine mich gestern Nacht wirklich freigemacht zu haben … allerdings auch von jedem Verdacht, wie ich denke.«

»Ja, denn das widerspräche den Gesetzen der Natur. Denn inzwischen haben wir Beweise dafür, dass Mr. Kosta von einem Mann umgebracht wurde. Einem Mann mit … besonderen Neigungen.«

Doria machte ein ernstes Gesicht. »Ich verstehe nicht ganz.«

Der Detective gab gerne vor seinen Freunden damit an, dass er sozusagen in der Filmbranche war. Nun schlug er einen verschwörerischen Ton an. »Tja, da ich schon immer ein Fan von Ihnen war … Alles sieht danach aus, dass Mr. Kosta von einem Mann getötet wurde, der sich gerne als Frau verkleidet.«

»Aber … aber was soll das heißen«, stammelte Doria. »Leon war doch ein berüchtigter *Frauenheld*!«

Garnett hatte seine Freude daran, sich in Gegenwart eines Filmstars als Mann von Welt zu geben. »Die schlimmsten Don Juans wollen häufig nur anderen oder sich selbst beweisen, dass sie nicht ›andersrum‹ sind. Vielleicht wurde Mr. Kosta ja auch getäuscht und dachte anfangs wirklich, er habe es mit einer echten Frau zu tun. Man hat mir gesagt, in seinem Schlafzimmer habe eine Art Striptease stattgefunden, und dabei ist die Wahrheit offenbar ans Licht gekommen. Jetzt lautet die große Frage, ob der Kontakt zu seinem Mörder einvernehmlich war.«

»Kontakt? Was meinen Sie damit?«

»Es gibt physische Beweise dafür, dass der Mörder mit Kosta intim geworden ist. Wir wissen nur nicht, ob sich Ihr Chef freiwillig daran beteiligt hat. Auch nicht, ob sich der Verkehr vor oder *nach* seinem Tod ereignet hat. Selbst in der heutigen Zeit stößt die Rechtsmedizin oft an ihre Grenzen.«

»Oh, wie ehrabschneidend!«, schluchzte Doria. Der Detective verstand nicht ganz, denn von *abschneiden* war doch gar nicht die Rede gewesen. »Die Schande! So ein schäbiges, unwürdiges Ende!«

»Nun, wir tun unser Bestes, um es unter Verschluss zu halten. Dem Studio zuliebe.«

»Aber wir sind hier in Hollywood!«, rief Doria aus. Obwohl sie innerlich jubelte, fuhr sie in verzweifeltem Ton fort: »Die Klatschspalten sämtlicher Revolverblätter werden es bringen. Noch jahrelang werden Enthüllungsbücher darüber erscheinen.« Solange ich etwas mitzureden habe, fügte sie in Gedanken hinzu. Wie schade, dass sie der Fachpresse nicht berichten durfte, dass sie, Doria Maye, die Fährfrau gewesen war, die Kosta auf seinem Weg den Fluss Hades entlang begleitet hatte. Aber was hatte der Kerl auch Schindluder mit ihrer Karriere treiben müssen!

DAS GING FIX: MIESER TRICKSER AUSGETRICKST, malte sie sich die Schlagzeile in einer imaginären Ausgabe von *Daily Variety* aus.

L

Vierter Schritt der Gewissenserforschung: Wird diese Liquidierung das Leben anderer positiv beeinflussen?

Vielleicht erschien dieser Nachmittag Cliff allein deswegen so idyllisch, weil Fiedler nun keine Gelegenheit mehr hatte, ihn zu genießen. Auch die Passanten, denen er auf dem Weg zum Haus von Lilliana Horvarth begegnete, spürten offenbar, dass die Welt inzwischen einen Despoten weniger hatte. Mehr als einmal begrüßte ihn einer der Fußgänger, die im Sonntagsstaat an ihm vorbeischlenderten, mit einem von Herzen kommenden, wenn auch formelhaften »Schöner Tag heute«.

Lilliana bot ihm Platz auf der Veranda an und brachte ihm Limonade und ungarischen Honigkuchen. Cliff trug heute eine Perücke, da seine momentane, obwohl nur vorübergehende Kahlheit nur komplizierte Erklärungen nötig gemacht hätte. Sehr zu seiner eigenen Erleichterung hatte er endlich den struppigen Bart abnehmen können. Das allmorgendliche Ritual des Einschäumens, Rasierens und Abspülens, gefolgt von der erfrischenden Kühle und dem Brennen des Rasierwassers, hatte ihm sehr gefehlt.

Cliff hatte sein erstes Glas Limonade geleert und ließ sich

dankend nachschenken. Dann senkte er die Stimme. »Fiedler ist tot«, sagte er.

Lilliana nickte langsam und wartete einen Moment, bis die Information sich gesetzt hatte. »Wie ist er denn gestorben?«, erkundigte sie sich nach einer Weile.

Cliff legte sich seine nächsten Worte sorgfältig zurecht. »Wenn ich übersinnliche Kräfte hätte, würde ich mir ausmalen, wie er sich mit einem Glas von dem Lieblingslikör deines Mannes vergiftet. Ich würde mir außerdem vorstellen, er habe vor seinem Tod gewusst, dass er unter anderem wegen der Grausamkeiten sterben musste, die er unserem Jacek angetan hat.«

Wieder dachte sie reglos darüber nach. »War es schmerzhaft?«, fragte sie schließlich.

»Es war nicht schmerz*los*. Außerdem hat er noch Angst und Verzweiflung empfunden«, antwortete er.

Sie nippte an ihrer Limonade. Offenbar war sie nicht süß genug, denn sie presste fest die Lippen zusammen. »Das ist gut«, erwiderte sie. »Danke.«

Dann saßen sie beide da, als hätten sie gerade die Hostie empfangen und warteten nun auf den Wein. Schließlich ergriff die sanfte Frau, deren Angewohnheit es war, hin und wieder zusammenhanglos eine Silbe zu betonen, wieder das Wort: »Wenn nur der Mensch, der meinen Jacek umgebracht hat, auch bestraft werden könnte.«

»Dieser Mensch ist tot«, sagte Cliff.

Lilliana schnappte nach Luft, das erste Mal, dass sie sich ihre Gefühle anmerken ließ. »Fiedler? Er *war* es? Ich hatte immer den Verdacht …«

»Nein, der Mensch, der deinen Mann umgebracht hat, ist auch tot.«

»Aber … wie hast du ihn gefunden? Wir haben doch angenommen, dass es ein Fremder war.«

»Ich bin sicher, dass Jack den Menschen, dem er in jener Nacht im Ellwood Park begegnet ist, nicht kannte«, erklärte Cliff, wobei er jedes Wort einzeln aussprach. »Die Person, die deinen Mann erschossen hat, ist nun tot, und zwar infolge dieser Tat. Mehr kann ich dir nicht sagen. Bitte glaube mir einfach.«

Lilliana nahm seine Hand. »Ich glaube dir. Außerdem will ich nicht, dass du dich noch weiter in Gefahr bringst.«

»Und ich will nicht, dass dir noch einmal wehgetan wird«, antwortete er.

»Bleibst du zum Sonntagessen? Ich habe inzwischen nur selten Gelegenheit, für jemand anderen zu kochen.«

»Es tut mir schrecklich leid, aber ich muss heute noch jede Menge Papierkram erledigen«, antwortete er wahrheitsgemäß.

»Dann hoffentlich ein andermal.« Sie griff nach seinem Glas, als könnte sie ihn mit der Aussicht auf noch mehr Limonade verlocken. »Wohnst du hier irgendwo in der Gegend? Ich denke nämlich, dass du hier nicht unbedingt sicher bist.«

»Wahrscheinlich ziehe ich bald weiter«, sagte er. »Also rechne nicht damit, mich in nächster Zeit zu sehen. Ich kann doch davon ausgehen, dass du dir finanziell keine Sorgen zu machen brauchst. Dass du gut versorgt bist. Ich weiß, dass es Jack sehr wichtig war, dich abzusichern, für den Fall …«

»Dass er zuerst gehen sollte, weil ich jünger bin als er. Ja, die Versicherung hat sich um alles gekümmert. Eigentlich war es viel zu viel Geld. Aber ich war dankbar dafür«, meinte sie ohne eine Spur des Bedauerns. »Ich brauchte es nämlich für meine eigenen Pläne.«

Cliff tätschelte ihr geistesabwesend die Hand. »Nun, ich freue mich, dass du das Geld von der Versicherung bekommen hast. Hoffentlich gibst du es eines Tages für etwas aus, das dir wirklich Freude macht. Eine Reise nach Ungarn vielleicht?«

Sie betrachtete ihn, als sei er ihr Sohn und überdies ein ziemlich junger und naiver Vertreter seiner Art. »Ich habe keine großen Bedürfnisse. Das Haus ist abbezahlt. Außerdem ist der Großteil des Versicherungsgeldes inzwischen verbraucht.« Ein Lächeln breitete sich auf ihrem Gesicht aus. »Du verstehst mich offenbar wirklich nicht, mein Bärchen.«

»Nein, Lilliana. Was willst du mir sagen? Was ist aus dem Geld geworden?«

»Ich habe es für dein Studium ausgegeben. Das war zwar sehr teuer, aber ich wollte es so.«

Cliff starrte sie fassungslos an. Im ersten Moment traute er seinen Ohren nicht. »*Du*, Lilliana? Du bist meine Wohltäterin?«

»Ich habe mir angehört, was du bei der Beerdigung und in den Tagen danach zu mir gesagt hast. Und dabei war erst kurz zuvor diese junge Frau gestorben, die dir so viel bedeutet hat. Ich habe bemerkt, wie dein wundervoller Verstand sich verdüsterte. Und da wusste ich, dass du eine Dummheit machen und scheitern würdest. Dann wärst du so geendet wie Jacek und Cora. Viel zu früh von uns gegangen. Eigentlich wollte ich diesen Mr. Fiedler selbst bestrafen, aber ich bin zu alt. Also musstest du es sein, der für uns *bosszú* … Rache nimmt.«

»Aber woher weißt du von McMas…«

»Pssst!«, schimpfte sie. »Den Namen dieser wundervollen Hochschule wollen wir nicht aussprechen. Nach der Beerdigung habe ich mich an meinen Cousin Patrik aus New York gewendet. Damals in Ungarn war er ein zwielichtiger Geselle, der gegen Geld …« Sie senkte die Stimme. »In New York arbeitet er für die Italiener und erledigt Dinge für sie, die sie nicht selbst anfassen wollen. Er kennt sich mit der Unterwelt aus. Und er hat mir gesagt, dass es nur einen *richtigen* Weg gibt, wenn du Fiedler bestrafen willst, doch der sei teuer. Ich habe ihm erklärt, ich hätte das Geld, weil ich es ja hatte.«

»Woher kannte Patrik die Akademie?«

»Er war selbst dort Student. Vor fünf Jahren.« Nun senkte sich ihre Stimme zu einem kaum hörbaren Flüstern. »Er wurde hingeschickt, um sich für einen gefährlichen Auftrag ausbilden zu lassen, nämlich den Mann zu beseitigen, der ihr Boss war, sein Boss, der so genannte *capo dei capi* … der Boss aller Bosse. Wie du, Clifford, musste er seinen Vorgesetzten umbringen.«

*

Matrikelnummer: I-12597
Adresse: keine Angabe (auf Anweisung)
Datum: keine Angabe (auf Anweisung)

McM Ltd
Postfach 303
Tórshavn, Faröer-Inseln

Bitte leiten Sie das beiliegende Schreiben weiter an

Rektorat
Gut Ulmenburg
McMasters-Akademie für Angewandte Kunst
Adresse unbekannt

Zu Händen von Rektor Harbinger Harrow. Persönlich und vertraulich

Lieber Rektor Harrow,

ich schreibe Ihnen diesen Brief als Ergänzung zu meinem Tagebuch, in das ich bereits den letzten Eintrag vorgenommen habe. Meine Abschlussarbeit ist inzwischen beendet, und ich lege die Entscheidung über mein Abschneiden in die Hände des Vorstandes der McMasters-Akademie. Diese letzte Seite möchte ich nicht mit meiner Gönnerin teilen (Lebewohl, verehrte, geheimnisvolle X), da ich ihre Identität nun endlich kenne. Nachdem Sie die folgenden Zeilen gelesen haben, werden Sie den Grund wahrscheinlich verstehen.

Meine Abschlussarbeit wurde, wie ich sehr hoffe, nach den an der McMasters-Akademie gelehrten Grundsätzen durchgeführt, und ich habe mich stets bemüht, den vier Schritten der Gewissenserforschung zu folgen, die Sie mir während meines Studiums zu vermitteln versucht haben. Dennoch habe ich dabei meiner Wohltäterin absichtlich den Eindruck vermittelt, ich hätte den Tod von Jacek Horvarth endgültig gerächt, indem ich das Leben seines Mörders beendet hätte. (Das Wort »liquidieren« wäre in diesem Zusammenhang nicht angebracht.)

Da meine Wohltäterin, auch unabhängig von mir, vielleicht weiter mit Ihnen in Kontakt bleiben wird, fürchte ich, dass sie Sie auf den Gedanken bringen könnte, ich hätte meine Abschlussarbeit auf unerlaubte Weise (und im Widerspruch zu den Vorschriften und Grundsätzen dieser Akademie) um eine zweite Zielperson erweitert. Da Sie, sowohl auf zwischenmenschlicher als auch auf akademischer Ebene, stets viel Geduld und Nachsicht mit mir haben walten lassen, möchte ich auf gar keinen Fall, dass Sie mich nun für einen arroganten und undankbaren Studenten halten. Ja, Sie haben mir beigebracht, dass ein an der McMasters-Akademie ausgebildeter Liquidator zuweilen während des Fluges improvisieren muss (der wichtigste Grund, warum wir auch weiterhin Piloten brauchen, obwohl immer mehr Aufgaben im Cockpit von Geräten übernommen werden). Dennoch sollen Sie kein falsches Bild von mir bekommen. Ich bin kein Dilettant und würde niemals so nebenbei ein oder zwei weitere Personen umbringen wie ein billiger Revolverheld.

Aber ich wollte meine Wohltäterin in dem Glauben wiegen, dass der Mörder von Jack Horvarth tot und für seine Tat bestraft worden ist. Das entspricht insofern der Wahrheit, als dass ich Jack selbst für seinen eigenen Mörder halte. Und die Strafe für einen erfolgreichen Selbstmord ist unweigerlich der Tod, ohne dass jemand es hätte verhindern können.

Er hat seinen Freitod mit bemerkenswertem Geschick und Mut herbeigeführt, sodass man fast glauben könnte, er selbst habe an der McMasters-Akademie studiert. Aus unseren Gesprächen während der letzten Wochen weiß ich, dass er glaubte, beruflich und privat am Ende zu sein. Während ich vielleicht in der Lage gewesen wäre, mich beruflich umzuorientieren (was ich in Kürze auch werde tun müssen, auch wenn nur der Himmel weiß, in welche Richtung), stand Jack bereits kurz vor der Rente. Als er so plötzlich in Schimpf und Schande davongejagt wurde und ohne Gehalt und Pensionsansprüche auf der Straße stand, hatte er keine Möglichkeit mehr, ein angenehmes Leben für sich und seine Frau zu finanzieren. Obwohl die beiden für mich wie der Onkel und die Tante waren, die mich großgezogen hatten, ist Lilliana beträchtlich jünger als Jack. Deshalb hatte er gespart und jeden Penny zusammengekratzt, um sie abzusichern, falls er vor ihr versterben sollte. Und da sein Leben nun in Trümmern lag, sah er dafür nur eine einzige Möglichkeit, nämlich seine Lebensversicherung. Nur, dass sämtliche Ansprüche daraus bei einem Selbstmord verfallen wären.

Meine Abschlussarbeit basierte darauf, den Tod meiner Zielperson wie einen Selbstmord aussehen zu lassen. Jacks tragische Mission bestand darin, seinen Selbstmord als Mord hinzustellen.

Ich habe Ellwood Park einen Besuch abgestattet und das Umfeld dieser kläglichen Grünanlage gründlich erkundet. Dabei habe ich auch die vielen Pfandleihen überprüft, die sich dort mit den Büros von Kautionsbürgen abwechseln wie schäkernde Mädchen und Jungen auf einer Bank.

Bei meiner Befragung der Mitarbeiter dieser Pfandleihen ging ich immer auf dieselbe Weise vor, und beim sechsten Versuch hatte ich Glück.

»Ich suche eine Zweiundzwanziger«, teilte ich dem Inhaber mit, der aussah, als sei er mit einem Zahnstocher im Mund geboren. »Egal, ob sie funktioniert.«

»Das wird sich schnell ändern, wenn jemand bei Ihnen einsteigt«, erwiderte er schlagfertig. »Allerdings ist die Nachfrage nach Zweiundzwanzigern in diesem Teil der Stadt ziemlich gering. Damit hält man nämlich keinen auf.«

»Eine Zweiundzwanziger. Vielleicht ein ausländisches Modell? Mit Perlmuttgriff? Sie ist für einen Film.«

Er glaubte mir zwar keine Sekunde, doch eigentlich war es ihm auch egal. »Moment.« Er ging ins Hinterzimmer und kehrte mit einem großen Karton zurück. »Das ist eine Zweiundzwanziger. Ungarisches Modell. Antik, aber funktionstüchtig. Verschießt Standardmunition. Ein hübsches Stück.«

Er legte eine kleine Pistole mit Perlmuttgriff und goldenen Intarsien vor mich auf ein Samtpolster. Die Patina erinnerte mich an die Tigerschlange in der giftigen Menagerie der McMasters-Akademie, denn beide waren sie wunderschön und dennoch so tödlich. Diese Waffe hatte ich zuletzt in der rechten Schreibtischschublade in Jack Horvarths Arbeitszimmer gesehen. Doch bei meinem kürzlichen Besuch bei seiner Frau war sie verschwunden gewesen, für mich ein Grund, ein mögliches Szenario für seinen Tod in Erwägung zu ziehen.

»Wie viel?«

Er musterte mich abschätzend und überlegte, was ich wohl springen lassen würde. »Dreihundert in bar.«

»Sechshundert«, erhöhte ich den Preis zu seinen Gunsten.

»Kommt nicht in die Tüte«, erwiderte er reflexhaft. Im nächsten Moment wurde ihm klar, was ich gesagt hatte. »Ich mag es, wie Sie verhandeln, mein Freund«, meinte er lächelnd. »Wollen Sie mich auf den Arm nehmen?«

Ich schüttelte den Kopf. »Die zusätzlichen dreihundert sind dafür, dass Sie vergessen, dass ich das Ding gekauft habe, und das behördliche Formular nicht ausfüllen.«

Der Mann gab sich redlich Mühe. Aber was konnte man anderes erwarten, schließlich war er Pfandleiher. »Warum sagen wir nicht gleich siebenhundert?«

Ich schüttelte den Kopf. »Nichts da. Ich muss mir ja schon selbst dreihundert Dollar zahlen, damit ich Sie vergesse.«

Dass Jacks Pistole in einer Pfandleihe in einer heruntergekommenen Ecke wie Ellwood Park lag, bewies für mich, wie die Sache abgelaufen war. Wenn Jack seine Pistole hätte versetzen wollen, wäre er dazu in einen Antiquitätenladen oder zu einem Waffenhändler gegangen, wo er mehr dafür bekommen hätte, nicht in diese schäbige Bude in einer üblen Gegend wie dieser. Außerdem hatte er die Pistole ganz sicher nicht nach seinem Tod versetzt. Und dass der Mörder die Pistole aus Jacks Haus gestohlen hatte, um ihn in einer dramatischen Geste irgendwann später in einem heruntergekommenen Park mit seiner eigenen Waffe zu richten und diese anschließend zu versetzen, war schlicht und ergreifend absurd.

Nein, Jack hatte sich den Straßenräubern und Banden von Ellwood Park gewissermaßen als Opfer angeboten. Wahrscheinlich hatte er sich in einer nahe gelegenen Kneipe betrunken, um seine Mörder anzulocken und sich für die bevorstehende Tragödie Mut zu machen. Vielleicht hatte er die Waffe ja in der Bar herumgezeigt und damit geprahlt, wie wertvoll diese Antiquität sei. Und dann war er in den Ellwood Park gegangen, damit ihn die dort herumlungernden Gestalten oder Täter, die ihm aus der Kneipe gefolgt waren, überfielen. Er hatte einen Kampf provoziert, einem von ihnen mit aller Kraft, die ein betrunkener und verzweifelter Mensch aufzubringen vermag, die Waffe in die Hand gedrückt und sich selbst in die Brust geschossen.

Jack war diabolisch schlau gewesen. Wenn der Angreifer die Waffe neben ihm liegen gelassen hätte, hätte man die Fingerabdrücke dieser Person darauf gefunden, und diese hätten die Polizei vermutlich zum »Mörder« geführt. Wenn der Täter die Waffe abwischte, war ein Selbstmord ebenfalls ausgeschlossen, da Jack das nach seinem sofortigen Tod ja nicht hätte tun können. Außerdem wurden weder ein Taschentuch noch Handschuhe bei ihm gefunden. Und wenn der Täter die Waffe stahl (wie er es offenbar getan hatte, um sie anschließend zu versetzen oder einen Dritten damit zu beauftragen), konnte Jack sich genauso wenig selbst umgebracht haben, denn wo war dann die Pistole? Also konnte der unfreiwillige Komplize tun, was er wollte, Jacks Tod würde so oder so als Mord eingestuft werden.

Ich habe Jacks Witwe dieses Szenario verheimlicht, weil ich möchte, dass sie den Rest des Geldes genießt, wie Jack es gewollt hat. Sie soll nicht die Schuldgefühle verspüren, wie sie viele Menschen nach dem Selbstmord eines geliebten Angehörigen quälen.

Rektor Harrow, meine wertvolle Zeit an der McMasters-Akademie diente eigentlich dem Zweck, mich zu einer erfolgreichen Liquidierung zu befähigen, nicht zur Aufklärung eines Kriminalfalls. Die Umstände, unter denen Jacek Horvarth den Tod gefunden hat, sind nichts weiter als meine persönliche Theorie (auch wenn mir das Auffinden der Zweiundzwanziger in der unmittelbaren Nähe als Beweis genügt). Dennoch bin ich davon überzeugt, dass ich richtigliege. Wie ich schon zu Anfang dieses Briefes schrieb, teile ich Ihnen das nur für den Fall mit, dass meine Gönnerin gegenüber der McMasters-Akademie äußern sollte, ich hätte ihr versichert, Jaceks Mörder bestraft zu haben. Ich möchte nämlich nicht, dass man mir das irrtümlicherweise als Verstoß gegen die strengen ethischen Grundsätze dieser Hochschule auslegt.

Meine Abschlussarbeit ist vollendet und liegt der Akademie zur Bewertung vor. Ich danke Ihnen dafür, dass Sie sich die Zeit genommen haben, dieses Schreiben zu lesen, Rektor Harrow, und wünsche Ihnen ein angenehmes Semester an einem Ort, an den ich stets mit Freude zurückdenken werde.

Herzliche Grüße
Student Nr. I-23597

LI

Cliff schickte den Brief an die angegebene Postfachadresse. Obwohl es ein wunderschöner Abend war, fühlte er sich … tja, was fühlte er eigentlich? Seit Monaten war sein ganzes Leben einzig und allein auf das Ziel ausgerichtet gewesen, Fiedlers zu beenden. Jetzt war dieses Ziel erreicht, doch was bedeutete das für ihn? Er hatte Cora zwar gerächt, aber sie war auch nicht lebendiger als am Tag nach ihrer Beerdigung. Er kannte die Identität seiner Gönnerin, was wichtig war, allerdings auch bedeutete, dass er keinen weiteren Penny von seinem Treuhandfonds mehr ausgeben durfte. Es war bequem gewesen, sich einen edlen Wohltäter auszumalen, der in der Bibliothek seines Landsitzes saß … doch diese Illusion war nun unwiederbringlich dahin.

Er hatte das Morden zu seinem einzigen Beruf gemacht. Seine Tätigkeit im Flugzeugbau war nur ein kleiner Bestandteil seines Plans gewesen, und inzwischen kam eine weitere Ausübung seines Berufs für ihn leider nicht mehr infrage. Wenn er in einem Unternehmen anheuerte, würde er unweigerlich wieder in ein ähnliches Machtgefüge geraten, rechenschaftspflichtig gegenüber einem Menschen, der seine Weisungsbefugnis eher schlauem Taktieren als seiner Liebe zum Fliegen verdankte. Außerdem konnte sich Cliff kaum noch daran erinnern, weshalb er überhaupt Ingenieur geworden war. Er hatte eben in gewissen Fächern gute Leistungen erbracht und war von den richtigen Hochschulen angenommen worden. Dieses letzte Duell hatte er hauptsächlich deshalb überlebt, weil es unabdingbar gewesen war, dass Fiedler es nicht tat. Doch nun war es Zeit, die Karten auf den Tisch zu legen und seine Jetons einzulösen. Aber was hatte er vorzuweisen?

»Da ist er«, sagte Captain Dobson.

»Schau dir sein Gesicht an«, ergänzte Sergeant Stedge. Sie saßen in einem Kombi mit holzbeplankten Türen gegenüber dem Haus, in dem Cliff wohnte. »Wie drei Tage Regenwetter. Man möchte meinen, dass er durchgefallen ist.«

»Das passiert leider viel zu oft«, erwiderte der Captain, der sich für diese Beschattung verkleidet hatte, indem er den Hut abnahm. »Es ist, als bildete man einen Elitesoldaten dazu aus, gnadenlos zu töten. Dann ist plötzlich Friede, und man weist ihn an, alles zu vergessen, was er gelernt hat. Jetzt nach seinem Abschluss stellt er die größte Bedrohung für unsere Lehranstalt dar. Er könnte sich fremde Hilfe suchen und bei irgendeinem Seelenklempner aus dem Nähkästchen plaudern.«

Stedge ließ Cliffs schleppenden Gang und seine hängenden Schultern auf sich wirken. »Der Arme sieht aus, als hätte das Leben für ihn keinen Sinn mehr«, stellte er fest.

Dobson nickte zustimmend. »Jemand sollte ihn von seinen Leiden erlösen.«

Sergeant Stedge griff in seine Brusttasche. »Du oder ich?«

Abschlussarbeit

Studentin: Gemma Lindley
Aufenthaltsort: St. Ann's Hospital, Intensivstation
Datum: 1. Juli, 195...

Zusammenfassender Bericht von Rektor Harbinger Harrow

Wir trafen die gescheiterte Studentin in einem Privatzimmer des Krankenhauses an, in dem sie beschäftigt ist. Wie man uns mitteilte, normalisierten sich ihre Werte zunehmend. Sie habe sich beide Schultern gebrochen, doch erfreulicherweise sei sie mit einer leichten, wenn auch heftig blutenden Kopfverletzung davongekommen. Zum Glück sei es bis zur Notaufnahme des St. Ann's nur eine Minute gewesen. Die Ärzte dort hätten mit besonderer Sorgfalt gearbeitet, wohl wissend, dass Gemma nicht nur ein von vielen geliebtes Mitglied der St.-Ann's-Familie war, sondern außerdem Adele Underton heldenhaft vor Schaden bewahrt hatte. Nachdem ich mich als ihr Großonkel vorgestellt hatte, gestattete man mir einige Momente allein mit ihr. Vater Pugh war an meiner Seite, für den Fall, dass plötzlich eine letzte Ölung nötig werden sollte.

Gemma trank gerade Lucozade mit einem Strohhalm, als sie mich hereinkommen sah. Sofort malte sich ein matter, schicksalsergebener Ausdruck auf ihrem Gesicht, und das Schlucken bereitete ihr Mühe. Schwester Pynn, die bemerkte, dass es sich um einen emotional belastenden Besuch handelte, zog sich freundlicherweise zurück und ließ uns allein.

»Hallo, Miss Lindley«, sagte ich, und auch der Padre begrüßte Gemma in gütigem Ton. Das leichte Zittern von Gemmas Unterlippe verriet ihre Furcht, doch sie nickte nur, soweit das trotz ihrer Gipsverbände und des bandagierten Kopfes möglich war. »Wissen Sie, warum wir hier sind?«, erkundigte ich mich höflich.

Offenbar hatte Gemma sich mit ihrem Schicksal abgefunden, was jedoch nicht als Feigheit misszuverstehen war. »Vermutlich sind Sie hier, um ...«, Gemma suchte nach dem richtigen Wort, »... mich durchfallen zu lassen?«

Da sie sich noch nicht von ihren Verletzungen erholt hatte, lächelte ich sie an, um ihr die Nervosität zu nehmen, auch wenn es für sie leider kein Entrinnen gab. »Ihnen ist sicher klar, in welche Lage Ihr Scheitern unsere Akademie und Ihre Kommilitonen gebracht hat?«

»Ich habe es vermasselt«, erwiderte sie und versuchte, ihren trockenen Mund mit einem Schluck Lucozade anzufeuchten. »Adele saß genau dort, wo ich sie hingelockt hatte, und trotzdem habe ich es nicht geschafft.« Ohne eine Spur von Selbstmitleid fügte sie hinzu: »Also bin ich jetzt wieder draußen in der Welt, weiß von der Existenz der Akademie und von ihren Zielen und kenne ihre Studenten, viele davon auch dem Aussehen nach. Ich habe meine Abschlussarbeit nicht beendet und stelle deshalb für Sie alle eine Gefahr dar. Außerdem ist es nur eine Frage der Zeit, wann die Polizei mich festnehmen wird, denn ich hatte aus offensichtlichen Gründen keine Zeit mehr, die Nylonschnur von dem Wagenheber zu entfernen.«

Vater Pugh, dessen zerzaustes Haar von schwarzen und hellbraunen Strähnen durchzogen wurde, beugte sich vor, als wollte er die Krankensalbung vornehmen. »Darum habe ich mich gekümmert, Gem. Ich war als Erster am Unglücksort und als Sanitäter verkleidet. Nachdem ich Ihnen in den Krankenwagen geholfen hatte, bin ich davongegangen, als wollte ich ins Krankenhaus zurückkehren. Also hat niemand etwas bemerkt. Ihr Plan war eigentlich gar nicht so schlecht.«

»Wie … wie lange sind Sie schon hier?«

»Ihre Abschlussarbeit hat mir große Sorgen bereitet. Deshalb habe ich nach Ihrem Abschied von der Akademie beschlossen, meine Tante in Beamish zu besuchen, die ich schon lange nicht gesehen hatte«, erklärte der Padre.

»Und wenn er keine Tante gehabt hätte, hätte er eben eine erfunden«, fügte ich wissend hinzu. »Bei Liquidierungen mit hohem Risiko sorgen wir stets dafür, dass sich ein Mitglied des Lehrkörpers oder ein ortsansässiger Ehemaliger in der Nähe aufhält, nur für den Fall, dass jemand die Kastanien aus dem Feuer holen muss. Sollte die Polizei in dieser Angelegenheit Verdacht schöpfen, wird sich ein zweiter gefährlicher ›Streich‹ ereignen, während Sie noch im Krankenhaus liegen, begleitet von einem Drohbrief, der weitere derartige Geschehnisse ankündigt, sollte St. Ann's keine kostenlosen Mahlzeiten an mittellose Kinder verteilen. Das sollte Sie aus der Schusslinie nehmen. Allerdings scheinen die Behörden sowie Adele Underton die Angelegenheit als Unfall einzustufen. Alle halten Sie für eine Heldin.«

»Und das sind Sie auch«, fügte der Padre bewundernd hinzu. »Sie haben Mutter und Kind gerettet.«

Gemma verstand die Welt nicht mehr. »Woher wissen Sie, dass Adele schwanger ist?«

»Oh, das hat sie der Schwester bei der Aufnahme gesagt, denn sie wollte sichergehen, dass ihrem Baby nichts zugestoßen ist. Ich selbst hatte inzwischen die Kleidung eines Sanitäters mit meiner üblichen Amtstracht vertauscht und hielt mich in der Notaufnahme bereit, nur für den Fall, dass jemand seelsorgerischen Beistand brauchte. Ein Priesterkragen öffnet so manche Tür. Adele sagte auch, sie habe Ihnen gerade die glückliche Nachricht überbracht, und Sie hätten sich geopfert, um sie zu retten.«

Ich versuchte, Gemma die Tragweite meines nächsten Vorschlags deutlich zu machen, denn es ging wirklich um Leben oder Tod. »Miss Lindley, es wäre zwar eine große Herausforderung, aber wir könnten Ihnen die Möglichkeit geben, Ihre Abschlussprüfung zu wiederholen. Das heißt, Ihre Arbeit.«

Gemmas Antwort klang hilflos, kam jedoch, ohne zu zögern. »Ich soll *jetzt* Adeles Leben beenden? Das ist unmöglich. Sie mag eine Erpresserin sein, aber sie ist außerdem eine werdende Mutter. Das kommt nicht infrage.« Sie blickte mir geradewegs in die Augen. »Dann müssen Sie mich eben durchfallen lassen.«

»Sie waren bereit, Ihr eigenes Leben zu opfern, um zwei andere zu retten«, sagte der Padre, als wollte er sie in Schutz nehmen.

»Reiner Reflex«, erwiderte sie mit bemerkenswerter Offenheit.

»Eines guten Herzens«, entgegnete der Priester wie bei einem Wechselgebet.

»Kann sein.« Sie sprach, als betrachtete sie das als einen Fluch. »Ich hatte schon immer das Gefühl, dass ich eigentlich nicht nach McMasters gehöre, weil ich immer versucht habe, meine finstere Tat auf Armeslänge entfernt zu halten. Dulcie hatte den richtigen Ansatz. Ich habe ihr oft zugeschaut, wie sie nach den Baseballbällen schlug. Sie wusste, dass es das Beste war, die Abschlussarbeit mit beiden Händen anzupacken.« Sie hatte Cliffs kräftigen Arm vor sich, als er seiner Mitstudentin die Bälle zuwarf. Die Frühlingssonne wärmte den dichten grünen Rasen des Sportplatzes. »Nun, zumindest schließt sich der Kreis«, fügte sie seufzend hinzu und blickte sich im Zimmer um. »Ich habe das Leben meines Vaters auf dieser Station beendet. Und nun werde auch ich hier sterben, vielleicht genauso wie er durch einen Infusionsschlauch. Man hat mich gewarnt, dass McMasters in solchen Angelegenheiten umgehend und effektiv handelt, doch es ging schneller, als ich erwartet habe. Darf ich denn meine Mutter nicht ein letztes Mal sehen?«

Padre Pugh räusperte sich. »Gem, mein Kind, offenbar verstehen Sie uns nicht richtig. Ein Gnadenakt wird an der McMasters-Akademie nicht automatisch als Versagen gewertet. Sie hatten buchstäblich zwei Sekunden Zeit, um den dritten Schritt zur Gewissenserforschung zu bedenken: ›Könnte ein unschuldiger Mensch durch Ihre Tat zu Schaden kommen?‹ Und Sie haben ein unschuldiges Kind vor dem Tode bewahrt.«

»Was Schritt vier weiterhin bestätigt«, hielt ich den beiden als McMasters' älteste lebende Autorität in Ethikfragen vor Augen. »›Wird diese Liquidierung das Leben anderer positiv beeinflussen?‹ Daraus leiten wir ab, dass eine Liquidierung dann null und nichtig ist, wenn das Leben anderer durch den Tod des Betreffenden *nicht* maßgeblich positiv beeinflusst würde. Auch wenn wir gewisse Zeitgenossen vom Leben zum Tode befördern, sind wir keine Unmenschen.«

Gemma machte ein Gesicht, als wollte sie nicht ganz glauben, dass gleich ein Wunder geschehen würde, denn schließlich war sie ja fest entschlossen, ihr Schicksal in Würde anzunehmen. Ich entschied, ihr weitere quälende Ungewissheit zu ersparen. »Meine Liebe, Mitgefühl mit einem unbeteiligten Menschen, in diesem Fall dem unschuldigen Kind Ihrer verabscheuungswürdigen Zielperson, hat Vorrang vor unseren Standards und Gepflogenheiten. Deshalb sehe ich mich in der Lage, Ihnen eine Alternative zur Zwangsexmatrikulation vorzuschlagen. Sie könnten Mitglied unseres Lehrkörpers werden.«

Gemma war ein von Grund auf ehrlicher Mensch, weshalb ihr dieses Angebot absurd erschien. »Das müssen Sie mir näher erklären: Ich soll anderen beibringen, in meine Fußstapfen zu treten, obwohl ich gestolpert und auf die Nase gefallen bin?«

»Nein. Sie würden an der McMasters-Akademie Moral unterrichten und dank Ihrer Erfahrung anderen ein leuchtendes Beispiel geben. Der Padre hier wäre Ihr direkter Vorgesetzter.«

»Anders als Gott kann ich nicht überall sein«, ergänzte Vater Pugh begeistert. »Außerdem fällt es einigen unserer Studentinnen schwer, sich mir anzuvertrauen. Und auch ich fühle mich ihnen gegenüber manchmal gehemmt. Sie könnten die ausgleichende Kraft zwischen mir und der sehr weltlich eingestellten Vesta Thripper sein. Außerdem sucht Trainer Tarcott verzweifelt eine Assistenz. Er hat Ihre sportlichen Fähigkeiten und Ihre Anmut häufig lobend erwähnt.«

Gemma verstand nicht ganz. »Das ist doch nicht etwa ein Trick oder eine Art Test?«

Gewiss standen mir Enttäuschung und vielleicht sogar Kränkung ins Gesicht geschrieben. »Miss Lindley, Sie haben uns vor ein Dilemma gestellt, und das ist die beste Lösung, die ich Ihnen vorschlagen kann. Natürlich hat meine Offerte auch Nachteile. Die für Sie neu geschaffene Stelle ist nicht dotiert, sodass wir nur eine bescheidene Aufwandsentschädigung zahlen können. Außerdem wäre es ein Posten auf Lebenszeit, solange Sie die McMasters-Akademie oder sich selbst nicht auf irgendeine Weise in Misskredit bringen. In diesem Fall würden Sie prompt von Ihrem Posten entbunden, und zwar auf unwiederbringliche Weise und ohne die Möglichkeit, Einspruch zu erheben. Wie ich fürchte, ist das hier Ihre erste und letzte Chance.«

»Aber dürfte ich meine Mum dann jemals wiedersehen?«

Der Padre strich sich eine goldbraune Haartolle aus der Stirn und senkte verschwörerisch die Stimme. »Zufällig, liebe Gemma, habe ich in letzter Zeit Ihrer wundervollen Mum einige Besuche abgestattet. Ich habe mich ihr als Krankenhauskaplan von St. Ann's und als Ihr Freund vorgestellt. Oh, diese köstliche Biskuitrolle mit Rosinen! Nachdem ich eine Weile auf Zehenspitzen um das Thema herumgeschlichen war, habe ich die Möglichkeit angedeutet, Sie könnten Ihrem geliebten Dad ein langes Leiden erspart haben. Hosanna in der Höhe, ihre Antwort hat mir große Freude gemacht! Sie sagte, sie habe ihrem Schöpfer jeden Tag dafür gedankt, dass er Ihren Vater von seinen Schmerzen erlöst habe. Nur dass sie nun Ihnen danken könne. Es macht ihr schwer zu schaffen, dass Sie diese Last allein tragen mussten. So ermutigt, habe ich das Stellenangebot unserer Hochschule zur Sprache gebracht, worauf sie erwiderte, Sie seien für sie das Wichtigste auf der Welt. Sie habe hier zwar keinen Mangel an Bekannten, allerdings nichts dagegen, Sie dorthin zu begleiten, wohin Ihr Beruf Sie führt. Ich wette, Girard Tissier könnte eine erfahrene Köchin gut gebrauchen, die dank ihrer Tätigkeit in einer Betriebskantine weiß, wie man die hungrigen Massen abfüttert, und sich außerdem mit einem Backofen auskennt.«

Gemma war so außer sich vor Begeisterung über diese unerwartete Rettung, dass ihr das Leben auf einem idyllischen Campus als Alternative zum Tod höchst willkommen erschien. Dank einiger erfreulicher Umstände gelingt es uns nämlich, wichtige Beziehungen zu pflegen. Und diese wiederum ermöglichen uns die Beschäftigung von gering entlohnten Mitarbeitern, während andere Colleges Mühe haben, über die Runden zu kommen. Und wenn es uns auf diese Weise gelingt, ein Schicksal zum Positiven zu wenden, ist niemand darüber froher als ich.

»Also wird heute Nacht nicht Ihre Stunde schlagen, Gemma! Wenn Sie und Ihre ehrenwerte Mutter sich in die sprichwörtliche Luft auflösen, hat Adele Underton wohl keine Gelegenheit mehr, Sie weiter zu erpressen. Sie wird sich an ein Leben mit einem gesunden Kind und in einer glücklichen Ehe gewöhnen und lernen, im Beruf auf eigenen Füßen zu stehen. Ruhen Sie sich aus, genesen Sie. Wir kümmern uns darum, dass Sie rechtzeitig zum neuen Semester wieder bei uns sind.«

»Rektor Harrow«, sagte sie noch, als ich schon auf dem Weg zur Tür war. »Wenn ich meine Abschlussarbeit vermasselt hätte, ohne zu wissen, dass Adele schwanger ist … aus reiner Unfähigkeit also … hätten Sie mich dann wirklich … durchfallen lassen?«

Aus den Falten seiner Soutane förderte Vater Pugh ein kleines schwarzes Etui zutage und gestattete Gemma einen kurzen Blick auf den Inhalt: eine Spritze, an deren Nadel ein Tröpfchen funkelte. Der Padre klappte das Etui wieder zu und steckte es weg.

»Wenn Sie auf andere Weise versagt hätten, wären Sie bereits sanft, aber dauerhaft exmatrikuliert worden«, bestätigte ich ihr ernst. Dann jedoch schenkte ich ihr mein gütigstes Lächeln. »Wir freuen uns schon darauf, Sie im nächsten Semester bei uns begrüßen zu können, Gemma.«

Abschlussarbeit

Studentin: Dulcie Mown (Doria Maye)
Aufenthaltsort: Rom, Italien
Datum: 6. Juli 195...

Zusammenfassender Bericht von Rektor Harbinger Harrow

Cinecittà, das riesige italienische Studiogelände, war von Mussolini erbaut worden. »Das Kino ist die mächtigste Waffe!«, hatte er verkündet, als er noch auf dem Balkon seines Palastes stand. Später, nach der italienischen Kapitulation, hatte er seine Haltung geändert, und zwar zu kopfüber auf der Piazzale Loreto hängend.

In den frühen Nachkriegsjahren hatte das Studio als Sammelpunkt für Flüchtlinge gedient, und was Doria Maye betraf, hatte sich daran offenbar nicht viel geändert. Ich besuchte sie bei den Dreharbeiten zu *Peleus und die Kaiserin des Todes (Peleus combatte La Regina della Morte)*. Sie nippte vorsichtig an der Flasche Franciacorta, um das dicke Make-up nicht zu verschmieren, das sie in Caesonia, Caligulas letzte Ehefrau und Unglücksbotin des tapferen Argonauten Peleus, verwandelte. Leider wollte der Zufall, dass ihr Opfer laut Homer dreizehn Jahrhunderte vor ihrer Herrschaft gelebt und auch den Tod gefunden hatte.

Ich traf sie, auf dem Stuhl aus Segeltuch sitzend, an, auf dessen Lehne in Druckbuchstaben die Aufschrift MISS MAYE (sogar mit Untertitel) prangte. In römische Tracht gewandet, unterhielt sie mich mit einer Schilderung ihres bisherigen

Werdegangs. Diese deckte sich mehr oder weniger mit dem, was ich bereits von unserem Außendienstmitarbeiter wusste. Als man sie einige Tage nach Leonid Kostas Heimgang in dessen Büro zitierte, rechnete sie beinahe damit, dass Laddie Graham sich dort schon häuslich eingerichtet hatte. Stattdessen wurde sie von Finanzvorstand Claude Revenson begrüßt, der ihr freundlich mitteilte, die Tage, in denen die Bosse über ihre Filmstudios herrschten wie über ein Zarenreich, seien nun endgültig vorbei. Zu Dorias Freude fügte er hinzu, ihre aus reiner Rachsucht erzwungene Leinwandpause sei nicht nur ein empörender Umgang mit ihr als Schauspielerin gewesen, sondern habe auch das Geld des Studios und seiner Anteilseigner vergeudet.

Doria sog seine Worte ein wie Cognac, was sie mit einem ebenso berauschend warmen und wohligen Gefühl erfüllte, als hätte sie ein geistiges Getränk genossen. Als sie sich nach dem Namen des neuen Produktionschefs erkundigte, erwiderte Revenson, der Mord an Kosta sei zwar für alle überraschend gekommen, doch hinter den Kulissen habe der Vorstand schon seit Monaten geplant, den Boss durch ihn, Revenson, zu ersetzen. Er erklärte, der Studioarzt, der wiederum dem Versicherer des Studios rechenschaftspflichtig sei, habe die Unternehmensleitung diskret darauf hingewiesen, dass Kostas Tage gezählt seien.

Doria erinnerte sich an die Tablettendose aus Zinn auf Kostas Schreibtisch und deren Gegenstück auf seinem Nachtkästchen in Ledge House. »Also war es gar nicht nötig …«, begann sie in stiller Verzweiflung, riss sich aber rasch zusammen, »dass ich den Mord an ihm betrauert habe? Er wäre *ohnehin* bald gestorben?« Das »Ohnehin« war zwar verräterisch, allerdings sehr verständlich, wenn man bedachte, dass die monatelangen Nachforschungen, die ausgeklügelte Planung und die strapaziöse Durchführung ihrer Abschlussarbeit mit einem Schlag sinnlos geworden waren.

Zum Glück war Revenson absolut unsensibel und besaß keinerlei Gefühl für etwas, das über den Rand einer Kalkulationstabelle hinausging. »Finanziell betrachtet war Kostas Ableben das Beste für den Fortbestand des Studios. Das Fernsehen schadet zwar unserem Geschäft, doch es gibt noch genügend bewährte Mittel und Wege, weitere Profite zu generieren. Den Großteil des Geländes stoßen wir als Bauland ab. Die Zeichentrickfilme und alten Serien verkaufen wir ans Fernsehen. Und unsere Vertragsschauspieler verleihen wir für einen ordentlichen Gewinn an andere Studios.«

Es fiel Doria nicht schwer, Bedauern zu heucheln. »Ach, ich fände es schrecklich, für jemand anderen zu arbeiten als für Sie, Claude …«, begann sie.

»Oh, wir würden Sie niemals gehen lassen. Ihr Name hat noch international Gewicht!«, verkündete er zu ihrer großen Freude. »Deshalb werden wir selbstverständlich an Ihrem Vertrag festhalten. Wir planen, kostengünstige Streifen im Ausland zu produzieren, die wir mit dem Erlös der Kartenverkäufe unserer Hollywoodfilme gegenfinanzieren, da dieses Geld sonst in Großbritannien und im restlichen Europa eingefroren wäre. Im Austausch für die vielen Jobs, die wir im Ausland schaffen, bekommen wir wundervolle Steuernachlässe und die Erlaubnis, eine Hauptrolle mit einem amerikanischen Schauspieler zu besetzen, jemandem, der vielleicht schon bessere Tage gesehen hat. Auf diese Weise wird der Film an eine Hollywoodproduktion erinnern. Mit dem Namen des Stars, Ihrem zum Beispiel, auf der Liste können wir den Film weltweit vermarkten oder ihn vielleicht als Zweitfilm für die Double-Features in den Autokinos verwenden. Oder wir verkaufen ihn direkt an die jeweiligen Fernsehsender. Sie werden jedenfalls genug zu tun haben, Doria.«

»Also soll ich Filme in England drehen?«, fragte sie. England war ja gar nicht so schlecht.

»Rom. Dort stehen in rauen Mengen Kulissen wie aus *Quo Vadis* unter freiem Himmel herum. Wir machen ein paar schnulzige Sandalenklamotten mit Hunderten von Komparsen in Togas, die für eine Dose Sardinen arbeiten ... nur, dass wir die Schinken als ›Monumentalfilme‹ bewerben. Und Sie spielen natürlich die Königin von Kreta, die Kaiserin von Saba ...«

»Und wer wird mein Filmpartner?«

»Irgendein Muskelprotz.«

»Aber kann der auch schauspielern?«

»Das braucht er nicht. Die Filme werden synchronisiert, weil das Ensemble so viele verschiedene Sprachen spricht. Das heißt, wir brauchen keine Einstellung zu wiederholen, weil jemand seinen Text vergessen hat. Wenn Sie wollen, können Sie auch das Abc herunterbeten. Der Ton kommt erst anschließend, während Sie schon wieder den nächsten Film drehen.«

Die guten Nachrichten wurden von Satz zu Satz schlechter. »Und wer sind die Sprecher?«

»Amerikanische Schauspielerinnen und Schauspieler, die es irgendwie nach Rom verschlagen hat und die jetzt Filme synchronisieren wie am Fließband. Wir haben auch eine Frau, die Sie täuschend ähnlich nachahmen kann. Es ist ihr eine Ehre, Sie zu ersetzen.«

»Also bin ich jetzt vom Zeichentrickschwein, aus dessen Maul meine Stimme kommt, zu einer Nahaufnahme befördert worden, die mit der Stimme eines Schweins spricht?« Sie klammerte sich an ihren letzten Strohhalm. »Und was ist mit *Ember Morgan kommt nach Hause*?«

»Ich habe die Rechte an Universal verkauft. Laddie Graham führt Regie mit Susan Hayward in der Hauptrolle.« Er stand auf und begleitete sie zu Kostas hohen Türen, die er ihr aufhielt, damit sie ein letztes Mal hindurchschreiten konnte. »Tja, *arrivederci*, Traumfabrik«, verkündete er, worauf Doria sich fragte, ob sie nicht vielleicht den Falschen liquidiert hatte. »Sprechen Sie irgendwelche Fremdsprachen?«

Sie bedachte Revenson mit einem vernichtenden Blick. »*Et tu, Brute* ist der einzige altitalienische Satz, den ich kann.«

Doria Maye berichtete mir, sie wohne unweit der Villa Borghese in einem idyllischen, vom Studio finanzierten Haus aus kühlem Marmor, umgeben von Schirmkiefern. »Ja, es ist sicher reizend, aber im Juli in Rom einen Film zu drehen, ist eine Schinderei, insbesondere in diesem lächerlichen Kostüm. Die italienische Sonne kann gnadenlos sein.« Sie sah mich tadelnd an. »Ich fühle mich wie in der Hölle.«

Offenbar durchlebte sie gerade das, was wir an der McMasters-Akademie als postume Depression bezeichnen. Leider ist das nicht das einzige Leiden, das erfolgreiche Liquidatoren zuweilen befällt. Zum Beispiel wäre da die posttraumatische Geständnisstörung zu nennen, ein sehr ernster Zustand, wenn man bedenkt, dass ein unbedachtes Wort den Untergang unserer Einrichtung bedeuten könnte.

Ich rückte meinen Stuhl näher heran. »War dieser Mord notwendig?«, fragte ich sie in eindringlichem Ton.

Nachdenklich hielt sie inne, und aus ihrem tiefsten Inneren stieg ein Schluchzer empor. »Für mein Überleben als Schauspielerin ja.«

»Und haben Sie Leonid Kosta eine Chance gegeben, sich zu bessern?«

»Oh ja, das habe ich, Gott ist mein Zeuge! Ich habe gefleht und ihm bewiesen, dass ich die Rolle spielen kann. Und dennoch beharrte er darauf, weiter Perlen vor die Säue zu werfen. Es war gewissermaßen Notwehr!«

»Also gut«, erwiderte ich. »Dann meine nächste Frage: Wer wird ihn betrauern?«

»Niemand«, antwortete sie wie aus der Pistole geschossen.

»Und ist die Welt ohne ihn schöner?«

»Gütiger Himmel, ja. Gut, vielleicht nicht für die Sternchen, denen er Rollen versprochen hat und die hofften, dass ihre Karriere Fahrt aufnehmen wird, wenn sie mit ihm ins Bett gehen. Es ist nur … Abends schminke ich mich ab, Schicht um Schicht, bis da nichts mehr ist bis auf das Gesicht, das Gott mir geschenkt hat: blasse, nicht ganz zusammenpassende Lippen, die vielleicht etwas Faszinierendes haben, kaum vorhandene Augenbrauen, ein Hauch von Sommersprossen … Ich betrachte diese hübsche Frau und denke mir: *Mörderin.*«

»Diese Reaktion ist nicht ungewöhnlich.«

Sie seufzte auf. »Im Film habe ich mehr als einmal gemordet. Aber jetzt sehe ich mich an und sage mir ›Das war echt. Du hast einem anderen Menschen das Leben genommen.‹«

»Und wie ging es Ihnen dabei?«

»Nun ja …« Sie suchte nach den richtigen Worten. »Anfangs war ich stolz.«

»Weil Sie Ihre Sache gut gemacht haben«, meinte ich.

»Ja. Es war, als ob man etwas Neues für eine Rolle lernen muss. Fechten oder Turnierreiten zum Beispiel.« Zornig sprang sie auf. »Ich dachte, dass es etwas verändern würde.

Doch nun ist es, als sei alles umsonst gewesen. Ich befinde mich in einer Situation, die nicht viel besser ist als vor meinem Studium. Es ist sinnlose Kärrnerarbeit, und ich werfe meine Karriere weg, wenn ich weiter diese *Iliaden* für Analphabeten drehe. Ich fühle mich, als hätte ich meine Seele dem Teufel verkauft, und alles, was ich dafür kriege, ist ein Rabatt beim nächsten Friseurbesuch. Die Liquidierung, die Planung und die Ausführung, das war so spannend wie eine gute Filmrolle. Und dennoch ist bei diesem Mord für mich nur herausgesprungen, dass ich irgendwie meine Brötchen verdiene.«

In diesem Moment teilte der Regieassistent ihr mit, als Nächstes sei die Nahaufnahme von ihr und Peleus in der Säulenhalle des Saturntempels an der Reihe. Vor zwei Wochen war dasselbe Gebäude ihr Palast auf Kreta gewesen, und noch zwei Wochen früher das Forum Romanum. Rasch warf sie einen Blick auf die Übersetzung der Antworten, die Eduardo Politano (»Ed Powers« für den amerikanischen Verleih) ihr auf Italienisch geben würde, wenn sie ihn auf Englisch ansprach. Dann konsultierte sie den deutschen Text ihrer Filmtochter, gespielt von einem österreichischen Kinderstar namens Heike Richter. Ich schlich mich aus dem Bild und beobachtete, wie die drei ihren Rollen entsprechend miteinander debattierten. Der optische Eindruck war zwar ziemlich dramatisch, doch sie klangen wie »The Three Stooges am Turm von Babel«. Doria zog die Augenbrauen hoch und machte ein giftiges Gesicht. Allerdings bezweifelte ich, dass sie gerade schauspielerte.

Als das Team alles für die nächste Einstellung aufbaute, gesellte Doria sich wieder zu mir. Sie sah aus wie eine verlorene Seele. »Bitte, Rektor Harrow, bitte …«, flehte sie mich an.

»Darf ich wieder an die McMasters-Akademie zurückkommen? Ich war so glücklich, als ich Dulcie gespielt habe. Das Leben als Studentin auf dem Campus hat mir Spaß gemacht. Ich hatte ein Ziel und den Tod eines anderen Menschen vor Augen, etwas, für das es sich zu leben lohnte.« Als sie meine bedauernde Miene bemerkte, bettelte sie weiter. »Ich könnte Dialekte unterrichten oder Verkleidungstechniken …«

»Wenn jemand über besondere Fähigkeiten verfügt, so wie Sie, ist es ratsam, diese bei der Liquidierung zur Anwendung zu bringen. Unser bewährtes Konzept, man müsse sich selbst der Komplize sein, haben Sie beispielhaft verkörpert, indem Sie zur Frau wurden, die einen Mann spielt, der eine Frau spielt. Kosta zu verführen, war gewissermaßen eine Umkehrung des Mythos von Pygmalion, indem Sie sich in die Rolle verwandelt haben, die ihm bereits vorschwebte. Die Durchführung einer solchen Liquidierung kann man meiner Ansicht nach niemandem vermitteln, der nicht Ihre Talente besitzt.«

»Daran ist ganz allein Claude Revenson schuld!«, rief sie aus. »Leon hatte wenigstens den Ehrgeiz, gute Filme zu drehen. Revenson hingegen interessiert sich nur für Produkte. Er vergeigt meine Karriere, während Rom um zwölf Uhr mittags vor Hitze brennt und Gary Cooper *Zwölf Uhr mittags* ohne mich dreht.« In ihren Augen loderte dieselbe eiskalte Wut, die ich bei *Samson und Calpurnia*, ihrem letzten Film für Revenson, bei ihr gesehen hatte. »Ich könnte ihn umbringen …«

ANMERKUNG FÜR DIE PRÜFUNGSKOMMISSION: Als die Absolventin diesen letzten Satz aussprach, bemerkte ich, wie ihr Blick tückisch wurde. Ich bin zwar nicht ganz sicher, doch es ist durchaus möglich, dass ich anstelle von »Ich könnte ihn *umbringen*« ein nachdenklicheres »Ich *könnte* ihn umbringen« gehört habe …

Es ist nicht schwer, sich vorzustellen, dass Miss Maye ihre an der McMasters-Akademie erworbenen Fähigkeiten weiter dazu einsetzen wird, sich ihren Platz am Sternenhimmel Hollywoods zurückzuerobern. Claude Revenson hat mein tiefstes Bedauern, sollte er vorhaben, Rom einen geschäftlichen Besuch abzustatten. Ich halte es deshalb für ratsam, unseren Außendienstmitarbeiter in Los Angeles mit der Überwachung seiner Reisepläne zu beauftragen.

Trotz meiner vermeintlich ablehnenden Haltung, was Miss Mayes Rückkehr auf unseren Campus betrifft, habe ich den Verdacht, dass eine Schauspielerin ihres Kalibers unseren Studenten dabei helfen könnte, sich nicht schon beim ersten Akt erwischen zu lassen.

LII

Dass keine einzige Wolke, ja, nicht einmal der Hauch eines Dunstschleiers am Horizont stand, hätte sonderbar sein können, wäre der Tag nicht so absolut klar und strahlend gewesen. Der Himmel leuchtete beinahe transparent. Ja, es war ein wundervoller Morgen, wie die McMasters-Akademie ihn so häufig erlebte. Die Vögel in den malerischen Wäldern zwitscherten und begrüßten trillernd und singend vor Freude den neuen Tag. Immer höher und höher stiegen sie in den Himmel hinauf, so hoch wie selbst sie es nie für möglich gehalten hätten, während eine silbrige Sonne wohlwollend über das Bilderbuchidyll dieser mörderischen Hochschule wachte.

Parallel zur Hauptstraße am viereckigen Platz rollte ein schwarzer fensterloser Transporter den geteerten Zufahrtsweg entlang. Er passierte die Campusbuchhandlung und bog in die Ringstraße ein, die den großen Dorfanger, den gewaltigen Teich und das angrenzende Dorf mit seinen altertümlichen Läden, geheimnisvollen Gassen und kleinen, aber gemütlichen Restaurants umrundete.

»Das ist die Schwarze Maria«, erklärte der Rektor dem Tutor von Hedge House, der gleichzeitig Assistenzprofessor für Naturwissenschaften war. »Vor Kurzem angeschafft, um die Studenten von einem zentralen Sammelpunkt bei Gut

Ulmenburg hierherzubringen. Begleiten Sie mich, es sind ein paar Neuankömmlinge dabei, die ich gerne persönlich begrüßen würde.«

Als sie der Schwarzen Maria folgten, war diese bereits vor der Markthalle zum Stehen gekommen. Sergeant Stedge stieg auf der Fahrerseite aus und entriegelte die rückwärtigen Türen, während zwei uniformierte Wachleute eine kurze Rampe heranrollten. Eine Gruppe neuer Studenten kletterte aus dem Fahrzeug. Alle hielten sich wegen des plötzlichen Sonnenlichts schützend die Hand vor Augen, und auf ihren Gesichtern malten sich freudige Erwartung, Neugier und Begeisterung. Die kleine Blaskapelle von McMasters im viktorianischen, lose dem Albert-Memorial nachempfundenen Konzertpavillon am Mere stimmte einen fröhlichen Marsch an, um sie willkommen zu heißen.

Die Letzten, die ausstiegen, waren Gemma, die an ihrem letzten Halt in den schwarz und scharlachrot gemusterten Trainingsanzug einer Sportlehrerin geschlüpft war, und ihre Mutter Isabel in ihrem besten Kleid. Für Gemma war das Wiedersehen mit dem Campus so, als könnte sie einen wundervollen Traum einfach an der Stelle weiterträumen, wo sie zuletzt aufgewacht war. Nur mit dem Unterschied, dass sie den Aufenthalt an der McMasters-Akademie nun befreit von Gewissensbissen und Rachegedanken genießen konnte. Isabel fühlte sich von McMasters an das reizend im Stil der Dreißigerjahre gestaltete Museumsdorf Bourton-on-the-Water erinnert, das sie und ihr Mann einmal mit Gemma besichtigt hatten. Nur dass hier alles lebensgroß war und von echten Menschen bewohnt wurde.

Gemma wies ihre Mutter auf die Sehenswürdigkeiten

hin. »Das ist unser Pub, der Lauernde Wolf. Der Wirt heißt Wilfred Mussel. Ihm gehört auch der Lebensmittelladen in dem kleinen Häuschen dort. Du wirst von den Käsesorten begeistert sein, Mum. Und das da ist der Hillendale-Shop. Dort gibt es Konfektionskleidung und Wäsche.« Sie nahm ihre Mutter am Arm. »Und dieser kleine See ist das Mead Mere. Ich rudere hier und gehe angeln, so wie damals mit Da… Oh, mein Gott, da ist ja Connie!« Sie hatte Constance Beddoes entdeckt. Dabei hatte sie gedacht, dass diese inzwischen dabei war, ihren viel jüngeren Ehemann, einen Gigolo, zu liquidieren. Constance war etwa in Isabels Alter. Gemma stellte die beiden Frauen einander vor und erklärte Constance ihre neue Rolle und Position an der Hochschule.

Isabel ließ den Blick staunend über diese belebte Szenerie schweifen: Die Blumenbeete entlang des Mere. Die an ein Schmuckkästchen erinnernde Rialto Dance Hall, aus der Musik herüberwehte. Diese mischte sich in angenehmer Dissonanz mit den schauerlichen Moritaten, die gerade von einem Chor auf dem Dorfplatz vorgetragen wurden. Aus den geschäftigen Buden und dampfenden Kesseln der Markthalle stiegen verlockende Düfte in ihre geschulte Nase. Isa freute sich, so viele Studenten und Lehrende in ihrem eigenen Alter zu sehen. Es war eine erfrischende Vorstellung, dass der Wunsch, jemanden um die Ecke zu bringen, selbst in späteren Lebensjahren noch heiß in der Brust lodern konnte. Außerdem machten alle hier einen sehr zivilisierten Eindruck.

»Wer ist denn dieser attraktive Mann?«, fragte Isabel und wies auf einen Lehrer, der einen Pullover aus Kabelgarn trug. Er rekelte sich im Gras und war mit einigen Studenten in eine angeregte Debatte verwickelt.

»Das ist Matias Graves«, verkündete Rektor Harrow, der gerade zu Fuß eingetroffen war. »Er vertritt die Auffassung, dass Don Quichotte ein heimtückischer Mörder und Cervantes der Erfinder der geistigen Unzurechnungsfähigkeit als Mittel der Strafvermeidung war.« Er hielt Isabel die Hand hin. »Mrs. Lindley, ich heiße Sie von Herzen willkommen. Und was Sie angeht, Gemma, bin ich überglücklich, dass Sie wieder bei uns sind. Vesta Thripper und Vater Pugh freuen sich schon darauf, nach dem Mittagessen Ihre neuen Aufgaben mit Ihnen zu besprechen. Gewiss möchten Sie auch gerne unseren Tutor von Hedge House und neuen Professor für Naturwissenschaften begrüßen …«

Gemma hielt Ausschau nach dem stets freundlichen Gesicht von Champo Nanda. Doch da stand nur ein Mann, der ihr den Rücken zukehrte und mit Trainer Alwyn Tarcott plauderte. »Wo ist denn Champo Nanda?«, fragte sie.

»Oh, der wurde an unseren unlängst geschaffenen Lehrstuhl für Automatisierung berufen. Nein, unser neuer Tutor von Hedge House ist auch Professor für Naturwissenschaften. Ebenso wie Sie bekleidet er zwei Posten gleichzeitig. Unser Fachmann für angewandte Physik ist zwar gerissen wie der Teufel, aber dennoch ein netter Kerl!« Er tippte dem Mann auf die Schulter. »Mein lieber Freund, wenn Sie wissen, was gut für Sie ist, lassen Sie Tarcott einen Moment stehen und drehen sich um.«

Der Mann gehorchte, und es war nicht festzustellen, welcher der beiden neuen Angehörigen des Lehrkörpers mehr von freudiger Überraschung ergriffen wurde.

»Cliff!!!« Noch nie hatte Gemma lieber einen Namen ausgerufen, und sie packte Cliff am Arm, um sich zu vergewissern, dass sie nicht träumte. »Kann das wahr sein? Ich … ich habe geglaubt, du wärst tot!«

»Ich auch, aber inzwischen geht es mir viel besser«, versicherte er ihr. »Und du, Gemma, ich hätte gedacht, dass du schon längst nicht mehr hier bist …«

»Schluss mit dem Herumpoussieren!«, schimpfte Trainer Tarcott. »Gem, du wirst hier nicht fürs Rumstehen bezahlt. In zehn Minuten leitest du den Sportkurs. Also los jetzt!« Er rannte voraus und bedeutete Gemma, ihm zu folgen.

»Einer meiner neuen Chefs«, raunte Gemma. »Bestimmt kriege ich irgendwann Lust, ihn umzubringen.«

Cliff verzog in gespieltem Entsetzen das Gesicht. »Untersteh dich!«

Der Rektor räusperte sich. »Da Miss Lindley auf dem Sportplatz erwartet wird, schlage ich vor, dass Constance und ich Isabel in ihre neue Unterkunft begleiten, damit sie sich häuslich einrichten kann.« Nachdem Isabel Gemma fröhlich zugewinkt hatte, schlenderte sie mit Rektor Harrow und Constance den idyllischen Weg in Richtung Haus Brombeere entlang.

Da brüllte eine Stimme Cliffs Namen, und als er sich umdrehte, sah er Cubby Terhune auf sich zutrotten. »Cubby ist immer noch hier?«, stöhnte Cliff. »Der Himmel steh mir bei. Vermutlich bin ich jetzt auch sein Tutor!« Er griff nach Gemmas Hand. »Pass auf, Mittagessen im Jade Flower Spring, diesmal bezahle ich … Sagen wir um zwölf? Ich muss dir so viel erzählen.« Sie nickte, hauchte ihm einen Kuss auf die Wange und hastete davon, um Tarcott einzuholen.

Cliff blickte ihr nach, wie Männer es seit so vielen Jahrhunderten tun, um festzustellen, ob Gemma sich wohl noch einmal zu ihm umschauen würde. Sie tat es wirklich, und zwar ziemlich lange, bevor sie weiter neben dem Trainer herlief.

Cliff stellte fest, dass sich hinter Cubby ein regelrechtes Begrüßungskomitee formiert hatte, das nun über den Dorfanger hinweg auf ihn zusteuerte: Vater Pugh in einer weißen Priesterrobe und mit passendem Panamahut, Vesta Thripper in einem respekteinflößenden Bürokostüm nach der neuesten Mode und Champo Nanda, der beim Gehen versuchte, einen burmesischen Chinlone-Ball in der Luft zu halten. June Felsblock und Doc Pinckney gaben in ihrer weißen Tenniskleidung ein beeindruckendes Bild ab, das an einen Zweimaster mit geblähten Segeln erinnerte. Auch dabei war ein (ausnahmsweise) freundlich dreinblickender Simeon Sampson. Lässig wie immer, hatte er Audrey Jäeger untergehakt, die übers ganze Gesicht strahlte und ganz und gar nicht mehr bedrückt zu sein schien. Sie alle waren nun seine Kollegen … ebenso wie der nachdenkliche Matias Graves, Girard Tissier mit seinen denkwürdigen Henkersmahlzeiten und der kumpelhafte Trainer Tarcott … nicht zu vergessen sein Mentor Rektor Harbinger Harrow, der stets seine schützende Hand über ihn gehalten hatte.

Und natürlich Gemma.

Als ihm wieder jemand auf die Schulter tippte, drehte er sich um und erkannte Sergeant Stedge und Captain Dobson (Letzterer wie immer mit Hut, aber mit einem Grinsen im Gesicht, das ihm offenbar selbst noch ein wenig fremd war). Diese beiden hatten ihm zu einer zweiten Chance verholfen, die Welt von Merrill Fiedler zu befreien, und ihm außerdem das Angebot des Rektors überbracht, der ihm eine feste Stelle (mit Möglichkeit der Beförderung) antrug, bevor sie ihn zum zweiten Mal zur McMasters-Akademie eskortierten.

Seit seinem ersten Tag auf dem Campus hatte Cliff in Erfahrung bringen wollen, wo sich diese Akademie befand. Wenn schon nicht, in welchem Land oder in welchem Erdteil, dann wenigstens, auf welchem Breitengrad oder Kontinent.

Inzwischen wusste Cliff genau, wo er war.

Er war zu Hause.

Postskriptum

Aus der Feder von Rektor Harbinger Harrow

Noch während sich dieser Band in der Entstehung befand, erhielt ich zu meiner Freude die Benachrichtigung, dass ein anerkannter Verlag bereit war, ihn in der nun vorliegenden Form einer Leserschaft zugänglich zu machen, die weit über die Grenzen unserer exklusiven Hochschule hinausgeht. Ich hoffe, dass Sie sich auf der Reise durch dieses Buch ausreichend mit der Methode McMasters und unserer Philosophie vertraut machen konnten, sodass sie Ihnen bei Ihren wichtigen, wenn auch selbstständigen Bemühungen eine Hilfe sein werden. Obwohl das Werk schwerpunktmäßig die Liquidierung des jeweiligen Vorgesetzten behandelt, werden die an der McMasters-Akademie gelehrten Grundsätze meiner Überzeugung nach einen wichtigen Beitrag zur Verwirklichung Ihrer Zielsetzung leisten … die hoffentlich in einer Beisetzung münden wird.

Die Gemeinsamkeiten der hier dargestellten Fallstudien sind gewiss ebenso aufschlussreich für Sie wie das, was sie voneinander unterscheidet.

Nun hat unsere im Verborgenen wirkende Akademie (wenn auch nur in Form dieser Seiten) den ersten Schritt in die Öffentlichkeit gewagt, und vermutlich wird es Sie, verehrter Aspirant, nicht wundern, dass manche meiner Vorstandskollegen darüber längst nicht so erfreut sind wie ich. Obwohl ich glaube, die geografische Lage der McMasters-Akademie ausreichend verschlüsselt zu haben, gibt es einige – darunter auch meine Stellvertreterin Erma Daimler –, nach deren Auffassung es bereits zu weit geht, die Existenz unserer Lehranstalt auch nur zu erwähnen. Der Vorwurf gegen mich lautet, ich hätte durch diese Entscheidung ehemalige und zukünftige Absolventen in Gefahr gebracht. Leider jedoch sind die Würfel längst gefallen. Der Vertrag mit dem Verlag wurde schon vor einer Weile unterzeichnet und das Manuskript bereits abgegeben. Es fehlt nur noch dieses Postskriptum, das meine treue Sekretärin Dilys Enwright in Kürze an meinen Lektor schicken wird.

Zu meiner Erleichterung kann ich jedoch anmerken, dass sich die Bedenkenträger inzwischen mit meinem Entschluss abgefunden haben. Ich werde nun für einen Moment den Stift beiseitelegen, mein Büro verlassen und mit Sergeant Stedge, Trainer Tarcott und der bereits erwähnten Erma Daimler als Ehrengarde der Enthüllung einer Büste beiwohnen, die zu meinen Ehren nach meinem Ebenbild geschaffen worden ist. Sie wird ihren Platz im Sitzungssaal neben den Büsten früherer Rektoren finden, zu denen auch die des Mannes gehört, mit dem alles anfing, unserem Gründer und ersten Rektor Guy McMaster. Seltsamerweise findet die Zeremonie in Mr. Koniecs Heizungsraum statt. Die Erklärung dafür lautet, der Künstler selbst werde die Büste feierlich aus dem glühenden Ofen holen, wo die vielen Glasurschichten inzwischen den perfekten Glanz angenommen haben. Da die Büste anhand einer Fotografie angefertigt wurde, freue ich mich schon darauf, diesen Künstler kennenzulernen, dem ich mein Porträt verdanke. Oder, wie es Mr. Koniec in seinem gebrochenen Englisch so drollig ausgedrückt hat: »Wir möchten, dass Sie Ihrem Schöpfer begegnen.«

Im Anschluss an die Zeremonie werde ich an meinen Schreibtisch zurückkehren und noch heute Abend mit der Arbeit an dem nächsten Band dieser Reihe beginnen. Vermutlich wird er sich, wie so oft gewünscht, mit Freunden, Verwandten, Anwälten und ehemaligen Geliebten befassen. Der Arbeitstitel lautet *Rache an denen, die Ihnen die Jugend zur Hölle gemacht haben.* Ungeachtet der anfänglichen Widerstände meiner Vorstandskollegen muss ich mich bei meiner Stellvertreterin Erma Daimler dafür bedanken, dass sie ihren Meinungsumschwung mit einer reizenden Paraphrasierung des achtzehnten Sonetts von Shakespeare begründet hat: »Harrow: Solange dein Auge sieht und dein Atem weht, die Feder dein niemals stillesteht.« Welch großzügigeren Stimmungswandel kann man sich wünschen?

Ach, hier ist ja meine Ehrengarde! Dann werde ich dieses Postskriptum eben beenden, nachdem man mir meinen Kopf überreicht hat (ha, ha!). Dennoch möchte ich Ihnen, meinen treuen Leserinnen und Lesern, deren Geduld ich auf all den vielen Seiten so oft auf die Probe gestellt habe, noch sagen, dass, wenn es mir nur gelungen ist, Ihnen die Grund…

(Der Text endet hier. –Hrsg.)